Liza Marklund

Der Rote Wolf

Roman

Aus dem Schwedischen
von Paul Berf

HOFFMANN UND CAMPE

Die Originalausgabe erschien 2003
unter dem Titel »Den röda vargen«
im Piratförlaget, Stockholm

1. Auflage 2004

www.hoffmann-und-campe.de
Schutzumschlag: Konzept und Gestaltung: glcons.de
Umschlagabbildung: Andreas Meichsner/Buchcover.com
Satz: Dörlemann Satz, Lemförde
Druck und Bindung: GGP Media, Pößneck
Printed in Germany
ISBN 3-455-05159-6

HOFFMANN
UND CAMPE

Ein Unternehmen der
GANSKE VERLAGSGRUPPE

PROLOG

Blut hatte er noch nie gut sehen können. Das hatte mit der zähflüssigen Konsistenz zu tun, mit dem warmen Pulsieren. Er wusste, dass es irrational war, zumal für jemanden wie ihn. In letzter Zeit hatte der Ekel ihn in seinen Träumen heimgesucht und Formen angenommen, die sich jeglicher Kontrolle entzogen.

Jetzt blickte er auf seine Hände hinab und entdeckte, dass sie von dunkelrotem Menschenblut überströmt waren. Noch warm und klebrig, tropfte es auf seine Hose. Der Geruch stieg ihm in die Nase, und er schreckte zurück und versuchte in Panik, das Blut von seinen Händen abzuschütteln.

»Hören Sie mich? Wir sind da.«

Die Stimme drang durch den dünnen Schleier des Schlafs und ließ das Blut auf einen Schlag verschwinden. Die Übelkeit aber blieb. Beißende Kälte quoll zur Bustür herein. Der Busfahrer hatte die Schultern in dem vergeblichen Versuch hochgezogen, ihr zu entkommen.

»Oder wollen Sie vielleicht mit ins Depot?«

Die anderen Fahrgäste hatten den Flughafenbus bereits verlassen. Er erhob sich mühsam von seinem Platz, leicht gebeugt von den Schmerzen, nahm seinen Seesack vom Nebensitz und murmelte *merci beaucoup*.

Als seine Füße den Asphalt berührten, ließ ihn der Stoß, der durch seinen Körper fuhr, aufstöhnen. Er lehnte sich für einen Moment an die mit Raureif überzogene Blechkarosserie und strich sich über die Stirn. Eine Frau mit einer Strickmütze, die zu einer Nahverkehrs-Haltestelle einige Meter weiter wollte, blieb neben seinem Seesack stehen. Ihr Blick war ehrlich besorgt, als sie sich zu ihm vorbeugte.

»Ist alles in Ordnung? Brauchen Sie Hilfe?«

Er reagierte heftig und spontan und wedelte mit der Hand vor ihrem Gesicht.

»Laissez moi!«, sagte er viel zu laut und angestrengt keuchend.

Die Frau machte keine Anstalten weiterzugehen und blinzelte ein paar Mal mit halb offenem Mund. *»Êtes-vous sourde? J'ai déjà dit laissez moi.«*

Ihr Gesicht verzog sich angesichts seiner Aggressivität, und sie wich mit gekränktem Blick zurück. Er sah ihrer untersetzten Gestalt nach, die mit prall gefüllten Plastiktüten zur Linie 3 wankte.

Ich frage mich, ob ich auch so klinge, wenn ich Schwedisch spreche, schoss es ihm durch den Kopf.

Dann erkannte er, dass er diesen Gedanken tatsächlich in seiner Muttersprache formuliert hatte.

Indépendance, dachte er und zwang sein Gehirn ins Französische zurück. *Je suis mon propre maître.*

Die Frau starrte ihn nochmals an, ehe sie in ihren Bus stieg.

Er blieb in den Dieselschwaden stehen, während die Busse davonglitten und die Menschen die Storgatan verließen, horchte in die kalte Stille hinein, nahm das schattenlose Licht wahr.

An keinem anderen Ort der Welt war einem der Weltraum so nahe wie am Polarkreis. Als er hier aufwuchs, hatte er die Einsamkeit als selbstverständlich hingenommen und nicht begriffen, was es bedeutete, auf dem Dach der Welt zu wohnen. Nun sah er sie so deutlich, als wären sie in die Straßen, die Häuser, die erfrorenen Nadelbäume eingraviert: die Einsamkeit und die Verletzlichkeit, die unendlichen Weiten, die so vertraut und doch so fremd waren.

Es ist ein harter Ort, dachte er, erneut auf Schwedisch. Eine steif gefrorene Stadt, die vom Staat und vom Stahl lebt.

Und dann:

Genau wie ich.

Vorsichtig schob er den Riemen des Seesacks über Schulter und Brust und ging auf den Eingang des Stadthotels zu. Die Fassade des um 1900 errichteten Gebäudes sah noch exakt so aus, wie sie ihm in Erinnerung war, die Veränderung des Interieurs konnte er allerdings nicht beurteilen. Während seiner Zeit in Luleå hatte er nie einen Grund gehabt, die Ehrenplätze der Bürgerlichkeit zu besuchen.

Der Portier nahm den alten Franzosen mit zerstreuter Höflichkeit in Empfang. Er gab ihm ein Zimmer im zweiten Stock, erläuterte die Frühstückszeiten, überreichte ihm die Plastikkarte mit dem Magnetstreifen für die Tür und vergaß ihn unmittelbar darauf wieder.

Inmitten einer Menschenmenge fällt man am wenigsten auf, dachte er, bedankte sich in gebrochenem Englisch und ging zu den Aufzügen.

Das Zimmer war auf unbeholfene und verschämte Art anbiedernd. Der Preis, eiskalte Kacheln und Kopien von Stilmöbeln sollten Luxus und Tradition vorspiegeln, doch hinter der Fassade sah er ungeputzte Fenster und schmierige Glasfiberwände.

Er setzte sich einen Moment aufs Bett und schaute in die Abenddämmerung hinaus, oder war dies etwa noch das Morgengrauen?

Der Meeresblick, den die Homepage angepriesen hatte, bestand aus grauem Wasser, Holzhäusern an einem Hafen, einem Neonschild und einem großen schwarzen Wellblechdach.

Erneut schlummerte er halb ein, schüttelte sich, um einen klaren Kopf zu bekommen, bemerkte einmal mehr den Geruch, der aus seinem Inneren sickerte. Dann stand er auf, öffnete den Seesack und ging zum Schreibtisch, wo er, beginnend mit den schmerzstillenden Mitteln, seine Medikamente aufreihte. Anschließend legte er sich aufs Bett, während die Übelkeit allmählich abklang.

Nun war er also endlich angekommen.

La mort est ici.

Der Tod ist hier.

DIENSTAG, 10. NOVEMBER

Annika Bengtzon blieb auf der Türschwelle zur Redaktion stehen und blinzelte in das blendend weiße Licht der Neonröhren. Die Geräusche stürzten auf sie ein, zischende Drucker, surrende Scanner, das leise Klappern kurz geschnittener Fingernägel auf Tastaturen. Menschen fütterten die Apparate mit Texten, Bildern, Buchstaben, Kommandos, Signalen, füllten die digitalen Mägen, ohne sie jemals sättigen zu können.

Sie atmete tief durch und warf sich ins Meer. Am Newsdesk wurde die Art konzentrierte Arbeit verrichtet, die selbst in der heutigen Zeit noch vollkommen lautlos ist. Spiken, der Chef vom Dienst, hatte die Füße übereinander geschlagen auf seinen Schreibtisch gelegt und las den Ausdruck eines Artikels. Der stellvertretende Nachrichtenchef überflog den flimmernden Computerbildschirm mit entzündeten Augen, Reuters und Agence France Presse, Associated Press und TTA und TTB, nationale und internationale Nachrichten, Sport und Wirtschaft, Schlagzeilen und Agenturmeldungen aus der ganzen Welt in einem endlosen Strom. Noch war die Zeit der exaltierten Ausrufe nicht gekommen, des lautstarken Enthusiasmus oder der Enttäuschung über Storys, die entweder im Kasten waren oder sich zerschlagen hatten, des engagierten Argumentierens für den einen oder anderen Blickwinkel.

Annika ging vorbei, ohne zu sehen oder gesehen zu werden.

Doch plötzlich durchbrachen ein Geräusch und eine auffordernde Stimme die elektrisch aufgeladene Stille.

»Du willst schon wieder verreisen?«

Sie zuckte zusammen und machte unwillkürlich einen Schritt zur Seite. Dann wandte sie ihren flackernden Blick Spiken zu. Eine Halogenlampe blendete sie.

»In der Übergabe steht, dass du heute Nachmittag nach Luleå fliegst.«

Ihre Hüfte traf auf die Ecke des Morgendesks, als sie viel zu abrupt in Richtung ihres Glaskastens abbog. Sie blieb stehen, schloss kurz die Augen, merkte, dass ihr die Tasche von der Schulter rutschte, und drehte sich noch einmal um.

»Vielleicht, warum?«

Aber der Chef vom Dienst war schon abgetaucht und hatte sie allein auf dem Meer zurückgelassen, eingeklemmt zwischen Blicken und digitalen Seufzern. Sie leckte sich die Lippen und schob ihre Tasche wieder auf die Schulter.

Jetzt ging es unter vollen Segeln nach Hause. Ihr Aquarium kam rasch näher. Erleichtert zog sie die Schiebetür auf, floh in den Raum hinter den müde herunterhängenden Gardinen, schob die Tür hinter sich wieder zu und lehnte den Hinterkopf an das kühle Glas.

Das Büro hatte sie immerhin behalten dürfen.

Dinge, die Bestand hatten, wurden immer wichtiger, sowohl für sie selbst als auch für die Gesellschaft als Ganzes. Wenn sich überall Chaos ausbreitete und die Kriege ihre Gestalt änderten, war es außerdem wichtiger denn je, zurückzublicken und aus der Geschichte zu lernen.

Sie ließ Tasche und Mantel auf die Besuchercouch fallen und schaltete den Computer ein. Die aktuelle Berichterstattung schien sie immer weniger anzugehen, obwohl sie mitten in ihrem pulsierenden elektronischen Herzen saß. Meldungen, die heute auf der Titelseite landeten, gerieten schon morgen wieder in Vergessenheit. Es interessierte sie schlichtweg nicht mehr, das ENPS von AP zu verfolgen, dieses Nachrichtenmonster des digitalen Zeitalters.

Sie strich sich über die Haare.

Vielleicht war sie auch nur müde.

Das Kinn in die Hände gestützt, wartete sie, während der Computer hochfuhr, und holte dann ihr Material heraus. Die Sache, an der sie arbeitete, schien ihr richtig interessant zu sein, doch leider waren die Flanelllappen in der Führungsetage nicht ganz so begeistert wie sie.

Sie dachte an Spiken und den Tonfall seiner Stimme, breitete ihre Notizen aus und machte sich an ihre Präsentation.

Das Treppenhaus war dunkel. Der Junge schloss die Wohnungstür hinter sich und lauschte angespannt. Wie üblich pfiff der Wind durch das undichte Fenster an der Treppe zu Andersson, das Radio des alten Knackers von oben lief, aber ansonsten war alles still, totenstill.

Du bist ein Feigling, dachte er. Hier ist nichts, du Angsthase.

Einen Moment lang blieb er regungslos stehen und ging dann entschlossenen Schrittes zur Haustür.

Ein richtiger Kämpfer hätte sich niemals derart lächerlich benommen. Er war bald ein Meister, Cruel Devil war nahe daran, Teslatron God zu werden, denn er wusste, worauf es ankam: Im Kampf durfte man niemals zögern.

Er schob die Tür auf, die wie immer klagend quietschte. Wegen der ständigen Schneefälle ließ sie sich nur etwa dreißig Zentimeter weit öffnen, denn am Morgen hatte niemand die Treppe freigeschaufelt. Er zwängte sich rasch ins Freie, doch sein Rucksack blieb an der Türklinke hängen, und als der unerwartete Ruck ihn festhielt, stiegen ihm Tränen der Wut in die Augen. Er zerrte und zog, bis eine Naht aufriss. Egal.

Endlich freigekommen, rutschte er die vereisten Stufen hinab und fuchtelte dabei wild mit den Armen, um das Gleichgewicht zu halten. Schließlich gelangte er an den Fuß der Treppe, blinzelte durch den fallenden Schnee über den Zaun und erstarrte.

Der ganze Himmel wurde von einem blauen Licht erhellt, das über den schwarzen Hintergrund wirbelte, kam und ging, kam und ging.

Jetzt sind sie da, dachte er, und es schnürte ihm die Kehle zu. Jetzt passiert es wirklich.

Er ging weiter und blieb neben einem kaputten Rasenmäher stehen, der unter der Schneedecke kaum noch auszumachen war, hörte sein Herz immer schneller pochen, bumm-bumm, bumm-bumm, und schloss die Augen. Er wollte es nicht sehen, traute sich nicht, weiterzugehen und hinzuschauen.

Also blieb er stehen, spitzte die Ohren, spürte, wie das Haargel in der Kälte starr wurde. Eisige Flocken landeten auf seiner Nase. Alle Geräusche waren in die Watte des Schneegestöbers gepackt, das Donnern vom Stahlwerk drang kaum noch zu ihm durch.

Dann aber hörte er Stimmen, Leute, die miteinander sprachen, einen Automotor, vielleicht auch zwei. Er riss die Augen auf und spähte über den Zaun zum Fußballplatz hinüber.

Polizisten, dachte er. Die sind keine Gefahr.

Als er sich endlich etwas beruhigt hatte, schlich er zur Straße und beugte sich vorsichtig vor. Zwei Streifenwagen und ein Krankenwagen, Menschen mit selbstsicheren Rücken und breiten Schultern, mit Gürteln und Uniformen.

Waffen, dachte der Junge. Pistolen. Zapp, zapp zu Asche.

Die Beamten redeten, gingen umher und zeigten hier- und dorthin, ein Typ hatte eine Rolle Plastikband, das er abwickelte, eine Frau schloss die Hecktüren des Krankenwagens und setzte sich auf den Beifahrersitz.

Dann wartete er auf das Geheul der Sirenen, aber es kam nicht, denn es hatte keinen Sinn, sich auf dem Weg ins Krankenhaus zu beeilen.

Er ist ja schon tot, dachte der Junge. Ich konnte nichts für ihn tun.

Das Geräusch eines anfahrenden Busses kam näher, und er sah die Linie 1 hinter dem Zaun vorüberhuschen. Verdammter Mist, dachte er. Jetzt hatte er den Bus verpasst, und das ausgerechnet bei dem Mathelehrer, der immer so sauer wurde, wenn man zu spät kam.

Er sollte sich beeilen. Er sollte laufen.

Aber er blieb stehen. Seine Beine verweigerten ihm den Gehorsam, denn er brachte es einfach nicht über sich, auf die Straße hinauszutreten. Es konnten Autos kommen, goldfarbene Autos.

Er sank auf die Knie, seine Hände zitterten, und er begann zu weinen, Feigling, Feigling, dachte er, konnte aber nicht aufhören.

»Mama«, flüsterte er, »ich wollte das nicht sehen.«

Chefredakteur Anders Schyman breitete das Diagramm mit den neuesten Auflagenzahlen auf dem Konferenztisch aus. Seine Hände waren eifrig, ein wenig feucht. Er wusste, was die Säulen ihm zeigen würden, aber die Schlussfolgerungen und Analysen berührten ihn so sehr, dass sein Gesicht rot anlief.

Es funktionierte wirklich. Der Trend hielt an.

Er atmete tief durch, legte die Handflächen auf den Tisch, beugte sich vor und ließ die Informationen auf sich wirken.

Die neue Ausrichtung der Nachrichtenarbeit zeigte sowohl bei der Höhe der Auflage als auch bei den Einnahmen Wirkung. Hier hatte er es schwarz auf weiß. Die Redaktion funktionierte, die Verbitterung über das letzte Sparpaket hatte sich gelegt. Die Umstrukturierung war abgeschlossen, und die Leute waren motiviert und zogen trotz der Einsparungen an einem Strang.

Er ging um den glänzenden Walnussholztisch herum, seine Finger strichen über die Tischplatte. Es war ein schönes Möbelstück. Er hatte es sich verdient. Dem Personal mit eiserner Faust zu begegnen hatte sich als der einzig richtige Weg erwiesen.

Ich frage mich, ob ein anderer das auch geschafft hätte, dachte er und wusste, dass es außer ihm niemanden gab. Seine Kompetenz hatte den Ausschlag gegeben. Durch den Vertrag, den er mit der Druckerei ausgehandelt hatte, waren die Druckkosten um acht Prozent gesunken. Dies brachte der Eignerfamilie jedes Jahr Millionen. Die Konjunktur hatte die Papierpreise gedrückt, was wahrlich nicht sein Verdienst war, die günstige Entwicklung des Unternehmens jedoch noch beflügelte. Die Einstellung eines neuen

Leiters für die Anzeigenabteilung hatte sich als ein Segen erwiesen. In den letzten drei Quartalen hatten sie Marktanteile von den großen Tageszeitungen, Rundfunk und Fernsehen zurückerobert.

Und wer hatte das alte Faktotum gefeuert, das immer noch so gearbeitet hatte, als würden sie Anzeigen in der Lokalzeitung von Borås verkaufen?

Schyman lächelte vor sich hin.

Doch am wichtigsten war trotz allem seine Weiterentwicklung der Verkaufssignale auf den Titelseiten und Aushängern. Er wollte ja den Tag nicht vor dem Abend loben, aber, toi, toi, toi, es sah ganz danach aus, als könnten sie die Konkurrenz im Laufe des nächsten Geschäftsjahres einholen, vielleicht auch erst im Jahr darauf.

Der Chefredakteur streckte sich, massierte sein Kreuz. Zum ersten Mal seit seinem Arbeitsantritt beim *Abendblatt* empfand er wirkliche Genugtuung. So hatte er sich seine Arbeit von Anfang an vorgestellt.

Zu dumm, dass es fast zehn Jahre gedauert hatte, bis er seine Vorstellungen verwirklichen konnte.

»Kann ich reinkommen?«, fragte Annika Bengtzon über die Sprechanlage.

Seine Stimmung verdüsterte sich, die Magie verpuffte, und er holte tief Luft, ehe er zu seinem Schreibtisch zurückging, auf den Antwortknopf drückte und »Sicher« sagte.

Anschließend wartete er, den Blick auf das Gebäude der russischen Botschaft gerichtet, auf die energischen Schritte der Reporterin hinter der Tür. Die Erfolge der Zeitung hatten dazu geführt, dass er endlich den Respekt der Redaktion genoss, was er nicht zuletzt daran merkte, dass man ihm nicht mehr so die Tür einrannte wie früher. Zum Teil erklärte sich dies auch aus der Neuorganisation der Redaktion. Vier allmächtige Chefs vom Dienst lösten einander rund um die Uhr ab und waren sämtlichen Ressorts der Zeitung übergeordnet, was tatsächlich genau so funktionierte, wie er es sich vorgestellt hatte. Statt seine Position zu schwächen, hatte ihn das Verlagern von eigenen Kompetenzen auf untere Ebenen im Organisationsgefüge paradoxerweise nur noch mächtiger werden lassen. Er hatte delegiert, und statt sich unaufhörlich mit dem gesamten Personal streiten zu müssen, übte er nun Einfluss auf seine Vasallen aus.

Annika Bengtzon, der ehemaligen Leiterin der Kriminalredaktion, hatte er einen der vier Posten angeboten, doch sie hatte abgelehnt, woraufhin sie sich gehörig gestritten hatten. Schyman hatte ihr frühzeitig seine Absichten offenbart, er sah sie als eine von drei möglichen Nachfolgern und wollte sie schnell in ein langfristiges Entwicklungsprogramm einbeziehen. Chef vom Dienst zu werden wäre dabei ein erster Schritt gewesen, aber sie wollte nicht.

»Ich kann Sie doch nicht mit der Peitsche zu Ihrem Glück zwingen«, hatte er gesagt und selbst gehört, wie beleidigt er klang.

»Natürlich können Sie«, hatte sie erwidert, während ihre unergründlichen Augen ihn anflackerten. »Peitschen Sie mich ruhig.«

Bengtzon war eine der wenigen, die nach wie vor glaubten, freien Zugang zu ihm und seinem Büro zu haben. Es ärgerte ihn, dass er sie nicht zurechtwies. Zum Teil war für ihre Sonderbehandlung der Medienrummel letztes Weihnachten verantwortlich, als eine verrückte Serienmörderin sie in einem Tunnel als Geisel genommen hatte. Der Vorfall hatte eindeutig dazu beigetragen, den Abwärtstrend der Zeitung zu brechen, das zeigten alle Analysen. Die Leser fanden zum *Abendblatt* zurück, nachdem sie die Artikel über die Nacht der zweifachen Mutter mit der Bombenlegerin gelesen hatten. Es war eine Zeit lang also durchaus berechtigt gewesen, Bengtzon mit Samthandschuhen anzufassen. Ihre Art, mit der Situation umzugehen, und die Aufmerksamkeit, die auf die Befreiung folgte, hatten sogar den Aufsichtsrat beeindruckt. Vielleicht weniger ihre Person als vielmehr die Tatsache, dass sie darauf bestanden hatte, die Pressekonferenz in der Redaktion des *Abendblatts* stattfinden zu lassen. Der Aufsichtsratsvorsitzende Herman Wennergren wäre fast auf die Knie gefallen, als er das Logo seiner Zeitung in einer Liveübertragung auf CNN sah. Schyman selbst war die Übertragung aus verschiedenen Perspektiven in

Erinnerung geblieben, zum einen hatte er während der Sendung buchstäblich hinter Annika Bengtzon im Scheinwerferlicht gestanden, zum anderen konnte er die unzähligen Wiederholungen auf allen Kanälen vor dem Bildschirm genießen.

Er hatte damals auf ihren zerzausten Hinterkopf gestarrt, die angespannten Schultern bemerkt. Auf dem Bildschirm hatte Bengtzon später blass und ein wenig verwirrt gewirkt, hatte jedoch klar, wenn auch ein wenig einsilbig, in ordentlichem Schulenglisch geantwortet. Gott sei Dank keine peinlichen Gefühlsausbrüche, hatte Wennergren aus Schymans Büro einem Vertreter der Eignerfamilie über Handy berichtet.

Er erinnerte sich noch gut an das Entsetzen, das er empfunden hatte, als er an der Tunnelmündung stand und die Schüsse hörte. Keine tote Reporterin, hatte er gedacht, was auch immer, aber keine tote Reporterin.

Er wandte den Blick vom Botschaftsbunker ab und setzte sich auf seinen Stuhl.

»Eines schönen Tages wird er unter Ihnen zusammenbrechen«, sagte Annika Bengtzon und schob die Tür hinter sich zu.

Ihm wollte kein Lächeln gelingen.

»Ich kann es mir leisten, einen neuen zu kaufen. Die Zeitung verkauft sich wie warme Semmeln«, sagte er.

Die Reporterin warf einen flüchtigen, fast scheuen Blick auf die Diagramme auf dem Tisch. Schyman lehnte sich zurück und musterte sie, während sie sich vorsichtig in einen seiner großen Besuchersessel setzte.

»Ich möchte eine neue Artikelreihe schreiben«, sagte sie, auf ihre Notizen schauend. »Nächste Woche jährt sich der Anschlag auf F21 in Luleå, also würde es sich anbieten, damit anzufangen. Ich finde, es wird Zeit, das Ganze noch einmal ordentlich zusammenzufassen, alle bekannten Fakten ins Gedächtnis zu rufen. Das sind, ehrlich gesagt, nicht besonders viele, aber ich dachte, ich hake mal ein bisschen nach. Es sind zwar inzwischen mehr als dreißig Jahre vergangen, aber einige der Angestellten von damals sind auch heute noch bei der Luftwaffe. Vielleicht packt der eine oder andere ja jetzt aus. Wenn man nicht fragt, bekommt man auch keine Antwort ...«

Schyman nickte und faltete die Hände auf dem Bauch.

Als der ganze Rummel um die Geiselnahme vorbei gewesen war, hatte sie sich drei Monate freigenommen. Um Überstunden abzufeiern, hatten sie offiziell erklärt. Als sie dann Anfang April in die Redaktion zurückkehrte, bestand sie darauf, als Reporterin unabhängig arbeiten zu können, und beschloss, sich des Themas Terrorismus anzunehmen, seiner Geschichte und Konsequenzen. Keine Enthüllungen, eher Routineberichterstattung vom Ground Zero am 11. September, einige Artikel über die Bombe in dem finnischen Einkaufszentrum, Gespräche mit ein paar Überlebenden des Anschlags auf Bali.

Tatsache war, dass sie in letzter Zeit nicht besonders viel zustande gebracht hatte. Nun wollte sie sich offensichtlich noch weiter in die Vergangenheit des Terrorismus vertiefen, und es stellte sich seiner Meinung nach immer mehr die Frage, wie relevant dies eigentlich sei und ob jetzt nicht der richtige Zeitpunkt gekommen war, sich darüber mit ihr zu streiten.

»Das klingt nicht schlecht«, sagte er bedächtig. »Das könnte sogar richtig gut werden. Wir entstauben unsere alten nationalen Traumata: die Flugzeugentführung von Bulltofta, den Bombenanschlag auf die Botschaft der Bundesrepublik Deutschland, das Drama am Norrmalmstorg ...«

»... und den Mord an Olof Palme, ich weiß, und von allen ist über den Anschlag auf F21 am wenigsten geschrieben worden.«

Sie hatte ihre Notizen in den Schoß gelegt und beugte sich vor.

»Das Militär hielt damals alle Informationen zurück und verwies auf die notwendige Geheimhaltung. Zu der Zeit gab es noch keine mediengewandten Pressesprecher im Verteidigungsministerium. Am Ende musste der arme Kommandeur des Geschwaders da oben die Reporter persönlich anbrüllen, dass sie gefälligst die Sicherheitsinteressen des Landes respektieren sollten.«

Lass sie noch ein bisschen weitermachen, beschloss er.

»Also, was wissen wir alles in allem?«, sagte er.

Sie schaute pflichtschuldigst auf ihre Blätter, aber er hatte das Gefühl, dass sie ohnehin alle Einzelheiten auswendig wusste.

»In der Nacht vom 17. auf den 18. November 1969 explodierte ein Jagdflugzeug vom Typ Drache mitten auf dem Gelände des Fliegerhorsts F21 in Kallaxheden bei Luleå«, sagte sie schnell. »Ein Mann erlitt so schwere Verbrennungen, dass er seinen Verletzungen erlag.«

»Es war ein Wehrpflichtiger, nicht wahr?«

»Wie sich mit der Zeit herausstellte, ja. Er wurde mit dem Rettungshubschrauber in die Universitätsklinik von Uppsala geflogen und schwebte eine Woche zwischen Leben und Tod, bevor er starb. Seine Familie bekam einen Maulkorb verpasst und machte ein paar Jahre später einen Riesenaufstand, weil sie kein Schmerzensgeld vom Militär bekommen hatte.«

»Und es ist nie jemand verhaftet worden?«

»Die Polizei verhörte an die tausend Personen, die Sicherheitspolizei vermutlich noch mehr. Man nahm alle linken Gruppierungen bis zur letzten Schuppe unter die Lupe, ohne etwas zu finden. Die Sache gestaltete sich jedoch insgesamt recht schwierig. Die verschiedenen Splittergruppen hatten sich gut voneinander abgeschottet. Keiner wusste vom anderen, wie er hieß, alle hatten einen Decknamen.«

Anders Schyman lächelte etwas wehmütig, er hatte damals selbst für kurze Zeit die Identität eines »Per« angenommen.

»Aber so etwas lässt sich doch nie geheim halten.«

»Natürlich nicht ganz, immerhin hatte jeder in den einzelnen Gruppen enge Freunde, aber wenn ich es richtig verstanden habe, gibt es selbst heute noch Leute in Luleå, die einander nur über den Decknamen kennen, den sie Ende der sechziger Jahre in irgendwelchen linken Gruppen benutzten.«

Sie selbst war damals wahrscheinlich noch gar nicht geboren, dachte er.

»Und wer hat es getan?«
»Was?«
»Das Flugzeug in die Luft gejagt.«
»Ach so, vermutlich die Russen. Jedenfalls kam das Militär zu dieser Schlussfolgerung. Die weltpolitische Lage war damals ja noch ein wenig anders als heute, wir reden hier über eine Zeit übelsten Wettrüstens, der Kalte Krieg war auf seinem Höhepunkt angelangt.«
Er schloss kurz die Augen und beschwor die Bilder und den Zeitgeist herauf.
»Es gab eine Riesendiskussion über die Bewachung von Militäranlagen«, erinnerte er sich auf einmal.
»Genau. Plötzlich forderte die Öffentlichkeit, will sagen, die Medien, dass jeder einzelne Standort in ganz Schweden besser bewacht werden müsse als der Eiserne Vorhang. Das war natürlich völlig unrealistisch und hätte den gesamten Verteidigungshaushalt verschlungen. Aber man verschärfte die Wachmaßnahmen eine Zeit lang und baute innere Sicherheitszonen auf dem Gelände des Fliegerhorsts auf. Superhohe kameraüberwachte Absperrungen mit Alarmanlagen um alle Hangars und Ähnliches.«
»Und jetzt wollen Sie dorthin fahren? Mit welchem Chef vom Dienst haben Sie darüber gesprochen?«
Sie warf einen Blick auf die Uhr.
»Mit Jansson. Ich habe mir vorsorglich einen Platz in einem Flieger heute Nachmittag reservieren lassen. Ich möchte mich mit einem Journalisten von der *Norrlands-Tidningen* treffen, einem Typen, der angeblich eine ganze Menge neuer Informationen zu dem Anschlag ausgegraben hat. Er reist am Freitag nach Südostasien und ist bis Weihnachten weg, deshalb wird die Zeit ein wenig knapp. Sie müssen die Sache nur noch absegnen.«
Anders Schyman war plötzlich wieder ein wenig gereizt, vielleicht, weil sie sich so hektisch entschuldigte.
»Ja, konnte denn Jansson das nicht erledigen?«
Sie wurde rot.

»Im Prinzip schon«, sagte Annika Bengtzon und sah ihm in die Augen, »aber Sie wissen ja selbst, wie das läuft. Er wollte Ihre Erlaubnis, um auf der sicheren Seite zu sein.«

Schyman nickte.

Sie schloss vorsichtig die Tür hinter sich. Er sah ihr lange nach und wusste genau, wie sie sich fühlte. Sie ist ein maßloser Mensch, dachte er. Ich habe das schon immer gewusst. Ihr fehlt jeglicher Selbsterhaltungsinstinkt. Sie ist bereit, sich Dingen auszusetzen, auf die normale Menschen nicht einmal im Traum kämen. Weil ihr irgendetwas fehlt. Auf ihrem Lebensweg ist etwas abhanden gekommen, mit der Wurzel ausgerissen worden, und die Narben sind mit den Jahren abgeschliffen worden, sodass sie sich selbst und der Welt gegenüber schonungslos wurde. Erhalten hat sich ihr Gerechtigkeitspathos, die Wahrheit als Leuchtturm in einem Gehirn voller Finsternis. Sie kann einfach nicht anders.

Das konnte bisweilen ungeheuer anstrengend sein.

Schyman erinnerte sich daran, wie die Euphorie der Redaktionsleitung nach dem Studium der Auflagenzahlen während des Weihnachtswochenendes ein jähes Ende gefunden hatte, als sich herausstellte, dass Bengtzon, die während ihrer Zeit als Geisel ein Exklusivinterview mit der Mörderin geführt hatte, sich weigerte, es zur Veröffentlichung freizugeben. Das Interview war auf dem Computer des ermordeten Olympia-Chefs festgehalten worden, und Schyman hatte es gelesen, der Text war sensationell. »Das wäre doch genau das, was diese Irre wollte«, hatte Bengtzon damals argumentiert. »Und da ich die Rechte an dem Interview habe, kann ich nein sagen.«

Sie hatte gewonnen. Hätten sie den Artikel gegen ihren Willen gebracht, hätten sie eine Klage am Hals gehabt, das hatte sie ihm geschworen. Auch wenn Bengtzon den Prozess unter Umständen verloren hätte, entschloss Schyman sich angesichts des hohen Renommees, das diese Geschichte der Zeitung trotz allem eingetragen hatte, sie nicht herauszufordern.

Sie ist nicht dumm, dachte Anders Schyman, aber vielleicht hat sie ihren Biss verloren.

Er stand auf und wandte sich wieder seinen Diagrammen zu.

Nun ja. Es würden sicher weitere Einsparungen nötig werden.

Die letzten Sonnenstrahlen verbreiteten feuerrotes Licht im Flugzeug, obwohl es erst zwei Uhr nachmittags war. Annika hielt nach Lücken in der Wolkendecke unter ihr Ausschau, fand jedoch keine. Als der dicke Mann neben ihr ächzend die *Norrlands-Tidningen* aufschlug, bekam sie seinen Ellbogen in die Rippen.

Sie schloss die Augen, zog sich ganz in sich selbst zurück, schottete sich ab von der rauschenden Belüftung, dem Schmerz nach dem Stoß in die Seite, von den Angaben des Kapitäns zur Außentemperatur und zum Wetter in Luleå. Stattdessen ließ sie sich mit tausend Kilometern in der Stunde transportieren. Ihr war schwindlig. Laute Geräusche überraschten sie in letzter Zeit auf eine Art, die ihr gänzlich neu war. Offene Flächen erschienen ihr unendlich groß, in engen Räumen bekam sie Beklemmungen. Ihre räumliche Wahrnehmung verzerrte sich oft derart, dass sie Probleme mit dem Abschätzen von Abständen bekam und ständig mit blauen Flecken übersät war, weil sie gegen Möbel, Wände, Autos und Bordsteine lief. Manchmal blieb ihr auch urplötzlich die Luft weg. Die Menschen in ihrer Nähe verbrauchten allen Sauerstoff, für sie blieb nichts mehr übrig.

Doch das war alles nicht so schlimm, denn sie wusste, wenn sie nur ein wenig wartete, ging es vorüber, die Geräusche kehrten zurück, und die Farben wurden wieder normal, alles nicht so schlimm.

Sie verdrängte die Gedanken, ließ sich einlullen und merkte noch, wie ihr die Kinnlade herunterfiel. Unmittelbar darauf waren die Engel da.

Haare wie Regen, sangen sie, *Lichtgestalt und Sommerwind, es ist nicht schlimm, Kirschenlinde …*

In panischer Angst fuhr sie auf ihrem Sitz in die Höhe und schlug gegen das heruntergeklappte Tischtablett, sodass der Orangensaft überschwappte. Ihr pochendes Herz übertönte alle anderen Geräusche. Der fette Mann neben ihr machte eine Bemerkung, aber sie hörte ihn nicht.

Nichts versetzte sie so in Angst und Schrecken wie das Lied, das die Engel sangen. Solange sie in ihren Träumen geblieben waren, hatte Annika nichts gegen sie gehabt. Die Stimmen sangen in den Nächten für sie, einförmig und tröstend, sinnlose Worte von undefinierbarer Schönheit. Mittlerweile machten sie jedoch manchmal nach dem Aufwachen weiter, und das bereitete ihr große Sorgen. Sie schüttelte den Kopf, räusperte sich, rieb sich die Augen und versicherte sich, dass die Notebook-Tasche keine Saftspritzer abbekommen hatte.

Als der stählerne Flugzeugrumpf vor der Landung die Wolkendecke durchbrach, war er von umherwirbelndem Eis umgeben. Durch das Schneegestöber erhaschte sie einen Blick auf das halb gefrorene Grau des Bottnischen Meerbusens, das von braunen, felsigen Schären und größeren Inseln unterbrochen wurde.

Die Landung war holprig, der Wind zerrte an der Maschine.

Sie kam als Letzte aus dem Flugzeug, nachdem sie rastlos hatte warten müssen, bis der fette Mann sich aus seinem Sitz erhoben, sein Gepäck aus der Ablage geholt und sich umständlich seinen Mantel angezogen hatte. Auf dem Weg hinaus überholte sie ihn und stellte zufrieden fest, dass er in der Schlange vor dem Mietwagenschalter weit hinter ihr gelandet war.

Mit den Autoschlüsseln in der Hand eilte sie an den Taxifahrern am Ausgang vorbei, einer Ansammlung dunkler Uniformen, die lauthals lachten und mit ungeniert abschätzenden Blicken zu ihr herüberschielten.

Die Kälte überrumpelte sie in dem Moment, als sie das Flughafengebäude verließ. Vorsichtig holte sie Luft und schob den Riemen ihrer Tasche höher auf die Schulter. Die lange Reihe dunkelblauer Taxis weckte Erinnerungen an einen früheren Besuch im Norden, bei dem sie mit Anne Snapphane unterwegs nach Piteå gewesen war. Das muss jetzt zehn Jahre her sein, dachte sie. Mein Gott, wie die Zeit vergeht.

Der Parkplatz lag rechts hinter der Bushaltestelle. Die nackte Hand, die das Notebook trug, kühlte im Windseile völlig aus. Das Geräusch ihrer Schritte erinnerte an zerbrechendes Glas und erfüllte sie mit Zuversicht. Die Bewegung verscheuchte Angst und Zweifel, sie war unterwegs, hatte ein Ziel, ihre Arbeit war sinnvoll.

Der Wagen stand am hinteren Ende des Parkplatzes, und sie musste erst das Nummernschild vom Schnee befreien, um sicher zu sein, den richtigen gefunden zu haben.

Unendlich langsam senkte sich die Dämmerung herab und verdrängte einen Tag, an dem es niemals richtig hell geworden war. Der fallende Schnee verwischte die Konturen des Waldes aus kleinen Fichten, der den Parkplatz säumte. Sie beugte sich vor und lugte durch die Windschutzscheibe hinaus.

Luleå, Luleå, in welcher Richtung lag Luleå?

Mitten auf einer langen Brücke, die Richtung Stadtzentrum führte, schneite es auf einmal etwas weniger, und Annika konnte tief unter sich die zugefrorene weiße Flussmündung erahnen. Die Brückenbögen hoben und senkten sich über ihr in sanften Wellen, während das Auto weiterrollte, und nach und nach löste sich die Silhouette der Stadt aus dem Schneegestöber. Rechts von ihr erhoben sich schwarze Industrieskelette in den Himmel.

Das Stahlwerk und der Eisenerzhafen, dachte sie.

Als die Häuser sie zu allen Seiten umgaben, musste sie an ihre Kindheit denken. Luleå war ein arktisches Katrineholm, kälter, grauer und verlassener. Die Häuser trugen diffuse Farben, waren flach und aus Blech, Eternit, Steinplatten oder Ziegelsteinen erbaut, die breiten Straßen nur wenig befahren.

Das Stadthotel war leicht zu finden, es lag auf der Storgatan neben dem Rathaus. Erstaunt stellte sie fest, dass es direkt vor dem Eingang freie Parkplätze gab.

Von ihrem Zimmer aus hatte sie einen Blick auf das Norrbotten-Theater und eine Bucht, die ein eigenartig farbloser Anblick war. Das bleigraue Wasser des Flusses schluckte alles Licht. Sie kehrte dem Fenster den Rücken zu, lehnte das Notebook gegen die Badezimmertür und legte Zahnbürste und frische Wäsche auf das Bett, um sie nicht in der Tasche mit herumschleppen zu müssen. Anschließend setzte sie sich an den Schreibtisch und rief über das Hoteltelefon bei der *Norrlands-Tidningen* an. Sie ließ es fast zwei Minuten lang klingeln und wollte gerade auflegen, als sich eine mürrische Frauenstimme meldete.

»Ich möchte Benny Ekland sprechen«, sagte Annika und sah aus dem Fenster. Mittlerweile war es völlig dunkel. Sekundenlang lauschte sie dem leisen Rauschen in der Leitung.

»Hallo?«, rief sie. »Ist Benny Ekland zu sprechen? Hallo?«

»Hallo?«, sagte die Frau leise.

»Wir waren diese Woche verabredet, mein Name ist Annika Bengtzon«, sagte sie, stand auf und wühlte auf der Suche nach einem Stift in ihrer Tasche.

»Dann haben Sie es noch nicht gehört?«, fragte die Frau.

»Was?«, sagte Annika und holte ihre Notizen heraus.

»Benny ist tot. Wir haben es heute Morgen erfahren.«

Erst wollte sie auflachen, erkannte dann jedoch, dass dies kein besonders gelungener Scherz war, und wurde stattdessen wütend.

»Was reden Sie denn da?«, sagte sie.

»Wir wissen nicht genau, was passiert ist«, erwiderte die Frau mit erstickter Stimme. »Nur, dass es ein Unfall war. Wir sind hier alle total geschockt.«

Annika blieb mit ihren Aufzeichnungen in der einen Hand und Hörer und Stift in der anderen stehen und starrte ihr Spiegelbild im Fenster an. Einen Moment lang schien sie frei im Raum zu schweben.

»Hallo?«, sagte die Frau am anderen Ende. »Möchten Sie mit jemand anders sprechen?«

»Mein ... herzliches Beileid«, sagte Annika und schluckte. »Wie ist das passiert?«

»Ich weiß es nicht«, antwortete die Frau und weinte nun fast. »Ich muss jetzt ein anderes Gespräch annehmen, und dann höre ich für heute auf. Es ist ein furchtbarer Tag gewesen, ein furchtbarer Tag ...«

Nach diesen Worten blieb der Hörer stumm. Annika legte auf, setzte sich aufs Bett und unterdrückte eine rasch aufwallende Übelkeit. Dann sah sie, dass unter einem der Nachttische ein örtliches Telefonbuch lag. Sie zog es zu sich heran, suchte die Telefonnummer der Polizei heraus, wählte sie und landete im Polizei- und Gerichtszentrum.

»Ja, der Journalist«, sagte der Dienst habende Beamte gestresst, als sie ihn fragte, was Benny Ekland zugestoßen war. »Das ist irgendwo draußen im Stadtteil Svartöstaden passiert. Am besten, Sie sprechen mit Suup von der Kriminalpolizei.«

Während sie verbunden wurde, lauschte sie den Geräuschen des Hotels: Wasser, das durch eine Leitung in der Wand rieselte, eine rauschende Entlüftung auf dem Hinterhof, stöhnende Sexgeräusche vom Pay-TV des Zimmernachbarn.

Kommissar Suups Stimme klang, als hätte er ein Alter und einen Grad von Erfahrung erreicht, in dem einen nur noch wenig erschüttern konnte.

»Traurige Geschichte«, sagte er und seufzte schwer. »Ich glaube, in den letzten zwanzig Jahren habe ich praktisch täglich mit Ekland gesprochen. Er rief dauernd an, war bissig wie ein Frettchen. Immer gab es irgendetwas, worüber er mehr wissen wollte, etwas, das er überprüfen musste, obwohl wir eigentlich nichts darüber sagen durften, was er natürlich nur zu gut wusste. Jetzt hören Sie mal, Suup, nun kommen Sie schon, das passt irgendwie nicht zusammen, wie ist es damit und damit, oder auch, was zum Teufel treibt ihr eigentlich den ganzen Tag bei der Polizei, Däumchen drehen oder was ...«

Kommissar Suup lachte leise und wehmütig. Annika strich sich über die Stirn, hörte die deutsche Pornodarstellerin auf der anderen Seite der Wand ihren vorgetäuschten Orgasmus herausschreien und wartete darauf, dass der Mann weitersprach.

»Er wird mir fehlen«, meinte Suup schießlich.

»Ich wollte mich mit ihm treffen«, sagte Annika, »wir hatten verabredet, unser Material abzustimmen und zu vergleichen. Woran ist er gestorben?«

»Der Obduktionsbericht liegt mir noch nicht vor, und ich möchte nicht darüber spekulieren, was die eigentliche Todesursache war.«

Die träge Zurückhaltung des Polizeibeamten machte sie nervös.

»Aber was ist denn nun passiert? Wurde er erschossen? Erschlagen? Erstochen?«

Der Kommissar seufzte.

»Was soll's«, sagte er, »es kommt ja doch früher oder später heraus. Wir glauben, dass er überfahren wurde.«

»Es war ein Autounfall? Er ist totgefahren worden?«

»Mit hoher Geschwindigkeit von einem Fahrzeug, das vermutlich ein größerer Pkw war. Wir haben unten im Eisenerzhafen einen gestohlenen Volvo mit Karosserieschäden gefunden, der könnte es gewesen sein.«

Sie holte ihre Tasche und zerrte den Notizblock heraus.

»Wann werden Sie das genau wissen?«

»Wir haben das Auto gestern Nachmittag hergebracht. Die Spurensicherung untersucht es gerade. Morgen oder am Mittwoch.«

Annika setzte sich mit dem Notizblock im Schoß aufs Bett. Als sie zu schreiben versuchte, bog er sich und rutschte weg.

»Wissen Sie, um wie viel Uhr es passiert ist?«

»Irgendwann am Sonntagabend oder am frühen Montagmorgen. Er ist am Sonntag noch in einer Kneipe in der Stadt gesehen worden und hat vermutlich den Bus nach Hause genommen.«

»Wohnte er in …«

»In Svartöstaden, ja. Ich glaube mich sogar erinnern zu können, dass er da draußen geboren ist.«

Der Stift streikte, und sie malte große, harte Kreise auf dem Block, bis er wieder schrieb.

»Wo ist er gefunden worden und von wem?«

»Am Zaun zu einem Fußballfeld, gegenüber vom Eisenhüttenwerk. Er muss im hohen Bogen geflogen sein. Ein Arbeiter, der von der Schicht kam, rief gestern früh an.«

»Und von der Person, die ja wohl Fahrerflucht begangen hat, fehlt jede Spur?«

»Der Wagen wurde am Samstag in Bergnäset gestohlen, und dann haben wir natürlich vor Ort ein paar Dinge gefunden …«

Kommissar Suup verstummte. Der Lustmolch nebenan hatte inzwischen auf MTV umgeschaltet.

»Was halten Sie von der Sache?«, fragte sie schließlich leise.

»Junkies«, sagte der Polizist im gleichen Tonfall. »Zitieren Sie mich bloß nicht, aber die waren wahrscheinlich so high wie der Kaknästurm in Stockholm, es war glatt, sie fuhren ihn an und machten die Biege. Fahrlässige Tötung. Aber wir werden sie schnappen. Ganz sicher.«

Annika hörte Stimmen im Hintergrund, Menschen, die im Präsidium arbeiteten und die Aufmerksamkeit des Kommissars erforderten.

»Eine Frage nur noch«, sagte sie. »Haben Sie im November 1969 auch schon in Luleå gearbeitet?«

Der Mann lachte kurz.

»Ich bin zwar schon ziemlich alt, sodass es durchaus möglich gewesen wäre, aber den großen Knall auf F21 habe ich leider um ein paar Monate verpasst. Ich war zu der Zeit noch in Stockholm und fing erst im Mai siebzig hier oben bei der Streifenpolizei an.«

Als sie ihren Anorak angezogen und die Handschuhe in der Tasche gefunden hatte, klingelte ihr Handy. Auf dem Display erschien die Meldung *Teilnehmer unbekannt*, was auf drei mögliche Anrufer hindeutete: die Zeitung, Thomas oder Anne Snapphane.

Sie zögerte ein paar Sekunden, stellte dann die Verbindung her und schloss die Augen.

»Ich sitze hier auf meinem Bürostuhl *Operativ* von Ikea«, verkündete Anne, »und lege in diesem Moment die Füße auf den Schreibtisch *Prioritet*. Wo bist du?«

Annika ließ erleichtert die Schultern sinken. Sie brauchte keine Schuldgefühle zu haben, keine Forderungen zu erfüllen.

»In Luleå. Heißt das, du durftest in dein neues Büro?«

»Mit Namensschild an der Tür und allem Drum und Dran. Das ist das erste Gespräch von meinem neuen *Doro*-Telefon. Was habe ich für eine Nummer?«

»Die ist noch geheim«, sagte Annika und ließ die Handschuhe und den Anorak wieder zu Boden fallen. »Was hat der Arzt gesagt?«

Ihre Freundin seufzte schwer.

»Er schien müder zu sein als ich«, sagte sie, »aber man muss vielleicht auch Verständnis für ihn haben. Ich gehe jetzt schon fast zehn Jahre zu ihm. Das kann jeden an den Rand der Erschöpfung bringen. Aber ich weiß wenigstens, an welcher Krankheit ich leide, ich weiß, dass ich eine Hypochonderin bin.«

»Aber auch Hypochonder können einen Gehirntumor bekommen«, sagte Annika.

»Verdammt«, rief Anne Snapphane entsetzt. »Daran habe ich noch gar nicht gedacht.«

Annika lachte und wurde von einer Wärme erfüllt, die nur Anne ihr einflößen konnte.

»Was soll ich denn machen?«, sagte Anne. »Wie soll ich weniger stressig leben? Für morgen ist eine Pressekonferenz anberaumt, und ich muss die ganzen Besitzverhältnisse erläutern und den ganzen technischen Scheiß mit Sendelizenz und so.«

»Wieso denn das?«, sagte Annika. »Du bist doch Programmdirektorin. Überlass das doch dem Geschäftsführer.«

»Der ist in New York. Was hältst du hiervon: TV Scandinavia ist im Besitz eines Konsortiums amerikanischer Investoren, die alle über langjährige Erfahrung im Betrieb von Fersehsendern verfügen. Wir werden in Finnland, Dänemark, Norwegen und Schweden digital senden, mit Firmensitz und Fernsehstudios in Stockholm. Die Eigentümer von TV Scandinavia sind zu dem Schluss gekommen, dass es in den skandinavischen Landern plus Finnland, die zusammengenommen ein Zehntel der in den USA zugänglichen Fernsehzuschauer haben, ein ungenutztes Fernsehpotenzial gibt. In der Gesetzesvorlage, die das Kulturministerium im Januar in das Parlament einbringen will, wird Kultusministerin Karina Björnlund vorschlagen, dass für digitales Fernsehen in Zukunft die gleichen Wettbewerbsbedingungen gelten werden wie für den übrigen Markt, sodass es der Post- und Telekommunikationsaufsicht obliegt, allen eine Sendelizenz zu erteilen, welche die vorgegebenen Bedingungen erfüllen … Was meinst du, wie klingt das?«

»Ich habe bei Konsortium abgeschaltet«, antwortete Annika. »Kannst du das nicht ein bisschen aufpeppen?«

Anne Snapphane seufzte.

»Wenn du wüsstest, was das für einen Aufstand auslösen wird«, sagte sie. »Wir werden die etablierten Fernsehsender auf ganz neue Art herausfordern, weil wir digital senden dürfen, und da alle in Skandinavien digitales Fernsehen empfangen können, werden wir jeden Haushalt in ganz Nordeuropa erreichen. Alle werden uns hassen.«

»Dann sprich doch einfach gar nicht darüber«, schlug Annika vor und sah auf die Uhr. »Erzähl lieber was über die Kinderprogramme, die ihr senden werdet, was ihr für die Bildungs- und Kulturprogramme tun wollt, dass ihr vorhabt, Nachrichten und selbst produzierte Dokumentationen über die Menschen in der Dritten Welt zu senden.«

»Ha, ha«, erwiderte Anne säuerlich. »Sehr witzig.«

»Ich muss los«, sagte Annika.

»Ich muss was trinken«, erwiderte Anne.

Die Redaktionsräume der *Norrlands-Tidningen* lagen auf drei Etagen verteilt in einem Gebäude zwischen Rathaus und Residenz. Annika schaute an der gelben Backsteinfassade hoch und schätzte, dass das Haus Mitte der fünfziger Jahre erbaut sein musste.

Das hätte genauso gut der *Katrineholms-Kuriren* sein können, jedenfalls sah das Haus ganz ähnlich aus. Der Eindruck verstärkte sich noch, als sie sich zu der Glastür vorbeugte und in den Empfangsbereich hineinlugte. Der Raum lag im Halbdunkel und war menschenleer, ein beleuchtetes Notausgangsschild verlieh Zeitungsständern und Besucherstühlen grünliche Konturen.

Es raschelte in dem Lautsprecher über der Klingel der Redaktion.

»Ja, bitte?«

»Ich heiße Annika Bengtzon und bin Reporterin beim *Abendblatt*. Ich war heute Abend eigentlich mit Benny Ekland verabredet, habe aber jetzt erfahren, dass er tot ist.«

Sie sah in den Himmel hinauf. Die Wolken waren weggezogen und die Sterne aufgegangen. Die Temperatur fiel schnell, und sie rieb die Handschuhe aneinander.

»Ja, und?«, erklang von neuem die raue Redaktionsstimme, in der das Misstrauen die schlechte Technik übertönte.

»Benny sollte Material von mir bekommen, wir wollten gemeinsam ein paar Sachen durchgehen.«

Jetzt kam die Antwort schnell.

»Im Austausch gegen was?«

»Lassen Sie mich doch bitte rein, dann können wir uns weiter unterhalten«, sagte sie.

Drei Sekunden statischen Zögerns später surrte der Türöffner, und Annika zog die Tür auf. Warme, nach Papierstaub riechende Luft strömte ihr entgegen. Sie ließ die Tür hinter sich ins Schloss fallen, während ihre blinzelnden Augen sich an das grüne Leitlicht zu gewöhnen versuchten.

Die Treppe zu den Redaktionsräumen lag links vom Foyer, abgewetztes graues Laminat mit Gummileisten.

Ein großer Mann in einem weißen Hemd, das kurz über dem Hosenbund einen Spaltbreit aufklaffte, empfing sie am Kopierer. Sein Gesicht war hochrot, seine Augen blutunterlaufen.

»Es tut mir wirklich sehr Leid«, sagte Annika und streckte ihm die Hand entgegen. »Benny Ekland war auch bei uns eine lebende Legende.«

Der Mann gab ihr die Hand, nickte und stellte sich als Pekkari vor. Er war der verantwortliche Redakteur für den Spätdienst.

»Benny hätte jederzeit und bei jeder Stockholmer Zeitung einen Job bekommen können, er hat mehrfach Angebote abgelehnt, weil er hier bleiben wollte.«

Annika versuchte zu lächeln, um so ihre schmeichelnde Lüge wieder gutzumachen.

»Das ist mir bewusst«, murmelte sie.

»Möchten Sie einen Kaffee?«

Sie folgte dem Redakteur zum Pausenraum, einem winzigen, fensterlosen Verschlag mit zwei Kochplatten, der zwischen den Ressorts Samstagsbeilage und Leserpost eingeklemmt lag.

»Sie waren das in dem Tunnel, nicht wahr?«, meinte er konstatierend.

Annika nickte kurz und zog ihre Jacke aus, während der Mann zähflüssigen Teer in zwei schlecht gespülte Tassen goss.

»Also schön, welche Art von Gefallen wollten Sie beide denn nun austauschen?«, fragte Pekkari und hielt ihr die Zuckerdose hin.

Sie hob abwehrend die Hand.

»Ich habe in letzter Zeit einiges über Terrorismus geschrieben. Letzte Woche sprach ich mit Benny über den Anschlag auf F21, und er meinte, er sei da einer Sache auf der Spur. Einer richtig großen Sache, einer genauen Beschreibung dessen, was damals passierte.«

Der Redakteur stellte die Zuckerdose auf den Tisch und wühlte mit nikotinfleckigen Fingerspitzen in den Würfeln.

»Wir haben die Geschichte am Freitag gebracht«, sagte er.

Annika war konsterniert, hatte sie doch weder im Rundfunk noch im Fernsehen ein Wort über Enthüllungen gehört.

Pekkari ließ drei Stück Zucker in seine Tasse fallen.

»Ich weiß, was Sie jetzt denken«, sagte er. »Aber Sie arbeiten für einen Medienriesen, Sie wissen nicht, wie es bei einer Lokalzeitung ist. Die Presseagenturen interessieren sich nur für Stockholm. Für die sind unsere Sensationen nur Katzendreck.«

Das ist nicht wahr, revoltierte sie innerlich, das kommt ganz auf das Niveau eurer Artikel an. Dann verdrängte sie den Gedanken und sah nach unten.

»Meine erste Stelle hatte ich beim *Katrineholms-Kuriren*«, sagte sie, »ich weiß also durchaus, wie es läuft.«

Der Mann riss die Augen auf.

»Dann kennen Sie Macke?«

»Vom Sport? Klar. Er ist eine Institution.«

Schon zu meiner Zeit unerträglich und ständig betrunken, dachte Annika und lächelte den Redakteur an.

»Was wollten Sie Benny geben?«, sagte der Mann und schlürfte seinen Kaffee.

»Ein paar historische Überblicke«, antwortete sie schnell. »Vor allem Archivmaterial aus den Siebzigern, sowohl Bilder als auch Text.«

»Das gibt es doch auch alles im Internet«, meinte Pekkari.

»Die Sachen hier nicht.«

»Dann wollten Sie ihm also nicht seine Story abluchsen?«

Die Augen des Mannes nahmen sie über den Tassenrand hinweg ins Visier, sie begegnete ruhig seinem Blick.

»Ich habe viele Fähigkeiten, aber Gedankenlesen gehört noch nicht dazu. Benny hat mich angerufen. Wie hätte ich sonst herausfinden sollen, dass er etwas in der Mache hatte?«

Der Redakteur nahm sich einen weiteren Zuckerwürfel und lutschte daran, während er gleichzeitig seinen Kaffee trank und nachdachte.

»Sie haben Recht«, sagte er dann. »Was brauchen Sie?«

»Jemanden, der mir Bennys Artikel über Terrorismus heraussucht.«

»Gehen Sie ins Archiv und sprechen Sie mit Hasse.«

So sehen sämtliche Zeitungsarchive in ganz Schweden aus, dachte sie, und Hans Blomberg sieht aus wie der Inbegriff eines Archivars. Ein kleiner, verstaubter Mann in einer grauen Strickjacke, mit einer Brille und einer überkämmten Glatze. Sogar seine Pinnwand enthielt die vorhersehbaren Requisiten: eine Kinderzeichnung eines gelben Dinosauriers, ein neunmalkluges geflügeltes Wort »Warum bin ich nicht REICH statt SCHÖN?« und einen Kalender, auf dem bis zu einem nicht näher definierten Ziel heruntergezählt wurde, begleitet von der Ermahnung »HALTE DURCH!«.

»Benny war ein verdammt sturer Bursche«, meinte der Archivar und setzte sich ächzend an seinen Computer. »Eine wahre Landplage. Er gab niemals auf und produzierte mehr als jeder andere, den ich erlebt habe, gelegentlich übrigens mehr Masse als Klasse. Kennen Sie den Typus?«

Er sah Annika über den Rand seiner Brille hinweg an, und sie konnte sich ein Lächeln nicht verkneifen.

»Man soll nicht schlecht über die Toten reden«, sagte der Mann und spielte einen langsamen Zeigefingerwalzer auf der Tastatur, »aber man kann doch trotzdem ehrlich sein, nicht wahr?«

Er zwinkerte ihr schelmisch zu.

»Der Todesfall scheint die Redaktion sehr getroffen zu haben«, sagte Annika zögernd.

Hans Blomberg seufzte.

»Er war der Star der Zeitung, der Liebling der Chefetage, das Hassobjekt der Gewerkschaft, Sie wissen schon, so ein Typ, der nach einem Auftrag beschwingt in die Redaktion gerannt kam und rief: Sucht meinen Bildeinschlag heraus, denn heute Abend bin ich unsterblich.«

Annika musste lachen, sie hatte tatsächlich schon mal jemanden genau diese Worte sagen hören, wahrscheinlich war es Carl Wennergren gewesen.

»Nun gut, meine Liebe, dann erzählen Sie mir mal, was Sie interessiert?«

»Bennys Serie über den Terrorismus, vor allem der Artikel über F21, der vor ein paar Tagen erschienen ist.«

Der Archivar sah sie an, seine Augen blitzten auf.

»Aha«, sagte er, »dass ein Mädchen wie Sie sich für so gefährliche Dinge interessiert?«

»Lieber Onkel Blomberg«, erwiderte Annika, »ich bin verheiratet und habe zwei Kinder.«

»Ja, ja«, seufzte er, »immer diese Feministinnen. Wollen Sie einen einfachen Computerausdruck oder den Seitenausschnitt?«

»Am liebsten den Seitenausschnitt, wenn es Ihnen nicht zu viel Mühe macht«, sagte Annika.

Der Mann stöhnte laut und stand wieder auf.

»Diese Computer«, sagte er, »mit ihnen sollte doch alles so viel einfacher werden, aber nein. Doppelte Arbeit, das ist bei der Vernetzung herausgekommen.«

Er verschwand zwischen den Aktenschränken, murmelte »T, T, Terrorismus …«, zog an Schubladen, seufzte und stöhnte.

»Hier«, rief er wenige Augenblicke später und hielt triumphierend einen braunen Umschlag in die Höhe. Die Haarsträhnen auf seinem Scheitel waren nach vorn gerutscht, und seine Glatze glänzte. »Terrorismus à la Ekland. Setzen Sie sich da drüben hin. Ich bin noch bis sechs hier.«

Annika nahm den Umschlag entgegen, öffnete ihn mit feuchten Fingern und ging zu dem Schreibtisch, den er ihr zugewiesen hatte. Zeitungsausschnitte waren im Vergleich zu Computerausdrucken von Artikeln wesentlich aussagekräftiger. Auf einem Ausdruck waren alle Überschriften gleich groß, alle Texte gleich lang, alle Bilder gleich klein. Auf Zeitungsseiten lebten und atmeten die Artikel unter protzigen oder grazilen Überschriften, allein das Schriftbild verriet ihr einiges darüber, was die Redakteure erreichen, welche Signale sie setzen wollten. Umfang, Ausführung und technische Qualität der Bilder erzählten einem noch mehr darüber, wie wichtig ein Ereignis eingestuft wurde, aber auch, wie exklusiv gerade dieses Bild oder jener Abzug inmitten der allgemeinen Nachrichtenflut an diesem einen Tag war. Aus den Computerarchiven war das Wissen einer ganzen Berufsgruppe, der Textredakteure, ausradiert worden. Aber hier konnte sie richtiges Material studieren.

Die Ausschnitte waren nach Datum sortiert, die ältesten lagen zuoberst. Der erste Text war Ende April veröffentlicht worden und behandelte pikante Details aus der Geschichte des schwedischen Terrorismus, unter anderem berichtete er über den Erfinder und Doktor der Philosophie Martin Ekenberg aus Töreboda, dem im Grunde nur eine einzige Erfindung gelang: die Briefbombe. Sie stutzte, als sie einige Formulierungen entdeckte, die sie selbst in ihren Artikeln zum gleichen Thema benutzt hatte, die nur ein oder zwei Wochen früher erschienen waren. Ekland hatte sich offensichtlich ausgesprochen handfest von seinen Kollegen inspirieren lassen, dachte sie nüchtern.

Sie blätterte in dem Stapel von Artikeln. Viele Sachen waren alte Hüte, anderes war ihr dagegen vollkommen neu. Sie las mit wachsendem Interesse über den Wirbel in den norrbottnischen Schären im Frühjahr 1987, als die Armee tagelang nach U-Booten und gelandeten sowjetischen Spetsnaz-Verbänden zwischen den Felseneilanden gesucht hatte. Hartnäckig hatte sich mehr als fünfzehn Jahre lang das Gerücht gehalten, ein russischer Froschmann sei von einem schwedischen Offizier ins Bein geschossen worden. Der Hund des Offiziers schlug an, weil er etwas gewittert hatte, der Offizier schoss in ein Gebüsch, woraufhin man Blutspuren im Gestrüpp fand, die sich im Meer verloren. Benny Ekland war offenbar mehr daran interessiert gewesen, das Gerücht so lebendig wie möglich wiederzugeben, als der Frage auf den Grund zu gehen, was da wirklich passiert war. Der militärische Stab in der nordschwedischen Stadt Boden wurde nur kurz mit dem Hinweis zitiert, der Zeitgeist sei Ende der achtziger Jahre ein ganz anderer gewesen als heute und niemand könne sich von Fehleinschätzungen freisprechen, nicht einmal die schwedische Armee, und es würde sich niemals ermitteln lassen, ob es tatsächlich jemals zu Verletzungen der Hoheitsgewässer in den norrbottnischen Fahrwassern gekommen war.

Zuunterst lag der Artikel, nach dem sie suchte, und die Informationen, die er enthielt, waren tatsächlich neu.

Ende der sechziger Jahre wurden die alten Lansen-Maschinen auf Norrbottens Fliegerhorst gegen moderne Flugzeuge vom Typ Drache als Jagd- und Aufklärungsflugzeuge ausgetauscht, schrieb Benny Ekland. Zu jener Zeit wurde der Fliegerhorst immer wieder zum Ziel von Sabotageversuchen an den neuen Flugzeugen. Die dazu benutzten »Waffen« bestanden aus Streichhölzern, die in die Pitot-Rohre der Flugzeuge eingeführt wurden. Diese Rohre saßen wie ein kleiner Speer an der vordersten Spitze des Flugzeugs und dienten der Messung von Luftdaten, wie dem Luftdruck und anderem.

Es galt als relativ sicher, dass die Schuldigen in den Kreisen linksradikaler Gruppen in Luleå, vor allem bei einigen maoistischen Splittergruppen, zu suchen waren. Die Maschinen wurden nie wirklich beschädigt, und es wurden auch keine Streichholzmarodeure gefasst, aber in dem Artikel wurden geheime Quellen auf dem Fliegerhorst F21 angeführt, die bestätigten, dass diese Schurkenstreiche die Grundlage für den schwerwiegenden Anschlag bildeten, der folgen sollte. Offensichtlich ging man in Militärkreisen davon aus, dass die Maoisten etwas entdeckt hatten, was dann katastrophale Folgen zeitigte.

Nach jedem Flug, wenn das Flugzeug auf dem Rollfeld geparkt wurde, musste man Flüssigkeit absorbierendes Material auf der Erde verstreuen oder aber einen rostfreien Eimer hinter das Flugzeug stellen. Es wurde nämlich nicht das gesamte Flugbenzin im Motor verbrannt, sondern ein Teil davon wurde nach dem Abstellen der Maschinen abgesaugt und als Restbenzin gesammelt.

Am Abend des Anschlags, in der Nacht des 18. November 1969, hatte sich das gesamte Jagdgeschwader an einer großen abendlichen Flugübung beteiligt. Hinterher standen die Maschinen noch auf dem Rollfeld, und das war der Moment, in dem die Terroristen zuschlugen.

Statt wie sonst das Streichholz in das Pitot-Rohr zu stopfen, zündete es jemand an und warf es in den Eimer mit Restbenzin, der hinter dem Flugzeug stand. Daraufhin kam es augenblicklich zu einer gewaltigen Explosion.

Angesichts der wenig rühmlichen Rolle des Fliegerhorsts im Zweiten Weltkrieg lag die Vermutung nahe, dass lokal verankerte linke Splittergruppen auch hinter diesem Sabotageakt steckten, nur dass dieser im Gegensatz zu den früheren einen tödlichen Ausgang hatte, schrieb Benny Ekland.

Er schreibt zum Sterben langweilig, dachte Annika, aber die Theorie ist verdammt interessant.

»Kann ich mir den hier kopieren?«, fragte sie und hielt den Artikel hoch.

»Dann fanden Sie ihn also lesenswert?«

»Allerdings«, meinte Annika, »diese Informationen sind mir bisher noch nie untergekommen. Es könnte sich lohnen, sie weiterzuverfolgen.«

»Der Kopierer steht draußen an der Treppe. Wenn Sie ihn ganz lieb sreicheln, funktioniert er vielleicht.«

Der Mann bewegte sich lautlos schwebend durch schwarze Straßen. Der Schmerz war gezügelt, sein Körper voller Kraft.

Luleå war im Laufe der Jahre geschrumpft. In seiner Erinnerung war die Stadt groß und hochnäsig und suhlte sich voller Selbstvertrauen in Flitter und Kommerz.

Heute Nacht war diese Selbstverständlichkeit verschwunden, nicht zu sehen, vermutlich hatte es sie auch nie gegeben. Hier gab es keine Macht. Die Storgatan war für den Autoverkehr gesperrt und zu einem lang gezogenen, windgepeitschten Spielplatz umfunktioniert worden, der von traurigen Zwergbirken gesäumt wurde. Hier sollten die Menschen für ihre Mühen entlohnt werden, hier sollten sie ihre Angst im Konsumrausch vergessen.

Der Fluch der Freiheit, dachte er. Dieser verdammte Renaissancemensch, der eines Morgens im Florenz des 12. Jahrhunderts aufwachte und den Kapitalismus entdeckte, sich im Bett aufsetzte, die Möglichkeiten seines Egos erkannte und begriff, dass der Staat ein Organismus war, der kontrolliert und manipuliert werden konnte.

Vor der Stadtbücherei ließ er sich auf eine Bank fallen, um den schlimmsten Morphiumrausch abklingen zu lassen. Er wusste zwar, dass es nicht gut war, in einer derartigen Kälte regungslos herumzusitzen, doch im Moment machte sie ihm nichts aus. Er wollte hier sitzen bleiben und seine Kathedrale betrachten, das Gebäude, in dem er seine Dynastie begründet hatte. Den hässlichen Anbau an der Ecke zu einer namenlosen Straße, eine seiner Heimstätten auf Erden. Das Gebäude war hell erleuchtet, vermutlich fanden in ihm genau wie damals auch heute noch Versammlungen statt.

Aber bestimmt keine wie die unseren, dachte er, nie im Leben.

Zwei junge Frauen wollten das Gebäude verlassen, er sah sie in der Eingangshalle stehen bleiben und die Kulturplakate an der Wand studieren.

Möglicherweise ist die Tür offen, dachte er benebelt. Man kann vielleicht hineingehen.

Die Mädchen sahen ihn flüchtig an, als sie ihm wenige Meter vor der Tür begegneten, es war ein ausweichender Blick, wie man ihn nur in kleinen und weltfremden Orten antrifft: Den da kennen wir nicht, der kann uns gestohlen bleiben. In größeren Städten nahm man einander erst gar nicht wahr. Das war ihm wesentlich lieber.

Die Bücherei war in der Tat noch geöffnet. Er stellte sich in die Eingangshalle und beschwor die Erinnerungen herauf, und sie kamen, überwältigten ihn und raubten ihm den Atem. Die Zeit wurde ausradiert, er war wieder zwanzig, es war Sommer und heiß, und er hatte sein Mädchen neben sich, seinen geliebten Roten Wolf, die Frau, die erfolgreicher werden sollte, als alle jemals für möglich gehalten hatten. Er zog sie an sich, roch den Hennaduft ihrer kupferfarbenen Haare, konnte ein Schluchzen nicht unterdrücken.

Ein plötzlicher Luftzug um seine Beine riss ihn jäh in die Gegenwart zurück.

»Wie geht es Ihnen? Brauchen Sie Hilfe?«

Ein alter Mann sah ihn freundlich an.

Standardfloskeln, dachte er, schüttelte den Kopf und schluckte seine französische Antwort hinunter.

Die Eingangshalle tauchte in ihrer gesamten prätentiösen Wirklichkeit wieder auf, der Greis ging in die Wärme und ließ ihn mit den Mitteilungen an der Plakatwand allein: eine Lesung, ein Krippenspiel, ein Konzert mit Håkan Hagegård und ein feministisches Festival.

Er wartete, bis sein Atem wieder ruhiger ging, strich die Haare glatt, trat vorsichtig an die Tür zur Bücherei und spähte diskret durch die Scheibe hinein. Anschließend ging er schnell durch den Flur und die hintere Treppe hinab.

Großer Gott, dachte er, ich bin hier, ich bin tatsächlich hier.

Er betrachtete die verschlossenen Türen eine nach der anderen, vergegenwärtigte sich, was hinter ihnen war, kannte hier jeden Raum. Die eichenfarbenen Paneelwände, die Steintreppe, die Klapptische, die schlechte Beleuchtung; er lächelte über seinen Schatten, den jungen Mann, der im Namen des Angelvereins einen Raum gebucht und dann bis tief in die Nacht maoistische Versammlungen abgehalten hatte.

Es war richtig gewesen, hierher zu fahren.

MITTWOCH, 11. NOVEMBER

Anders Schyman zog sein Jackett an und kippte den letzten Schluck Kaffee herunter. Die Dunkelheit ließ die Fenster zu Spiegeln werden, er rückte seinen Kragen vor den Konturen der russischen Botschaft gerade, blieb stehen und starrte in zwei Löcher, wo sich eigentlich seine Augen befinden sollten.

Endlich habe ich es geschafft, dachte er. Jetzt bin ich nicht mehr nur der nützliche Idiot, sondern bestimme selbst. Bei der Aufsichtsratssitzung, die in einer Viertelstunde begann, würde er nicht nur akzeptiert, sondern respektiert werden. Aber wo war die Euphorie? Die Befriedigung? Das Glücksgefühl angesichts der Säulen und Diagramme, die er in den Händen hielt?

Die Augen gaben ihm keine Antwort auf diese Fragen.

»Anders«, knisterte die Sprechanlage, seine Sekretärin klang ein wenig aufgeregt. »Herman Wennergren ist auf dem Weg zu Ihnen.«

Er blieb stehen, und während er auf den Aufsichtsratsvorsitzenden der Zeitung wartete, wurde es draußen allmählich hell.

»Ich bin beeindruckt«, sagte Wennergren in dem für ihn typischen Brustton, als er hereinschlenderte und mit beiden Händen Schymans Hand ergriff. »Haben Sie irgendwo eine Zauberformel gefunden?«

In all den Jahren, die sie sich nun kannten, hatte der Aufsichtsratsvorsitzende nur äußerst selten die journalistische Arbeit der Zeitung kommentiert, doch wenn der Vierteljahresbericht vierzehn Prozent höher lag als die Prognose, die Auflage stieg und der Rückstand gegenüber der Konkurrenz sich deutlich verringerte, musste ein Zauberer am Werk sein.

Anders Schyman lächelte und bot Wennergren einen Platz auf der Besuchercouch an, sodass die beiden Männer sich gegenübersaßen.

»Die Umstrukturierungsmaßnahmen greifen und funktionieren«, sagte Schyman schlicht und sorgfältig darauf bedacht, Torstensson nicht zu erwähnen, seinen Vorgänger und einen guten Freund Wennergrens. »Kaffee? Oder ein kleines Frühstück?«

Der Aufsichtsratsvorsitzende winkte ab.

»Die Sitzung heute sollten wir schnell hinter uns bringen, da ich bald in einer anderen Angelegenheit wegmuss«, sagte er und warf einen Blick auf die Uhr. »Aber ich habe einen Plan, über den ich als Erstes mit Ihnen sprechen möchte, und die Sache brennt mir ein wenig unter den Nägeln.«

Schyman setzte sich auf und machte ein neutrales Gesicht.

»Wie aktiv haben Sie sich im Verband der Schwedischen Zeitungsverleger betätigt?«, fragte Wennergren und betrachtete prüfend seine Fingernägel.

Schyman stutzte, er hatte mit dem Verband bislang nur sporadisch zu tun gehabt.

»Ich bin Ersatzbeisitzer im Vorstand, mehr aber auch nicht«, sagte er.

»Aber Sie sind sich bewusst, wie die Dinge laufen, oder? Sie wissen um das Geschacher in den Korridoren? Das Intrigenspiel und den Klüngel in den verschiedenen Bereichen?«

Wennergren rieb seine Nägel am rechten Hosenbein und sah Schyman unter buschigen Augenbrauen an.

»Ich habe keine praktische Erfahrung damit«, meinte Anders Schyman und spürte, dass er sich auf dünnem Eis bewegte. »Mein Eindruck ist, dass die Tätigkeit ein wenig … kompliziert ist. Die Verleger auf dem Zeitungsmarkt, die normalerweise die ärgsten Konkurrenten sind, sollen sich einigen und vertragen und gemeinsame Ziele verfolgen. Das dürfte nicht immer einfach sein.«

Herman Wennergren nickte bedächtig und kratzte mit einem Nagel unter einem anderen.

»Das ist völlig korrekt«, sagte er. »Die sozialdemokratische Presse, die Bonnierblätter, Schibsted, die großen Lokalzeitungen, unter anderem Hjörnes in Göteborg, Nerikes Allehanda, die Jönköpinggruppe, und natürlich wir, da müssen viele Interessen unter einen Hut gebracht werden.«

»Die Forderung, die Regierung solle der Abschaffung der Werbesteuer Vorrang geben, war immerhin eine Frage, bei der man Erfolg hatte«, sagte Schyman.

»Zum Beispiel«, erwiderte Wennergren. »Im Pressehaus gibt es jedenfalls die Gruppe der geschäftsführenden Direktoren, die sich um den laufenden Betrieb kümmert. Die Aufgabe, Beschlüsse herbeizuführen, hat jedoch der Vorstandsvorsitzende.«

Anders Schyman rührte sich nicht, seine Nackenhaare sträubten sich langsam.

»Wie Sie vielleicht wissen, bin ich Vorsitzender im Wahlausschuss des Verbands«, sagte Wennergren und ließ endlich die Fingerspitzen auf den Couchbezug fallen. »Mitte Dezember soll unser Ausschuss den Vorschlag für die Zusammensetzung eines neuen Vorstands vorlegen, und ich habe die Absicht, mich dafür einzusetzen, dass Sie den Posten des Vorsitzenden bekommen. Was halten Sie davon?«

Der Chefredakteur war viel zu verwirrt, um klar denken zu können.

»Hat nicht in der Regel einer der Direktoren den Vorsitz?«

»Nicht unbedingt, es sind auch schon Redakteure gewählt worden. Verstehen Sie mich nicht falsch, ich will nicht, dass Sie die Zeitung vergessen und nur noch Vorsitzender des Verbands sind – dafür hat es im Laufe der Jahre einige traurige Beispiele gegeben. Aber ich denke, dass Sie der richtige Mann für den Posten wären.«

Jetzt war Schyman alarmiert.

»Und warum?«, sagte er. »Glauben Sie, dass ich leicht zu führen bin? Dass man mich lenken kann?«

Herman Wennergren seufzte vernehmlich, beugte sich vor und legte die Hände auf die Knie, bereit zum Aufstehen.

»Schyman«, sagte er. »Wenn ich auch nur einen Gedanken daran verschwendet hätte, eine Marionette als Vorsitzenden des Verbands zu installieren, wäre ich bestimmt nicht als Erstes zu Ihnen gekommen.«

Er führte seine Bewegung zu Ende und erhob sich schwer und sichtlich verärgert.

»Begreifen Sie denn nicht, dass es sich genau umgekehrt verhält?«, sagte er. »Falls es mir gelingen sollte, Sie auf diesen Posten zu hieven, was noch gar nicht gesagt ist, wird unsere Fraktion ein publizistisches Schwergewicht in der Schaltzentrale des Verbands haben. Darum geht es mir, Schyman.«

Er wandte sich zur Tür.

»Wir wollen nicht zu spät zur Sitzung kommen«, sagte er mit dem Rücken zum Chefredakteur.

Annika ließ die Abfahrt zum Flughafen von Luleå hinter sich und fuhr weiter Richtung Kallaxby. Die Landschaft war vollkommen farblos, die Nadelbäume dunkle Spukgestalten, die Erde schwarzweiß, der Himmel bleigrau. Weiße Schleier aus Pulverschnee tanzten über dem grauschwarzen Asphalt. Das Thermometer des Mietwagens zeigte elf Grad für das Wageninnere und minus vier Grad Außentemperatur an.

Sie fuhr an einer Erdhalde und ungefähr drei Millionen kleinen Fichten vorbei, bis sie endlich die Abfahrt zu Norrbottens Fliegerhorst erreichte.

Die Gerade, die zu dem Luftwaffenstandort führte, war endlos lang, die Erde zu beiden Seiten flach und ohne sichtbare Spuren von Vegetation, die Fichten im Hintergrund waren krumm und gedrungen. Nach einer leichten Rechtskurve tauchten plötzlich Tore und Absperrungen auf, ein großes Wachhaus. Hinter hohen Zäunen konnte sie Häuser und Parkplätze erkennen und fühlte sich augenblicklich wie ein Späher, ein Spion mit verbotenem Auftrag. Unmittelbar hinter den Toren standen zwei Militärflugzeuge, und sie glaubte, in einem eine Maschine vom Typ Drache zu erkennen.

Die Straße verlief parallel zum Zaun, und sie lehnte sich vor, um besser durch die Windschutzscheibe sehen zu können. Langsam fuhr sie am Parkplatz der Wehrpflichtigen vorbei und gelangte zu einem riesigen Feld für Schießübungen. Etwa zehn grün getarnte Männer mit Tannenzweigen auf den Helmen liefen mit automatischen Waffen in den Händen über das Feld, die Karabiner schwangen vor der Brust der Rekruten hin und her. Ein Straßenschild gab Auskunft, dass die Straße nach Lulnäsudden führte, aber ein Verkehrsschild, das ungefähr hundert Meter weiter die Durchfahrt verbot, ließ sie wenden und zurückfahren. Von den grünen Männern war nichts mehr zu sehen. Sie hielt an dem Wachhaus und zögerte einen Moment, ehe sie den Motor ausschaltete und aus dem Wagen stieg. Sie ging an einer Fassade aus glänzendem Blech und spiegelnden Fensterscheiben vorbei, sah keine Luke, keinen Menschen, keine Klingel, nur sich selbst. Plötzlich wurde sie von einer Lautsprecherstimme links über ihrem Kopf angesprochen:

»Worum geht es?«

Sie schaute erschreckt in die Richtung, aus der die Stimme gekommen war, sah aber nichts als Blech und Chrom.

»Ich suche, hmhm, Pettersson«, sagte sie zu ihrem Spiegelbild. »Den Offizier, der für Öffentlichkeitsarbeit zuständig ist.«

»Fliegerhauptmann Pettersson, einen Augenblick, bitte«, sagte die Stimme, die klang, als würde sie einem jungen Rekruten gehören.

Sie wandte dem glänzenden Haus den Rücken zu, spähte durch das Gitter, hinter dem weitere Bäume standen, und erkannte zwischen den Baumstämmen graugrüne Hangars und lange Reihen von Militärfahrzeugen. Von außen ließ sich nicht beurteilen, wie groß der Fliegerhorst wirklich war.

»Gehen Sie durch das Tor und nehmen Sie die erste Tür rechts«, sagte die Geisterstimme.

Annika folgte den Anweisungen, sie war eine gute Staatsbürgerin und eine Spionin.

Der Offizier, der sie in Empfang nahm, war der Prototyp eines Militärs, kerzengerade, grauhaarig und durchtrainiert.

»Annika Bengtzon«, sagte sie und gab ihm die Hand, »wir haben letzte Woche telefoniert. Es ging um den Jahrestag des Anschlags ...«

Der Mann hielt ihre Hand eine Sekunde zu lange fest, und sie wich seinem offenen Blick und dem freundlichen Lächeln aus.

»Wie ich Ihnen bereits am Telefon gesagt habe, gibt es, abgesehen von den bereits veröffentlichten Fakten, nicht viel, was ich Ihnen noch an Informationen zu bieten hätte. Wir können Ihnen mit Zusammenfassungen der damals herrschenden politischen Lage dienen, den Schlussfolgerungen, die wir bereits früher präsentiert haben, sowie einem Rundgang durch unser Museum. Gustaf, der es betreut, ist heute leider krank, aber morgen ist er bestimmt wieder auf den Beinen, falls Sie dann noch einmal zurückkommen wollen.«

»Und ich darf nicht hereinkommen und mir den Ort des Anschlags ansehen?«

Er lächelte noch breiter.

»Ich dachte, dieses Detail hätten wir bereits am Telefon geklärt. Der genaue Ort des Anschlags ist ebenfalls geheim.«

»Haben Sie den Artikel von Benny Ekland gelesen, der letzten Freitag in der *Norrlands-Tidningen* erschienen ist?«

Der Offizier bot ihr einen Platz an einem einfachen Tisch an. Sie zog ihre Jacke aus und fischte den Notizblock aus ihrer Tasche.

»Ich habe eine Kopie des Textes dabei«, sagte sie, »wenn Sie möchten ...«

»Ich weiß, welchen Artikel Sie meinen«, sagte er und blickte zu einem Wehrpflichtigen auf, der mit einem Schreibbrett in der Hand den Raum betrat. »Könnten Sie bitte kurz den Rapport unterschreiben?«

Annika bestätigte ihre Anwesenheit auf dem Fliegerhorst mit einer unleserlichen Kritzelei.

»Und? Ist an der Sache etwas dran?«, fragte sie und lehnte einen Kaffee ab.

Der Presseoffizier goss einen ordentlichen Schluck in eine Tasse, auf der Bruce Springsteen abgebildet war.

»Nicht sehr viel«, antwortete er, und Annikas Laune bekam einen Dämpfer.

»Es gab darin eine ganze Reihe von Informationen, die zumindest mir neu waren«, sagte sie. »Können wir den Text vielleicht Behauptung für Behauptung durchgehen, damit ich mir ein klares Bild davon machen kann, was den Tatsachen entspricht und was nicht?«

Raschelnd holte sie die Kopie des Artikels aus der Tasche.

Fliegerhauptmann Pettersson blies auf seinen Kaffee und nahm vorsichtig einen Schluck.

»Die Lansen-Maschinen wurden Ende der sechziger Jahre nach und nach gegen J35 Drache ausgetauscht«, erklärte er. »So weit stimmt der Artikel jedenfalls. Die Aufklärungsversion kam '67, die Jagdmaschinen im Sommer '69.«

Annika las in dem Artikel.

»Ist es wahr, dass es zu Sabotageversuchen kam, bei denen Streichhölzer in diverse Rohre gestopft wurden?«

»Linke Gruppierungen trieben sich damals ziemlich oft hier herum«, antwortete der Presseoffizier. »Der Zaun um den Fliegerhorst hat eher juristische Bedeutung, es ist im Grunde nicht weiter schwer, ihn zu überwinden. Er ist eher als eine Aufforderung zu sehen, sich fern zu halten, aber wenn man wirklich auf das Gelände gelangen will, ist es durchaus möglich, sich Zugang zu verschaffen. Diese Streichholzjungs dachten wahrscheinlich, sie könnten die Flugzeuge beschädigen, indem sie Gegenstände in den Pitot-Rohren platzierten, aber uns liegen keine Erkenntnisse darüber vor, dass die gleichen Gruppen auch die Drahtzieher des Anschlags von 1969 gewesen sein könnten.«

Annika machte sich Notizen.

»Und dieser Resttreibstoff? Ist die Information über Blecheimer, die ihn auffangen, korrekt?«

»Im Prinzip schon«, sagte der Mann, »aber Flugbenzin lässt sich nicht einfach mit einem Streichholz entzünden. Die Oktanzahl ist zu niedrig. Damit es Feuer fängt, muss es ordentlich erhitzt werden, sodass ich diese Information nicht bestätigen kann. Zumindest nicht für Luleå im November.«

Er lächelte arglos.

»Aber an dem Abend war eine große Flugübung durchgeführt worden? Alle Maschinen standen im Freien?«

»Es war die Nacht zum Mittwoch«, sagte der Offizier. »Wir fliegen immer dienstags, alle Fliegergeschwader im ganzen Land, und zwar schon seit Jahrzehnten. Drei Schichten, die letzte mit Landung um 22.00 Uhr. Danach können die Maschinen schon mal eine Stunde auf dem Flugfeld stehen, ehe wir sie in den Hangar bugsieren. Der Anschlag erfolgte um 01.35 Uhr, und zu der Zeit sind sie immer im Hangar.«

Annika schluckte und ließ die Kopie des Artikels auf den Schoß sinken.

»Ich hatte gedacht, es wäre endlich etwas mehr Licht in die Sache gekommen«, sagte sie und versuchte den Presseoffizier anzulächeln.

Seine tiefblauen Augen erwiderten ihr Lächeln, sie lehnte sich zurück.

»Es sind immerhin mehr als dreißig Jahre vergangen seit damals. Können Sie mir nicht wenigstens verraten, was die Explosion ausgelöst hat?«

Stille breitete sich im Raum aus, und das kam ihr ganz gelegen. Er stand schließlich unter Druck, nicht sie. Dummerweise schien es Fliegerhauptmann Pettersson nicht das Geringste auszumachen. Sie war wohl umsonst tausend Kilometer weit gefahren und musste das Thema wohl oder übel fallen lassen.

»Wie sind Sie zu dem Ergebnis gekommen, dass es die Russen waren?«, fragte sie schließlich.

»Mittels der Ausschlussmethode«, sagte er, lehnte sich in seinem Stuhl zurück und klopfte mit einem Stift gegen die Kaffeetasse. »Es war keine linke Zelle. Die örtlichen Gruppierungen haben wir völlig abgeschrieben, und die Sicherheitspolizei weiß, dass sich hier damals keine Aktivisten von außerhalb aufhielten, weder Rechte noch Linke.«

»Wie können Sie da so sicher sein?«

Zum ersten Mal wurde der Presseoffizier richtig ernst, der Stift verstummte.

»Der Druck, unter dem die örtlichen Gruppen nach dem Anschlag standen, war enorm. Es wurde das eine oder andere aus dem Nähkästchen geplaudert, so wissen wir beispielsweise genau, wer hier mit den Streichhölzern herumlief, aber niemand sagte auch nur ein Wort über den Anschlag. Unserer Einschätzung nach wusste schlicht und ergreifend niemand etwas darüber. Sonst hätten wir es herausgefunden.«

»Wurden die Verhöre von Ihnen oder von der Polizei geführt?«

Nun lächelte er wieder.

»Sagen wir mal, wir haben uns gegenseitig unterstützt.«

Annika wog innerlich die Argumente ab, starrte blind auf ihre Notizen.

»Aber der Grad der Verschwiegenheit einer Gruppe hängt doch wohl davon ab, wie fundamentalistisch sie orientiert ist, oder?«, sagte sie. »Woher wollen Sie wissen, dass es keinen harten Kern durchtriebener Terroristen gab, die Sie nicht sahen, weil sie nicht gesehen werden wollten?«

Der Mann schwieg einen Tick zu lange, dann lachte er auf.

»Wo?«, sagte er und stand auf. »Hier in Luleå? Baader-Meinhof auf Mjölkudden? Es waren die Russen, sie müssen es einfach gewesen sein.«

»Aber warum begnügten sie sich mit einer Maschine vom Typ Drache?«, fragte Annika und packte ihre Sachen zusammen. »Warum sprengten sie nicht gleich den ganzen Fliegerhorst in die Luft?«

Fliegerhauptmann Pettersson schüttelte den Kopf und seufzte.

»Vermutlich, um uns zu zeigen, dass sie dies jederzeit tun könnten. Um uns aus der Fassung zu bringen. Wir alle würden uns wirklich wünschen, wir hätten die Möglichkeit, in ihre Gehirne zu schauen, ihren Entscheidungsprozessen zu folgen. Warum schickten sie polnische Kunsthändler zu all unseren Offizieren? Warum liefen sie mit U-Boot 137 an einer Schäreninsel vor Karlskrona auf Grund? Ich muss Sie jetzt leider bitten, mich zu entschuldigen, aber ich habe in wenigen Minuten eine Besprechung zu leiten.«

Annika zog den Reißverschluss ihrer Tasche zu, stand auf, schlüpfte in die Jacke.

»Haben Sie vielen Dank. Grüßen Sie Gustaf von mir, aber ich weiß nicht, ob ich die Zeit finde, morgen das Museum zu besuchen. Ich habe noch einiges zu erledigen und fahre am Nachmittag schon wieder nach Hause.«

»Nehmen Sie sich die Zeit«, meinte der Presseoffizier und drückte ihre Hand. »Gustaf hat das verdammt gut hingekriegt.«

Sie sah zu Boden und murmelte etwas, das sie selbst nicht verstand.

Das hat ja jetzt wirklich gar nichts gebracht, dachte sie, als sie zur Landstraße zurückfuhr. Ich kann einfach nicht zur Zeitung zurückfahren und sagen, dass die Reise ein Flop war.

Vor lauter Enttäuschung trat sie etwas fester auf das Gaspedal, woraufhin der Wagen ins Schleudern geriet und sie erschreckt den Fuß vom Gas nahm.

Im gleichen Moment klingelte ihr Handy, aber die Nummer wurde nicht angezeigt. Noch ehe sie sich meldete, wusste sie, dass es Spiken war.

»Hast du die Terroristen geschnappt?«, fragte er samtweich.

Sie bremste vorsichtig, blinkte rechts, drückte den Ohrhörer der Freisprecheinrichtung fester ins Ohr.

»Der Journalist, mit dem ich mich treffen wollte, ist tot«, sagte sie. »Er wurde vorgestern von jemandem totgefahren, der anschließend abgehauen ist.«

»Hoppla«, meinte Spiken. »Heute Morgen kam eine Agenturmeldung über so was, von irgendeinem Provinzkäseblatt da oben. Ist er das?«

Sie wartete, bis ein Holzlaster vorbeigefahren war. Der Luftzug des großen Sattelschleppers ließ ihren Ford sanft schaukeln. Sie packte das Lenkrad fester.

»Könnte sein«, sagte sie. »Die Kollegen an seinem Arbeitsplatz wurden gestern über seinen Tod informiert, da wäre es schon verwunderlich, wenn sie in ihrer eigenen Zeitung nichts darüber bringen würden.«

Vorsichtig ließ sie den Wagen auf die Hauptverkehrsstraße rollen.

»Hat man den Schuldigen gefasst?«

»Nicht, dass ich wüsste«, antwortete sie und hörte sich dann selbst sagen: »Ich dachte, ich schaue mir diesen Todesfall heute mal etwas genauer an.«

»Warum denn das?«, fragte Spiken. »Er war doch bestimmt nur besoffen und auf dem Heimweg?«

»Vielleicht«, erwiderte Annika. »Aber er war auch gerade dabei, ein paar Dinge zu enthüllen. In der letzten Freitagsausgabe hat er verdammt kontroverse Informationen drucken lassen.«

Von denen ich weiß, dass sie nicht zutreffen, dachte sie und biss sich auf die Lippe.

Spiken seufzte.

»Nur keine Märchen bitte«, sagte er und beendete das Gespräch.

Annika parkte vor dem Hoteleingang, ging auf ihr Zimmer und ließ sich aufs Bett fallen. Das Zimmermädchen war in der Zwischenzeit da gewesen, hatte das Bett gemacht und so die Spuren ihrer grauenvollen Nacht ausgelöscht. Sie hatte furchtbar schlecht geschlafen und war in kalten Schweiß gebadet und mit Kopfschmerzen aufgewacht. Die Engel hatten die ganze Nacht über im Chor lauter und leiser werdende Melodien für sie gesungen. Wenn sie nicht zu Hause schlief, waren sie besonders ausdauernd.

Sie schob sich das Kissen hinter den Kopf, streckte sich nach dem Telefon auf dem Nachttisch, setzte es auf ihrem Bauch ab und wählte Thomas' Durchwahl beim Gemeindetag.

»Er ist zu Tisch«, erklärte seine schlecht gelaunte Sekretärin.

Annika kroch unter die Decke und schlief ein.

Sonnenscheinlilie Zuckerblumen, Diamanten der Mühsal, oohhh ooohhh, liebenswerte …

Ich kann jetzt einfach nicht dagegen ankämpfen, dachte sie und ließ sich von den seltsamen Worten in den Schlaf wiegen.

Als sie mit einem Ruck wieder aufwachte, wusste sie für einen Moment nicht, wo sie war. Kinn und Hals waren nass, und sie bemerkte angeekelt, dass es ihr eigener Speichel war. Die Kleider klebten unangenehm am ganzen Körper, in ihrem linken Ohr hörte sie ein nicht enden wollendes Pfeifen. Unsicher stand sie auf und ging ins Bad, um zu pinkeln. Als sie ins Zimmer zurückkam, bemerkte sie, dass es draußen fast völlig dunkel war. In Panik sah sie auf ihre Armbanduhr, aber es war erst Viertel nach drei. Sie trocknete sich den Hals mit einem Handtuch ab, sah nach, ob alles, was sie brauchte, in der Tasche war, und verließ das Zimmer.

An der Hotelrezeption bekam sie einen Stadtplan, auf dem Svartöstaden nicht mehr abgebildet war, aber die junge Frau am Empfang zeichnete enthusiastisch ein, welche Straßen sie nehmen musste, um dorthin zu gelangen.

»Dann schreiben Sie jetzt also eine Reportage?«, sagte die Frau ein wenig exaltiert.

Annika, die schon auf dem Weg zur Tür war, blieb stehen und sah sie verwirrt an.

»Na ja«, verdeutlichte die Frau an der Rezeption leicht errötend, »ich habe gesehen, dass die Rechnung an das *Abendblatt* gehen soll.«

Annika ging ein paar Schritte rückwärts und schlug mit der Ferse gegen die Schiebetür. Im nächsten Moment war sie draußen, setzte sich in das ausgekühlte Auto und fuhr auf den Södra Varvsleden. Das Lenkrad war eiskalt, sodass sie in der Tasche nach ihren Handschuhen suchen musste und beinahe eine dicke Frau mit einem Kinderwagen angefahren hätte. Mit dröhnender Heizung und klopfendem Herzen fuhr sie Richtung Malmudden.

Vor der Ampel an einer Überführung über einige Eisenbahngleise warf sie erneut einen Blick auf den Stadtplan und stellte fest, dass sie sich bereits in seiner rechten unteren Ecke befand.

Nur zwei Minuten später erreichte sie den Kreisverkehr, mit dem der Hertsövägen an einem Hinweisschild auf Luleås Müllverwertungsstation endete. Nun musste sie sich ganz auf die Straßenschilder verlassen. Sie sah hoch, Skurholmen links, Hertsön geradeaus, Svartöstaden rechts. Am Straßenrand erblickte sie plötzlich das Schild *Frasses Hamburger* und merkte im gleichen Moment, wie wenig sie gegessen hatte. Als die Ampel grün wurde, bog sie von der Straße ab, parkte den Wagen vor der benachbarten Tankstelle und ging hinein. Sie nahm einen mittelgroßen Cheeseburger mit Dressing und Zwiebeln und verschlang ihn gierig, während sie den Bratendunst einsog und ihren Blick über die gestrichenen Glasfiberwände, den Plastikficus in der Ecke, das Flipperspiel mit Star Wars Episode I und die angestoßenen Möbel aus lackiertem Holz und Chrom schweifen ließ.

Das hier ist Schweden, dachte sie. Die Innenstadt von Stockholm ist ein Naturschutzgebiet. Wir haben überhaupt keine Ahnung davon, was sich draußen in der richtigen Wildnis abspielt.

Als sie weiterfuhr, war ihr von dem Schmelzkäse und den rohen gelben Zwiebeln ein wenig übel. Staubtrockener Schnee wirbelte vor den Autoscheinwerfern auf und behinderte die Sicht, obwohl sie allein auf der Straße war. Sie war etwa einen Kilometer gefahren, als plötzlich direkt über ihr das Eisenhüttenwerk aufragte. Hell erleuchtete rußschwarze Stahlskelette, die Rauch ausstießen, als würden sie atmen – sie gab einen überraschten Laut von sich. Das Werk war so schön! So unglaublich … lebendig.

Eine Brücke führte sie über einen Bahnhof, auf dessen Gelände etwa zwanzig Gleise einander kreuzten, zu einem wurden und dann wieder auseinander liefen. Das musste die Endhaltestelle der Eisenerzbahn sein. Die Eingeweide der durchfurchten Erde in den Eisenerzgruben wurden von den unendlich langen Güterzügen mit Eisenerz hierher zur Küste gebracht.

Staunend fuhr sie bis zu einer beleuchteten Informationstafel an der großen Einfahrt zum Werksgelände und parkte neben einem Gebäude, das die Bezeichnung Westliche Wache trug.

Das kolossale Ungetüm, das sich unmittelbar vor ihr in den Himmel erhob, war Hochofen Zwei, ein murrender, donnernder Riese, in dessen Innern Eisenerz zu Stahl wurde. Etwas weiter entfernt standen Walzwerk, Stahlwerk, Kokserei, Kraftwerk. Über dem gesamten Organismus lag ein säuselndes, saugendes Geräusch, das an- und abschwoll, rauschte und sang.

Was für ein Ort, dachte sie, was für ein Schauspiel.

Sie schloss eine Weile die Augen, spürte die beißende Kälte. Die Engel schwiegen. Mittlerweile herrschte völlige Dunkelheit.

Anne Snapphane verließ die Pressekonferenz mit zitternden Knien und feuchten Handflächen. Sie wollte weinen oder vielleicht auch schreien. Die bohrenden Kopfschmerzen verstärkten ihre Wut auf den Geschäftsführer nur noch, der sich in die USA abgesetzt und ihr die ganze Präsentation überlassen hatte. Es war nun wirklich nicht ihre Aufgabe, für das Gesamtprodukt TV Scandinavia Rede und Antwort zu stehen, sie war nur für die Programmgestaltung verantwortlich.

Sie ging in ihr Büro, wählte Annikas Handynummer und sehnte sich nach einem Glas Wein.

»Ich stehe vor dem Eisenhüttenwerk in Svartöstaden«, rief Annika. »Das Ding ist ein Monster, total irre. Wie ist deine Pressekonferenz gelaufen?«

»Schlecht«, sagte Anne Snapphane matt und sah, dass ihre Hände zitterten. »Die haben mich in Stücke gerissen, und die Typen von deiner Eignerfamilie waren am schlimmsten.«

»Warte mal«, sagte Annika, »ich muss das Auto umparken, ich

stehe einem Lastwagen im Weg. Ist okay! Ich komme ja! Bin schon weg!«

Die letzten Worte waren offensichtlich an jemand anders gerichtet.

Ein Motor wurde angelassen, und Anne suchte nach Schmerztabletten in ihrer Schreibtischschublade, aber die Schachtel war leer.

»Erzähl«, sagte Annika kurz darauf.

Anne Snapphane zwang ihre Hände zur Ruhe, legte die rechte Hand an die Stirn.

»Sie wollten mich partout in die Rolle des Buhmanns drängen, der alle superkapitalistischen, kriegshetzerischen, amerikanischen, multinationalen Ausbeuterunternehmen auf einmal verkörpert«, sagte sie.

»Die erste Regel der Dramaturgie«, meinte Annika, »man muss dem Schurken ein Gesicht geben. Deins eignet sich dafür ganz hervorragend. Obwohl ich es ein bisschen merkwürdig finde, dass sie so wütend sind.«

Anne schob die Schreibtischschublade wieder zu, stellte das Telefon auf den Boden und legte sich daneben.

»Das wundert mich eigentlich nicht«, sagte sie und starrte zur Deckenbeleuchtung hinauf. »Wir fordern die etablierten Sendeanstalten auf dem einzigen Werbemarkt heraus, den sie noch nicht erobert haben: dem globalen Markenwaren-Basar. Aber damit nicht genug, wir nehmen uns nicht nur ihr Geld, wir werden ihnen mit unseren durchkommerzialisierten Scheißprogrammen, die wir zu horrenden Preisen einkaufen müssen, auch noch ihre Zuschauer abspenstig machen.«

»Und am härtesten ist davon tatsächlich die Eignerfamilie des *Abendblatts* betroffen?«, fragte Annika.

»Ja, weil wir dann digital senden dürfen«, erläuterte Anne.

»Was machen die Kopfschmerzen?«

Anne schloss die Augen und sah die Neonröhren an der Decke als blaue Stangen auf der Innenseite der Lider.

»Sie sind immer noch da«, sagte sie. »Jetzt bin ich auch noch ziemlich wacklig auf den Beinen.«

»Glaubst du wirklich, es ist nur der Stress? Kannst du es nicht ein bisschen ruhiger angehen lassen?«

Annika klang wirklich besorgt.

»Ich werde es versuchen«, murmelte Anne.

»Hast du Miranda diese Woche?«

Annikas Freundin schüttelte mit der Hand über den Augen den Kopf.

»Sie ist bei Mehmet.«

»Ist das jetzt gut oder schlecht?«

»Ich weiß es nicht«, flüsterte Anne. »Ich weiß nicht, wie lange ich das noch durchhalte.«

»Du schaffst das schon«, erwiderte Annika. »Komm morgen zu mir. Thomas spielt Tennis, ich kaufe uns ein paar Biskuits.«

Anne Snapphane lachte auf und wischte sich die Tränen aus den Augen.

Als sie aufgelegt hatten, fuhr Annika weiter. Sie machte sich Sorgen, denn zum ersten Mal glaubte sie allmählich wirklich, dass Anne etwas fehlte. All die Jahre hatte ihre Freundin Doktor Olsson mit allen Symptomen aufgesucht, die man in der medizinischen Fachliteratur aufstöbern kann, und bis zum heutigen Tag hatte sie ganze zwei Mal Antibiotika nehmen müssen. Einmal bekam sie auch noch einen Hustensaft verschrieben, und als sie entdeckte, dass er Morphium enthielt, rief sie völlig aufgelöst Annika an, weil sie glaubte, morphiumsüchtig geworden zu sein.

Annika musste unwillkürlich grinsen, als sie sich daran erinnerte.

Langsam bog sie von der Hauptverkehrsstraße ab und in die Straßen des Stadtteils Svartöstaden ein.

Dies war wirklich ein anderes Land oder doch zumindest eine andere Stadt. Es war nicht mehr Luleå und kaum noch Schweden. Annika ließ den Wagen durch die Straßen mit den alten Holzhäusern rollen und staunte über die Atmosphäre des Viertels.

Estland auf dem Lande oder polnische Vorstädte, dachte sie.

Die Scheinwerfer strichen über ältliche Holzfassaden, die um Innenhöfe mit Plumpsklos und Wagenschuppen standen, schiefe Dächer hatten und von ungleichmäßigen Zäunen umgeben waren. Die Häuser waren klein und gedrungen und hätten aus Kisten erbaut sein können. Bei den meisten blätterte die Farbe von der Holzfassade ab, das unebene, handgearbeitete Glas der Fenster glänzte. Sie fuhr an einem Emmaus-Laden mit Kleiderverkauf zur Unterstützung des Befreiungskampfs vorbei, wobei unklar blieb, von welchem Kampf hier die Rede war.

Hinter ein paar Glascontainern in der Bältesgatan hielt sie an, ließ ihre Tasche im Auto und stieg aus. Das Donnern des Eisenhüttenwerks drang aus der Ferne als leiser Klangteppich herüber. Sie schlenderte langsam umher und spähte über die Zäune in die Höfe.

»Suchen Sie was?«

Ein Mann mit einer Zipfelmütze und in Stiefeln kam ihr aus einem der Lebkuchenhäuser entgegen und schielte zu ihrem Mietwagen hinüber.

Annika lächelte.

»Ich bin nur zufällig vorbeigekommen und musste einfach anhalten«, sagte sie und schob die Hände in die Jackentaschen. »Eine fantastische Gegend.«

Der Mann blieb stehen, drückte das Kreuz durch.

»Das stimmt«, sagte er, »die Gegend ist wirklich was Besonderes. Svartöstaden ist ein altes Arbeiterviertel, um 1900 erbaut. Die Leute, die hier leben, halten zusammen, die kämpfen. Hier zieht niemand gern weg.«

Annika nickte höflich.

»Ich kann gut verstehen, dass man hier bleiben möchte.«

Der Mann zog eine Zigarette aus der Brusttasche, steckte sie mit einem Bic-Feuerzeug an, schluckte bereitwillig den Köder, den sie ihm hingeworfen hatte, und begann zu reden.

»Wir haben inzwischen sogar einen eigenen Kindergarten mit drei Gruppen«, sagte er, »Villa Kunterbunt, Mumintal und Bullerbü. Jahrelang haben wir dafür kämpfen müssen, bis die Stadt endlich nachgegeben hat. Dann haben wir noch eine Schule bis zur sechsten Klasse und ein Jugendzentrum. Als Nächstes wollen wir uns dafür einsetzen, dass die alte Direktorenvilla des Stahlkonzerns erhalten bleibt, es ist doch zum Kotzen, dass diese Abrisswut kein Ende nimmt.«

Energisch blies er den Rauch aus und sah sie an.

»Und was tun Sie hier?«

»Eigentlich wollte ich mich mit Benny Ekland treffen, aber als ich in die Stadt kam, erfuhr ich, dass er überfahren worden ist.«

Der Mann schüttelte den Kopf und stampfte mit den Füßen.

»Furchtbare Geschichte«, sagte er. »Auf dem Nachhauseweg so erwischt zu werden. Alle hier finden es ganz schrecklich.«

»Hier kennt jeder jeden, nicht wahr?«, meinte Annika und bemühte sich, nicht zu aufdringlich und neugierig zu wirken.

»Das hat Vor- und Nachteile«, erwiderte er, »aber vor allem Vorteile. Wir fühlen uns verantwortlich füreinander, so was gibt es heute nur noch viel zu selten auf der Welt ...«

»Wissen Sie, wo es passiert ist?«

»Hinter der Skeppargatan, auf dem Weg zur Hauptstraße hinaus«, sagte er und zeigte in die Richtung. »Ganz in der Nähe vom Gewerkschaftshaus, das ist das große Gebäude da oben am Waldrand. Früher gingen die jungen Leute mit einer Blume dorthin. Aber jetzt muss ich los ...«

Der Mann wandte sich ab und ging in Richtung Meeresufer davon.

Annika blieb stehen und sah ihm nach.

Ich wünschte, ich könnte so leben wie er, dachte sie. Irgendwo zu Hause sein. Sie setzte sich ins Auto und fuhr zu dem Platz, den ihr der Mann gezeigt hatte.

Die Stelle, an der Benny Ekland überfahren worden war, lag nur etwa zweihundert Meter von der Westlichen Wache entfernt, war von dort aus jedoch nicht einsehbar. Tatsächlich war der Straßenabschnitt aus keiner Richtung zu sehen, wenn man von einem in hundert Meter Entfernung stehenden, etwas heruntergekommenen Mietshaus mit benachbarter Dachdeckerwerkstatt absah. Eine spärliche Reihe gelber Straßenlaternen, von denen einige kaputt zu sein schienen, verbreitete trübes Licht über Absperrungen, Schnee und Morast. Links wuchs ein verwilderter Wald, rechts erhob sich ein Wall mit einem Zaun auf der Kuppe.

Offensichtlich lag dahinter ein Fußballplatz.

Sie schaltete den Motor aus und blieb in der Dunkelheit und der Stille sitzen.

Benny Ekland hatte gerade eine große Artikelserie über Terrorismus verfasst. Sein letzter Text handelte von dem Anschlag auf F21. Danach wurde er überfahren, und zwar hier, an der gottverlassensten Stelle von ganz Luleå.

Sie mochte solche Zufälle nicht.

Ein paar Minuten später näherte sich, von dem benachbarten Mietshaus kommend, ein Jugendlicher und ging ohne Mütze und mit den Händen in den Taschen langsam zu den flatternden Plastikbändern des Tatorts. Seine gegelten Haare standen vom Kopf ab; Annika lächelte. Kalle, ihr Sohn, hatte kürzlich auch die Segnungen des Haargels entdeckt.

Der Junge stand jetzt nur noch zwei, drei Meter von ihrem Auto entfernt und starrte ausdruckslos einen kleinen Hügel aus Blumen und Kerzen an, der sich gleich hinter der Absperrung erhob.

Ihr Lächeln erstarb, als sie erkannte, wie sehr Benny Eklands Tod die Bewohner des Stadtteils getroffen hatte. Alle trauerten. Käme einer ihrer Nachbarn auf die Idee, um sie zu trauern?

Wohl kaum.

Sie ließ den Wagen an, um zum Eisenerzhafen zu fahren. Als sie den Zündschlüssel drehte, zuckte der Junge zusammen, als hätte er eine Ohrfeige bekommen, und sie erschrak über seine heftige Reaktion. Mit einem Schrei, der bis ins Wageninnere drang, rannte der Junge zum Haus zurück. Sie wartete, bis er hinter dem

Zaun verschwunden war, und ließ den Wagen dann zum Hafen hinabrollen, wo die Polizei das gestohlene Auto gefunden hatte.

Die Straße war pechschwarz und spiegelglatt und endete in einer Sackgasse mit einem großen Tor, auf dem LKAB stand, das Kürzel des hiesigen Stahlkonzerns. Große Kräne, breite Betonkais.

Sie beschloss, noch einmal zum Unfallort zurückzufahren, und kroch im Schneckentempo voran.

Als sie an Svartöstadens Dachdeckerwerkstatt vorbeifuhr, warf sie einen Blick auf das Mietshaus und entdeckte die abstehenden Haare des Jungen als schwarze Silhouette in einem Fenster des Erdgeschosses.

»Ich wollte dich nicht erschrecken«, murmelte sie vor sich hin. »Warum hast du solche Angst bekommen?«

Sie hielt bei der Absperrung, stieg aus und nahm die Tasche mit. Dann blickte sie, immer noch beeindruckt, zu Hochofen Zwei hinauf, wandte sich um und starrte in die andere Richtung, aus der ihr der Wind ins Gesicht blies. Die Straße war eine der Zufahrten zum eigentlichen Wohnviertel.

Annika fischte eine Stablampe aus ihrer Tasche und leuchtete den Boden hinter der Absperrung ab. Die Schneefälle der letzten vierundzwanzig Stunden hatten alle Spuren verwischt, die für einen Laien erkennbar gewesen wären. Das Eis auf dem Asphalt zeigte keine Anzeichen einer Vollbremsung, und selbst wenn es sie eventuell gegeben hätte, wären sie inzwischen ohnehin ausradiert worden.

Sie leuchtete den Zaun in etwa zehn Meter Entfernung an. Dort war die Leiche gefunden worden. Kommissar Suup hatte Recht gehabt, Benny Eklands letzte Reise musste ein ordentlicher Flug gewesen sein.

Sie blieb mit der Taschenlampe in der Hand stehen und lauschte dem entfernten Grollen des Stahlwerks. Dann drehte sie sich wieder zu der Dachdeckerwerkstatt um und sah erneut den Kopf des Jungen in dem Mietshaus, diesmal in einem anderen Fenster.

Wenn sie schon hier war, konnte sie dort auch mal anklopfen.

Der Hof lag im Dunkeln, und sie leuchtete sich mit der Taschenlampe, um nicht über etwas zu stolpern. Es sah aus wie auf einem Schrottplatz, das Haus wirkte baufällig. Die Dachplatten aus Blech rosteten, die Farbe blätterte ab.

Sie schaltete ihre Lampe aus, steckte sie in die Tasche und ging zu der einfachen Haustür hinauf. Sie führte in ein pechschwarzes Treppenhaus.

»Was tun Sie hier?«

Sie keuchte erschreckt auf und tastete schnell nach der Taschenlampe. Die Stimme war von rechts gekommen, ein Junge im Stimmbruch.

»Ist da … jemand?«, fragte sie.

Es klickte, und das Treppenhaus wurde von Licht durchflutet. Sie blinzelte verwirrt. Tabakbraune, holzverkleidete Wände überfielen sie, stürzten über ihr ein, das Dach wurde auf sie heruntergedrückt, sie hob schützend die Hände über den Kopf und schrie auf.

»Was haben Sie denn? Beruhigen Sie sich.«

Der Junge trug Wollsocken, war schlaksig und hatte weiche Gesichtszüge. Er presste sich an eine Tür mit dem Namensschild Gustafsson, seine Augen waren dunkel und wachsam.

»Jesus«, sagte Annika. »Hast du mich erschreckt.«

»Ich bin nicht Gottes Sohn«, erwiderte der Junge.

»Wie bitte?«, fragte Annika, und plötzlich begannen die Engel zu singen, *Sommerwinter verlassene Sehnsucht*. »Haltet's Maul!«, schrie sie.

»Ticken Sie nicht ganz richtig?«, fragte der junge Kerl.

Sie riss sich zusammen und begegnete seinem Blick, der fragend und auch ein wenig ängstlich war. Die Stimmen verstummten, die Decke glitt zurück, die Wände pochten nicht mehr.

»Manchmal bin ich ein wenig wirr«, sagte sie.

»Warum schleichen Sie hier herum?«

Sie holte ein zerknittertes Tempotaschentuch heraus und schnäuzte sich.

»Ich heiße Annika Bengtzon und bin Journalistin«, sagte sie. »Ich bin hergekommen, um mir die Stelle anzusehen, an der mein Kollege gestorben ist.«

Sie streckte die Hand zum Gruß aus, der Junge zögerte und ergriff sie dann linkisch.

»Kannten Sie Benny?«, fragte er und zog seine schmalen Finger zurück.

Annika schüttelte den Kopf.

»Aber wir haben über die gleichen Themen geschrieben«, sagte sie. »Ich hätte ihn gestern treffen sollen.«

Das Treppenhaus wurde wieder schwarz.

»Dann sind Sie keine Polizistin?«, fragte der Junge.

»Könntest du bitte das Licht anmachen?«, sagte Annika und hörte die Panik in ihrer Stimme.

»Sie sind wirklich ein bisschen verrückt«, sagte der Junge, der jetzt ein wenig mutiger klang. »Oder haben Sie nur Angst im Dunkeln?«

»Ich bin verrückt«, antwortete Annika. »Jetzt mach schon an.«

Der Junge drückte auf einen Lichtschalter, und die 150-Watt-Birne ging für eine weitere Minute an.

»Hör mal«, sagte Annika, »könnte ich mal bei euch auf Toilette?«

Der Junge zögerte.

»Ich kann doch nicht einfach irgendwelche verrückten Tanten reinlassen«, meinte er. »Das muss Ihnen doch klar sein.«

Annika konnte ein verblüfftes Lachen nicht unterdrücken.

»Okay«, sagte sie. »Dann werde ich wohl auf die Treppe pinkeln müssen.«

Er verdrehte die Augen und öffnete die Wohnungstür mit der Hand, die auf der Klinke gelegen hatte.

»Aber sagen Sie das bloß nicht meiner Mutter«, ermahnte er sie.

»Ehrenwort«, sagte Annika.

Im Badezimmer hing eine Vinyltapete aus den siebziger Jahren mit einem Muster aus stilisierten Sonnenblumen. Sie wusch sich Gesicht und Hände, strich sich über die Haare.

»Kanntest du Benny?«, fragte sie, als sie wieder herauskam.

Der Junge nickte.

»Wie heißt du eigentlich?«, fragte Annika.

Er sah zu Boden.

»Linus«, antwortete er, und seine Stimme schaffte es, auf fünf Buchstaben Achterbahn zu fahren.

»Linus«, sagte Annika, »weißt du, ob jemand hier im Haus gesehen hat, was mit Benny passiert ist?«

Der Junge riss die Augen auf und wich zwei Schritte zurück.

»Wie jetzt, sind Sie doch von der Polizei oder was?«

»Hast du es an den Ohren?«, fragte Annika. »Ich bin von der Zeitung, genau wie Benny. Wir haben über die gleichen Sachen geschrieben. Die Polizei denkt, dass ihn jemand aus Versehen angefahren hat und dann abgehauen ist. Ich weiß nicht, ob das stimmt. Weißt du, ob jemand hier vorletzte Nacht etwas gehört hat?«

»Die Polizei ist auch schon da gewesen und hat gefragt.«

»Und was hast du ihnen gesagt, Linus?«

Seine Stimme stieg ins Falsett, als er antwortete.

»Dass ich nichts gesehen habe, natürlich. Ich kam nach Hause, wie ich sollte. Ich weiß nichts. Gehen Sie jetzt!«

Er machte einen Schritt auf sie zu und hob die Arme, als wollte er sie zur Tür hinausstoßen. Annika blieb stehen.

»Mit der Presse zu sprechen ist was anderes, als mit der Polizei zu reden«, sagte sie langsam.

»Ja, klar«, erwiderte Linus. »Wenn man mit der Presse spricht, kommt man auf die erste Seite.«

»Jeder, der uns etwas sagt, kann anonym bleiben, wenn er will. Keine staatliche Behörde hat das Recht, uns zu fragen, mit wem wir gesprochen haben, das wäre ein Verstoß gegen das Grundgesetz. Das nennt man Meinungsfreiheit. Hat Benny mal davon gesprochen?«

Der Junge stand schweigend, mit großen Augen und sehr skeptisch vor ihr.

»Wenn du etwas gesehen hast, Linus, oder jemanden kennst, der etwas gesehen hat, kann sich diese Person an mich wenden und es mir erzählen, und niemand wird erfahren, dass ausgerechnet er es gesagt hat.«

»Würden Sie dieser Person denn glauben?«

»Das weiß ich nicht, es käme natürlich darauf an, was derjenige zu sagen hätte.«

»Aber Sie würden es in der Zeitung schreiben?«

»Ich würde nur die Informationen bringen, aber nicht sagen, woher sie stammen, wenn mein Informant das nicht will.«

Sie sah den Jungen an und wusste, dass ihre Intuition sie nicht getrogen hatte.

»Du bist in Wahrheit gar nicht zur vereinbarten Zeit nach Hause gekommen, nicht wahr, Linus?«

Der Junge verlagerte sein Gewicht von einem schmalen Bein auf das andere und schluckte, dass sein Adamsapfel hüpfte.

»Wann hättest du nach Hause kommen sollen?«

»Mit dem letzten Bus, der letzte Einser fährt um 21.36 Uhr.«

»Und was hast du stattdessen gemacht?«

»Es gibt noch einen Nachtbus, Linie 51, der beim Mefos, dem Metallwerk, hält, er ist eigentlich für die Arbeiter, die in der Fabrik Schichtarbeit machen … ich nehm ihn manchmal, wenn ich spät unterwegs bin.«

»Aber dann musst du noch ein Stück zu Fuß gehen, oder?«

»Es ist nicht besonders weit, nur die Fußgängerbrücke über die Gleise und dann die Skeppargatan runter …«

Er sah weg und ging ungelenk in sein Zimmer. Annika folgte ihm. Als sie das Zimmer betrat, hatte er sich auf das Bett gesetzt, das von einer Tagesdecke und ein paar Zierkissen bedeckt war. Auf dem Schreibtisch sah sie ein paar aufgeschlagene Schulbücher und einen Computer aus der Steinzeit, ansonsten stand alles in dem Zimmer in Regalen oder lag in Stapeln auf dem Fußboden.

»Woher bist du gekommen?«

Er zog die Füße unter sich und sah auf seine Hände.

»Alex hat einen Breitband-Anschluss, wir haben im Internet Teslatron gespielt.«

»Wo sind deine Eltern ...«

»Mama«, unterbrach er sie und schaute mit wütenden Augen zu ihr auf. »Ich wohne hier allein mit Mama.«

Dann sah er wieder zu Boden.

»Sie arbeitet in der Nachtschicht. Ich habe ihr versprochen, so spät nicht mehr unterwegs zu sein. Die Nachbarn passen auf, deshalb muss ich mich reinschleichen, wenn es spät wird.«

Annika betrachtete den großen kleinen Jungen auf dem Bett und sehnte sich für einen Moment innig nach ihren eigenen Kindern. Die Tränen stiegen ihr in die Augen, und sie musste tief durchatmen, um sie unterdrücken zu können.

So wird Kalle in ein paar Jahren sein, dachte sie. Verletzlich, smart, cool, welpenhaft.

»Dann hast du also den zweiten Bus genommen, den Nachtbus?«, sagte sie mit etwas zittriger Stimme.

»Halb eins vom Busbahnhof, genau wie Benny. Er kennt meine Mutter, in Svartöstaden kennt jeder jeden, also habe ich mich nach ganz hinten verdrückt.«

»Dann hat er dich also nicht gesehen?«

Der Junge machte ein Gesicht, als wäre Annika geistig ein wenig zurückgeblieben.

»Der war doch total betrunken. Sonst hätte er bestimmt sein Auto genommen. Ist doch logo, oder?«

Ist doch logo, dachte sie und wartete schweigend auf die Fortsetzung.

»Er ist im Bus eingeschlafen«, fuhr der Junge fort. »Der Fahrer musste ihn am Mefos wecken. Ich hab mich währenddessen zur hinteren Tür hinausgeschlichen.«

»Wo wohnte Benny?«

»In der Laxgatan hier drüben.«

Er zeigte in eine Richtung, die Annika nicht definieren konnte.

»Und du hast ihn von der Bushaltestelle aus nach Hause gehen sehen?«

»Ja, aber er hat mich nicht bemerkt. Ich bin hinter ihm geblieben, und es schneite ganz schön.«

Der Junge verstummte. Annika wurde es in ihrem Anorak zu warm. Wortlos streifte sie die Jacke ab, hielt sie sich dann vor die Brust und setzte sich auf den Stuhl am Schreibtisch.

»Was hast du gesehen, Linus?«

Der Junge senkte den Kopf noch weiter und begann die Finger ineinander zu schlingen.

»Da stand ein Auto«, sagte er.

Annika wartete.

»Ein Auto?«

Er nickte heftig.

»Ein Volvo V70, obwohl ich das erst nicht gesehen habe.«

»Wo hat du den Wagen gesehen?«

Er schluchzte auf.

»Er hatte ein Stück auf den Fußballplatz zurückgesetzt, man sah nur das halbe Auto. Der vordere Teil ragte hinter einer Tanne heraus.«

»Aber er ist dir aufgefallen?«

Er antwortete nicht, flocht die Finger ineinander.

»Warum ist er dir aufgefallen?«

Der Junge sah auf, sein Kinn zitterte.

»Es saß jemand in dem Auto«, sagte er. »Es gibt da eine gelbe Straßenlaterne an der Kreuzung, und die beleuchtete das Wageninnere ein bisschen. Man sah seine Hand, die auf dem Lenkrad lag, er hielt es irgendwie so.«

Der Junge hielt eine Hand hoch, ließ sie locker in der Luft auf einem imaginären Lenkrad ruhen, und seine Augen waren so schwarz wie Brunnenschächte.

»Und was hast du dann gemacht?«

»Gewartet. Ich wusste doch nicht, wer das war.«

»Aber du hast gesehen, dass es ein V70 war?«

Er schüttelte wild den Kopf.

»Da noch nicht. Erst später, als er herausfuhr. Da habe ich die Heckleuchten gesehen.«

»Was war denn mit den Heckleuchten?«

»Die gingen bis zum Autodach hoch, ich finde, das sieht echt super aus. Ich bin mir fast sicher, dass es ein V70 war, in Gold …«

»Und der Mann im Auto ließ den Motor an und fuhr weg?«

Linus nickte, schüttelte sich, riss sich zusammen.

»Er ließ den Motor an und bog langsam auf die Straße, und dann hat er das Gaspedal durchgetreten.«

Annika wartete.

»Benny war zwar betrunken«, sagte der Junge, »aber er hörte natürlich das Auto und ging zur Seite, aber das Auto ist ihm gefolgt, und da ist Benny auf die andere Straßenseite gelaufen, und dann schwenkte der Wagen auch dahin, und dann war er irgendwie mitten auf der Straße, als das Auto …«

Er atmete tief durch.

»Was ist passiert?«

»Es machte irgendwie bumm, bumm, und dann flog er.«

»Es machte zwei Mal bumm, und dann wurde Benny in die Luft geschleudert? Und landete an dem Zaun vor dem Fußballfeld?«

Der Junge schwieg ein paar Sekunden, dann senkte er den Kopf. Annika musste den Wunsch unterdrücken, ihn in den Arm zu nehmen.

»Er landete nicht am Fußballfeld?«

Linus schüttelte den Kopf und wischte sich mit dem Handrücken über die Nase.

»Er landete mitten auf der Straße«, sagte er kaum hörbar. »Und der Wagen hat gebremst, sodass die ganzen Heckleuchten angingen, in dem Moment habe ich gesehen, welcher Volvo es war. Und dann hat er zurückgesetzt, und Benny lag auf der Straße, und er hat ihn wieder überfahren, und dann hat er irgendwie … auf seinen Kopf gezielt, und dann ist er über sein Gesicht gefahren …«

Annika drehte sich der Magen um.

»Bist du sicher?«, flüsterte sie.

Der Junge nickte, und sie starrte auf seine Kopfhaut hinab, die zwischen den gegelten Haarsträhnen zu sehen war.

»Dann stieg er aus, nahm Bennys Füße, schleppte ihn zu dem Zaun rauf und … klopfte ihn irgendwie ab. Und dann ging er zu seinem Auto und bog in die Sjöfartsgatan ab, die zum Hafen runterführt …«

Annika sah den Jungen mit neuen Augen, mit einem Filter aus Misstrauen, Grauen und Mitleid. War das wirklich wahr? Wie schrecklich! Der arme Junge.

»Was hast du dann getan?«

Der Junge begann zu zittern, erst an den Händen, dann am ganzen Körper.

»Ich bin … zu Benny gegangen, er lag an dem hohen Zaun und … war tot.«

Er schlang seine Arme um den Oberkörper, schaukelte sanft.

»Ein Teil vom Kopf und das Gesicht waren weg, es lief auf die Erde, und der ganze Rücken war total krumm, aber in die falsche Richtung … also habe ich kapiert, dass er … und da bin ich einfach nach Hause gegangen, aber ich konnte überhaupt nicht schlafen.«

»Und der Polizei hast du von alldem nichts erzählt?«

Er schüttelte wieder den Kopf und wischte mit seiner zitternden Hand ein paar Tränen weg.

»Ich habe Mama doch gesagt, ich wäre um Viertel vor zehn zu Hause gewesen.«

Annika beugte sich vor und legte unbeholfen eine Hand auf sein Knie.

»Linus«, sagte sie, »was du mir gerade erzählt hast, ist ganz schrecklich. Es muss wirklich grauenhaft gewesen sein. Ich denke, du solltest mit einem anderen Erwachsenen darüber sprechen, es ist nicht gut für dich, so ein Geheimnis für dich zu behalten.«

Er riss sich von ihrer Hand los und wich zur Wand zurück.

»Sie haben es versprochen!«, sagte er. »Sie haben gesagt, ich könnte anonym bleiben.«

Annika hob hilflos die Hände.

»Moment«, sagte sie. »Ich werde dich nicht verraten. Ich mache mir nur Sorgen um dich. Das ist so ziemlich das Schlimmste, was ich je gehört habe.«

Sie ließ die Hände sinken und stand auf.

»Für die Polizei ist es unheimlich wichtig zu erfahren, was du gesehen hast, aber das weißt du natürlich selbst. Du bist doch ein cleverer Junge. Bennys Tod war kein Unfall, und du allein hast das gesehen. Findest du etwa, der Mörder sollte einfach so davonkommen?«

Der Junge blickte erneut stur nach unten.

Auf einmal kam Annika ein Gedanke.

»Sag mal, hast du … hast du den Mann in dem Auto erkannt?«

Der Junge zögerte, drehte seine Finger.

»Vielleicht«, hauchte er, sah sie plötzlich an und fragte: »Wie viel Uhr ist es?«

»Fünf vor sechs«, antwortete Annika.

»Shit«, sagte er und fuhr hoch.

»Wie bitte?«, sagte Annika, als er an ihr vorbei in die Küche rauschte. »Willst du mir etwa sagen, dass du ihn unter Umständen erkannt hast …?«

»Ich bin mit Kochen dran und hab nicht mal angefangen.«

Dann trat er wieder in die Türöffnung.

»Mama kann jeden Moment nach Hause kommen«, sagte er gehetzt. »Hauen Sie ab. Sofort!«

Sie zog ihre Jacke an und trat einen Schritt auf ihn zu.

»Denk bitte darüber nach, was ich gesagt habe«, bat sie ihn, versuchte zu lächeln und verließ den Jungen mit dem Gefühl, völlig unzulänglich zu sein.

Thomas wurde immer gereizter, während er am Eingang zum Kindergarten eine Zahlenkombination nach der anderen ausprobierte. Erst gestern hatte er hier wie ein Idiot gestanden und war nicht hineingekommen.

»Weißt du den Türcode?«, fragte er seinen Sohn, der neben ihm stand.

Der Junge schüttelte den Kopf.

»Mama drückt ihn sonst immer«, sagte er.

Sekunden später öffnete sich das Schloss von der Innenseite, und eine etwa vierzigjährige Frau mit zwei verrotzten Dreijährigen trat auf die Straße. Er murmelte einen dankbaren Gruß, hielt Kalle die Tür auf und betrat das Treppenhaus.

»Es hat Spaß gemacht, in den Kindergarten zu gehen«, sagte der Junge.

Thomas nickte zerstreut, sammelte sich. Sobald er in einen Kindergarten kam, fühlte er sich wie ein Alien, seine Jacke, seine Aktentasche und die glänzende Krawatte passten einfach nicht zu den bequemen Latschen und weiten Pullovern des Personals. Zwischen Ministiefeln und Minimöbeln war er ein tapsiger Riese, verschwitzt und völlig deplatziert. Und durch den Kontakt, den das Personal zu seinen Kindern hatte, durch die Art, wie sie miteinander sprachen, fühlte er sich ausgeschlossen. Er schaffte es einfach nicht, sich zehn Minuten über ein und dieselbe Zeichnung zu unterhalten, schon nach wenigen Sekunden wurde er unruhig, doch, Ellen, die ist richtig schön, ist das eine Miezekatze? Dann war er gleich wieder auf den Beinen, unterwegs zum nächsten Gedanken, zur nächsten Handlung.

Als er kam, schnitt seine Tocher gerade etwas aus und zeigte ihm enthusiastisch die Fische und Pflanzen, die sie in ihrem Meer gemacht hatte.

»Soll ich dir mit dem Schneeanzug helfen?«, bot er ihr an.

Sie sah erstaunt zu ihm auf.

»Das kann ich doch schon allein«, sagte sie, räumte Schere und Papier weg und ging zum Kleiderregal. Eine kleine, aufrechte Person mit schmalen Beinen und schlenkernden Armen.

Sie nahmen den Bus an der Fleminggatan, und noch ehe sie

eingestiegen waren, erkannte Thomas, dass dies wahrscheinlich ein Fehler war.

»Ich will mit Eishockey anfangen«, sagte Kalle, während Thomas versuchte, einen Rentner daran zu hindern, Ellen mit seinem Rollator zu überfahren.

Der bloße Gedanke, seinen Sohn mehrmals in der Woche durch den innerstädtischen Verkehr zum Training fahren zu müssen, machte ihn schrecklich müde.

»Meinst du nicht, dass es dafür noch ein bisschen früh ist?«, sagte er ausweichend.

»William hat jetzt bei Djurgården angefangen. Die haben gesagt, er wäre fast schon zu alt.«

Oh, mein Gott, dachte Thomas.

»Hier, Kleines«, sagte er, »setz dich hin. Wir sind bald zu Hause.«

»Ich schwitzle«, sagte das Mädchen.

»Das heißt schwitze«, meinte der Junge verächtlich. »Dass du das nie lernst.«

»Ruhig, Kinder«, sagte Thomas.

Sie brauchten eine Viertelstunde für den halben Kilometer zu ihrer Wohnung in der Hantverkargatan. Kalle fiel zwei Mal hin, als der Busfahrer Vollgas gab und anschließend eine Vollbremsung hinlegte, um die verstopften Kreuzungen entlang der Scheelegatan zu überqueren.

Während ihm der Schweiß den Rücken hinablief und die Luft sich mit Kohlendioxid und ausgehusteten Bazillen anreicherte und immer stickiger wurde, schwor Thomas sich, ab jetzt jegliche Parteipolitik zu ignorieren und nur noch die Partei zu wählen, die eine Lösung für die Verkehrsprobleme des Großraums Stockholm präsentierte.

»Ist Mama zu Hause?«, fragte seine Tochter, als sie endlich im zweiten Stock von Hausnummer 32 angekommen waren.

»Sie ist im Norden«, sagte Kalle. »Das hat sie doch gestern gesagt.«

»Ist Mama zu Hause?«, fragte Ellen wieder und wandte sich diesmal im gleichen hoffnungsvollen Ton an Thomas.

Er sah ihre treuherzigen Augen, die roten Wangen, den Rucksack. Das Leben überwältigte ihn für einen Moment, oh, mein Gott, was haben wir nur getan? Welch eine Verantwortung haben wir übernommen? Wie sollen wir das nur schaffen? Wie sollen die Kinder in dieser verdammten Welt überleben?

Er musste schlucken, beugte sich zu seiner Tochter hinunter, zog ihr die Mütze vom Kopf.

»Nein, mein Schatz, Mama ist arbeiten. Sie kommt erst morgen wieder nach Hause. Hier, nimm mal die Mütze, damit ich aufschließen kann.«

»Was gibt es zu essen?«, erkundigte sich sein Sohn.

»Elchfleischklößchen mit Knoblauch und Wurzelgemüse aus dem Ofen.«

»Mmh«, sagte Ellen.

»Lecker«, meinte Kalle.

Die Luft, die ihnen aus der Wohnung entgegenschlug, war abgestanden und ein wenig kühl. Die Straßenlaternen warfen zitternde blaue Schatten auf die Stukkaturen an der Decke.

»Machst du mal Licht, Kalle?«

Die Kinder mussten sich allein ausziehen, während er in die Küche ging und den Ofen anstellte. Annika hatte eingefrorenes Essen in Plastikdosen bereitgestellt, damit sie es in der Mikrowelle warm machen konnten, aber er zog den guten alten Umluftherd vor.

»Dürfen wir am Computer spielen, Papa?«

»Wenn ihr ihn allein zum Laufen bekommt.«

»Hurra!«, rief der Junge und lief in das Arbeitszimmer.

Thomas setzte sich mit den Teilen der Tageszeitung, zu denen er am Morgen nicht gekommen war, an den Tisch – neuer Terror in Nahost, die Aktienkurse waren gefallen, die Pharmaindustrie gab Gewinnwarnungen bekannt. Doch plötzlich merkte er, dass sich ein unangenehmer Geruch ausbreitete.

Er warf die Zeitung hin, stand auf und sah sich in der Küche um. Als er den Unterschrank der Spüle öffnete, schlug ihm der Gestank mit voller Wucht entgegen.

Fischabfälle.

Auf einmal fiel ihm wieder ein, dass Annika ihn an den Müll erinnert hatte, ehe sie gestern Morgen gegangen war.

Er bückte sich angeekelt, da klingelte sein Handy im Flur. Schnell machte er die Schranktür wieder zu und lief aus der Küche, um an den Apparat zu gehen.

Es war seine Kollegin vom Landtagsverband.

»Die Broschüren sind aus der Druckerei gekommen«, sagte Sophia Grenborg. »Mir ist klar, dass du schon zu Hause bist, aber ich hatte so eine Ahnung, dass du sie gern sofort sehen würdest.«

»Ach, das ist aber nett von dir«, sagte Thomas. »Natürlich will ich sie sehen. Kannst du mir ein paar in meine Wohnung in der Hantverkargatan bringen lassen?«

Er ging in die Küche zurück und öffnete das Fenster einen Spaltbreit, um den Geruch des verrottenden Fisches hinauszulassen.

»Ja«, sagte seine Kollegin abwesend, als würde sie sich Notizen machen. »Das ist auf Kungsholmen, nicht wahr?«

Er gab ihr den Türcode, damit sie ihn an den Kurierdienst weitergeben konnte.

»Übrigens hat das Ministerium eben angerufen«, fuhr sie fort, »Cramne wollte wissen, ob wir die Abendbesprechung vorverlegen könnten, und zwar auf morgen.«

Thomas blieb stehen, sah auf den Hinterhof hinaus. Er würde sein Tennisspiel absagen müssen.

»Na ja«, sagte er. »Meine Frau ist verreist und kommt erst morgen Nachmittag nach Hause, nächsten Montag würde mir eigentlich besser passen.«

»Er hat ziemlich deutlich gemacht, dass er am Montag nicht kann«, erwiderte Sophia. »Sollen wir uns ohne dich treffen?«

Die Vorstellung, ausgeschlossen zu werden, kränkte ihn und ließ ihn kurz verstummen.

»Nein, nein«, erklärte er dann schnell, »Annika kommt kurz nach fünf, gegen sieben ginge es also …«

»Okay, dann gebe ich das so weiter. Bis morgen Abend …«

Er ließ sich mit dem Handy in der Hand auf den Stuhl sinken, das Geräusch der Lüftungsklappe auf dem Hinterhof drang als leises Säuseln durch den Fensterspalt.

Das Ministerium, mal wieder. Das neue Projekt hatte sich als ein richtiger Glückstreffer erwiesen. Nach dem Bericht über die Frage der Regionen, der ein Riesenerfolg gewesen war, hatte er bei der Wahl seines nächsten Auftrags für den Gemeindetag im Großen und Ganzen freie Hand gehabt.

Annika war es gewesen, die ihm geraten hatte, sich mit dem Thema Sicherheit von Politikern zu beschäftigen. Er hätte andere Bereiche übernehmen können, die vordergründig prestigeträchtiger waren, aber sie hatte die Dinge mit mehr Weitsicht betrachtet.

»Du willst doch weiterkommen«, hatte sie in der für sie typischen unsentimentalen Art erklärt. »Warum im Gemeindetag mit irgendwelchen Prestigeprojekten herumkaspern, wenn du die Chance hast, dir eine Menge guter Kontakte außerhalb des Hauses zu verschaffen?«

Also hatte er sich der Bedeutung der offenen Gesellschaft und der Bürgernähe von Politikern und der damit einhergehenden Gefahrensituation gewidmet.

Ein kalter Lufthauch strich um seine Füße, und er stand auf und schloss das Fenster.

Ausgangspunkt des Projekts war eine Umfrage, die ergeben hatte, dass jeder vierte Bürgermeister und fast jeder fünfte Richter bei der Ausübung seines Mandats schon einmal Gewalt oder der Androhung von Gewalt ausgesetzt war. Die Drohungen kamen vor allem von Einzelpersonen, doch auch Drohungen rassistischer und fremdenfeindlicher Gruppen waren relativ häufig.

Die Umfrageergebnisse führten zur Bildung einer Arbeitsgruppe, die Drohungen und Gewalt gegen Politiker untersuchen sollte. Außer dem Schwedischen Gemeindetag waren darin auch der

Landtagsverband, der staatliche Rat zur Verbrechensprophylaxe, das Justizministerium, die Polizeiführung, die Generalstaatsanwaltschaft, die Sicherheitspolizei und einige Vertrauensleute aus den Städten und Provinziallandtagen vertreten.

Er ließ sich schwer auf den Stuhl fallen und überlegte, ob er weiter in seiner Zeitung lesen sollte, ließ sie dann aber liegen.

Das Projekt genoss innerhalb des Gemeindetags kein großes Ansehen, und mehr als eine Augenbraue hatte sich gehoben, als er sich ausgerechnet dafür entschied.

Die Aufgabe der Arbeitsgruppe bestand darin, die offene und demokratische Gesellschaft zu fördern und Vorschläge für konkrete Verhaltensregeln zu erarbeiten, an die sich die gewählten Volksvertreter in heiklen Situationen halten konnten. Unter anderem sollten sie ein Handbuch zusammenstellen und in Kooperation mit der Integrationsbehörde und dem Komitee für lebendige Geschichte regionale Konferenzen abhalten.

Er und Sophia vom Landtagsverband waren die Projektkoordinatoren, und obwohl das Ganze erst seit zwei Monaten lief, wusste er doch bereits, dass er die richtige Wahl getroffen hatte. Die Unterstützung, die sie bis dato vom Justizministerium bekommen hatten, war einfach fantastisch.

Sein Traum, noch vor seinem vierzigsten Geburtstag für die Regierung zu arbeiten, schien in greifbare Nähe gerückt zu sein.

Plötzlich begann das Handy in seiner Hand von neuem zu vibrieren. Er meldete sich, noch ehe es klingelte.

»Du müsstest hier sein«, sagte Annika. »Ich fahre gerade an der Westlichen Wache des Stahlwerks in Svartöstaden bei Luleå vorbei, es ist so unglaublich schön. Ich werd mal das Fenster herunterlassen, so, jetzt, hörst du, wie das rauscht?«

Thomas lehnte sich zurück, schloss die Augen und hörte kein anderes Rauschen als das einer schlechten Handyverbindung.

»Papa«, sagte Kalle. »Der Computer ist abgestürzt.«

Sein Sohn stand mit großen Augen und leicht erschreckt im Türrahmen.

»Warte mal, Annika«, sagte er, nahm das Telefon vom Ohr und wandte sich dem Jungen zu. »Ich hab doch gesagt, dass ihr allein klarkommen müsst. Drück den Knopf zwanzig Sekunden und warte, bis die Lampe ausgeht. Dann zählst du bis zehn und startest ihn wieder.«

Der Junge lief hinaus.

»Das Stahlwerk?«, sagte er. »Solltest du nicht auf dem Fliegerhorst sein?«

»Doch, da bin ich auch gewesen, aber ich habe hier einen Jungen getroffen, der ...«

»Aber du schaffst es doch rechtzeitig?«

»Wohin?«

Ihm fehlten die Worte, aber als sie nun schwiegen, glaubte er tatsächlich, im Hintergrund ein Rauschen hören zu können, oder vielmehr eine Art Grummeln. Die Entfernung zwischen ihnen schien dadurch noch größer.

»Ich vermisse dich«, sagte er leise.

»Was sagst du?«, rief sie in dieses Grummeln.

Er hielt kurz inne.

»Wie geht es dir, Annika?«, fragte er.

»Super«, antwortete sie zu schnell und zu hart. »Habt ihr schon gegessen?«

»Die Fleischklößchen stehen im Ofen.«

»Aber warum machst du sie denn nicht in der Mikrowelle heiß? Ich hab doch ...«

»Ich weiß«, unterbrach er sie. »Kann ich dich später noch mal anrufen? Hier ist es gerade ein bisschen wuselig ...«

Nach dem Gespräch blieb er mit dem Handy in der Hand sitzen und war von einer irrationalen Unruhe erfüllt, die schon an Wut grenzte.

Es gefiel ihm ganz und gar nicht, dass Annika wegfuhr, das war es. Er spürte, dass es ihr nicht gut ging, aber wenn er sie darauf ansprach, reagierte sie stets kalt und abweisend. Er wollte sie bei sich haben, um zu sehen, dass alles war, wie es sein sollte, dass sie sich sicher fühlte und glücklich war. Nach den grauenhaften Weihnachtstagen und nachdem der schlimmste Rummel sich gelegt hatte, schien alles ganz gut zu laufen. Annika war zwar still und blass, aber gefasst gewesen. Sie hatte viel mit den Kindern gespielt, mit ihnen gesungen, getanzt und gebastelt. Außerdem hatte sie einige Zeit der neu gebildeten Eigentümergemeinschaft sowie einem kleineren Umbau der Küche gewidmet, der ihnen jetzt, nachdem sie ihre Mietwohnung gekauft hatten, sinnvoll erschien. Der Gedanke an das Schnäppchen, das sie gemacht hatten, als sie die Wohnung zu einem Quadratmeterpreis kaufen konnten, der fünfzig Prozent unter dem eigentlichen Marktwert lag, hatte bei ihr kindliche Begeisterung ausgelöst, was nicht zuletzt daran lag, dass sie im Grunde immer pleite gewesen war. Er selbst versuchte den Kauf gelassen hinzunehmen, da er wusste, dass Geld kam und ging. Annika rief ihm nur zu gern ins Gedächtnis, dass er seine letzten Ersparnisse durch den Kauf von Ericsson-Aktien verloren hatte.

Er warf einen Blick in den Ofen, fragte sich, ob das Essen wohl schon heiß genug war, machte jedoch keine Anstalten, es herauszuholen.

Seit Annika wieder arbeiten ging, wich sie ihm immer öfter aus, wirkte unnahbar und fremd. Manchmal verstummte sie mitten im Gespräch und schaute mit offenem Mund und angsterfüllten Augen zur Decke. Wenn er sie dann fragte, was los war, starrte sie ihn an, als würde sie ihn zum ersten Mal sehen. In solchen Momenten lief ihm ein Schauer über den Rücken.

»Papa, ich kann das nicht.«

»Versuch es noch mal, ich komme gleich.«

Auf einmal hatte er das Gefühl, völlig ermattet zu sein. Er warf einen letzten Blick auf die Tageszeitung, und ihm wurde klar, dass auch die journalistische Arbeit dieses Tages auf direktem Wege ins Altpapier wandern würde.

Mit bleiernen Gliedern deckte er den Tisch, stopfte die lehmverschmierten Schneeanzüge der Kinder in die Waschmaschine, schnitt die Zutaten für einen Salat klein und zeigte Kalle, wie man den Computer neu startete.

Als sie gerade beim Essen saßen, kam der Kurier mit den Broschüren, die sie am morgigen Abend diskutieren und auswerten wollten.

Während die Kinder plapperten und sich bekleckerten, las er sich die kurz gefassten Informationen durch, die handfeste Ratschläge gaben, wie bedrohte Kommunalpolitiker sich verhalten sollten. Erst einmal und anschließend ein zweites Mal.

Dann dachte er an Sophia.

Annika schaltete vor dem unbeleuchteten Eingang der *Norrlands-Tidningen* den Wagen aus. Die gelben Straßenlaternen warfen ihr Licht schräg auf das Armaturenbrett.

In der Zeit, die sie zu Hause geblieben war, hatte Thomas flugs den entstehenden Freiraum annektiert und zu seinem Territorium gemacht. In nur drei Monaten gewöhnte er sich an Rundumversorgung und Kinder, die eine Zierde waren, an freie Abende für Tennis und Besprechungen, Wochenenden für die Jagd und den Besuch von Eishockeyspielen. Nun ging sie wieder arbeiten, aber diese Rollenverteilung hatte sich nicht großartig verändert. Er machte ihr Vorwürfe, wenn sie arbeitete, und nun unter dem Vorwand, sie müsse sich noch erholen.

Im Grunde hat er aber nur keine Lust, das Essen aufzuwärmen, das ich gekocht habe, dachte sie und war überrascht, wie wütend sie dieser Gedanke machte.

Sie warf die Autotür zu, trat auf die nicht geräumte Straße und holte ihre Tasche und das Notebook von der Rückbank.

»Pekkari?«, sagte sie in die Sprechanlage. »Hier ist Bengtzon. Ich muss etwas mit Ihnen besprechen.«

Sie wurde hineingelassen und tastete sich durch das dunkle Foyer. Der Redakteur des Spätdienstes empfing sie am oberen Treppenabsatz.

»Worum geht's?«

Sie schreckte vor dem Geruch von Alkohol in seinem Atem zurück, trat dennoch so nah wie möglich an ihn heran und sprach leise.

»Benny ist da möglicherweise auf etwas gestoßen, das er nicht hätte wissen sollen«, flüsterte sie.

Der Mann riss die Augen auf. Sie waren immer noch blutunterlaufen, und sie merkte, dass seine Trauer echt war.

»Geht es um F21?«

Sie zuckte mit den Schultern.

»Das kann ich im Moment noch nicht beurteilen«, sagte sie. »Ich muss erst mal mit Suup sprechen.«

»Der geht immer Punkt fünf nach Hause.«

»Aber tot ist er deshalb doch nicht, oder?«, meinte Annika.

Sie durfte sich an den Platz des für die Leserbriefe zuständigen Redakteurs setzen und packte ihr Notebook aus, nachdem sie vorsichtig die Stapel thematisch sortierter und handgeschriebener Empörungen zur Seite geschoben hatte. Während der Rechner hochfuhr, rief sie bei der Polizei an. Kommissar Suup war in der Tat um Punkt siebzehn Uhr nach Hause gegangen.

»Wie ist sein Vorname?«, fragte Annika.

Der Streifenpolizist wirkte selbst erstaunt über seine Antwort.

»Das weiß ich nicht.«

Dann rief er in den Raum hinein: »Hört mal, wie heißt Suup eigentlich mit vollem Namen?«

Gemurmel und Geraschel.

»Er steht als LG im Personalverzeichnis.«

Sie wollte mit dem Telefon auf dem Schreibtisch bei der Auskunft anrufen, musste jedoch feststellen, dass die Nummer gesperrt war. So war es auch beim *Katrineholms-Kuriren* gewesen, die Gespräche waren einfach zu teuer. Rasch schloss sie stattdessen ihr Notebook an das Telefonnetz an und stellte es so ein, dass sie ins Internet kam und den Server des *Abendblatts* anwählen konnte.

Auf der Homepage von Telia stellte sie dann fest, dass es weder in Luleå noch in Råneå, Piteå, Boden, Kalix oder Älvsbyn einen Suup mit den Initialen LG im Telefonbuch gab. Weiter konnte er unmöglich jeden Morgen pendeln, entschied sie. Stattdessen loggte sie sich bei der Dafa ein, der staatlichen Datenbank, die mittlerweile zum Glück im Internet zugänglich war.

Es gab einen Suup, Lars-Gunnar, geboren 1941, wohnhaft auf dem Kronvägen in Luleå.

Wieder auf der Homepage von Telia, gab sie Kronvägen im Adressfeld ein, und voilà! Eine gewisse Aino Suup hatte zwei Anschlüsse unter der Hausnummer 19. Annika ging aus dem Internet und verband das Telefon wieder mit dem Telefonnetz.

Gleichzeitig klingelte ihr Handy, und sie schlug sich an die Stirn.

»Ich bin so dermaßen bescheuert«, sagte sie zu Anne Snapphane. »Warum zum Teufel telefoniere ich nicht mit dem Handy?«

»Wie?«, sagte Anne.

Der Lärm im Hintergrund ließ auf Alkoholkonsum und eine spartanische Einrichtung schließen.

»Wo bist du?«, fragte Annika.

Die Verbindung war schlecht.

»Was?«, sagte Anne Snapphane. »Hallo? Störe ich dich gerade?«

Annika sprach leise und langsam.

»Ich bin auf einen Journalistenmord gestoßen. Ruf mich gegen Mitternacht an, wenn du dann noch wach bist.«

Sie drückte das Gespräch weg, rief die erste von Aino Suups Nummern an und hörte das Piepen eines Faxgeräts. Daraufhin wählte sie die zweite und landete mitten im Intro der Fernsehnachrichten.

»Sie gehören also auch zu denen, die einen zu Hause belästigen«, sagte der Kommissar, klang jedoch nicht wirklich verärgert.

Wie Benny Ekland, dachte Annika, schloss die Augen und sagte:

»War der Volvo, den Sie im Hafen gefunden haben, ein goldfarbener V70?«

Sekundenlang war allein die feste Stimme des Nachrichtensprechers zu hören, dann wurde der Fernsehton plötzlich leiser gestellt.

»Jetzt machen Sie mich aber richtig neugierig«, sagte der Kommissar, sprach jedoch nicht weiter.

»Es hat keiner was durchsickern lassen«, stellte Annika klar. »Ich habe mit einem möglichen Zeugen gesprochen. Trifft die Information zu?«

»Kein Kommentar.«

»Off the record?«

»Darf ich mal kurz den Apparat wechseln?«

Er legte auf, und Annika musste anderthalb Ewigkeiten warten, bis der Hörer endlich wieder abgehoben wurde, diesmal jedoch ohne störende Fernsehgeräusche im Hintergrund.

»Sie könnten den Diensthabenden dazu überredet haben, Ihnen die Liste der Wagen vorzulesen, die Samstagnacht in Bergnäset gestohlen wurden«, sagte er.

»Dann stimmt es also?«

Sein zustimmendes Schweigen genügte ihr als Bestätigung.

»Ich würde es begrüßen, wenn Sie mir jetzt mal etwas mehr erzählen könnten«, sagte er.

Sie zögerte kurz, allerdings nicht ernsthaft. Ohne eine Stellungnahme des Kommissars hatte sie keine Geschichte.

»Ich habe mit einer Person gesprochen«, sagte sie deshalb, »die behauptet, gesehen zu haben, wie Benny Ekland auf der Skeppargatan in Svartöstaden, zwischen dem Mefos und der Sandgatan, überfahren wurde. Ein goldfarbener Volvo V70 parkte mit der Wagenfront zur Straße in der Einfahrt zum Fußballplatz, ein Mann saß am Steuer. Als Benny Ekland vorbeigetorkelt war, wurde der Motor angelassen, der Wagen bog auf die Straße und fuhr Ekland mit Vollgas hinterher. Mein Zeuge behauptet, Ekland habe versucht zu entkommen und sei von der einen Straßenseite zur anderen gelaufen und der Wagen sei ihm gefolgt. Zum Zusammenprall kam es dann ungefähr in der Mitte der Fahrbahn.«

»Oh, mein Gott«, murmelte der Kommissar.

»Es kommt noch schlimmer«, sagte Annika. »Ekland schlug zwei Mal gegen das Auto, flog durch die Luft und landete auf der Fahrbahn. Der Wagen bremste, setzte zurück, überfuhr den Körper und dann den Kopf. Nachdem er den Schädel überrollt hatte, hielt der Fahrer, wie gesagt, ein Mann, stieg aus dem Auto und schleppte die Leiche den Wall zum Fußballplatz hinauf. Dort hat er den Körper irgendwie abgeklopft, fuhr dann zur ... wie heißt die ... zur Sjöfartsgatan, die zum Eisenerzhafen hinunterführt. War der Wagen beschädigt?«

»An Front und Windschutzscheibe«, antwortete Kommissar Suup, ohne zu zögern.

»Ihnen muss klar gewesen sein, dass es kein gewöhnlicher Unfall war – der Schädel war zertrümmert, das Rückgrat gebrochen, die inneren Organe zermatscht.«

»Völlig korrekt, der Obduktionsbericht kam heute Nachmittag. Es gibt also jemanden, der das Ganze gesehen hat?«

»Der Zeuge hat darum gebeten, anonym zu bleiben.«

»Und Sie können die fragliche Person nicht dahingehend beeinflussen, dass sie Kontakt zu uns aufnimmt?«

»Ich habe bereits getan, was ich konnte, werde es aber gern noch einmal versuchen. Was sagen Sie dazu?«

»Sollten die Angaben des Zeugen zutreffen, was durchaus nahe liegt, wissen wir, dass wir einen vorsätzlichen Mord am Hals haben.«

Annika tippte seine Worte direkt in den Computer.

»Können Sie sich aus dem Stegreif an etwas erinnern, das Benny Ekland kürzlich veröffentlicht hat und das der Auslöser für eine solche Tat gewesen sein könnte?«

»Ekland hat nie davor zurückgeschreckt, kontroverse oder unangenehme Themen aufzugreifen, völlig undenkbar ist es also nicht. Aber es wäre ein grober Verstoß gegen die Dienstordnung, wenn ich zum jetzigen Zeitpunkt darüber spekulieren würde. Falls die Angaben des Zeugen zutreffen, und ich sage bewusst falls, müssen wir natürlich alle denkbaren Motive in Betracht ziehen.«

»Leiten Sie die Ermittlungen in diesem Fall?«

»Nein, ich bin mittlerweile nur noch für die Presse zuständig, aber ich bin Ihr Ansprechpartner. Leiter der Voruntersuchung wurde meines Wissens Frau Andersson oben bei der Staatsanwaltschaft, aber die hat den ganzen Tag im Gerichtssaal gesessen, ich glaube also nicht, dass sie hiervon schon etwas weiß.«

Nachdem sie aufgelegt hatte, suchte sich Annika den Weg in die Redaktion. In einem engen Raum voll langer Tische und in einer Luft, die von statischer Elektrizität aufgeladen war, fand sie eine Gruppe erlahmter Textredakteure mit käsigen Gesichtern und unsteten Augen.

»Wir müssen uns unterhalten«, sagte sie zum Redakteur des Spätdienstes.

Überraschend geschmeidig erhob sich der große Mann, ging vor ihr durch die Redaktionsräume und öffnete die Tür zu einem Verschlag, der offenbar als Raucherzimmer genutzt wurde. Annika blieb im Türrahmen stehen, trotz eines rauschenden Ventilators in einer Zimmerecke war der Gestank schier unerträglich. Der Mann steckte sich eine Zigarette an und hustete heftig.

»Ich habe vor neun Jahren aufgehört«, sagte er, »gestern Morgen aber wieder angefangen. Schließen Sie die Tür.«

Sie machte einen Schritt in den Raum hinein, schielte zur Decke hinauf und ließ die Tür einen Spaltbreit offen stehen. Die Wände kamen auf sie zu, das Atmen fiel ihr schwer.

»Worum geht's?«, fragte Pekkari und blies eine traurige Rauchwolke Richtung Lüftung.

»Benny wurde ermordet«, sagte Annika, und ihr Herz galoppierte. »Ich habe einen Zeugen, der gesehen hat, wie er starb. Die Polizei bestätigt, dass die Geschichte des Zeugen mit der Beweisführung übereinstimmt, zumindest bislang. Könnten wir vielleicht rausgehen?«

Der Redakteur sah sie an, als hätte er ein Gespenst gesehen, seine Zigarette schien auf halbem Weg zum Mund in seiner Hand festgefroren zu sein.

»Bitte?«, sagte Annika und konnte nicht länger warten, stieß die Tür auf und taumelte hinaus.

Sie ging zum anderen Ende der beinahe menschenleeren Sportredaktion, in der ein einsamer Redakteur erschreckt hinter seinem Computerbildschirm hervorlugte.

»Hallo«, sagte Annika.

»Hallo«, erwiderte der Mann und tauchte wieder ab.

»Ermordet?«, flüsterte Pekkari ihr ins Ohr. »Wollen Sie mich auf den Arm nehmen?«

»Ganz und gar nicht. Ich schreibe den Artikel, Sie dürfen ihn komplett veröffentlichen, aber nicht an die Nachrichtenagenturen weitergeben. Genauso machen wir es.«

»Warum wollen Sie eine solche Story abgeben?«

»Kollegiale Verantwortung«, antwortete Annika und konzentrierte sich darauf, ihre Pulsfrequenz zu senken. »Außerdem überschneiden sich unsere Leserschaften kaum. Wir sind keine Konkurrenten, wir ergänzen einander.«

»Ich setze meinen Abendreporter auf die Sache an«, sagte der Redakteur.

»Nein«, widersprach Annika. »Mein Bildeinschlag. Es ist meine Story, mein Name, aber Sie bekommen sie.«

Er sah sie nachdenklich an.

»Eins zu null für Sie«, sagte er.

»Ich weiß«, erwiderte Annika und ging zu ihrem Notebook zurück.

DONNERSTAG, 12. NOVEMBER

Anne Snapphane erwachte mit dumpfen Kopfschmerzen und einem weißen Licht in den Augen. Ihr Mund war voller Katzendreck, und irgendwo unter ihrem Bett war es verdammt laut. Nach einer langen Leitung mit vielen Fehlschaltungen begriff ihr Gehirn, dass es sich um ein klingelndes Telefon handelte. Ihre Hand tastete blind neben dem Bett herum, und es gelang ihr, die Telefonschnur zu erhaschen und den Hörer stöhnend an die Lippen zu führen.

»Hast du schon einen Blick in die Zeitung geworfen?«, sagte Annika am anderen Ende. »Das kann doch verdammt noch mal nicht wahr sein. Wenn die Abzahlungen für die Wohnung nicht wären, würde ich heute noch kündigen. Oder besser noch gestern.«

»Was?«, sagte Anne krächzend.

»Paula aus der Popfabrik – zu Oralsex gezwungen«, las Annika mit eigenartig hallender Stimme.

Anne Snapphane versuchte sich aufzusetzen.

»Wer?«

»Ich weiß nicht, ob das alles noch einen Sinn hat«, sagte Annika. »Ich bin auf einen Journalistenmord gestoßen, bei dem möglicherweise Terrorismus eine Rolle spielt, wir haben die Geschichte exklusiv, und was passiert? Sowohl in den Rundfunk- als auch in den Fernsehnachrichten war Benny Ekland die Topnews mit Berufung auf uns als Quelle, und was zum Teufel bringen wir selbst auf der Titelseite? Verdammten Sex!«

Anne gab auf, landete wieder in den Kissen und legte den Arm über die Augen. Ihr Herz donnerte wie ein Eisenhammer und ließ sie am ganzen Körper schwitzen. Eine unbestimmte Angst drehte ihr den Magen um.

Die letzten Drinks hätte ich wohl nicht mehr nehmen sollen, dachte sie vage.

»Anne?«

Sie räusperte sich.

»Wie viel Uhr ist es?«

»Fast zehn. Und dann bin ich wieder zu diesem verdammten Museum auf dem Fliegerhorst rausgefahren, aber meinst du, der Typ, der sich darum kümmert, wäre endlich wieder gesund gewesen? Vergiss es, und jetzt sitze ich hier wie der letzte Depp.«

Anne versuchte nicht mehr zu begreifen, was geschehen war, sie erkannte nur, dass sie einmal mehr die Kontrolle verloren hatte.

»Das tut mir wirklich Leid«, pflichtete sie Annika bei.

»Kommst du heute Abend?«

Anne strich sich mehrmals über die Stirn und versuchte sich zu erinnern, was sie ausgemacht hatten, aber es wollte ihr einfach nicht gelingen.

»Können wir später noch mal telefonieren? Ich war gerade dabei ...«

»Ich werde gegen fünf wieder zu Hause sein.«

Anne ließ den Hörer mit seinem toten Summton zu Boden fallen. Vorsichtig öffnete sie die Augen und zwang sich, den leeren Platz neben sich zu sehen.

Er war nicht da. Nicht mehr.

Sie schaute zur Decke und dann zu den Fenstern auf der anderen Seite und erinnerte sich an seinen Geruch, sein Lachen und seine wütenden Falten.

Als sie erkannte, dass er nicht mehr bei ihr sein würde, war sie steif, stumm und kalt zurückgeblieben.

Sie hatten einen Deal, eine Übereinkunft gehabt. Gemeinsam hatten sie ein wunderbares Kind, ein geteiltes Leben, die perfekte Aufteilung von Freiheit und Verantwortung. Sie hatten Miranda und einander, besaßen den anderen jedoch nicht. Es sollte keine

Schuldgefühle, keine Forderungen, nur Rücksichtnahme und Fürsorglichkeit zwischen ihnen geben. Jeder hatte seine eigene Wohnung, jeder seine Woche mit der Tochter, aber es blieben ihnen auch viele gemeinsame Abende und Wochenenden, Weihnachtstage und Geburtstage.

Sie hatte sich an die Abmachung gehalten und nie ernsthaft einen anderen Mann in ihr Leben gelassen. Und dann ging er einfach hin und zog mit einer Monogamen zusammen, einer radikalen Braut vom staatlichen Fernsehen, die an Zweisamkeit und echte Liebe glaubte.

Wenn die Neue wenigstens anders wäre als ich, dachte Anne benebelt. Wenn sie klein und hübsch und blond und süß und harmlos wäre. Wenn er sich wegen etwas für eine andere Frau entschieden hätte, was ich nicht habe, was mir abgeht. Aber diese Frau war der gleiche Typ wie sie, sah ihr ähnlich und hatte sogar ungefähr den gleichen Job. Dadurch fühlte sie sich doppelt betrogen.

Rein äußerlich betrachtet, hatte er an ihr also nichts auszusetzen gehabt, sondern an ihr als Mensch, an ihrer Lebenseinstellung, ihrer Ergebenheit und Loyalität.

Tränen des Selbstmitleids stiegen ihr in die Augen, aber sie zwang sie brutal zurück.

Das war er nicht wert.

Annika biss die Zähne so fest zusammen, dass ihre Kiefer schmerzten.

Sie hatte nicht die Absicht zu flennen, nicht wegen einer verdammten Idiotenentscheidung am Nachtdesk. Aber sie kam sich vor, als wäre sie wieder eine Aushilfe wie früher, nur dass es jetzt schlimmer war. Damals, vor etwas mehr als neun Jahren, hatte sie die Zusammenhänge nicht verstanden und Fehleinschätzungen und Übergriffe durch die Leitung der Zeitung deshalb mit dem Argument entschuldigen können, dass sie selbst die tiefer liegenden Gründe für die Entscheidung nicht begreifen konnte. Es gab einen höheren Sinn, der ihr verborgen blieb, aber wenn sie nur immer gut zuhörte, würde sie das alles früher oder später verstehen. Sie hatte Wert darauf gelegt, offen und lernwillig zu sein, nicht selbstzufrieden, unbedarft und ständig kritisierend wie so viele andere frisch nach dem Examen.

Jetzt beherrschte sie ihren Job, und gerade deshalb war sie vor Ohnmacht wie gelähmt.

Manchmal kam es ihr vor, als ginge es nur noch um Geld.

Wenn es ebenso lukrativ gewesen wäre, mit Kinderwindeln zu handeln, hätte die Eignerfamilie sich vermutlich stattdessen darauf verlegt.

An anderen Tagen kam sie besser mit der Situation zurecht und konnte die Zusammenhänge so sehen, wie man es ihr beigebracht hatte. Die Kommerzialisierung garantierte Meinungsfreiheit und Demokratie, die Zeitung wurde im Auftrag der Leser produziert, die Einnahmen dienten dazu, die Existenz des Blattes zu sichern.

Sie lockerte den verkrampften Griff um das Lenkrad und zwang sich, entspannter zu werden. F21 verschwand hinter ihr, und sie bog auf die lange Gerade, die zur Landstraße führte. Sie wählte die Kurzwahlnummer der Polizei, aber bei Kommissar Suup war besetzt, und es warteten bereits mehrere Anrufer darauf, mit ihm verbunden zu werden.

Es spielt überhaupt keine Rolle, wie gut ich bin, dachte Annika. Sie schaffte es einfach nicht, ihre Verbitterung zu verdrängen, und ehe sie es verhindern konnte, mündete dieser Gedanke in einen weiteren Satz: Die Wahrheit ist nicht interessant, nur die Schimäre, die aus ihr entstehen kann, interessiert die Leute.

Um nicht in Selbstmitleid zu versinken und nicht aus der Leitung geworfen zu werden, begann sie eine vollkommen sinnlose Fragestunde zur Organisationsstruktur der Polizei mit der armen Telefonistin, die immer gestresster wurde. Der Trick bestand darin, die Telefonistin so lange zu beschäftigen, bis sie in die Warteschleife geschaltet werden konnte.

»Jetzt können Sie warten, bis die Leitung frei wird«, sagte die Telefonistin erleichtert, als Suup eines seiner Gespräche beendet hatte.

Sie wurde mit einer stummen digitalen Leere verbunden, worüber sie heilfroh war, denn ein elektronisches *Für Elise* hätte sie jetzt nicht ertragen können.

Sie hatte bereits den Kreisverkehr in Bergnäset hinter sich gelassen, als es im Hörer klickte und sie endlich an der Reihe war.

»Ich muss wohl einen Diener machen und danke schön sagen«, meinte Kommissar Suup. »Linus Gustafssons Mutter rief uns heute Morgen um sieben an und erzählte, dass ihr Sohn der geheime Zeuge in der *Norrlands-Tidningen* von heute ist. Seine Mutter meinte, Sie hätten den Jungen ermahnt, über das, was er gesehen hat, mit der Polizei und einem Erwachsenen zu sprechen. Sie war darüber sehr froh. Der Junge sei seit Sonntagnacht nicht mehr er selbst gewesen, habe schlecht geschlafen und gegessen, nicht in die Schule gehen wollen …«

Vorsichtig breitete sich so etwas wie Ruhe in ihr aus.

»Das ist schön zu hören«, sagte sie. »Was halten Sie von seiner Geschichte?«

»Ich selbst habe noch gar nicht mit ihm gesprochen, denn seit halb sechs, als ihr die Meldung an die Nachrichtenagenturen weitergegeben habt, habe ich nur am Telefon gehangen, aber die ermittelnden Beamten sind mit Linus vor Ort gewesen und halten ihn für glaubwürdig.«

»Schnelle Arbeit«, sagte Annika und versuchte, beeindruckt zu klingen.

»Sie wollten die Sache hinter sich bringen, solange es noch dunkel war, damit die gleichen Bedingungen herrschten wie zur Tatzeit, und bevor die Medien wach wurden. Ich glaube, das ist ihnen gelungen.«

»Und?«, sagte sie und bremste an einer Ampel unmittelbar vor der Bergnäs-Brücke.

»Sagen wir mal, der Fall fällt jetzt nicht mehr unter die Rubrik Fahrerflucht, sondern vorsätzlicher Mord.«

»Werden Sie das Landeskriminalamt einschalten?«

Suups Antwort blieb vage.

»Wir werden sehen, wie weit wir nach den ersten Ermittlungstagen gekommen sind …«

Die Ampel sprang auf Grün um, und sie rutschte über die Kreuzung am Granuddsvägen.

»Benny hat in den letzten Monaten eine ganze Artikelserie über Terrorismus geschrieben«, sagte Annika. »Ich komme gerade von F21, glauben Sie, sein Tod könnte etwas mit seinem Bericht über den Anschlag da draußen zu tun haben oder mit etwas anderem, was er geschrieben hat?«

»Darüber möchte ich nicht spekulieren. Könnten Sie bitte einen Moment dranbleiben?«

Er wartete ihre Antwort nicht ab, und es knallte in ihrem linken Ohr, als der Kommissar den Hörer weglegte. Anschließend hörte sie Schritte, und ein dumpfer Knall verriet ihr, dass Suup eine Tür geschlossen hatte.

»Aber es gibt da eine Sache, die ich heute Morgen mit Fliegerhauptmann Pettersson diskutiert habe und die Sie betrifft«, sagte er, als er zum Telefon zurückgekehrt war.

Überrascht nahm sie den Fuß vom Gas.

»Ich möchte das lieber nicht am Telefon besprechen«, fuhr der Kommissar fort. »Könnten Sie heute Nachmittag ins Präsidium kommen?«

Sie schüttelte heftig den Arm, um ihre Armbanduhr aus dem Jackenärmel zu bekommen.

»Eigentlich nicht«, sagte sie, »meine Maschine geht schon um 14.55 Uhr, und ich muss vorher noch zur *Norrlands-Tidningen*.«

»Dann können wir uns da treffen«, sagte er. »Ein Team von uns ist gerade dort, und ich habe dem Herausgeber soeben versprochen, vorbeizuschauen und Bennys Kollegen vor Ort über den Stand der polizeilichen Ermittlungen zu informieren.«

Das Gesicht der Frau am Empfang der Zeitung war verquollen und verheult. Annika näherte sich ihr vorsichtig und andachtsvoll und spürte deutlich, dass sie störte.

»Die Zeitung ist heute für Besucher geschlossen«, sagte die Frau abweisend. »Kommen Sie morgen wieder.«

»Ich heiße Annika Bengtzon«, sagte Annika behutsam, »ich war es, die ...«

»Haben Sie keine Ohren?«, unterbrach die Frau sie, stand auf und begann zu zittern. »Wir trauern hier heute bei der Zeitung, wir sind in Trauer, einer unserer Redakteure ist ... von uns gegangen. Also haben wir geschlossen. Den ganzen Tag. Gehen Sie jetzt.«

Annika verlor die Beherrschung.

»Das ist doch wirklich zum Kotzen«, sagte sie. »Ja, ist denn die ganze Welt verrückt geworden? Bitte vielmals um Entschuldigung, dass es mich gibt.«

Sie kehrte der Empfangsdame den Rücken zu und ging auf die Treppe zu, die in die Redaktion hinaufführte.

»Hallo!«, schrie die Frau. »Sie befinden sich in den Räumen eines Privatunternehmens. Kommen Sie sofort zurück.«

Annika blieb nicht stehen, sondern warf nur einen Blick über die Schulter und sagte:

»Dann erschießen Sie mich doch.«

Bereits nach wenigen Schritten hörte sie, dass im ersten Stock eine Art Gedenkfeier stattfand. In dem kleinen Flur vor den Redaktionsräumen sah sie die Teilnehmer, eine farblose Masse, graue Haare, dunkelgraue Jacketts, braune Polohemden. Gebeugte Rücken, verschwitzte Nacken, der verwirrte Zorn, der einen Menschen blutleer und stumm werden lässt.

Sie schob sich in die hinterste Reihe und versuchte sich unsichtbar zu machen, während sie sich gleichzeitig streckte, um den Mann sehen zu können, der vorne sprach.

»Benny hatte keine eigene Familie«, sagte er, ein Zeitungsmann mittleren Alters in einem dunklen Anzug und mit glänzenden Schuhen. »Denn wir waren seine Familie. Er hatte uns, und er hatte die *Norrlands-Tidningen*.«

Die Menschen im Raum reagierten nicht auf die Worte, alle waren erfüllt von ihrer eigenen erstaunten Ungläubigkeit, der Unfassbarkeit des Todes. Fahrige Hände, Blicke, die unerschütterlich auf den Fußboden gerichtet waren oder unruhig umherflackerten, jeder hier war eine Insel.

Reporter und mehrere Fotografen standen ebenso wie Vertreter anderer Medien an den Wänden. Annika erkannte sie an ihrer gierigen Sensationslust; ihnen war der Tote egal, sie interessierten sich nur für den Mann, der gerade sprach, und die trauernden Arbeitskameraden.

»Benny gehörte zu einem Typ von Journalisten, wie es sie heute kaum mehr gibt«, predigte der Mann mit den glänzenden Schuhen. »Er war ein Reporter, der niemals aufgab, er wollte die Wahrheit finden, um jeden Preis. Wir, denen es vergönnt war, in all den Jahren mit Benny zusammenarbeiten zu dürfen, haben es als großes Geschenk empfunden, einen solch hingebungs- und verantwortungsvollen Journalisten kennen zu lernen. Für Benny Ekland gab es das Wort Überstunden nicht, denn er nahm seinen Auftrag ernst …«

»Ja«, flüsterte ihr jemand ins Ohr, »jetzt kommen wir der Wahrheit allmählich näher.«

Sie drehte sich rasch um und sah Hans Blomberg, den Archivar, der direkt hinter ihr stand, ihr zunickte und schwach lächelte. Er lehnte sich vor und ergänzte flüsternd:

»Benny war bei der Geschäftsführung ausgesprochen beliebt, weil er nie Wochenendzuschläge oder Gehaltserhöhungen einforderte. Dadurch gab er der Zeitungsspitze ein unschlagbares Argument an die Hand: Wenn schon der Starreporter so schlecht verdiente, war es nur recht und billig, dass alle anderen auch nicht mehr kriegten.«

Annika lauschte verblüfft.

»Er hat Ihnen den Schnitt versaut«, flüsterte sie zurück. »Aber warum denn?«

»Fünf Wochen bezahlter Urlaub bei den Huren in Thailand, jedes Jahr, und immer einen Deckel in der örtlichen Kneipe. Was braucht ein Mann mehr?«

Zwei ältere Frauen vor ihnen mit identischen Strickpullovern und verquollenen Augen drehten sich um und zischten Ruhe gebietend.

Die Trauerfeier wurde mit einer Schweigeminute für den Toten beendet, die Blitzlichter der Fotografen kreuzten einander.

»Wo hatte Benny seinen Arbeitsplatz?«, flüsterte sie dem Archivar zu.

»Kommen Sie«, sagte er und zog sie nach hinten.

Sie verließen das graue, luftleere Meer, gingen eine weitere Treppe hinauf und landeten unter dem Dachgiebel.

»Abgesehen vom Chefredakteur war er einer der wenigen, die ein eigenes Büro hatten«, sagte Hans Blomberg und zeigte in einen kurzen Korridor.

Annika betrat den schmalen Gang, spürte, wie die Wände augenblicklich näher kamen und sich über sie beugten. Sie blieb stehen, atmete ruhig und vorsichtig, sah die Wände, wie sie tatsächlich waren.

Die übermalten Hartfaserplatten beulten sich braungelb und hässlich.

Sie ging zu Benny Eklands braun gestrichener Tür und klopfte fest an. Zu ihrer Verblüffung flog sie augenblicklich sperrangelweit auf.

»Was gibt's?«, sagte ein Kriminalpolizist in Zivilkleidung, der im Zimmer auf den Knien lag. Er blies sich die Haare aus den Augen und musterte Annika gereizt von Kopf bis Fuß.

Hinter ihm hoben zwei weitere Kriminalpolizisten die Köpfe aus Schränken und Schubladen. Annika trat einen Schritt zurück und spürte, dass sie bis zum Haaransatz rot wurde.

»Verzeihung«, sagte sie, »ich suche … ich wollte wissen …«

»Das hier ist Benny Eklands Büro«, sagte der Beamte in Zivil und ergänzte freundlicher: »Sie sind doch Annika Bengtzon. Sie haben doch damals mit dieser Mörderin im Tunnel gesessen.«

Sie starrte ihn an und wollte fliehen, nickte jedoch stattdessen und hörte die Engel in ihrem Innern ein Lied anstimmen. Nein, dachte sie. Nicht jetzt.

»Suup hat angerufen und gesagt, dass er Sie hier treffen will, aber er ist noch nicht da. Mein Name ist Forsberg«, sagte er, richtete sich auf, streckte die Hand aus und lächelte ein wenig wölfisch hinter blonden Locken.

Annika sah verwirrt zu Boden und entdeckte verlegen, dass ihre Hände kalt und feucht waren.

»Wie geht's?«, sagte sie, um etwas sagen zu können, und schlug sich mit der flachen Hand leicht gegen den Kopf, um die Stimmen zum Verstummen zu bringen.

»Suup hat erzählt, dass Sie den jungen Gustafsson ausfindig gemacht haben«, meinte der blonde Forsberg, während er gleichzeitig einen Stapel Blätter in ein Regal zurücklegte.

»Das war keine große Leistung«, sagte Annika. »Er wollte erzählen, und ich habe zufällig die Fragen gestellt. Finden Sie was?«

Der Polizist seufzte.

»Es ist ein ziemliches Durcheinander.«

»Er hat heute einiges an Post bekommen«, warf Hans Blomberg hinter Annikas Rücken ein. »Sind Sie die schon durchgegangen?«

Die Kriminalpolizisten sahen einander an, alle schüttelten den Kopf.

»Wo ist die Post?«, fragte Forsberg.

»Ich habe sie in sein Postfach gelegt, wie immer. Soll ich sie holen?«

Annika begleitete den Archivar zu den Postfächern. Das war ihr lieber, als in diesem Büro zu stehen und den Polizisten im Weg zu sein.

»Sie gehören nicht gerade zu Benny Eklands Fans«, sagte sie, während Hans Blomberg die Briefe an den Ermordeten heraussuchte.

»Das ist auch nicht nötig«, sagte der rundliche Mann. »Da gibt es schon genug andere. Sagen wir, ich habe ein etwas differenzierteres Bild von unserem Starreporter.«

Er ging wieder zur Treppe, und Annika folgte seiner fusseligen Jacke.

»Und wie sieht das aus?«

Es knarrte, als der Mann auf der nächsten Treppenstufe das Gewicht von einem Bein aufs andere verlagerte.

»Es spielte keine Rolle, welcher Mitarbeiter der Zeitung einen Tipp bekommen hatte; wenn an der Sache was dran war, hat sich immer Benny darum gekümmert. Er war abends immer der Letzte, um in den Artikeln anderer noch den einen oder anderen Satz zu ändern und auf die Art als Mitautor genannt zu werden.«

»Ein richtiger Wichtigtuer?«

»Ja, aber man muss zugeben, dass er wirklich einen guten Riecher für Sachen hatte«, sagte Hans Blomberg und blieb unvermittelt stehen. »Das muss man ihm lassen.«

»Annika Bengtzon?«, rief eine Stimme aus dem ersten Stock.

Sie ging ein paar Schritte zurück und schaute um die Ecke.

»Suup«, sagte ein magerer Herr mit grauen Haaren. »Wollen wir uns ein bisschen unterhalten?«

Sie ging auf den Mann zu, gab ihm die Hand und sah in Augen, die sie für Sekundenbruchteile an die eines Kindes erinnerten, so klar und durchsichtig waren sie.

»Ich habe versprochen, in ein paar Minuten mit dem Personal zu reden, aber das hier wird nicht lange dauern«, sagte er. Seine Falten verstärkten den Eindruck von Ausgeglichenheit und Rechtschaffenheit noch.

»Sie haben mich ganz schön neugierig gemacht«, erklärte Annika und folgte ihm in die Leserbriefabteilung, in der sie am Abend zuvor ihren Artikel geschrieben hatte.

Er ist nicht verbittert, schoss es ihr durch den Kopf. Er dient der Menschheit, wie es ihm richtig erscheint, und erhält dafür Respekt zurück und die Bestätigung, dass seine Werte korrekt sind. Er ist ein Mensch, der in sich ruht.

Sie zog dem Kommissar einen Stuhl heraus und setzte sich selbst auf die Schreibtischkante.

»Wir wissen es zu schätzen, dass Sie sich mit Ihren Informationen gestern an uns gewandt haben«, sagte der Mann mit gedämpfter Stimme. »Und ich muss zugeben, dass es uns auch erstaunt hat, dass Sie Ihre Neuigkeit mit den Leuten hier geteilt haben. Die *Norrlands-Tidningen* erscheint hier oben immerhin lange vor dem *Abendblatt*, sodass Ihre Zeitung die Nachricht weder als erste noch als einzige gebracht hat.«

Annika lächelte und bemerkte, dass die Engel verstummt waren.

»Sie haben lange mit der Presse zusammengearbeitet. Das hört man«, sagte sie.

»Und deshalb habe ich mit Pettersson auf F21 über eine Information gesprochen, die uns bereits seit vielen Jahren vorliegt und deren Veröffentlichung wir seit geraumer Zeit diskutieren.«

Sie spürte, wie ihr das Adrenalin in die Adern schoss.

»Die Polizei hat viele Jahre einen Tatverdächtigen für den Anschlag auf F21 gehabt«, erklärte Suup leise. »Es handelt sich um einen damals jungen Mann, der Ende der sechziger Jahre aus dem Süden nach Luleå kam, ursprünglich jedoch aus dem Tornedal im Norden stammte. Er war Aktivist in zwei linken Splittergruppen und trug den Decknamen Ragnwald. Uns liegen zwei, drei Informationen zu seiner richtigen Identität vor, aber wir sind uns nicht ganz sicher, was diesen Punkt angeht.«

Annika blieb stumm und starrte den Polizeibeamten an. Diese Information war so sensationell, dass sich ihre Nackenhaare sträubten.

»Haben Sie etwas dagegen, wenn ich mir Notizen mache?«

»Ganz und gar nicht.«

Sie holte Block und Stift heraus und notierte die Worte des Kommissars hastig und derart zittrig, dass ihre Schrift fast unleserlich war.

»Warum steht ausgerechnet dieser Mann unter Verdacht?«, fragte sie.

»Ragnwald verschwand«, antwortete Suup. »Wir haben Grund zu der Annahme, dass er nach Spanien ging und Mitglied der ETA wurde. Ein Vollblutterrorist, und der Anschlag auf F21 war sein Gesellenstück.«

Jemand klopfte gegen den Türrahmen. Polizist Forsberg steckte den Kopf herein.

»Entschuldigung, Suup, aber wir haben da etwas verdammt Seltsames gefunden.«

»Was denn?«

»Einen Brief ohne Absender, hochgestochener Stil und vager Inhalt.«

Er warf einen Blick auf Annika und verstummte.

Sie dachte fieberhaft nach und versuchte derweil, unbeteiligt auszusehen.

»Klingt wie ein ganz normaler Idiotenbrief. Ich habe achtzehn Müllsäcke davon.«

»Lies vor«, sagte Kommissar Suup.

Forsberg zögerte einen Moment und zog dann eine zusammengefaltete Seite aus einem Collegeblock hervor, die er vorsichtig in seinen behandschuhten Händen hielt.

»Es gibt keinen Aufbau ohne vorherigen Abriss«, las er. *»Abriss bedeutet Kritik und Verdammung, er bedeutet Revolution. Er beinhaltet, dass man die Dinge ausdiskutiert, was gleichzeitig bedeutet, etwas aufzubauen. Wenn man den Abriss an die erste Stelle setzt, erhält man den Aufbau im Verlauf des Prozesses.«*

Annika notierte fieberhaft und schaffte es, etwa die Hälfte der Worte festzuhalten. Aus den Augenwinkeln sah sie, dass Forsberg den Brief sinken ließ.

»Klingelt da was?«, fragte er.

Annika sah Kommissar Suup den Kopf schütteln und folgte mechanisch seinem Beispiel.

»Wir sind oben«, sagte Forsberg und verschwand wieder.

»Kann ich das mit Ragnwald bringen?«, sagte Annika.

Der Kommissar nickte.

»Und es werden keine Ermittlungen dadurch behindert, dass ich es schreibe?«

»Im Gegenteil«, antwortete Suup.

Annika betrachtete den Polizisten stumm und wusste genau, dass es hier nicht um Gutmütigkeit ging, sondern dass der Zweck für ihn die Mittel heiligte. Wenn nötig, hatte er es sicher faustdick hinter den Ohren, denn das war eine Grundvoraussetzung für seinen Job.

»Sagen Sie mir, warum Sie mir das erzählt haben«, forderte sie ihn auf.

Der Mann erhob sich.

»Die Informationen sind insofern korrekt, als sie mit den Verdachtsmomenten der Polizei übereinstimmen«, sagte er. »Ob er es wirklich gewesen ist, wissen wir nicht, aber wir glauben, dass er auf irgendeine Weise an der Tat beteiligt war, das Ganze möglicherweise geplant hat. Es muss ihn jedoch jemand begleitet haben. Sie wissen ja sicher, dass man am Tatort Fußspuren gefunden hat. Es gibt nicht viele Männer, die Schuhgröße 36 haben.«

Letzteres war ihr ebenfalls neu.

Er ließ sie inmitten von Leserpost über Müllabfuhr und Hundekot in dem sicheren Gefühl zurück, auf etwas mehr als nur einen Knüller gestoßen zu sein.

Langsam ergänzte sie die Buchstaben, die in ihren Aufzeichnungen fehlten.

Es gibt keinen Aufbau ohne Abriss.

Wohl wahr, dachte sie.

Wenn man den Abriss an die erste Stelle setzt, erhält man den Aufbau im Verlauf des Prozesses.

Weiß der Teufel.

Die Stimmen der Taxifahrer am Eingang folgten ihr wie ein Wasserfall, als sie durch das kleine Flughafengebäude ging, und gaben ihr das vage Gefühl, gehetzt zu werden. Arbeiteten diese Leute denn nie? Standen sie immer nur im Luftzug der Eingangstür, gegen die arktische Kälte mit dunkelblauen Uniformen und Goldknöpfen gepanzert?

Sie bekam einen Platz im hinteren Teil der Maschine, neben einer Frau mit zwei kleinen Kindern. Das eine Kind hatte die Frau auf dem Schoß, das andere kletterte unablässig herum.

Annika fühlte sich mehr und mehr gestresst, denn sie würde nur während des Fluges Zeit haben zu schreiben.

»Entschuldigung«, sagte sie zu der Stewardess, als das Flugzeug gestartet war. »Ich muss arbeiten. Ist es okay, wenn ich mich etwas weiter nach vorn setze?«

Sie erhob sich von ihrem Sitz und nickte vielsagend in Richtung der halb leeren Reihen. Der Säugling auf dem Schoß seiner Mutter begann wie am Spieß zu schreien.

»Tut mir Leid, aber Sie sind auf diesen Platz gebucht. Sie hätten Business Class buchen sollen«, antwortete die Stewardess kurz angebunden und wandte sich wieder ihrem Wagen mit Getränken zu.

»Entschuldigung«, sagte Annika, jetzt jedoch lauter, »aber das habe ich durchaus getan, oder besser gesagt, mein Arbeitgeber. Kann ich bitte nach vorne kommen?«

Mühsam schob sie sich an der Mutter vorbei und blockierte den Gang. Die Stewardess trippelte gereizt um ihren Wagen herum.

»Sie haben doch gehört, was ich gesagt habe. Nach dem 11. September wechselt man nicht einfach so den Platz.«

Annika machte einen großen Schritt auf die Stewardess zu und sah ihr direkt ins Gesicht.

»Dann werfen Sie mich doch raus«, flüsterte sie, nahm ihr Notebook aus dem Gepäckfach und setzte sich fünf Reihen weiter nach vorn.

Gestresst schrieb sie drei Artikel, bis das Fahrgestell der Maschine in Arlanda aufsetzte: Luleå am Tag nach der Nachricht vom Mord, die Trauer der Kollegen und der Ortstermin der Polizei mit dem Zeugen. Eine Zusammenfassung der bisherigen Ereignisse und Fakten mussten die Jungs von der Abendschicht übernehmen. Die Informationen über Ragnwald und den Anschlag hielt sie erst einmal zurück, die liefen ihr nicht davon.

Mit klopfendem Herzen eilte sie über den geklinkerten Fußboden von Terminal 4 und zur U-Bahn. Als sie im Arlanda-Express saß, rief sie Spiken an und brachte ihn auf den neuesten Stand der Dinge. Er stellte sie zu Bild-Pelle durch, und sie diskutierte mit ihm das Bildmaterial. Die frisch etablierte Zusammenarbeit mit der *Norrlands-Tidningen* bescherte dem *Abendblatt* freien Zugang zum gesamten Bildmaterial dieser Zeitung, sowohl zu neuen Fotos als auch zu Archivaufnahmen, weshalb man niemanden nach Luleå schicken und auch keinen freien Fotografen engagieren musste.

»Das Bild des Jahres findet man ja nicht gerade unter diesen Fotos«, meinte der Bildredakteur, und Annika hörte, wie er auf seinem Mac wild in den übersandten Dateien hin und her klickte, »aber für die Zeitung von morgen reichen die Bilder allemal. Manche von ihnen sind scharf und haben eine hohe Auflösung.«

Vom Hauptbahnhof zu ihrem Job als Mutter spazierte Annika mit offener Jacke. Der Wind war feucht und voller Gerüche, Erde und Laub und Abgase, das Gras war noch grün, und an vielen Ästen baumelten halb tote Blätter. Sie blickte in den rotgrauen und matten Himmel. Das Licht von Millionen Lampen bezwang den nordischen Herbstabend und ließ einen in der Illusion leben, dass die Wirklichkeit überschaubar und kontrollierbar war.

In der Stadt kann man nie die Sterne sehen, dachte Annika.

Ihr Sohn stürzte sich auf sie, als wäre sie ein halbes Jahr weg gewesen. Er legte seine klebrige Wange an ihre und schob die Hände in die Haare in ihrem Nacken.

»Ich hab dich vermisst, Mama«, sagte er in ihr Ohr.

Sie wiegte den Jungen auf ihrem Schoß, streichelte den harten kleinen Rücken, küsste seine Haare.

Hand in Hand gingen sie anschließend zu Ellens Kindergarten, bis der Junge sich losriss und die letzten zehn Meter zum Eingang rannte, um dort mit leuchtenden Augen Lennart und Helena zu begrüßen, die sich gerade auf den Heimweg machten.

Ellen war müde und distanziert, als Annika zu ihr kam. Sie wollte nicht nach Hause und sich auch nicht umarmen lassen.

Viel lieber wollte sie weiter Sachen ausschneiden und von ihrem Papa abgeholt werden.

Annika musste die Zähne zusammenbeißen, damit ihr nicht der Kragen platzte, und sie spürte, dass sie mit ihrer Geduld am Ende war.

»Ellen«, sagte sie laut, »Kalle und ich gehen jetzt.«

Das Mädchen erstarrte, sein Gesicht verzerrte sich, die Augen wurden aufgerissen, und ein verzweifelter Laut drang aus ihrer Kehle.

»Der Schneeanzug«, schrie das Kind, »ich hab meinen Schneeanzug nicht an.«

Sie ließ die Schere fallen und lief zu dem Platz, an dem ihr Anzug hing. Über dem Kleiderhaken war ein Foto, das sie vor dem Wochenendhaus ihrer Großeltern auf Gällnö zeigte. Sie suchte verzweifelt zwischen den Kleidern und versuchte sich dann den Overall verkehrt herum anzuziehen.

Annika spürte vorwurfsvolle Blicke von zwei anderen Müttern im Korridor.

»Ach, nun komm schon«, sagte sie und ging zu ihrer Tochter. »Ich helfe dir, aber dann musst du auch aufhören zu schmollen.«

Auf dem Heimweg wurde Ellen noch von Zeit zu Zeit von einem kurzen Schluchzen geschüttelt.

»Mit Papa dürfen wir immer Bus fahren«, meinte Kalle, als sie dicht gedrängt auf einer Verkehrsinsel an der Ampel in der Kungsholmsgatan standen.

»In den Bussen ist es so eng und heiß«, sagte Annika und spürte, dass sich ihr beim bloßen Gedanken an einen überfüllten Bus bereits die Kehle zuschnürte.

Ab der Bergsgatan trug sie Ellen nach Hause. Anschließend machte sie schnell ein Feuer im Kachelofen, um die Kälte zu vertreiben, die durch die undichten Fenster in die Wohnung zog, und lief mit den stinkenden Abfalltüten in den Hinterhof hinunter. Ihre Hände und Beine bewegten sich mechanisch. Dann setzte sie den Reis auf, packte gleichzeitig das Notebook aus der Tasche, schaltete es ein, zog die Telefonschnur zum Telefon in der Küche heraus und legte den Dorsch zum Auftauen in die Mikrowelle.

»Dürfen wir Computer spielen, Mama?«

»Das ist Papas Computer.«

»Aber Papa sagt, wir dürfen. Ich weiß, wie man ihn startet.«

»Schaut doch lieber im Fernsehen die Kinderstunde, sie fängt gleich an«, sagte sie und stellte die Verbindung zum Server der Zeitung her.

Der Junge verschwand mit hängendem Kopf. Während sich ihr Computer einwählte, schnitt sie den Dorsch in zwei Zentimeter dünne Scheiben, wendete diese in Salz und Mehl und legte sie in einen Fischtopf mit zerlassener Butter. Während sie die drei Artikel abschickte, lauschte sie dem Zischen im Topf und beeilte sich, Zitronensaft über den Dorsch zu träufeln. Dann holte sie etwas gefrorenen Dill heraus und bestreute den Fisch damit, goss einen Deziliter Sahne, eine Tasse Wasser und Fischbouillon dazu und schüttelte ein paar Krabben in die Soße.

»Was gibt es zu essen, Mama?«, fragte Ellen und sah zu Annika auf.

»Liebes«, sagte Annika und bückte sich, um das Mädchen zu umarmen. »Komm her, komm, setz dich.«

Ihre Tochter kauerte sich auf ihrem Schoß zusammen und legte die Arme um ihren Hals.

»Meine Kleine«, sagte Annika, wiegte sie, blies in ihr Haar. »Hast du Hunger?«

Das Mädchen nickte schwach.

»Es gibt Fisch in Sahnesoße mit Reis und Krabben, das magst du doch, oder?«

Das Kind nickte wieder.

»Magst du mir helfen, einen kleinen Salat zu machen?«

Nochmaliges Nicken.

»Okay«, sagte Annika, stellte ihre Tochter auf den Boden und zog einen Stuhl zur Arbeitsfläche neben dem Herd. »Hast du dir die Hände gewaschen?«

Das Mädchen lief ins Badezimmer und wusch sich die Hände am Becken, Annika spürte, wie ihr schwindlig wurde.

Sie holte eine kleine Schürze und ein Obstmesser, band die Schürze auf Ellens Rücken zu und zeigte ihr, wie sie das Messer halten sollte. Dann ließ sie das Mädchen ein Stück Gurke in Scheiben und Stäbchen schneiden, während sie selbst einen halben Kopf Eisbergsalat und einen kleinen Haufen Tomaten klein hackte. Schließlich goss sie Olivenöl, Balsamico und italienische Salatkräuter in eine Schüssel, und Ellen durfte mischen.

»Toll, nicht?«, sagte Annika, als sie die Schüssel auf den Esstisch stellte. »Kannst du das Besteck verteilen? Du weißt doch, wo es liegt?«

»Du verpasst Björne«, schrie Kalle aus dem Fernsehzimmer, und das Mädchen ließ das Besteck in die Schublade zurückfallen und lief davon. Annika fiel auf, dass sie schmutzige Strümpfe anhatte.

Die Wohnungstür wurde aufgeschlossen. Sie hörte das Jubeln der Kinder und den Knall, als Thomas' Aktentasche auf der Bank im Flur landete.

»Hallo«, sagte er, als er in die Küche kam, und küsste sie auf die Stirn. »Mit wem hast du telefoniert?«

Sie stellte sich auf die Zehen, küsste ihn auf den Mund, legte die Arme um seinen Hals und hielt ihn fest. Aus irgendeinem Grund schoss ihr ein Bild von Forsberg, dem Kriminalpolizisten, durch den Kopf.

»Ich habe mit niemandem telefoniert«, sagte sie am Hals ihres Mannes.

»Aber die letzte halbe Stunde war immer besetzt.«

Sie ließ ihn abrupt los.

»Oh, verdammt«, sagte sie, »ich bin im Internet.«

Sie eilte zum Notebook, zerrte das Kabel heraus und schloss das Telefon wieder an.

»Wir können sofort essen«, sagte sie.

»Ich esse nicht mit«, erwiderte Thomas. »Wir haben heute Abend eine Besprechung mit dem Ministerium, ich esse mit der Arbeitsgruppe.«

Annika blieb mit der Fischterrine in den Händen stehen.

»Ich dachte, du würdest Tennis spielen gehen«, sagte sie erstaunt.

Die heißen Griffe des Topfs verbrannten ihr trotz der Topflappen die Finger, sodass sie zum Tisch eilen und den Topf auf dem Untersetzer abstellen musste.

»Der Typ vom Justizministerium wollte die Broschüre möglichst schnell auswerten und das mit einem Essen verbinden.«

»Du kannst dich doch wenigstens zu uns setzen und eine Kleinigkeit mitessen«, sagte Annika und zog Ellen den Stuhl heraus.

Sie schielte zu ihrem Mann hinüber, sah ihn lautlos seufzen, stellte den Reis auf den Tisch.

»Kalle«, rief sie in Richtung Fernsehzimmer. »Essen!«

»Aber ich will das sehen«, schrie der Junge zurück.

Sie füllte den Teller ihrer Tochter mit Reis und Fisch und stellte die Salatschüssel neben ihren Teller.

»Den Salat hat Ellen gemacht«, sagte sie erklärend in den Raum hinein. »Davon kannst du dir selbst nehmen, nicht wahr?«

Anschließend ging sie ins Fernsehzimmer und schaltete den Apparat aus. Der Junge jaulte wütend auf.

»Hör auf«, sagte Annika. »Essen ist wichtiger als Fernsehen, das weißt du genau. Setz dich an den Tisch.«

»Was gibt es denn?«

»Fischterrine mit Reis und Krabben.«

Der Junge verzog das Gesicht zu einer Grimasse.

»Krabben, igitt.«

»Dann wirst du sie eben herausfischen müssen. Jetzt beeil dich, ehe es kalt wird.«

Als sie in die Küche zurückkam, aß Thomas mit gutem Appetit.

»Schmeckt's?«, fragte sie und setzte sich ihm gegenüber.

»Die Krabben sind ein bisschen zäh«, meinte er. »Du gibst sie immer zu früh in den Topf.«

Sie antwortete nicht, tat sich stattdessen selbst auf und spürte, dass sie keinen Bissen herunterbekommen würde.

Thomas trat aus der Tür und zog die Mütze über die Ohren. Seine Lungen füllten sich mit Abendluft. Er war satt, ja fast schon ein wenig dösig, ein Gefühl, das er in letzter Zeit immer mehr schätzen lernte.

Welch ein Leben, dachte er. Genuss und Liebe auf allen Ebenen.

Er streckte sich, war sicher und ruhig.

Es war schön, dass Annika zurück war. Alles wurde so warm und gemütlich, wenn sie zu Hause war, und außerdem konnte sie so gut mit den Kindern umgehen.

Es ging ihnen gut.

Er blieb mit seiner Aktentasche vor der Tür stehen und überlegte, ob er das Auto nehmen sollte. Sie wollten sich im Stadtteil Södermalm treffen, in einer Gaststätte in der Hornsgatan, in der man offenbar einen separaten Raum bekommen konnte. Vermutlich würden sie eine Flasche Wein bestellen, und dann würde er sich entweder zieren und nüchtern bleiben oder riskieren müssen, bei der Heimfahrt erwischt zu werden. Andererseits war es Donnerstag, und in der Nacht würde die Straßenreinigung kommen, sodass er den Wagen ohnehin umparken musste.

Er ging nach rechts und dann wieder rechts in die Agnegatan.

Hoffentlich springt das Biest an, dachte er und öffnete die Tür des Toyotas mit einem unsanften Stoß.

Er hatte dieses Auto so verdammt satt. Es war schon alt gewesen, als er Annika kennen gelernt hatte, aber sie weigerte sich beharrlich, eine Hypothek auf die Wohnung aufzunehmen, um ein neues Auto anschaffen zu können.

»Ich persönlich benutze öffentliche Verkehrsmittel«, sagte sie.

»Das ist auch für dich gut genug. Nur Dummköpfe fahren in dieser Stadt Auto.«

Damit hatte sie natürlich vollkommen Recht, was allerdings nicht so sehr an den vielen Autos lag, sondern an der Politik.

Er fuhr die Hantverkargatan hinunter. Diese Straße war für den Autoverkehr eigentlich gesperrt, aber das war ihm jetzt egal.

Auch in den Straßen auf Södermalm würde in dieser Nacht die Straßenreinigung kommen. Mit schwindender Hoffnung und immer schnellerem Puls fuhr er durch die Straßen, um einen Parkplatz zu ergattern, aber es gab keinen. Schließlich hielt er direkt vor der Gaststätte. Annika würde ausflippen, wenn sie die Abbuchung des unausweichlich kommenden Strafzettels auf ihrem gemeinsamen Kontoauszug sah. Er durfte nicht vergessen, ihn bar zu bezahlen.

Dann betrachtete er das Lokal, in dem sie sich treffen wollten.

Eine Kneipe, dachte er. Eine richtige Pinte.

Er seufzte, zog die Mütze vom Kopf, stopfte sie in die Manteltasche, nahm seine Aktentasche und ging hinein.

Das Lokal war verraucht und laut, undefinierbarer Mainstream-Rock dröhnte aus schlechten Boxen, an den Wänden hingen Dartscheiben. In die Jahre gekommene Reklamebilder für diverse Biersorten sollten den Anspruch irgendeiner Art von kulturellem Touch vermitteln. In einer Ecke blinkte stumm eine Jukebox.

»Thomas! Hier hinten!«

Sophia Grenborg saß in einer Nische rechts von der Bar. Dankbar ging er zu ihr und begrüßte seine Kollegin vom Landtagsverband herzlich, wenn auch mit einem etwas schlechten Gewissen. Drei Jahre zuvor hatten sie sich auf die gleiche Stelle beim Schwedischen Gemeindetag beworben, und er hatte den Job bekommen, obwohl sie damals die besseren Qualifikationen vorweisen konnte. Wenn sie sich in den folgenden Jahren begegneten, hatten ihn unbestimmte Schuldgefühle stets veranlasst, sie überfreundlich zu behandeln.

»Wo ist Cramne?«, erkundigte er sich und zog seinen Mantel aus.

»Er ist noch nicht gekommen«, sagte seine Kollegin und rückte etwas, um ihm Platz auf der Bank zu machen. »Ich habe mich gerade gefragt, was er sich wohl dabei gedacht hat, ausgerechnet so eine Kneipe als Treffpunkt vorzuschlagen.«

Thomas prustete los, genau das Gleiche hatte er sich auch gefragt. Er ließ sich neben ihr nieder und stellte fest, dass sie ein Bier bestellt hatte. Sie bemerkte seinen Blick, zuckte mit den Schultern und lächelte.

»Das schien mir jetzt und hier die richtige Wahl zu sein«, meinte sie.

Er hob die Hand, stoppte einen Kellner und bestellte ebenfalls ein großes Bier.

»Wie findest du die Broschüre?«, fragte sie.

Thomas hob seine Aktentasche auf den Schoß, klickte sie auf und legte einen dünnen Stapel Unterlagen auf den Tisch, die Drucksache zuoberst.

»Im Großen und Ganzen gut«, sagte er und stellte die Aktentasche wieder auf den Boden. »Es gibt da nur ein paar Dinge, die bei der Endredaktion zu schwammig formuliert worden sind. Unsere Ratschläge dazu, wie sich gefährdete Politiker verhalten sollen, müssten noch klarer sein, dürfen zwar nicht verängstigen, müssen jedoch zu Ernsthaftigkeit und Reflexion ermahnen. Vielleicht sollten wir auch noch ein paar Statistiken über ihre Reaktionen und ein paar Zahlen zu den Delikten einbauen.«

Mit diesen Ausführungen gab Thomas eigentlich nur Annikas spontane Kommentare wieder, die die Broschüre unmittelbar vor seinem Aufbruch flüchtig durchgeblättert hatte. Sophia Grenborg blinzelte und wirkte beeindruckt. Er streckte sich.

»Das sind wirklich gute Anmerkungen«, meinte sie. »Darf ich sie mir aufschreiben?«

Er nickte kurz und sah sich nach dem Mann vom Ministerium oder auch nach seinem Bier um.

»Ich habe da noch über etwas anderes nachgedacht«, fuhr Sophia fort, während sie gleichzeitig in ihren kleinen Block schrieb.

»Was würdest du davon halten, eine Analyse der gesellschaftlichen Wertvorstellungen vorzunehmen? Wir sollten untersuchen, was die Gesellschaft eigentlich von Drohungen und Gewalt gegen unsere demokratisch gewählten Volksvertreter hält.«

Er sah sie an und merkte, dass er nicht richtig zugehört hatte.

»Wie meinst du das?«

Sie legte Block und Stift in ihre Handtasche zurück.

»Also«, setzte sie an, »wie bewerten die Menschen in unserer Gesellschaft die Versuche, Politiker zum Schweigen zu bringen? Sollten wir uns das nicht einmal genauer ansehen?«

Thomas runzelte die Stirn und bemühte sich, seine Begeisterung zu verbergen.

»Du meinst, wir sollten untersuchen, wie die Menschen auf das Phänomen reagieren?«

»Ja«, sagte sie und beugte sich vor, »und gleichzeitig sollten wir die Möglichkeit untersuchen, die Wertvorstellungen, die ihren Reaktionen zugrunde liegen, durch eine Schärfung des politischen Bewusstseins zu verändern.«

Er nickte bedächtig.

»Dazu sollten wir vielleicht eine Pressemappe erstellen«, sagte er, »eine Debatte anleiern, ein bisschen gute alte Meinungsbildung betreiben.«

»Ja, genau!«, sagte sie begeistert. »Wir könnten die Presseabteilung für Pressemitteilungen und schnelle Berichte engagieren.«

»In den Zeitungen Artikelreihen über unsere neuen Helden lancieren«, ergänzte Thomas und sah die Schlagzeilen schon vor sich. »Die Lokalpolitiker, die in ihren Städten und Gemeinden den Kampf gegen Rechtsextreme und Anarchisten aufnehmen.«

»Wir müssen nur darauf achten, die Gefahr nicht zu übertreiben und dadurch Menschen zu verschrecken, die erwägen, sich politisch zu betätigen«, sagte Sophia.

»Sind Sie das, die zu einer Besprechung wollen?«, fragte der junge Kellner und stellte das Bierglas auf Thomas' Arbeitsunterlagen ab.

Blitzschnell hob er das Glas wieder hoch und sah, dass es ihm nicht gelungen war, einen Schaumring auf dem Vorschlag deutlicherer Richtlinien zu verhindern.

»Cramne hat gerade angerufen«, fuhr der Kellner fort, »er hat mich gebeten, Ihnen auszurichten, dass er heute Abend doch nicht kommen kann. Macht 32 Kronen.«

Der Kellner blieb vor ihnen stehen und wartete offenbar auf die Bezahlung für das Bier.

Thomas wurde wütend.

»Verdammt noch mal«, sagte er. »Was soll das denn?«

Sophia Grenborg richtete sich auf und lehnte sich zu dem Kellner vor.

»Hat er einen Grund genannt?«

Der junge Mann zuckte mit den Schultern und trat, ungeduldig auf sein Geld wartend, von einem Fuß auf den anderen.

»Er hat nur gesagt, dass er nicht kommen kann und dass ich Ihnen das mitteilen soll. Und dann meinte er noch, Sie könnten runtergehen und was essen, er übernimmt die Rechnung, wenn er das nächste Mal vorbeikommt.«

Thomas und Sophia Grenborg wechselten einen Blick.

»Per Cramne wohnt hier«, erläuterte der Kellner und zeigte mit einem Stift zur Decke. »Fünfter Stock. Er ist jede Woche mehrmals hier. Der Tisch im Speisesaal unten ist schon gedeckt, hinter den Toiletten die schmale Treppe hinunter.«

Thomas fischte exakt 32 Kronen aus dem Münzfach seines Portemonnaies, das er anschließend zusammen mit allen Papieren wieder in seine Aktentasche legte.

»Für so was habe ich keine Zeit«, sagte er und machte Anstalten aufzustehen.

Der Kellner verschwand.

»Wir könnten doch besprechen, wie eine solche Auswertung bestehender Wertvorstellungen aussehen könnte«, meinte Sophia Grenborg. »Wo wir schon einmal hier sind. Außerdem könnten wir uns ansehen, wie wir die Ratschläge in der Broschüre deutlicher formulieren können. Im Grunde ist das doch am wichtigsten: dass die Politiker sich in ihrer Position sicherer fühlen und wissen, wie sie mit Drohungen und Gewalt umgehen können.«

»Ich habe extra mein Tennis abgesagt«, hörte Thomas sich im Ton eines enttäuschten Kindes sagen.

Sie lächelte ihn an.

»Und ich meinen Salsakurs. Die Regierung könnte uns für unsere Mühe wenigstens zum Essen einladen.«

Er entspannte sich und erwiderte ihr Lächeln.

Anne Snapphane stieg keuchend die Treppe hinauf, ihr Blick folgte der Rundung des Treppenhauses, und der Anblick der Wände beruhigte sie. Wie weit es doch bis in den zweiten Stock war, und sie war so wacklig auf den Beinen.

Auf dem zweiten Treppenabsatz blieb sie einen Moment stehen und sah durch das bunte Glas eines Fensters auf den Hinterhof hinaus. In Annikas früherem Fenster im Hinterhaus brannte Licht.

Es war so pittoresk hier, aber auch so eng. Sie würde es nicht mehr ertragen können, in der Stadt zu wohnen, das spürte sie. Ihr Kater setzte Anne ungemein zu.

Annikas Wohnungstüren waren so hoch wie Kirchentüren und so schwer wie Stein. Sie klopfte vorsichtig, da ihr klar war, dass die Kinder sicher erst seit kurzem im Bett lagen.

»Komm rein«, sagte Annika leise und trat zurück. »Ich will nur noch Kalle gute Nacht sagen, dann komme ich.«

Anne ließ sich auf die Bank im Flur fallen und zog ihre widerspenstigen Schuhe aus. Sie hörte Annika lachen und den Jungen kichern und blieb in voller Montur sitzen, bis das Stirnband zu jucken begann.

Anschließend ging sie ins Wohnzimmer mit den gigantischen Stukkaturen an der Decke, ließ sich auf die Couch fallen und legte den Kopf auf die Rückenlehne.

»Möchtest du einen Kaffee?«, fragte Annika, als sie mit einem Teller Biskuits den Raum betrat.

Bei dem bloßen Gedanken an Kaffee drehte sich Anne der Magen um.

»Hast du Wein?«

Annika stellte den Teller ab.

»Thomas hat welchen«, sagte sie, »aber er ist so penibel damit. Nimm keinen von den teuersten, sie stehen …«

Sie zeigte auf eine Vitrine.

Auf einmal war es ganz leicht aufzustehen, Anne schwebte regelrecht zum Weinregal, drehte die Flaschen, las die Etiketten.

»Villa Puccini«, sagte sie, »der kostet 82 Mäuse und ist fantastisch. Können wir den nehmen?«

»Nimm ihn ruhig«, rief Annika aus dem Flur.

Mit wenigen raschen Handgriffen drehte Anne die Kapsel ab, zwang den Korkenzieher in den weichen Korken und zog ihn mit solcher Kraft heraus, dass etwas Wein auf ihren Pullover spritzte. Ihre Hände zitterten ein wenig, als sie ein Kristallglas aus dem Regal holte und die dunkelrote Flüssigkeit einschenkte. Der Geschmack war göttlich, intensiv und rund und gleichzeitig frisch, sie trank ein paar ordentliche Schlucke. Dann füllte sie ihr Glas von neuem und stellte die Flasche auf der Vitrine ab, setzte sich in die Ecke der Couch, zog einen der kleinen Beistelltische zu sich heran und platzierte das Glas darauf. Plötzlich erschien ihr das Leben viel einfacher.

Annika betrat das Wohnzimmer und atmete auf. Wenn die Kinder im Bett waren, fiel eine zentnerschwere Last von ihren Schultern. Sie musste nicht mehr wie eine Verrückte rennen, aber langsamer zu werden bedeutete auch, eingeholt zu werden. Die Gedanken kehrten zurück, und sie nahm die Leere wieder wahr. Die Wohnung wurde zu einer Wüste, in der sie rastlos umherirrte, zu einem Gefängnis mit Stukkaturen und Paneelwänden.

Sie ließ sich mit leichtem Körper und leerem Kopf auf die Couch fallen und merkte, dass sie fror. Sie zog ihre Beine unter sich, betrachtete ihre Freundin und erkannte Annes verletzliche Nervosität, sah die angespannten Gesichtszüge und wie sie unermüdlich nach dem Schalter suchte, durch den die Welt wieder ins Lot gebracht werden konnte. Und sie wusste, Anne würde ihn nicht finden, denn sie hatte selbst gelernt, dass der Trick darin bestand, zu entsagen, abzuschalten, das innere Gleichgewicht einfach kommen zu lassen.

Anne Snapphane kippte Thomas' Wein in großen Schlucken herunter.

»Ich verstehe deine Frustration«, sagte sie und schielte zu Annika hinüber, als sie das Glas abstellte. »Nicht einmal ich erinnere mich an Paula aus der Popfabrik.«

Annika stocherte in den Biskuits, schob mit dem Zeigefinger ein paar klebrige Krümel hin und her und überlegte, ob sie einen Bissen herunterbekommen würde, gab jedoch auf, ließ sich gegen die Rückenlehne fallen und schloss die Augen.

»Ich muss mich entscheiden, an welcher Front ich kämpfen will«, sagte sie, »sonst schaffe ich das alles nicht. Jetzt zu Schyman zu gehen und Krach zu schlagen hieße, sich selbst in den Fuß zu schießen, nein danke.«

Anne nickte, drehte das Glas, musterte die Farbe.

»Das nennt man clever Prioritäten setzen«, meinte sie.

»Ich kann nicht alles gleichzeitig machen«, sagte Annika und breitete die Hände aus. »Sich um einen Haushalt zu kümmen und die Kinder, zu waschen und aufzuräumen ist keine Kunst, achtzehn Stunden am Tag zu arbeiten ist auch keine Sache, aber ich kann nicht beides gleichzeitig machen. Das ist mein Problem.«

»Meinen Job würdest du jedenfalls nicht mit Kusshand haben wollen, das verspreche ich dir«, erwiderte Anne.

Schweigend saßen sie eine Weile zusammen und lauschten den Geräuschen der Stadt, die sie umgaben.

»Ich will nur schnell die Nachrichten sehen«, sagte Annika schließlich und schnappte sich die Fernbedienung.

Der Fernseher ging an, und Anne Snapphane erstarrte.

»Mehmets neue Monogame ist Redakteurin in der Nachrichtenredaktion«, sagte sie.

Annika nickte, ohne den Blick vom Bildschirm zu nehmen.

»Hast du erzählt«, sagte sie. »Lass uns mal hören.«

Sie stellte den Ton lauter. Über dem pulsierenden Intro leierte der Sprecher die Schlagzeilen herunter: »Möglicherweise Ermordung eines Journalisten in Luleå, Stellenabbau bei Ericsson, 4000 Arbeitsplätze fallen weg, neues Bibliotheksgesetz Bestandteil des neuen Kulturhaushalts. Guten Abend, meine Damen und Herren, zunächst aber ein Bericht aus dem Nahen Osten, wo ein Selbstmordattentäter heute Abend zehn Jugendliche vor einem Café in Tel Aviv mit in den Tod gerissen hat ...«

Annika stellte leiser, bis nur noch ein diffuses Murmeln zu hören war.

»Glaubst du, es ist was Ernstes zwischen Mehmet und ihr?«

Anne nahm noch einen Schluck Wein.

»Mittlerweile holt sie schon Miranda im Kindergarten ab«, sagte sie, und ihre Stimme klang erstickt und fremd.

Annika versuchte sich vorzustellen, wie sie das fände.

»Ich glaube, ich könnte es nicht ertragen, wenn eine andere Frau sich um meine Kinder kümmern würde«, sagte sie.

Anne verzog das Gesicht zu einer Grimasse.

»Mir bleibt wohl nichts anderes übrig.«

»Möchtest du noch mehr Kinder haben?«

Annika hörte selbst, wie viel in dieser Frage lag, so als hätte sie Anlauf nehmen müssen, um sie stellen zu können. Anne blickte erstaunt auf und schüttelte den Kopf.

»Ich möchte ein Individuum sein, keine Funktion«, antwortete sie.

Annika hob die Augenbrauen.

»Aber darum geht es doch gerade bei Kindern«, sagte sie. »Man geht in etwas anderem auf als in seiner normalen menschlichen Erbärmlichkeit und wird Teil von etwas Größerem. Freiwillig für einen anderen Menschen seine Freiheit aufzugeben ist etwas, das es sonst nirgendwo in unserer Gesellschaft gibt.«

»So habe ich das noch nie gesehen«, erwiderte Anne und trank. »Aber jetzt, wo du es sagst, war das wohl tatsächlich einer der Gründe dafür, warum ich mit Mehmet nicht zusammenleben wollte. Mit meinen Gedanken in Ruhe gelassen zu werden ist für mich das Allerwichtigste, sonst würde ich völlig verrückt.«

Annika wusste, dass Anne glaubte, sie habe ihre Beziehung zu Mehmet niemals wirklich verstanden und nicht begriffen, wie gut sie funktionierte, bis sie dann plötzlich in die Brüche ging.

»Man wird doch nicht wahrer, nur weil man ein Egoist ist«, sagte Annika und wunderte sich selbst über die Härte ihrer Worte. »Ich meine, es gibt doch eine ganze Reihe von Dingen, denen man tagtäglich mehr Raum zubilligt als sich selbst. Nicht nur den Kindern, sondern auch der Arbeit oder dem Sport oder was auch immer. Wie viele können sich denn schon bei ihrer Arbeit individuell verwirklichen, und wie viel Annika Bengtzon wäre ich, wenn ich Stürmer in der Eishockey-Nationalmannschaft wäre?«

»Ich wusste doch, dass es einen Grund gibt, warum ich Mannschaftssportarten so hasse«, murmelte Anne.

»Jetzt mal ganz im Ernst«, sagte Annika und beugte sich vor. »Teil eines größeren Zusammenhangs zu sein ist doch das Wichtigste, was es gibt, eine Funktion zu haben, die größer ist als man selbst. Warum lassen sich Menschen denn in Sekten oder andere wahnsinnige Gruppen hineinziehen, die üben einfach eine unglaubliche Anziehung aus.«

»Sekten mag ich auch nicht«, sagte Anne und leerte ihr Glas.

Sie verstummten. Annika ließ sich wieder gegen die Rückenlehne fallen.

»Wie sind denn die Reaktionen auf die Pressekonferenz gewesen?«, fragte sie, um das frostige Schweigen zu brechen, und schob die Kekse von sich weg.

Anne stellte ihr Glas auf den Beistelltisch und presste die Fingerspitzen an den Kopf.

»Dem Vorstand in New York ist die Kritik hier vor Ort, wie sie es nennen, vollkommen egal, also habe ich beschlossen, es genauso zu sehen. Die Kollegen sollen ruhig bellen wie eine ganze Hundemeute, aber sie werden uns nicht zum Schweigen bringen.«

Ein Bild von Svartöstaden füllte den Bildschirm hinter dem Nachrichtensprecher, und Annika stellte den Ton wieder lauter.

»Die Polizei hat mittlerweile bestätigt, dass der Journalist Benny Ekland einem Mord zum Opfer gefallen ist. Tatwaffe war ein gestohlener Volvo vom Modell V70.«

»Das ist ja nichts Neues«, sagte Annika und stellte leiser.

»Er wurde mit einem Volvo ermordet?«, fragte Anne und hörte auf, ihre Schläfen zu massieren.

»Hast du meinen Artikel nicht gelesen?«

Anne lächelte flüchtig.

»Es ist einfach so viel los im Moment …«

»Ich begreife gar nicht, warum sich alle derart über deinen Sender aufregen«, sagte Annika. »Warum kann die Eignerfamilie denn nicht einfach auch digital senden?«

»Das könnten sie schon«, sagte Anne und hob das leere Glas, »aber dummerweise haben sie bereits mehrere Milliarden Kronen in Satelliten und eigene Kabelnetze und Pay-TV-Programme investiert. Wir sind eine Bedrohung für ihr ganzes Unternehmen. Sie werden alles tun, was in ihrer Macht steht, um uns fertig zu machen.«

Annika schüttelte den Kopf, stand auf und ging Richtung Küche.

»Möchtest du ein Glas Wasser?«

»Nein danke, ich nehm mir noch etwas Wein«, rief Anne ihr hinterher.

Der Flur war dunkel und voll leiser Geräusche. In der Küche glomm die indirekte Beleuchtung der Abzugshaube wie ein fernes Feuer.

Sie füllte zwei große Gläser mit Wasser, obwohl Anne keins haben wollte.

Als Annika zurückkehrte, fand sie ihre Freundin mit dem leeren Weinglas in der Hand auf der Couch vor. Durch den Alkohol hatten sich Annes Gesichtszüge entspannt.

»Ich glaube, du irrst dich«, sagte Annika und stellte die Gläser zwischen ihnen auf den Tisch. »Die Eignerfamilie ist immer bekannt dafür gewesen, dass sie sich für die Meinungsfreiheit in diesem Land einsetzt. Immerhin hat sie sich in den vergangenen hundert Jahren mit publizistischen Fragen beschäftigt.«

»Und du meinst, das haben sie getan, weil sie so gute Menschen sind?«, sagte Anne und lallte dabei ein wenig. »Sie sind steinreich geworden, oder etwa nicht? Und die Familie wird mit jedem Jahr größer. Glaub mir, sie brauchen die Einnahmen aus ihren Fernsehinvestitionen.«

»Aber sie haben doch noch so viele andere Unternehmen«, wandte Annika ein. »Wieso denkst du, dass ihnen ausgerechnet die Fernsehsender so wichtig sind?«

»Na, dann schau dir doch ihre Verlage an«, sagte Anne. »Sie veröffentlichen Tausende von Büchern, die niemals in den Bestsellerlisten auftauchen. All ihre Zeitungen außer dem *Abendblatt* machen riesige Verluste. Die Rundfunksender müssen verkauft oder geschlossen werden.«

Ihr Blick wurde zu dem stummen Fernseher gezogen. Annika folgte ihm und sah plötzlich die breite, dunkelhaarige Gestalt der Kultusministerin auf dem Bildschirm und stellte den Ton wieder an.

»Ab dem 1. Juli werden alle Gemeinden mindestens eine öffentliche Bibliothek haben müssen«, erklärte Kultusministerin Karina Björnlund mit flackerndem Blick. »Das neue Bibliotheksgesetz ist ein großer Schritt in Richtung Gleichheit.«

Sie nickte nachdrücklich in die Kamera, während der unsichtbare Reporter offensichtlich auf eine Fortsetzung wartete. Karina Björnlund räusperte sich, lehnte sich zum Mikrofon vor und sagte: »Ein Fortschritt für das Wissen, die Gleichheit, die Chancengleichheit.«

Der Reporter zog das Mikrofon zu sich heran und sagte: »Aber ist das nicht ein allzu großer Eingriff in die kommunale Selbstverwaltung?«

Das Mikrofon kam wieder ins Bild, Karina Björnlund biss sich auf die Lippe.

»Nun ja«, sagte sie, »das ist natürlich eine Frage, die seit vielen Jahren diskutiert worden ist, aber wir schlagen beispielsweise auch einen neuen staatlichen Kinder- und Jugendzuschuss in Höhe von fünfundzwanzig Millionen Kronen vor, der für den Ankauf von Literatur für öffentliche Bibliotheken und Schulbüchereien bestimmt ist.«

»Ist sie nicht unglaublich bescheuert?«, sagte Annika und stellte wieder leise.

Anne hob die Augenbrauen, wirkte angenehm träge.

»Ich verstehe gar nicht, was du gegen sie hast«, sagte sie. »Der Stuss, den sie redet, macht die Existenz meines Senders überhaupt erst möglich.«

»Sie hätte niemals Ministerin werden dürfen«, erwiderte Annika. »Nach der Studio-6-Geschichte ist irgendetwas schief gelaufen. Sie war damals doch die Pressesprecherin des Außenhandelsministers Christer Lundgren. Erinnerst du dich?«

Anne runzelte die Stirn und dachte intensiv nach.

»Als Pressefrau machte sie damals auch keinen besonders guten Job, und dann wurde sie nach der Wahl auf einmal Kultusministerin.«

»Ach ja«, sagte Anne Snapphane, »Christer Lundgren, der Minister, von dem alle glaubten, er hätte die Stripperin ermordet.«

»Josefine Liljeberg, genau. Aber er war es nicht.«

Sie schwiegen wieder und sahen Karina Björnlund ohne Ton weitersprechen. Annika ahnte, wie die Pressesprecherin damals an ihren Ministersessel gekommen war, und hegte den Verdacht, dass sie selbst, ohne es zu wollen, maßgeblich zu ihrer Ernennung beigetragen hatte.

»Kann ich ausschalten?«, fragte sie.

Anne zuckte mit den Schultern. Annika erwog einen Moment lang, aufzustehen und etwas anderes zu holen, irgendetwas zu essen oder zu trinken oder etwas anderes, das man einfach nur konsumieren konnte, bremste sich jedoch, hielt inne.

»Ich habe heute einige ziemlich heikle Informationen von einem Polizisten in Luleå bekommen«, sagte sie. »Es geht um einen Typen aus dem Tornedal, der vermutlich damals das Flugzeug auf F21 in die Luft gejagt hat und anschließend ein internationaler Terrorist geworden ist. Warum streut man eine solche Information dreißig Jahre später?«

Anne dachte über Annikas Worte nach.

»Kommt ein bisschen darauf an, was der Polizist gesagt hat«, antwortete sie. »Er ist vermutlich nicht dumm, also verfolgt er mit so einer gezielten Indiskretion ein bestimmtes Ziel. Was kann er wollen?«

Annika drehte ihr Wasserglas.

»Ich habe den ganzen Tag darüber nachgedacht«, sagte sie. »Ich glaube, dieser Terrorist ist zurück, und die Polizei möchte ihm zu verstehen geben, dass sie es weiß.«

Anne runzelte die Stirn, ihr Blick wurde klar, und sie wirkte wieder etwas nüchterner.

»Ist das nicht ein bisschen weit hergeholt?«, sagte sie. »Sie könnten doch auch jemanden in seinem Umfeld aufschrecken wollen. Seine alten Kumpel. Politische Kräfte rechts und links vor weiß Gott was warnen. Die Motive der Polizei sind doch nicht zu durchschauen.«

Annika trank ein wenig Wasser, schluckte krampfhaft und stellte das Glas ab.

»Dieser Polizist meinte, er habe sich mit dem Presseoffizier des Fliegerhorsts abgesprochen, was bedeutet, dass man die Frage beim Militär diskutiert hat. Also ist es etwas, das man schon eine ganze Weile plant. Aber warum gerade jetzt und warum gerade ich?«

»Die erste Frage kann ich dir auch nicht beantworten«, sagte Anne, »aber die Antwort auf die zweite liegt doch wohl auf der

Hand. Wie viele bekannte Kriminalreporter bei großen Zeitungen gibt es denn in Schweden?«

Annika dachte einige Sekunden schweigend nach, auf der Straße fuhr ein Krankenwagen vorbei.

»Was wäre, wenn es etwas mit dem Mord an dem Journalisten zu tun hätte. Das passt einfach wunderbar zusammen«, sagte sie schließlich.

»Ist nicht undenkbar«, sagte Anne. »Wirst du die Informationen bringen?«

»Ich denke schon«, antwortete Annika, »obwohl das natürlich letzten Endes Schymans Entscheidung ist. Ich glaube, er hat mich allmählich ziemlich satt.«

»Vielleicht solltest du lieber ihn allmählich satt haben«, sagte Anne und nahm sich einen Biskuit.

Annikas Gesicht wurde verschlossen, sie zog die Knie zum Kinn hoch und legte die Arme um die Beine.

»Ich will nur meine Ruhe haben und arbeiten.«

Der junge Kellner stellte zwei Gin Tonic auf den Tisch, räumte Kaffeetassen und Cognacschwenker ab, tauschte eine fast heruntergebrannte Kerze gegen eine neue aus und leerte den Aschenbecher.

»Die Küche schließt um zehn, aber die Bar ist noch bis eins geöffnet, falls Sie noch etwas wünschen.«

Mit diesen Worten verschwand er lautlos über die Treppe mit dem dicken Teppich.

»Wer hätte das ahnen können?«, lächelte Sophia und breitete die Hände aus.

Thomas konnte sich ein glucksendes Lachen nicht verkneifen. Die Stimmung im Keller der Kneipe war orientalisch surrealistisch, Wände und Fußboden waren mit mehreren Schichten dicker, staubiger Teppiche bedeckt, in den Ecken standen glänzende Bronzeteller, Öllampen brannten auf niedrigen Steintischen. Sie waren allein und saßen sich an einem großen schwarzen Eichentisch mit schweren Lederstühlen gegenüber. Das Deckengewölbe bestand aus unverputzten Ziegelsteinen, die aus dem siebzehnten Jahrhundert zu stammen schienen.

»Die Häuser in dieser Stadt bergen offenbar viele wohl gehütete Geheimnisse«, sagte Thomas und schämte sich nicht, dass er etwas lallte.

»Ihr wohnt auf Kungsholmen?«, sagte seine Kollegin und sah ihn über den Rand ihres Cocktailglases hinweg an.

Er nickte und nippte an seinem Drink.

»Kachelöfen«, erwiderte er. »Stuck, knarrende Parkettböden, die ganze Palette.«

»Eine Eigentumswohnung?«

»Mittlerweile ja. Wir haben erst zur Miete gewohnt und sie dann vor einem knappen Jahr gekauft. Und du?«

Sophia zündete sich eine Mentholzigarette an, inhalierte das Nikotin und blies den Rauch in kleinen Ringen wieder aus.

»Östermalm«, antwortete sie. »Meine Familie hat dort ein Haus.«

Er zog beeindruckt die Augenbrauen hoch, sie senkte den Blick und lächelte.

»Es ist schon seit Generationen im Besitz der Familie«, sagte sie. »Ich selbst habe nur eine kleine Dreizimmerwohnung, es gibt andere in unserer Verwandtschaft, die die großen repräsentativen Wohnungen besser gebrauchen können als ich.«

Er nahm sich ein paar Nüsse aus einer Schale, die seit dem Aperitif auf dem Tisch stand.

»Du wohnst allein?«

»Zusammen mit Socks, meiner Katze. Getauft nach der von Familie Clinton, wenn du dich erinnerst …«

Er lachte herzlich, ja, genau, Socks im Weißen Haus.

»Und du hast Familie?«, fragte sie und drückte ihre Zigarette aus.

Thomas schob seinen Stuhl ein wenig zurück.

»Stimmt«, sagte er zufrieden und legte seine Hände gefaltet auf den Bauch. »Frau und zwei Kinder. Allerdings keine Katze …«

Sie lachten.

»Arbeitet deine Frau?«, fragte Sophia und nippte an ihrem Drink.

Ihm entfuhr ein tiefer Seufzer.

»Sie arbeitet viel zu viel.«

Sophia lächelte und zündete sich eine weitere Mentholzigarette an. Das Schweigen, das sich zwischen ihnen ausbreitete, war von Wärme erfüllt. Hier in ihrem orientalischen Kellerraum wohnten Wärme, Frieden und Sommer.

»Letzten Winter war sie eine Zeit lang zu Hause«, sagte er, jetzt sehr viel leiser. »Das war unsere beste Zeit zusammen. Es tat den Kindern gut, es tat mir gut. Sogar der Wohnung tat es gut, wir haben die Küche renoviert, und manchmal war sogar alles richtig sauber.«

Sophia lehnte sich auf ihrem Stuhl zurück und verschränkte die Arme. Er bemerkte ihren aufmerksamen Blick und erkannte die Wirkung seiner Worte.

»Ich meine«, sagte er und trank einen Schluck Gin Tonic, »ich will damit nicht sagen, dass Frauen Hausfrauen sein und am Herd stehen und Kinder gebären sollen, ganz und gar nicht, ich finde natürlich auch, dass Frauen die gleichen Chancen zur Ausbildung und zum beruflichen Fortkommen haben sollten wie Männer, aber es gibt doch jede Menge angenehmer Jobs für eine Journalistin. Ich begreife einfach nicht, warum sie so darauf beharrt, in einem Schundblatt über Gewalt und Tod zu schreiben.«

Auf einmal hörte er die Stimme seiner Mutter in seinem Kopf, hörte Worte, die sie zwar niemals ausgesprochen hatte, aber, wie er sehr wohl wusste, dachte:

So ist sie. Sie ist eine Schundperson, die Unglück bringt. Du bist zu gut für sie, Thomas, du hättest eine gute Frau haben können.

»Sie ist eine gute Frau«, sagte er laut. »Intelligent, aber nicht besonders intellektuell.«

Sophia legte den Kopf schief.

»Das eine muss ja nicht unbedingt etwas mit dem anderen zu tun haben«, sagte sie. »Man kann begabt sein, ohne deshalb belesen sein zu müssen.«

»Exakt«, erwiderte Thomas und nahm einen großen Schluck von seinem Drink. »Das trifft es genau. Annika ist unglaublich clever. Das Problem ist nur, dass sie so verdammt ungehobelt ist. Manchmal benimmt sie sich wie ein Bulldozer.«

Sophia schlug die Hände vor den Mund und kicherte, er sah sie erstaunt an, lachte dann aber mit.

»Aber so ist es!«, sagte er und wurde wieder ernst. »Sie ist in jeder Hinsicht eigen. Lässt niemals locker, sobald sie sich für etwas entschieden hat.«

Sophia hatte aufgehört zu lachen und sah ihn teilnahmsvoll an.

»Es muss schwer sein, mit einem Menschen zusammenzuleben, der so stur ist«, sagte sie.

Thomas schüttelte sacht den Kopf und leerte sein Glas.

»Meine Mutter versteht sich nicht mit ihr«, sagte er und stellte das Glas ab. »Sie meint, ich hätte einen schlechten Tausch gemacht und wäre besser bei Eleonor geblieben.«

Sophia sah ihn fragend an.

»Eleonor war meine erste Frau«, sagte er. »Sie war Bankdirektorin. Ist Bankdirektorin. Mittlerweile ist sie wieder verheiratet, und zwar mit dem einzigen IT-Guru, der sich keine blutige Nase geholt hat. Als ich das letzte Mal von ihr gehört habe, hatten die beiden sich eine eigene Insel vor Vaxholm gekauft.«

Sie schwiegen wieder, saßen still zusammen und sahen einander an, während ihre Zigarette im Aschenbecher verglimmte.

»Wir könnten uns ein Taxi teilen«, sagte Sophia Grenborg. »Wir müssen ja fast in die gleiche Richtung.«

Der Junge blieb in der Tür zum Bus stehen und musste schlucken. Er beugte sich vor, um auf die Straße zu spähen. Der Wind wehte ihm messerscharfe Eissplitter ins Gesicht. Es roch nach Abgasen und Eisen.

»Willst du jetzt aussteigen oder nicht?«

Er blickte scheu zu dem Busfahrer auf, atmete schnell, lief die beiden Stufen hinunter und landete auf dem Bürgersteig. Hinter ihm schloss sich die Tür mit einem saugenden Laut, und der Bus glitt mit einem von Kälte und Schnee gedämpften Motorengeräusch davon. Das schwere Fahrzeug verschwand in der Laxgatan, und das Motorengeräusch entfernte sich hinter Schneewällen und Zäunen. Der Junge blieb auf dem Bürgersteig zurück, schaute sich wachsam um und lauschte konzentriert. Nicht einmal das Eisenhüttenwerk war zu hören.

Dann zwang er sich, aufzuatmen und sich zu entspannen. Es gab nicht den geringsten Grund, solche Angst zu haben.

Er spuckte in den Schnee.

Verdammt, er war schon fast so nervös wie diese Reporterin aus Stockholm. Die war ja richtig zappelig gewesen. Alex und er hatten ihren Artikel über ihn in der *Norrlands-Tidningen* gelesen, und er hatte Alex vorgemacht, wie sie sich im Treppenhaus benommen hatte.

»Das ist doch die Frau, die von dieser Mörderin als Geisel genommen worden ist, weißt du nicht mehr? Danach ist sie bestimmt ein bisschen durchgedreht«, hatte Alex gesagt.

Heute Abend hatte er nicht besonders gut gespielt. Er war einfach nicht richtig in Form gewesen. Eigentlich war er ein Meister, viel besser als Alex, aber heute hatten ihn mehrere Kämpfer abgebolzt. So hatte er sich seine Statistik versaut, das ärgerte ihn, und er trat so fest gegen einen Eisblock, dass ihm danach der Fuß wehtat. Am besten schuf er eine neue Figur, Cruel Devil würde mit derart schlechten Resultaten im Gepäck niemals zu Teslatron God werden. Höchstens ein Ninja Master, aber er wollte schließlich an die Spitze.

Langsam trat er aus dem gelben Lichtkreis der Straßenlaternen und ging zum Haus. Anderssons Fenster oben waren schwach erleuchtet, blaues Licht sickerte in die Dunkelheit hinaus, bestimmt guckte der Alte die Sportschau.

Plötzlich flog ein Schatten über die Fassade, ein eilender Dämon, der aufschien und verschwand. Der Junge atmete tief durch, so tief, dass seine Kehle zu gefrieren schien. Seine Muskeln spannten sich, die Beine waren fluchtbereit. Augen und Ohren nahmen jede Nuance in der Dunkelheit wahr.

Immer noch kein Laut, blaues Licht aus Anderssons Fenster, eisige Kälte, die aus der Erde langsam durch seine Ledersohlen drang.

Nichts. Nur jemand, der irgendwo an einem Fenster vorbeigegangen war.

Er zwang sich, die Schultern sinken zu lassen, und merkte, dass er fast eine Minute lang nicht mehr geatmet hatte. Röchelnd keuchte er, Tränen traten ihm in die Augen.

Verdammter Mist, dachte der Junge, verdammter, dreckiger Mist.

Blindlings gab er seiner Angst nach und rannte, ohne sich umzuschauen, auf die Haustür zu. Auf dem Hof war es wie immer stockfinster, aber er wusste, wo Andersson seine Schrottteile abgestellt hatte, und umkurvte geschickt alle Hindernisse.

Er riss die Haustür auf und schaltete mit nassen Handschuhen die helle Lampe im Treppenhaus an. Als er den Schlüssel aus der Jackentasche zog, zitterte er am ganzen Leib. Die Tür sprang auf, und im gleichen Moment erkannte er, dass er drauf und dran war, in die Hose zu machen. Schluchzend raste er ins Badezimmer und zerrte den Toilettendeckel hoch. Er schloss die Augen und vergoss ein paar Tränen, während der warme Strahl halbwegs in der Toilette landete. Nachher zog er nur die Unterhose hoch und blieb auf der Toilette sitzen, Hose und Skiunterhose bildeten zu seinen Füßen einen Haufen. Die Sonnenblumen lächelten von ihrer glänzenden Tapete auf ihn herab.

Wie konnte er nur solche Angst bekommen, wie ein verdammtes Baby hatte er sich benommen. Er schnaubte verächtlich über sich selbst. Sonst hatte er doch nie Angst im Dunkeln gehabt.

Langsam stand er auf, drückte die Klospülung, wusch sich die Hände und spülte den Mund aus. Heute Abend hatte er keine Lust, sich die Zähne zu putzen. Stattdessen strampelte er die Hosen von den Füßen, hob die Kleider auf und ging in sein Zimmer.

Auf seinem Bett saß jemand.

Der Gedanke tauchte aus dem Nichts auf, und er konnte ihn nicht glauben, obwohl er es mit eigenen Augen sah.

Auf seinem Bett saß ein Schatten.

Seine Arme fielen herab, die Kleider landeten auf dem Fußboden. Er wollte schreien, brachte aber keinen Ton heraus, denn der Schatten bewegte sich äußerst langsam, stand auf, kam auf ihn zu, füllte den Raum bis zur Decke.

Dann hallte der Schrei zwischen den Wänden, der Junge wandte sich um und versuchte zu laufen, er hörte nichts mehr, die Farben waren verschwunden, das Bild war grobkörnig. Sein Blick richtete sich rasend schnell auf das blendende Licht im Flur, er sah seine eigene Hand am Gesicht vorbeifliegen, spürte die Verlagerung des Schwerpunkts von einem Fuß auf den anderen, bekam keine Luft, die Türöffnung kam näher, kippte, ein klebriger Handschuh war an seiner Stirn, ein anderer umschloss seinen linken Oberarm. Das Aufblitzen von etwas Glänzendem im Licht der Flurlampe.

Chaos, ein jaulender Schrei in seinem Gehirn, warme Flüssigkeit auf seiner Brust. Dann der letzte, leuchtend klare Gedanke.

Mama.

FREITAG, 13. NOVEMBER

Der Zug ratterte hypnotisch, sich fiebrig schüttelnd und monoton singend durch die Nacht. Der Mann lag in seinem Abteil erster Klasse, starrte zum Fenster hinaus und versuchte, die Linie der Baumwipfel vor dem schwarzen Sternenhimmel auszumachen. Der Schmerz drang durch seinen Morphiumrausch und ließ ihn aufstöhnen.

Mühsam holte er eine weitere Tablette aus dem Necessaire unter dem Kissen und schluckte sie ohne Wasser. Ihre Wirkung setzte ein, noch ehe die Droge den Magen erreicht hatte, und er wurde endlich zur Ruhe gewiegt.

Plötzlich befand er sich wieder auf einem der Marathongottesdienste seiner Kindheit, in dem großen Zeltlager außerhalb von Pajala im Tornedal, Tausende Menschen saßen auf harten Holzbänken, der Geruch von nassen Wollsachen und Sägespänen hing in der Luft. Die Männer am Rednerpult leierten ihren Text herunter, erst der eine auf Finnisch, dann ein zweiter, der alles ins Schwedische übersetzte. Ihre Stimmen sprachen monoton, an- und abschwellend und unendlich lange.

Der Zug hielt mit einem Ruck an einem Bahnhof. Er sah auf den Bahnsteig hinaus, Långsele.

Långsele?

Er geriet in Panik, großer Gott, er fuhr ja in die falsche Richtung! Die Arme schossen hoch, sein Kopf hob sich vom synthetischen Kissen, er atmete stoßweise.

Dans quelle direction est Långsele?

Südlich, dachte er. Es liegt südlich, gleich oberhalb von Ånge.

Daraufhin ließ er sich wieder zurückfallen, wehrte sich gegen seinen eigenen Geruch, überprüfte, ob der Seesack noch am Fußende lag, und hustete matt. Er hörte eine Tür ins Schloss fallen und spürte den Ruck, als der Zug zur Weiterfahrt ansetzte. Er sah auf die Armbanduhr, 05.16 Uhr.

Es gab keinen Grund zur Beunruhigung. Alles verlief nach Plan. Er war unterwegs, unsichtbar und nicht zu fassen, wie ein flackernder Schatten. Er hatte die Wahl, konnte sich in seinen freien Gedanken in einer unfreien Welt bewegen, zurückkehren oder verschwinden.

Und er beschloss, zu dem Gottesdienst im Zelt zurückzukehren und die Bilder heraufzubeschwören, die verstaubt, vergilbt und verblichen, aber dennoch scharf in seinem Gedächtnis gelegen hatten.

Ein Predigerpaar nach dem anderen trat ans Rednerpult, es war eine minutiös inszenierte Vorstellung, die unweigerlich mit einem Bibelzitat begann, einer halben Seite auf Finnisch, gefolgt von heruntergeleiertem Schwedisch, danach kamen die Deutungen, die Variationen, die Analysen und manchmal das Persönliche, die Bekenntnisse: Ich durchlebte in meiner Jugend schwere Tage und war ein Suchender, ich vermisste etwas in meinem Leben und fand den Weg zur *Sünde*, und ich fand die Frauen und den Alkohol und stahl einem Freund die Uhr, doch dann traf ich beim Wehrdienst einen Glaubensbruder, und Jesus Christus trat mit dem Licht in mein Leben, denn mein Bruder säte ein Samenkorn in meinem Herzen.

Er lächelte in seinem Abteil, lauschte den emphatischen Erzählungen, die schmerzerfüllt und voller Angst, jubilierend und dankbar zugleich waren. Aber sie gerieten niemals außer sich, das musste er sagen. Es gab niemals Schreie, nie erhobene Stimmen. Nirgendwo Ekstase.

Er erinnerte sich, wie er in seiner Jugendzeit des Lebens überdrüssig gewesen war.

Oft hatte er die Stimmen versinken und zusammen mit Gedanken, Hoffnungen und Unruhe aus der Zeltöffnung treiben lassen.

Die Stadt aus Zelten und Wagen auf der Wiese vor dem großen Gebetszelt lockte ihn, sie war ein Ozean aus Möglichkeiten, die sich zwischen Pferdedroschken und Volvos verbargen. Dann seine verstohlenen Blicke auf unbekannte Mädchen in der Bankreihe vor ihm, die Kopftücher und lange Röcke trugen, das Wissen um ihre Wärme und das Glänzen ihrer verhüllten Haare.

Er wusste, dass seine Gedanken und sein hartes Glied sündig waren.

Mit dem Geruch von Pferdeäpfeln in der Nase wurde er in den Schlaf gewiegt.

Annika ging mit rauchendem Atem und knarrenden Schritten durch den Kronobergspark. Es war kalt geworden, ein Hochdruckgebiet breitete sich aus, das Luft vom Eismeer verhieß. Der Asphalt war glatt, die Laubbäume waren mit dicken Schichten aus Eiskristallen bedeckt. Die Rasenflächen, gestern noch grün und feucht, waren jetzt hart gefroren und in Silber getaucht. Hier unten zwischen den Bäumen erreichte der Wind sie nicht, sodass die Abgase wie graue Schleier über den Wegen hingen.

Heller würde es an diesem Tag wohl nicht mehr werden. Das Licht war matt und schattenlos, sie blinzelte in den Himmel hinauf. Er schien aus pastellfarbenem Porzellan zu sein, mit blauen Nuancen, die in graue, weiße und rosafarbene diffuse Wolkensträhnen übergingen, die der Nordwind vor sich hertrieb.

Hinter dem Hundeklo nahm sie eine Abkürzung, die Grashalme knisterten, als sie unter ihren Füßen zermalmt wurden. Sie erreichte den jüdischen Friedhof, von der Rückseite kommend, genau an der Stelle, an der man damals Josefine gefunden hatte. Sie blieb an dem schwarzen gusseisernen Zaun stehen, strich mit dem Handschuh über Sterne und Bögen, sodass der Raureif wie körniger Zucker auf ihre Schuhe herabfiel.

Der Friedhof war vor zwei Jahren renoviert worden. Umgestürzte und bröckelnde Sandsteine waren wieder auf ihre Sockel gehoben worden, die wildwüchsigen Sträucher gestutzt, die

Bäume beschnitten. Gleichzeitig hatte sich jedoch auch die Magie in Luft aufgelöst. Das Gefühl, an einem Ort außerhalb der Zeit zu sein, das Annika hier immer gehabt hatte, war dahin. Die Geräusche der Stadt rückten nun auf eine Art näher, wie es vorher nicht möglich gewesen war, die Geister, denen dieser Ort gehört hatte, waren fort. Nur der von Josefine war noch da.

Sie ging in die Knie und schaute zwischen den Eisenstäben des Zauns hindurch, wie sie es damals, vor vielen Sommern, getan hatte, in jenem heißen Sommer, als es so viele Wespen gab wie noch nie und der Wahlkampf immer weiter ging. Damals hatte dort Josefine gelegen, den Mund zu einem lautlosen Schrei geöffnet, mit matten, gebrochenen Augen, das junge Mädchen mit all seinen toten Träumen. Ein gefrorener Zweig raschelte, eine Sirene hallte gegen die Fassaden der Hantverkargatan.

Am Ende hat er doch noch seine gerechte Strafe bekommen, dachte Annika. Zwar nicht für das, was er dir angetan hat, aber wenigstens kam er nicht ungestraft davon.

Und Karina Björnlund bekam zufällig die nötige Munition für einen Ministerposten.

Sie streckte die Beine, sah auf die Uhr und verließ Josefine, nicht ohne noch einmal über den Zaun zu streicheln. Dann eilte sie über den Fridhemsplan davon. Im Rålambshofpark blies ihr der Wind ins Gesicht, und ihre Wangen waren rot gefleckt, als sie das Foyer der Zeitung betrat.

Sie erreichte ihr Aquarium, ohne zu stolpern, und warf Mantel, Schal und Mütze in einer Ecke auf einen Haufen. Während der Computer hochfuhr, dachte sie an Ragnwald, ließ die Vergangenheit hinter sich und bezwang ihre Rastlosigkeit, indem sie sich auf die Gegenwart konzentrierte.

Was besagt das Wort? Wer bist du?

Sie gab den Namen bei Google ein und bekam eine überschaubare Menge von Treffern. Kurz gefasste Informationen über einen Folke Ragnwald, verstorben 1963, eine Seite mit Ahnenforschung von jemandem auf Malta, ein christdemokratischer Kandidat, bei dem nicht klar wurde, wo er sich eigentlich zur Wahl stellte.

Sie las schnell, ging weitere Treffer durch.

Ein französischer Familienstammbaum, eine deutsche Herrscherchronik, das Fan-Magazin eines dänischen Popstars.

Schließlich loggte sie sich aus und rief stattdessen Suup in Luleå an.

»Wir sind hier ein bisschen geschockt«, sagte der Kommissar und klang richtig bestürzt.

»Ist etwas passiert?«

Annika nahm automatisch einen Stift in die Hand und fühlte sich augenblicklich schuldig für das Unausgesprochene.

»Ich kann im Moment noch nichts Genaues sagen«, erklärte der Polizist. »Könnten Sie mich heute Nachmittag noch einmal anrufen? Dann wissen wir vielleicht schon mehr.«

Beim Klang seiner Stimme zog sich alles in ihr zusammen.

»Es geht um Ragnwald, oder?«, sagte sie. »Es ist etwas mit diesem Terroristen.«

Der Kommissar bestritt dies so erstaunt, dass sie ihm auf der Stelle glaubte.

»Ganz und gar nicht«, sagte er. »Rufen Sie nach 14 Uhr an. Ich kann Ihnen im Moment nicht mehr sagen.«

Sie schaute auf ihre Armbanduhr und wusste, dass es keinen Grund gab, den Polizisten im Moment, achtzehn Stunden vor der Deadline für alle Zeitungsmeldungen, zu bedrängen. Stattdessen bedankte sie sich, legte auf und breitete die Notizen von ihrer letzten Begegnung auf dem Tisch aus. Aber ehe sie anfing, brauchte sie unbedingt noch eine Tasse Kaffee.

Mit gesenktem Kopf ging sie an den Wänden entlang zum Kaffeeautomaten hinter der Sportredaktion, wich allen Blicken aus und holte sich gleich zwei Tassen auf einmal. Anschließend setzte sie sich wieder an den Schreibtisch, strukturierte ihr Material und versuchte sich ein Bild von ihrem Terroristen zu machen.

Der junge Mann aus dem Tornedal fuhr nach Süden, kehrte jedoch nach einiger Zeit wieder nach Luleå im Norden zurück.

Sie ließ die Hände sinken, trank einen Schluck Kaffee.

Warum ging ein junger Mann in den sechziger Jahren in den Süden des Landes?

Entweder, um zu arbeiten, oder, um zu studieren, dachte sie.

Warum kehrte er zurück?

Was immer er im Süden zu tun hatte, war abgeschlossen oder abgebrochen worden.

Warum Luleå?

Wenn einem der Heimatort zu eng erscheint, man aber dennoch wieder in die Heimatregion zurückwill, entscheidet man sich für eine größere Stadt in der Nähe.

Aber warum die größte?

Er muss in einer Großstadt gewohnt haben, vielleicht in einer Großstadt mit Universität. Stockholm, Uppsala, Göteborg oder Lund.

Sie schrieb die Städte in ihren Computer, bemerkte aber sogleich ihren Denkfehler.

Es war gar nicht gesagt, dass der junge Mann sich damals überhaupt in Schweden aufhielt, im Prinzip konnte er überall gearbeitet oder studiert haben.

Aber das war ja alles lange vor unserem Beitritt zur EU, ermahnte sie sich und wandte sich anderen Fragen zu.

Wohin ist er dann gegangen?

Zur ETA? Nach Spanien? Aber warum?

Aus politischer Überzeugung, dachte sie, hatte aber schon ihre Zweifel.

An und für sich gehörten die baskischen Separatisten zu den wenigen terroristischen Gruppen, denen es tatsächlich gelungen war, mehrere ihrer Forderungen durchzusetzen, inklusive Demokratie und weitgehende politische Autonomie im Baskenland. Wenn die ETA nicht im Dezember 1973 Francos Nachfolger in die Luft gesprengt hätte, wäre Spaniens Übergang zur Demokratie vielleicht nicht so reibungslos verlaufen. Und soweit sie wusste, hatte das Baskenland inzwischen eine eigene Polizei, erhob selbständig Steuern und war auf dem besten Wege, sich in ein Steuerparadies für Unternehmen zu verwandeln.

Doch die ETA war auch, mehr als die meisten anderen Gruppen, zu einem Opfer der Verselbständigung des Terrors geworden. Nach den freien Wahlen 1977 gab es eine ganze Generation von Basken mittleren Alters, die ihr ganzes Leben als Erwachsene damit verbracht hatten, Terrorakte gegen den spanischen Staat zu verüben. Das friedliche Alltagsleben erschien ihnen zu trist, und so beschlossen sie, dass der demokratische Staat ebenso verabscheuungswürdig war wie die Diktatur, und nahmen das Morden wieder auf. Und die Regierung in Madrid rächte sich durch die Gründung der GAL, der antiterroristischen Befreiungsgruppe ...

Sie musste mehr über die ETA in Erfahrung bringen. Das Einzige, was sie wusste, war, dass sie zu denjenigen terroristischen Vereinigungen auf der Welt gehörte, die am wenigsten an Verhandlungen interessiert waren. Ihre Mitglieder mordeten um des Mordens willen. Als selbst ernannte Vertreter eines Vaterlands, das nie existiert hatte, forderten sie Vergeltung für Demütigungen, die nie begangen wurden.

Sie notierte sich: »Mehr über die Geschichte des Terrorismus lesen!«, und ging zum nächsten Punkt über.

Warum Ragnwald? Hatte der Deckname eine tiefere Bedeutung? Symbolisierte er etwas, das sie wissen sollte?

Rasch schlug sie den Namen im Lexikon nach und stellte fest, dass der Name eine Kombination der altisländischen Wörter *ragn*, göttliche Macht, und *vald*, Herrscher, war. Der Herrscher der göttlichen Mächte, kein schlechtes Pseudonym. Hatte es, abgesehen vom Größenwahn, noch etwas zu bedeuten? Aber war der Terrorismus nicht genau das, eine Form von Größenwahn?

Sie seufzte und kämpfte gegen ihre Müdigkeit an. Der Kaffee war kalt geworden und schmeckte ekelhaft. Sie streckte sich, wurde von den Neonröhren geblendet. Anschließend sah sie zu

Berits Platz hinüber, aber die Kollegin war noch nicht gekommen. Sie zog die Tür zu ihrem Aquarium fest zu und machte weiter.

Dann waren da noch die Schuhe. Die Abdrücke waren die ganze Zeit über als eine der wenigen Spuren bekannt gewesen, die die Täter hinterlassen hatten, aber die Schuhgröße war niemals erwähnt worden.

36. Bei dieser Größe kam im Grunde nur eine kleine Frau oder ein sehr junger Mann, eigentlich eher ein Junge, in Betracht. Was war plausibler? Dass ein Zwölfjähriger Flugzeuge sprengte oder eine erwachsene Frau?

Er wurde vermutlich von einer Frau begleitet, notierte sie sich.

Aber wer sollte so etwas tun? Über die mögliche Mittäterin hatte Suup nichts weiter gesagt. Sie schrieb die Frage in ihre Notizen, aber man konnte ja trotzdem Vermutungen anstellen.

Welche Frauen waren zu Terroristinnen geworden? Gudrun Ensslin war die Geliebte von Andreas Baader. Ulrike Meinhof wurde weltberühmt, als sie Baader befreite. Francesca Mambro wurde dafür verurteilt, dass sie zusammen mit ihrem Mann Valerio Fioravanti den Bahnhof von Bologna in die Luft jagte.

Ragnwalds Geliebte, schrieb sie und fasste zusammen. Der junge Mann aus dem Tornedal hatte seine Heimat verlassen, in einer größeren südlich gelegenen Stadt gearbeitet oder studiert, war nach Nordschweden zurückgekehrt, Mitglied einer linken Splittergruppe geworden, und zwar unter dem Decknamen Ragnwald, Herrscher der göttlichen Mächte, was auf einen gewissen Größenwahn hindeutete. Er fand eine Geliebte, die er dazu überredete, zusammen mit ihm eine Jagdmaschine hochgehen zu lassen. Anschließend floh er aus dem Land und setzte seine Laufbahn als Mörder bei der ETA fort.

Sie seufzte und las sich ihre Notizen noch einmal durch.

Wenn sie etwas davon in der Zeitung unterbringen wollte, musste sie wesentlich konkretere Informationen vorlegen können. Sie sah auf die Uhr. Es war noch viel Zeit, bis sie Suup wieder anrufen konnte.

Miranda klingelte wie üblich Sturm. Anne Snapphane stürmte die Treppe hinunter, damit der alte Kotzbrocken in der unteren Etage nicht völlig ausflippte, hielt mit der einen Hand das Badehandtuch um den Körper fest, während die zweite den Frotteeturban auf dem Kopf an Ort und Stelle hielt.

Die Tür ließ sich nur schwer öffnen, wie üblich, wenn die Temperatur unter den Gefrierpunkt sank. Das Mädchen fiel ihr wortlos in die Arme, und sie bückte sich und umarmte es fest. Aus den Augenwinkeln sah sie Mehmet mit der Tasche ihrer gemeinsamen Tochter vom Auto heranschlendern, mit neutraler, aber etwas verbissener Miene.

»In der Küche sind Muffins«, flüsterte Anne dem Mädchen ins Ohr. Das Kind jubelte und lief die Treppe hinauf.

Einer trotzigen und hochmütigen Eingebung nachgebend, richtete sie sich auf, ohne das Handtuch um sich zu schlingen, und scherte sich nicht um die Nachbarn. Abgesehen von dem Handtuch um den Kopf, war sie jetzt splitterfasernackt. Sie sah Mehmet in die Augen und nahm die kleine Tasche entgegen. Er sah zu Boden.

»Anne«, sagte er, »du brauchst nicht …«

»Du wolltest mit mir reden«, sagte sie und zwang sich, ruhig zu sprechen. »Ich nehme mal an, es geht um Miranda.«

Sie kehrte ihm den Rücken zu und ließ auf der Treppe den Po vor seinen Augen wackeln. Dann ging sie ins Badezimmer, zog sich einen Bademantel über, blieb vor dem Spiegel stehen und versuchte sich selbst mit seinen Augen zu sehen.

»Möchtest du einen Kaffee?«, rief sie, den Blick auf ihr Spiegelbild gerichtet.

»Nein danke«, antwortete er. »Ich muss zur Arbeit.«

Sie schluckte und begriff, dass es um etwas Unangenehmes gehen würde. Er wollte schnell die Flucht antreten können, keine glühend heiße Kaffeetasse in eiliger Verlegenheit hinunterkippen müssen.

»Ich will jedenfalls einen«, sagte sie und riss sich das Handtuch vom Kopf. Ihre Finger strichen durch die nassen Strähnen, während sie in die Küche ging und sich eine große Tasse eingoss.

Er stand im Wohnzimmer und sah in den Garten der Nachbarn. »Worum geht's?«, fragte sie und setzte sich auf die Couch.

»Wir wollen heiraten«, antwortete Mehmet und drehte sich um.

Sie spürte das Eindringen des Pfeils, ohne dagegen ankämpfen zu können.

»Das geht mich oder Miranda doch nichts mehr an«, sagte sie und blies auf ihren Kaffee.

Er setzte sich ihr gegenüber, die Beine weit gespreizt und die Ellbogen auf die Oberschenkel gestützt.

»Wir werden ein Kind bekommen, Miranda bekommt eine Schwester oder einen Bruder«, sagte er.

Ihr wurde schwindlig, und obwohl sie es nicht wollte, sah sie zu Boden.

»So, so«, meinte sie und hielt krampfhaft die Tasse fest. »Ich gratuliere.«

»Anne«, sagte er, »mir ist völlig klar, wie schwer das alles für dich ist …«

Sie blickte auf und atmete tief durch.

»Nein«, unterbrach sie ihn, »ich will dein Mitleid nicht. Was bedeutet das, rein praktisch, für Miranda?«

Mehmet presste die Lippen auf die Art zusammen, die ihr so vertraut war, und plötzlich empfand sie tiefe Sehnsucht nach dem Mann, der vor ihr saß. Obwohl es ihr peinlich war, konnte sie ein Schluchzen nicht unterdrücken.

Er streckte seine Hand nach ihrer Wange aus, und sie schloss die Augen und ließ sich streicheln.

»Wir möchten, dass sie dauerhaft bei uns wohnt«, sagte Mehmet. »Aber ich werde mich nie mit dir darüber streiten, wenn du damit nicht einverstanden sein solltest.«

Sie zwang sich zu einem Lachen.

»Du kannst mir ja einiges nehmen«, sagte sie, »aber nicht mein Kind. Hau ab.«

»Anne …«

»Verschwinde!«

Ihre Stimme überschlug sich vor Zorn.

Ihre Tochter tauchte im Türrahmen auf und sah überrascht Mutter und Vater an.

»Seid ihr wütend?«, sagte sie mit einem halb aufgegessenen Muffin in der Hand.

Mehmet erhob sich stark und geschmeidig wie ein Raubtier, ging zu dem Kind und gab ihm einen Kuss auf die Haare.

»Wir sehen uns am Freitag, Liebes.«

»Warum ist Mama traurig? Bist du böse zu Mama gewesen?«

Anne schloss die Augen, hörte seine Schritte auf der Treppe. Sie wartete, bis die Haustür ins Schloss gefallen war, ehe sie zum Fenster stürzte und ihm nachsah.

Ohne sich noch einmal umzudrehen, ging er zum Auto, holte sein Handy aus der Brusttasche und wählte eine Nummer.

Ihre Nummer, dachte Anne. Er ruft seine Verlobte an und erzählt ihr, was vorgefallen ist: Ich habe es ihr gesagt, es war verdammt unangenehm, sie hat sich aufgeregt und ist aggressiv geworden. Ich glaube nicht, dass sie das Mädchen freiwillig aufgibt.

Berit Hamrin klopfte an ihre Glastür, schob sie ein wenig auf und steckte den Kopf herein.

»Hunger?«

Annika nahm die Hände von der Tastatur und horchte pflichtschuldig in sich hinein.

»Eigentlich nein.«

Berit zog die Tür ganz auf und betrat den Raum.

»Du musst etwas essen«, entschied sie. »Wie sieht es denn hier aus? Wie kannst du in diesem Durcheinander nur arbeiten?«

»Wieso?«, fragte Annika erstaunt, sah sich um und schämte sich. »Was stimmt denn nicht?«

»Du hast doch einen Kleiderständer«, meinte Berit und hängte ihre Kleider auf. »So, schon besser. In der Cafeteria gibt es heute Lasagne, ich habe zwei Portionen bestellt.«

Annika loggte sich aus dem System aus, damit keiner ihre Aufzeichnungen lesen oder Mails mit ihrem Absender verschicken konnte.

»Was machst du heute?«, fragte sie, um ihre Kollegin von dem Chaos abzulenken, das sie um sich erzeugt hatte.

Berit war wegen der bevorstehenden Europawahl für kurze Zeit von der Kriminalredaktion an das Politikressort ausgeliehen worden.

»Ich dokumentiere das Abstecken von Revieren«, sagte sie und seufzte. »Es passiert nichts Konkretes, aber man formiert sich, verständigt sich über die Parteigrenzen hinweg oder sucht nach Meinungsverschiedenheiten, die es gar nicht gibt.«

Annika lachte und folgte ihrer Kollegin in die Redaktion.

»Ich sehe die Schlagzeile schon vor mir: Die geheimen EU-Verhandlungen, und dann das grobkörnige Foto eines erleuchteten Fensters im Regierungssitz.«

»Du hast schon zu lange hier gearbeitet«, sagte Berit.

Annika schloss die Tür hinter sich, und sie gingen zur Cafeteria. Hinter Berits Rücken war die Welt greifbar und sicher, der Fußboden solide, sie musste nicht daran zweifeln.

Die Cafeteria war halb leer und schummrig beleuchtet. Das meiste Licht fiel durch die Fenster am hinteren Ende. Die Besucher waren kaum erkennbar, hoben sich nur als schwarze Silhouetten vom Halbdunkel ab.

Sie setzten sich mit der dampfenden Mikrowellenlasagne an ein Fenster über dem Parkhaus.

»Und worüber schreibst du gerade?«, fragte Berit.

Annika betrachtete misstrauisch die Nudelscheiben.

»Über den Mord an dem Journalisten«, antwortete sie, »und die Sprengung des Flugzeugs auf F21. Die Polizei hat einen Verdächtigen, und zwar schon seit vielen Jahren.«

Berit hob erstaunt die Augenbrauen, schob sich etwas Hackfleisch in den Mund und bewegte in einer auffordernden Geste ihre Gabel.

»Er wird Ragnwald genannt, stammt aus dem Tornedal, ging in

den Süden, kam zurück und wurde Terrorist, floh nach Spanien und schloss sich da der ETA an.«

Berit betrachtete sie skeptisch.

»Wann soll das gewesen sein?«

Annika lehnte sich zurück und verschränkte die Arme.

»Ende der sechziger Jahre.«

»Aha«, meinte Berit. »In den wunderbaren revolutionären Jahren. Es gab damals einige, die an eine Befreiung der Massen durch Terrorismus glaubten, allerdings nicht unbedingt in unseren Kreisen.«

»Und was waren deine Kreise?«

»Das Vietnam-Bulletin«, sagte Berit und kratzte die Reste am Boden des Tellers zusammen. »So bin ich zum Journalismus gekommen, habe ich das etwa nie erzählt?«

Annika durchforstete rasch ihre lückenhafte Erinnerung.

»Und in welchen Kreisen ging es um Terrorismus?«

Berit betrachtete zweifelnd Annikas halb aufgegessene Portion.

»Bist du wirklich schon fertig?«

Annika nickte entschieden, Berit seufzte und legte ihr Besteck weg.

»Ich hole uns Kaffee«, sagte sie und stand auf.

Annika blieb sitzen und sah ihrer Kollegin nach, die sich in die Kaffeeschlange einreihte, betrachtete die kurzen Haare, die am Hinterkopf ein wenig abstanden, spürte die Gelassenheit, die sie ausstrahlte. Annika lächelte, als Berit mit vollen Kaffeetassen und zwei Lebkuchen zurückkehrte.

»Du verwöhnst mich«, sagte Annika.

»Erzähl mir von deinem Terroristen«, erwiderte Berit.

»Erzähl du mir von den sechziger Jahren«, konterte Annika.

Berit stellte vorsichtig die Tassen auf den Tisch und sah Annika prüfend an.

»Okay«, sagte sie, setzte sich, ließ zwei Stück Zucker in ihren Kaffee plumpsen und rührte um. »Das war so. 1963 kam es zum offiziellen Bruch zwischen der Kommunistischen Partei der Sowjetunion, KPdSU, und der Kommunistischen Partei Chinas, KPCh. Der Bruch hatte Auswirkungen auf alle kommunistischen Organisationen der Welt, wir bildeten da keine Ausnahme. Die Schwedische Kommunistische Partei, SKP, wurde in drei Flügel gespalten.«

Sie wedelte mit dem linken Zeigefinger.

»Der rechte Flügel«, fuhr sie fort, »geführt von C.-H. Hermansson, distanzierte sich sowohl von den Stalinisten als auch von den Maoisten und landete bei einem altbackenen Revisionismus, den man fast schon sozialdemokratisch nennen konnte. Das ist die Partei, die heute Linkspartei heißt und mit fast zehn Prozent im Parlament vertreten ist.«

Berit nahm einen Schluck von ihrem Kaffee und hob den Mittelfinger.

»Dann haben wir den mittleren Flügel, geführt von Alf Lövenborg, dem Chefredakteur der linken Zeitung *Norrskensflamman*, der sich für die Sowjetunion entschied.«

Sie wechselte den Finger.

»Und schließlich den linken Flügel, geführt von Nils Holmberg, der chinafreundlich war.«

»Wann ist das alles passiert?«, fragte Annika.

»Die SKP zerfiel nach ihrem 21. Parteitag im Mai 1967«, antwortete Berit. »Die Partei taufte sich daraufhin in ›Linkspartei Die Kommunisten‹ um, der linke Flügel spaltete sich ab und bildete den ›Kommunistischen Marxistisch-Leninistischen Verbund‹. Danach ging es ganz schnell. Revolutionäre Bewegungen schossen wie Pilze aus dem Boden. Im Frühjahr '68 gipfelte das alles in der Besetzung des Studentenhauses in Stockholm und der Rebellenbewegung in Uppsala. Diese Uppsala-Rebellen waren übrigens die Schlimmsten von allen. In dem Frühjahr damals haben sie uns die ganze Zeit gedroht.«

Sie hob die rechte Hand wie einen Telefonhörer ans Ohr.

»›Wenn ihr euch nicht bei der revolutionären Kundgebung einfindet, um euch der Kritik der Massen zu stellen, kommen ein paar Genossen und holen euch.‹«

»Tolle Typen«, meinte Annika. »Und die waren Maoisten?«

»Die richtigen Maoisten waren im Grunde gar kein Problem. Sie stellten sich immer nur die eine Frage: Was hätte der große Vorsitzende getan? Hätte er persönlich diese Handlungen im Namen der Revolution durchgeführt? Wenn die Antwort nein lautete, verzichtete man. Viel schlimmer waren die Mitläufer, die wegen des Kicks dabei waren, wegen der Massenpsychose und des Sekten-Feelings.«

Sie sah auf die Uhr.

»Ich muss gehen«, sagte sie. »Die Grünen haben für 13 Uhr eine Erklärung zu den Fangquoten in der Ostsee angekündigt.«

Annika gähnte theatralisch.

»Tja, meine Liebe«, sagte Berit, stand auf, sammelte die klebrigen Plastikformen ein und ging zum Mülleimer. »Schreib du nur über deine toten Journalisten. Ich beschäftige mich mit den wirklich wesentlichen Dingen, den ermordeten Dorschen ...«

Annika lachte, bis es um sie herum still und kalt wurde. Der fade Dunst erkalteter Lasagne stieg ihr in die Nase, und sie schob ihren Teller von sich. Dann wurde ihr bewusst, dass sie von Kollegen umgeben war. Manche unterhielten sich leise, aber die meisten saßen allein am Tisch und beugten sich mit dem Plastikbesteck in den Händen über Zeitungen. Hinter der Essensausgabe piepte irgendwo eine Mikrowelle, zwei Sportredakteure kauften acht Kuchenstücke.

Langsam trank sie ihre Tasse aus, eine von vielen schwarzen Silhouetten, die sich von dem kalten Licht absetzten, eine der Arbeiterinnen in der Zeitungsfabrik.

Eine Funktion, kein Individuum.

Thomas fühlte sich immer etwas unwohl, wenn sie Besprechungen in den Räumen des Landtagsverbands hatten. Auch wenn er den Vorschlag, die Möglichkeit einer Fusion der beiden Verbände zu untersuchen, aus vollem Herzen befürwortete, fühlte er sich doch immer unterlegen, wenn sie sich in Sophia Grenborgs Revier trafen. Seine Unsicherheit wurde von so nebensächlichen Details ausgelöst wie der Tatsache, dass er die Räume nicht fand, in den falschen Aufzug stieg oder nicht wusste, wie das Personal hieß, das ihnen etwas brachte. Obwohl er das, wenn er ehrlich war, auch im Gemeindetag nicht wusste.

Er holte tief Luft, öffnete die Tür zur Hornsgatan und spürte augenblicklich die schneidende Kälte an den Ohren. Im Laufe der Jahre waren sie ungemein empfindlich geworden, die endlosen Eishockeyturniere auf eiskalten Spielflächen im Freien hatten offenbar Spuren hinterlassen. Aber der Landtagsverband lag nun einmal direkt gegenüber, da wäre es wirklich zu albern gewesen, sich für die paar Meter eine Mütze aufzusetzen. Leicht gestresst suchte er in dem Labyrinth des fremden Gebäudes den Weg in den fünften Stock, wo ihm Sophia schon entgegenkam. Ihre glatten blonden Haare schwangen hin und her, die Jacke ihres Kostüms stand offen, die Absätze klapperten über das Parkett.

»Herzlich willkommen«, sagte sie und gab ihm ihre kleine und weiche, warme und trockene Hand. »Die anderen sind schon da.«

Er streifte seinen Mantel ab und machte sich sofort Sorgen, weil sie auf ihn hatten warten müssen.

Sie trat einen Schritt näher, sodass er ihr Parfum roch. Es war leicht, frisch und sportlich.

»Du bist nicht zu spät«, flüsterte sie. »Sie trinken nur Kaffee im Konferenzraum.«

Er atmete auf, lächelte und staunte über ihr Einfühlungsvermögen.

»Gut«, flüsterte er zurück und sah ihr in die Augen. Sie waren leuchtend blau.

»Wie geht es dir heute?«, flüsterte sie. »Ein bisschen verkatert?«

Er lächelte breit.

»Eins ist sicher«, sagte er leise. »Du bist jedenfalls nicht verkatert. Du siehst großartig aus.«

Sie sah zu Boden, und er hätte schwören können, dass sie rot wurde. Wie ein Echo hörte er seine eigenen Worte, erfasste ihre Bedeutung und lief rot an.

»Ich meine …«, sagte er und trat einen Schritt zurück.

Sie blickte auf, trat einen Schritt vor und legte eine Hand auf das Revers seines Jacketts.

»Ist schon okay, Thomas«, flüsterte sie so nahe, dass er ihren Atem spüren konnte.

Für einen Moment sah er in ihre Pupillen, wandte sich dann ab, zog seinen Schal aus, legte die Aktentasche auf eine Bank, öffnete sie und verstaute den Schal. Er fragte sich, ob seine Ohren immer noch feuerrot waren.

»Ich habe schon mal die Broschüren verteilt«, sagte sie. »Ich hoffe, das war in Ordnung.«

Er hielt mitten in der Bewegung inne und betrachtete die Broschüren in seiner Aktentasche, die er selbst hatte überreichen wollen. Nun erschien das ganze Projekt, für das auch er verantwortlich gezeichnet hatte, als Verdienst Sophias und des Landtagsverbands.

Er schlug die Aktentasche zu.

»Natürlich«, sagte er kurz und spürte, dass sein Lächeln ein wenig abkühlte. »Du kannst euren Web-Administrator bitten, Kontakt mit unserem aufzunehmen. Wir haben den ganzen Inhalt ins Internet gestellt, das solltet ihr vielleicht auch tun.«

Ihre Finger bewegten sich leicht nervös, sie zeigte zum Konferenzraum.

»Ja, ich weiß«, sagte sie.

Per Cramne, der Vertreter des Justizministeriums, erhob sich, als Thomas den Raum betrat, eilte auf ihn zu und begrüßte ihn herzlich.

»Ich muss wegen gestern Abend wirklich vielmals um Entschuldigung bitten«, sagte er, »aber diese verdammte Europawahl …«

Thomas legte die Aktentasche auf den Tisch und hob beide Hände.

»Kein Problem«, versicherte er. »Wir hatten ja noch andere Dinge zu besprechen. Der Gemeindetag und der Landtagsverband veranstalten im Frühjahr einen gemeinsamen Kongress, auf dem wir eine Fusion der beiden Verbände diskutieren werden, und ich bin einer der Kongressdelegierten, sodass …«

Zu spät erkannte er seinen Fehler. Cramnes Blick hatte bereits etwas Verkrampftes und Eingefrorenes bekommen, nichts konnte ihn weniger interessieren als eine verdammte Fusion von irgendwelchen verdammten Verbänden.

»Sind jetzt alle da?«, sagte Cramne und wandte sich ab. »Dann legen wir mal mit Volldampf los. Es ist immerhin Freitag.«

Thomas holte seine Unterlagen heraus und vermied es bewusst, in die Runde zu schielen, um zu sehen, ob jemand den peinlichen Zwischenfall bemerkt hatte.

Cramne fing natürlich an, das Justizministerium stand immer an der Spitze der Hierarchie, der Abgesandte der Polizeiführung verzichtete ebenso auf eine Stellungnahme wie die Vertreter der Generalstaatsanwaltschaft und der Sicherheitspolizei. Stattdessen ergriff Thomas die Initiative und stellte das Faltblatt vor, das man entwickelt hatte, und präzisierte bei der Gelegenheit die Argumente dafür, warum die häufiger werdenden Bedrohungen von Volksvertretern eine schwerwiegende Gefahr für die Demokratie darstellten, und griff die Änderungen und die Richtlinien für die weitere Arbeit auf. Er informierte über die Gespräche, die er in den Morgenstunden mit dem Rat zur Verbrechensprophylaxe gehabt hatte, nickte dabei dem anwesenden Delegierten zu und beschrieb den Entwurf, den man nun angefertigt hatte.

»Ich bin der Meinung, dass wir eine Untersuchung des Wertesystems unserer Gesellschaft benötigen«, sagte er. »Wir haben es hier mit einem Problem zu tun, das uns alle angeht. Nicht nur alle Politiker, sondern alle Bürger. Deshalb müssen wir uns dem Thema auf breiter Front widmen. Wie steht unsere Gesellschaft zu Drohungen und Gewalt gegen demokratisch gewählte Volksvertreter? Wie bewerten wir Versuche, Politiker zum Schweigen zu bringen? Und schließlich, kann man diese Bewertungen durch Aufklärungsarbeit verändern?«

Er drehte ein Blatt um und bemerkte, dass er die uneingeschränkte Aufmerksamkeit der gesamten Gruppe genoss.

»Ich denke, wir sollten versuchen, in der Presse eine Debatte in Gang zu setzen«, sagte er, »etwas gute alte Meinungsbildung zu betreiben. Artikel, die den Lokalpolitiker als Helden unserer Zeit zeigen, Beispiele für Menschen, die gegen Rechtsextremismus und Anarchismus kämpfen, jedoch, ohne dabei zu übertreiben und all jene zu verschrecken, die sich in der Politik engagieren wollen ...«

Man war sich rasch einig, die vorgeschlagene Analyse des Wertesystems unter Thomas' Leitung durchzuführen. Dazu sollte begleitendes Pressematerial entwickelt und parallel zur Veröffentlichung der Untersuchungsergebnisse von der Pressestelle des Gemeindetags herausgegeben werden.

Thomas rundete die Besprechung mit einer Anekdote über einen Stadtrat aus Jämtland ab, die immer für einen Lacher gut war. Anschließend packte man schnell zusammen, und in weniger als einer Minute waren alle anderen verschwunden.

Es war eben Freitagnachmittag.

Er blieb mit seinen Blättern zurück und sortierte seine Notizen, während Sophia das liegen gebliebene Material wieder einsammelte. Thomas wusste nicht, wie er damit umgehen sollte, dass er heute jegliche Initiative an sich gerissen und ihr keine Gelegenheit gelassen hatte, ebenfalls zu Wort zu kommen. Das Faltblatt war mindestens zu gleichen Teilen ihre Arbeit und ihr Verdienst, genauso wie die Diskussion über die Untersuchung des Wertesystems.

»Ich muss schon sagen«, meinte Sophia Grenborg und stellte sich neben ihn, »du warst heute wirklich fantastisch.«

Er blickte erstaunt auf und spürte, dass ihm Schweiß auf die Stirn trat.

Sie schien nicht sauer auf ihn zu sein. Ihre Augen strahlten.

»Danke«, sagte er.

»Du verstehst es wirklich, Fragen aufzuwerfen und Vorschläge durchzusetzen«, meinte sie und trat noch einen Schritt näher. »Du bringst alle auf deine Seite, auch das Justizministerium.«

Verlegen sah er wieder zu Boden.

»Es ist ein wichtiges Projekt.«

»Ich weiß«, sagte sie, »und man merkt dir an, wie wichtig es dir ist. Ich freue mich wirklich sehr darüber, mit dir zusammenarbeiten zu dürfen ...«

Benebelt von ihrem Parfum, schnappte er nach Luft.

»Schönes Wochenende«, sagte er, packte seine Aktentasche und eilte zur Tür.

Mit einem ausgenommen mulmigen Gefühl im Bauch wählte Annika Kommissar Suups Durchwahl, die sie dank ihrer Überredungskünste der Telefonistin des Polizeipräsidiums abgerungen hatte. Der Polizeibeamte hatte bei ihrem Gespräch am Vormittag äußerst seltsam geklungen. Hatte er vielleicht bereut, sie über Ragnwald informiert zu haben, obwohl er wusste, dass die Information am nächsten Tag eventuell in der Zeitung stehen würde? Fühlte er sich hintergangen?

Mit schweißnassen Händen wartete sie, bis er abnahm.

»Was ist passiert?«, fragte sie zaghaft, als er an den Apparat ging.

»Etwas sehr Trauriges«, antwortete der Polizist. »Linus Gustafsson ist tot.«

Sie war erleichtert, der Name sagte ihr nichts.

»Wer ist das?«, fragte sie.

»Der Zeuge«, erwiderte Suup, und sie begriff augenblicklich. Innerhalb von Sekundenbruchteilen verdrängten Schuldgefühle all ihre Gedanken, und sie hörte sich selbst aufstöhnen.

»Wie ist das passiert?«

»Jemand hat ihm in seinem Zimmer die Kehle durchgeschnitten. Seine Mutter fand ihn in einer Blutlache, als sie heute Morgen von der Schicht nach Hause kam.«

Annika schüttelte heftig den Kopf.

»Das darf einfach nicht wahr sein«, flüsterte sie.

»Wir haben natürlich den Verdacht, dass die beiden Todesfälle miteinander in Verbindung stehen, wissen aber noch nicht, wie. Der einzige gemeinsame Nenner ist bislang, dass der Junge den Mord an Benny Ekland beobachtet hat. Der Tathergang ist in seinem Fall jedoch völlig anders.«

Annika hatte die rechte Hand auf die Augen gelegt und spürte einen Druck auf der Brust, der ihr das Atmen schwer machte.

»Ist es meine Schuld?«, brachte sie heraus.

»Was haben Sie gesagt?«

Sie räusperte sich.

»Linus hat mir erzählt, er habe den Mörder vielleicht erkannt«, erklärte sie. »Hat er Ihnen gesagt, wen er zu sehen geglaubt hat?«

Die Stimme des Kommissars klang völlig überrascht.

»Das höre ich zum allerersten Mal«, sagte er. »Sind Sie sicher?«

Sie zwang sich, logisch zu denken und sich ihrer journalistischen Verantwortung zu stellen.

»Ich habe dem Jungen völlige Anonymität versprochen«, überlegte sie laut. »Gilt das auch noch, wenn er tot ist?«

»Das spielt keine Rolle, er ist aus freien Stücken zu uns gekommen, wodurch Sie Ihrer Schweigepflicht entbunden sind«, sagte der Polizist, und Annika wusste, dass er Recht hatte. Sie atmete auf.

»Als ich mit ihm sprach, meinte er, er habe den Mörder vielleicht erkannt, aber das habe ich in meinem Artikel nicht erwähnt. Ich fand es unnötig, es an die große Glocke zu hängen.«

»Gut gedacht«, meinte der Polizeibeamte. »Nur leider hat es nichts genutzt.«

»Könnte er sonst jemandem erzählt haben, wen er gesehen hat?«

»Die Frage haben wir bisher nicht gestellt, werden das aber unverzüglich nachholen.«

Die Stille nach Suups letzten Worten wurde beklemmend, und Annika hatte das Gefühl, dass ihre Verantwortung für das Vorgefallene das Gespräch blockierte.

»Ich fühle mich schuldig«, sagte sie.

»Das kann ich nachvollziehen«, erwiderte der Polizist, »aber es trifft Sie wahrlich keine Schuld. Eine andere Person sollte sich hier schuldig fühlen, und die werden wir dingfest machen. Das verspreche ich Ihnen.«

Sie strich sich über die Augen und dachte nach.

»Also, was werden Sie tun? Von Haustür zu Haustür gehen? Nach Fingerabdrücken suchen? Nach den Spuren von Füßen, Autos, Mopeds?«

»All das und noch einiges mehr.«

»Freunde, Lehrer, Nachbarn verhören?«

»Zunächst einmal.«

Annika zitterte am ganzen Körper, als sie sich Notizen machte.

»Haben Sie schon etwas gefunden?«

»Wir werden mit Informationen dieser Art sehr vorsichtig sein.«

Es wurde wieder still.

»Eine undichte Stelle«, sagte Annika. »Sie vermuten, dass jemand im Präsidium die Identität des Jungen preisgegeben hat.«

Sie hörte ihn am anderen Ende der Leitung seufzen.

»Es gibt viele, die etwas erzählt haben könnten, nicht zuletzt er selbst. In den Massenmedien ist er niemals namentlich genannt worden, aber mindestens zwei seiner Freunde wussten, dass er der Zeuge war. Seine Mutter hat es ihrem Vorarbeiter erzählt. Und Sie?«

»Niemandem«, antwortete sie. »Da bin ich mir ganz sicher.«

Es wurde wieder still, zögerlich still, sie war nicht aus Luleå, er wusste nicht, woran er mit ihr war, sie war eine Großstadtjournalistin, mit der er vielleicht nie wieder zu tun haben würde. Woher sollte er wissen, wie ausgeprägt ihr Verantwortungsgefühl war?

»Sie können sich auf mich verlassen«, sagte sie gedämpft. »Ich möchte, dass Sie das wissen. Was kann ich bringen?«

»Erwähnen Sie bitte nicht den Tathergang, den haben wir nicht an die Presse gegeben. Zitieren Sie mich nur mit den Worten, dass es ein entsetzlicher Mord war und die Polizei von Luleå schockiert ist über die Brutalität der Tat.«

»Kann ich die Mutter bringen? Dass sie ihn gefunden hat?«

»Das ergibt sich ja fast von selbst, das können Sie schreiben, aber setzen Sie sich bitte nicht mit ihr in Verbindung. Im Übrigen ist sie ohnehin nicht zu Hause, ich glaube, die Jungs von der Streife haben sie in die psychiatrische Notaufnahme gebracht. Sie hatte niemanden außer dem Jungen. Der Vater ist ein richtig tragischer Fall, einer von denen, die saufend vor dem Einkaufszentrum sitzen und die Geschäftsinhaber an der Storgatan terrorisieren.«

»Er kommt als Täter nicht in Frage?«

»Der Vater des Jungen saß gestern seit 17 Uhr in der Ausnüchterungszelle und wurde heute Morgen um sieben zum Entzug nach Boden gefahren.«

»Das nenne ich mal ein wasserdichtes Alibi«, meinte Annika. »Kann ich Ihnen irgendwie helfen? Suchen Sie nach etwas Bestimmtem, das wir in der Zeitung besonders betonen können?«

»Der Letzte, der mit Sicherheit weiß, dass er den Jungen lebend gesehen hat, war der Busfahrer, der gestern Abend die letzte Fahrt nach Svartöstaden hatte. Die Endhaltestelle erreichte er kurz nach zehn. Einer vorläufigen Schätzung zufolge starb der Junge unmittelbar danach, wenn ihn also jemand um diese Uhrzeit gesehen hat, wäre es schön, wenn diese Person sich bei uns melden würde.«

»Haben Sie den Busfahrer überprüft?«

Suup seufzte schwer.

»Ja, und alle Fahrgäste«, sagte er. »Wir werden dieses Schwein schon erwischen.«

Auf einmal kam ihr ein Gedanke.

»Im Kinderzimmer, sagten Sie? Wie kam der Täter denn in die Wohnung?«

»Es war nichts aufgebrochen.«

Annika dachte nach und zwang sich, ihre Schuldgefühle zu verdrängen, obwohl sie wusste, dass sie vergeblich vor ihnen davonrannte, denn ihr war nur allzu bewusst, wie wenig Adrenalin und Konzentration gegen Schuldgefühle ausrichten konnten.

»Also könnte er den Täter auch selbst in die Wohnung gelassen haben«, sagte sie. »Möglicherweise war es also jemand, den er kannte.«

»Vielleicht ging der Mörder aber auch hinein, ohne anzuklopfen, oder wartete im Dunkeln auf ihn. Das Schloss der Wohnungstür war ungefähr so sicher wie das eines Holzschuppens. Einmal fest gezogen, und die Tür ging auf.«

Sie zwang sich, klar zu denken. Die Gedankensprünge des Kommissars verwirrten sie.

»Also, was kann ich schreiben?«, fragte sie erneut. »Kann ich mit diesen Informationen an die Öffentlichkeit gehen?«

Der Polizeibeamte klang auf einmal sehr müde.

»Schreiben Sie, was Sie wollen«, sagte er und legte auf.

Annika blieb mit dem Hörer in der Hand und einer Reihe von Fragen zu Ragnwald zurück, die sie sorgsam auf ihrem Block notiert hatte.

Kaum hatte sie den Hörer aufgelegt, da klingelte das Telefon. Es war ein interner Anruf.

»Könnten Sie bitte kurz zu mir kommen?«, sagte Anders Schyman.

Sie blieb wie gelähmt sitzen, versuchte verzweifelt, die Wirklichkeit wieder in den Griff zu bekommen, und ließ den Blick über das Durcheinander auf ihrem Schreibtisch schweifen. Block und Stifte, Zeitungen und Computerausdrucke und andere alltägliche Dinge lagen dort, Wahrheitserzeuger, Stabilitätswerkzeuge. Sie ließ zu, dass ihre Schuld sie einholte, und krallte sich mit den Händen an der Schreibtischplatte fest.

Es war ihr Fehler, oh, Gott, sie hatte den Jungen überredet auszupacken.

Sie trug einen Teil der Schuld, ihre Ambitionen waren für das Schicksal des Jungen von entscheidender Bedeutung gewesen.

Es tut mir so Leid, dachte sie. Bitte verzeih mir.

Danach fühlte sie sich ein wenig erleichtert, der Druck in den Lungen wurde schwächer, die verkrampften Hände lockerten ihren Griff. Sie merkte, dass ihre Finger wehtaten.

Sie musste unbedingt mit der Mutter sprechen, nicht jetzt, aber später.

Es gab eine Zukunft, morgen war ein neuer Tag, wenn sie es nur zuließ.

Wer lange genug am Ufer des Flusses sitzen bleibt, sieht mit der Zeit die meisten seiner Feinde vorbeitreiben.

Sie schluchzte auf und musste gleichzeitig über das chinesische Sprichwort lächeln, das Anne Snapphane oft zum Besten gab.

Man stirbt nicht, dachte sie. Es fühlt sich nur so an.

Sie sortierte ihre Blätter.

Der Chefredakteur stand mit einem Computerausdruck in der Hand am Fenster und starrte auf die russische Botschaft hinunter. Annika schielte zum Konferenztisch, aber heute hatte er seine Verkaufszahlen und Säulendiagramme zumindest zusammengerollt.

»Nehmen Sie Platz«, sagte er, wandte sich von der Aussicht ab und zeigte auf einen Besuchersessel.

Annika setzte sich. Sie fühlte sich nicht wohl in ihrer Haut.

»Ich habe Ihre Entwürfe zu Ragnwald gelesen«, meinte Anders Schyman, »und mir ist klar geworden, was Sie meinten, als Sie mir schrieben, es wäre weniger ein Artikel als eine Idee.«

Annika schlug die Beine übereinander, verschränkte die Arme und erkannte gleich, dass sie ihren Körper so in eine totale Verteidigungshaltung brachte. Also versuchte sie sich zu entspannen und ließ Arme und Beine stattdessen hängen.

»Darüber hinaus habe ich so meine Zweifel an dem Artikel, den Sie über den Mord an Benny Ekland geschrieben haben. Er war in einer Art und Weise spekulativ, die mir nicht sehr glücklich erschien.«

Jetzt konnte sie doch dem Drang nicht länger widerstehen, ihre Arme vor der Brust zu verschränken.

»Wie meinen Sie das?«

Schyman lehnte sich zurück, sein Hemd stand am Bauchnabel ein wenig offen.

»Ich glaube, dass Sie die Sache mit dem Terrorismus ein wenig überbewerten«, sagte er. »Nicht jeder Kriminelle ist gleich ein Terrorist, nicht jede Gewalttat ist ein Akt des Terrors. Wir müssen uns in der Journalistik um etwas Distanz und Relevanz bemühen, statt inflationär dick aufzutragen. Wir werden die wirklichen Terrorworte noch früh genug für wirkliche Terroranschläge brauchen, vielleicht sogar früher, als wir ahnen …«

Sie hörte sich laut und ironisch ausatmen und breitete die Arme aus.

»Ich bitte Sie«, sagte Annika, »predigen Sie mir keine Presseethik.«

Er biss die Zähne so fest zusammen, dass an seinem Hals eine Ader hervortrat.

»Ich predige nicht, ich möchte nur betonen …«

Annika lehnte sich vor, das Blut schoss ihr in den Kopf.

»Ich habe geglaubt, Sie würden meine Arbeit als freie Reporterin unterstützen«, sagte sie, »und sich darauf verlassen, dass ich selbst beurteilen kann, was wichtig ist und was nicht.«

»Annika, glauben Sie mir, das tue ich auch, aber …«

»Es steckt etwas hinter dieser Geschichte, ich spüre es, dieser Typ ist auf etwas gestoßen, das er besser nicht gewusst hätte.«

»… wenn ich jetzt bitte einmal ausreden dürfte, möchte ich nochmals unterstreichen, dass Sie in Ihrer Rolle meine volle Unterstützung haben, aber ich bin letzten Endes immer noch der verantwortliche Herausgeber, ich treffe die Entscheidung, ob wir jemanden als Terroristen bezeichnen oder nicht, und deshalb teile ich Ihnen nur meine Einstellung mit, damit Ihnen eine Menge unnötiger Arbeit und Reisen erspart bleibt.«

Annika war mitten in der Bewegung erstarrt, halb aufgerichtet lehnte sie sich mit offenem Mund und rotfleckigem Gesicht über den Tisch des Chefredakteurs. In der Stille, die seinen Worten folgte, suchte sie rasend vor Wut nach Lösungen und Erklärungen.

»Es ist Spiken«, sagte Annika. »Hat Spiken etwas über meine Reisen gesagt?«

Schyman seufzte und stand auf.

»Ganz und gar nicht. Ich weise nur darauf hin, dass Terrorismus und Terroranschläge in der letzten Zeit den größten Teil Ihrer Arbeitszeit in Anspruch nehmen.«

»Das Thema ist letztes Jahr auch, gelinde gesagt, recht aktuell gewesen.«

Annika setzte sich, und der Chefredakteur ging an ihrem Stuhl vorbei zum Konferenztisch.

»Ich möchte doch nur, dass Sie darüber nachdenken, ob gerade Sie nicht vielleicht noch andere Motive haben, sich ganz besonders für diese Dinge zu interessieren.«

»Was wollen Sie damit sagen?«

Schyman seufzte erneut und spielte zerstreut mit den Papierrollen, in denen sich die Analysen der Aushänger verbargen.

»Wollen Sie mir etwa unterstellen, dass ich mich mit den Terroristen identifiziere? Führt die Tatsache, dass ich selbst einen Menschen getötet habe, dazu, dass mein Gehirn zwanghaft Mörder sieht, wo es überhaupt keine gibt? Oder denken Sie an den Tunnel, das Dynamit, in das mich diese Bombenlegerin gewickelt hat? Bin ich dadurch so verrückt geworden, dass ich hinter jedem Busch eine Bombenlegerin vermute, sehen Sie es so?«

Anders Schyman hob beide Hände zu einer beschwichtigenden Geste.

»Annika«, sagte er, »ich weiß nicht, ich kann nur sagen, dass diese Geschichte sehr merkwürdig ist, ich kann keinen Artikel über irgendeinen verdammten Ragnwald bringen, der vielleicht tot und begraben ist oder in Moskosel Johannisbeeren anbaut oder Rettungstaucher ist oder was auch immer, es geht hier um schwerwiegende, sehr ernste Anschuldigungen.«

»Ragnwald ist nur ein Deckname, er wird also nicht an den Pranger gestellt.«

»Vielleicht ist er ja als Ragnwald bekannter als unter seinem richtigen Namen, das wissen wir doch gar nicht, oder doch?«

Sie antwortete nicht, ihre Kiefer mahlten, und sie starrte die Gardine an.

»Außerdem sagt einem doch schon der gesunde Menschenverstand, dass Ihre Artikelidee nicht sonderlich glaubwürdig ist«, fuhr er fort. »Die ländlichen Regionen Schwedens sind nicht unbedingt dafür bekannt, dass sie Terroristen hervorbringen.«

Sie sah ihn verblüfft an.

»Machen Sie Witze?«, sagte sie. »Oder haben Sie bloß keine Ahnung? Die Briefbombe wurde von einem Mann aus Töreboda erfunden und explodierte im August 1904 in den Händen von Direktor Lundin in der Hamngatan.«

»Wissen Sie«, sagte er, und schon der Klang seiner Stimme verriet sein Bemühen, einen verbindlichen Ton anzuschlagen, »für unsere Zeitung läuft es im Moment wie geschmiert. In dieser Situation dürfen wir die Glaubwürdigkeit, die wir bei unseren Lesern zurückgewonnen haben, nicht durch schwammige Terrorismusanschuldigungen gefährden.«

Jetzt war sie mit einem Satz auf den Beinen.

»Glaubwürdigkeit? Denken Sie wirklich, die Leute würden unsere Zeitung wegen der seriösen und aufs Wesentliche bedachten Berichterstattung kaufen?«

Sie lachte kurz und gezwungen auf.

»Letzte Woche hatten wir drei Tage hintereinander Anna Nicole Smith auf unseren Aushängern«, sagte sie. »Am Samstag war es ein Typ, der in irgendeiner Doku-Soap onaniert hat. Sonntags gab die Kronprinzessin ihrem Freund ein Küsschen. Was soll das? Begreifen Sie nicht, was Sie aus dieser Zeitung gemacht haben? Belügen Sie etwa auch sich selbst?«

Sie sah, dass er am liebsten explodiert wäre, sich jedoch dagegen entschied.

»Ich dachte, die Erfolge unserer Zeitung würden Sie freuen«, sagte er mit etwas belegter Stimme.

»Mit Verkaufssignalen auf Titelseite und Aushänger arbeiten, so nennen Sie das doch, oder? Wissen Sie, wie ich das nenne? Auf Schlüpfriges und Scheiße setzen.«

»Wir sind nun mal eine Abendzeitung. Wir müssen plakativere Boulevardthemen aufgreifen als die Tageszeitungen. Möchten Sie nicht auch, dass wir Marktführer werden?«

»Nicht um jeden Preis. Ich finde es traurig, dass Sie keine Qualitätsansprüche mehr an diese Zeitung stellen.«

Sie wunderte sich darüber, wie sehr ihn ihre Worte aufzuwühlen schienen.

»Das ist nicht wahr«, erklärte er äußerst beherrscht. »Wir stehen in unserer Zeitung nach wie vor für gesellschaftlich relevanten und sorgfältig recherchierenden Journalismus, das wissen Sie sehr genau. Ich finde, Sie sollten einen etwas weiteren Horizont haben als unsere Vulgärkritiker und gerecht bleiben.«

»Aber das hindert mich doch hoffentlich nicht daran, die Entwicklung des Journalismus zu kritisieren. Die Grenzen zwischen Wirklichkeit und Fiktion werden verwischt. Wir und die anderen Boulevardblätter schreiben über Doku-Soaps, als wären sie das Wichtigste und Relevanteste, was es im Moment gibt. Das kann doch beim besten Willen nicht die ganze Wahrheit sein.«

»Sie vergessen Kain und Abel«, sagte Schyman und versuchte zu lächeln.

»Was ist mit ihnen?«

Annika verschränkte abwartend die Arme vor der Brust.

»Gesehen zu werden ist das Wichtigste für einen Menschen, haben Sie das nicht einmal gesagt? Noch dazu im Fernsehen? In einer Doku-Soap mitzuwirken, die gefilmt und rund um die Uhr im Internet übertragen wird, heißt, von Gott gesehen zu werden, und zwar die ganze Zeit.«

»Und wer ist Gott?«, sagte Annika. »Das Kameraobjektiv?«

»Aber nein«, erwiderte Schyman. »Die Fernsehzuschauer. Wann hatte einer von uns zuletzt die Chance, Gott zu sein?«

»Sie sind doch täglich Gott, zumindest bei dieser Zeitung«, sagte Annika. »Ebenso selbstherrlich, ungerecht und mit schlechtem Urteilsvermögen begabt wie der richtige Gott bei Kain und Abel.«

Jetzt verschlug es Schyman die Sprache. Annika hätte sich am liebsten die Zunge abgebissen.

»Es hat mich sehr gekränkt, dass mein Journalistenmord von der Titelseite geworfen wurde«, sagte sie rasch in dem Versuch, das Thema zu wechseln.

Er schnaubte, schüttelte den Kopf und ging zum Fenster.

»Ihr Journalist war nicht bekannt«, erläuterte Anders Schyman, an das Fenster gewandt. »Außerdem war die Verbindung zum Terrorismus verdammt vage.«

»Und wie prominent ist Paula Popfabrik?«

»Paula wurde bei der Endausscheidung im Frühjahr Zweite und hat eine Single aufgenommen, die in den Hitlisten bis auf Platz sieben geklettert ist. Sie hat Anzeige erstattet und ist bereit, uns mit ihrem Namen und einem Bild, das sie in Tränen aufgelöst zeigt, zur Verfügung zu stehen«, sagte Anders Schyman, ohne dabei auch nur im Mindesten verlegen zu wirken.

Annika machte zwei Schritte auf seinen Rücken zu.

»Und warum tut sie das? Wahrscheinlich, weil sie aus der Hitliste geflogen ist. Sollten wir es uns nicht sehr genau überlegen, bevor wir uns vor den Karren dieser Möchtegernprominenten spannen lassen? Wen beschuldigt sie eigentlich?«

»Wenn Sie von Ihrem Prinzip abrücken würden, nichts über Prominente aus Doku-Soaps zu lesen, hätten sie durchaus eine Chance, es zu wissen«, sagte er und drehte sich um. Er versuchte scherzhaft zu wirken.

»Ich habe mich nur gefragt, ob wir den Typen auch mit Bild und Namen präsentieren werden?«, sagte sie und merkte, dass ihre Stimme mittlerweile zitterte. »Ich bin nur neugierig, wie tief wir inzwischen gesunken sind.«

Das Gesicht des Chefredakteurs fiel im Licht der Abenddämmerung in sich zusammen.

»Highlander von TV Plus hat dafür gesorgt, dass Bewerber für Doku-Soaps systematisch sexuell ausgenutzt werden«, sagte er tonlos, »das schreiben wir nicht, jedenfalls noch nicht, aber wir arbeiten daran.«

Er schlug die Hände übers Gesicht.

»Wissen Sie, Annika«, sagte er, »ich habe einfach keine Lust, darüber mit Ihnen zu streiten. Ich brauche Ihnen hier nicht Rede und Antwort für die Entscheidungen zu stehen, die diese Zeitung vor dem Aus bewahren.«

»Warum tun Sie es dann?«

»Was?«

Den Tränen nah, sammelte sie ihre Unterlagen ein.

»Wenn Sie nichts dagegen haben, arbeite ich weiter an der Sache«, erklärte sie. »Aber mir ist durchaus bewusst, dass Sie Prioritäten setzen müssen. Wenn Ozzy Osbourne wieder einmal ein T-Bone-Steak über den Zaun zum Nachbarn wirft, weiß ich sehr wohl, dass ich keine Chance habe, dagegen anzukommen.«

Sie verließ den Raum, bevor er ihre Tränen der Wut sehen konnte.

Sie saßen mit einem Glas Wein vor dem Fernseher. Annika starrte das flimmernde Bild an, ohne etwas zu sehen. Die Kinder schliefen, die Spülmaschine rauschte in der Küche, und im Flur wartete der Staubsauger auf sie. Sie war wie gelähmt und starrte einen Mann an, der im Foyer eines Hotels auf und ab ging. Der Tag und die ganze Woche gingen ihr durch den Kopf, sie fühlte sich erbärmlich.

Der Junge, Linus, der mit seinen abstehenden Haaren so hübsch gewesen war, so empfindsam und wachsam. Wenn sie die Augen schloss, sah sie seine intelligenten, aufmerksamen Augen. Schymans trockene Stimme hallte in ihrem Kopf wider: Ihr Journalist war nicht bekannt, ich brauche Ihnen nicht Rede und Antwort zu stehen.

Thomas lachte plötzlich laut und herzlich auf, und Annika zuckte zusammen.

»Was ist los?«

»Er ist so unglaublich witzig.«

»Wer?«

Ihr Mann sah sie an, als wäre sie ein wenig dämlich.

»John Cleese natürlich«, sagte er und wedelte mit der Hand in Richtung Fernseher. »Fawlty Towers.«

Sein Blick wandte sich wieder dem Fernsehapparat zu, er lehnte sich vor und trank einen Schluck Wein, probierte ihn nachdenklich.

»Ach, übrigens, sag mal«, meinte er anschließend, »hast du meinen Villa Puccini getrunken?«

Sie schloss einen Moment die Augen und schielte dann zu ihm hinüber.

»Wieso deinen?«

Er sah sie erstaunt an.

»Was ist denn los mit dir? Ich hab dich doch nur gefragt, ob du meinen Wein getrunken hast, ich wollte ihn morgen aufmachen.«

Sie stand auf.

»Ich geh jetzt schlafen.«

»Was ist denn nun schon wieder los?«

Er breitete auf der Couch die Hände aus, sie kehrte ihm den Rücken zu und ging Richtung Flur.

»Annika, zum Teufel. Komm her. Ich liebe dich. Setz dich zu mir.«

Sie blieb im Türrahmen stehen, und er stand auf, kam zu ihr und schlang von hinten die Arme um ihre Schultern. Sie spürte sie schwer auf sich und um sich, eine Hand auf jeder Brust.

»Annika«, flüsterte er, »komm jetzt. Du hast deinen Wein ja noch gar nicht angerührt.«

Sie konnte ein tränenersticktes Seufzen nicht unterdrücken.

»Willst du hören, was ich heute auf der Arbeit gemacht habe?«, fragte er enthusiastisch und führte sie wieder zur Couch, drückte sie hinunter, setzte sich neben sie und zog sie an sich. Ihre Nase landete in seiner Achselhöhle, die nach Männerdeodorant und Seife roch.

»Was denn?«, murmelte sie an seiner Brust.

»Ich habe unser Projekt vor der versammelten Arbeitsgruppe verdammt gut zusammengefasst.«

Sie blieb still, weil sie dachte, er wollte noch etwas sagen.

»Und was war bei dir los?«, fragte er schließlich.

»Nichts Besonderes«, flüsterte sie.

SAMSTAG, 14. NOVEMBER

Der Mann ging zögernd und kurzatmig die Linnégatan zum Fyrisån in Uppsala hinab. Mit der linken Hand stützte er seinen Bauch, die rechte hielt er schützend vor sein Ohr. Sein Gesicht verzog sich zu einer leichten Grimasse, jedoch nicht aufgrund der Schmerzen, sondern wegen der Erinnerungen, die ihn im Zugabteil überkommen hatten. Er war ihnen wehrlos ausgeliefert, sie schwappten über ihn hinweg, donnerten durch ihn hindurch und rauschten wie eine Sturzflut direkt in sein Gehirn, wo sie den Bodensatz aufwühlten, der so lange ruhig dagelegen hatte, dass seine Existenz in Vergessenheit geraten war. Nun war alles wieder gegenwärtig, die Bilder, Gerüche und Töne, die keinen Schaden angerichtet hatten, solange sie ungestört zwischen dem restlichen alten Gerümpel ruhten. Jetzt aber lärmten und predigten sie so laut, dass er seine eigenen Gedanken nicht mehr hören konnte.

Er merkte, dass er zu einem Fenster im ersten Stock neben dem Fjellstedska-Studentenwohnheim hochsah, in dem ein Weihnachtsstern und eine kleine Blume auf dem Fensterbrett zu sehen waren. Sie waren wieder bei ihm, die Mädchen, mit denen er vor dreieinhalb Jahrzehnten dort hinter den Fenstersprossen geschlafen hatte, seine ersten Frauen. Er konnte ihren Bieratem riechen und errötete, als er an seine linkische Schüchternheit dachte.

Erstaunt war er gewesen, fremd war die Welt ihm erschienen. Er war von ihrer Größe und ihren Möglichkeiten überwältigt gewesen, umso grausamer war seine Enttäuschung dann, als er ihre Begrenzungen erfahren hatte. Es war, als würden ihm eherne Pforten vor der Nase zugeschlagen.

Die Töne wurden zu einem einsamen Jaulen, und er spürte den eisigen Luftzug am Erdboden und sah die Maus, die ihn an jenem eiskalten Morgen vom Fensterbrett aus angestarrt hatte, von demselben Fensterbrett. Er sah es jetzt in einem anderen Licht, den Raureif auf der Innenseite der Scheibe, den Flickenteppich, den er zur Erinnerung an seine Mutter mitbekommen hatte, den besonders feinen, in den sie sein Kinderröckchen und ihren eigenen abgetragenen Unterrock eingearbeitet hatte.

»Der kommt aus Kexholm«, hatte sie gesagt und ihn den Stoff des Unterrocks anfassen lassen. Das Leinen war so fein, dass es sich wie samtige Seide anfühlte, denn das Leinen aus Karelien war das beste in der ganzen Welt, und der Stoff raschelte unter seinen Kinderfingern. Da erkannte er, welche Kraft von ihrem alten Land ausging, von Mutters Elternhaus, und er begriff, welch schrecklichen Verlust sie erlitten hatte.

Er stöhnte auf, das war alles zu schwer, woher sollte er nur die Energie nehmen?

Der Auftrag. Er hatte noch nie jemanden enttäuscht und hatte nicht die Absicht, ausgerechnet jetzt damit anzufangen, da es um seine eigene Familie ging, die einzige, die ihm geblieben war.

Er kehrte dem Studentenwohnheim den Rücken zu, behielt das Fenster aus den Augenwinkeln so lange wie möglich im Blick, ließ es dann weggleiten. Nie mehr würde er zu diesem Fenster zurückkehren.

Dann machte er einige stolpernde Schritte die Svartbäcksgatan hinab, spürte, wie das Dröhnen abebbte. Das Atmen fiel ihm schon wieder leichter. Sacht wurde alles um ihn herum still, er hatte keine besonderen Erinnerungen an diesen Ort inmitten des allmählich anlaufenden Weihnachtsgeschäfts. Ende der sechziger Jahre hatte es hier wahrscheinlich ganz anders ausgesehen. Er streckte sich ein wenig, ließ die Hand vom Ohr sinken, nahm die Wirklichkeit in all ihrer Verlogenheit wahr und öffnete seine Sinne für eine andere Kakophonie, die verlogenen Gesänge der marktschreierischen Schaufenster. Sie lockten und riefen ihn, halb nackte Plastikfrauen ohne Köpfe, lärmende, batteriebetriebene Spielzeuge *Made in China*, blinkende Lichterketten über Bademänteln und Seidenschlipsen, Elektrowerkzeuge mit Akku zum Arbeiten und Laden, Arbeiten und Laden.

Er sah hoch, um zu entfliehen, und verlor sich im Anblick von Girlanden, die über die ganze Straße hinweg zu einer Tannenbaumimitation aus grünem Plastik mit goldfarbener Beleuchtung führten. Daraufhin wandte er sich nach rechts, überquerte den Fluss, erreichte das Universitätsgelände. Linker Hand lag das Schloss und ganz oben, am Ende des Anstiegs, die Universitätsbibliothek, Carolina Rediviva, mit ihrem unfassbaren Schatz, dem Codex Argenteus, der Silberbibel.

Er blieb stehen und atmete tief durch. Wie ein Wasserfall rauschten in der Ferne die Geräusche des Konsumwahnsinns.

Heute war es wirklich bitterkalt, er konnte sich kaum noch an so hart gefrorene Erde erinnern, und er staunte darüber, wie die stillstehende Eismeerluft die Farben und das Licht verstärkte, die Wahrnehmungen schärfer und klarer werden ließ. Dann starrte er zu den beiden Türmen des Doms hinauf, die schwer und voller Schatten zum durchsichtigen Himmel aufstrebten. Er schloss die Augen, es war lange her, so lange her, dass er fast vergessen hatte, wie es war, diese Glasluft einzuatmen, die es nur in Uppsala gab. Sie schien von seinem Inneren Besitz zu ergreifen, ließ seine Luftröhre und seine Fußsohlen zu Eis gefrieren.

Mit schweren Schritten ging er weiter, blieb unter dem protzigen Hauptgebäude der Universität aus Back- und Kalksandstein stehen, schaute die langen Treppen hinauf und musterte die vier Statuen oberhalb des Portals, welche die vier Fakultäten symbolisierten, die es zum Zeitpunkt der Einweihung des Gebäudes gegeben hatte: Theologische, Juristische, Medizinische und Philosophische Fakultät. Sein Blick kehrte zur ersten Statue zurück, der Frau mit dem Kreuz. Seine Fakultät.

Du hast mich betrogen, dachte er. Du hättest ein Lebenswerk werden sollen und wurdest zu einer Lebensverhinderin.

Er stieg die Treppen hinauf, den Blick auf die drei schweren Eichentüren mit ihren monströsen Eisenklinken gerichtet. Gut geölte Scharniere ließen die Türen überraschend leicht aufschwenken. Er betrat die Eingangshalle. Vor ihm öffnete sich der kathedralenartige Raum mit seinen drei mächtigen Kuppelgewölben. Die Schritte hallten auf dem Mosaikfußboden, das Echo schlug gegen glänzende Granitpfeiler, Stukkaturen und Deckengemälde und ging die Treppenstufen zur Aula hinauf, wo es sich hinter den klugen, in Gold gefassten Worten des Humanisten Thorild verlor: *Frei zu denken ist groß, doch richtig zu denken ist größer.*

Die Freiheit, dachte er, die Tyrannei unserer Zeit. Der Verrat am Menschen des Mittelalters, der noch in Unschuld lebte, an seinem unveränderlichen und angestammten Platz in der Gesellschaft, ein Leben mit einem festgelegten Inhalt, das weder Grund noch Anlass zu Zweifeln bot. Der die Erlösung der Seele über alles andere stellte: über wirtschaftlichen Gewinn, persönliche Freiheit, das Verändern gesellschaftlicher Strukturen.

Er kehrte dem Raum den Rücken zu. Seine Wut über die Renaissance brachte ihn fast zum Heulen. Evas Verrat an Adam, die Hure, die den Menschen dazu verführte, den Apfel vom Baum der Erkenntnis zu pflücken, die Unschuld wurde vergewaltigt. Der blendende Sonnenaufgang der Gier, der sich über Jahrhunderte fortsetzte mit dem Streben nach Gewinn und der Ehrsucht, die die Beziehungen der Menschen zueinander vergiftete. Bis schließlich Luther kam, der gefallene Engel, der Gefängniswächter, der das letzte Glied in der rasselnden Fußfessel der Arbeiterklasse schmiedete. Sklaverei, Mensch, sei dein Los, unterjocht von Kapital, Genuss und Freiheit.

Hastig verließ er die akademisch-stickige Atmosphäre, ging hinaus und nach rechts und landete vor einem ihm seltsam bekannt vorkommenden Gebäude in der Övre Slottsgatan, von dem die Farbe leicht abblätterte. Auf einmal befand er sich wieder in der Vergangenheit, aber damals war das Haus neu gewesen, nie zuvor hatte er ein so modernes Haus gesehen, das Haus der Studentenschaft von Uppsala für Zusammenkünfte und Informationsveranstaltungen.

Hier hatte er sein Zuhause gefunden, seine geistige Heimat, das Unvollendete und Entgleitende entdeckt, das er während der großen Zeltandachten und endlosen Gottesdienste der sittenstrengen Laestadianer niemals hatte finden können. Hier, an diesem Ort, stieß er zum ersten Mal auf die Worte des Meisters: *Völker der ganzen Welt, vereinigt euch, besiegt die USA-Aggressoren und all ihre Lakaien! Völker der ganzen Welt, seid mutig, habt Mut zu kämpfen, fürchtet keine Schwierigkeiten, stürmt Welle auf Welle vorwärts, und die ganze Welt wird den Völkern gehören. Alle finsteren Mächte werden restlos vernichtet werden.*

Er schloss seine Augen, und plötzlich war es schwarz um ihn und in ihm, es war wieder späte Nacht wie damals, vom Wind durchtost und kalt, er war eine einsame Insel im Nachtmeer, festgewachsen, während die Ekstase und der Applaus durch ein beschlagenes Fenster, das einen Spaltbreit offen stand, aus dem modernen Haus ins Freie rollten. Maos Worte wurden zu Lichtern in der Dunkelheit, vorgetragen von zittrigen Jünglingsstimmen und aufgenommen mit einer Euphorie, die keinen Zweifel kannte:

Die Völker des sozialistischen Lagers sollen sich zusammenschließen, die Völker Asiens, Afrikas und Lateinamerikas sollen sich zusammenschließen, die Völker aller Kontinente sollen sich zusammenschließen, alle friedliebenden Länder sollen sich zusammenschließen, alle Länder, die unter der Aggression, der Kontrolle, der Einmischung und der Tyrannei der USA zu leiden haben, sollen sich zusammenschließen; sie sollen die breiteste Einheitsfront herstellen, um die Aggressions- und Kriegspolitik des USA-Imperialismus zu bekämpfen und den Weltfrieden zu verteidigen.

Und unmittelbar darauf kamen sie heraus, verschwitzt, ausgelaugt, glücklich, zufrieden, und er trat zu ihnen, und sie sahen ihn, die Menschen sahen ihn, und sie fragten ihn, ob er ein wahrer Revolutionär sei, und er sagte, ja, Völker der ganzen Welt, vereinigt euch, besiegt die USA-Aggressoren und all ihre Lakaien! Und sie klopften ihm auf die Schulter und sagten, morgen, Genosse, Laboremus sieben Uhr, und er nickte und blieb mit einer neuen Glut in seiner Seele zurück. Die Landebahn des Lebens wurde unter ihm beleuchtet, und er wusste, dass es nun endlich an der Zeit war, aufzusetzen.

Er seufzte, öffnete die Augen. Es war dunkel geworden, und er war müde. Bald konnte er wieder seine Medikamente nehmen. Es war relativ weit bis zu dem in Autobahnnähe gelegenen Hotel, in dem er abgestiegen war, und er musste noch den richtigen Bus finden. Anonyme Zimmer in großen Gebäudekomplexen, niemals ein Taxi.

Also ging er zum Hauptbahnhof zurück, eine Hand lag auf dem Bauch, die andere hing herab.

Er wusste, dass er fast unsichtbar war.

MONTAG, 16. NOVEMBER

In der Nacht hatte es sich bewölkt. Annika trat mit einem Kind an jeder Hand aus dem Haus und duckte sich unter einem Himmel, der bleischwer unmittelbar über den Häuserdächern zu liegen schien. Unwillkürlich schauderte es sie, und sie zog die Schultern in der rauen Morgenluft hoch.

»Müssen wir zu Fuß gehen, Mama? Können wir nicht Bus fahren? Mit Papa dürfen wir immer Bus fahren.«

Sie nahmen die Linie 40 von der Scheelegatan und fuhren zwei Haltestellen bis zur Fleminggatan. Nachdem sie die Kinder in der Tagesstätte abgeliefert hatte, trat sie mit einem Gefühl der Leere wieder auf die Straße hinaus. Eigentlich hatte sie vorgehabt, zur Zeitung zu laufen, doch jetzt fehlte ihr die Energie dazu, sie hatte einfach keine Lust, durch den trostlosen Schneematsch bis nach Marieberg zu waten. Also stieg sie in die Linie 1, den neuen Gelenkbus, der eine völlige Fehlinvestition war, da sich der Verkehr in der Innenstadt langsamer als sieben Kilometer in der Stunde bewegte und man zu Fuß auf jeden Fall schneller war, aber sie bekam einen Fensterplatz in der hintersten Reihe. Annika sah durch die vom braungrauen Regenwasser gestreifte Scheibe und ließ sich gemächlich wie in einem Eselskarren im Mittelalter zur Zeitungsfabrik schaukeln.

Wie üblich holte sie sich zwei Tassen Kaffee, bevor sie in ihr Büro ging, schloss die Tür fest hinter sich und zog, so gut es eben ging, die Vorhänge zu. Der Kaffeeautomat musste kaputt sein, denn das Gebräu war gerade mal lauwarm. Den bitteren Geschmack auf der Zunge empfand sie als persönliche Beleidigung, ihre Wangen röteten sich. Sie hatte nicht die Energie, zurückzugehen und den Kaffee wegzukippen, und überließ ihn stattdessen auf einer Ecke ihres Schreibtischs seinem Schicksal.

Relativ mühelos schrieb sie einen schnörkellosen Artikel über den Bombenanschlag auf F21, nannte bislang bekannte Fakten, die neuen Informationen der Polizei über den möglichen Täter, den mutmaßlichen Terroristen, der auf den Namen Ragnwald hörte, und seinen kleinwüchsigen Komplizen.

Missmutig las sie ihren Text durch und sehnte sich nach Koffein. Die Geschichte war dünn, das ließ sich nicht leugnen. Schyman wollte Fakten, keine poetische Beschreibung einer Zeit, die es früher einmal gegeben hatte, und eines Mannes, für den vermutlich das Gleiche galt.

Mit bleischweren Gliedern stand sie auf, um einen funktionierenden Kaffeeautomaten zu finden, als ihr Telefon klingelte. Das Display zeigte ihr an, dass es Thomas war. Sie blieb stehen und zögerte kurz, nahm dann aber doch ab.

»Ich komme heute Abend später nach Hause«, sagte er. Es waren die üblichen Worte, die sie schon erwartet hatte, aber sie kamen gepresst, nicht so beiläufig wie sonst.

»Warum?«, fragte sie und stierte blind vor sich hin.

»Die Projektgruppe muss sich treffen«, sagte er, die alte Leier. »Oder zumindest ihr Kern. Ich weiß, dass ich an der Reihe bin, die Kinder abzuholen, aber könntest du das vielleicht ausnahmsweise übernehmen?«

Sie setzte sich, legte die Füße auf den Schreibtisch und betrachtete durch den Spalt zwischen den Vorhängen den stumpfen Fußboden der Redaktion.

»Klar«, sagte sie, »das lässt sich machen. Ist was passiert?«

Seine Antwort kam einen Moment zu spät und zu laut.

»Nein, überhaupt nicht«, meinte er. »Wie kommst du darauf?«

Sie lauschte in die Stille hinein, die seine Worte hinterließen.

»Erzähl mir, was passiert ist«, sagte sie leise mit einer Stimme, die aus einem zusammengeschnürten Brustkorb kam.

»Eine Frau hat mich vor einer Stunde angerufen«, sagte er. »Sie und ihr Mann haben im Frühjahr meinen Fragebogen ausgefüllt. Sie sitzen beide für die Zentrumspartei im Gemeinderat, und jetzt ist ihr Mann gestorben. Seitdem habe ich am Telefon gehangen und versucht, alle zusammenzutrommeln …«

Annika lauschte stumm, hörte, wie ihr Mann leicht gepresst atmete.

»Warum hat sie dich angerufen, um dir davon zu erzählen?«

»Wegen des Projekts«, sagte er. »Sie hatten noch die Informationsblätter zur Sicherheit von Politikern in der Öffentlichkeit, die wir verschickt hatten, und auf denen werde ich als Absender genannt. Sie glaubt, dass ihr Mann ermordet wurde.«

Annika ließ die Füße zu Boden fallen.

»Wie kommt sie darauf?«

Thomas seufzte schwer.

»Annika«, sagte er, »ich weiß nicht, ob ich das tun soll.«

»Erzähl mir, was passiert ist«, sagte sie in dem Ton, in dem sie sonst mit ihren Kindern sprach, wenn sie hysterisch wurden.

Er suchte nach Worten, zögerte.

»Ich weiß nicht, ob ich kann«, sagte er.

»Wenn wirklich etwas passiert ist, finde ich es sowieso heraus.«

Er seufzte erneut.

»Okay. Ihr Mann ist an einem Kopfschuss aus seiner Landwehrwaffe gestorben. Er saß in einem Sessel, und das ist es, was der Frau so seltsam vorkommt, denn es war ihr Sessel. Er hat anscheinend sonst nie darin gesessen. Wenn er vorgehabt hätte, sich zu erschießen, hätte er es ihr zufolge in seinem eigenen Sessel getan.«

Annika griff nach einem Stift.

»Wo wohnt sie?«

»Glaubst du, dass er ermordet wurde? Was werden sie jetzt wohl mit unserem Projekt machen? Die Arbeit daran stoppen? Meinst du, sie werden glauben, wir hätten in irgendeiner Form dazu beigetragen …«

»Wo wohnt die Frau?«

Er verstummte und reagierte überrascht und mürrisch.

»Wieso?«

Sie biss auf den Stift, zögerte und klopfte damit gegen die Rückseite der Schneidezähne.

»Du klingst, ehrlich gesagt, ein wenig kindisch«, sagte sie. »Ein Mann ist tot, und du machst dir Sorgen um deinen Job.«

Seine Antwort kam blitzschnell.

»Und was machst du bei jedem Mord? Das Einzige, worüber du dich beklagst, sind dein Chef und deine miesepetrigen Kollegen.«

Sie ließ den Stift zur Ruhe kommen und legte ihn auf den Schreibtisch. Im linken Ohr hörte sie ein leises Tuten, sodass sie fast schon dachte, er hätte aufgelegt, als er plötzlich weitersprach.

»In der Nähe von Östhammar«, sagte er, »in einem Dorf im nördlichen Uppland. Es sind Bauern. Ich weiß nicht, wie spät es wird, das kommt ganz darauf an, wie wir die Aufgaben verteilen, und natürlich auch darauf, was die Ermittlungen der Polizei ergeben.«

Sie beschloss, seine Beleidigung zu ignorieren.

»Hast du mit den ermittelnden Beamten gesprochen?«

»Sie schätzen den Todesfall vorläufig als Selbstmord ein, aber nach der Aussage seiner Frau werden sie den Fall dennoch näher untersuchen.«

Annika legte die Füße wieder auf den Schreibtisch.

»Auch wenn der Mann ermordet worden ist«, sagte sie, »heißt das noch lange nicht, dass er in seiner Eigenschaft als Politiker erschossen wurde, verstehst du? Er könnte Schulden haben, Alkoholprobleme, verschmähte Kinder oder geisteskranke Nachbarn oder Gott weiß was.«

»Sicher«, sagte Thomas kurz angebunden. »Warte heute Abend nicht auf mich.«

»Ach, übrigens«, sagte Annika zu den Vorhängen, »wie heißt sie?«

Es entstand eine kurze Pause.

»Wer?«

»Na, die Frau, die Ehefrau, die dich angerufen hat?«

»Ich will nicht, dass du dich in die Sache einmischst.«

Eine Zeit lang maßen sie schweigend ihre Kräfte, dann kapitulierte Annika.

»Dein Job ist nicht in Gefahr«, sagte sie. »Im Gegenteil. Wenn der Mann ermordet wurde, wird euer Auftrag doch nur noch wichtiger. Wenn hier jemand Ärger bekommt, dann die Politiker, sie hätten euch schon viel früher an dem Problem arbeiten lassen sollen. Ihr könnt durch eure Arbeit hoffentlich verhindern, dass so etwas noch mal passiert.«

»Meinst du?«

»Ihr seid diesmal nicht die Buhmänner, glaub mir. Obwohl es vielleicht nicht verkehrt wäre, wenn ich den Artikel schreiben würde.«

Thomas schwieg ein paar Sekunden, Annika hörte ihn atmen.

»Gunnel Sandström«, sagte er schließlich. »Der Mann hieß Kurt.«

Thomas legte den Hörer auf. Er hatte Schweißperlen auf der Stirn, beinahe hätte er sich verplappert.

Als Annika ihn fragte, wie »sie« heiße, hatte er Sophia Grenborg vor Augen gehabt, ihre glänzenden Haare und die fröhlichen Augen. Das Geräusch ihrer klappernden Absätze klingelte ihm in den Ohren, ihr Parfum hing im Raum.

Das war knapp, dachte er verwirrt. Was war eigentlich los? Es war etwas geschehen, und ein Prozess war ins Rollen gekommen, von dem er nicht wusste, ob er ihm gewachsen sein würde, den er aber dennoch nicht stoppen wollte.

Sophia Grenborg mit einer Wohnung auf Östermalm in einer Immobilie der Familie. Seiner Mutter würde sie gefallen, schoss es ihm durch den Kopf. Sie erinnerte ein wenig an Eleonor. Nicht äußerlich, Eleonor war groß und drahtig, Sophia war klein und niedlich, aber sie hatten etwas anderes gemeinsam, eine Haltung, eine Seriosität, etwas zutiefst Attraktives, das Annika fehlte. Eine

Frau, die gut in möblierte Zimmer passt, so war Eleonor einmal von Annika charakterisiert worden, und an dieser Beschreibung war durchaus etwas dran. Eleonor und Sophia bewegten sich unverkrampft in Behördenkorridoren und Konferenzräumen, elegant eingerichteten Salons und internationalen Hotelbars. Annika eckte an solchen Orten nur an, ihre Kleider hingen nur noch schiefer als sonst, und sie sah stets aus, als wäre ihr nicht ganz wohl in ihrer Haut. Wenn sie verreisten, wollte sie sich nur mit der örtlichen Bevölkerung unterhalten und in elenden Spelunken essen und interessierte sich nicht im Geringsten für historische Gebäude oder private Hotelpools.

Er räusperte sich, hob dann den Hörer ab und wählte Sophia Grenborgs Durchwahl beim Landtagsverband.

»Geht in Ordnung«, sagte er. »Ich komme nach der Sitzung gern noch mit in den Jazzclub.«

Annika bekam einen Wagen von der Zeitung, dessen Reifen Spikes hatten, denn auf den Nebenstraßen im nördlichen Uppland konnte es glatt sein. Das Radio war auf einen privaten Sender eingestellt, und solange keine Werbung kam, sah sie keinen Grund, einen anderen zu suchen.

In der ersten Viertelstunde kam sie auf der völlig verstopften Stadtautobahn ganze 700 Meter weit und wechselte genervt von der adrenalinpumpenden Hitmusik zu P2. Nach den Nachrichten auf Serbokroatisch folgten die Nachrichten auf Arabisch, gefolgt von etwas, das vermutlich die Nachrichten auf Somalisch war. Sie lauschte der Melodie dieser fremden Sprachen, suchte nach Worten, die sie wiedererkennen konnte, und hörte mal einen Ort, mal ein Land oder einen Präsidenten heraus.

Hinter der Abfahrt Järvakrog kam der Verkehr endlich ins Rollen, und als sie die Abzweigung zum Flughafen Arlanda hinter sich gelassen hatte, war die Autobahn nur noch wenig befahren. In schnellem Tempo erreichte sie Uppsala, verließ die Autobahn und nahm die Landstraße nach Östhammar. Sie fuhr durch die

Kulturlandschaft dieser Region, dunkelbraune Erde in frostigen Ackerfurchen, darin Inseln mit roten Häusern und weiß getünchten Scheunen. Ortschaften, die ihr völlig unbekannt waren, sausten vorbei, Orte mit Schulen, Supermärkten und Krankenhäusern, in denen die Menschen ihr ganzes Leben verbrachten, ohne dass sie von ihrer Existenz gewusst hätte. Sie sah Wurstbuden mit Vorhängen in den abstrakten Mustern von Ikea und die eine oder andere Weihnachtsdekoration. Das graue Licht ließ die Umgebung unscharf werden, sie schaltete die Scheibenwischer an. Die Straße wurde immer schmaler und kurvenreicher, je weiter sie nach Norden kam. Sie landete hinter einem Bus des örtlichen Nahverkehrs, der über zehn Kilometer lang höchstens sechzig fuhr, ehe sie ihn endlich überholen konnte, aber sie beschloss, sich von solchen Dingen nicht stressen zu lassen. Einer der Gründe für ihre Fahrt war die Aussicht gewesen, das Zeitungsgebäude verlassen zu können. Sie nutzte das ruhige Tempo, um die Wegbeschreibung, die Gunnel Sandström ihr gegeben hatte, aus den Tiefen ihrer Tasche zu kramen.

Beim Kreisverkehr Richtung Gävle fahren, sieben Kilometer nach Norden, dann liegt rechts von der Straße ein roter Bauernhof, ein Pferdeanhänger steht in der Auffahrt und auf der Veranda ein Gartenzwerg. Eigentlich sonnenklar, aber sie hätte trotzdem beinahe die Einfahrt des Hofs verpasst, musste eine Vollbremsung hinlegen und merkte, dass es tatsächlich höllisch glatt war. Sie parkte den Wagen hinter dem Pferdeanhänger und ließ den Motor noch einen Moment im Leerlauf, während sie sich den Hof anschaute.

Ein großes Bauernhaus zur Rechten, zusätzlich mit neuen Paneelen isoliert, die Fensterrahmen könnten einen neuen Anstrich gebrauchen. Eine relativ neue Veranda aus imprägniertem Holz, im Küchenfenster eine kleine weiße Porzellanlampe und vier kleine Alpenveilchen. Zur Linken die Wirtschaftsgebäude mit einem Silo, Tierställen und Werkstätten, ein Misthaufen und ein paar landwirtschaftliche Maschinen, die offenbar ausrangiert worden waren.

Ein richtiger Bauernhof, dachte sie, effektiv, aber nicht pedantisch betrieben, traditionell, aber nicht sentimental.

Sie schaltete den Motor aus, sah die Frau als einen Schatten in der Küche, nahm ihre Tasche und ging zum Haus hinauf.

»Kommen Sie herein«, sagte Gunnel Sandström mit dünner Stimme. Ihre Augen waren verquollen. Annika ergriff ihre knochentrockene Hand.

Die Frau war gut fünfzig Jahre alt, klein und kräftig. Sie wirkte natürlich, Eitelkeit war ihr mit Sicherheit fremd. Sie hatte graue, kurz geschnittene Haare und trug eine weinrote Strickjacke mit Schärpe.

»Herzliches Beileid«, sagte Annika und fand, dass die Worte plump und floskelhaft klangen, aber die Schultern der Frau senkten sich ein wenig, sie hatte offenbar doch den richtigen Ton getroffen.

»Legen Sie doch bitte ab, kann ich Ihnen einen Kaffee anbieten?«

Annika spürte immer noch die Gerbsäure des kalten Automatenkaffees auf der Zunge, nahm das Angebot aber dennoch an. Sie hängte ihre Jacke auf, zog die Schuhe aus und erkannte, dass die Frau Verhaltensmustern folgte, die seit Jahrzehnten eingespielt waren. In diesem Haus wurde Besuchern Kaffee angeboten, egal in welcher Lebenssituation. Gunnel Sandström ging zum Herd und schaltete die Blitzplatte auf sechs, goss vier Tassen Wasser in die Kanne, schüttete vier Maßeinheiten Kaffee aus einer grünrosa Dose neben dem Gewürzregal hinein und hielt mit der rechten Hand den Griff der Kanne fest, um sie von der Platte zu ziehen, sobald das Wasser aufkochte.

Annika setzte sich mit ihrer Tasche an den Klapptisch in der Küche, beobachtete verstohlen Gunnel Sandströms mechanische Bewegungen und versuchte sich über die Gemütsverfassung der Frau klar zu werden. Sie sog den Geruch von Brot, Kaffee, Stall und etwas anderem, das eventuell Schimmel war, ein. Ihr Blick ruhte auf dem offenen Kamin, den lackierten Kieferflächen der Kücheneinrichtung, den Dachbalken, dem grün gemusterten Linoleumboden.

»Ich lese das *Abendblatt* nicht besonders oft«, erklärte Gunnel Sandström, nachdem der Kaffee fertig war. »Es steht in letzter Zeit so viel Mist drin, aber nichts über das wirkliche Leben der Menschen. Nichts, was wirklich von Bedeutung ist für uns, die wir hier draußen leben.«

Sie stellte die Kanne mit einem Untersetzer auf den Tisch, setzte sich und sackte in sich zusammen.

»Thomas, mein Mann, hat mir erzählt, dass Sie und Kurt sich in der Kommunalpolitik engagiert haben«, sagte Annika.

Gunnel Sandström sah aus dem Fenster. Annika folgte ihrem Blick und glaubte ein Vogelhäuschen zu erkennen, das von wirbelnden Flügeln und aufspritzenden Körnerschalen umgeben war.

»Kurt saß im Gemeinderat«, sagte die Frau, »und ich bin Vorsitzende in der Arbeitsgemeinschaft der Frauen und als Nachrückerin für den Gemeinderat vorgesehen.«

»Für welche Partei?«, fragte Annika.

Die Frau blickte erstaunt zu ihr auf.

»Für die Zentrumspartei natürlich. Uns geht es um die ländlichen Regionen dieses Landes und die Interessen der Bauern. Kurt hat sich schon immer für Politik interessiert, so haben wir uns auch kennen gelernt.«

Annika lächelte, nickte und stand auf.

»Soll ich uns ein paar Tassen holen?«, fragte sie und ging zur Spüle.

Gunnel Sandström sprang auf.

»Oh, Entschuldigung, wie gedankenlos von mir, aber nehmen Sie doch wieder Platz.«

So durfte die Frau wieder ein wenig mit Tassen und Tellern und Löffeln und Zucker und Milch und noch halb gefrorenen Zimtschnecken mit Mandelsplittern hantieren.

»Wie haben Sie sich kennen gelernt? In der Jugendorganisation der Zentrumspartei?«, fragte Annika, nachdem Gunnel Sandström sich gesetzt und den Kaffee serviert hatte.

»Nein, oh, nein«, antwortete die Frau. »Kurt war in seiner Jugend ein Radikaler, das waren ja viele in unserer Generation. Es hat ihn mit der grünen Welle hierher verschlagen, in eine Landkommune Anfang der siebziger Jahre. Zum ersten Mal begegnet sind wir uns dann auf einer Wegeversammlung. Kurt setzte sich dafür ein, dass die Kosten für die Instandhaltung der landwirtschaftlichen Wege solidarischer verteilt wurden. Es kam fast zu einem Aufruhr.«

Annika holte Block und Stift aus ihrer Tasche und schrieb »Wegevers.«.

»Dann war er nicht von hier?«

»Er stammte aus Nyland, kam aus der Nähe von Kramfors. In Uppsala hat er Biologie studiert, und nach dem Examen kam er mit ein paar Kommilitonen hierher, um eine giftfreie Landwirtschaft zu betreiben. Ökologisch sagte man damals ja noch nicht …«

Der Blick der Frau richtete sich wieder auf die Vögel und verlor sich in der Vergangenheit. Annika ließ ihr Zeit.

»Die Sache lief nicht besonders gut«, fuhr sie nach einer Weile fort. »Die Mitglieder der Kommune zerstritten sich. Kurt wollte in ein Silo und einen Traktor investieren, die anderen wollten ein Pferd kaufen und lernen, wie man mit Heureitern arbeitet. Zu der Zeit waren wir bereits befreundet, sodass Kurt stattdessen hier auf dem Hof arbeitete.«

»Sie müssen damals noch sehr jung gewesen sein«, meinte Annika.

Die Frau sah sie an.

»Dies ist mein Elternhaus«, sagte sie. »Kurt und ich haben den Hof übernommen, als wir im Herbst 1975 geheiratet haben. Meine Mutter lebt noch, sie wohnt in einem Heim in Östhammar.«

Annika nickte und wurde sich plötzlich des monotonen Tickens der Küchenuhr bewusst. Sie stellte sich vor, dass dieselbe Uhr an derselben Wand über Generationen hinweg geschlagen hatte, und für einen Schwindel erregenden Moment konnte sie alle Sekunden gleichzeitig hören, in einem Wirbel, der ihr ein Fragment der Ewigkeit zeigte.

»Daheim zu sein«, hörte Annika sich sagen. »Irgendwo auf diese Weise zu Hause zu sein.«

»Kurt war hier zu Hause«, sagte Gunnel Sandström. »Er liebte sein Leben. Er hat in seinem ganzen Leben keinen Gedanken an Selbstmord verschwendet, das schwöre ich Ihnen.«

Sie sah Annika an. Ihre Augen waren lebendig geworden und hatten sich in zwei blau funkelnde Feuer verwandelt. Annika ahnte ihre große Willenskraft und wusste, dass die Frau Recht hatte.

»Wo ist er gestorben?«

»Im Wohnzimmer«, sagte sie, stand auf und ging zu der Doppeltür neben dem Kamin.

Annika betrat das Zimmer. Es war kälter als in der Küche, etwas feucht und stickig, ein blaugrüner Teppichboden mit Flickenteppichen darauf, ein Kachelofen in der einen Ecke und ein Fernsehgerät in der anderen, an der hinteren Wand standen sich zwei Sofas gegenüber, und unter einer hohen Leselampe, neben der ein kleiner Beistelltisch stand, war ein brauner Lederdrehsessel.

Gunnel Sandström streckte die Hand aus, ihr Finger zitterte. »Dort sitzt Kurt immer«, sagte sie. »Mein Sessel steht auf der anderen Seite des kleinen Tisches. Nach dem Abendessen sitzen wir hier immer zusammen und lesen, Gemeindeakten und die Lokalzeitung und Zeitschriften, auch die Schreibarbeit erledigen wir hier in unseren Sesseln.«

»Wo ist Ihr Sessel jetzt?«, fragte Annika, obwohl sie die Antwort bereits ahnte.

Die Frau drehte sich zu ihr um, und in ihren Augen standen Tränen.

»Die Polizei hat ihn mitgenommen«, sagte sie leise, »um ihn näher zu untersuchen. Er saß in ihm, als er starb, und das Gewehr hing in seiner rechten Hand.«

»Haben Sie ihn gefunden?«

Die Frau starrte erneut die leere Stelle an, wo ihr Sessel gestanden hatte. Offensichtlich schossen ihr Bilder durch den Kopf, die Annika fast schon selbst sehen zu können meinte. Gunnel Sandström nickte.

»Ich war Samstagnachmittag auf dem Herbstbasar der Pfadfinder«, sagte sie, den Blick unverwandt auf die quadratischen Abdrücke des Sessels im Teppichboden gerichtet. »Unsere Tochter leitet eine Gruppe, und ich bin noch dageblieben und habe ihr nachher beim Aufräumen geholfen. Als ich nach Hause kam … saß er dort … in meinem Sessel.«

Sie wandte sich ab, brach in Tränen aus und ging gebeugt und schwankend zum Tisch in der Küche zurück. Annika folgte ihr, überlegte, ob sie die Frau in den Arm nehmen sollte, entschied sich jedoch dagegen.

»Wo hat ihn der Schuss getroffen?«, fragte Annika leise und setzte sich neben die Frau.

»Im Auge«, flüsterte Gunnel Sandström. Die Uhr tickte, salzige Tränen liefen ihr herunter, doch sie schluchzte nicht, und auf ihrem Gesicht zeigte sich keine Regung. Plötzlich veränderte sich die Atmosphäre in der Küche, Annika spürte mit einem Mal den toten Mann im Nachbarzimmer, er war als ein kaltes Ausatmen gegenwärtig, als ein schwacher Ton des Engelchors, der in ihr Bewusstsein drang.

Die Frau rührte sich nicht, sah Annika jetzt jedoch in die Augen.

»Wenn man sich erschießen will«, hauchte sie, »warum zielt man dann auf den eigenen Blick? Warum starrt man beim Abdrücken in die Mündung, was hofft man dort zu sehen?«

Sie schloss die Augen.

»Das passt einfach nicht zusammen«, sagte sie etwas lauter mit geschlossenen Augen. »Er hätte das niemals getan und auf gar keinen Fall in meinem Sessel. Ich kann mich nicht erinnern, dass er jemals dort gesessen hätte. Er wollte mir damit sagen, dass ihn jemand gezwungen hat. Es muss mit diesem Telefongespräch zusammenhängen.«

Annika riss die Augen auf.

»Es klingelte am Freitagabend«, erläuterte die Frau. »Es war schon spät, nach halb zehn. Wir hatten die Nachrichten gesehen und wollten gerade ins Bett gehen, wir müssen ja wegen der Kühe immer früh raus, doch Kurt ging ans Telefon, er sagte nicht, wer angerufen hat, sondern zog sich an und ging hinaus und blieb lange fort. Ich lag wach und wartete auf ihn, aber er war nicht vor elf zurück. Dann habe ich ihn natürlich gefragt, ich wollte doch wissen, was er getan und wen er getroffen hatte, aber er meinte, später, wir reden morgen darüber, ich bin jetzt müde. Nach der Arbeit im Stall kam dann anderes dazwischen, und so haben wir nicht darüber gesprochen. Später fuhr ich zu den Pfadfindern, und als ich nach Hause kam, war er …«

Sie kauerte sich zusammen und schlug die Hände vors Gesicht. Diesmal zögerte Annika nicht, sondern legte ihren Arm um den Rücken der Frau.

»Haben Sie das auch der Polizei erzählt?«

Gunnel Sandström riss sich sofort wieder zusammen, streckte sich nach einer Serviette auf dem Teller mit den Zimtschnecken, putzte sich die Nase und nickte. Annika ließ sie los.

»Ich weiß nicht, ob es sie interessiert«, sagte sie, »aber sie haben es sich jedenfalls notiert. Am Samstag war ich so durcheinander, dass ich nichts davon gesagt habe, aber gestern habe ich angerufen, und dann kamen sie und holten den Sessel und suchten an den Türen und Möbeln nach Fingerabdrücken.«

»Und die Waffe?«

»Die haben sie schon am Samstag mitgenommen, meinten aber, das sei reine Routine.«

»Kurt war bei der Landwehr?«

Gunnel Sandström nickte.

»Schon immer«, antwortete sie. »Offiziersausbildung bei der Kampfschule der Landwehr in Vällinge.«

»Wo verwahrte er seine Waffe?«

»Im Waffenschrank. Kurt achtete sorgfältig darauf, sie immer einzuschließen. Nicht einmal ich weiß, wo er den Schlüssel aufbewahrte.«

»Dann muss er es selbst herausgeholt haben?«

Die Frau nickte wieder.

»Sind Sie jemals bedroht worden?«

Nun schüttelte sie den Kopf und sank noch mehr in sich zusammen.

»Keine seltsamen Anrufe außer dem vom Freitag, keine merkwürdigen Briefe?«

Die Frau erstarrte und dachte nach.

»Heute ist ein komischer Brief gekommen«, sagte sie. »Völliger Nonsens, ich habe ihn in den Müll geworfen.«

»Ein Brief? Heute? Von wem?«

»Keine Ahnung, es stand kein Absender drauf.«

»Haben Sie den Müllbeutel schon rausgebracht?«

Gunnel Sandström dachte ein paar Sekunden nach.

»Ich glaube nicht«, antwortete sie dann, stand auf und ging zum Unterschrank der Spüle, öffnete den Abfalleimer, wühlte zwischen Brotresten und Kartoffelschalen und sah zu Annika auf.

»Hier ist er nicht«, sagte sie. »Ich muss den Beutel doch schon weggebracht haben.«

»Haben Sie den Brief vielleicht woanders hingeworfen?«, fragte Annika.

Die Frau stellte den Mülleimer zurück.

»Warum glauben Sie, dass er wichtig war?«, fragte sie.

»Ich habe keine Ahnung, ob er wichtig war«, sagte Annika. »Was stand denn drin?«

»Etwas über die Bauernbewegung, ich weiß nicht mehr. Ich dachte, es wäre etwas über den Bauernverband.«

»Eine Postwurfsendung, ein Faltblatt?«

»Nein, ganz und gar nicht. Der Brief war handgeschrieben.«

»Denken Sie nach. Könnten Sie ihn nicht doch woanders hingeworfen haben?«

»Wenn überhaupt, dann in den Kamin«, sagte Gunnel Sandström.

Mit zwei Schritten war Annika bei der Feuerstelle, in der einige zerknüllte Papierbälle lagen. Zwei davon waren bunte Reklamezettel örtlicher Geschäfte. Sie nahm ein Holzscheit aus dem Korb am Kamin und schob die Papierbälle hin und her.

Die Frau trat zu Annika und streckte die Hand nach ihnen aus.

»Ja, das wäre gut möglich, hier werfe ich manchmal Papier hin. Zum Anzünden.«

»Warten Sie«, sagte Annika. »Haben Sie ein Paar Handschuhe?«

Gunnel Sandström hielt inne, sah Annika verblüfft an und verschwand dann im Flur. Annika lehnte sich vor und musterte die Bälle. Drei bestanden aus glattem Reklamepapier, einer war grün mit schwarzer Schrift, der fünfte hatte liniertes Collegeblock-Papier.

»Nehmen Sie den da«, sagte Annika, als die Frau mit ledernen Fingerhandschuhen zurückkehrte, und zeigte auf den linierten.

Gunnel Sandström lehnte sich vor und bekam mit einem Stöhnen das Papier zu fassen. Sie richtete sich wieder auf und faltete es auseinander.

»Ja, das ist er«, sagte sie.

Annika stellte sich neben sie, als sie langsam den anonymen Inhalt vorlas.

»Der gegenwärtige Aufschwung der Bauernbewegung ist ein gewaltiges Ereignis«, las Gunnel mit matter und skeptischer Stimme. *»Es dauert nur noch eine sehr kurze Zeit, und in allen Provinzen Mittel-, Süd- und Nordchinas werden sich Hunderte Millionen von Bauern erheben; sie werden ungestüm und unbändig wie ein Orkan sein, und keine noch so große Macht wird sie aufhalten können. Sie werden alle ihnen angelegten Fesseln sprengen und auf dem Weg zur Befreiung vorwärts stürmen.«*

Sie ließ den Brief sinken.

»Was soll das bedeuten?«

Annika schüttelte den Kopf.

»Ich weiß es nicht«, sagte sie. »Haben Sie den Umschlag noch?«

»Der liegt dann bestimmt auch im Kamin.«

Sie fanden ihn unter den Reklamebroschüren, es war ein einfacher weißer Briefumschlag mit einem Eishockeyspieler als Briefmarke, adressiert an Familie Sandström und abgestempelt am Vortag in Uppsala.

»Könnten Sie das Blatt bitte auf den Tisch legen, damit ich den Text abschreiben kann?«

Angst trat in Gunnel Sandströms Augen.

»Warum? Glauben Sie, es ist eine Drohung?«

Annika betrachtete die Frau, ihre grauen Haare und die Strickjacke, die weichen Wangen und den gebeugten Rücken, und wurde von einer Welle des Mitgefühls überwältigt.

»Nein«, sagte sie und versuchte zu lächeln. »Das glaube ich nicht. Aber ich denke trotzdem, dass Sie der Polizei von dem Brief erzählen sollten.«

Annika schrieb den Brief am Küchentisch ab. Die Buchstaben waren regelmäßig und rund, die Worte symmetrisch auf der Seite angeordnet, jede zweite Zeile zugunsten einer besseren Lesbarkeit freigelassen worden. Sie bemerkte den zackigen Rand, der anzeigte, dass die Seite aus dem Block gerissen worden war, und überlegte, ob sie die Qualität des Papiers an einer Ecke prüfen sollte, beschloss jedoch, es lieber bleiben zu lassen.

»Werden Sie in Ihrer Zeitung einen Artikel über Kurt schreiben?«, fragte Gunnel Sandström, als sie aufgestanden war und den Stuhl an den Tisch geschoben hatte.

»Ich weiß noch nicht«, antwortete Annika, »schon möglich. Wenn ich wirklich etwas schreibe, werde ich Sie vorher anrufen und es Ihnen sagen.«

Sie gab der Frau die Hand.

»Haben Sie jemanden, der sich um Sie kümmert?«, fragte sie.

Gunnel nickte.

»Wir haben einen Sohn und zwei Töchter, die kommen heute Nachmittag mit ihren Familien.«

Annika wurde erneut schwindlig, es gab in diesem Haus etwas Besonderes, eine über Generationen hinweg andauernde Familienverbundenheit und Liebe, die hier seit Jahrhunderten zu Hause war.

Vielleicht sollte der Mensch sich nicht von seinen Wurzeln entfernen, dachte sie. Unser Streben nach individueller Entwicklung zerstört womöglich die natürliche Kraft, die uns zu liebenden Wesen gemacht hat.

»Sie werden zurechtkommen«, sagte sie und wunderte sich selbst über ihre Zuversicht.

Gunnel Sandström sah sie an, und aus ihren Augen war plötzlich etwas Wesentliches verschwunden.

»Aber ich will auch Gerechtigkeit«, sagte sie.

Dann drehte sie sich abrupt um, ging in den Flur und stieg eine knarrende Treppe in die obere Etage hinauf.

Annika zog schnell ihren Mantel an und zögerte am Fuß der Treppe.

»Vielen Dank«, rief sie zaghaft, bekam jedoch keine Antwort mehr.

Berit Hamrin und Annika begegneten sich an der Hausmeisterloge neben den Aufzügen.

»Kommst du mit zum Essen?«, fragte Berit.

Annika legte die Autoschlüssel auf die Theke des Hausmeisters und sah auf die Uhr.

»Heute nicht«, erwiderte sie. »Ich muss noch eine Menge recherchieren und anschließend die Kinder abholen. Bist du völlig ausgehungert, oder hättest du eventuell einen Augenblick Zeit, dir etwas anzusehen?«

Berit horchte etwas theatralisch in sich hinein.

»Ausgehungert«, sagte sie. »Was ist es?«

»Komm mit«, befahl Annika und stürmte auf ihr Büro zu. Mantel und Schal schmiss sie in die übliche Ecke, entleerte dann den

Inhalt ihrer Tasche auf dem Schreibtisch und fand ihren Notizblock. Sie blätterte bis zur letzten beschriebenen Seite vor, eilte um ihren Schreibtisch herum und riss die zweite Schublade auf, aus der sie einen weiteren Notizblock zog.

»Lies dir das mal durch«, sagte sie zu Berit und hielt ihr zwei Seiten handschriftlicher Notizen entgegen.

Ihre Kollegin nahm den ersten Block und las die oberste Zeile.

»Der gegenwärtige Aufschwung der Bauernbewegung ist ein gewaltiges Ereignis«, las sie laut und ließ die Notizen sinken. »Das ist doch ein ganz berühmtes Zitat.«

»Tatsächlich?«, fragte Annika, gespannt wie eine Feder. Den Blick auf Annika gerichtet, fuhr Berit laut und deutlich und ohne in Annikas Notizen zu schauen fort:

»Es dauert nur noch eine sehr kurze Zeit, und in allen Provinzen Mittel-, Süd- und Nordchinas werden sich Hunderte Millionen von Bauern erheben; sie werden ungestüm und unbändig wie ein Orkan sein, und keine noch so große Macht wird sie aufhalten können. Sie werden alle ihnen angelegten Fesseln sprengen und auf dem Weg zur Befreiung vorwärts stürmen.«

Annika fiel die Kinnlade herunter, und sie starrte ihre Kollegin sprachlos an.

»Der Untersuchungsbericht über die Bauernbewegung in Hunan«, sagte Berit. »Geschrieben 1927, wenn ich mich nicht irre. Eins von Mao Tse-tungs berühmtesten Zitaten. Das konnte damals jeder auswendig.«

Annika wühlte in einer Schublade, holte weitere Notizblöcke hervor, blätterte in ihnen und fand schließlich, wonach sie suchte.

»Und das hier?«

Sie gab Berit den Block mit ihren Notizen aus Luleå.

»Es gibt keinen Aufbau ohne vorherigen Abriss. Abriss bedeutet Kritik und Verdammung, er bedeutet Revolution. Er beinhaltet, dass man die Dinge ausdiskutiert, was gleichzeitig bedeutet, etwas aufzubauen. Wenn man den Abriss an die erste Stelle setzt, erhält man den Aufbau im Verlauf des Prozesses.«

»Und?«, sagte Annika.

»Ein anderes Mao-Zitat. Warum hast du sie aufgeschrieben?«

Annika musste sich setzen.

»Sie sind aus Briefen«, erklärte sie. »Aus anonymen Briefen an Mordopfer. Das zweite traf zwei Tage nach Benny Eklands Ermordung an seinem Arbeitsplatz ein, das mit der Bauernbewegung wurde einen Tag nach seinem angeblichen Selbstmord an einen Kommunalpolitiker in Östhammar geschickt.«

Berit setzte sich auf Annikas Schreibtisch, sie war blass geworden.

»Was zum …?«

Annika schüttelte den Kopf und legte die Fingerspitzen an die Schläfen.

»Ich muss mit der Mutter von Linus Gustafsson sprechen«, sagte sie.

Tausend Kilometer weiter nördlich klingelte es. Ihre Hand klebte verschwitzt am Hörer, den sie ans Ohr presste.

»Soll ich rausgehen?«, zeigte Berit pantomimisch an, indem sie erst auf sich selbst und dann auf die Schiebetür zeigte.

Annika schüttelte den Kopf und schloss die Augen.

Mitten im nächsten Klingeln ging jemand an den Apparat. Die Stimme, die sich meldete, war schläfrig verwirrt.

»Mein Name ist Annika Bengtzon, ich arbeite für das *Abendblatt*«, sagte Annika mit der langsamen und deutlichen Stimme, die sie sich in den Jahren als Textredakteurin in der Nachtschicht angewöhnt hatte. Bei dieser Schicht galten die meisten Anrufe Menschen, die aus dem Schlaf gerissen wurden.

»Wer?«, fragte die Frau am anderen Ende der Leitung.

»Ich habe den Artikel über Linus in der Zeitung geschrieben«, antwortete Annika und spürte auf einmal, dass ihr Tränen in die Augen stiegen. »Ich wollte mich nur kurz melden und Ihnen sagen, wie Leid es mir tut.«

Plötzlich sah sie den Jungen wieder vor sich, seine abstehenden Haare, die prüfenden Augen, seine defensive Körperhaltung und die unstabile Stimme, und konnte ein unwillkürliches und lautes Schluchzen nicht unterdrücken.

»Verzeihen Sie«, sagte sie, »ich …«

Sie legte die Hand auf den Mund, um ihr Weinen zu verbergen, und schämte sich vor Berit, die sich in einem der Besuchersessel niedergelassen hatte.

»Es war nicht Ihre Schuld«, sagte die Frau mit immer noch schlafrauer Stimme.

»Sie sind seine Mutter?«

»Ja, Viveka.«

»Ich fühle mich furchtbar schuldig«, sagte Annika und musste erkennen, dass ihr Gespräch eine ganz andere Wendung genommen hatte als geplant. »Ich hätte nicht über Linus schreiben sollen. Dann wäre er heute vielleicht noch am Leben.«

»Das werden wir niemals erfahren«, sagte die Frau tonlos. »Aber ich fand es eigentlich gut, dass Sie die Sache aus ihm rausgeholt haben. Ich konnte einfach nicht begreifen, was in ihn gefahren war. Seit jenem Abend war er wie ausgewechselt, hat mir aber nicht sagen wollen, was los ist.«

»Das mag ja sein«, entgegnete Annika, »aber stellen Sie sich vor, wenn …«

Die Frau unterbrach sie einigermaßen schroff.

»Glauben Sie an Gott, Annika Bengtzon?«

Annika wartete, bis ihre Tränen versiegt waren.

»Nicht direkt«, brachte sie heraus.

»Ich schon«, erklärte die Frau langsam und mit leicht aufgesetzter Überzeugung. »Der Glaube hat mir bei vielen Prüfungen im Leben geholfen. Der Herr hat Linus zu sich gerufen, und ich begreife nicht, warum er das getan hat, aber ich akzeptiere es.«

Die Trauer war wie ein eiskalter Wind aus Luleå, der Annika schaudern ließ.

»Meine Großmutter ist gestorben«, sagte Annika. »Das ist jetzt sieben Jahre her, aber ich denke täglich an sie. Das Ausmaß Ihres Verlusts kann ich nicht einmal ansatzweise erahnen.«

»Ich muss meinen Weg ohne Linus fortsetzen«, erwiderte seine Mutter, »auch wenn ich heute noch nicht weiß, wie ich die Kraft dazu finden soll. Aber ich lebe in der Gewissheit, dass unser Herr tut, was das Beste für mich ist, dass er seine schützende Hand über mich hält.«

Die Frau verstummte, und Annika hörte sie weinen. Sie wartete und überlegte, ob sie das Gespräch lieber beenden sollte.

»Irgendwann werde ich den Grund für seinen Tod verstehen«, fuhr die Frau plötzlich mit klarer und fester Stimme fort, »und außerdem werde ich Linus ja auch wiedersehen. Daheim, bei unserem Vater. Ich weiß, dass es so ist, und das gibt mir die Kraft zu leben.«

»Ich wünschte, ich hätte Ihren Gott«, meinte Annika.

»Er ist auch für Sie da«, sagte die Frau. »Er ist da, Sie müssen ihn nur annehmen wollen.«

Das folgende Schweigen hätte bedrückend sein können, aber zu ihrem Erstaunen verspürte Annika menschliche Wärme.

»Da ist noch etwas, das ich Sie fragen wollte«, sagte sie. »Haben Sie nach Linus' Tod vielleicht einen merkwürdigen Brief bekommen?«

Viveka Gustafsson dachte einen Moment nach, ehe sie antwortete.

»Sie meinen den über die Jugend?«

Annika sah zu Berit auf.

»Welche Jugend?«

»Gestern ist ein Brief ohne Absender oder Unterschrift gekommen, ich dachte, er wäre von einem der Nachbarn, der mir sein Beileid aussprechen wollte, sich aber nicht getraut hat anzuklopfen.«

»Haben Sie den Brief noch?«

Die Frau seufzte schwer. Alltägliche Handlungen, die zur Welt der Lebenden gehörten, hatten für sie plötzlich jeden Sinn verloren.

»Ich glaube, ich habe ihn auf den Zeitungsstapel gelegt, warten Sie, ich werde ihn holen ...«

Ein kurzer Knall hallte in Annikas Ohr wider, als die Mutter von Linus in Svartöstaden den Hörer auf einem Holztisch ablegte. Es rauschte, Schritte entfernten sich und kehrten wieder zurück.

»Entschuldigen Sie, dass Sie warten mussten«, sagte die Frau müde, »ich habe ihn gefunden. Hier steht: *Was denn soll das Kriterium dafür sein, ob ein junger Mensch revolutionär ist? Wie kann man das feststellen? Es gibt nur ein Kriterium: Will er sich mit den breiten Massen der Arbeiter und Bauern verbinden, und tut er das auch tatsächlich oder nicht. Wenn er sich mit den Arbeitern und Bauern verbinden will und das tatsächlich tut, ist er revolutionär, andernfalls ist er nicht revolutionär oder konterrevolutionär.*«

Annika sah mit weit aufgerissenen Augen Berit an und griff nach einem Stift.

»Könnten Sie das bitte langsam wiederholen? Ich würde es mir gern aufschreiben. Was denn soll das Kriterium dafür sein, ob ein junger Mensch revolutionär ist?«

»Wie kann man das feststellen? Es gibt nur ein Kriterium: Will er sich mit den breiten Massen der Arbeiter und Bauern verbinden, und tut er das auch tatsächlich oder nicht.«

»Wie kann man das feststellen? Es gibt nur ein Kriterium …«

Berit nickte und mimte: Mao, Viveka Gustafsson las weiter.

»Haben Sie der Polizei davon erzählt?«, fragte Annika, nachdem sie das Gehörte aufgeschrieben hatte.

»Nein«, antwortete die Frau, und zum ersten Mal klang sie wieder ein wenig lebendig in ihrem Erstaunen, das eines Tages wieder ihre Neugierde und schließlich auch die wahre Lebensfreude wecken würde. »Hätte ich das tun sollen?«

»Wie sieht der Brief aus?«

»Na ja«, meinte die Frau, »wie sieht er aus? Es ist ein ganz gewöhnliches Blatt aus einem Schreibblock.«

»A4? Liniert?«

»Blaue Linien. Ist das wichtig?«

»Haben Sie den Briefumschlag noch?«

»Ja, er ist hier.«

»Wie sieht er aus?«

»Wie er aussieht? Es ist ein ganz normaler kleiner weißer Briefumschlag, so groß wie ein zweimal zusammengefaltetes Blatt. Adressiert an uns, Familie Gustafsson. Eine gewöhnliche Briefmarke, abgestempelt in … was steht hier? In Luleå, aber ich kann das Datum nicht lesen.«

»Was ist auf der Briefmarke zu sehen?«

Die Frau schwieg einen Moment.

»Jemand, der Eishockey spielt.«

Annika kniff die Augen fest zu und versuchte ganz ruhig zu bleiben.

»Ich denke, Sie sollten die Polizei anrufen und erzählen, dass Sie diesen Brief bekommen haben. Ich werde vielleicht in unserer Zeitung schreiben, dass Sie diesen Brief erhalten haben, wäre das in Ordnung?«

Das Erstaunen der Frau war mittlerweile völliger Verwirrung gewichen.

»Aber warum denn?«, fragte sie.

Annika zögerte, konnte Viveka Gustafsson gegenüber jedoch nicht ehrlich sein.

»Ich weiß nicht, ob es etwas zu bedeuten hat«, sagte sie. »Es wäre nicht richtig von mir, Vermutungen anzustellen, wenn ich noch nichts Genaues weiß.«

Die Frau dachte nach und schien zu dem gleichen Schluss zu kommen.

»Wenn man nichts weiß, soll man auch nichts sagen«, meinte sie. »Ich werde mit dem zuständigen Kommissar sprechen.«

»Rufen Sie mich an, wenn ich etwas für Sie tun kann«, sagte Annika, doch es waren leere Worte, die im Schlund der Trauer verhallten.

»Was für ein magisches Gespräch«, sagte Berit. »Eine Zeit lang hatte ich das Gefühl, der Junge wäre hier im Raum.«

Annika presste die Hände an ihre Wangen und merkte, dass sie zitterten.

»Es ist derselbe Mörder«, sagte sie. »Es kann keine andere Möglichkeit geben.«

»Welche Polizeidistrikte sind betroffen?«

»Zwei Fälle in Luleå, einer in Uppsala.«

»Dann setzt du dich am besten mit der Landesmordkommission in Verbindung. Wenn der Fall nicht schon bei ihnen auf dem Tisch liegt, wird er dort landen, sobald du angerufen hast.«

»Und du bist dir ganz sicher?«, fragte Annika. »Alle drei Briefe bestehen aus Mao-Zitaten?«

Berit stand auf, wischte sich die Augen trocken und ging zur Tür.

»Jetzt beleidigst du aber eine alte Revolutionärin«, sagte sie. »So, und jetzt muss ich etwas essen, sonst bin ich bald eine tote Revolutionärin.«

Sie schob die Tür hinter sich zu.

Annika blieb auf ihrem Stuhl sitzen und horchte auf ihren Herzschlag.

Gab es eine andere Erklärung? Konnten verschiedene Personen unabhängig voneinander Mao-Zitate an Menschen schicken, deren Angehörige gerade einen gewaltsamen Tod gestorben waren, und zwar auf dem gleichen Papier und mit der gleichen Sorte von Briefmarken auf dem Umschlag?

Sie stand auf, ging zu der Glasfront, die ihre Welt von der Redaktion trennte, sah über die Menschen hinweg und versuchte die Wirklichkeit im Schneematsch hinter dem Sportressort zu erkennen. Vom vierten Stockwerk aus sah sie vor allem einen grauen Horizont, vielleicht auch die eine oder andere Schneeflocke, weiße Atemzüge und Äste, die in der Krone einer großen Birke schaukelten.

Wir leben in einem trostlosen Land, dachte sie. Warum ließen sich die Menschen ausgerechnet hier nieder? Und warum blieben sie? Wieso halten wir es hier aus?

Sie schloss die Augen und kannte die Antwort genau. Wir wohnen dort, wo unsere Nächsten sind, wir leben für die Menschen, die wir lieben, für unsere Kinder.

Und dann kommt einer und tötet sie, löscht den Sinn des Lebens für uns aus.

Das war unverzeihlich.

Schnell ging sie zu ihrem Schreibtisch zurück und wählte die Nummer von Qs Handy. Seine blecherne Handystimme erklärte, dass er den ganzen Tag in einer Besprechung sitze, Nachrichten nicht hinterlassen werden könnten und er erst morgen wieder zu erreichen sei.

Sie wählte seine Durchwahl bei der Landespolizei, und nachdem sie mehrfach weiterverbunden worden war, meldete sich seine Sekretärin.

»Er ist in einer Besprechung«, sagte sie, »und anschließend muss er gleich zur nächsten Besprechung.«

»Ja, ich weiß«, sagte Annika und sah auf die Uhr, es war 15.32 Uhr. »Wir hatten abgemacht, uns zwischen seinen beiden Besprechungen kurz zu treffen, er meinte, dass ich kurz vor vier bei ihm vorbeischauen könne.«

Die Sekretärin blieb misstrauisch.

»Davon hat er mir aber nichts gesagt.«

»Er weiß, dass es schnell geht.«

»Aber um vier soll er doch schon im Justizministerium sein, um Viertel vor wird er abgeholt.«

Annika machte sich eine Notiz. Das Justizministerium war in der vierten und fünften Etage des Regierungssitzes, direkt unter der Staatskanzlei, allerdings nicht das ganze Ministerium. Die einzelnen Komitees tagten in anderen Gebäuden.

»Ja, genau«, sagte sie. »Es war dieses Komitee …?«

Die Sekretärin blätterte in einem Terminkalender.

»Ju 2002:13, Beratung eines neuen Strafvollzugsrechts«, sagte sie.

Annika strich ihre Notiz durch und schrieb stattdessen Regeringsgatan.

»Dann muss ich ihn missverstanden haben«, erklärte sie. »Ich werde es morgen noch einmal versuchen.«

Sie warf ihre Notizen in die Tasche, gefolgt von Mütze, Handschuhen und Schal, suchte in dem Durcheinander auf dem Schreibtisch nach ihrem Handy, konnte es jedoch nicht finden und beschloss daraufhin, dass es schon irgendwo in ihrer Tasche sein musste. Also riss sie die Schiebetür auf und nahm Kurs auf den Newsdesk.

Jansson war gerade gekommen. Ungekämmt und mit einem Plastikbecher neben sich las er Lokalzeitungen.

»Irgendwie ist der Kaffeeautomat kaputt«, sagte er zu Annika und zeigte auf den Becher.

»Willst du nicht eine rauchen?«, erwiderte sie, und Jansson griff auf der Stelle nach seiner Zigarettenschachtel.

Annika betrat die menschenleere, verglaste Raucherklause, die einsam und übel riechend mitten in der Redaktion stand.

»Ich bin da möglicherweise auf einen Serienmörder gestoßen«, sagte sie, während Jansson sich den zwanzigsten Nikotinstängel des Tages ansteckte.

Er blies den Rauch aus und starrte zum Gitter der Lüftung hinauf.

»Möglicherweise?«

»Ich weiß noch nicht, ob oder was die Polizei weiß«, sagte sie. »Ich hoffe, Q in einer Viertelstunde auf dem Weg zu einer Besprechung abfangen zu können.«

»Sag mir, was du hast.«

»Drei Todesfälle«, begann sie. »Ein überfahrener Journalist und ein ermordeter Junge in Luleå, ein erschossener Kommunalpolitiker in Östhammar. Die Angehörigen haben am Tag nach dem Todesfall alle anonyme Briefe bekommen, und zwar handgeschriebene Mao-Zitate auf liniertem Collegeblock-Papier, verschickt in ganz normalen weißen Briefumschlägen mit Briefmarken, auf denen Eishockeyspieler zu sehen sind.«

Janssons Augen waren rot unterlaufen, und sein Blick ruhte

nach achtzehn Jahren Nachtschicht und einer vierten Ehefrau mit einem fünften Baby übermüdet auf ihr.

»Das klingt, als wären wir auf der sicheren Seite«, meinte er. »Die Polizei muss nur noch die Tatsachen kommentieren.«

»Mit etwas Glück haben sie sogar noch mehr.«

Der Chef vom Dienst sah auf seine Uhr.

»Geh direkt runter auf die Straße«, sagte er und drückte die halb gerauchte Zigarette in einem Chromaschenbecher aus. »Ich besorg dir ein Taxi.«

Sie verließ die Raucherklause, schwenkte abrupt nach rechts, rannte mit Tunnelblick zu den Aufzügen und anschließend die Treppen hinab, weil beide Fahrstühle unterwegs waren.

In der Auffahrt des Zeitungsgebäudes stand ein Taxi.

»Der Name?«, fragte der Fahrer.

»Torstensson«, antwortete Annika und ließ sich auf die Rückbank fallen.

Das war ein alter Trick aus der Zeit des ehemaligen Chefredakteurs. Annika, Jansson und ein paar andere hatten es sich zur Gewohnheit gemacht, Taxis immer auf den Namen ihres obersten Chefs zu bestellen, denn meistens ging es schneller, in ein anderes Taxi zu springen als das, was man selbst auf seinen Namen bestellt hatte. Gelegentlich kam es dann so weit, dass der sitzen gelassene Taxifahrer, der wütend auf Torstensson wartete, schließlich hineinging und Torstensson in der Redaktion ausrufen ließ, was schon oft komische Situationen heraufbeschworen hatte. Obwohl Torstensson im Zusammenhang mit dem Mord an Michelle Carlsson abgesägt worden war, hielt man an der alten Tradition fest.

Schneeregen schlug gegen die Windschutzscheibe. Der Verkehr war zum Stillstand gekommen, eine Ampel vor ihnen wurde rot und grün und anschließend wieder rot, ohne dass der Wagen sich von der Stelle gerührt hätte.

»Ich habe es wahnsinnig eilig«, sagte Annika. »Kann man denn nicht anders schneller vorankommen?«

Der Taxifahrer warf ihr einen kurzen, verächtlichen Blick über die Schulter zu.

»Sie haben ein Taxi gerufen, keinen Panzer«, sagte er.

Sie sah auf die Uhr und versuchte sich selbst damit zu beruhigen, dass Q die gleichen Probleme mit dem Verkehr haben würde.

»Hinter der Ampel kann ich die Busspur nehmen«, meinte der Fahrer tröstend.

Drei Minuten vor vier hielt er an der Ecke Hamngatan und Regeringsgatan. Sie kritzelte ihren Namen auf die Quittung für die Rechnung und sprang gestresst aus dem Taxi. Um sie herum rauschte der Verkehr und schleuderte Wasser und Schmutz gegen ihre Hosenbeine. Banken und Geschäfte waren bereits weihnachtlich dekoriert und ließen blinkende gelbrote Lampen aufleuchten. Sie blinzelte im Schneegestöber.

Kam sie zu spät? War er schon hineingegangen?

Ein dunkelblauer Volvo mit getönten Scheiben hielt vor dem Eingang von Regeringsgatan 30–32. Sie nahm ihn wahr, weil er einfach allzu unauffällig aussah. Noch bevor sie den Gedanken klar formulieren konnte, wusste sie genau, dass er in diesem Wagen saß. Sie lief hin und stellte sich so vor die Eingangstür, dass er auf dem Weg ins Haus direkt an ihr vorbeimusste.

»Meine Sekretärin hat mir schon erzählt, dass Sie angerufen haben«, meinte er und schlug die hintere Tür des Volvos zu. Der Wagen reihte sich zügig und unauffällig wieder in den Verkehr ein und wurde vom Schneetreiben und der Blechlawine verschluckt.

»Ich würde gern erfahren, was Sie über diesen Serienmörder wissen«, sagte sie und starrte ihn an. Schmelzwasser lief ihm in Rinnsalen die Schläfen herab.

Der Kommissar blieb mit beiden Füßen in einer Pfütze stehen und sah sie an. Sein Gesicht war reserviert und zeigte keine Gefühlsregungen.

»Über welchen Serienmöder?«, fragte er.

»Sehr witzig«, erwiderte sie und spürte, wie ihr Wasser in den Nacken lief. »Ich meine den, der seinen Opfern Zitate von Mao schickt.«

Q starrte sie einige Sekunden an, während seine Haare von immer mehr Schnee bedeckt wurden. Sein orangefarbener Regenmantel war an den Schultern bereits durchnässt. Die ungeschützte Hand, in der er seine Aktentasche trug, griff unmerklich fester zu.

»Jetzt komme ich nicht ganz mit«, sagte er.

»Der Journalist in Luleå, dann der Junge, der dort Tatzeuge war. Ein Politiker der Zentrumspartei in Östhammar. Die drei Morde müssen etwas miteinander zu tun haben.«

Er trat auf sie zu. Seine Augen waren wachsam, als er versuchte, sich an ihr vorbeizuschieben.

»Ich kann jetzt nicht reden«, sagte er aus dem Mundwinkel heraus.

Sie rückte schnell nach rechts und versperrte ihm den Weg.

»Das ist Ragnwald«, sagte sie leise, als er dicht vor ihr stand. »Er ist zurück, nicht wahr?«

Der Kommissar sah sie lange an.

»Eines schönen Tages werden Sie mal gerissener sein, als gut für Sie ist«, sagte er.

»Das geht mir schon mein ganzes Leben so«, entgegnete sie.

»Ich rufe Sie heute Abend an«, sagte er. Sie ließ ihn vorbei und hörte ihn an der Gegensprechanlage seinen Namen nennen und anschließend das Surren, als die Tür geöffnet wurde.

Ganz gleich, in welche Richtung Anne Snapphane ging, immer blies der Wind ihr direkt ins Gesicht. Wann immer sie abbog, schien auch das Schneetreiben die Richtung zu wechseln. Wie üblich verfluchte sie ihre dämliche Nachgiebigkeit. Als Mehmet damals vorgeschlagen hatte, Miranda in der Nähe seiner Wohnung in den Kindergarten gehen zu lassen, hatte sie zugestimmt. Er hatte damals im Gegensatz zu ihr einen dauerhaften Wohnsitz gehabt, weshalb ihr die Entscheidung ganz logisch erschien. Vier Jahre und 18 000 Reisestunden später lagen die Dinge jedoch anders.

Mirandas Kindergarten lag ausgesprochen idyllisch in einem Innenhof an einer der ruhigsten und nobelsten Straßen des vornehmen Stadtteils Östermalm. Fast alle Kinder hier trugen adlige Namen oder neureiche, angenommene Namenskonstruktionen vom Typ Silfverbielke.

Nun ja, ein Zwillingspaar hieß tatsächlich Andersson, aber das waren zufällig die Töchter von Schwedens beliebtester Filmschauspielerin.

Als sie um die letzte Straßenecke bog, wurde ihr Gesicht von kleinen Eisstückchen getroffen, und sie hätte am liebsten aufgegeben. Sie blieb stehen, um durchzuatmen, blinzelte, sah wenige Meter vor sich den Eingang und lehnte sich für einen Moment an die nächste Hauswand.

Sie wusste nur zu gut, dass es weder Wind noch Schnee waren, die sie fast umbrachten, und es war auch keine bislang unentdeckt gebliebene Krankheit, die man dann nach ihr benennen würde.

Es war die Arbeit oder vielmehr der lodernde Scheiterhaufen aus Machtkämpfen, den die Besitzer ihrer Firma entfacht hatten, als sie TV Scandinavia ins Leben riefen.

Heute hatte die Eignerfamilie, die den größten Filmverleih Skandinaviens kontrollierte und der im Übrigen auch Annikas verdammtes Käseblatt gehörte, alle Verhandlungen sabotiert, die sie mit internationalen und einheimischen Filmproduktionsgesellschaften geführt hatten. Die mündlich getroffenen Vereinbarungen, die der Präsentation von TV Scandinavia zugrunde gelegen hatten, waren seit neun Uhr morgens eine nach der anderen für null und nichtig erklärt worden. Die Eignerfamilie hatte am Wochenende offenbar hart gearbeitet und jede einzelne unabhängige Filmgesellschaft nördlich des Äquators in Angst und Schrecken versetzt.

Ich frage mich, wie das alles weitergehen soll, dachte Anne Snapphane und schloss die Augen. Wird dieser Fernsehsender auf einem Sumpf errichtet?

Sie sehnte sich unendlich nach Alkohol, nach einem großen Glas Wodka mit Zitrone und Eis, sie wollte das Gefühl von Watte im Gehirn und immer weicheren Gliedern.

Aber nicht, wenn Miranda da ist, dachte sie und hatte Annikas Gesicht vor Augen, wenn sie von der Trunksucht ihres Vaters erzählte, der sich immer wieder unmöglich gemacht, sich hingelegt und geschrien hatte und schließlich wenige hundert Meter vom Stahlwerk in Hälleforsnäs entfernt hilf- und leblos in einer Schneewehe gefunden worden war.

Niemals, dachte sie, stemmte sich gegen den Wind und strebte dem Eingang der Kindertagesstätte zu.

Als sie mit Mühe die Tür aufbekommen hatte, schlug ihr der schwere Geruch von kleinen Kindern und nassen Schneeanzügen entgegen. Der Vorraum war ein braunes Meer aus Lehm und wurde von der forschen Aufforderung »Also los, hier ziehen alle die Schuhe aus!« auf einem bunten Schild neben dem Schuhregal geschmückt.

Anne Snapphane putzte sich die Schuhe ab, doch der Zustand der Türmatte verriet ihr, dass es nicht viel nützen würde. Anschließend betrat sie auf Zehenspitzen den Flur des Kindergartens, in dem all die kleinen blauen Blechregale, in denen jedes der Kinder sein eigenes Fach hatte, mit Kinderklamotten und Kuscheltieren, Zeichnungen und Bildern aus dem Urlaub oder von Geburtstagen und Weihnachtsfesten überfüllt waren.

Sie hatte schon Luft geholt, um leise ihre Tochter zu rufen, als sie im Türrahmen zur Küche die Frau erblickte.

Groß, schlank, lange rötliche Haare, die in sanften Locken über eine Schulter fielen. Palästinensertuch.

Anne traute ihren Augen nicht.

Das war ja nun wirklich sagenhaft hinterwäldlerisch, diese Frau trug tatsächlich einen Palästinenserfeudel.

Die Frau erstarrte, als sie Anne sah, und in ihren Blick mischte sich leichte Panik.

»Ich …«, sagte sie, als sie sich gefasst hatte, »ich heiße Sylvia, ich bin Sylvia.«

Sie trat näher und streckte die Hand aus.

Anne Snapphane starrte die Frau an, und es wurde ihr schlecht. Sie konnte einfach nicht die Hand heben und den Gruß erwidern.

»Was machen Sie denn hier?«, sagte sie stattdessen und hörte ihre Stimme wie aus weiter Ferne.

Mehmets neue Frau, seine Verlobte, seine Zukünftige, die Frau, die sein Kind erwartete, stand vor ihr und sah verwirrt und ziemlich verängstigt aus.

»Ich … ich wollte Miranda abholen, aber sie meinte, dass Sie …«

»Es ist meine Woche«, sagte Anne und begriff nicht, warum ihre Stimme so seltsam fern klang. »Warum sind Sie hier?«

Sylvia, die schwangere Verlobte, fuhr sich mit der Zunge über die Lippen, und Anne sah, wie sinnlich sie waren. Diese Frau war schön, Sylvia war viel schöner als sie selbst. Eifersucht und Missgunst vernebelten ihren Blick, sie war außer sich vor Wut, fühlte sich gedemütigt und erkannte im nächsten Moment schon, dass sie geschlagen war. Aber wenn sie zeigte, wie sehr sie am Boden zerstört war, dann war sie es auch. Sie musste sich Respekt verschaffen.

»Ich muss mich vertan haben«, sagte Sylvia. »Ich dachte, ich sollte sie heute abholen. Ich dachte, es wäre mein Tag.«

»Fangen Sie eigentlich all Ihre Sätze mit *ich* an?«, sagte Anne und konnte sich jetzt auch wieder bewegen. Ihre Beine manövrierten von ganz allein an Sylvia, der schönen, schwangeren Verlobten, vorbei und in die Küche und zu dem freudigen Aufschrei »Mama!«.

Miranda flog ihr mit einem Apfel in der Hand in die Arme und bohrte ihren klebrigen Mund in die Haare ihrer Mutter.

»Spätzchen«, flüsterte Anne Snapphane. »Bist du heute nicht fast weggeweht worden?«

Das Mädchen lehnte sich zurück und verdrehte die Augen.

»Sie mussten mich festbinden«, sagte es. »Und dann bin ich wie ein Drache bis nach Lidingö geflogen.«

Anne lachte, und das Mädchen löste sich aus der Umarmung und ging an Sylvia vorbei, ohne von seiner künftigen Stiefmutter Notiz zu nehmen. Dann rief sie über die Schulter zurück:

»Können wir Eierpfannkuchen zu Abend essen? Darf ich die Eier aufschlagen?«

Anne ging zu Sylvia, die die Türöffnung blockierte.

»Sie entschuldigen?«, sagte sie gemessen.

»Mir ist so schlecht«, sagte Sylvia, und Tränen traten in ihre Augen. »Ich begreife nicht, wie ich mich so irren konnte. Entschuldigen Sie bitte. Es ist nur ... mir ist im Moment fast immer schlecht. Ich muss mich dauernd übergeben.«

»Dann treiben Sie doch ab«, sagte Anne.

Die schöne Sylvia zuckte zusammen, als hätte sie eine Ohrfeige bekommen, auf ihrem Gesicht erschienen hektische rote Flecken.

»Wie bitte?«, sagte sie.

Anne trat noch einen Schritt näher und atmete der anderen Frau direkt ins Gesicht.

»Wenn ich eins nicht leiden kann«, flüsterte Anne, »dann sind es verwöhnte Tussen, die wehleidig jammern. Soll ich Sie etwa noch bemitleiden?«

Die schwangere schöne Sylvia wich einen Schritt zurück, schlug mit dem Kopf gegen den Türrahmen und riss Mund und Augen auf.

Anne Snapphane ging an ihr vorbei zu ihrer patenten Tochter, die sich allein anzog und über verschiedene Pfannkuchenteige plapperte. Dann nahm sie Mirandas Hand und ließ den Kindergarten und Sylvias gekränktes Schweigen hinter sich zurück.

Annika briet Fischstäbchen und rührte Kartoffelpüree aus Instantpulver an, was sie nie tat, wenn Thomas zu Hause war. Thomas war liebevoll gekochte Hausmannskost gewöhnt, seine Mutter hatte immer viel Wert auf frische Lebensmittel gelegt, aber, mein Gott, was war daran schon bemerkenswert? Immerhin besaß die Familie ein Lebensmittelgeschäft. Es war ja nicht so, dass die liebe Schwiegermutter sich mit der harten Arbeit im Geschäft zu Tode geschuftet hätte. Sie war vielmehr hinuntergegangen und hatte sich genommen, was sie brauchte, ohne dafür zu bezahlen, und hatte sich ansonsten ein wenig um die Buchführung gekümmert. Kein Wunder, dass diese Frau Zeit zum Kochen hatte.

Thomas hatte niemals selbst Kartoffeln geschält, und Fertiggerichte waren ihm gänzlich unbekannt, bis Annika ihm mit ihren Ravioli aus der Büchse auf den Leib rückte. Seine Kinder aßen das gepresste Fischfleisch und das Pulverpüree allerdings mit großem Appetit.

»Muss man das Rote aufessen?«, erkundigte sich Kalle.

Pflichtschuldigst hatte Annika auf ihren Tellern eine klein geschnittene Paprika verteilt, die beide Kinder unverzüglich diskret zur Seite geschoben hatten.

Sie konnte kaum stillsitzen, denn sie wusste, dass sie noch mindestens vier Stunden Arbeit vor sich hatte.

»Nein«, antwortete sie. »Ihr dürft gleich einen Film sehen, wenn ihr wollt. Welchen sollen wir nehmen?«

»Hurra!«, rief Ellen, breitete die Arme aus und warf dabei ihren Teller auf den Fußboden.

Annika stand auf und hob den Teller wieder auf, der heil geblieben war, und die Esssensreste, die weniger gut aussahen.

»Die Schöne und das Biest!«, sagte Kalle und sprang von seinem Stuhl auf.

»Nein!«, sagte Annika und merkte, dass sie fast schon gebrüllt hatte. »Den nicht!«

Die Kinder sahen sie mit großen Augen an.

»Aber den haben wir doch von Oma bekommen«, meinte Kalle. »Magst du die Schöne denn nicht?«

Sie schluckte den Stress hinunter und ging vor den Kindern in die Hocke.

»Die Schöne und das Biest ist ein richtig schlechter Film«, sagte sie. »Er belügt uns. Das Biest nimmt die Schöne und ihren Papa gefangen, er quält sie beide, kidnappt sie und sperrt sie ein, findet ihr das etwa nett?«

Beide Kinder schüttelten wortlos den Kopf.

»Eben«, sagte Annika. »Trotzdem muss die Schöne das Biest lieben, denn wenn sie es nur fest genug liebt, wird sie es retten.«

»Aber es ist doch toll, dass sie es rettet«, sagte Kalle.

»Aber warum sollte sie das tun?«, meinte Annika. »Warum soll sie das Biest retten, das sie nur gequält hat und gemein zu ihr gewesen ist?«

»Aber wenn es am Ende doch nett wird?«, fragte Kalle, und seine Unterlippe zitterte ein wenig.

Sie sah die Verwirrung ihres Sohnes und Ellens verständnislosen Blick, streckte sich zu Kalle und nahm ihn in den Arm.

»Du bist lieb und gutmütig«, flüsterte sie ihm zu. »Deshalb kannst du dir nicht vorstellen, dass Menschen auch böse sein können. Aber es gibt böse Menschen, und die kann man nicht mit Liebe heilen.«

Sie strich ihm übers Haar und küsste ihn auf die Wange.

»Ihr dürft Mio, mein Mio sehen.«

»Der ist aber so gruselig«, sagte Ellen. »Dann musst du dabei sein.«

»Und was ist mit Pippi?«

»Jaa!«

Ungefähr dreißig Sekunden nachdem sie die Play-Taste des Videorekorders betätigt hatte, ertönte ein Klingeln aus den Tiefen ihrer Tasche. Sie lief damit ins Schlafzimmer, schloss die Tür hinter sich und kippte den Inhalt der Tasche auf das ungemachte Bett. Die Handyschnur hatte sich in der Spirale eines ihrer Blöcke verfangen.

Es war Q.

»Ich habe mir die Zitate angesehen, von denen Sie gesprochen haben.«

Sie suchte den richtigen Block und einen Stift heraus.

»Und?«, fragte sie, setzte sich auf den Fußboden und lehnte sich ans Bett.

»Verdammt seltsame Übereinstimmung«, meinte er. »Etwas zu seltsam, als dass wir an einen Zufall glauben könnten.«

»Liegt Ihnen sonst noch etwas vor, das alle drei Mordfälle verbindet?«

Er seufzte schwer.

»Wir wissen vorläufig noch viel zu wenig, aber es gibt jedenfalls keinerlei Übereinstimmungen, was die Vorgehensweise des Täters angeht. Die Morde sind auf völlig verschiedene Art verübt worden. Wir haben einige Stofffasern an den Opfern gefunden, aber sie stimmen nicht überein. Fingerabdrücke gibt es auch keine.«

»Nur die Briefe?«

»Nur die Briefe.«

»Und welche Schlussfolgerungen wagen Sie zu ziehen?«

Er seufzte erneut.

»Der Mann aus Östhammar wurde ermordet, so viel steht jedenfalls fest. Er ist aus mindestens einem Meter Entfernung erschossen worden, und es ist ziemlich schwierig, eine AK 4 so weit von sich wegzuhalten und gleichzeitig abzudrücken. Es gibt natürlich eine Verbindung zwischen dem Jungen und dem Journalisten, aber zu dem Politiker haben wir noch keine entdecken können. Der Junge hat immerhin gesehen, wie der Zeitungsfritze zermalmt wurde, damit haben wir ein klassisches Motiv. Er hätte den Mörder möglicherweise identifizieren können.«

»Oder aber er kannte den Mörder«, sagte Annika.

Der Kommissar schwieg einen Moment lang verblüfft.

»Warum sagen Sie das?«

Sie schüttelte den Kopf und starrte auf die Tapete.

»Ich weiß nicht«, sagte sie. »Es war nur so ein Gefühl, das mich beschlich, als ich ihn fragte, ob er ihn erkannt hatte. Er bekam eine Heidenangst und warf mich raus.«

»Ich habe die Vernehmungsprotokolle aus Luleå gelesen. Da sagt er nichts davon, dass er Angst hat.«

»Natürlich nicht«, erwiderte Annika. »Er wollte sich selbst schützen.«

Der Kommissar schwieg skeptisch.

»Sie glauben, dass der Junge den Mörder nicht gekannt haben konnte, weil Sie denken, dass Ragnwald der Täter ist«, sagte Annika.

Die Tür flog auf, und Ellen kam ins Schlafzimmer.

»Mama, er nimmt sich einfach die Fernbedienung und sagt, dass ich sie nicht haben darf.«

»Einen Moment, bitte«, sagte sie, legte das Handy ab, stand auf und folgte Ellen zum Fernseher.

Kalle saß in einer Ecke der Couch und hatte die Fernbedienungen für Fernseher und Videogerät fest an die Brust gepresst.

»Kalle«, sagte Annika, »du wirst Ellen eine abgeben.«

»Nein«, widersprach der Junge, »sie drückt bloß drauf rum und macht sie kaputt.«

»Okay«, sagte Annika, »dann nehme ich eben beide mit.«

»Nein«, heulte Ellen auf. »Ich will auch eine haben!«

»Jetzt reicht's mir aber!«, schrie Annika. »Her mit den verdammten Fernbedienungen, und dann seid ihr gefälligst leise und guckt, oder es geht sofort ins Bett!«

Sie riss die beiden Fernbedienungen an sich und kehrte mit Kalles Gezeter in den Ohren ins Schlafzimmer zurück.

»Das ist deine Schuld! Jetzt haben wir gar keine Fernbedienungen mehr! Blöde Kuh!«

Sie schloss die Tür hinter sich und meldete sich wieder am Telefon.

»Ragnwald«, sagte Q.

»Suup hat die Information zu mir durchsickern lassen, um Ragnwald davon zu unterrichten, dass man von seiner Rückkehr weiß«, erwiderte Annika. »Waren Sie an dieser Indiskretion beteiligt?«

Er lachte glucksend.

»Ich habe noch keinen Artikel gesehen.«

»Steht in der Zeitung von morgen, eine ziemlich dünne Geschichte, wenn Sie mich fragen. Suup hat nicht besonders viel ausgeplaudert. Ich glaube, dass Sie viel mehr in der Hand haben.«

Der Kommissar antwortete nicht.

»Wie viel wissen Sie?«, fragte Annika. »Kennen Sie seine Identität?«

»Zuerst müssen wir ein paar Dinge klären«, meinte Q. »Sie können die anonymen Briefe bringen, aber nicht, dass sie aus Mao-Zitaten bestehen.«

Annika notierte sich seine Anweisungen.

»Und Ragnwald?«

»Wir sind uns sicher, dass er wieder hier ist.«

»Warum ist er zurückgekommen? Um diese Menschen zu ermorden?«

»Er hat sich mehr als dreißig Jahre fern gehalten, also muss er verdammt gute Gründe dafür haben, wieder in der Heimat aufzutauchen. Welche das sind, wissen wir nicht.«

»Ist er der Mao-Mörder?«

»Tolles Wort für eine Schlagzeile, nur schade, dass Sie es nicht benutzen dürfen. Ich weiß nicht, ob er es ist. Möglich wäre es, aber meine Hand würde ich dafür nicht ins Feuer legen.«

»Aber er hat damals das Flugzeug auf F21 in die Luft gejagt?«

»Zumindest ist er in irgendeiner Form in die Sache verwickelt gewesen, aber wir wissen nicht, ob er dabei war, als die Maschine hochging.«

»Wie ist sein richtiger Name?«

Kommissar Q zögerte.

»Sie haben von mir einen Serienmörder bekommen«, sagte Annika. »Da werde ich doch wohl im Austausch von Ihnen einen Terroristen kriegen.«

»Sie dürfen diese Information aber nicht veröffentlichen«, erwiderte Q. »Es ist uns dreißig Jahre lang gelungen, seinen Namen geheim zu halten, und das muss jetzt noch eine Weile so bleiben. Was ich Ihnen jetzt sage, ist nur für Ihr höchst privates Archiv bestimmt. Keine Aktennotizen im Computer, keine losen Zettel im Büro.«

Annika schluckte, setzte sich mit ihrem Stift zurecht, das Herz klopfte ihr bis zum Hals. Sie wollte gerade nach dem Grund für die Geheimhaltung fragen, als die Tür aufflog und Kalle ins Zimmer stürzte.

»Mama, sie nimmt mir Tiger ab! Du musst mit ihr schimpfen!«

Sie holte so viel Luft, dass es für einen kompletten Wutausbruch gereicht hätte, bekam einen hochroten Kopf und sah Kalle wutentbrannt an.

»Geh raus«, flüsterte sie. »Sofort!«

Der Junge sah sie erschrocken an, drehte sich um und ließ die Tür sperrangelweit offen stehen.

»Mama sagt, du sollst mir Tiger zurückgeben«, rief er. »Sofort!«

»Er heißt Göran Nilsson«, sagte Q. »Sohn eines laestadianischen Priesters aus Sattajärvi in Norrbotten, geboren im Oktober 1948. Im Herbst 1967 ging er nach Uppsala, um dort Theologie zu studieren. Ein Jahr später kehrte er nach Luleå zurück und arbeitete bei der Domverwaltung, bis er am 18. November 1969 verschwand. Seither ist er nicht mehr unter seinem richtigen Namen aufgetaucht.«

Annika schrieb so schnell, dass ihr die Handgelenke wehtaten, und hoffte, ihr hektisches Gekritzel später noch entziffern zu können.

»Laestadianisch?«, fragte sie.

»Der Laestadianismus ist eine religiöse Bewegung im Norden Schwedens, die in gewissen Bereichen verdammt streng und konservativ ist. Schlichte Kleidung, kein Fernsehen, keine Verhütungsmittel.«

»Wissen Sie, warum er sich Ragnwald nennt?«

»Das war sein Deckname in den linken Splittergruppen in Luleå Ende der sechziger Jahre. Er behielt ihn als eine Art Künstlername, als er dann Profikiller wurde, aber seine ETA-Identität ist aller Wahrscheinlichkeit nach ein französischer Name. Vermutlich hat er in einem Dorf im französischen Teil der Pyrenäen gelebt, von wo aus er einigermaßen reibungslos die Grenze überqueren konnte.«

Annika hörte, dass die Kinder im Fernsehzimmer aufeinander losgingen und sich schlugen.

»Er war also tatsächlich Profikiller? So jemand wie Léon?«

»Solche Typen gibt es nur in Luc-Besson-Filmen, aber wir wissen, dass er gegen Bezahlung blutige Jobs ausgeführt hat. Ich muss jetzt los, und wenn ich recht höre, müssen Sie sich gleich auch um etwas kümmern.«

»Sie schlagen sich um einen Stofftiger«, sagte Annika.

»Gewalt wird dein Erbteil sein, oh, Mensch«, meinte Q und legte auf.

Annika sah mit einem Kind auf jedem Knie den Pippi-Film zu Ende, putzte ihnen dann die Zähne und las ihnen zwei Kapitel aus *Wir Kinder aus Bullerbü* vor. Sie sangen gemeinsam drei Lieder aus dem großen schwedischen Liederbuch, und danach schliefen die Kleinen sofort ein. Als sie sich schließlich an den Schreibtisch setzte, um zu schreiben, war ihr vor lauter Müdigkeit schwindlig. Die Buchstaben schienen wie Inseln über den Bildschirm zu treiben und ließen sich nicht fixieren, und plötzlich überkam sie das Gefühl, vollkommen unfähig zu sein.

Sie floh vom Bildschirm ins Badezimmer und wusch sich das Gesicht mit eiskaltem Wasser, goss anschließend in der Küche Wasser in den Kessel und kochte sich eine Kanne Kaffee. Sie nahm die Kanne und eine Tasse vom Gemeindetag und setzte sich wieder an den Computer.

Sie war leer, hatte nichts mehr zu geben, hob den Telefonhörer ab und rief Jansson an.

»Ich bringe nichts zustande«, sagte sie. »Es geht einfach nicht.«

»Du schaffst das schon«, entgegnete Jansson angespannt. »Ich brauche dich jetzt. Wir helfen uns gegenseitig. Wo bist du stecken geblieben?«

»Ehe ich überhaupt angefangen habe.«

»Du musst ganz von vorne anfangen. Erstens. Ein Serienkiller läuft frei herum, darum geht es auf der Titelseite. Du fängst mit der Zusammenfassung an, rekapitulierst die Todesfälle in Luleå, beschreibst die Zitate in den Briefen.«

»Darf ich nicht«, warf sie ein und schrieb »Serienkiller, Zusammenfassung Luleå«.

»Das musst du dann beim Schreiben abwägen, bring die Informationen unter, so gut es eben geht. Zweitens. Anschließend berichtest du über den Mord in Östhammar, das ist neu, und unter Umständen haben wir es sogar exklusiv. Die Erzählung der Frau, die Arbeit der Polizei. War es Mord?«

»Japp.«

»Gut. Drittens. Als Nächstes stellst du die Verbindung zwischen Östhammar und Luleå her und beschreibst die verzweifelte Jagd der Polizei nach dem Mörder. Du hast die Titelseite, die sechs, sieben, acht und neun plus die Mitte für deinen alten Terroristen, für den wir schon das Layout haben.«

Sie antwortete nicht, lauschte stattdessen den fernen Geräuschen hinter dem Chef vom Dienst: ein Fernseher mit einer monotonen Nachrichtenstimme auf Englisch, ein klingelndes Telefon, das Klappern von Tastaturen, eine Symphonie der Effektivität und des Zynismus, die angeblich den Bestand der Demokratie garantierte.

Sie sah Gunnel Sandström vor sich, ihre weinrote Strickjacke und ihre sanften Wangen, und wurde von einem Gefühl unendlicher Ohnmacht erfüllt.

»Okay«, flüsterte sie.

»Mach dir wegen der Bilder keine Gedanken«, sagte Jansson. »Das regeln wir hier. Bei der Übergabe haben einige ein saures Gesicht gemacht, weil du ohne Fotograf nach Östhammar gefahren bist, aber ich habe ihnen erklärt, du wärst nur auf gut Glück dahin und hättest nicht ahnen können, dass du einen großen Coup landest. Wir haben uns ein Bild von dem Bauernhof besorgt. Die

Alte wollte nicht mit drauf, aber wir haben die Mutter des Typen und den Chefredakteur der *Norrlands-Tidningen* als trauernde Angehörige, dieser Reporter da oben hatte keine eigene Familie, wenn ich es richtig verstanden habe?«

»Das stimmt«, sagte Annika leise.

»Gibt es eine Chance, Fotos von den Briefen zu machen?«

»Heute Abend? Das könnte schwierig werden. Es dürfte aber auch kein Problem sein, eins zu arrangieren. Alles, was man dazu braucht, gibt es in der Redaktion.«

»Pelle!«, rief Jansson Richtung Bildredaktion. »Studiobild von ein paar Briefen, und zwar schnell.«

»Ganz normale weiße Umschläge«, erläuterte Annika, »Briefmarken mit einem Eishockeyspieler. Der Inhalt bestand aus linierten Blättern aus einem Collegeblock, die Ränder waren ein bisschen ausgefranst, du weißt schon, wenn man keine Lust hat, an der Perforierung erst einmal zu falzen, der Text ist mit einem Kugelschreiber geschrieben, jede zweite Zeile, und nimmt ungefähr die halbe Seite ein.«

»Noch was?«

»Schreib um Himmels willen, dass unser Foto gestellt ist.«

»Ja, ja, ja. Wann kannst du abgeben?«

Sie sah auf die Uhr, hatte plötzlich wieder festen Boden unter den Füßen.

»Wann willst du es haben?«

Thomas trat aus dem rußgeschwärzten Inneren des Jazzclubs und landete auf einer hell erleuchteten Straße. Seine Beine waren vom Bier ein wenig unstet, und in seinem Kopf vibrierte noch die Musik. Er war eigentlich kein großer Jazzfan, eher ein Anhänger der Beatles, aber diese Band war wirklich gut gewesen, hatte technisch versiert, melodiös und mit viel Gefühl gespielt.

Hinter sich hörte er Sophias helles Lachen, das ihre Antwort auf eine Bemerkung war, die ein Typ an der Garderobe gemacht hatte. Sie kannte alle in dem Lokal, war ein richtiger Stammgast, weshalb sie auch den besten Tisch bekommen hatten. Er ließ die Tür zufallen, knöpfte seinen Mantel zu und stellte sich mit dem Rücken zum Wind, während er auf Sophia wartete. Der Lärm der Stadt klang nach den sanften Melodien unrhythmisch und schräg. Er schaute zu einer Neonreklame über seinem Kopf, und seine Haut verfärbte sich lila, grün und blau.

Sie war so ungezwungen und fröhlich, ihr Lachen perlte wie silberne Frühlingsbäche über dunkle Jazzböden und massive Vorstandstische. Sie war ehrgeizig und pflichtbewusst und dankbar für alles, was das Leben ihr bescherte. In ihrer Gegenwart fühlte er sich rundum wohl. Sie respektierte ihn, hörte auf ihn, nahm ihn ernst. Er brauchte sich nie dafür zu rechtfertigen, wer er war, sie jammerte nie und hackte nicht auf ihm herum. Dafür zeigte sie echtes Interesse, wenn er von seinen Eltern und seiner Kindheit in Vaxholm erzählte. Außerdem segelte sie, ihre Familie hatte ein Sommerhaus auf Möja in den Schären.

Er hörte sie kommen, drehte sich um und sah, wie sie in ihren zierlichen Stiefeln und dem engen Rock aus der Dunkelheit hervortrat und vorsichtig die wenigen Stufen hinabstieg.

»Am Freitag machen sie eine Jamsession«, sagte Sophia. »Das kann richtig klasse werden. Einmal bin ich bis halb sieben am nächsten Morgen geblieben, es war ekstatisch.«

Er lächelte sie an, wurde in das matte Blau ihrer Augen gesogen. Sie stellte sich vor ihn, schob die Schultern hoch, vergrub die Hände tief in die Manteltaschen und strahlte ihn an.

»Frierst du?«, fragte er und merkte, dass sein Mund ausgedörrt war. Sie strahlte weiter und schüttelte den Kopf.

»Überhaupt nicht«, sagte sie. »Mir ist ganz warm.«

Er gab auf und zog sie an sich. Ihr Scheitel landete direkt unter seiner Nase, sie war etwas größer als Annika, ihre Haare rochen nach Apfel. Sie legte ihre Arme um ihn, hielt ihn fest. Er war so erregt, dass es ihm den Atem verschlug und er aufstöhnte.

»Thomas«, flüsterte sie an seiner Brust. »Wenn du wüsstest, wie sehr ich mich danach gesehnt habe.«

Er schluckte und schloss die Augen, umarmte sie noch fester und atmete ihre Düfte ein, sie roch nach Apfel und Parfum und der Wolle ihres Mantels. Als er sie losließ, sah sie zu ihm auf. Er atmete mit offenem Mund, während er in ihre Augen starrte und merkte, dass ihr Atem schneller ging.

Wenn ich es tue, führt kein Weg mehr zurück, dachte er.

Wenn ich jetzt meinem Gefühl nachgebe, bin ich verloren.

Und er beugte sich vor und küsste sie unendlich leicht und vorsichtig, ihre Lippen waren kalt und schmeckten nach Gin Tonic und Mentholzigaretten. Ihm lief ein Schauer über den Rücken. Dann machte sie einen kleinen, fast unmerklichen Schritt auf ihn zu, und ihre Zähne stießen zusammen. Die Wärme ihres Mundes drang in seinen, und in der nächsten Sekunde dachte er, er würde explodieren, oh mein Gott, er musste diese Frau haben, er musste sie jetzt haben.

»Kommst du mit zu mir?«, flüsterte sie an seinem Kinn.

Er konnte nur nicken.

Sie löste sich aus der Umarmung und winkte mit der ihr eigenen Effektivität ein Taxi heran. Dazu setzte sie eine Miene auf, die den alltäglichen Repräsentationspflichten des Landtagsverbands entsprach, glättete ihre Haare und warf ihm gleichzeitig über das Autodach hinweg feurige Blicke zu. Sie stiegen in den Volvo, und sie nannte dem Fahrer die Adresse ihrer Wohnung auf Östermalm. Anschließend hockte jeder von ihnen in seiner Ecke der Rückbank, und sie verschränkten ihre Hände krampfhaft unter ihrer Handtasche, während der Wagen sie durch das Stadtzentrum Richtung Karlaplan schaukelte.

Thomas bezahlte die Fahrt mit seiner Dienstkreditkarte und unterzeichnete mit zitternden Fingern.

Sie wohnte in der obersten Etage eines fantastischen, 1898 erbauten Gebäudes. Das marmorne Treppenhaus wurde diskret von dämmrigen Messingleuchtern erhellt, und ein dicker, echter Teppich schluckte das Geräusch ihrer Schritte, als sie ihn rasch zum Lift zog. Sie schloss die verschnörkelten Eisengittertüren, drückte den Knopf für den siebten Stock und streifte ihm den Mantel ab. Er ließ ihn zu Boden fallen, scherte sich nicht darum, ob er schmutzig wurde, und zog ihr Mantel und Blouson und Bluse aus, füllte seine Hände mit ihren Brüsten. Sie stöhnte leicht an seiner Schulter und liebkoste mit beiden Händen seinen Schoß. Dann fand sie den Reißverschluss, öffnete ihn, schob die Finger in seine Unterhose und holte seinen Penis heraus. Er musste die Augen schließen und sich zurücklehnen, glaubte, ohnmächtig zu werden.

Der Aufzug hielt mit einem Ruck. Sie küsste ihn und lachte seinen Mund an.

»Dann kommen Sie mal, Herr Projektleiter«, sagte sie. »Jetzt sind wir fast zu Hause.«

Sie sammelten ihre Kleider und Taschen und Aktenmappen ein und stolperten aus dem Aufzug. Sie holte fahrig die Schlüssel aus ihrer Handtasche, und er ließ die Zunge über ihren Nacken kreisen, während sie aufschloss.

»Ich muss noch die Alarmanlage ausschalten«, flüsterte sie.

Nach einigen piependen Lauten gelangten sie in den Flur ihrer Wohnung, seine Hände strichen über ihre nackte Taille, bewegten sich nach oben und fanden ihre Brüste, sie presste ihren Po an ihn, bis sie sich umdrehte und ihn auf dem Fußboden des Flurs auf sich herabzog.

Ihre Augen glänzten, und sie atmete leicht und stöhnend. Als er in sie eindrang, sah sie ihm fest in die Augen, und er ertrank in ihnen und wollte weiter ertrinken, bis er starb, und dann starb er, und es wurde ihm schwarz vor Augen, als er kam.

Im nächsten Moment wurde ihm sein eigenes Stöhnen bewusst. Sein Knie lag auf einem Damenschuh, und er bemerkte, dass sie die Wohnungstür nicht geschlossen hatten. Ein kalter Luftzug ließ seine schweißnasse Haut schaudern.

»Wir können hier nicht liegen bleiben«, sagte er und glitt aus ihr heraus.

»Oh, Thomas«, sagte Sophia, »ich glaube, ich bin in dich verliebt.«

Er sah sie unter sich, ihre blonden Haare lagen zerzaust auf dem Eichenparkett, der Lippenstift und die Mascara waren verschmiert. Er wurde verlegen, wandte den Blick ab und stand auf. Der Raum schien ein wenig zu schwanken, offenbar hatte er etwas mehr getrunken, als ihm bewusst gewesen war. Aus den Augenwinkeln nahm er wahr, dass sie sich neben ihn stellte. Sie trug immer noch ihren BH und den um die Taille geknüllten Rock.

»War das nicht fantastisch, Thomas?«

Er schluckte und zwang sich dazu, sie anzusehen, schlank und ein bisschen weich ohne Kleider, wehrlos und atemlos wie ein kleines Kind. Er zwang sich, sie anzulächeln, sie war so süß.

»Du bist fantastisch«, sagte er, und sie streichelte flüchtig seine Wange.

»Möchtest du einen Kaffee?«, fragte sie, und schloss die Wohnungstür, zog den Reißverschluss ihres Rocks auf und ließ ihn zusammen mit dem BH zu Boden fallen.

»Danke, gern«, sagte er, während sie nackt in die Wohnung hineinging.

Einen Augenblick später kehrte sie, in einen elfenbeinweißen Bademantel gehüllt und mit einem zweiten, weinroten in der Hand, zurück.

»Hier«, sagte sie. »Hinten links ist eine Dusche.«

Er fing den Bademantel auf und dachte kurz über eine Dusche nach. Auch wenn Annika bei seiner Heimkehr schon schlafen würde, wollte er kein Risiko eingehen.

Sophia war irgendwo nach rechts verschwunden, und er glaubte das Zischen einer Espressomaschine zu hören. Vorsichtig betrat er das nächstliegende Zimmer und gelangte in ein Studio mit acht Meter Deckenhöhe und Fenstern zum matten Stadthimmel, Backsteinwänden und einem Fußboden aus dem gleichen geölten Eichenparkett wie im Flur.

Er war beeindruckt. So sollte eine Wohnung aussehen.

»Zucker?«, rief Sophia aus der Küche.

»Ja, bitte«, sagte er laut und eilte ins Badezimmer. Er duschte schnell, schrubbte sich gründlich und benutzte das geruchsneutralste Duschgel, das er in ihren Regalen finden konnte, wusch sich um den Penis herum mit einem Waschlappen. Sorgsam achtete er darauf, keine nassen Haare zu bekommen.

Als er in seinem weinroten Bademantel aus dem Bad kam, saß sie an einem Tisch aus rauchfarbenem Glas in ihrer Designer-Küche und hatte sich eine Mentholzigarette angezündet.

»Du musst nach Hause fahren?«, sagte sie, und es war tatsächlich eine Frage.

Er nickte, setzte sich und versuchte sich über seine Gefühle klar zu werden. Vor allem war er zufrieden, lächelte sie an und berührte ihre Hand.

»Jetzt gleich?«

Er blieb einen Moment regungslos sitzen und nickte dann. Sie drückte die Zigarette aus, zog ihre Hände zurück und legte sie gefaltet in den Schoß.

»Liebst du deine Frau?«, fragte sie und starrte die Tischplatte an.

Er schluckte und wusste nicht, was er sagen sollte. Liebte er sie?

»Doch«, antwortete er schließlich, »ich glaube schon.«

Er versuchte Annika vor seinem inneren Auge zu sehen, sich seiner Gefühle für sie klar zu werden.

Als er noch mit Eleonor zusammenlebte, hatte er eines Nachts von Annika geträumt, und im Traum hatten ihre Haare gebrannt. Ihr Kopf war rundum mit Flammen bedeckt gewesen, die um ihr Gesicht tanzten, was ihr jedoch nichts auszumachen schien. Das Feuer war ihr Element und lief ihr wie Seide über Rücken und Schultern.

Nach dieser Nacht hatte er sie oft so gesehen, als einen Menschen, der im Feuer wohnte.

»In gewisser Weise ist sie maßlos«, sagte er. »Ihr fehlen gewisse Hemmschwellen, wie normale Menschen sie haben. Wenn sie sich einmal zu etwas entschlossen hat, ist sie bereit, alles dafür zu geben.«

»Das klingt ein wenig unheimlich«, meinte Sophia.

Er nickte bedächtig.

»Und faszinierend«, sagte er. »Ich bin noch nie einem anderen Menschen begegnet, der so ist wie sie.«

Sophia Grenborg lächelte ihn schüchtern und freundlich an.

»Ich bin froh, dass du hergekommen bist.«

Er lächelte zurück.

»Ich auch.«

»Soll ich dir ein Taxi rufen?«

Er nickte, sah auf seine Hände und wartete still, während sie zum Telefon ging.

»Es kommt in fünf Minuten«, sagte sie.

Er trank seinen Kaffee, der zu stark und zu süß war, stand auf und stellte die Espressotasse auf die Spüle. Im Flur sammelte er seine Kleider ein und zog sich mit raschen, effektiven Bewegungen an.

Als er sich den Mantel übergestreift und seine Aktentasche gefunden hatte, glitt sie hinter ihm in den dunklen Flur, ein heller Schatten aus Parfum und Apfelduft. Sie schlang die Arme um seine Taille und legte die Wange an seinen Rücken.

»Vielen Dank für diesen Abend«, hauchte sie.

Er blinzelte, drehte sich um und küsste sie sanft.

»Ich danke dir«, flüsterte er.

Sie schloss hinter ihm ab, und er spürte ihren Blick durch den Spion in der Tür, bis der Aufzug nach unten fuhr.

Als er auf die Straße trat, sah er, dass es angefangen hatte zu schneien. Sein Taxi war noch nicht gekommen. Er blieb stehen, legte den Kopf in den Nacken und sah in die fallenden Flocken hinauf.

Ich frage mich, wie lange es dauern wird, bis mir eine ins Auge fliegt, dachte er.

Kurt Sandström war ins Auge geschossen worden.

Der erste Politikermord im Rahmen ihrer Arbeitsgruppe.

Ihre Besprechung an diesem Abend war sehr gut verlaufen, kurz und konstruktiv. Alle waren schon bald zu der Auffassung gelangt, dass die Reaktionen der Medien keine Gefahr für das Projekt darstellen würden, sondern sich vielmehr positiv auswirken könnten. Sie hatten diesen Mord zwar nicht verhindert, konnten aber angesichts des Geschehenen von nun an wesentlich konstruktiver vorbeugend tätig werden. Morgen würden sie ihre Diskussion im Ministerium in der Regeringsgatan fortsetzen.

Das Taxi glitt in dem stärker werdenden Schneefall so leise heran, dass er überrascht zusammenschreckte, als er es plötzlich erblickte. Er stieg ein und nannte dem Fahrer die Adresse. Dann musste er eingenickt sein, denn im nächsten Moment waren sie auch schon da. Etwas zittrig bezahlte er mit seiner privaten Karte, suchte seine Sachen zusammen, stieg aus und schaute zum Haus hinauf.

In ihrer Wohnung brannte Licht, und er glaubte einen Schatten zu erkennen, der sich hinter den Fenstern bewegte.

Annika war also noch nicht im Bett, dabei war sie nach ihren Jahren in der Nachtschicht abends eigentlich immer früh müde.

Warum schlief sie nicht? Warum ging sie in der Wohnung auf und ab?

Dafür konnte es nur zwei Gründe geben. Entweder, sie arbeitete noch, oder aber, sie hatte Verdacht geschöpft, und als er diesen Gedanken innerlich formuliert hatte, trafen ihn Schuldgefühle und Reue mit voller Wucht, und er fühlte sich wie gelähmt. Es schnürte ihm die Kehle zu.

Oh, mein Gott, was hatte er nur getan?

Was sollte er machen, wenn sie es herausfand, wenn sie es merkte, wenn sie es bereits wusste?

Hatte jemand etwas gesehen? Hatte sie jemanden angerufen? Hatte vielleicht irgendwer der Zeitung einen Tipp gegeben?

Er atmete stockend und schwer und zwang sich, nicht in Panik zu geraten. Der Zeitung einen Tipp geben? Warum zum Teufel sollte jemand der Zeitung einen Tipp geben? Er war dabei, die Kontrolle zu verlieren.

Nach einer Weile gelang es ihm, sich wieder aufzurichten, und er sah von neuem zu den Fenstern hinauf. Jetzt löschte sie das Licht im Wohnzimmer, wahrscheinlich wollte sie ins Bett.

Vielleicht weiß sie ja, dass ich komme, dachte er. Vielleicht versucht sie mir vorzugaukeln, sie würde nichts ahnen, obwohl sie in Wahrheit längst alles weiß. Vielleicht stellt sie sich schlafend, wenn ich reinkomme, und tötet mich dann im Schlaf.

Und er sah sie mit Haaren aus Feuer und einem Eisenrohr vor sich, das sie mit beiden Händen umfasst und zum Schlag erhoben hatte.

Als er die Tür aufschloss, hätte er am liebsten geheult und wusste nicht, wie er es schaffen sollte, ihr ins Gesicht zu sehen. Mit leisen Schritten stieg er die Treppen hinauf und blieb vor der Wohnungstür stehen, vor den hohen Doppeltüren mit den farbigen Glasflächen, die Annika so schön fand.

Mit den Schlüsseln in der Hand stand er da, zitterte und sah mit fremdem Blick die Türen an, bis seine Atmung sich halbwegs beruhigt hatte und er sich wieder bewegen konnte.

Im Flur war es dunkel.

Er schob sich hinein und schloss die schwere Tür vorsichtig hinter sich.

»Thomasch?«

Annika lugte aus dem Badezimmer heraus und nahm die Zahnbürste aus dem Mund.

»Wie ist es gelaufen?«

Er sackte auf der Bank im Flur in sich zusammen und fühlte sich vollkommen leer.

»Eine grauenhafte Besprechung. Alle stehen unter Schock.«

Sie verschwand wieder im Badezimmer, und er hörte, dass sie sich den Mund ausspülte. Unmittelbar darauf kam sie in einem schwarzen Tangaslip aus dem Badezimmer, dessen Dreieck ihr Geschlecht bedeckte, ihre großen Brüste wippten hin und her.

»Das kann ich mir vorstellen«, sagte sie, setzte sich neben ihn und legte ihre Hand in seinen Nacken. »Aber ich glaube nicht, dass sein Tod etwas mit seinem politischen Engagement zu tun hat. Ich bin mir eigentlich fast sicher, dass ihr aufatmen könnt.«

Er sah zu ihr auf, spürte ihre Brust an seinem Arm und merkte, dass ihm Tränen in den Augen standen.

»Woher willst du das wissen?«

»Im Moment weiß im Grunde niemand etwas Genaues«, erklärte sie, »aber es steckt etwas Größeres dahinter als der Gemeinderat von Östhammar.«

Sie küsste ihn auf die Wange, strich über den Ärmel seines Mantels und stand auf.

»Ich bin total überdreht, ich habe heute Abend bestimmt 200 Liter Kaffee getrunken.«

Er seufzte schwer.

»Ich auch«, meinte er.

»Du riechst aber auch nach Rauch und Alkohol«, sagte sie auf dem Weg ins Schlafzimmer über die Schulter hinweg.

»Das will ich auch hoffen«, erwiderte er, »denn die Rechnung bezahlt der Steuerzahler.«

Sie lachte ein wenig wehmütig.

»Kommst du?«, rief sie.

Ich schaffe das, dachte er. Ich werde das schon schaffen.

DIENSTAG, 17. NOVEMBER

Die leuchtend gelben Aushänger an den Zeitungskiosken verkündeten in der ganzen Fleminggatan ihre Botschaft vom Serienmörder und der Jagd der Polizei auf ihn. Annika sah sie flüchtig vom Busfenster aus und wurde wie immer von der eigentümlichen Faszination erfasst, etwas in die Welt gesetzt zu haben, das nun ein Eigenleben bekommen hatte. Ihre Artikel erreichten Hunderttausende von Menschen, denen sie niemals begegnen würde, und ihre Worte würden Gefühle und Reaktionen auslösen, von denen sie nie etwas erfuhr.

Als sie nach der kurzen Busfahrt das Foyer des Zeitungsgebäudes betrat, war dort wie jeden Morgen eine ganze Wand mit dem Aushänger des Tages tapeziert.

In der Redaktion hatte sich das Klima spürbar verändert, als Annika sich durch das Menschenmeer bewegte. Ihr gesenkter Kopf wurde von fast warmen Blicken getroffen, wo sie sonst nur Eiszapfen wahrnahm. Sie dominierte die heutige Zeitung. Sie war zurück, war wieder jemand, mit dem man rechnen musste. Die alten Geschichten waren vergeben und vergessen, denn jetzt standen neue Storys an, noch neunzehn Stunden bis Redaktionsschluss, und sie hatte den Bildeinschlag auf Seite sechs.

Sie kehrte den einschmeichelnden Blicken den Rücken zu und zog die Glastür zu ihrem Büro mit einem Knall hinter sich zu.

Göran Nilsson, dachte sie, warf ihren Mantel ab und runzelte die Stirn, um die Müdigkeit zu vertreiben. Geboren 1948 in Satajärvi, seit 1969 emigriert. Profikiller.

Es hatte keinen Sinn, ihn im staatlichen Personen- und Adressenregister zu suchen. Er war schon vor Jahrzehnten aus allen Verzeichnissen gestrichen worden.

Ihre Finger trommelten gereizt, während Millionen schwerfälliger Programme in ihrem Computer hochgefahren wurden, dann startete sie eine Google-Suche zu »göran nilsson« und bekam Hunderte von Treffern.

Es schien unendlich viele Göran Nilssons auf der Welt zu geben, einen Universitätsdozenten in Bautechnik, einen Forscher in Psychologie, einen Produzenten von Holzfischen, ein Gemeinderatsmitglied in Karlstad, einen Ökobauern in Halland, einen Stadtdirektor in Norrköping, aber keiner von ihnen war ihr Göran Nilsson, denn der war ausgeflippt. Von allen Wahlmöglichkeiten, die einem Menschen in seinem Leben offen standen, hatte ihr Göran Nilsson sich dafür entschieden, anderen Menschen den Tod zu bringen.

Sie blätterte weiter.

In den vierziger und fünfziger Jahren schien Göran als Teil eines Doppelnamens beliebt gewesen zu sein, denn es gab Stig-Göran und Lars-Göran und Ulf-Göran und Sven-Göran und jede Menge anderer Kombinationen.

Anstatt sich damit weiter aufzuhalten, ging sie zur Homepage der Gelben Seiten, um zu schauen, wie häufig die Namenskombination war, und machte Stichproben in verschiedenen Regionen.

Allein in der Provinz Blekinge gab es 73, in Borås 55, in Stockholm 205 und in Norrbotten 46. Im ganzen Land mit anderen Worten mehrere tausend. Sie musste ihre Suche mit Hilfe eines Stichworts eingrenzen.

Göran nilsson sattajärvi.

Kein Treffer.

Die Briefe, dachte sie. Der Maoismus oder eine linke Splittergruppe.

Doch das brachte auch nicht viel, außer Treffern vom Typ Kristina *Nilsson, Mao* Tse-tung, *Göran* Andersson in der gleichen Quelle.

Stattdessen suchte sie nach Bildern unter der Eingabe »göran nilsson mao«.

Vier Treffer, kleine Vierecke auf dem Bildschirm, und sie musste sich vorbeugen, um sie zu betrachten. Zwei waren Logos für etwas, das sie nicht näher untersuchte, das dritte war ein kulturrevolutionäres Porträt des großen Vorsitzenden auf einer privaten Homepage und das vierte Bild schließlich eine Schwarzweißaufnahme von einigen Jugendlichen in zeittypischem Aufzug. Sie schaute noch genauer hin und las die Bildbeschreibung 022.jpg, 501 × 400 pixels – 41k, homepage/userbell/rebelhistory035.htm. Sie klickte den Link an, landete auf einer Homepage, die jemand über seine eigenen Sturm-und-Drang-Jahre in Uppsala zusammengestellt hatte, und fand einen Text, der erläuterte, in welchem Zusammenhang das Bild entstanden war.

Nach der Ratifizierung des grundlegenden Manifests vom 9. April waren Mats Andersson, Fredrik Svensson, Hans Larsson und Göran Nilsson bereit, im Namen des Meisters Mao begeistert die Massen zu mobilisieren.

Sie las sich den Text zwei Mal durch und wunderte sich über die etwas lächerliche Religiosität, die in ihm mitschwang. Anschließend starrte sie den jungen Mann am rechten Bildrand an. Seine Schulter war hinter einem Genossen verborgen. Sie sah einen jungen Mann mit kurzen Haaren und zarten Gesichtszügen, der relativ klein zu sein schien. Er hatte dunkle Augen, die starr auf einen Punkt links vom Fotografen gerichtet waren.

Sie klickte zur Startseite der Homepage und stellte fest, dass es noch zahlreiche andere Bilder aus Uppsala auf dem Server gab. Einige von ihnen waren bei diversen Demonstrationen aufgenommen worden, die meisten jedoch auf Festen. Sie sah sich jedes einzelne Foto an, aber der junge Mann namens Göran Nilsson war auf keinem anderen Bild mehr zu sehen.

Ob er das wirklich war? War er in den sechziger Jahren tatsächlich ein öffentlich in Erscheinung tretender Aktivist gewesen? Wenn dem so war, bestand immerhin die Möglichkeit, dass er in verschiedenen Quellen aufzufinden war. Medienarchive aus jener Zeit waren allerdings nie digital verfügbar, sondern nur in Form von Bildern und Zeitungsausschnitten. Ihre eigene Zeitung verfügte über das größte Archiv dieser Art im ganzen Land. Sie griff nach dem Telefonhörer und bat die Archivare nachzuschauen, ob es Ende der sechziger Jahre in maoistischen Kreisen einen Göran Nilsson gab.

Die Frau, die ihre Anfrage entgegennahm, klang nicht sonderlich begeistert.

»Wann brauchen Sie die Antwort?«

»Gestern, es ist dringend«, sagte Annika.

»Wann ist es das nicht?«

»Ich sitze hier und warte und kann ohne Ihren Bescheid nicht weitermachen.«

Ein kaum hörbares Seufzen drang aus dem Hörer.

»Ich stelle Ihnen auf die Schnelle eine Übersicht zusammen und schaue nach, ob ich etwas in unserem Material finde. Sich alles durchzulesen, was über den Maoismus veröffentlicht worden ist, würde Wochen dauern.«

Während sie auf die Antwort aus dem Archiv wartete, sah Annika in die Redaktion hinaus.

»Sorry. Kein Göran Nilsson, der als Maoist beschrieben wird. Dafür aber ein paar hundert andere.«

»Danke, dass Sie es so schnell bearbeitet haben«, sagte Annika.

Welche anderen Archive gab es aus jener Zeit in den Orten, an denen die Maoisten aktiv gewesen waren? Die Universitätsstädte, dachte sie. Das Konkurrenzblatt gab es damals auch schon, aber dort konnte sie natürlich schlecht anrufen. *Upsala Nya Tidning*? Da kannte sie niemanden. Welche Zeitung gab es denn in Lund?

Sie kratzte sich gereizt am Kopf.

Was war mit Luleå?

Sie hob den Hörer und wählte die Nummer der *Norrlands-Tidningen*.

»Hasse Blomberg war gestern krank, ich weiß nicht, ob er heute zur Arbeit kommt«, sagte die Telefonistin und wollte das Gespräch schon wegschalten.

Annika wurde auf einmal von unerklärlicher Angst erfasst, großer Gott, hoffentlich war Blomberg nichts passiert.

»Was ist denn mit ihm? Ist es was Ernstes?«

Die Telefonistin seufzte, als wäre Annika ein bisschen zurückgeblieben.

»Er ist ausgebrannt, genau wie die anderen. Ich persönlich glaube allerdings, dass sie alle einfach nur faul sind.«

Annika stutzte.

»Das kann doch nicht Ihr Ernst sein«, sagte sie.

»Haben Sie mal darüber nachgedacht, dass sich so viele Leute erst ausgebrannt fühlen, seit wir in der EU sind? Der ganze Mist, der über die Grenzen ins Land strömt, kommt aus der EU, Menschen und Gifte und auch, dass die Leute sich ausgebrannt fühlen. Und dabei habe ich sogar für den Beitritt gestimmt. Wir sind gründlich reingelegt worden, so ist das.«

»Ist Hans Blomberg denn oft krank?«

»Mittlerweile ist er aus gesundheitlichen Gründen schon halb in Rente, und an den wenigen Tagen, an denen er eigentlich arbeiten soll, taucht er auch nicht unbedingt auf, wie man es erwarten könnte.«

Annika biss sich auf die Lippe, sie musste so schnell wie möglich an das Archiv der *Norrlands-Tidningen* herankommen.

»Könnten Sie ihn bitten, mich anzurufen, wenn er kommt?« Sie hinterließ ihren Namen und ihre Telefonnummer.

»*Wenn* er kommt«, meinte die Telefonistin.

Göran Nilsson, dachte sie, als sie aufgelegt hatte, und starrte den jungen Mann auf ihrem Bildschirm an.

Bist du das, Göran?

Der Kaffeeautomat war repariert worden und das Gebräu heißer als je zuvor. Sie nahm ihre üblichen zwei Becher mit ins Büro und brachte ihr Gehirn mit Koffein auf Touren.

Wegen des Schlafmangels brannten ihre Augen, sie hatte in dieser Nacht keine Ruhe gefunden. Lange hatte sie mit geschlossenen Augen wach gelegen, während sich Thomas neben ihr unruhig wälzte, stöhnte und sich kratzte. Der Tod des Politikers schien ihn wirklich erschüttert zu haben.

Sie schüttelte ihre Müdigkeit ab und suchte weiter, tippte Sattajärvi ein und fand eine Homepage zu einem Projekt in der Region Ende der neunziger Jahre, sie war Besucher Nummer 16781. Es gab unter anderem eine Landkarte, und sie lehnte sich zum Bildschirm vor, um das Dorf zu finden und die winzig kleinen Buchstaben lesen zu können, mit denen die Namen der Orte in der Umgebung geschrieben waren: Roukovaara, Ohtanajärvi, Kompeluslehto.

Es ist nicht nur eine andere Sprache, dachte sie. Es ist ein anderes Land, das sich steif gefroren auf der Tundra nördlich des Polarkreises ausbreitet.

Sie lehnte sich zurück.

Wie hatte man es sich vorzustellen, in den fünfziger Jahren nördlich des Polarkreises aufzuwachsen und einen Vater zu haben, der Pfarrer in einer strengen und etwas seltsamen Gemeinde war?

Soweit Annika wusste, hatte die Schweizer Psychoanalytikerin Alice Miller festgestellt, dass auffällig viele deutsche Terroristen protestantische Geistliche als Väter hatten, und sah dort einen Zusammenhang: Die Gewalttätigkeit der Terroristen war in ihren Augen eine Revolte gegen eine äußerst strenge religiöse Erziehung.

Das könnte ja durchaus auch auf Schweden und den Laestadianismus zutreffen, dachte Annika und rieb sich die Augen. Im selben Moment sah sie Berit hinter den staubigen Vorhängen vorbeihuschen und stemmte sich aus ihrem Stuhl.

»Hast du einen Moment Zeit?«, rief sie durch den Türspalt.

Berit zog Mütze und Handschuhe aus und faltete ihren Schal ordentlich zusammen.

»Ich wollte was essen gehen, kommst du mit zu den Sieben Ratten?«

Annika ging aus dem Internet, fischte ihr Portemonnaie aus der Tasche und stellte fest, dass sie keine Essensmarken mehr hatte.

»Müssen wir unbedingt in die Kantine gehen?«, fragte sie und schaute sich um, denn sie hatte kein wirkliches Zutrauen zu der neu entdeckten Wärme der Kollegen.

Berit hängte den Mantel auf einen Bügel und bürstete die Schultern des Kleidungsstücks mit der Hand ab.

»Wir können in ein Café gehen, wenn du willst«, sagte sie, »aber ich bin gerade an den Sieben Ratten vorbeigegangen, es war ziemlich leer dort. Es gibt Hähnchen aus dem Wok mit Cashewkernen.«

Annika biss sich auf den linken Zeigefingernagel, horchte in sich hinein, ob sie das schaffen würde, und nickte.

»Wo bist du gewesen?«, fragte sie auf der Treppe nach unten.

»Es gibt Gerüchte über eine Regierungsumbildung«, sagte Berit und brachte ihre Haare wieder in Form, die von der Mütze platt gedrückt worden waren. »Dem Pemierminister bleibt vor der Europawahl nicht mehr viel Zeit. Wenn es unter den Ministern zu einem Stühlerücken kommen soll, muss er rasch handeln.«

Sie gelangten ins Foyer. Annika blieb auf dem Weg in die Kantine dicht hinter Berit.

»Und?«, sagte sie und nahm sich ein orangefarbenes Plastiktablett.

Berit schüttelte den Kopf.

»Du weißt doch, wie er ist. Vorher ist nichts aus ihm rauszuholen.«

»Wer soll denn diesmal rausfliegen?«, erkundigte sich Annika und vermied es, die schier endlose Reihe von Tischen mit den pflegeleichten Oberflächen anzusehen.

»Na, diese Dünnbrettbohrerin Björnlund natürlich«, antwortete Berit. »Sie ist die schlechteste Kultusministerin der Weltgeschichte. In neun Jahren hat sie keinen einzigen Vorschlag durchsetzen können. Der Wirtschaftsminister hat eine kranke Frau, um die er sich intensiver kümmern möchte, also geht er freiwillig. Der

Wohnungsbauminister war auch nicht unbedingt so erfolgreich, wie die Partei gehofft hatte, also wird er wohl gehen müssen, und sein Posten wird abgeschafft.«

Berit hatte Essensmarken und bezahlte für beide.

»Wer wird sie ersetzen?«

Sie suchten sich einen Platz in einer Ecke.

»Es gibt Gerüchte, dass Christer Lundgren aus seinem Exil bei SSAB in Luleå zurückkehren soll«, meinte Berit und goss sich ein Leichtbier ein.

Annika verschluckte sich an einem Cashewkern und bekam einen Hustenanfall.

»Alles in Ordnung? Soll ich dir auf den Rücken klopfen?«

Annika schüttelte den Kopf und hob einen Arm.

»Schon okay«, sagte sie mit Tränen in den Augen. »Ist das wahr?«

Berit stopfte sich einen großen Bissen Hähnchen in den Mund.

»Das Parteipräsidium hat er nie verlassen, also dürfte er schon seit längerem wieder für einen Ministerposten vorgesehen sein. Bist du sicher, dass du okay bist?«

Annika nickte und atmete vorsichtig mit der Hand auf der Brust.

»Es ist offenbar an der Zeit, ihn wieder in Gnaden aufzunehmen«, fuhr Berit fort. »Es heißt, dass er da oben ziemlich gute Arbeit geleistet hat. Neuer Wirtschaftsminister ist ein heißer Insider-Tipp, aber man weiß ja nie. Die Frage ist, ob das schwedische Volk die Stripperin schon vergessen hat, wegen der er unter Mordverdacht geraten war.«

»Du meinst Josefine Liljeberg«, sagte Annika. »Aber er hat sie nicht ermordet.«

»Klar, wir beide wissen das.«

Annika bekam keinen Bissen mehr herunter, das Hühnchen schmeckte einfach nach gar nichts. Sie schob den Teller von sich.

Schon vor Jahren hatte sie Berit erzählt, zu welchen Schlussfolgerungen sie im Zusammenhang mit Christer Lundgrens Rücktritt gekommen war, und ihr die Dokumente und Reisekostenabrechnungen gezeigt, die bewiesen, dass der Außenhandelsminister sich in der Mordnacht nicht in Stockholm aufgehalten hatte. Stattdessen hatte er jemanden in der estnischen Hauptstadt Tallinn getroffen, und dieses Treffen war ein derart heißes Eisen gewesen, dass er lieber akzeptierte, des Mordes beschuldigt zu werden, als zu enthüllen, mit wem er dort verabredet gewesen war.

Annika und Berit waren sich einig, dass es dafür nur eine Erklärung geben konnte. Christer Lundgren opferte sich für seine Partei. Wen er in Tallinn getroffen hatte und was der Gegenstand ihres Gesprächs gewesen war, durfte unter keinen Umständen publik werden.

Es würde sich niemals beweisen lassen, dass die Regierung zu diesem Treffen gezwungen wurde, weil sonst die Wahrheit in der so genannten IB-Affäre ans Licht gekommen wäre, ebenso wenig wie die Tatsache, dass es um einen illegalen Waffenexport in eine der ehemaligen Sowjetrepubliken ging. Dennoch war sich Annika sicher gewesen, dass es so war, und hatte Karina Björnlund davon erzählt.

Das war natürlich ein Fehler gewesen, aber sie hatte Christer Lundgren einen Kommentar entlocken wollen, indem sie die ganze Geschichte seiner Pressesprecherin erzählte. Eine Antwort hatte sie nie erhalten. Stattdessen war Björnlund kurz darauf zur Kultusministerin ernannt worden.

»Meine dämliche Anfrage ebnete unserer Kultusministerin den Weg«, sagte Annika.

»Vermutlich«, meinte Berit.

»Was letztlich bedeutet, dass ich daran schuld bin, wenn in Schweden eine derart stümperhafte Kulturpolitik betrieben wird, nicht wahr?«

»So ist es«, bestätigte Berit und stand auf. »Möchtest du noch etwas? Einen Salat? Noch ein Glas Wasser?«

Annika schüttelte den Kopf und sah ihrer Kollegin nach, während sie gleichzeitig ihre Mineralwasserflasche öffnete und sich ein Glas einschenkte.

»Was wolltest du eigentlich von mir?«, fragte Berit, als sie zurückkam, und ließ sich wieder auf ihren Stuhl fallen.

»Ich möchte mehr über deine Vergangenheit erfahren«, sagte Annika. »Was war das Manifest vom 9. April?«

Berit kaute ein paar Sekunden abwesend und schüttelte dann den Kopf.

»Dazu fällt mir nichts ein«, sagte sie. »Wieso fragst du?«

Annika leerte ihr Glas.

»Das stand in einer Bildunterschrift im Internet. Auf dem Foto waren ein paar Jungs mit typischen Achtundsechziger-Klamotten zu sehen, die im Namen des großen Vorsitzenden Mao begeistert die Massen mobilisieren wollten.«

Berit hörte auf zu kauen und starrte sie an.

»Das klingt ganz nach den Uppsala-Rebellen«, sagte sie, legte das Besteck auf den Tisch und nickte gedankenverloren.

»Stimmt«, fuhr sie fort, »die haben im Frühjahr '68 irgendein Manifest proklamiert. Ob das jetzt am 9. April war, wage ich, ehrlich gesagt, nicht zu behaupten, aber im besagten Frühjahr waren sie unglaublich aktiv.« Sie lachte auf, schüttelte den Kopf, nahm das Besteck wieder in die Hand und aß weiter.

»Was ist?«, fragte Annika. »Nun sag schon!«

Berit seufzte und lächelte.

»Ich hab dir doch erzählt, dass die vom Vietnam-Bulletin uns angerufen und gedroht haben«, erklärte sie. »Diese Uppsala-Rebellen waren richtige Schwachköpfe. Jeden Tag hielten sie Marathonversammlungen ab, im Allgemeinen begannen sie um ein Uhr mittags und tagten bis weit nach Mitternacht. Ein Freund von mir, der einmal bei so einer Versammlung dabei war, meinte, es wäre im Grunde nicht darum gegangen, über Politik zu diskutieren. Er nannte diese Treffen Halleluja-Orgien.«

»Erweckungsgottesdienste?«, fragte Annika.

Berit schluckte einen Bissen herunter.

»Es erinnerte wohl tatsächlich ein wenig an so was. Alle Anwesenden waren zutiefst gläubige Maoisten, einer nach dem anderen standen sie auf und legten Zeugnis darüber ab, was für eine geistige Atombombe Maos Denken für sie sei. Nach jeder Rede wurde stürmisch applaudiert. Von Zeit zu Zeit machte man eine Pause, aß Brote und trank Bier, und anschließend machte man mit einer neuen Runde von Bekenntnissen weiter.«

»Aber wie?«, sagte Annika. »Was haben sie denn so gesagt?«

»Man zitierte den großen Vorsitzenden. Jeder, der seine Ansichten in eigenen Worten zu formulieren versuchte, wurde augenblicklich des bürgerlichen Sprachgebrauchs bezichtigt. Die einzige Ausnahme war ›Tod den Faschisten von der KFML‹.«

Annika lehnte sich zurück, sortierte einen Cashewkern unter einem Salatblatt heraus und kaute nachdenklich auf ihm herum.

»Aber die von der KFML waren doch auch Kommunisten, oder nicht?«

»Ja klar«, antwortete Berit und wischte sich den Mund ab. »Aber für die Rebellen war nichts grässlicher als Leute, die fast, aber eben nur fast, die gleiche Meinung hatten wie sie. Torbjörn Säfve, der ein ausgezeichnetes Buch über diese Rebellenbewegung geschrieben hat, nennt das ›die paranoide Querulanz‹. Wenn diese Leute Plakate aufhängten, machten sie daraus eine große Sache. Wenn jemand beispielsweise ein Porträt von Lenin aufhängte, das größer war als das von Mao, wurde dies sofort als konterrevolutionär bezeichnet. Manchmal reichte es aber auch schon, den oberen Bildrand von Maos Porträt niedriger anzusetzen als den oberen Bildrand von Lenin oder Marx, um angeklagt zu werden, man würde falsche Ansichten vertreten.«

»Du kanntest nicht zufällig einen Göran Nilsson, der damals ein aktiver Rebell war?«, fragte Annika und sah Berit gespannt an.

Ihre Kollegin griff sich einen Zahnstocher und runzelte die Stirn.

»Nicht, dass ich wüsste«, sagte sie. »Sollte ich?«

Annika seufzte und schüttelte den Kopf.

»Hast du es im Archiv probiert?«, fragte Berit.

»Die haben nichts gefunden.«

In Berits Stirn gruben sich tiefe Falten.

»Am 1. Mai jenes Jahres sind die Rebellen in einem langen Demonstrationszug durch Uppsala gezogen. Wenn ich mich recht erinnere, haben alle großen Zeitungen darüber berichtet. Vielleicht war er ja dabei?«

Annika stand mit dem Tablett in der einen und ihrem Portemonnaie in der anderen Hand auf.

»Das werde ich auf der Stelle recherchieren«, meinte sie. »Kommst du mit?«

»Warum nicht?«, sagte Berit.

Sie nahmen den Hinterausgang der Kantine, stiegen die Feuertreppe in den zweiten Stock hinauf und nahmen dann einen Verbindungsgang zum gigantischen Text- und Bildarchiv der Zeitung. Alles, was im *Abendblatt* und in der vornehmen *Tageszeitung* in den letzten hundertfünfzig Jahren abgedruckt worden war, lagerte hier.

»Die Zeitungsbände stehen ganz links«, sagte Berit.

Wenige Minuten später hatten sie die *Tageszeitung* vom Mai 1968 gefunden. Annika holte die Folianten mit eingebundenen Zeitungen vom obersten Regalbrett, und Staub und Schmutz rieselten auf ihr Gesicht herab. Sie hustete und zog eine Grimasse.

Am 2. Mai 1968 gehörte die Titelseite der Demonstration der Rebellenbewegung in Uppsala, die am Vortag stattgefunden hatte. Annika zog die Augenbrauen zusammen und sah sich das Bild genauer an.

»Sind das hier deine revolutionären Rebellen?«, fragte sie erstaunt. »Die sehen doch alle aus wie die letzten Spießer.«

Berit strich mit der Hand über die vergilbte Zeitungsseite, was das Papier leise knistern ließ, und ihr Mittelfinger verweilte beim kurz geschnittenen Scheitel des Anführers.

»Das haben sie bewusst so gemacht«, sagte sie mit abwesender Stimme. »Sie wollten den einfachen Bürgern so ähnlich sehen wie eben möglich. Man versuchte sich auf einen Prototyp für den hoch industrialisierten Arbeiter zu einigen, aber ich glaube, es ist ihnen nie wirklich gelungen. Ein gepflegtes Jackett und ein weißes Hemd wurden zur Norm. Ja, die waren richtig raffiniert in Uppsala.«

Sie lehnte sich an das Bücherregal, verschränkte die Arme und sah zur Decke.

»Im Mai '68 kam es in ganz Frankreich zu einem Generalstreik«, erläuterte Berit. »Eine Million Menschen demonstrierten in Paris gegen den kapitalistischen Staat. Die Rebellen wollten gemeinsame Sache mit ihren französischen Brüdern machen und organisierten an einem Freitagabend eine revolutionäre Massenkundgebung am Schlossberg von Uppsala. Wir sind damals auch mit ein paar Leuten hingefahren, es war schrecklich.« Sie schüttelte den Kopf und sah zu Boden. »Es waren ziemlich viele Leute gekommen, mindestens dreihundert Menschen, und die Rebellen begingen den Fehler, es genauso zu machen wie bei ihren eigenen Séancen, das heißt, sie lasen aus ihren heiligen Schriften vor. Das Publikum, das zum größten Teil aus ganz normalen Leuten bestand, reagierte auch völlig normal, sie buhten die Jungs aus und lachten sich kaputt.«

Gefesselt von Berits Erzählung, trat Annika einen Schritt näher.

»Welche Schriften?«

Berit blickte auf.

»Na, Zitate von Mao natürlich«, sagte sie, »oder Lin Piaos Broschüre *Es lebe der Sieg im Volkskrieg* oder die sechzehn Thesen des Zentralkomitees zur Kulturrevolution ... Die Rebellen verloren jegliche Hemmungen, und als die Leute nichts mit ihren Texten anfangen konnten, gingen sie vor, wie sie es gewohnt waren, wenn jemand eine andere Meinung hatte, und griffen die Leute aggressiv und rabiat an.«

Bei der Erinnerung an diese Vorgänge schüttelte sie den Kopf.

»Eine direkte Konsequenz dieser Versammlung bestand darin, dass die normalen linken Gruppen ihre Zeitungen wie zum Beispiel das Vietnam-Bulletin nicht mehr am Arbeitsplatz verkaufen durften. Findest du deinen Göran?«

»Ich bleibe noch hier und lese ein bisschen«, erwiderte Annika und zog sich einen wackligen Stuhl heran.

»Du weißt ja, wo du mich findest, wenn etwas ist«, meinte Berit und ließ sie im Papierstaub allein.

Anne Snapphane flog über den Laminatboden des Korridors, vorbei an Paletten voller Kopierer und zusammengefalteter Umzugskartons.

Sie hatte gewonnen! Die drei großen unabhängigen Filmproduktionsgesellschaften hatten sich bereit erklärt, die ursprünglich getroffenen mündlichen Absprachen einzuhalten und ihre Filme an TV Scandinavia zu verkaufen. Ein Vertreter der größten Firma hatte ihr zudem verraten, wie das Unternehmen von der Eignerfamilie unter Druck gesetzt worden war, damit es von den getroffenen Vereinbarungen zurücktrat: Außer einem Totalboykott ihrer Filmproduktionen, was Vertrieb und Finanzierung anging, hatten sie sich auf eine intensive Durchleuchtung ihrer gesamten Geschäftsaktivitäten durch die Medien der Eignerfamilie gefasst zu machen. Alle Geschäfte der Firma würden unter die Lupe genommen und kritisiert werden, ganz gleich, worum es dabei ging. Die Schauspieler, die für das Unternehmen tätig waren, würden mit massiven Verleumdungskampagnen zu rechnen haben und Kolumnisten das Wort ergreifen und den Rücktritt des Vorstands fordern.

»Wenn es etwas gibt, das ich abgrundtief hasse, dann sind es Mafiamethoden«, meinte der Direktor des Unternehmens, der zufällig auf Sizilien geboren war und sich nicht so leicht einschüchtern lassen würde.

Jetzt könnt ihr ins Gras beißen, ihr Schweine, dachte Anne und hörte innerlich bereits die Champagnerkorken knallen.

Sie setzte sich auf ihren Stuhl und legte die Füße auf den Schreibtisch.

TV Scandinavia würde Erfolg haben, Schweden war keine Bananenrepublik. Eine einzelne Familie hatte in diesem Land nicht die Macht, über das freie Wort zu bestimmen, und konnte nicht einfach bestimmte Medien verbieten, weil sie die eigenen wirtschaftlichen Interessen bedrohten, so lief das nicht in einer Demokratie.

Sie zog die unterste Schreibtischschublade auf und holte eine ungeöffnete Whiskyflasche heraus, wog sie in der Hand und fingerte am Korken herum. Sie summte ein altes Lied. Hatte sie es sich nicht verdient, ein wenig zu feiern?

Das Telefon klingelte und ließ sie zusammenschrecken. Schnell legte sie die Flasche in die Schublade zurück und schloss sie ab, bevor sie den Hörer abhob.

»Was hast du gestern mit Sylvia gemacht?«

Mehmets Stimme war trügerisch sanft, aber Anne kannte ihn zu gut und wusste deshalb, dass er innerlich vor Wut kochte.

»Die Frage ist doch wohl eher, was sie im Kindergarten meiner Tochter zu suchen hatte«, erwiderte Anne.

»Können wir uns nicht wie erwachsene Menschen benehmen?«, fragte Mehmet mit lauter werdender Stimme.

»Und welchen erwachsenen Plan hattet ihr gestern? Sollte ich in den Kindergarten kommen und feststellen müssen, dass Miranda verschwunden ist? Was sollte ich denn glauben? Miranda wäre vor mir geflohen, weil sie lieber mit Sylvia zusammen sein möchte? Oder dass sie gekidnappt wurde?«

»Sei nicht albern«, sagte Mehmet, und seine Stimme konnte seine ungeheure Wut nicht länger verbergen.

»Albern?«, schrie Anne in den Hörer hinein und stand auf. »Albern?! Was zum Teufel treibt ihr da eigentlich in eurer verdammten Kleinfamilie? Erst kommst du zu mir nach Hause und sagst, dass du mit deiner Alten das Sorgerecht für mein Kind haben willst, dann versucht sie Miranda im Kindergarten einzukassieren. Was ist hier eigentlich Sache? Wollt ihr mich terrorisieren?«

»Jetzt komm mal wieder runter«, sagte Mehmet und klang vollkommen kalt. Verachtung schlug ihr entgegen und ließ sie erstarren.

»Ach, fahr doch zur Hölle«, sagte sie und legte auf.

Anschließend glotzte sie im Stehen das Telefon an. Es klingelte nach dem Moment, den es dauerte, auf Wahlwiederholung zu drücken.

»Dann ist Miranda jetzt also nur noch dein Kind? Was ist denn aus deinen ganzen berückenden Idealvorstellungen von allgemein gültiger Verantwortung geworden? Deinen hochtrabenden Theorien zur gemeinsamen Elternschaft und dass die Kinder dem Kollektiv gehören und nicht einem Individuum?«

Anne Snapphane ließ sich wieder auf ihren Stuhl fallen und spürte fassungslos, wie sie in einem Morast versank, im Sumpf der Verbitterung und Missgunst und Böswilligkeit, in dem alle Intriganten geboren werden. Sie konnte nichts dagegen tun, der Treibsand hatte sie bereits gepackt, und je heftiger sie gegen ihn ankämpfte, desto schneller zog er sie hinunter.

»Aber, mein Lieber«, sagte sie, »wer hat hier eigentlich wen verlassen? Wer fängt denn hier Streit an? Ich jedenfalls nicht.«

»Sylvia hat gestern den ganzen Abend geweint, sie war untröstlich«, sagte Mehmet, und seine Stimme klang bei diesen Worten so weinerlich und belegt, dass es Anne schier rasend machte.

»Oh, mein Gott«, schrie sie. »Ist es etwa meine Schuld, dass sie schwache Nerven hat?«

Mehmet atmete tief durch, sammelte sich vor einem Frontalangriff.

»Sylvia hat mir gesagt, du hättest sie runtergeputzt, aber eins sage ich dir, Anne Snapphane: Wenn du meine Familie kaputtmachst, bin ich zu allem fähig.«

Anne blieb die Luft weg.

»Du drohst mir?«, sagte sie. »Hast du sie noch alle? Wie tief bist du eigentlich gesunken? Hat sie dir so den Verstand vernebelt?«

Als er ihr antwortete, schien seine Stimme Lichtjahre entfernt zu sein.

»Ich verstehe«, sagte er. »Wenn du es so haben willst, bitte schön.«

Und dann wurde es still, das Gespräch war beendet, und Anne beugte sich über den Schreibtisch und weinte.

Annika stieg rastlos die Treppen zur Redaktion hoch. Das Blättern in den alten Zeitungsbänden hatte ihr nichts gebracht als schmutzige Hände und staubige Jeans. Die sechziger Jahre und ihre politischen Strömungen wurden von den Zeitungen nicht sehr gründlich verfolgt, damals wie heute bedeutete jeder Tag eine neue Zeitung mit Anzeigen, die es zu verkaufen galt, und Schlagzeilen, die gefunden werden mussten.

Außerdem waren das Layout und die Druckqualität der Zeitungen in den sechziger Jahren wirklich noch grausam, die Seiten waren seltsam aufgeteilt und die Bilder grobkörnig. Sie war froh, dass sie damals nicht hatte arbeiten müssen.

Aber jede Epoche hat ihre eigenen Ideale, dachte sie und ging zu ihrem Glaskasten. Man kann in einer Zeit wie an einem Ort wohnen, und die sechziger Jahre wären sicher nichts für mich gewesen.

Aber war die Welt des 21. Jahrhunderts denn was für sie?

Sie hörte das Telefon klingeln und ging schneller.

»Sie wollten mich sprechen«, sagte Hans Blomberg, der Archivar der *Norrlands-Tidningen*.

»Schön, dass sie zurückrufen«, sagte Annika und zog die Tür hinter sich zu. »Wie geht es Ihnen?«

»Wieso fragen Sie?«, sagte er nach einer kurzen Pause.

Sie setzte sich und wunderte sich über die Resignation in seiner Stimme.

»Die Telefonistin meinte, Sie wären krank gewesen, ich habe mir fast schon Sorgen um Sie gemacht.«

»Oh, hoho, die Fürsorge zärtlicher Frauen«, sagte Hans Blomberg und klang nun wieder, wie sie ihn in Erinnerung hatte. Annika musste lächeln. Vor ihrem inneren Auge sah sie ihn in seiner Strickjacke an dem abgestoßenen Schreibtisch unter der Pinnwand sitzen, an der die Kinderzeichnung und das Bild mit der Ermahnung hingen, bis zur endgültigen Pensionierung durchzuhalten.

»Es war doch nichts Ernstes, hoffe ich?«, sagte Annika und reckte sich auf ihrem Stuhl.

»Nein, nein«, antwortete der Archivar. »Nur das Übliche, ein überschrittenes Mindesthaltbarkeitsdatum, man darf noch ein paar Tage im Kühlschrank stehen bleiben, ehe man weggegossen wird, aber niemand trinkt einen mehr, man steht nur herum und wird sauer und nimmt den frischeren Lebensmitteln den Platz weg, aber das ist schon in Ordnung. So ergeht es heutzutage ja allen in unserer Gesellschaft.«

Ihr Lächeln erstarb, während er sprach, sein Ton war sarkastisch, und er konnte seine Frustration nicht verbergen.

»Aber nein«, sagte Annika leichthin und beschloss, seine Verbitterung zu ignorieren. »Für mich sind Sie ein Wein aus einem guten Jahrgang.«

»Da sieht man's mal wieder. Ihr Stockholmerinnen wisst einen richtigen Mann eben noch zu schätzen. Womit kann ich der Dame dienen?«

»Es geht um eine allgemeine Anfrage zu einem älteren Jahrgang. Ich suche nach Informationen über einen Mann aus Sattajärvi, der Ende der sechziger Jahre in Luleå wohnte und vermutlich für die Kirche arbeitete. Sein Name war Göran Nilsson.«

»Ist er tot?«, sagte Hans Blomberg.

»Das glaube ich nicht«, erwiderte Annika.

»Dann ziehen wir die Verblichenen nicht in Betracht. Was wollen Sie wissen?«

»Egal was. Dass er einen Jitterbug-Wettbewerb gewonnen oder gegen den Imperialismus demonstriert, eine Bank ausgeraubt oder geheiratet hat.«

»Göran Nilsson, sagten Sie? Sie hätten nicht eventuell einen noch verbreiteteren Namen finden können?«

»Ich habe überall gesucht, aber keinen gefunden«, meinte Annika.

Der Archivar stöhnte, und Annika stellte sich vor, wie er sich auf seinen Schreibtisch stützte und aus dem Stuhl stemmte.

»Das kann aber ein paar Minuten dauern«, sagte er, was sich als die Untertreibung des Tages erweisen sollte.

Annika hatte Zeit, die Immobilien-Website zu durchstöbern und sich sämtliche Informationen über alle Häuser im gesamten Großraum Stockholm durchzulesen. Sie begeisterte sich für ein fantastisches neues Haus auf dem Vinterviksvägen in Djursholm für schlappe 6,9 Millionen, holte sich einen Kaffee und unterhielt sich ein wenig mit Berit, versuchte, Thomas über das Handy zu erreichen, und hinterließ Anne Snapphane eine Nachricht, ehe es wieder im Hörer raschelte.

»Ich habe schon einfachere Anfragen bearbeitet«, sagte der Archivar und seufzte schwer. »Was meinen Sie eigentlich, wie viele Göran Nilssons wir im Archiv haben?«

»Zweiundsiebzigeinhalb«, erwiderte Annika.

»Ganz genau«, sagte Hans Blomberg. »Und der einzige aus Sattajärvi, den ich auftreiben konnte, taucht in einem Hochzeitsaufgebot auf.«

Annika hob die Augenbrauen, ihre Hoffnung schwand.

»Ein Aufgebot? Ist das nicht etwas, das der Pfarrer in der Kirche verkündete, wenn die Leute heiraten wollten, im neunzehnten Jahrhundert oder so?«

»Nun ja«, meinte Hans Blomberg, »genau genommen war die Verkündung eines Aufgebots noch bis 1973 vom Staat vorgeschrieben, aber bei der Sache mit dem Pfarrer liegen Sie nicht ganz falsch. Drei Sonntage in Folge sollte früher eine geplante Hochzeit den Menschen zur Erbauung angekündigt werden.«

»Und warum stand es dann in der Zeitung?«

Hans Blomberg dachte nach.

»Das war damals wohl einfach so, es gab sogar eine eigene Rubrik dafür. Der Ausschnitt stammt vom 29. September 1969, soll ich ihn vorlesen?«

»Ja, bitte.«

»›Gemeindeassistent Göran Nilsson, geboren in Sattajärvi, wohnhaft in Luleå, und die Studentin Karina Björnlund, geboren und wohnhaft in Karlsvik. Die Trauung findet am Freitag, den 20. November, um 14 Uhr im Rathaus von Luleå statt.‹«

Ihr Stift flog förmlich über das Papier, damit sie bei seinen Worten mitkam, dann bekam sie eine Gänsehaut, großer Gott, das konnte doch nicht wahr sein.

Sie zwang sich, Ruhe zu bewahren, denn sie konnte erst sicher sein, wenn sie alles nachgeprüft hatte.

»Rundum zufrieden?«, erkundigte sich Hans Blomberg.

»Absolut«, sagte Annika heiser. »Tausend Dank. Sie sind ein Jahrgangschampagner.«

»Stets zu Diensten, meine Gnädigste.«

Sie legten auf, und Annika hielt es nicht länger auf ihrem Stuhl. Yes! Ihr schwirrte der Kopf, das Blut rauschte in den Ohren. Ungestüm lief sie in die Redaktion hinaus, bis sie erkannte, dass sie im Grunde noch nichts in der Hand hatte, noch nicht, und holte sich daraufhin am Automaten einen Kaffee und lief zu Berit.

»Woher stammt eigentlich unsere Kultusministerin?«, fragte sie.

Berit blickte von ihrem Bildschirm auf, die Brille saß ihr auf der Nasenspitze.

»Aus Nordschweden, ich glaube, aus Luleå.«

»Nicht zufällig aus einem Ort namens Karlsvik?«

Berit nahm die Brille ab und ließ die Hände in den Schoß sinken.

»Keine Ahnung«, sagte sie. »Warum fragst du?«

»Wo wohnt sie denn jetzt?«

»In einem Vorort von Stockholm, irgendwo Richtung Norden.«

»Verheiratet?«

»Lebensgefährte, keine Kinder. Worauf willst du hinaus?«

»Ach, es geht nur um eine Information«, sagte sie, »um eine alte Anzeige von einem Hochzeitsaufgebot, die ich überprüfen muss.«

»Hochzeitsaufgebot?«, sagte Berit, aber Annika verließ sie ohne eine weitere Erklärung, kehrte mit abwesendem Blick in ihr Büro zurück, setzte sich und starrte den Bildschirm an, während sich ihr Puls langsam wieder beruhigte. Dann zog sie sich die Tastatur heran und begann nach der Wahrheit zu suchen.

Sie fing mit der Homepage der Regierung an und lud sich ein Informationsblatt über die Kultusministerin als pdf-Datei herunter.

Da war das Bild einer schief lächelnden Karina Björnlund und Informationen zu ihren Aufgabengebieten: das kulturelle Erbe, die verschiedenen Kunstformen, das gedruckte Wort, Radio und Fernsehen sowie Glaubensfragen. Dem Lebenslauf des Blattes entnahm sie, dass Björnlund 1951 geboren war, ihre Kindheit in Luleå verbracht hatte und heute mit ihrem Lebensgefährten in Knivsta wohnte.

Nichts über Karlsvik, dachte Annika und startete eine Suche im staatlichen Personen- und Adressenregister. Als Erstes gab sie Karina Björnlund Knivsta ein und bekam einen Treffer angezeigt, eine 1951 geborene Frau, dann klickte sie die Rubrik »Persönliche Daten« an und erhielt den Namen der Kirchengemeinde, in der ihre Geburtsurkunde ausgestellt worden war: Niederluleå.

Annika verzagte, Enttäuschung breitete sich in ihr aus.

Sie biss sich auf die Wange, ihre Handflächen juckten, sie musste weitersuchen. Also wechselte sie wieder zu Google, gab Karlsvik und Niederluleå ein und erhielt neunzehn Treffer. Der erst galt der Lebensbeschreibung des Sägemeisters Olof Falck in Hälleström (1758–1839) in der heutigen Kirchengemeinde Norrfjärden in Piteå, woraufhin sie sich die Seite ansah und eine Nachfahrin des besagten Falck fand, eine gewisse Beda Markström, geboren 1885, die sich als Erwachsene in der Kirchengemeinde Niederluleå in Karlsvik niedergelassen hatte. Anschließend suchte sie den Ort auf einer Landkarte und fand ihn. Karlsvik war ein kleines Dorf in der Nähe von Luleå, auf der anderen Seite des Flusses.

Sie lehnte sich zurück. Als sie erkannte, was sie herausgefunden hatte, bekam sie einen trockenen Mund, und ihre Finger zuckten.

Sie notierte sich ein paar Stichworte und wählte die Nummer des Chefredakteurs.

»Hätten Sie ein paar Minuten Zeit?«

Die Luft im Konferenzraum des Gemeindetags in der siebten Etage war verbraucht. Der Geruch von Kaffee und altem Nikotin vermischte sich mit den Schweißausdünstungen von Männern mittleren Alters in Wolljacketts.

Thomas wischte sich den Schweiß von der Stirn, schob unwillkürlich einen Finger unter den Krawattenknoten und zog ihn auf, um besser Luft zu bekommen.

Es war die erste offizielle Besprechung der Kongressarbeitsgruppe, und die Hierarchien und Strukturen innerhalb der Gruppe hatten sich noch nicht eingespielt. Im Verlauf der Sitzung war freundliches Schulterklopfen immer mehr einem Abstecken von Revieren gewichen, und Thomas schätzte, dass sie noch mindestens eine weitere Marathonbesprechung benötigen würden, bis die eigentliche Arbeit in Gang kam.

Auf dem gemeinsamen Kongress von Landtagsverband und Schwedischem Gemeindetag in Norrköping im Juni sollte eine große und wichtige Frage diskutiert werden. Die beiden Verbände wollten zwar getrennte Kongresse abhalten, aber es sollte auch mehrere gemeinsame Veranstaltungen geben. Die Kernfrage war eine mögliche Fusion der beiden Verbände. Das gemeinsame und übergreifende Thema des gesamten Kongresses lautete: »Der Bürger und die Zukunft«.

Thomas riss die Augen auf und starrte den Zeitplan des Kongresses an.

Er konnte ihr nicht entkommen, Sophia war überall. Nun saß sie zwischen den Zeilen im Vorschlag des Vorstands für ein langfristiges Arbeitsprogramm: Ihre hochhackigen Schuhe wanderten über das Dokument zur Zusammenarbeit und die Mappe mit Kongressakten, die an die Vertreter des Landtagsverbands verschickt werden sollten.

Thomas lehnte sich zurück, lauschte der monoton vorgetragenen Rede des Gemeindedirektors und ließ seinen Blick über die versammelten Kollegen schweifen.

Sophia in Nadelstreifenkostüm und Seidenbluse mit blendend weißen Zähnen und Apfelhaaren am Fenster.

Sophia in einem Spitzen-BH und mit leicht geöffneten Lippen, an ein Flipchart gelehnt.

Sophia ohne Slip ritt den Overhead-Projektor.

Er räusperte sich, schüttelte den Kopf und zwang sich, in die Wirklichkeit zurückzukehren.

Am gegenüberliegenden Ende des Designer-Tisches, saß der Informationsdirektor, der gleichzeitig Vorsitzender der Projektgruppe war, und unterhielt sich flüsternd mit dem Projektleiter und einem der Verantwortlichen für die sachlichen Inhalte. Zwei Mitarbeiter, die für die Abwicklung der Verwaltung zuständig waren, schenkten sich Kaffee nach und griffen nach den schnell trocken werdenden Kuchenstückchen. Die übrigen Abteilungsleiter hatten sich Plätze in Fensternähe gesucht, wo sie ihre Jacketts gegen die Rückenlehnen der Stühle pressten und tunlichst den Eindruck zu vermeiden suchten, dass ihnen das Gähnen im Hals steckte.

Das war seine Wirklichkeit, Sophias Wirklichkeit.

Und dann schoss ihm ein Gedanke durch den Kopf, der ihn ganz matt werden ließ: Was machte Annika in diesem Moment? Was wusste sie von seiner Wirklichkeit?

Ohne dass er es bemerkt hatte, war die Besprechung mit scharrenden Stühlen und erleichterten Ausrufen beendet worden. Er fing sich und sammelte langsam seine Dokumente ein.

»Samuelsson«, sagte eine Stimme über ihm, sodass er rasch aufblickte. »Wie läuft eigentlich die Zusammenarbeit mit dem Landtagsverband?«

Thomas stand auf, gab dem Informationsdirektor die Hand und wusste beim besten Willen nicht, was er darauf antworten sollte.

»Eigentlich ganz gut«, sagte er schließlich und schluckte vernehmlich.

»Keine Konfliktherde?«

Er zog die Hand zurück, um zu verbergen, dass ihm der Schweiß ausbrach.

»Solange wir gemeinsame Ziele und eine Reihe unabhängiger Akteure bei diesem Projekt haben, funktioniert alles reibungslos«, erklärte er und begriff selbst nicht, was er mit seinen Worten sagen wollte.

»Diese Sophia Grenborg, wie ist sie so?«

Er machte den Mund auf, bekam jedoch keine Luft.

»Oh«, hörte er sich sagen. »Sie wissen schon, tüchtig, ein bisschen langweilig. Oberklasse, hat in ihrem Leben niemals Rückschläge hinnehmen müssen ...«

Der Informationsdirektor sah ihn erstaunt an.

»Ich meinte eher, wie sich mit ihr zusammen arbeiten lässt. Schiebt sie die Interessen des Landtagsverbands zu unserem Nachteil in den Vordergrund?«

Thomas merkte zu seiner Verzweiflung, dass er rot wurde, was für ein idiotischer Fehler war ihm da bloß unterlaufen.

»Man muss schon ein bisschen auf der Hut sein«, antwortete er. »Man darf denen nicht das ganze Feld überlassen, es geschieht schon eine gewisse Positionierung vor dem anstehenden Kongress, denke ich ...«

Der Informationsdirektor nickte konzentriert.

»Ich verstehe«, sagte er. »Hören Sie, könnten Sie möglichst bald einmal Ihre Erfahrungen mit der Zusammenarbeit innerhalb Ihres jetzigen Arbeitsbereichs, aber vor allem auch in Bezug auf die Frage der Regionen, zusammenfassen?«

»Sicher«, sagte Thomas und strich seine Krawatte glatt. »Wenn Sie Ihre Anweisung konkreter formulieren, mache ich das sofort.«

Der Informationsdirektor boxte Thomas leicht gegen die linke Schulter.

»Das klingt gut«, sagte er und schob sich durch die Tür.

Der Raum leerte sich. Thomas blieb zurück und schloss seine Aktentasche. Eine Sekretärin hatte die Fenster zum Lüften aufgerissen, und kühle Luft strich um seine Beine und unter sein Jackett.

Wie lief eigentlich die Zusammenarbeit mit dem Landtagsverband? Sophia Grenborg, wie war sie eigentlich?

Thomas verdrängte den Gedanken, nahm seine Aktentasche und ging entschlossen zu den Aufzügen. Einige der Abteilungsleiter standen scherzend zusammen, während sie warteten, er lächelte ihnen kurz zu und nahm anschließend die Treppe nach unten.

Der Korridor vor seinem Büro war still und dunkel, die Muster an den Wänden wurden von den Wandlampen verstärkt und verzerrt, die ihr Licht in brunnenförmigen Schatten verbreiteten. Er eilte in sein Zimmer, schloss die Tür und sackte hinter dem Schreibtisch in sich zusammen.

So konnte er nicht weitermachen. Wie hatte er es nur so weit kommen lassen können? Alles, wofür er all die Jahre gekämpft hatte, drohte nun zu scheitern. Das Vertrauen, das er in seiner Familie und bei seinem Arbeitgeber aufgebaut hatte, war keinen Pfifferling mehr wert, wenn er mit einer Mitarbeiterin des Landtagsverbands im Bett erwischt wurde. Sein Blick fiel auf das Porträt Annikas und der Kinder, das in einem Silberrahmen auf seinem Schreibtisch stand. Es war eine Aufnahme, die er im letzten Sommer am siebzigsten Geburtstag seiner Tante gemacht hatte. Das Bild wurde ihnen nicht gerecht. Die Kinder waren herausgeputzt und ein wenig steif, und Annika trug ein knielanges Kleid, das ihren kantigen Körper weicher erscheinen ließ. Sie hatte ihre Haare geflochten, sodass sie ruhig und beherrscht als Zopf auf ihrem Rücken lagen.

»Das sagt einiges darüber, was für ein Bild von uns du anderen Leuten vermitteln möchtest«, hatte Annika gemeint, als sie sah, welches Bild er für den Rahmen in seinem Büro auswählte.

Er hatte nichts erwidert, weil er sich nicht auf eine Diskussion einlassen wollte, die doch zu nichts geführt hätte. Ihm war es wichtig, wie andere ihn sahen, das stimmte. Die Wirkung, die man auf andere hatte, zu ignorieren, war verantwortungslos und dumm, das war seine feste Überzeugung. Annika sah es genau umgekehrt.

»Man kann nicht von allen geliebt werden«, sagte sie bisweilen. »Es ist besser, Stellung zu beziehen, als es allen immer recht machen zu wollen.«

Er strich mit der Hand über den strengen, matten Metallrahmen, und seine Finger verharrten bei Annikas runden Brüsten.

Das Haustelefon klingelte, und er schreckte zusammen.

»Sophia Grenborg vom Landtagsverband möchte zu Ihnen. Kommen Sie herunter und holen Sie hier ab?«

Ihm brach der Schweiß aus.

»Nein, nicht nötig«, antwortete er. »Sie kennt den Weg, Sie können sie heraufschicken.«

Er legte auf, erhob sich, öffnete die Tür einen Spaltbreit und sah sich in seinem Büro um, als hätte er es noch nie zuvor gesehen. Er beschloss, sich an den Schreibtisch zu lehnen, legte Arme und Beine über Kreuz und horchte auf Geräusche im Treppenhaus. Dennoch hörte er nur das Pochen seines Herzens. Er versuchte sich über seine Gefühle klar zu werden, war aber vor allem grenzenlos verwirrt.

Was empfand er denn? Er war erwartungsvoll, schämte sich gleichzeitig aber auch. Er begehrte diese Frau, und er verachtete sich selbst.

Die Absätze klackten, wie nur ihre es taten, leicht und beschwingt hallten ihre Schritte durch die Stille des Korridors.

Sie schob die Tür auf, betrat sein Zimmer, und ihre Augen glänzten, Schüchternheit und Zögern vermischten sich in ihnen mit einem starken Willen. Er ging zu ihr, schaltete das Licht aus und zog sie an sich, während er gleichzeitig die Tür zuschob. Er küsste sie fest und unkontrolliert, ihr Mund war säuerlich und warm, seine Hände fanden ihre Brüste, und ihre Hände lagen in seiner Hose auf seinem Po. Sie küssten sich stöhnend, zogen sich aus und legten sich auf den Schreibtisch. Der Becher mit den Kugelschreibern bohrte sich in seinen Rücken, und er schob zur Seite, was unter ihm war. Sie setzte sich auf ihn, ihre Lippen zitterten. Er glitt in sie hinein, als wäre sie warme Butter, lehnte den Kopf zurück und schloss die Augen, während sie begann, ihn langsam zu reiten. Die bedächtigen Wellen ließen seinen Körper abheben. Als er sich dem Orgasmus näherte, riss er die Augen auf und starrte direkt in Annikas, die angesichts des unumgänglichen Familienfestes resigniert matt waren. Er konnte den Schrei nicht zurückhalten, der im gleichen Moment aus ihm drang wie das Sperma.

In der Stille danach hörte er wieder das einförmige Säuseln der Belüftung, das Singen der Kabel im Aufzugsschacht, ein verlassenes Telefon in einer anderen Etage, das nicht aufhören wollte zu klingeln.

»Wir sind verrückt«, flüsterte ihm Sophia Grenborg ins Ohr, und er musste lachen, ja, sie waren wirklich verrückt, und er küsste sie und richtete sich auf. Sie rutschte von ihm herunter, und Flüssigkeit lief aus ihr heraus und auf eines der Dokumente zur Zusammenarbeit der beiden Verbände.

Sie zogen sich hastig, kichernd und fahrig wieder an. Anschließend standen sie eng zusammen, die Arme umeinander geschlungen, und lächelten sich an.

»Vielen Dank für heute«, sagte Sophia und küsste ihn aufs Kinn.

Er fing ihren Mund ein und saugte an ihrer Zunge.

»Ich habe zu danken«, hauchte er.

Sie zog ihren Mantel an, nahm ihre Aktentasche und wollte schon das Zimmer verlassen, als sie plötzlich stehen blieb.

»Ach, du Schreck«, sagte sie. »Jetzt hätte ich doch beinahe vergessen, warum ich eigentlich gekommen bin.«

Er setzte sich auf seinen Stuhl, lehnte sich zurück und merkte, wie er schläfrig wurde. Sophia legte die Aktentasche auf seinen Schreibtisch, klickte die Schnappverschlüsse auf und holte einen Stapel Akten mit dem Logo des Justizministerium heraus.

»Ich habe mich heute Nachmittag mit Cramne zusammengesetzt und bin mit ihm den Entwurf zum weiteren Vorgehen der Projektgruppe durchgegangen«, sagte sie und lächelte ihn an.

Seine Gesichtszüge verkrampften sich, und seine Schläfrigkeit war wie weggeblasen.

»Was?«, sagte er. »Das sollte ich doch machen.«

»Cramne rief mich an, er hat dich nicht erreicht, weil du in einer Besprechung warst. Kannst du es dir heute Abend durchlesen und mich dann morgen früh anrufen?«

Er sah auf die Uhr.

»Ich muss die Kinder holen«, sagte er. »Ich weiß noch nicht, ob ich heute Abend dazu komme.«

Sophia blinzelte und wurde ein wenig blass um die Nase.

»Sicher«, sagte sie mit einer Stimme, die plötzlich leise und schneidend klang. »Ruf mich einfach an, wenn du Zeit gefunden hast.«

Sie wandte sich um, verließ den Raum und schloss die Tür. Thomas blieb auf seinem Stuhl zurück und spürte, wie klebrig er um sein Glied herum war.

Wie lief die Zusammenarbeit mit dem Landtagsverband? Sophia Grenborg, wie war sie eigentlich?

Er warf sich nach vorn, zerknüllte das Dokument zur Zusammenarbeit und knallte es in den Papierkorb. Sophia Grenborgs Ministerialakten ließ er neben dem Becher mit den Kugelschreibern liegen und hetzte zum Kindergarten.

Annikas Beine waren auf einem der unbequemen Stühle vor Anders Schymans Büro fast eingeschlafen, als der Chefredakteur endlich die Tür öffnete, um sie hereinzulassen.

»Ich habe zehn Minuten«, sagte er und kehrte ihr den Rücken zu, ehe sie etwas sagen konnte.

Sie stand auf, versuchte Leben in ihre Beine zu schütteln und fühlte sich seltsam unwohl in ihrer Haut. Mit angespannten Schritten folgte sie Schymans breitem Kreuz über wankenden Boden in sein Büro, fühlte sich gestresst von seiner kurz angebundenen, eiligen Art, setzte sich in einen Besuchersessel und breitete ihre Notizen auf einem Diagramm aus, das seinen Schreibtisch bedeckte.

Der Chefredakteur kehrte langsam zu seinem Platz zurück und lehnte sich nach hinten.

»Sie wollen also nicht vom Thema Terrorismus lassen«, stellte er fest und faltete die Hände vor dem Bauch.

»Ich habe einige Informationen zusammengetragen, die recht kontrovers sein könnten«, sagte Annika, starrte auf ihren Notizblock und entdeckte, dass sie die falsche Seite aufgeschlagen hatte. Hastig riss sie die Notizen an sich und suchte fieberhaft nach der Zusammenfassung, die sie vorbereitet hatte. Schyman seufzte.

»Erzählen Sie es mir doch lieber einfach«, sagte er. Annika ließ den Block auf den Schoß sinken und kämpfte gegen das Gefühl an zu fallen.

»Der Terrorist heißt Göran Nilsson«, sagte sie. »Geboren 1948 in Sattajärvi im Tornedal, sein Vater war laestadianischer Geistlicher.«

Sie griff wieder nach ihrem Block und blätterte.

»Als Neunzehnjähriger zog er nach Uppsala, um Theologie zu studieren, stieß dort im Frühjahr 1968 zur so genannten Rebellenbewegung und wurde Maoist. Er schloss sein Studium nicht ab, sondern zog wieder nach Nordschweden zurück und arbeitete bei der Kirche. Den maoistischen Splittergruppen in Luleå trat er unter dem Decknamen Ragnwald bei und muss sich gleichzeitig immer mehr von seinem Glauben entfernt haben, denn als er heiraten wollte, kam eine kirchliche Trauung offenbar nicht in Betracht. Er war auf die eine oder andere Art in den Anschlag auf F21 verwickelt, auch wenn sich die Polizei nicht sicher ist, dass er den Anschlag selbst verübt hat. Am Mittwoch, dem 18. November 1969, verschwand er aus Schweden. Seither ist er im Land nicht mehr gesehen worden. Seine Hochzeit, die für den 20. November 1969 im Rathaus von Luleå aufgeboten war, also zwei Tage nach dem Anschlag, wurde abgesagt.«

Schyman nickte bedächtig.

»Und dann fuhr er nach Spanien und wurde Profikiller für die ETA«, ergänzte er und schielte auf die Zeitung, die auf einem der Beistelltische lag.

Annika hob die Hand.

»Wirklich interessant ist die Sache mit F21«, meinte sie.

»Sagten Sie nicht, die Polizei gehe davon aus, dass er es nicht war?«

Sie nickte.

»Und wer hat dann das Flugzeug hochgehen lassen?«, fragte Anders Schyman neutral und regungslos.

Sie schwieg ein paar Sekunden, ehe sie weitersprach.

»Karina Björnlund«, antwortete sie dann. »Die Kultusministerin.«

Der Chefredakteur verzog keine Miene. Seine Hände lagen wie zuvor gefaltet auf den Hemdknöpfen, seine Körperhaltung veränderte sich nicht, die Augen bewegten sich nicht, aber die Luft im Raum war auf einmal stickig geworden.

»Ich nehme an«, meinte Schyman nach einer Weile, »dass Sie für einen solchen Vorwurf verdammt gute Argumente haben.«

Annika versuchte zu lachen, brachte aber nur ein trockenes Schnauben zustande.

»Eigentlich nicht«, sagte sie, »aber die Ministerin ist tatsächlich die Person, die am ehesten als Täter in Frage kommt.«

Schyman lehnte sich abrupt nach vorn, stand auf und machte ein paar Schritte in den Raum, ohne Annika anzusehen.

»Ich weiß nicht, ob ich mir das anhören will«, sagte er.

Annika war im Begriff, ebenfalls aufzustehen, um ihm zu folgen, hatte jedoch das Gefühl, der ganze Raum würde schwanken, und ließ sich wieder zurückfallen. Sie nahm ihre Notizen in die Hand.

»Am Tatort hat man Fußspuren der Schuhgröße 36 gefunden«, sagte sie. »Sie müssen entweder von einem Kind oder einer kleinen Frau stammen, und von den beiden Alternativen erscheint eine erwachsene Frau mit kleinen Füßen am wahrscheinlichsten. Frauen werden fast nie zu Terroristinnen, es sei denn, zusammen mit ihren Männern. Ragnwald plante die Sache, seine Verlobte führte sie aus.«

Schyman unterbrach seine rastlose Wanderung und drehte sich, die Hände in die Seiten gestemmt, zu ihr um.

»Verlobte?«

»Der Gemeindeassistent Göran Nilsson aus Sattajärvi und Karina Björnlund aus Karlsvik in der Kirchengemeinde Niederluleå wollten heiraten. Ich habe alle Göran Nilssons und Karina Björnlunds im staatlichen Personen- und Adressregister überprüft, und nur die beiden kommen in Frage.«

»Der Terrorist und die Kultusministerin?«

»Der Terrorist und die Kultusministerin.«

»Die beiden wollten zwei Tage nach dem Anschlag heiraten?«

Annika nickte, sah die Verblüffung ihres Chefs und spürte, dass sie langsam wieder festen Boden unter den Füßen hatte.

»Und woher wissen Sie das?«

»Aus einer Aufgebotsanzeige in der *Norrlands-Tidningen*, die knapp vier Wochen vor dem Anschlag veröffentlicht wurde.«

Anders Schyman verschränkte die Arme vor der Brust, wippte auf den Fersen und sah aus dem Fenster.

»Sie sind also vollkommen sicher, dass Karina Björnlund im Herbst 1969 einen Mann heiraten wollte, der später Profikiller wurde?«

Sie räusperte sich bejahend, und Schyman sprach weiter.

»Und um ihrer Liebe willen soll unsere Kultusministerin staatliches Eigentum zerstört, einen Wehrpflichtigen getötet und einen zweiten verletzt haben?«

»Das lässt sich natürlich nicht mit völliger Sicherheit sagen, aber es erscheint mir zumindest die logischste Schlussfolgerung zu sein«, erwiderte Annika.

Ihr Chef kehrte zu seinem Stuhl zurück und setzte sich vorsichtig.

»Wie alt war sie damals?«

»Neunzehn.«

»Lebte sie mit diesem Typen zusammen?«

»Sie war noch bei ihren Eltern in Karlsvik gemeldet.«

»Was machte sie?«

»Laut Anzeige war sie Studentin.«

Anders Schyman ergriff einen Stift und notierte sich etwas in der Ecke seines Diagramms.

»Wissen Sie was?«, sagte er und sah dann zu Annika auf. »Das ist der größte Bockmist, den ich je gehört habe.«

Er ließ den Stift fallen, stand wieder auf, ging zu ihr und beugte sich über sie.

»Ich bin froh, dass Sie mit diesen Informationen zu mir gekommen sind und zu keinem anderen, denn Sie haben diese Spinnereien doch hoffentlich niemandem gegenüber erwähnt?«

Annika stieg das Blut in den Kopf. Alles drehte sich.

»Nein«, flüsterte sie.

»Auch nicht gegenüber Berit? Oder Jansson? Oder Ihrer Großmutter?«

»Meine Großmutter ist tot.«

Er musterte sie aus der Nähe und richtete sich dann auf.

»Schön«, sagte er und wandte sich ab. »Von jetzt an werden Sie sich nicht mehr mit dem Thema Terrorismus beschäftigen. Sie widmen sich keine Minute mehr Karina Björnlund oder diesem verdammten Ragnwald oder irgendwelchen Anschlägen in Luleå oder sonst wo, verstanden?!«

»Aber ist die Sache es denn nicht wert, weiter an ihr zu arbeiten und sie wenigstens genauer zu recherchieren?«

Anders Schyman sah sie mit ungläubigem Erstaunen an.

»Dass der meistgesuchte Terrorist Schwedens vielleicht ein blutjunges Schulmädchen aus einem Dorf in Nordschweden war, das zu Hause bei seiner Mama wohnte und später Ministerin in einer sozialdemokratisch geführten Regierung wurde?«

Annika atmete schnell mit offenem Mund.

»Ich habe nicht einmal mit der Polizei gesprochen …«

»Na, umso besser.«

»… die Polizei muss sie doch verhört haben, es gibt vielleicht eine ganz normale Erklärung …«

Ein lauter Signalton der Sprechanlage ließ sie verstummen.

»Herman Wennergren ist jetzt da«, sagte Schymans Sekretärin.

Annikas Chef war mit drei langen Schritten bei dem Gerät und drückte auf den Knopf.

»Bitten Sie ihn herein.«

Er ließ den Knopf los und sah Annika an, die das Gefühl hatte, seine Blicke würden sie in die Unterwelt verbannen.

»Ich will kein Wort mehr von dieser Sache hören«, sagte er. »Gehen Sie.«

Annika stand auf und wunderte sich, dass sie überhaupt noch funktionierte. Dann nahm sie Kurs auf die Tür am Ende eines langen Tunnels.

Anders Schyman sah, wie sich die Tür hinter Annika Bengtzon schloss. Er war bitter enttäuscht. Es war so unglaublich traurig. Diese Frau, die doch immer so penibel und ehrgeizig gewesen war, hatte sich offensichtlich nicht mehr im Griff. Anscheinend hatte sie jeglichen Kontakt zur Realität verloren und war in eine Art Fantasiewelt geflohen, in der es von Terroristen in der Regierung und Profikillern bei Vertretern der Zentrumspartei Östhammar nur so wimmelte.

Als er sich desillusioniert hinsetzte, drehte sich sein Stuhl so, dass er in sein Spiegelbild in der dunklen Fensterfront starrte. Welche Pflichten hatte er als ihr Chef in dieser Situation? Sollte er sich mit dem Betriebsarzt in Verbindung setzen? War Annika Bengtzon eine Gefahr für sich und andere? Selbstmordtendenzen oder andere gewalttätige Neigungen hatte er bei ihr nicht feststellen können. Er wusste nur, dass ihre Artikel nicht mehr tragbar waren und er dafür bezahlt wurde, eine solche Situation zu meistern. Bengtzon musste wesentlich fester an die Kandare genommen werden als früher, sowohl von ihm selbst als auch von den einzelnen Chefs vom Dienst.

Es ist so traurig, dachte er erneut. Es hatte einmal eine Zeit gegeben, in der sie wie kein anderer den Dingen auf den Grund gegangen war.

Die Tür flog auf, und Herman Wennergren stiefelte, wie üblich ohne anzuklopfen, in sein Büro.

»Ein Glück, dass man sich ab und zu für Kriege entscheidet, die man auch gewinnen kann«, sagte der Aufsichtsratsvorsitzende verbissen und ließ die Aktentasche auf die Besuchercouch fallen. »Kann man hier vielleicht einen Kaffee bekommen?«

Anders Schyman lehnte sich vor und bat seine Sekretärin über die Sprechanlage, ihnen zwei Tassen zu bringen. Anschließend stand er auf und ging mit geradem Rücken langsam zu der Sitzecke, in der sich Wennergren noch im Mantel niedergelassen hatte. Er war unsicher, was dieser plötzliche und unerwartete Besuch zu bedeuten hatte.

»Ein schlechter Tag auf dem Schlachtfeld?«, sagte er und setzte sich auf die andere Seite des Tisches.

Der Aufsichtsratsvorsitzende fingerte am Schloss seiner Aktentasche herum, ließ unwillkürlich und aufreizend die Fingernägel auf dem Metall klackern.

»Man verliert und man gewinnt«, sagte Wennergren. »Ich kann Ihnen jedenfalls die frohe Botschaft verkünden, dass ich auf Ihrer Flanke anscheinend gewinnen werde. Ich komme gerade von einer Sitzung des Wahlausschusses, bei der ich den Vorschlag unterbreitet habe, Sie zum Jahreswechsel den Vorsitz übernehmen zu lassen. Ihr Vorgänger war ja eine völlige Fehlbesetzung, und wir waren uns alle einig, ihn zu ersetzen, sodass mein Vorstoß auf erstaunlich geringen Widerstand stieß. Niemand hatte Einwände, weder die Publizisten noch die Direktoren.«

Wennergren schien darüber aufrichtig überrascht zu sein.

»Vielleicht waren Sie nur zu geschockt«, meinte Schyman, während seine Sekretärin mit einem Tablett den Raum betrat.

»Das glaube ich nicht«, sagte der Aufsichtsratsvorsitzende und griff sich einen Pfefferkuchen, noch ehe die Schüssel auf dem Tisch stand. »Der geschäftsführende Direktor nannte Sie einen Kollektiv-Kapitalisten. Was kann er damit gemeint haben?«

»Kommt ganz darauf an, ob sein Tonfall eher negativ oder positiv klang und welche Wertschätzung man mit einem solchen Begriff verbindet«, antwortete Schyman ausweichend.

Herman Wennergren nippte mit gespitzten Lippen und leicht abgespreiztem kleinem Finger an seiner Tasse.

»Es ist durchaus möglich, dass die anderen Bereiche ihre Streitkräfte zusammenziehen«, sagte er, nachdem er einen kleinen Schluck genommen hatte. »Wir sollten lieber noch keine Champagnerkorken zur Feier des Sieges knallen lassen, aber ich denke, dass ich Sie als Vorsitzenden des Verbands der schwedischen Zeitungsverleger durchsetzen kann. Und wenn Sie es dann geworden sind, möchte ich Sie bitten, eine Frage aufzugreifen, die von größtem Gewicht für die Eignerfamilie der Zeitung ist.«

Anders Schymans Miene blieb vollkommen neutral, während er glasklar erkannte: Es wurde von ihm erwartet, dass er die Rolle einer Speerspitze der Eignerfamilie im angeblich unparteiischen und unpolitischen Verband der schwedischen Zeitungsverleger übernahm.

»Aha«, sagte Schyman mit ausdrucksloser Stimme. »Und um welche Frage geht es?«

Wennergren mampfte ein Sahnebonbon.

»TV Scandinavia«, sagte er und wischte sich Krümel aus den Mundwinkeln. »Sollen wir dem amerikanischen Großkapital wirklich völlig diskussionslos Zugang zu unserer Medienlandschaft gewähren?«

Der andere Krieg, dachte Schyman, der, den er gerade verloren hat. Der alte Knochen ist wirklich aufrichtig besorgt.

»Ich finde eigentlich, es wird überall darüber diskutiert«, sagte Schyman und war sich nicht sicher, ob er über den Versuch, ihn als Marionette zu benutzen und für Lobbyarbeit einzuspannen, wütend werden oder ob er so tun sollte, als hätte er nichts bemerkt.

»Tatsächlich?«, sagte Herman Wennergren und wischte sich die Finger an der Leinenserviette ab. »Und wie viele Artikel hat das *Abendblatt* zu dieser Frage veröffentlicht?«

Anstatt etwas zu sagen, stand Anders Schyman auf, ging zu seinem Schreibtisch und setzte sich wieder.

Nie zuvor hatte die Eignerfamilie Druck auf ihn ausgeübt, wie er mit Fragen umgehen sollte, die ihre wirtschaftlichen Interessen berührten. Ihm wurde auf einen Schlag klar, wie wichtig und problematisch die Etablierung des amerikanischen Senders für sie war.

»Wenn ich den Respekt der Verlegergemeinde genießen möchte, setzt dies voraus, dass ich der Eignerfamilie gegenüber in jeder denkbaren Situation kritisch und unabhängig bleibe«, sagte er.

»Natürlich«, erwiderte Herman Wennergren, stand ebenfalls auf, nahm seine Aktentasche und knöpfte seinen Mantel zu. »Unabhängig, völlig klar, jedenfalls nach außen. Aber Sie sind doch nicht dumm, Schyman. Sie werden ja wohl nicht vergessen wollen, für wen Sie arbeiten, oder?«

»Für den Journalismus«, erklärte Anders Schyman, und sein Unmut wuchs. »Die Wahrheit und die Demokratie.«

Herman Wennergren seufzte müde.

»Ja, ja«, sagte er. »Aber so begreifen Sie doch, was auf dem Spiel steht. Wie zum Teufel werden wir TV Scandinavia los?«

»Sorgen Sie dafür, dass sie keine Sendelizenz bekommen«, antwortete Schyman.

»Das wäre natürlich eine Lösung«, sagte er. »Aber wie sollen wir das anstellen? Wir haben alle Hebel in Bewegung gesetzt, aber vergeblich. Die Regierung lässt sich einfach nicht erweichen. Dieses amerikanische Konsortium erfüllt alle Kriterien, um die Erlaubnis zum digitalen Sendebetrieb zu bekommen. Die Bestimmungen werden nächsten Dienstag dem Parlament vorgelegt. Das Kultusministerium wird die in dem Papier genannten Bedingungen nicht ändern, nur weil wir es gern hätten.«

»So bald schon?«, fragte Schyman. »Dann muss das Ganze ja sogar schon gedruckt sein.«

»Die Beratungen sind seit langem abgeschlossen, aber Sie wissen ja, wie Frau Ministerin Björnlund ist. Es fällt ihr schwer genug, überhaupt etwas auf den Weg zu bringen, geschweige denn pünktlich. Wir haben bei der Parlamentsdruckerei nachgefragt, aber die entsprechende Druckvorlage ist dort noch nicht eingegangen.«

Schyman sah auf seinen Schreibtisch hinab, und sein Blick fiel auf die Worte, die er auf eine Ecke der letzten Bilanz gekritzelt hatte, während er darüber nachdachte, wie hart er mit Annika Bengtzon umspringen sollte.

Karina Björnlund verlobt mit Terrorist Ragnwald, sprengte Flugzeug auf F21????

Er starrte die Worte an und spürte den Druck, der auf ihm lastete.

Wie wollte er selbst die Situation der Medien im Schweden von morgen sehen? Wollte er, dass die schwedischen Medien von verantwortungsvoll und seriös agierenden Besitzern mit einer langen Tradition in der Bewahrung von Demokratie und Meinungsfreiheit verwaltet wurden? Oder konnte er zulassen, dass sie von einem global operierenden, dollarstinkenden Unterhaltungsriesen erstickt wurden? Konnte er vorsätzlich das *Abendblatt*, die *Tageszeitung*, die Buchverlage, die Rundfunk- und Fernsehsender in Gefahr bringen, nur um eine stereotype ethische Position zu vertreten? Noch dazu, wenn niemand erfuhr, welchen Preis er dafür zahlte, dass er diese Position vertrat?

Und schließlich: War er bereit, hierfür seine eigene Karriere zu opfern?

Anders Schyman griff nach der Bilanz mit der Notiz und sah den Aufsichtsratsvorsitzenden an.

»Ich denke, es gibt da etwas, von dem Karina Björnlund nur sehr ungern sähe, wenn es ans Licht käme«, sagte er.

Herman Wennergren hob interessiert die Augenbrauen.

Schnee stob ihr ins Gesicht, und sie musste nach Luft schnappen. Hinter ihr schlossen sich die Türen des Zeitungsgebäudes, und sie hob die Hand über die Augen, um sich vor dem Licht des hell erleuchteten Zeitungslogos über ihrem Kopf zu schützen. Vor ihr lagen massiv und undurchdringlich die Straße und die Welt. Wie sollte sie nur die Kraft für einen einzigen Schritt finden? Wie sollte sie nach Hause kommen?

Das war der größte Bockmist, den ich je gehört habe. Sie haben diese Spinnereien doch hoffentlich niemandem erzählt?

In ihrem Kopf begannen die Engel zu singen, aber keine Worte, sondern nur Töne, die sie durch eine weite Leere hindurch zu erreichen schienen.

Von jetzt an werden Sie sich nicht mehr mit dem Thema Terrorismus beschäftigen. Sie widmen sich keine Minute mehr Karina Björnlund oder diesem verdammten Ragnwald.

Wie hatte sie sich nur so irren können? Wurde sie allmählich verrückt? Was war mit ihrem Kopf passiert? Lag es an dem Tunnel? War dort etwas in ihr kaputtgegangen, das sich nicht mehr reparieren ließ? Sie presste die Hände gegen die Ohren und schloss die Augen, um die Engel auszusperren, aber stattdessen fing sie die Schar auf diese Weise ein, und nun setzten sie sich erst recht in ihrem Gehirn fest, drangen in ihr Bewusstsein und fomulierten ihren sinnlosen Trost.

Sommergruß Zuckerherzen ewige Treue.

Es geht nicht. Ich will nicht mehr.

Das Handy meldete sich in ihrer Tasche. Sie schloss die Augen, spürte seine Vibrationen und wartete, bis sie wieder aufhörten.

Ich will kein Wort mehr von dieser Sache hören.

In der Stille kam Stockholm um sie herum einfach zum Stehen, der Autolärm der großen Verkehrsadern versickerte, nasse Spukgestalten schlossen sich um Straßenlaternen und Neonreklamen, ihre Füße hoben von der Erde ab, und sie schwebte langsam über die Pflastersteine vor dem Eingang und den steif gefrorenen Rasen zur Tiefgarage hinab.

»Annika!«

Sie landete schwer auf der Erde, schnappte nach Luft und fand sich unmittelbar neben der quietschenden Eingangstür wieder. Der Wind zerrte an ihren Haaren.

»Beeil dich, du wirst ja sonst klatschnass.«

Thomas' alter grüner Toyota hatte neben der Verkehrsinsel an der Tiefgarage gehalten, sie schaute ihn erstaunt an, was machte er denn hier?

Dann sah sie ihn winken, seine blonden Haare waren nass und

klebten am Kopf, der Mantel war feucht, und sie lief auf ihn zu, direkt in seine lächelnden Augen, flog über Asphalt und vereiste Stellen, versank in seiner Umarmung.

»Gut, dass du meine Nachricht noch bekommen hast«, sagte er, führte sie zur Beifahrerseite und sprach weiter, während er die Tür öffnete und ihr in den Wagen half. »Ich habe versucht, dich auf dem Handy zu erreichen, aber du bist nicht drangegangen, deshalb habe ich dem Hausmeister gesagt, dass ich dich abholen komme, ich musste eh den Wagen umparken, also war es kein großer Umweg. Außerdem habe ich was Leckeres eingekauft und dachte, wir könnten … aber was hast du denn? Geht es dir nicht gut?«

Annika atmete flach.

»Ich glaube, ich werde krank«, flüsterte sie.

»Na, dann wollen wir dich lieber gleich ins Bett verfrachten, wenn wir nach Hause kommen, nicht wahr, Kinder?«

Sie drehte sich um, sah ihre Kinder auf der Rückbank sitzen und lächelte matt.

»Hallo, meine Lieblinge. Ich liebe euch.«

MITTWOCH, 18. NOVEMBER

Der Mann ging mit schwebenden Schritten an der Rezeption des Campingplatzes vorbei. Er fühlte sich stark. Die Beine federten wie früher, seine Muskeln spannten und dehnten sich. Er füllte seine Lungen und bemerkte kaum das Stechen im Unterleib, als sich das Zwerchfell weitete. Die Luft war ihm so eigentümlich und undefinierbar vertraut hier oben, wie ein Lied, das man als Kind gesungen und dann vergessen hat, das plötzlich jedoch aus einem weit entfernten Radio erklingt. Scharf, kalt und abwartend, dachte er und blieb stehen.

Er sah auf und blinzelte in den Himmel, aus dem die eine oder andere Schneeflocke durch die Luftschichten zur Erde taumelte. Er war an diesen Ort gereist, um heimzukehren und wieder mit seiner Familie vereint zu sein. Vom Land und seiner Landschaft hatte er sich nichts erwartet, dafür war er sich mehr als klar darüber, wie die Mühlen des Kapitalismus Kultur und Infrastruktur zermalmten. Deshalb traf ihn die Wiedersehensfreude jetzt so unvermittelt, die geduckten Häuser und schneeverwehten Straßen, die Präsenz des Himmels und die trostlose Verschlossenheit des Nadelwalds. Er hatte gewusst, dass der materielle Reichtum in seiner Abwesenheit weit gediehen war. Die Veränderungen verstärkten seine Geborgenheit sogar noch.

Er war unterwegs zu der Straße, in der das Mädchen damals gewohnt hatte, in jenem baufälligen Arbeitermietshaus mit kaltem Wasser und einem Plumpsklo auf dem Hof, und er fragte sich, ob er richtig war, denn das war gar nicht so leicht festzustellen. Die Umgebung Karlsviks hatte sich zwar, wie befürchtet, verändert, jedoch auf eine Art und Weise, die ihm vollkommen unvorstellbar gewesen war. Auf der Heide hinter dem Dorf, wo im Sommer 1969 überall Blaubeeren wuchsen und er sich mit Karina gewälzt hatte, bis sie in einem Ameisenhaufen gelandet waren, stand nun eine weiß und hellblau gestrichene Blechbaracke, die protzig von sich behauptete, Nordeuropas größte Halle für Fußballturniere und Handelsmessen zu sein. Er brauchte nicht überzeugt zu werden.

Am Fluss, wo sie einander in den Ruinen der Kaianlagen und des Holzhandels nachgelaufen waren, hatte man einen Vier-Sterne-Campingplatz mit dazugehöriger Ferienhaussiedlung angelegt. Dort hatte er sich eingemietet.

In der rauen Winterluft glaubte er plötzlich, den Klang sprudelnden Flusswassers zu hören, das zum Bottnischen Meerbusen floss. In der Ferne am anderen Ufer sah er die Stadt. Er erinnerte sich noch an die anderen Überbleibsel aus der Zeit des Sägewerks, die am Flussufer gelegen hatten. Ob sie wohl immer noch da waren? Und waren die Kiefern schließlich die steilen Sandhänge der Uferböschungen hinunter ins Wasser gerutscht?

Er ging mit leichten und festen Schritten auf gründlich vom Schnee geräumten Winterstraßen, die von einer dünnen, mit Kies und Tannennadeln durchsetzten Eisschicht bedeckt waren. Die Spur des Schneepflugs war schnurgerade, die Häuser, die ihn umgaben, gehörten nicht zu seiner Erinnerung. Hier war alles pittoresk renoviert worden, mit dem Ehrgeiz, der einer Kulturelite und Beamten und leitenden Angestellten vorbehalten war. Viele der ehemaligen Arbeiterunterkünfte hatten ihre rote oder ockergelbe Farbe zurückerhalten, nun jedoch in einer glänzenden Plastikversion. Holzschnitzereien strahlten weiß im bleigrauen Dämmerlicht, schnurgerade Fensterrahmen enthüllten, dass sie teurer Ersatz aus ausgewähltem Kernholz waren. Zusammen mit den bunten Schaukeln des Spielplatzes, den sauberen Verschlüssen der Glascontainer und den sorgfältig gefegten Eingangstreppen offenbarte der Ort einen verlogenen und dekadenten Übermut.

Alles hier war tot und leer. Er hörte einen Hund bellen, vor ihm sprang eine Katze in einen Schneewall, aber Karlsvik lebte nicht, das Dorf war nur ein Spiegel, der die Funktion hatte, die Menschen zu reflektieren, die hier wohnten und sich für Prachtexemplare der Gattung Mensch hielten.

Er unterbrach sich selbst in seinen Gedanken und rief sich ins Gedächtnis, dass das Leben der einfachen Leute immer in den Händen des Großkapitals lag, heute so gut wie damals.

Und dann gelangte er auf den Disponentvägen und erkannte augenblicklich ihr Haus, die Fassade war so rot und verlockend wie der feucht glänzende Lippenstift einer Hure, und sein Blick wurde automatisch von ihrem Fenster in der oberen Etage angezogen. Grüne Fensterprossen und auf dem Dach eine Antenne, die aussah wie ein riesiges Insekt.

Sein Mädchen, sein Roter Wolf.

Frauen hatten in ihm stets einen schüchternen und zurückhaltenden Mann gesehen, einen sanften und vorsichtigen Liebhaber. Nur zusammen mit Karina war er grandios gewesen. Allein mit ihr hatte sich die Liebe über bloße Erotik erhoben, erschien ihm die Liebe als das Mirakel, das sie tatsächlich war. Mit ihr und ihren gemeinsamen Freunden hatte er seine Familie gegründet, und in all den vorbeihastenden Jahren und Sekunden waren sie immer bei ihm gewesen.

Sie hatte nicht mit ihm sprechen wollen.

Als er sie aufsuchte, hatte sie ihn abgewiesen. Dieser Verrat trieb ihm die Zornesröte ins Gesicht, sie, die ihrer aller schimmernder Stern gewesen war. Sie hatte ihren stolzen Namen erhalten, weil man die Herkunft der Gruppe aus dem Norden betonen wollte. Auch wenn man sich als Teil des chinesischen Volkes ansah, gab es doch nichts, was einen daran hinderte, die grenzüberschreitende Dimension des Freiheitskampfes hervorzuheben. Doch sie hatte sich an der trügerischen Süße der Macht berauscht und ihm den Rücken zugekehrt. Nun wandte er ihrem Elternhaus den Rücken zu. Mit federnden Schritten ging er zu dem Kulturlehrpfad neben dem Campingplatz, blieb an einem Schneewall stehen und starrte zwischen den mageren Kiefern hindurch, die dort wuchsen.

Als graue Fundamente waren dort die Überreste von Norrbottens erstem Eisenhüttenwerk zu erkennen. Er sah spitze Überbleibsel, die aus dem Schnee ragten, verbogene Wrackteile des eitlen menschlichen Bestrebens, selbst über das Schicksal zu bestimmen.

Die Geschichte des Eisenhüttenwerks war kurz und heftig gewesen. Mehrere hundert Menschen arbeiteten hier um 1900 daran, das Eisenerz zu veredeln, das es in der Provinz gab. Sie nutzten die Rohstoffe aus ihrer eigenen Region, und das konnte natürlich nur auf eine Art enden. Mittelschwedische Hüttenbesitzer kauften die Fabrik nach dem Ersten Weltkrieg auf, schlachteten Maschinen und Ausrüstung aus, verkauften die Unterkünfte der Arbeiter und sprengten das gesamte Werk buchstäblich in die Luft.

Manche durften eben etwas sprengen, andere nicht.

Plötzlich stach es wieder im Zwerchfell, und er merkte, dass er fror. Die Wirkung der Medikamente ließ nach, und er musste zusehen, dass er zu seiner Hütte zurückkam. Auf einmal wurde er sich wieder seines Geruchs bewusst, der in den letzten Tagen wesentlich schlimmer geworden war. Bei dem Gedanken an das trockene Nahrungspulver, von dem er sich ernähren musste, verdüsterte sich seine Stimmung. So zu leben war demütigend.

Seit der Diagnose waren exakt drei Monate vergangen.

Er schüttelte den Gedanken ab und ging weiter, zur Papierfabrik.

Das Einzige, was heute noch von ihr stand, waren die Lagerhallen, die großen Gebäude der Schande, die man während des Krieges den Deutschen zur Lagerung von Kriegsmaterial überlassen hatte. Waffen, Futtergetreide und Konserven konnten die Nazis hier lagern und wieder abholen, um es zu ihren Truppen in Norwegen und in der Sowjetunion zu transportieren. Dreißig Männer aus dem Dorf hatten hier gearbeitet, Karinas Vater war einer von ihnen gewesen. Sie hatte immer behauptet, die Arbeit für die Deutschen habe ihn zum Alkoholiker werden lassen. Ausflüchte, dachte er. Der Mensch hat einen freien Willen. Alles kann er wählen oder nicht wählen, außer dem Tod.

Auch er hatte seine Wahl getroffen, und seine Wahl war es gewesen, den Imperialismus mit dem Tod als Ausdrucksmittel zu bekämpfen, dem Tod als Werkzeug gegen Menschen, die sich wiederum dafür entschieden hatten, seine Brüder und Schwestern zu unterdrücken und ihnen die Freiheit zu versagen.

Meine Brüder und Schwestern, dachte er. Er war ohne Geschwister aufgewachsen, fand am Ende aber doch eine Familie und erschuf sich ein eigenes Rudel, das einzige, für das er jemals Verantwortung übernommen hatte, und das einzige, das er verraten hatte.

Die Schmerzen in seinem Bauch kehrten zurück, seine Verantwortungslosigkeit traf den Körper und ließ ihn schwer werden. Er ging zum Campingplatz, kehrte mit gequälten Schritten zur Rezeption zurück.

Was war er nur für ein Vater? Hals über Kopf hatte er sein Rudel verlassen und war weggerannt, als ihm der Boden unter den Füßen zu heiß wurde.

Der Schwarze Panther, dachte er, blieb neben der verschneiten Minigolfbahn stehen, um durchzuatmen, und ließ die verlorenen Kinder in Gedanken zu sich kommen. Sein Erbe und ältester Sohn, der Ungeduldigste, Rastloseste und auch Kompromissloseste von ihnen allen, der Panther, der seinen Namen zum Gedenken an die Freiheitskämpfer in den USA angenommen hatte. In der Gruppe hatte dies eine Diskussion ausgelöst, da einige meinten, es sei konterrevolutionär, sich einen amerikanischen Namen zu geben. Der Panther selbst sah es genau umgekehrt, sich nach Amerikas eigenen Kritikern zu benennen stützte seiner Meinung nach den Kampf gegen die Lakaien des Kapitalismus.

Er selbst hatte sich zurückgehalten und die anderen streiten lassen. Als sie zu keiner Einigung kommen konnten, gab er seine

Entscheidung bekannt: Er war der gleichen Meinung wie der Panther. Es war bedrückend, wenn man bedachte, wie sehr sich der junge Revolutionär verändert hatte. Ohne seinen Führer war aus dem Schwarzen Panther ein Schatten statt einer Kraft geworden. Seine übrigen Kinder hatten andere Wege eingeschlagen und sich weit von ihren Idealen entfernt. Am schlimmsten war es dem Weißen Tiger ergangen. Der Tiger mittleren Alters war, verglichen mit dem schlanken Jungen seiner Erinnerung, so verändert, dass man beinahe glauben konnte, er sei gegen einen anderen ausgetauscht worden.

Langsam ging er zu seiner Hütte. Der Weiße Tiger war in jenem Sommer hier mit ihm spazieren gegangen, und plötzlich ging er wieder neben ihm, der Junge, der seinen Namen gewählt hatte, weil die Farbe Reinheit und das Tier geschmeidige Stärke symbolisierten.

Damals hatte er ein reines Herz, dachte der Mann, heute ist es genauso schwarz wie das Stahlwerk, das er leitet.

An Hausgiebeln und hinter Vorhängen sah er Menschen, die damit beschäftigt waren, menschliche Sinnlosigkeiten auszuführen. Man trank Kaffee, plante Einkäufe, schmiedete niederträchtige Strategien gegen die Konkurrenz und träumte von sexueller Befriedigung. Die Ferienhaussiedlung war fast vollständig belegt mit Besuchern irgendeiner Messe in der großen Halle, was ihm sehr gelegen kam. Niemand hatte ihn seit Beginn seiner Fahrt in den Norden angesprochen.

Er blieb vor seiner Hütte stehen und schwankte ein wenig, bald würde er mit seinen Kräften am Ende sein. Er musste an seine beiden letzten Kinder denken. Der Löwe der Freiheit hatte seinen Namen verliehen bekommen, weil man der Meinung war, dass ein Mitglied der Gruppe ihre Solidarität mit Afrika symbolisieren sollte, und weil dem Löwen selbst die Fähigkeit abging, aus eigener Kraft wirklich große Gedanken zu formulieren. Dem Jungen mangelte es nicht an der richtigen Überzeugung, aber er bedurfte eines starken Führers, um den richtigen Weg zu finden. Gemeinsam hatten sie beschlossen, sich dafür einzusetzen, dass der Löwe der Freiheit schon bald auf dem gesamten unterdrückten schwarzen Kontinent brüllte und die Massen befreite.

Der Löwe der Freiheit hätte ihn vermutlich am meisten gebraucht, und dementsprechend war es ihm auch am schlechtesten ergangen.

Ich werde mich um dich kümmern, mein Sohn, dachte er und betrat seine kleine Wohnstatt.

Er setzte sich auf den Stuhl neben der Tür und zog sich mühsam die Schuhe aus. Sein Zwerchfell schmerzte, und wenn er sich bückte, wurde ihm schlecht. Er stöhnte auf, lehnte sich gegen die Stuhllehne und schloss für einen Moment die Augen.

Seine zweite Tochter, der Bellende Hund, war in den sechziger Jahren ziemlich großmäulig und anstrengend gewesen, aber seither konnte so vieles passiert sein. Es würde interessant werden, sie zu treffen, vielleicht war sie ja eine von denen, die sein Erbe wirklich verdienten.

Er ging zum Kleiderschrank und sah nach, ob der Seesack noch da war.

DONNERSTAG, 19. NOVEMBER

Die Wohnungstür fiel krachend ins Schloss, und in der Wohnung breitete sich Stille aus. Annika war wieder allein. Den Kopf ins Kissen gepresst und die Knie bis zum Kinn angezogen, lag sie im Bett. Eintönig und kraftlos summten im Hintergrund die Engel.

Heute musste sie wieder aufstehen, wenigstens um die Kinder abzuholen. Sie war so gut wie nie krank, und Thomas war es nicht gewohnt, die ganze Verantwortung für die Kleinen zu übernehmen, sie wegzubringen und abzuholen und zu kochen und ihnen etwas vorzulesen und sie ins Bett zu bringen. Er wurde gereizt, und sie bekam dann ein schlechtes Gewissen. Sie zog die Decke noch etwas höher.

Es gibt Schlimmeres, dachte sie, die Kinder könnten krank werden oder Thomas mich verlassen, die Zeitung könnte eingestellt werden, es könnte Krieg im Irak geben, all das ist schlimmer. Das hier ist gar nichts.

Aber es war eben doch etwas. Wo das Fundament für ihr berufliches Vertrauen gelegen hatte, klaffte nun ein tiefes Loch.

Sie hatte sich auf Schyman verlassen, an sein Urteilsvermögen geglaubt. Doch jetzt war etwas geschehen, entweder mit ihm oder mit ihr, vielleicht mit ihnen beiden. Vielleicht lag es aber auch an der Geschichte, vielleicht war sie einfach zu groß für sie.

Oder aber, sie war in dem Tunnel tatsächlich verrückt geworden.

Annika erkannte, dass dies eine realistische Alternative war.

Hatte sie die Fähigkeit verloren, Relevanz und Wahrscheinlichkeit zu beurteilen? War sie dabei, den Kontakt zur Wirklichkeit zu verlieren?

Sie zog sich die Decke über den Kopf und dachte nach. Nein, die Geschichte war, wie sie war, und sie hatte Recht.

Es war etwas dran. Schyman mochte in der Vergangenheit richtig gelegen haben, aber diesmal irrte er sich.

Sie schlug die Daunendecke zur Seite und schnappte nach Luft. Dann lief sie nackt ins Badezimmer, pinkelte und putzte sich anschließend unter der Dusche die Zähne.

Ohne Thomas und die Kinder war die Wohnung öde und leer. Sie blieb auf der Türschwelle zur Küche stehen und sah sich das Frühstückschaos an, das sie hinterlassen hatten, doch sie nahm es nicht wirklich wahr. Stattdessen lauschte sie auf das Rauschen der Leere und die Geräusche, die sie sonst niemals hörte, wenn alle zu Hause waren und sie eine andere Rolle hatte als die eines Individuums. Wenn sie in etwas Größerem aufging, gelang es den kleinen und unbedeutenden Nuancen nicht, zu ihr vorzudringen. Wenn sie rundum verantwortlich war, drangen einzig und allein wütende Zurufe und die Forderung nach lebenserhaltenden Maßnahmen wie Essen und Klebeband und Wo ist Tiger an ihr Ohr.

Doch jetzt war sie nur ihr ureigenes krankgeschriebenes Ich, torpediert und abgeschrieben, eine verbrauchte Reporterin, deren Mindesthaltbarkeitsdatum überschritten war. Kleinigkeiten überwältigten sie und ließen sie mit stummer Verblüffung horchen.

Der Kühlschrank brummte dumpf und zuverlässig einen halben Ton tiefer als die Lüftung auf dem Dach des Nachbargebäudes. Von irgendwoher zogen Bratendünste in die Wohnung, wahrscheinlich aus einem Restaurant im gleichen Häuserblock, in dem Kochplatten und Bratflächen erhitzt und der Mittagstisch vorbereitet wurde. Die Busse an der Haltestelle in der Hantverkargatan brummten und quietschten, die Sirenen der Feuerwehr von der Wache am Kronobergspark entfernten sich und kamen wieder näher.

Plötzlich geriet sie in Panik.

Ich halte das nicht aus.

Alle Muskeln ihres Körpers verkrampften sich, und sie hörte nichts mehr und konnte auch nicht mehr atmen.

Das ist nicht weiter schlimm, dachte sie. Ich empfinde es nur so. Ich werde nicht ersticken, im Gegenteil, ich hyperventiliere, das geht vorbei, ich muss einfach abwarten und mich beruhigen.

Der Fußboden kam näher und drückte gegen Schenkel und Ellbogen, sie starrte unter die Spülmaschine.

Er hat mich als Mensch abgefertigt, dachte sie, und diese Erkenntnis ließ Geräusche und Farben zurückkehren. Schyman hat mich nicht nur als Reporterin niedergemacht, er hat mich auch persönlich gedemütigt. Das hat er noch nie getan. Der Wunsch, von allen akzeptiert zu werden, muss ihn ungeheuer unter Druck setzen. Ich werde nicht akzeptiert, und im Moment fühlt er sich nicht in der Lage, für mich zu kämpfen, denn der Preis wäre zu hoch.

Sie stand wieder auf und merkte, dass sie sich das Knie gestoßen hatte. Jahrelang hatte sie keine solchen Panikattacken mehr gehabt. Nach der Geburt der Kinder waren sie verschwunden gewesen, bis diese Mörderin sie als Geisel genommen hatte. Nun kamen sie in unregelmäßigen Abständen und verliefen genauso heftig und erschreckend wie früher.

Ich frage mich, ob ich irgendwelche Glückspillen brauche, dachte sie. Sie wusste, dass Anne Snapphane eine große Schachtel davon in ihrem Badezimmerschrank hatte.

Aber das sind doch nur Fantasien, dachte sie dann. Es sind nur meine Ängste, die mich schrecken. Es sind nur Hirngespinste. Wenn man sie ins Licht hält, verschwinden sie, wenn man sie nüchtern betrachtet, lösen sie sich in nichts auf.

Sie blieb stehen, stützte sich auf der Spülmaschine ab und fühlte, dass Puls und Atmung sich wieder normalisierten.

Sie wusste, dass sie Recht hatte. Es gab da eine Verbindung zwischen Ragnwald, der Kultusministerin, dem Anschlag auf

F21 und den Morden an dem Jungen, dem Journalisten und dem Politiker.

Und es war ihr bewusst, dass sie der Angelegenheit unter gar keinen Umständen weiter nachgehen durfte.

Ich will kein Wort mehr von dieser Sache hören.

Ja, während der Arbeitszeit, dachte sie. Aber dass ich ein paar Telefonate führe, während ich zu Hause und krankgeschrieben bin, zählt ja wohl nicht.

Daraufhin ging sie ins Schlafzimmer, zog sich an, kehrte in die Küche zurück und setzte Kaffee auf, ohne das Chaos zu beseitigen, das Thomas und die Kinder hinterlassen hatten. Das dreckige Geschirr schob sie einfach auf eine Ecke des Küchentischs und setzte sich mit Kaffeetasse, Collegeblock und einem Kugelschreiber des Gemeindetags an die andere.

Sie musste mehr über den Terroristen und die Ministerin erfahren, um die Zusammenhänge erkennen zu können. Sie hatten zwar einen Internet-Anschluss, aber nur über ein altes und träges Modem. Thomas hatte einen Breitbandanschluss gewollt, aber sie hatte ihn gebremst, da er ihr auch so schon oft genug vor dem Computer hing.

Überprüfe die Eintragungen beim Einwohnermeldeamt, schrieb sie, Herkunft und Eltern.

Fordere die öffentlich zugänglichen Schriftstücke der Ministerin an, fang mit der Post an und nimm dir dann Reisen, Repräsentationstermine, Steuererklärungen, Grundbücher etc. vor.

Lies mehr über die ETA und den Laestadianismus.

Sie betrachtete ihre kurze Liste.

Das würde für den heutigen Tag reichen.

Sie griff nach dem Telefon und wollte sich von der Auskunft mit der Kirchengemeinde in Sattajärvi verbinden lassen, musste jedoch feststellen, dass es eine solche nicht gab. Daraufhin fragte sie nach allen Kirchengemeinden im Vorwahlbereich von Pajala und bekam außer dem Hauptort noch die Nummern von Junesuando und Tärendö.

Sattajärvi gehörte zur Gemeinde Pajala.

Göran Nilsson wurde am 2. Oktober 1948 als einziges Kind von Toivo und Elina Nilsson geboren. Die Mutter hatte sich am 18. Januar 1945 im Ort gemeldet, als Geburtsort war Kexholm verzeichnet. Das Paar heiratete am 17. Mai 1946. Der Vater war 1977 gestorben, die Mutter 1989.

Sie notierte sich die Daten und bedankte sich.

Kexholm?

Jetzt musste sie doch ins Internet gehen.

Käkisalmi, das auch Kexholm genannt wurde, lag an der Mündung des Wuoksen in den Ladogasee auf der Karelischen Landenge, gar nicht so weit von der alten schwedischen Stadt Viborg entfernt.

Mit anderen Worten, im heutigen Russland.

Sie fand eine Seite bei der Provinzialregierung in Luleå, die einen langen geschichtlichen Abriss dieser Region enthielt. Im Herbst 1944 wurde Karelien von der Sowjetunion eingenommen und die gesamte einheimische Bevölkerung vertrieben. Vierhunderttausend Menschen flohen damals nach Finnland, und ein Teil von ihnen zog weiter nach Schweden.

Sie starrte den Bildschirm an.

Eine ethnische Säuberung, dachte sie. Das Phänomen ist alt, nur der Begriff ist neu.

War das von Bedeutung? War es wichtig, dass die Mutter des Terroristen von sowjetischen Soldaten aus ihrer Heimat vertrieben worden war?

Nicht unbedingt. Vielleicht.

Sie loggte sich aus und rief die Kirchengemeinde Niederluleå an. Solche Recherchen erledigte sie am liebsten telefonisch, weil dann ihre schnüffelnde, neugierige Hyänenschnauze nicht zu sehen war.

Karina Björnlund wurde am 9. September 1951 als zweites Kind von dreien des Ehepaars Hilma und Helge Björnlund geboren. Das Paar hatte sich 1968 scheiden lassen, die Mutter war heute in zweiter Ehe verheiratet und wohnte in der Storgatan in Luleå, der Vater war gestorben. Die Geschwister hießen Per und Alf.

Was bedeutete das?

Nichts.

Sie dankte der Gemeindeassistentin und stand rastlos auf, drehte, schnell und ohne ihre Umgebung wahrzunehmen, eine Runde durch die Wohnung, ehe sie wieder nach dem Telefon griff und bei der *Norrlands-Tidningen* anrief.

»Hans Blomberg hat heute frei«, beschied die griesgrämige Telefonistin.

»Verbinden Sie mich trotzdem mit dem Archiv«, sagte Annika schnell, ehe sie sich erneut eine Tirade über die EU anhören musste.

Es meldete sich eine junge Frau.

»Ich weiß ja, die da oben haben beschlossen, dass wir mit dem *Abendblatt* zusammenarbeiten, aber es kommt natürlich keiner mal auf die Idee, uns zu fragen, ob wir dafür auch Zeit haben«, sagte sie gestresst. »Ich gebe Ihnen unser Kennwort, dann können Sie sich über das Internet selbst in unser Archiv einloggen.«

Sie sollte ein wenig kürzer treten, sonst wird sie noch wie Hans, dachte Annika.

»Das, wonach ich suche, haben Sie mit Sicherheit nicht im Computer«, sagte sie. »Ich suche nach den frühesten Zeitungsausschnitten, die Sie über Karina Björnlund haben.«

»Die Kultusministerin? Aber über die haben wir doch ganze Bände.«

»Ich will nur die allerersten. Könnten Sie mir die Artikel bitte zufaxen?«

Sie gab der Archivarin ihre Privatnummer und ermahnte sich selbst, nicht zu vergessen, dass sie das Faxgerät einschalten musste.

»Wie viele? Die ersten hundert?«

Annika dachte nach.

»Sagen wir, die ersten fünf.«

Die Frau seufzte.

»Okay, aber vor der Mittagspause wird das nichts mehr.«

Sie legten auf, und Annika ging in die Küche und räumte das Frühstücksgeschirr weg, schaute nach, was es im Kühlschrank gab, und sah, dass sie als Abendessen Hähnchenfilet in Kokosmilch kochen konnte.

Dann zog sie sich Jacke und Schuhe an.

Sie musste raus, musste an die frische Luft.

Im 7-Eleven an der Fleminggatan holte sie sich eine Pasta mit Champignons und Speck und aß sie langsam, während sie über die Kungsbron Richtung Innenstadt ging.

Die leere Verpackung warf sie in einen Papierkorb an der Kreuzung Vasagatan und Kungsgatan und ging dann mit schnellen Schritten zum Hötorget hinauf, wurde auf der Drottninggatan jedoch wieder langsamer. Diese Straße war die einzige wirklich kontinentale Fußgängerzone der Stockholmer Innenstadt, mit ihrer Mischung aus Himmel und Hölle, Straßenhändlern, Musikern, Huren und frierenden Pennern, die den Raum zwischen den Kommerzpalästen, Lichterketten und dicht befahrenen Straßen füllten. Sie bewegte sich mit dem drängelnden Strom und wurde von einem zärtlichen Gefühl erfüllt. Die Menschenmenge schob sie voran, und ihr war ein wenig sentimental und melancholisch ums Herz, als sie sich die Leute um sie herum ansah, die verbissenen Mütter mit ihren quietschenden und schaukelnden Kinderwagen, die Gruppen schöner junger Frauen aus den Einwanderervororten mit ihren hohen Absätzen und hellen Stimmen, die endlich außer Sichtweite des Elternhauses waren und deren Haare nun auf offene Jacken und enge Tops fielen, die wichtigen Männer in ihren Uniformen aus Aktentaschen und Stress, die geleckten Östermalm-Kids mit ihren Canada-Goose-Jacken und der nasalen Sprache, die Touristen, die Wurstverkäufer, die Läden, die Verrückten und die Junkies, sie ließ sich von ihnen allen einlullen. Vielleicht konnte sie ja am Grund ihres großen gemeinsamen Brunnens ein Zuhause finden.

»Ist das nicht die Frau mit der Mörderin? Ist sie das nicht? Guck doch mal! In dem Tunnel, die war doch im Fernsehen …«

Sie drehte sich nicht um, denn sie wusste, das Gerede würde irgendwann ein Ende haben. *Wer lange genug am Ufer des Flusses sitzen bleibt, sieht mit der Zeit die meisten seiner Feinde vorbeitreiben.*

Schon bald würde sich niemand mehr an die Mörderin im Tunnel erinnern, und sie würde nur eine unter vielen im Brunnen sein, eine grauschwarze Flocke, die sacht und von niemandem bemerkt zum Schlamm am Grund des Schachtes sank.

Sie blieb vor der gläsernen Eingangstür von Hausnummer 16 stehen, einem der diskreten Eingänge des Regierungssitzes. Alle Fensterfutter waren aus matt gebürstetem Kupfer, und hinter einer großen glänzenden Glasfront und gepflegten Palmen in Töpfen war eine Empfangsloge aus Panzerglas zu erkennen, in der ein uniformierter Wachmann saß.

Annika schob zwei Türen auf, ging mit dem Gefühl, ein schändlicher Eindringling zu sein, zu dem Wachmann und klopfte gegen das Mikrofon vor der geschlossenen Luke.

»Es funktioniert«, meinte der ältere Mann, der hinter der Glasscheibe saß. Sie sah, dass seine Lippen sich bewegten, und hörte seine Stimme aus einem versteckten Lautsprecher zu ihrer Linken.

»Dann ist ja gut«, sagte Annika, versuchte zu lächeln und beugte sich zum Mikrofon vor. »Ich möchte Karina Björnlunds Post durchsehen.«

Jetzt war sie mit der Sprache herausgerückt, ein Spion ist gekommen, die Frau, die in Abfällen und Mailboxen wühlt.

Der Mann griff nach einem Telefonhörer und drückte ein paar Tasten.

»Setzen Sie sich bitte, ich werde den Registrator anrufen.«

Sie ging zu dem kleinen Vestibül, in dem drei geschwungene backsteinrote Sofas standen, eine EU-Flagge und eine schwedische, ein Ständer mit jeder Menge Broschüren und eine Metallstatue, die ein kleines Kind darstellte, ein Mädchen vielleicht.

Sie blieb stehen und sah sich die Statue an. War sie aus Bronze? Sie trat einen Schritt näher. Wer war sie? Wie viele neugierige Spione hatte sie kommen und gehen sehen?

»Entschuldigung? Waren Sie das, die den Briefverkehr der Ministerin durchsehen wollte?«

Annika sah auf und begegnete dem Blick eines Mannes mittleren Alters mit Pferdeschwanz und langen Koteletten.

»Ja, genau«, sagte sie. »Das war ich.«

Sie gingen an zwei verschlossenen Türen und einem Korridor vorbei und nahmen dann den Aufzug in den sechsten Stock.

»Nach links und dann die Treppe hinunter«, sagte der Mann. »Hier ist mein Büro. Was genau möchten Sie denn sehen?«

»Alles«, sagte Annika, zog ihre Jacke aus, beschloss, bei ihrer Spionagetätigkeit gründlich vorzugehen, und ließ Tasche und Mantel auf einen Besuchersessel fallen.

»Okay«, sagte der Mann und klickte ein Programm an. »Karina Björnlund hat 668 Sachthemen bearbeitet, seit sie vor fast zehn Jahren Ministerin geworden ist, ich habe hier das vollständige Register vor mir.«

»Könnten Sie mir das ausdrucken?«

»Von diesem Jahr?«

»Alles.«

Der Registrator verzog keine Miene und setzte seinen Drucker in Gang.

Sie sah sich den Computerausdruck an, Registrierungsdatum und -nummer, Eingangsdatum, Dokumentdatum. Dann der Name des Sachbearbeiters, der sich um das Schriftstück gekümmert hatte, Name und Adresse des Verfassers der Eingabe, eine Beschreibung des Themas und schließlich Angaben darüber, was aus der Sache geworden war.

Beschluss, las sie, ad acta.

»Was bedeutet ad acta?«, fragte sie.

»Dass keine Antwort verfasst wurde«, erklärte der Mann mit dem Pferdeschwanz. »Archiviert ohne Maßnahme. Dabei kann es sich um ermunternde oder auch wirre Briefe von einem unserer häufiger wiederkehrenden Absender handeln.«

Sie sortierte die Zeilen nach der Art des Themas: eine Einladung zu den Filmfestspielen in Cannes, eine Bitte um ein signiertes Foto, der Aufruf, einen bedrohten Verlag zu retten, fünf Fragen von Klasse 8B in Sigtuna, die Einladung zum Nobelbankett im Stockholmer Rathaus am 10. Dezember.

»Wo befinden sich diese Briefe und Mails?«

»Die Sachen, die Sie sich gerade anschauen, sind jüngeren Datums, also dürften sie noch bei den einzelnen Sachbearbeitern liegen.«

Sie nahm die zweite Seite in Empfang, und ihr Blick fiel auf den obersten Posten.

Stellungnahme des Verbands der schwedischen Zeitungsverleger zu den Veränderungen im Senderecht für digitales Fernsehen.

Anne Snapphanes Sender, dachte sie.

»Könnte ich mir das hier bitte mal ansehen?«

Der Archivar richtete sich auf, warf einen Blick auf den Ausdruck, den sie ihm hinhielt, und rückte seine Brille zurecht.

»Dazu müssen Sie sich mit dem zuständigen Sachbearbeiter in Verbindung setzen«, sagte er und zeigte auf den Namen unter dem Dokumentdatum.

Sie blätterte weiter, eine Zeit lang waren in dichter Folge solche Stellungnahmen eingegangen. Dann kam sie zu dem Blatt mit der Übersicht über die letzten Tage.

Registrierungsdatum: 18. November.

Absender: Herman Wennergren.

Betreff: Anfrage für einen Gesprächstermin zur Diskussion einer wichtigen Angelegenheit.

»Was ist das?«, sagte Annika und legte dem Mann das Blatt hin, der es sich schweigend durchlas.

»Eine Mail«, sagte er. »Eingegangen Dienstagabend und gestern registriert.«

»Ich würde gern wissen, was in dieser Mail steht«, sagte sie.

Er zuckte mit den Schultern.

»Dabei kann ich Ihnen nicht behilflich sein, dazu müssen Sie mit dem zuständigen Ministerialbeamten sprechen. Brauchen Sie sonst noch etwas?«

Sie wandte sich ab und blätterte eigenartig erregt weiter.

Was wollte der Aufsichtsratsvorsitzende des *Abendblatts* plötzlich am Dienstagnachmittag mit der Kultusministerin besprechen?

Sie verdrängte ihr ungutes Gefühl.

Absender: anonym.

Betreff: Zeichnung eines gelben Drachen.

Beschluss: ad acta.

Sie las sich die Zeilen noch einmal durch.

»Was ist denn das hier?«, sagte sie, lehnte sich vor und zeigte auf die Zeile, während der Mann seine Brille wieder aufsetzte und hinsah.

»Ein anonymer Brief«, sagte er. »Davon bekommen wir ziemlich viele. Vor allem Zeitungsausschnitte oder etwas verwirrte Schreiben.«

»Auch viele gelbe Drachen?«

Er lachte auf.

»Eher weniger.«

»Wo befinden sich diese anonymen Briefe?«

»Die sammle ich hier bei mir, in einem eigenen Karton.«

Der Registrator nahm seine Brille ab und streckte sich nach einer braunen Mappe mit der Aufschrift »Regierungssitz, anonyme Schreiben«, öffnete sie und holte den obersten Brief heraus.

»Wir verwahren sie nach Jahrgängen geordnet in Kartons, und zwar fünf Jahre hier oben, bevor sie anschließend ins Zentralarchiv wandern. Jeder Umschlag wird auf der Rückseite abgestempelt.

Er hielt das kleine Kuvert in seiner Hand und ließ sie lesen.

Es war am 31. Oktober abgestempelt worden.

»Was enthält es?«

»Ich glaube, das war der Drache.«

Er zog ein Blatt heraus, faltete es auseinander und zeigte es Annika.

»Ich begreife nicht, warum der Absender uns die Zeichnung geschickt hat«, meinte er, »aber vielleicht lässt es sich ja im weitesten Sinne des Wortes als Kunst bezeichnen.«

Es war tatsächlich ein kleiner Drache mitten auf einem weißen Blatt, gezeichnet mit zittriger Hand und mit gelber Tusche koloriert.

In Annikas Kopf machte es klick.

Einen ähnlichen Drachen hatte sie kürzlich schon einmal gesehen, aber wo?

»Kann ich hiervon eine Kopie haben?«, fragte sie.

Während der Mann in den Korridor hinausging, um das Blatt zu kopieren, sah sich Annika den Umschlag an, in dem der Drache gelegen hatte. Adressiert an die Kultusministerin Karina Björnlund, Stockholm, La Suède.

Sie sah sich die Briefmarke genauer an.

Abgestempelt in Paris, le 28 Octobre.

Ragnwald hatte die letzten dreißig Jahre im französischen Teil des Baskenlands gelebt. Vielleicht gab es da einen Zusammenhang. Aber wo hatte sie nur die Zeichnung schon einmal gesehen?«

Sie schloss die Augen und durchforstete ihr Gedächtnis. Dann öffnete sie wieder die Augen und horchte, ob der Registrator zurückkam. Sie hörte, dass er sich im Korridor mit jemandem unterhielt, sah sich im Zimmer um und entdeckte einen kleinen Post-it-Zettel am unteren Rand seines Bildschirms.

Leise schlich sie zum Computer, beugte sich hinunter und kniff die Augen zusammen.

Karina Björnlunds Durchwahl, eine Nummer unter der Zentrale des Ministeriums, dann das Wort Handy, gefolgt von einer Nummer.

Sie starrte die Zahlenfolge an: 666 66 60.

Zweimal die Zahl des Teufels und dann eine Null.

War das nur ein Zufall, oder sagte ihr das was über Karina Björnlund?

»Kann ich Ihnen sonst noch behilflich sein?«

Annika schreckte zusammen, drehte sich um und blinzelte verlegen.

»Später vielleicht«, sagte sie und nahm den Blätterstapel entgegen, zehn Jahre eingegangener Briefe an die Leiterin des Kultusministeriums.

Erleichtert floh sie zu den Aufzügen.

Mehmet stand im Türrahmen zu Anne Snapphanes Büro, und es war nicht zu übersehen, dass er innerlich vor Wut kochte. Dennoch reagierte Anne wie im Reflex erfreut auf seinen Anblick.

»Wir müssen unseren Streit aus der Welt schaffen«, sagte er, »und zwar jetzt, ehe sich die Sache so hoch geschaukelt hat, dass es nicht mehr geht.«

Ihre Freude wollte nicht verschwinden und blieb in einem verklingenden Lobgesang erhalten: Er ist hergekommen! Er ist zu mir gekommen! Ich bin ihm wichtig.

Anne sah, wie er sich mit all der lässigen Eleganz, die sie so liebte, an den Türrahmen lehnte. Er war ihr schöner Mann, nach dem sie sich nachts so sehr sehnte, dass sie von Orgasmen aufwachte. Sie schob den Bürostuhl zurück und stand langsam auf.

»Das möchte ich auch«, sagte sie und streckte ihm ihre Hand entgegen.

Er tat, als hätte er sie nicht gesehen, und starrte zu Boden.

»Sylvia ist die ganze Woche krankgeschrieben gewesen«, sagte er leise und erregt.

»Ich habe dich nicht verlassen«, sagte sie.

Er hob in einer abwehrenden Geste seine Hände.

»Wir müssen dieses Stadium endlich hinter uns lassen«, sagte er. »Niemand hat Schuld daran. Wir haben uns nur einfach nicht mehr verstanden, darauf können wir uns doch wenigstens einigen.«

Der Trotz trieb Anne Tränen in die Augen, und sie holte viel zu laut Luft, ehe sie antwortete.

»Also ich fand schon, dass wir uns noch verstanden haben«, sagte sie.

»Aber ich nicht«, erwiderte er. »Also ging es auch nicht mehr. Wenn zwei Menschen zusammenleben wollen, müssen sie sich doch einig sein, oder nicht?«

Sie schloss eine Weile die Augen, hob dann den Kopf und versuchte zu lächeln.

»Du meinst, die Leibeigenschaft ist abgeschafft?«

Er betrat den Raum.

»Anne«, sagte er so flehentlich, dass ihr Lächeln gefror. »Wenn wir es jetzt nicht schaffen, normal miteinander zu reden, werden wir in alle Ewigkeit dafür bezahlen müssen, am meisten Miranda. So weit dürfen wir es nicht kommen lassen.«

Sie presste die Fingerspitzen gegen die Tischplatte und sah auf ihre Schuhe hinab.

Schlagartig erkannte sie, wie die Welt aus seinem Blickwinkel aussah, und begriff mit einem Mal, worum es ihm ging.

Zum einen um Miranda, seine Tochter, und dann um seine neue Frau und sein neues Kind. Sie selbst war nicht in seinem Bewusstsein, die zärtlichen Gefühle für sie waren verbraucht, für ihn war sie jetzt nur noch ein notwendiges Übel, ein Mensch, mit dem man einmal ein Kind und ein Bett geteilt hat, ein Überbleibsel aus einem vergangenen Leben, mit dem man jetzt bis in alle Ewigkeit zurechtkommen musste.

Das Selbstmitleid drohte sie fast zu ersticken.

»Aber ich liebe dich doch«, sagte sie, ohne ihn anzusehen.

Er ging zu ihr und schloss sie in seine Arme, und sie schlang die Arme um seine Taille, lehnte ihr Gesicht an seinen Hals und weinte.

»Ich liebe dich doch so sehr«, flüsterte sie.

Er wiegte sie sacht, streichelte ihr Haar und küsste sie auf die Stirn.

»Ich weiß«, sagte er leise. »Mir ist klar, dass es wehtut, und das tut mir sehr Leid. Verzeih.«

Anne Snapphane öffnete die Augen.

»Es gibt keinen Grund, seine Gefühle hinter Stolz zu verstecken«, sagte er leise. »Kommst du darüber hinweg?«

Sie wischte sich die Nase mit der Hand ab.

»Ich weiß es nicht«, flüsterte sie.

Als Annika nach Hause kam, hatte das Faxgerät fünf Blätter ausgespuckt. Sie ließ Mantel und Schal im Flur auf den Fußboden fallen. Sie musste ohnehin gleich die Kinder abholen.

Dann sank sie auf den Stuhl neben dem Abstelltisch im Flur, auf dem sich die Rechnungen stapelten, blätterte schnell die Artikel durch und sah, dass die Archivarin der *Norrlands-Tidningen* sie in der chronologischen Reihenfolge ihres Erscheinens gefaxt hatte.

Der erste Zeitungsausschnitt zeigte ihr, dass Karina Björnlund als Jugendliche eine viel versprechende Sportlerin gewesen war. Der Artikel war ein Bericht über die »NM«, womit vermutlich die Norrbotten-Meisterschaft oder aber auch die Norrlands-Meisterschaft gemeint war. Das Bild war grobkörnig, hatte aber scharfe Kontraste, und Annika musste die Augen zusammenkneifen, um das schlaksige junge Mädchen mit Pferdeschwanz und der Nummer 18 auf der Brust zu erkennen, das jubelnd und mit einem Blumenstrauß winkend in die Kamera blickte. Es sprach ein Glücksrausch aus der Aufnahme, der auch noch heute, fünfunddreißig Jahre später, greifbar wurde. Karina Björnlund war erfolgreich gewesen und hatte bei den Meisterschaften auf sämtlichen Sprintstrecken gewonnen. Man prophezeite ihr eine glänzende Zukunft.

Aus irgendeinem Grund erschien es ihr nun noch unanständiger, dass sie sich eine Übersicht über den Posteingang der Ministerin verschafft hatte.

Annika legte den Artikel zuunterst und blätterte weiter. Der zweite Ausschnitt war ein Artikel über den Hundeverein von

Karlsvik, in dem darüber berichtet wurde, dass sich der Golden Retriever Bamse und sein Frauchen Karina Björnlund zusammen mit fünf anderen Hunden und deren Besitzern auf die am Wochenende in der Sporthalle stattfindende Hundeschau vorbereiteten. Das Bild war kleiner als das vorherige und die Schwärze gröber, sodass sie nur die weißen Zähne der Ministerin und die dunkle Zunge des Hundes erkannte.

Der dritte Zeitungsausschnitt trug den Datumsstempel 6. Juni 1974 und bestand aus einem Gruppenbild der Examensklasse des Ausbildungszweigs Arztsekretärin an der Hochschule von Umeå, Karina Björnlund war die Dritte von links in der obersten Reihe. Annika betrachtete die homogene Menschenansammlung, ausschließlich Frauen, keine Ausländerinnen. Die meisten von ihnen trugen eine Pagenfrisur und einen Pony, der wie ein Flügel über eine Augenbraue geföhnt war.

Der vierte Ausschnitt war der kleinste, es war eine Notiz aus dem Jahr 1978 unter der Rubrik Namen & Neues, in welcher der Provinziallandtag von Norrbotten mitteilte, dass Karina Björnlund den Posten einer Sekretärin des Landtagsrats übernommen hatte.

Der fünfte war ein Bericht von einer offenbar stürmisch verlaufenen öffentlichen Sitzung im Landtagsgebäude im Herbst 1980. Das Bild zeigte vier Männer, die mit großen Gesten und offenkundig lauten Stimmen über die Koordination des Gesundheitswesens in der Provinz Norrbotten diskutierten. Im Hintergrund stand eine Frau in einem geblümten Rock mit ausdruckslosem Blick und verschränkten Armen.

Annika zog das Blatt näher heran und las die klein geschriebene Bildunterschrift:

Landtagsrat Christer Lundgren verteidigte die Stellungnahme der Politik im Hinblick auf die Frage eines neuen Zentralkrankenhauses in Norrbotten anlässlich einer Diskussion mit der Ärztegewerkschaft und der Aktionsgruppe »Erhaltet die Pflege«. Seine Sekretärin Karina Björnlund hört zu.

Okay, dachte Annika und ließ die Blätter sinken. So ist sie also nach oben gekommen. Sie bekam eine Stelle bei Christer Lundgren, der später Außenhandelsminister wurde, hängte sich an ihn und fuhr mit dem Aufzug bis in die Regierungsetage hinauf.

Sie schaute sich den Zeitungsausschnitt noch einmal an, sah, dass er auf Seite 22 erschienen war, was in einer Lokalzeitung weit hinten bedeutete, las die Einleitung des Artikels, in der es um Formfragen bei der politischen Beschlussfindung ging, und überflog den Text, bis ihr Blick auf den Bildeinschlag in der rechten unteren Ecke fiel.

Hans Blomberg, Landtagsreporter.

Sie blinzelte und sah noch einmal hin.

Tatsächlich, er war es wirklich, sie sah eine wesentlich jüngere und schlankere Version des Archivars der *Norrlands-Tidningen*.

Sie schnaubte und hatte auf einmal den Lebensweg des Archivars so klar vor Augen wie ihren Tisch im Flur. Gestalten wie ihn gab es bei jeder Zeitung, pflichtbewusste, jedoch einigermaßen fantasielose Reporter, die über *wichtige Dinge* berichteten wie die politische und gesellschaftliche Entwicklung, die langweilige Texte verfassten und dies mit dem Ernst ihres Auftrags begründeten und jeden verachteten, der mit journalistischem Engagement schrieb. Vermutlich war er eine Zeit lang Vorsitzender der örtlichen Gewerkschaftssektion gewesen und hatte sich in dieser Eigenschaft für all die hoffnungslosen Fälle eingesetzt, aber niemals für jemanden wie Annika, denn Menschen wie sie kamen immer durch. Und nun saß er im Archiv und zählte die Tage, bis seine Qual endlich ein Ende hatte.

Der kleine Hans, dachte sie und sah auf die Uhr. Es wurde Zeit, die Zwerge zu holen.

Ellen rannte mit weit ausgebreiteten Armen und Tiger, der in ihrer linken Hand baumelte, auf sie zu. Die Freude, die Annika angesichts dieses Anblicks empfand, erfüllte sie mit so viel Wärme, dass sie ganz weich wurde.

Sie fing das Mädchen im Sprung auf, war immer wieder überrascht über das uneingeschränkte Vertrauen des Kindes und streichelte es zärtlich.

»Ich habe eine Bonbonmaschine gebaut«, erklärte Ellen, machte sich los, griff nach Annikas Finger und zog sie in die Bastelecke.

Mit Karton und Klebeband hatte sie einen Apparat gebastelt, bei dem an der einen Seite Bonbons hineingesteckt wurden, die anschließend über verschiedene Rinnen und Öffnungen in eine Schale auf der anderen Seite rutschten. Annika hatte noch einen alten Kaugummi in der Tasche, mit dem sie ausprobierten, ob die Maschine auch funktionierte, was sie wirklich tat, jedenfalls fast, denn der Kaugummi rollte nicht gut genug, um die ganze Strecke zu schaffen, aber sie waren sich einig, dass es eine fantastische Erfindung war, die am Samstag gründlich mit Süßigkeiten erprobt werden müsste.

»Wir zeigen sie Papa«, sagte das Kind und machte Anstalten, seine Kartonschöpfung hochzuheben. Der obere Teil schwankte an den Klebestellen bedenklich, und Annika eilte ihr zur Hilfe.

»Wir nehmen sie heute noch nicht mit«, sagte sie und griff nach dem Karton, »jetzt gehen wir nämlich in die Stadt und kaufen neue Schuhe für Kalle. Da kann die Bonbonmaschine nicht mitkommen, denn sonst geht sie uns vielleicht kaputt.«

Sie stellte den Apparat auf die Hobelbank zurück, während ihre Tochter den Mund aufriss. Tränen standen in ihren Augen, die Lippen begannen zu zittern.

»Aber dann sieht Papa sie ja gar nicht.«

»Doch, natürlich«, erwiderte Annika und ging neben ihr in die Hocke. »Die Maschine steht hier doch gut, und morgen nehmen wir sie mit. Dann kannst du sie auch noch ein bisschen bemalen, nicht?«

Ellen sah auf ihre Füße hinab und schüttelte so heftig den Kopf, dass ihre Zöpfe nur so flogen.

»Was für schöne Zöpfe du heute hast«, meinte Annika, griff nach einem von ihnen und kitzelte das Mädchen mit dem Zopfende im Ohr. »Wer hat die denn gemacht?«

»Lennart!«, sagte Ellen, kicherte und zog die Schultern hoch. »Er hat mir auch bei der Bonbonmaschine geholfen.«

»Komm, jetzt wollen wir mal deinen Bruder abholen«, sagte Annika, und der Kampf war vorüber. Ellen zog Schneeanzug, Mütze und Handschuhe an und dachte sogar daran, Tiger mitzunehmen.

Kalles Vorschule lag zwei Häuserblocks entfernt in der Pipersgatan. Annika hielt die warme Hand des Mädchens in ihrer, während sie langsam zwischen den Pfützen kreuzten und Klein-Idas Sommerlied sangen, um so besseres Wetter zu erflehen.

Annikas Sohn saß in den Kissen und blickte konzentriert in ein Buch über den Kater Pelle Ohneschwanz und seine Abenteuer in Uppsala und sah erst auf, als Annika sich neben ihn fallen ließ und ihm einen Kuss auf die Haare gab.

»Mama«, sagte er, »wo liegt Uppsala?«

»Gleich nördlich von Stockholm«, sagte sie. »Warum fragst du?«

»Können wir Pelle und die anderen Katzen mal besuchen?«

»Aber sicher«, antwortete Annika und erinnerte sich, dass es zu den Schauplätzen des Buches zwischen Kirchen, Schloss und Universität Führungen gab.

»Die hier finde ich total süß«, sagte der Junge, zeigte auf eine weiße Katze und buchstabierte langsam: »Ma-ja Sah-ne-schnau-ze.«

Annika zuckte zusammen.

»Du kannst lesen?«, sagte sie verblüfft. »Wo hast du das denn gelernt?«

Er zuckte mit den Schultern.

»Am Computer«, sagte er. »Sonst kann man nicht spielen.«

Er stand auf, schlug das Buch zu und stellte es ins Regal zurück. Anschließend sah er entschlossen auf Annika hinab, die auf der roten Matratze sitzen geblieben war.

»Gummistiefel«, sagte er. »Du hast es mir versprochen. Meine alten sind undicht.«

Sie lächelte, fing sein Hosenbein ein und zog ihn an sich. Als sie ihn umarmte, lachte er und wehrte sich, und sie pustete ihm in den Nacken.

»Wir nehmen den Bus zur Galleria in der Stadt«, sagte sie. »Zieh dich an. Ellen steht draußen und wartet auf uns.«

Die Linie 1 kam unmittelbar, nachdem sie die Haltestelle erreicht hatten, und sie ergatterten Sitzplätze in der hintersten Reihe.

»Soldatengrün«, sagte Kalle. »Ich will nicht schon wieder blaue, nur Babys haben blaue Gummistiefel.«

»Ich bin kein Baby«, sagte Ellen.

»Klar bekommst du grüne«, meinte Annika. »Wenn es welche gibt.«

Sie stiegen am Kungsträdgården aus und liefen durch den Schneematsch, der von den Autos aufgespritzt wurde, über die Straße und in das große Einkaufszentrum. In einem Schuhgeschäft in der oberen Etage fanden sie tatsächlich ein Paar militärgrüner gefütterter Gummistiefel in der richtigen Größe mit hohem Schaft und reflektierenden Streifen. Kalle weigerte sich, sie wieder auszuziehen, und Annika bezahlte und nahm die alten in einer Plastiktüte mit. Es wurde auch höchste Zeit, dass sie wieder nach draußen kamen. Ellen war es zu heiß geworden, und sie hatte angefangen zu maulen, doch in der Kälte und Dunkelheit auf der Hamngatan beruhigte sie sich rasch und trabte an Annikas Hand still weiter. Am Zebrastreifen vor dem Kaufhaus NK nahm sie auch Kalle an die Hand und konzentrierte sich darauf, den Kaskaden aus Schmutzwasser auszuweichen, als die Silhouette eines Menschen, der aus dem Kaufhaus kam, ihre Aufmerksamkeit erregte.

Das ist doch Thomas, dachte sie. Was tut der denn hier?

Nein, dachte sie dann, er ist es doch nicht.

Der Mann trat zwei Schritte vor, und seine Gesichtszüge wurden von einer Straßenlaterne beleuchtet, doch, er war es!

Ihr Gesicht öffnete sich zu einem breiten Lächeln, und wieder wurde ihr warm ums Herz, denn er war offenbar schon unterwegs, um die ersten Weihnachtsgeschenke zu besorgen!

Sie lachte. Dieser Weihnachtsfreak, letztes Jahr hatte er schon im September angefangen, Geschenke zu kaufen. Sie erinnerte sich noch gut, wie wütend er geworden war, als sie die Geschenke auf dem Boden seines Kleiderschranks gefunden und sich bei ihm erkundigt hatte, was das für Pakete seien.

Ein großer Schauer Schneematsch spritzte ihnen entgegen, und Ellen schrie auf. Annika zog die Kinder ein paar Schritte zurück und schrie dem Taxi etwas hinterher. Als sie wieder aufsah, war Thomas verschwunden. Sie suchte das Menschengewimmel nach ihm ab und erblickte ihn schließlich, als er sich zu jemandem umdrehte. Eine blonde Frau in einem langen Mantel trat zu ihm, und er legte seinen Arm um sie. Es wurde vollkommen still, alle anderen Menschen verschwanden, Annika starrte in einen langen Tunnel, an dessen anderem Ende ihr Mann stand und eine blonde Frau mit einer Leidenschaft küsste, die sie innerlich erstarren ließ.

»Mama, es ist grün.«

Aber sie blieb stehen und wurde von Menschen angestoßen, sah ihre Gesichter, die zu ihr sprachen, aber ihre Stimmen blieben stumm, und sie sah Thomas fortgehen und, den Arm um die Schulter der blonden Frau gelegt, verschwinden, die Hand der Frau lag um seine Taille, sie gingen langsam weiter und kehrten ihr, eingehüllt in ihre Zweisamkeit, den Rücken zu, um dann von der Menschenmenge verschluckt zu werden.

»Wollten wir nicht über die Straße gehen, Mama? Jetzt ist die Ampel wieder rot.«

Sie schaute auf ihre Kinder, deren Gesichter sich ihr fragend zuwandten, und merkte, dass ihr Mund offen stand. Sie schluckte einen Schrei herunter und blickte zum Verkehr auf.

»Gleich«, antwortete sie. »Wir gehen beim nächsten Mal rüber.«

Dann wurde die Ampel grün, der Bus kam, und sie mussten die ganze Strecke bis zum Kungsholmstorg stehen.

Im Treppenhaus sangen die Kinder ein Lied. Die Melodie kam ihr bekannt vor, aber der Titel des Liedes wollte ihr nicht einfallen. Dann fand sie den richtigen Schlüssel nicht und musste mehrere ausprobieren, ehe sie die Tür aufbekam. Kalle fragte, ob er seine Stiefel anbehalten dürfe, und sie erlaubte es ihm, wenn er sie auf der Türmatte vorher gründlich abputzte, was er auch tat, ihr tüchtiger Sohn.

Sie ging in die Küche, griff nach dem Telefon und wählte die Nummer von Thomas' Handy, landete jedoch nur auf seiner Mailbox. Er hatte es ausgeschaltet, schlenderte mit einer blonden Frau im Arm durch Stockholm und ging nicht an den Apparat, wenn sie ihn anrief.

»Was gibt es zu essen?«

Kalle stand mit seinen schicken neuen Stiefeln in der Tür.

»Kokoshähnchen mit Reis«, sagte sie.

»Kommt da Brokkoli rein?«

Sie schüttelte den Kopf, spürte, dass sie in Panik geriet, klammerte sich an die Spüle, sah dem Jungen in die Augen und beschloss, dem Gefühl nicht nachzugeben.

»Nein«, sagte sie, »es gibt Pilze und Bambussprossen und Mais dazu.«

Sein Gesicht entspannte sich. Er lächelte und trat einen Schritt näher.

»Weißt du was, Mama?«, sagte er. »Ich habe einen Wackelzahn. Fühl mal!«

Sie streckte die Hand aus, merkte, dass ihre Finger zitterten, und fasste dann den Schneidezahn an, der wirklich schon sehr locker war.

»Der wird dir bestimmt bald ausfallen.«

»Dann bekomme ich ein Geldstück von der Zahnfee«, sagte Kalle.

»Dann bekommst du ein Geldstück von der Zahnfee«, echote Annika, drehte sich um und musste sich setzen.

Ihre Eingeweide zogen sich zusammen. Der Küchentisch unter ihr schien zu schwanken, und im Hintergrund stimmten die Engel ein klagendes Lied an, *winterschöne Sommerliebe, Honigblumen* …

Plötzlich spürte sie, dass sie sich übergeben musste. Sie stürzte auf die Toilette und würgte so heftig die halb verdaute Pasta aus, dass ihr die Tränen herabliefen. Anschließend hing sie keuchend über der Toilette, und der Gestank stieg ihr in die Nase.

Hinter der Sonne ewige Liebe, sangen die Engel aus vollem Hals.

»Maul halten!«, schrie sie und knallte den Toilettendeckel herunter.

Wütend ging sie in die Küche, suchte alle Zutaten für das Essen zusammen, verbrannte sich an der Gasflamme, als sie den Reis aufsetzen wollte, schnitt sich, als sie die Filets schnetzelte und die Zwiebeln hackte, zitterte, als sie die Konserven mit Kokosmilch und Mais und asiatischen Pilzen öffnete.

Hatte sie sich vielleicht verguckt? Das war denkbar. Thomas sah aus wie viele andere schwedische Männer auch. Er war groß, hatte helle Haare, breite Schultern und einen Bauchansatz. Immerhin war es dunkel gewesen und die Entfernung recht groß, vielleicht hatte er gar nicht mit der blonden Frau zusammengestanden. Vielleicht war es ein anderer Mann gewesen.

Sie richtete sich auf, ließ die Schultern sinken und hörte, dass die Wohnungstür geöffnet wurde.

»Papa!«

Sie lauschte den jubelnden Rufen der Kinder und den festen Begrüßungsumarmungen und seiner tiefen Stimme, in der sich Freude und vorsichtiges Erwehren mischten, richtete den Blick auf die Dunstabzugshaube und fragte sich, ob man es sehen konnte, ob in seinem Gesicht etwas erkennbar sein würde, das ihr die Antwort gab.

»Hallo«, sagte er hinter ihrem Rücken und gab ihr einen leichten Kuss auf den Hinterkopf. »Wie fühlst du dich? Geht es dir besser?«

Sie atmete tief durch, bevor sie sich umdrehte und ihn ansah.

Er sah so aus wie immer.

Anthrazitfarbenes Jackett, dunkelblaue Jeans, hellgraues Hemd und glänzender Seidenschlips.

Seine Augen waren wie immer, ein wenig müde und eine Spur desillusioniert, seine Haare waren dicht und zerzaust über den dunklen Augenbrauen.

»Es geht so«, sagte sie. »Ein bisschen besser.«

»Gehst du morgen wieder arbeiten?«

Sie drehte sich um, rührte im Topf, zögerte.

»Nein«, antwortete sie. »Ich hab mich eben noch übergeben.«

»Hauptsache, du steckst uns nicht alle an mit deiner Winter-Darmgrippe«, meinte Thomas und setzte sich an den Küchentisch.

Er kann es nicht gewesen sein. Es muss ein anderer Mann gewesen sein.

»Wie war es bei der Arbeit?«, fragte sie und stellte den Topf auf einen Untersetzer.

»Cramne vom Justizministerium ist ein richtiger Schaumschläger«, sagte er. »Er redet viel, wenn der Tag lang ist, nichts als heiße Luft. Ich und die Lady vom Landtagsverband müssen die ganze Arbeit machen, und er brüstet sich anschließend damit.«

Annika hielt mit dem Reis in der Hand inne, blieb stehen und sah die Schlagzeile der Tageszeitung, offenbar war etwas über die kulturpolitischen Vorhaben durchgesickert, die nächste Woche vorgestellt werden sollten.

»Vom Landtagsverband«, sagte sie. »Wie war noch mal ihr Name?«

Thomas machte eine Bewegung, sodass die Zeitung umknickte, und sie begegnete für einen kurzen Moment seinem Blick, ehe er der Zeitung einen Schlag versetzte, sodass sie wieder sein Gesicht verdeckte.

»Sophia Grenborg«, sagte er.

Annika starrte das Porträt der Kultusministerin neben dem Artikel an.

»Und wie ist sie so?«

Thomas las, und es vergingen ein paar Sekunden, bis er antwortete.

»Ehrgeizig«, meinte er dann, »und ziemlich von sich selbst überzeugt. Sie versucht oft, Lobbyarbeit für den Landtagsverband zu machen, was einem etwas auf die Nerven gehen kann.«

Er schlug die Zeitung zu, stand auf und warf sie auf den Fenstersims.

»Ich hol die Kinder«, sagte er. »Diese Woche will ich mein Tennis nicht verpassen.«

Kurz darauf kehrte er mit einem lachenden und einem kreischenden Kind unter jedem Arm in die Küche zurück, setzte die beiden auf ihren Plätzen ab, fasste wackelnde Zähne an und bewunderte neue Stiefel, machte Unfug mit Zöpfen und hörte sich an, was es über Bonbonmaschinen und das Versprechen eines Besuchs bei Pelle Ohneschwanz in Uppsala zu berichten gab.

Ich bilde mir das alles nur ein, dachte sie. Ich habe mich schlichtweg getäuscht.

Sie versuchte mitzulachen, aber es wollte ihr nicht recht gelingen, den scharfen Stein in ihrer Brust zu erweichen. Er war es nicht, es war ein anderer Mann. Wir sind seine Familie, und er liebt uns. Er würde die Kinder niemals im Stich lassen.

Ihre Kinder, die ganz schnell aßen, weil sie das Kinderprogramm im Fernsehen nicht verpassen wollten.

»Das hat sehr gut geschmeckt, danke fürs Essen«, sagte Thomas und küsste sie flüchtig.

Gemeinsam deckten sie den Tisch ab, Hände berührten sich leicht, und Augen begegneten sich für kurze Momente.

Er würde mich niemals verlassen.

Sie schaltete die Spülmaschine an, und er legte die Hände um ihren Kopf und musterte ihre Gesichtszüge mit besorgt gerunzelter Stirn.

»Es ist gut, wenn du noch einen Tag zu Hause bleibst«, sagte er. »Du bist leichenblass.«

Sie sah zu Boden und nahm seine Hände weg.

»Ich fühle mich ein wenig schlapp«, sagte sie und wollte die Küche verlassen.

»Ich habe Arnold versprochen, heute Abend endlich einmal noch ein Bier mit ihm trinken zu gehen«, rief er ihr hinterher.

Sie erstarrte auf der Türschwelle, blieb stehen, hörte ihr Herz pochen.

»Okay«, sagte sie und hatte sich wieder in der Gewalt, setzte einen Fuß vor den anderen und gelangte in den Flur, ging ins Schlafzimmer und sank aufs Bett. Sie hörte ihn die Sporttasche und seinen Schläger aus dem Flurschrank holen, ihr und den Kindern ein Tschüss zurufen, gefolgt von einer desinteressierten Antwort der beiden Kinder und ihrem eigenen Schweigen.

Hatte er ihr etwas angemerkt?

Hatte er ungewöhnlich reagiert?

Tatsächlich hatte sie sich im letzten Jahr oft ein wenig seltsam verhalten, aber heute Abend hatte er darauf nicht weiter reagiert.

Das Telefon klingelte, und sie ging ums Bett herum zu dem Apparat, der auf ihrem Nachttisch stand.

»Thomas hat gesagt, du bist krank«, sagte Arnold am anderen Ende der Leitung. Er war der einzige von seinen alten Freunden, der sie akzeptiert hatte. »Geht es dir wieder besser?«

Annika schluckte und murmelte irgendetwas.

»Ich verstehe ja, dass er heute nicht zum Tennis kommen kann, wenn es dir so schlecht geht, aber das ist jetzt schon das zweite Mal hintereinander.«

Der Boden schien sich unter ihr in ein schwarzes Loch zu verwandeln, und sie stürzte hinein.

»Wenn er andauernd verhindert ist, werde ich mich wohl oder übel nach einem anderen Tennispartner umsehen müssen, ich hoffe, du bist mir deshalb nicht böse.«

»Kannst du damit nicht noch etwas warten?«, sagte Annika und kauerte sich auf dem Bett zusammen. »Euer gemeinsames Spielen bedeutet ihm wirklich viel.«

Arnold seufzte gereizt.

»Sicher«, meinte er, »aber Thomas weiß nie, was er will. Er kann sich einfach nie für etwas entscheiden und dann dazu stehen. Wenn man für den ganzen Herbst einen Platz gebucht hat, muss man ihn auch benutzen.«

Annika legte die Hand über die Augen.

»Ich werde es ihm ausrichten«, sagte sie und legte auf.

Es musste einige Zeit vergangen sein, denn plötzlich waren die

Kinder bei ihr im Bett, eines auf jeder Seite von ihr, und sie sangen etwas, das ihr vage bekannt vorkam, sie summte mit, und im Hintergrund übernahmen die Engel die zweite Stimme.

Das sind meine Kinder, dachte sie. Er wird mir niemals die Kinder nehmen können.

»So«, sagte sie, »jetzt geht's ins Bett.«

Sie bekam sie dazu, schlafen zu gehen, indem sie ihnen mechanisch etwas vorlas. Anschließend deckte sie die beiden gut zu, küsste sie, machte eine Runde durch die Wohnung und schaltete alle Lampen aus. Anschließend kauerte sie sich in den Fenstersturz im Wohnzimmer und legte die Schläfe an die eiskalte Fensterscheibe. Luft zog unter dem undichten Rahmen herein, und sie lauschte dem unregelmäßigen Säuseln an der Fensterangel. Hinter ihr lag die dunkle Wohnung. Die schwankende Straßenlaterne draußen warf gelbe Schatten in den Raum, von der Straße aus gesehen war ihr Fenster nur ein schwarzes Loch.

Sie lauschte und versuchte die Atemzüge der Kinder zu hören, aber alles, was sie vernahm, waren ihre eigenen. Also hielt sie die Luft an, doch dann hörte sie nur ihr Herz schlagen und das Blut durch ihren Kopf rauschen.

Betrogen, dachte sie. Sven hat mich immer wieder betrogen.

Sie hatte es stets stumm geschluckt, dass er mit anderen Frauen schlief, und als sie ein einziges Mal gewagt hatte, dagegen aufzubegehren, hatte er ihr mit einer Kneifzange einen Schlag an den Kopf versetzt. Unwillkürlich tastete sie nach der schmalen Narbe auf ihrer Stirn, die mittlerweile kaum noch zu sehen war und an die sie nur selten dachte.

Sie war es gewohnt, betrogen zu werden.

Sie sah ihn vor sich, ihre erste Liebe, den Jugendfreund, Verlobten und Bandystar Sven Mattson, der sie über alles in der Welt liebte, Sven, der sie so vergötterte, dass ihr außer ihm niemand nahe kommen, am liebsten nicht einmal mit ihr sprechen durfte, und sie durfte an keinen anderen denken als an ihn, an nichts anderes denken als an ihn. Alles andere war strafbar, und er bestrafte sie, immer wieder hatte er sie bis zu jenem Tag bestraft, an dem er am Hochofen im Stahlwerk von Hälleforsnäs mit seinem Jagdmesser in der Hand vor ihr stand.

Sie kehrte dem Bild den Rücken zu, stand auf und schüttelte es ab, wie sie es mit den Alpträumen machte, die nach der Nacht im Tunnel zurückgekehrt waren: die Männer von Studio 6, die darüber diskutierten, was sie mit ihr machen sollten, Sven mit seinem blutigen Messer, ihre Katze, die mit herausquellenden Eingeweiden durch die Luft flog.

Und jetzt wurde sie von Thomas betrogen.

In diesem Moment lag er vermutlich mit der blonden Sophia Grenborg im Bett, vielleicht drang er gerade in sie ein, vielleicht küssten sie gerade die Geschlechtsteile des anderen oder lagen sich verschwitzt in den Armen.

Sie starrte die gelben Schatten an, stützte sich mit beiden Fußsohlen auf das Wohnzimmerparkett, den frisch abgeschliffenen Boden, den sie selbst drei Mal lackiert hatte, verschränkte die Arme vor der Brust und zwang sich, ganz ruhig zu atmen.

War sie bereit zu opfern, um ihr Leben intakt zu halten?

Sie hatte die Wahl, sie musste sich nur entscheiden.

Als sie dies erkannt hatte, war ihr augenblicklich leichter ums Herz, und sie ging zu ihrem Computer und ins Internet. In der Dunkelheit gab sie »sofia grenborg in stockholm« ins staatliche Personen- und Adressenregister ein und bekam jede Menge Treffer.

Die Frau, mit der sie Thomas vor dem Kaufhaus gesehen hatte, war um die dreißig gewesen, vielleicht auch Ende zwanzig, mit Sicherheit jedoch nicht älter als fünfunddreißig. Annika schränkte das Alter nach oben ein.

Als Repräsentantin des Landtagsverbands in einer Projektgruppe zum Thema Bedrohung von Politikern konnte sie kaum jünger als fünfundzwanzig sein. Annika nahm alle Personen heraus, die später als 1980 geboren waren, aber es kamen trotzdem noch zu viele Personen in Frage.

Statt auf diese Art weiterzusuchen, ging sie auf die Homepage des Landtagsverbands und suchte unter den Angestellten.

Sie schrieb sich mit ph.

Darauf hätte sie verdammt noch mal selbst kommen können.

Sie ging wieder zurück und gab den Namen neu ein.

Sophia Grenborg. Es gab nur eine, 29 Jahre alt. Wohnhaft im Stadtteil Östermalm, geboren in der Kirchengemeinde Engelbrekt, mit anderen Worten, in einer der verdammt noch mal vornehmsten Wohngegenden Stockholms.

Sie druckte die Informationen aus, rief mit dem Ausdruck in der Hand bei der Landespolizei an und bat um eine Kopie des Passbilds der Person mit Sophia Grenborgs Personennummer.

»Das dauert etwa zehn Minuten«, meinte ein müder Polizeiassistent.

Lautlos überprüfte sie, ob die Kinder schliefen, und schlich in die Stockholmer Nacht hinaus.

Es hatte angefangen zu schneien. Nasse Flocken fielen aus einem schmutzig grauen Himmel auf ihr Gesicht, als sie nach oben schaute.

Sie eilte durch das Schneegestöber und hinterließ nasse Spuren auf dem Bürgersteig.

Die Einfahrt der Stockholmer Polizei lag in der Bergsgatan 52, nur etwa zweihundert Meter von ihrem Haus entfernt. Sie blieb bei den großen elektrisch gesicherten Eisentoren stehen, drückte den Knopf der Sprechanlage und wurde in den länglichen Käfig gelassen, der zum eigentlichen Eingang führte.

Das Foto war noch nicht gekommen, und sie wurde gebeten, Platz zu nehmen und ein paar Minuten zu warten.

Sie setzte sich auf einen der Stühle an der Wand, schluckte und versuchte, kein schlechtes Gefühl bei der Sache zu haben.

Alle Passfotos in Schweden waren nach wie vor öffentlich und konnten jederzeit angefordert werden. Es wurde zwar diskutiert, diese Möglichkeit einzuschränken, aber noch waren in dieser Frage keine Beschlüsse gefasst worden.

Ich muss keine Erklärung abgeben, dachte sie. Ich brauche keine Entschuldigung.

Kurze Zeit später wurde ihr der Umschlag überreicht, und sie konnte keine Sekunde länger warten, um nachzusehen, ob sie mit ihrer Vermutung Recht gehabt hatte. Sie kehrte den Polizisten nur den Rücken zu und zerrte die Polaroidaufnahme gleich heraus.

Sie war es.

Es gab nicht den geringsten Zweifel.

Sophia Grenborg.

Ihr Mann bummelte durch die Stadt und küsste Sophia Grenborg.

Sie stopfte das Foto in den Umschlag zurück und ging nach Hause zu ihren Kindern.

Margit Axelsson hatte ihr Leben lang an die inneren Kräfte des Menschen geglaubt. Sie lebte in der Gewissheit, dass jeder Mensch die Macht hatte, etwas zu verändern. Es kam einzig und allein auf den Willen und das Engagement an. Als junge Frau hatte sie an die Weltrevolution geglaubt, daran, dass die Massen sich befreien und unter globalen Lobgesängen das Joch des Kapitalismus abschütteln würden.

Sie richtete sich auf und ließ den Blick über ihren Werksaal schweifen.

Heute wusste sie, dass man im Großen oder im Kleinen wirken konnte. Sie wusste, dass sie täglich ihren bescheidenen Beitrag leistete, zum einen durch ihre Arbeit mit den Kindern in der Vorschule, der kollektiven Zukunft, für die alle verantwortlich waren, zum anderen aber auch hier, in der Töpferwerkstatt des Gewerkschaftshauses von Pitholm.

Das Arbeiterbildungswerk war von jeher der Auffassung gewesen, dass Menschen, die bisher am wenigsten von den Mitteln der Gesellschaft profitiert hatten, durch Studienangebote, kulturelle Aktivitäten und Erlebnisse dafür entschädigt werden konnten. Für sie war dies ein Stück Gerechtigkeit im Bereich Ausbildung und Kultur.

Der Töpferkurs war für sie eine Übung in Demokratie. Hier

wurde vorausgesetzt, dass jeder Mensch die Fähigkeit und den Willen hatte, sich weiterzuentwickeln, etwas zu verändern und Verantwortung zu übernehmen, dass jeder Mensch voller Möglichkeiten war. Und sie sah die Teilnehmer an ihren Kursen mit der Aufgabe wachsen, die Jungen wie die Alten. Wenn sie lernten, mit dem Lehm und der Glasur umzugehen, wurde ihr Selbstvertrauen gestärkt, ihr Verständnis für die Ansichten anderer geweckt und dadurch auch ihre Fähigkeit, aktiv zu beeinflussen, was in der Gesellschaft geschah, in der sie lebten.

Als sie vor ihrer Skulptur stand, musste sie sich dies noch einmal in Erinnerung rufen.

Mit den Fehlern ihrer Jugendzeit hatte sie leben müssen. Nicht ein Tag war vergangen, ohne dass ihr Seelenfrieden von dem Gedanken an die Konsequenzen ihres Tuns gestört worden wäre. Lange blieben diese Störungen klein und oberflächlich, das Leben und die Arbeit bildeten einen schützenden Verband, der sich über ihre Schuld legte. Doch an manchen Tagen konnte sie, gelähmt vor Wut über ihre eigene Schlechtigkeit, das Bett nicht verlassen.

Solche Tage waren mit den Jahren seltener geworden. Dennoch wusste sie, dass die Vergangenheit an ihr nagte, und sie war sich immer bewusst gewesen, dass die Schuld, die sie auf sich geladen hatte, ihr eines Tages das Leben nehmen würde. Dabei dachte sie nicht nur an ihr Übergewicht, an die Essattacken, mit denen sie sich in besonders schweren Stunden tröstete, sondern an die Schuld, die an ihrer Psyche fraß, und an ihre Unfähigkeit, die eigene Unruhe zu bekämpfen. Sie war oft krank, ihr Immunsystem funktionierte sehr schlecht.

Und jetzt war er zurück.

All die Jahre war er ihr in Alpträumen erschienen, hatte sie sich in dunklen Gassen hastig umgedreht, weil sie ihn hinter sich zu spüren meinte, und nun war er wirklich hier.

Sie hatte nicht so heftig reagiert, wie sie immer befürchtet hatte.

Sie hatte nicht geschrien und wurde auch nicht bewusstlos, sondern merkte nur, dass sich ihr Puls beschleunigte und ihr leicht schwindlig wurde. Dann hatte sie sich mit dem gelben Drachen in der Hand auf den Stuhl im Flur fallen lassen. Dieses kindische Signal, mit dem er ihr zu verstehen gab, dass sie sich an ihrem üblichen Treffpunkt versammeln sollten.

Sie wusste, dass er sie aufsuchen würde. Er wollte mehr als nur ein Treffen der Gruppe wie früher. Der gelbe Drache war nur eine Erinnerung, ein Vehikel, die wilden Tiere zu wecken. Sie wusste, dass er sich beim Schwarzen Panther bereits gemeldet hatte, denn der Panther hatte sie zum ersten Mal seit dreißig Jahren angerufen, ihr davon erzählt und sie gefragt, wie sie zur Rückkehr des Drachens stand.

Sie hatte einfach aufgelegt, kein Wort gesagt, nur aufgelegt und das Telefon ausgesteckt.

Man kann niemals entkommen, dachte sie und betrachtete die Skulptur, die nie fertig wurde, das Kind und die Ziege in ihrer ursprünglichen Verständigung, die ohne Worte und Visionen auskam und auf instinktives Verständnis und intuitive Sensibilität gegründet war. Sie konnte ihr keine Gestalt geben, und auch heute Abend würde sie wieder einmal keinen Schritt weiterkommen.

Sie hatte Rückenschmerzen und bewegte sich schwerfällig zu der feuchten Decke, die verhinderte, dass ihre Arbeit austrocknete und rissig wurde, wickelte sie um die Skulptur und spannte sie mit den Riemen fest. Anschließend zog sie ihre Schürze aus, hängte sie zwischen die anderen und ging zum Brennraum, um sich den Lehm von den Händen zu waschen. Danach kontrollierte sie, ob die Schüler ihre Arbeiten auch gut zugedeckt hatten, damit die fertigen Objekte nicht zu schnell trockneten, und sammelte einige übrig gebliebene Stäbe und Leisten ein. Schließlich befüllte sie den Ofen mit den Sachen, die am nächsten Tag gebrannt werden sollten, und ließ auf der obersten Schiene noch etwas Platz für die Freitagsgruppe.

Sie blieb in der Tür stehen und lauschte in die Stille hinein. Wie immer donnerstags war sie die Letzte. Der Kurs in Aquarellmalerei und der Segelscheinkurs waren bereits gegen halb zehn zu Ende gewesen. Sie zog sich die Straßenschuhe an, schlüpfte in den Mantel, machte die Tür hinter sich zu und schloss sie mit einem rasselnden Schlüsselbund ab. Der Korridor, der vor ihr lag, war nur schwach erleuchtet und voll dunkler Schatten.

Sie mochte die Dunkelheit nicht. Bis zu jenem Erlebnis auf dem Fliegerhorst hatte sie ihr nichts ausgemacht, doch seither verfolgten sie die Schreie und die Flammen und machten die Nacht zu etwas Bedrohlichem.

Sie ging am Töpferraum, der Schreinerei und der Modelleisenbahn vorbei, erreichte das Ende des Korridors und stieg vorsichtig die knarrenden Treppenstufen hinab, vorbei an Cafeteria und Bibliothek. Sie kontrollierte alle Türen, sie waren abgeschlossen.

Wie immer bei großer Kälte klemmte die Haustür ein wenig. Mit einer Kraftanstrengung und einem Stöhnen gelang es ihr schließlich doch, sie hinter sich zu schließen. Erleichtert schloss sie ab. Ehe sie die spiegelglatten Stufen zur Straße hinabging, atmete sie tief durch. Bei jeder Vorstandssitzung schlug sie vor, die Treppenstufen bei Eisglätte mit Sand zu bestreuen, und jedes Mal wurde ein entsprechender Beschluss gefasst und der Hausmeister davon in Kenntnis gesetzt.

Sie hielt sich krampfhaft am Eisengeländer fest und bewegte ihren schwerfälligen Körper keuchend Stufe für Stufe hinunter. Als sie den Bürgersteig erreichte, hatte sie Pudding in den Beinen. Kleine und scharfe Flocken fielen in der windstillen Luft lautlos zur Erde. Im Laufe des Abends war es bedeutend kälter geworden, und sobald es nicht mehr schneite, würden die Temperaturen noch weiter sinken.

Der Neuschnee knarrte unter ihren Gummisohlen. Sie nahm ihren Tretschlitten und schob ihn auf knirschenden Kufen zur Hauptstraße.

Es tat gut, sich etwas zu bewegen. Sie vermisste die Beweglichkeit ihrer Jugend beinahe so sehr wie ihren Seelenfrieden. Die Schmerzen im Rücken verschlimmerten sich am Anfang des Weges immer, um dann schwächer zu werden und fast völlig zu verschwinden, ehe sie ihr Zuhause erreichte.

Ich sollte öfter spazieren gehen, dachte sie.

Die Eingangstreppe war von Schnee bedeckt, aber Margit Axelsson hatte kalte Beine bekommen und beschloss deshalb, es Thord zu überlassen, sie freizuschaufeln. Stattdessen bürstete sie ihre Schuhe mit dem Handfeger ab, schloss auf und trat in den Flur. Sie hatte einen Mordshunger, zog sich die Schuhe aus, hängte den Steppmantel auf, ging in die Küche und öffnete die Kühlschranktür.

Vor ihrem Aufbruch hatte sie sich ein Brot mit Eiern und Krabben gemacht, das sie nun mit zum Küchentisch nahm und so gierig aß, dass sie Majonäse in die Nase bekam. Ächzend und innerlich leer, saß sie anschließend da, starrte die Spüle an und merkte, wie müde sie war. Am nächsten Tag würde es ihre Aufgabe sein, die Vorschule aufzuschließen, sodass sie um halb sechs aufstehen musste, wenn sie rechtzeitig da sein wollte.

Ich muss ins Bett, dachte sie, ohne sich von der Stelle zu rühren.

Wie angenagelt saß sie in der dunklen Küche, bis das Telefon klingelte.

»Du bist noch auf? Du weißt doch, dass du ins Bett musst.«

Sie lächelte, als sie die Stimme ihres Mannes hörte.

»Ich war schon auf dem Weg«, log sie.

»Wie ist es heute gelaufen?«

Sie seufzte schwach.

»Dieses eine junge Mädchen kann gar nicht genug Aufmerksamkeit bekommen, sie fordert mir alles ab.«

»Und was macht die Skulptur?«

»Ich bin nicht weitergekommen.«

Sie schwiegen kurz.

»Du hast nichts gehört?«, fragte Thord.

»Gehört?«

»Von ihnen?«

Sie schüttelte den Kopf.

»Nein.«

»Ich bin gegen zwei zu Hause. Warte nicht auf mich.«

Sie lächelte wieder.

»Ich wollte gerade …«

Sie legten auf, und sie ging langsam die Treppe in die obere Etage hinauf. Der Schatten einer verschneiten Birke huschte über die Wände, als auf der Straße ein Auto mit eingeschaltetem Fernlicht vorbeifuhr.

Sie konnte sich trotz allem glücklich schätzen. Ihre Töchter waren zu gesunden und zielstrebigen Individuen herangewachsen, zu guten Menschen, die die grundlegenden Werte akzeptiert hatten, die für die Entwicklung einer Gesellschaft wichtig waren. Und sie hatte Thord, mit dem sie das große Los ihres Lebens gezogen hatte.

Sie strich mit dem Finger über ihr Hochzeitsfoto, das im Flur der oberen Etage hing. Dann wusch sie sich das Gesicht und putzte sich die Zähne, ging auf Toilette, zog sich aus und trat wieder in den Flur hinaus. Ihre Kleider faltete sie ordentlich zusammen und legte sie auf einen Stuhl neben dem Büfett.

Sie hatte sich gerade das Nachthemd über den Kopf gestreift, als der Mann aus dem Ankleidezimmer trat. Er sah aus, wie sie ihn in Erinnerung hatte, allerdings breiter und grauer.

»Du bist das!«, sagte sie konsterniert. »Was tust du hier?«

Sie bekam keine Angst, nicht einmal, als er seine Handschuhhände hob und um ihren Hals legte.

In Panik geriet sie erst, als sie keine Luft mehr bekam und das Adrenalin freigesetzt wurde. Der Raum kippte, und sie sah, wie sich die Decke über ihr wölbte. Sein Gesicht kam näher. Seine Hände waren wie ein Schraubstock um ihren Hals.

Keine Gedanken, keine Gefühle.

Nur der Schließmuskel des Enddarms, der nachgab, und die unerwartete Wärme in der Unterhose.

FREITAG, 20. NOVEMBER

Thomas betrat die Wohnung als ein Fremder. Er war lange in weiter Ferne gewesen und hatte nicht gewusst, ob er den Weg zurück finden würde. Die Dachwohnung in der Grev Turegatan auf Östermalm lag viele Lichtjahre entfernt, aber nun war er zu Hause, das spürte er am ganzen Körper, und es bedeutete eine ungeheure Erleichterung für ihn.

Er war zu Hause, dort, wo er wohnte.

Die Wohnung war voll vertrauter Geräusche, dem leisen Schnorcheln schlafender Menschen und dem Säuseln einer schlecht funktionierenden Lüftung. Kühle Luft zog an den Fenstern herein, und es hing der gleiche Essensdunst wie immer in der Luft. Er hängte den Mantel auf, stellte seinen Tennisschläger und die Sporttasche auf dem Fußboden des Flurs ab, zog seine Schuhe aus und betrachtete die Lüge, die vor ihm stand, den unbenutzten Trainingsanzug, das trockene Handtuch.

Er schluckte, verdrängte seine Schuldgefühle, tapste auf Strümpfen zu den Kindern und beugte sich über sie, ihre weit geöffneten Münder und ihre Schlafanzüge und Kuscheltiere.

Dies war die Wirklichkeit. Die Dachwohnung auf Östermalm war kalt und berechnend, die Möbel auf raffinierte Weise anbiedernd. Sophia Grenborgs Wohnung war blau und durchgestylt, sein Zuhause dagegen warm und gelb durch schlafende Kinder und schwankende Straßenlaternen.

Dann ging er zum Schlafzimmer, und seine Schritte wurden immer langsamer und schwerer. Er stellte sich in den Türrahmen und betrachtete seine Frau.

Sie war quer auf dem Bett liegend eingeschlafen, in Strümpfen, Pullover und Unterhose, und sie schlief genau wie die Kinder mit offenem Mund, atmete tief und gleichmäßig.

Sein Blick liebkoste ihren harten, kantigen, muskulösen und kraftvollen Körper.

Sophia Grenborg war so weiß und weich, sie stöhnte die ganze Zeit, wenn sie sich liebten.

Plötzlich schämte er sich so sehr, dass ihm schlecht wurde, und er verließ das Schlafzimmer und ließ sie dort ohne Decke quer auf dem Bett liegen.

Sie weiß es, dachte er. Jemand hat es ihr erzählt.

Er setzte sich an den Küchentisch, stützte die Ellbogen auf die Knie und strich sich mit den Fingern durch die Haare. Das kann nicht sein, dachte er. Sie würde niemals so ruhig schlafen, wenn sie es wüsste.

Er seufzte schwer. Seinen Gedanken konnte er nicht entfliehen, und er wusste jetzt schon, dass er neben ihr liegen würde, ohne einschlafen zu können. Er würde ihren Atemzügen lauschen und sich gleichzeitig nach Apfelhaaren und einem Hauch von Mentholzigaretten sehnen.

Verwirrt stand er in der Dunkelheit auf und stieß mit der Hüfte gegen die Spüle. Sehnte er sich etwa nach ihr?

War das so?

Eine klebrige kleine Hand streichelte Annikas Wange.

»Mama, tschüss, Mama.«

Sie blinzelte ins Licht und wusste einen Moment lang nicht, wo sie war. Nach einigen schlaftrunkenen Sekunden entdeckte sie, dass sie halb angezogen geschlafen hatte, blickte auf und sah Ellen, die sich mit herabhängenden Zöpfen und den Spuren von Erdnussbutter um den Mund über sie beugte.

Ihr wurde warm ums Herz, und sie lächelte.

»Hallo, mein Liebling.«

»Ich will heute zu Hause bleiben.«

Annika strich ihrer Tochter über die Wange und räusperte sich.

»Das geht leider nicht, aber ich hole dich gleich nach dem Mittagessen ab«, sagte sie, stemmte sich hoch, gab dem Mädchen einen Kuss auf den Mund und schleckte die Erdnussbutter ab.

»Vor dem Essen, Mama.«

»Aber heute ist Freitag, da gibt es doch immer Eis.«

Ihre Tochter überlegte.

»Nach dem Essen«, sagte sie und lief hinaus.

Thomas steckte den Kopf zur Tür herein und zeigte ihr sein vollkommen normales, alltägliches Gesicht mit den morgendlich müden Augen und den Haaren, die immer etwas anderes wollten als der Kamm.

»Wie geht es dir?«

Sie lächelte ihn an, schloss die Augen und streckte sich wie eine Katze.

»Gut, glaube ich.«

»Wir fahren jetzt.«

Als sie die Augen wieder öffnete, war er fort.

Heute wartete sie nicht die Stille ab, sondern war in der Dusche, noch bevor die Haustür ins Schloss gefallen war. Sie wusch sich die Haare, ließ eine Haarkur einwirken, schnitt sich die Haarspitzen und rieb sich ihre Beine mit Lotion ein. Dann schminkte sie ihre Wimpern, feilte die Fingernägel und zog einen sauberen BH an. Anschließend kochte sie Kaffee auf und machte sich ein Brot, das sie wahrscheinlich doch nicht würde essen können.

Danach setzte sie sich an den Küchentisch und wurde auf der Stelle von Panik ergriffen. Sie floh, ließ Kaffee und Brot und einen ungeöffneten Joghurt auf dem Tisch zurück und taumelte zur Tür.

Es schneite nicht mehr, aber der Himmel war grau. Harte Eisflocken wirbelten im Wind umher, wurden auf Straßen und Bürgersteige herabgeweht und piksten auf Haut und Haaren. Sie nahm keinerlei Farben wahr, die Welt war schwarzweiß geworden, und in ihrer Brust drehte sich dieser scharfkantige Stein.

Sophia Grenborg. Grev Turegatan.

Sie wusste, wo die Straße lag, schließlich hatte Christina Furhage dort gewohnt. Ohne nachzudenken, marschierte sie los.

Die Fassade war honiggelb und mit Stukkarbeiten verziert, an denen sich Eiszapfen gebildet hatten. Die Erker hingen wie Rispen an den Seiten, die alten Fensterscheiben schimmerten ungleichmäßig, die Haustür war dunkelbraun und verschnörkelt.

Sie hatte kalte Füße und Ohren, trat auf der Stelle und zog den Schal enger um ihren Kopf.

Gutbürgerliche Verhältnisse, dachte sie und ging zum Eingang.

An der modernen Klingelanlage war nicht zu erkennen, auf welchen Etagen die Bewohner des Hauses wohnten. Sie lehnte sich zurück und blinzelte die Fassade hinauf, als ließe sich so erkennen, wo Sophia Grenborg ihre Wohnung hatte. Schnee wehte ihr in die Augen, sodass sie tränten.

Annika ging auf die andere Straßenseite, stellte sich in den Hauseingang gegenüber, holte ihr Handy heraus, wählte die Auskunft und bat, mit Sophia Grenborg in der Grev Turegatan verbunden zu werden. Falls Sophia die Nummer auf dem Display ablesen konnte, würde sie dann nicht ihre, sondern die der Telefongesellschaft sehen.

Es klingelte, und Annika starrte hinüber. Irgendwo im Inneren dieses Hauses klingelte jetzt ein Telefon neben einem Bett, in dem in der vergangenen Nacht ihr Mann gelegen hatte.

Nach dem fünften Klingeln schaltete sich ein Anrufbeantworter ein, und Annika lauschte der fröhlichen Leichtigkeit der Frau.

»Hallo, Sie haben Sophias Nummer gewählt. Im Moment kann ich leider nicht an den Apparat gehen, aber …«

Annika legte auf, die perlende Stimme blieb ihr im Ohr, der Stein in ihrer Brust begann zu glühen.

Dann ging sie zur Eingangstür zurück, drückte einen Familiennamen nach dem anderen, bis sich schließlich eine alte Frau über die Sprechanlage meldete.

»Ich komme vom Elektrizitätswerk«, erklärte Annika. »Wir

müssen im Keller den Zähler ablesen, könnten Sie bitte aufmachen?«

Das Schloss surrte, und sie schob die gut geölte Tür auf.

Der Boden des Treppenhauses bestand aus gelbschwarzem Marmor, und die Wände waren bis in Brusthöhe mit dunkel gebeizten Eichenpaneelen verkleidet, die im Licht rauchfarbener Messingleuchter glänzten. Ein dicker Teppich schluckte alle Laute.

Annikas Finger folgte der schönen Äderung der Leisten, während sie zu der Tafel mit den Namen der Mieter ging, die neben dem Aufzug hing. Sophia Grenborg thronte in einsamer Majestät im sechsten Stock.

Langsam, lautlos und schwebend stieg sie die Treppen bis zum Dachgeschoss hinauf.

Die Wohnungstür war moderner als die anderen Türen im Haus. Eine weiße Sicherheitstür mitten in einer hohen Backsteinwand.

Breitbeinig betrachtete Annika das stählerne Namensschild, ihr Brustkorb hob und senkte sich, der Stein rotierte. Dann holte sie von neuem das Handy heraus, rief noch einmal die Auskunft an und ließ sich mit dem Landtagsverband verbinden.

»Ich hätte gern Sophia Grenborg gesprochen«, sagte sie.

Die Stimme, die sich daraufhin meldete, war ebenso perlend wie die auf dem Anrufbeantworter.

»Mein Name ist Sara, ich arbeite für die Zeitung *Landtagswelt*«, behauptete Annika und starrte das Namensschild an. »Wir machen in der Vorweihnachtszeit eine kleine Umfrage, und ich wollte mich erkundigen, ob Sie bereit wären, dabei mitzumachen.«

Sophia lachte zwitschernd.

»Jaaa«, sagte sie, »das lässt sich wohl machen …«

»Was wünschen Sie sich zu Weihnachten?«, sagte Annika und strich mit der Hand über Sophias Wohnungstür.

Die Frau am anderen Ende der Leitung lachte erneut.

»Einen Kuss von meinem Geliebten«, antwortete sie, »obwohl ich auch schon mit etwas Badesalz ganz zufrieden wäre.«

Annika wurde schwarz vor Augen.

»Von Ihrem Geliebten?«, sagte sie mit belegter Stimme. »Meinen Sie damit Ihren Mann?«

Erneutes Lachen.

»Er ist im Moment noch ein kleines Geheimnis. Sie sind von der *Landtagswelt*, sagten Sie? Das ist eine gute Zeitung, Ihre Berichterstattung über unser Interessengebiet ist wirklich vorbildlich. In welcher Ausgabe wird die Umfrage erscheinen?«

Annika schloss die Augen und rieb sich über die Stirn, das Treppenhaus geriet ins Wanken.

»Wird was erscheinen?«

»Na, die Umfrage! Kommt sie noch vor Weihnachten?«

Annika musste sich hinsetzen und lehnte sich an die Wohnungstür.

»Wir wissen noch nicht genau, wo wir Platz dafür haben, das kommt ein bisschen auf die Anzeigen an.«

Erschienen in der *Landtagswelt* Anzeigen? Sie wusste es nicht.

Es wurde still im Hörer, und Annika lauschte den rhythmischen Atemzügen Sophia Grenborgs.

»Wenn Sie sonst keine Fragen mehr haben«, meinte Sophia, »dann …«

»Ich heiße übrigens auch Grenborg«, sagte Annika. »Glauben Sie, dass wir verwandt sind?«

Jetzt war das Lachen der Frau nicht mehr ganz so herzlich.

»Na ja, wie sagten Sie, war Ihr Name?«

»Sara«, antwortete Annika. »Sara Grenborg.«

»Aus welchem Zweig der Familie stammen Sie?«

Bildete sie sich das nur ein, oder zog Sophia jetzt tatsächlich die I-Laute ein wenig in die Länge, wie es in vornehmen Stockholmer Kreisen üblich war?

»Aus dem sörmländischen«, sagte Annika.

»Wir stammen aus Östergötland, vom Gutshof in der Gemeinde Väse. Sind Sie eine Nachfahrin von Carl-Johan?«

»Nein«, sagte Annika. »Von Sofia Katarina.«

Plötzlich konnte sie dieser verdammten, vornehmen Sophia Grenborg keine Sekunde länger zuhören und unterbrach mitten in einem Wort die Verbindung.

Anschließend blieb sie still sitzen und wartete, bis ihr Puls sich wieder beruhigt hatte. Sie schloss die Augen und konzentrierte sich auf die kalte Treppe, lauschte Sophias Stimme nach, sah sie auf ihrer tollen Stelle bei ihrem tollen Landtagsverband sitzen und die Artikel in der *Landtagswelt* gut finden. Eine Frau, die so blutleer und angepasst und allseits geschätzt war, dass Annikas Mann sie vor dem Kaufhaus küssen wollte. Eine Frau, die all das war, was sie niemals sein würde.

Sie verließ das Haus, ohne sich noch einmal umzudrehen.

Der Mann wurde davon wach, dass der rosa Bettbezug ihn an der Nase kratzte. Er schnaubte und stöhnte auf, als der Schmerz in seinen Eingeweiden sein Gehirn erreichte. Die holzgetäfelte Decke schien sich in langsamen Wellen zu bewegen, und er starrte stattdessen die Wand mit der Glasfasertapete an. Sein eigener Geruch verschlug ihm fast den Atem.

La mort est dans cette ville, dachte er und stöhnte.

Er sah das Gesicht des Arztes über sich schweben, wie an jenem Tag, an dem er aus der Narkose erwacht war, sah die angespannten Kiefer und den ausweichenden Blick seines Freundes. Er hatte sich vorher über Konsequenzen und Alternativen informiert und verstand sofort.

Nicht operabel oder behandelbar. Er würde nur noch drei bis sechs Monate zu leben haben. Die Zeit, die ihm bis zu seinem Tod blieb, würde ihm viele Schmerzen, Übelkeit, Probleme bei der Nahrungsaufnahme, Gewichtsabnahme, Müdigkeit und Blutmangel bringen. Behandelt wurden diese Symptome mit Medikamenten gegen die Übelkeit, schmerzstillenden Mitteln sowie Nahrungspräparaten.

Er wusste, dass er dahinsiechen, geradezu verrotten würde. Mit der Zeit würde der Geruch, den er verströmte, immer durchdringender werden, aber der Arzt, mit dem er befreundet war, hatte ihm geraten, erst gar nicht zu versuchen, ihn mit Parfums oder Rasierwasser zu überdecken. Es würde ihm ohnehin nicht gelingen.

Jetzt ließ er den Blick durch das Zimmer schweifen, über die Kochplatten und die Wandtäfelung und die bunten Flickenteppiche auf dem Plastikboden, und versuchte einen Punkt zu finden, der stillstand. Dann betrachtete er das Fenster. Durch einen Spalt zwischen den schweren Vorhängen sah man den kalten blauen Tag. Langsam kam die Welt zum Stillstand, und er konnte leichter atmen und glitt schon bald in jene traumartige Schwellenregion, in der die Grenzen zur Wirklichkeit behutsam ausradiert wurden.

»Ich komme vom Segelklub Boje und möchte für Dienstag, 19 Uhr, den Studienraum buchen«, hörte er sich selbst mit einem eigentümlichen Echo im Hintergrund sagen. Vor ihm saß die Bibliothekarin, und vor ihr auf dem Tisch lag der große Terminkalender, und er wusste, dass sie ihm schon seit langem nicht mehr glaubte, denn er konnte unmöglich sowohl Segler als auch Fliegenfischer und Schmetterlingssammler und Ahnenforscher sein.

Alle, die zu den Versammlungen kamen, hatten einen Decknamen, ganz normale bürgerliche Namen wie Greger, Torsten oder Mats. Dass seine Wahl auf Ragnwald fiel, hatte viele die Nase rümpfen lassen, denn man sollte sich nie für etwas Besseres halten, aber er war etwas Besseres, und das begriffen sie auch, spätestens in Melderstein.

Er lachte leise und glucksend in seiner Halbwelt und kehrte zu dem Gutshof zurück, in jenen fieberheißen Frühsommer 1969, als die Welt auf der Schwelle zur großen Revolution stand. Sie hatten sich vorbereitet, hatten für den bewaffneten Kampf trainiert und rund um die Uhr Wachen um das Lager patrouillieren lassen. Die Mannschaft schnitzte Knüppel am Lagerfeuer, sie diskutierten Guerillataktiken und übten sich in Selbstverteidigung.

In Norwegen waren die Konflikte zwischen den linksradikalen Aktivisten und den anderen viel größer gewesen als in Schweden. In einer radikalen Buchhandlung war eine Bombe gelegt worden, und sie waren damals fest davon überzeugt, bald selbst an der Reihe zu sein. Und sie hatten nicht die Absicht, sich lammfromm in ihr Schicksal zu ergeben.

Die Tatsache, dass sie ihre Kampfausbildung ausgerechnet in Melderstein absolvierten, war besonders amüsant, weil die Verwalter des Gutes religiös waren. Doch da er den Ort in seiner Eigenschaft als Gemeindeassistent des Bistums Luleå gebucht hatte, war niemand auf die Idee gekommen, seine Motive in Frage zu stellen, und so hatten sie in der kleinen Kirche des Hofes lautstarke Mao-Versammlungen abgehalten.

Die vollkommene Harmonie, die er in jenen Tagen erfahren durfte, wurde zu neuem Leben erweckt, und er erlebte noch einmal, wie seine Fähigkeit, sich genau an alle Zitate zu erinnern, ihm eine zentrale Position in der Führung eingebracht hatte, obwohl die Teilnehmer des Trainingscamps aus dem ganzen Land kamen. Die Nächte verbrachten sie mit Kampf- und Überlebenstraining, und dabei hatte er sie kennen gelernt, seinen Roten Wolf.

Er lächelte versonnen zur Decke hinauf, hatte ihre sanften Gesichtszüge und den schlanken kleinen Körper vor Augen.

Sie war so jung und hatte solch staunende Augen und sah in ihm einen Meister. Kein anderer dort konnte auf vergleichbare Erfahrungen in der Rebellenbewegung und bei der Besetzung des Studentenhauses zurückblicken, sein Thron war ungefährdet, und obwohl sie, das blutjunge Mädchen, nur ihre Freundin ins Sommerlager begleitet hatte, ohne zu begreifen, worum es in Wirklichkeit ging, ließ sie sich schneller, als er zu hoffen gewagt hatte, von der Sache mitreißen, wurde sie eine Dienerin der Revolution, und sie wurde es seinetwegen.

Karina, die ihn hinter der Kirche von Melderstein küsste, noch heute konnte er sich an den Geschmack ihres Kaugummis erinnern.

Er drehte sich im Bett herum.

Im Segelklub Boje hatten sie revolutionäre Zellen aufgebaut, in denen sie entschieden, wo die einzelnen Leute wohnen und arbeiten sollten. Wohnung in Örnnäset und Nachtschicht im Eisenhüttenwerk. Hinterhaus in Svartöstaden und Arbeit bei der Stadtverwaltung. Sie hatten Streiks organisiert, arbeiteten in der Mietervereinigung und den Gewerkschaften, ganz im Einklang mit den politischen Theorien des Maoismus über die Volksfront und die Volksbewegungen. Doch ihm ging das alles zu langsam, sie diskutierten zu viel, der Verein der Fliegenfischer war voll falscher Autoritäten, die sich vor allem gern selbst reden hörten. Die Popularität der Bewegung brachte einen ganzen Rattenschwanz von Sandkastenrevolutionären mit sich, die nur wegen der Mädchen kamen und um Bier zu trinken. Nach Melderstein wurde die Stimmung regelrecht gehässig. Zwei Kameraden ließen es auf einen offenen Machtkampf mit ihm ankommen und zogen die anderen auf ihre Seite, und er nahm seine Familie und ging. Er überließ den spießbürgerlichen Kleinstadtkommunismus dem langsamen Pesttod und formierte seine eigene Gruppe mit dem Ziel der wirklichen Machtübernahme.

Wieder drehte sich das Messer in seinem Bauch. Magenkrebs war im Europa von heute relativ selten und schlug blind zu. Man operiert, um festzustellen, ob eine Behandlung möglich ist oder nicht. Es zeigen sich Symptome wie bei einem Magengeschwür, doch wenn man eine Gastroskopie durchführt, findet man hässliche Wunden und vermutet einen Tumor, was sich bei einer Untersuchung unter dem Mikroskop bestätigt. Man schneidet den Patienten auf, findet Metastasen an den benachbarten Organen und näht den Bauch einfach wieder zu. Metastasen in der Lunge, an Knochengerüst und Gehirn, und der Patient siecht im allgemeinen Kräfteschwund aufgrund einer zu großen Tumorbelastung dahin.

In drei bis sechs Monaten.

Dann stand plötzlich sein Vater an seinem Bett, und er stöhnte laut auf. Seine Lungen zogen sich krampfhaft zusammen. Er schob sich verängstigt zur Wand.

»Die Erbsünde«, donnerte der Mann über ihm, und seine Stimme hallte zwischen den Wänden der Hütte. »Ich klage dich an. Ich mache dich verantwortlich für Adams und Evas Sündenfall.«

Und die Peitsche wurde erhoben und traf sein Zwerchfell, eine gewaltige Konvulsion zwang ihn, das Nahrungspulver zu erbrechen. Die Stimme seines Vaters gewann an Stärke und füllte den Raum wie ein dissonant spielendes Symphonieorchester.

»Du beginnst dein Leben vom Grund, du Teufel von einem Kind, böse bist du, gemein und von Satan besessen.«

Er versuchte, zu protestieren, um Gnade zu flehen und die gleiche Litanei anzustimmen, die er seine ganze Kindheit hindurch gesungen hatte. Vater, lieber Vater, zeige dich barmherzig, doch die Peitsche schlug zu und traf seinen Mund. Der Schmerz verschlug ihm für einen Moment den Atem.

»Der Leibhaftige soll aus deinem Herzen vertrieben und deine ewige Seele für das Himmelreich errettet werden.«

Erneut wurde die Peitsche erhoben, und er sah zu dem Mann auf, der in seinem fadenscheinigen Priestergewand unter der Decke schwebte, und wusste, dass die Erlösung bald da sein würde.

»Vater«, flüsterte er und spürte, wie Blut und Erbrochenes aus seiner Nase liefen. »Mutter bekam nie mehr ein Kind. Weißt du auch, warum?«

Das Donnern im Raum verebbte, als der Vater verstummte, sein glühender Blick erblasste, und die Peitsche hielt inne.

»Ich blieb allein«, flüsterte er seinem Vater zu, »und du hast niemals verstanden, warum das so war. Der Herr weiß, dass du dir seine Ermahnung zu Herzen genommen hast, die Erde zu bevölkern, aber es kamen keine weiteren Kinder. Hast du es wirklich nie begriffen?«

Der Vater trieb abwartend und mit weißen Lippen unter dem Holzdach.

»Mutter ließ meine Brüder und Schwestern bei der Samenfrau in Vittangi abtreiben«, keuchte er. »Lieber sollten sie von der Samenfrau aus ihrem Schoß geschabt werden, als dir in die Finger zu geraten und die Erbsünde aus dem Leib gepeitscht zu bekommen.«

Die Peitsche erwachte wieder zum Leben und traf seinen Kopf, und die Erde ward wüst und leer.

Annika ließ Mantel, Schal und Handschuhe im Flur auf den Fußboden fallen, schob das nicht gegessene Frühstück zur Seite und stellte ihr Notebook auf den Küchentisch. Dann ging sie zur Homepage des Landtagsverbands und verschaffte sich einen Überblick über seine Organisationsstruktur. Auf der Rückseite ihrer Tageszeitung notierte sie die Abteilungen für Demokratie & Gesundheitspolitik, Wirtschaft & Selbstverwaltung sowie die Abteilung für Internationale Finanzen. Mit der Hand auf dem Mund dachte sie fieberhaft nach. Das sollte eigentlich reichen. Drei verschiedene Abteilungen, die höchstwahrscheinlich nicht gerade Weltmeister in Sachen interne Kommunikation waren. Drei gleichgestellte, ständig unter Druck stehende Abteilungsleiter.

Sie atmete tief durch, wählte die Nummer des Landtagsverbands und fragte zunächst nach dem Leiter der Abteilung für Demokratie & Gesundheitspolitik.

»Guten Tag«, sagte Annika und räusperte sich, »mein Name ist Annika Bengtzon, und ich arbeite für das *Abendblatt* …«

Der gestresste Abteilungsleiter unterbrach sie unwirsch.

»Ich muss Sie bitten, sich an unsere Presseabteilung zu wenden, wir haben dort sachkundige Mitarbeiter, die Ihnen alle Fragen beantworten können.«

»Verstehe«, sagte sie, »aber mein Anliegen ist leider so geartet, dass ich damit nicht die Presseabteilung kontaktieren möchte.«

»Wie bitte?«, sagte der Mann nach kurzem Schweigen. »Was wollen Sie damit sagen?«

Annika schloss die Augen und sagte mit fester Stimme:

»Zunächst möchte ich betonen, dass ich Sie nicht zitieren werde, denn ich schreibe zurzeit noch keinen Artikel. Ich möchte nur einige Informationen überprüfen, auf die wir gestoßen sind, als wir einen Teil Ihres Betätigungsfelds untersucht haben.«

Als der Abteilungsleiter antwortete, war sein gestresster Tonfall Erstaunen und Misstrauen gewichen.

»Was meinen Sie damit? Welches Betätigungsfeld?«

»Es geht um eine überhöhte Rechnung zu einem Ihrer Projekte.«

Es klang, als würde der Mann sich setzen.

»Überhöhte Rech...? Ich verstehe nicht ganz ...«

Annika starrte die Dunstabzugshaube an.

»Wie gesagt, ich habe zum jetzigen Zeitpunkt nicht die Absicht, Sie zu zitieren. Ich möchte nur etwas recherchieren und würde es deshalb begrüßen, wenn dieses Gespräch unter uns bleiben könnte. Ich werde niemals erwähnen, dass ich mit Ihnen gesprochen habe, und Sie brauchen auch keinem zu sagen, dass Sie mit mir gesprochen haben.«

»Aber worum geht es denn?«

Sie spürte, dass er angebissen hatte.

»Um die Zahlung überhöhter Rechnungen von dem Konto, das für das Projekt zum Thema Sicherheit von Politikern eingerichtet wurde, das Sie gemeinsam mit dem Gemeindetag und dem Justizministerium durchführen«, erklärte Annika.

»Sicherheit von Politikern?«

»Ich meine die Arbeitsgruppe, die ein Konzept zur Eindämmung und Verhinderung von Gewalt und Drohungen gegen Politiker erarbeiten soll. Ich möchte bei der Gelegenheit ausdrücklich betonen, dass wir das Projekt an sich für unglaublich wichtig halten und die Arbeit, soweit wir das beurteilen können, erfolgreich ist, aber es gibt da ein Problem in Ihrer Buchführung.«

»Ich weiß beim besten Willen nicht, wovon Sie sprechen.«

Annika wartete und schwieg viel sagend.

»Aha«, sagte sie zögernd, »also, ich hatte eigentlich den Eindruck gewonnen, dass Sie der Sache auf den Grund gehen wollten ...«

Nun wurde der Abteilungsleiter wütend.

»Was wollen Sie damit andeuten? Welcher Sache? Wer hat behauptet, dass es bei uns Unregelmäßigkeiten gibt?«

Als sie antwortete, war Annikas Stimme schneidend.

»Ich nehme an, dass Sie nicht die Absicht haben, mir die Namen meiner Informanten zu entlocken. Das wäre immerhin, wie Sie sicher wissen, ein Verstoß gegen das Grundgesetz. Ich werde so tun, als hätten Sie die letzte Frage nie gestellt.«

»Können Sie mir denn nicht wenigstens sagen, worum es ganz konkret geht«, sagte der Abteilungsleiter schließlich nach längerem Schweigen.

Annika atmete durch und sprach dann leise und vertraulich.

»Meinen Informationen zufolge liegt eine überhöhte Rechnung vor, die aus den Mitteln der Arbeitsgruppe zur Sicherheit von Volksvertretern beglichen wurde. Ein Repräsentant der Gruppe soll die gemeinsamen Kosten kräftig gepfeffert haben, um so privat entstandene Kosten auszugleichen.«

»Sophia Grenborg soll Geld unterschlagen haben?«, meinte der Abteilungsleiter verblüfft.

»Dazu kann ich nichts sagen«, meinte Annika bedauernd, »ich hatte mich nur gefragt, ob Sie mich über das Resultat Ihrer internen Nachforschungen auf dem Laufenden halten könnten. Sie sollen natürlich keine Zahlen veröffentlichen, die mich nichts angehen, ich bitte Sie nur, mich zu informieren, ob und, wenn ja, wann Sie Anzeige erstatten wollen.«

Der Abteilungsleiter räusperte sich.

»Zum jetzigen Zeitpunkt sind wir noch weit davon entfernt, irgendeine Anzeige zu erstatten«, sagte er. »Wir müssen natürlich zunächst eine gründliche interne Untersuchung der Vorgänge vornehmen und werden uns schnellstmöglich mit unseren Rechnungsprüfern in Verbindung setzen.«

Annika wünschte dem Abteilungsleiter viel Glück und legte auf. Danach dachte sie darüber nach, wie lange sie wohl warten sollte, bis sie den nächsten Anruf machte.

Überhaupt nicht, beschloss sie, rief den Leiter der Abteilung für Wirtschaft & Selbstverwaltung an und begann zögernd, ihn mit der Frage zu konfrontieren, wie der Landtagsverband mit Abschreibungsgeschäften seiner Angestellten umging. Als der Mann wütend wurde und bereits auflegen wollte, fragte sie ihn, ob der Landtagsverband einmal untersucht habe, warum eine Angestellte namens Sophia Grenborg im letzten Kalenderjahr ganze 269 900 Kronen als zu versteuerndes Einkommen angegeben habe.

Dem Abteilungsleiter verschlug es die Sprache.

Annika schloss mit der Frage:

»Der Landtagsverband wird aus Steuermitteln finanziert. Finden Sie es in Ordnung, dass Angestellte des Landtagsverbands versuchen, sich vor Steuerzahlungen zu drücken?«

Darauf konnte der Mann nur eine Antwort geben:

»Natürlich nicht.«

Sie versprach, sich wieder bei ihm zu melden, um zu hören, was die internen Untersuchungen in dieser Frage ergeben hatten.

Anschließend stand sie auf und stellte fest, dass ihre Beinmuskeln völlig verkrampft waren.

Sie schlug mit den Fäusten gegen die Beine, bis sie ihr wieder gehorchten, erhitzte eine Tasse Kaffee in der Mikrowelle und führte das dritte Telefonat mit dem Leiter der Abteilung für Internationale Finanzen, den sie fragte, wie der Landtagsverband zu rechtsextremen Tendenzen bei den Angestellten stand. Ihr liege eine Information vor, nach der eine der Angestellten früher aktives Mitglied in einer extremistischen Gruppierung gewesen sei. Der Cousin der Angestellten sei sogar wegen Volksverhetzung verurteilt worden, und sie stelle sich nun die Frage, ob es angemessen sei, dass ausgerechnet diese Person Mitglied der Projektgruppe sei, die sich mit der Sicherheit von Politikern befasse, unter anderem auch mit rechtsextremistischen Drohungen gegen Volksvertreter.

Der Leiter der Abteilung für Internationale Finanzen konnte diese Frage zum jetzigen Zeitpunkt leider nicht beantworten, versprach jedoch, der Sache nachzugehen und Stellung zu beziehen. Ob sie ihn am Montag oder Dienstag noch einmal anrufen könne.

Danach sackte Annika auf dem Küchenstuhl in sich zusammen und war an Leib und Seele erschöpft. Sie war gesprungen. Jetzt kam es nur noch darauf an, auf den Füßen zu landen.

SONNTAG, 22. NOVEMBER

Thomas streckte sich nach der Kaffeekanne aus, musste jedoch feststellen, dass sie leer war. Er ärgerte sich, seufzte lautlos und sah hastig zu seiner Frau auf der anderen Seite des Frühstückstischs hinüber. Die war inzwischen bei ihrer vierten Tasse angelangt, hatte sich, mit anderen Worten, die ganze Kanne einverleibt, die er aufgesetzt hatte, ehe er überhaupt dazu gekommen war, auch nur eine Tasse zu trinken. Sie bemerkte seine Frustration nicht, da sie sich in den Essay eines Professors für Islamkunde vertieft hatte, in dem es um die Frage ging, wer eigentlich ein Iraker war. Ihre Haare hatte sie am Hinterkopf zu einem wirren Knäuel geschlungen, und sie strich sich unbewusst eine Strähne aus dem Gesicht, die ihr immer wieder in die Augen fiel. Der Bademantel saß locker, und er konnte ihre glänzende Haut unter dem Frotteestoff sehen.

Er sah weg und stand auf.

»Möchtest du noch einen Kaffee?«, sagte er ironisch.

»Nein danke, ich hab genug.«

Sie blickte nicht auf, bemerkte ihn überhaupt nicht.

Ich bin nur ein Möbelstück, dachte er. Ein Werkzeug, damit sie bequem leben und die verdammten Artikel schreiben kann, die sie schreiben will.

Er biss die Zähne zusammen und füllte den Wasserkessel. Zu Hause in Vaxholm hatten sie immer einen elektrischen Wasserkocher gehabt, sowohl in seinem Elternhaus als auch während seiner Ehe mit Eleonor, aber Annika fand das unnötig.

»Noch ein Apparat. Wir haben doch jetzt schon so wenig Platz.

Außerdem geht es viel schneller, Wasser auf dem Gasherd zu kochen als in einem Wasserkocher.«

Das war zwar durchaus richtig, aber darum ging es gar nicht. Es ging vielmehr darum, dass sein Spielraum immer mehr beschnitten wurde. Sie nahm so unglaublich viel Platz ein, und je mehr sie für sich in Anspruch nahm, desto weniger blieb für ihn übrig.

Vor der Sache mit der Mörderin war ihm das nicht so aufgefallen. Damals entwickelte sich alles in kleinen Schritten, sein Lebensraum wurde nach und nach enger, ohne dass er es überhaupt bemerkt hätte. Sie bekamen die Kinder, und sie wurde Chefin, und da war es doch nur selbstverständlich, dass er für die Familie da war. Doch dann, als sie zu Hause war und sich um die Wohnung und die Kinder kümmern konnte, wurde alles wieder wie immer, und nun sollte er sich plötzlich wieder in einer kleinen Nische verkriechen und das Leben ihr überlassen.

Er betrachtete seine Ehefrau, während der Wasserkessel leise säuselte. Sie war schroff, kantig und klein und hatte weiche Brüste. Sie war schutzlos und zerbrechlich und steinhart.

Sie musste seinen Blick gespürt haben, denn sie schaute auf und sah ihn verwirrt an.

»Was ist?«, fragte sie.

Er wandte sich ab.

»Nichts.«

»Ach so«, sagte sie, nahm die Zeitung und verließ die Küche.

»Du«, rief er ihr hinterher. »Meine Mutter hat angerufen und uns zum Essen eingeladen, ich habe zugesagt, ich hoffe, das war okay?«

Warum frage ich eigentlich?, dachte er. Warum bitte ich um Entschuldigung dafür, dass ich zugesagt habe, meine Eltern zu besuchen?

»Was hast du gesagt?«

Sie kehrte mit energischen Schritten in die Küche zurück, und er drehte sich um und sah sie mit der Zeitung in der Hand vor sich stehen.

»Zwölf Uhr Essen in Vaxholm«, sagte er.

Sie schüttelte ungläubig den Kopf.

»Wie kannst du nur zusagen, ohne vorher mit mir gesprochen zu haben?«

Er drehte sich wieder zum Herd um und goss Wasser in die Kaffeekanne.

»Du hast wie üblich mit dem Handy telefoniert, ich wollte dich nicht stören.«

»Das hier stört mich wesentlich mehr, könnte man sagen. Ich werde nicht mitkommen.«

Am liebsten hätte er sie gepackt und geschüttelt, bis sich der Haarknoten im Nacken löste und ihre Zähne klapperten und der Bademantel von ihren Schultern glitt. Stattdessen schloss er die Augen, versuchte ruhig zu bleiben und sprach in Richtung Abzugshaube, als er antwortete.

»Ich werde mich nicht so verhalten, dass ich irgendwann auch so eine schlechte Beziehung zu meinen Eltern habe wie du zu deinen.«

Er hörte am Rascheln der Zeitung, dass sie die Küche wieder verließ.

»Okay«, sagte sie neutral im Flur. »Nimm die Kinder mit, aber ich bleibe hier.«

»Natürlich kommst du mit«, sagte er, immer noch an die Abzugshaube gewandt.

Sie kehrte in die Küche zurück. Er warf ihr einen Blick über die Schulter zu, abgesehen von den Strümpfen war sie nackt.

»Und wenn nicht?«, fragte sie. »Wirst du mich dann schlagen und an den Haaren hinzerren?«

»Sehr witzig«, erwiderte er.

»Ich geh jetzt duschen«, sagte sie.

Er musste auf ihre hüpfenden Pobacken schauen, als sie erneut in den Flur hinausging.

Sophias Körper war wesentlich runder geformt, und ihre Haut war rosig. Annikas Haut hingegen war grünlich, und in der Sonne wurde sie schnell olivfarben.

Sie ist ein Alien, dachte Thomas. Eine kleine grüne Frau von einem anderen Planeten, stachlig und unförmig und verstockt. Kann man mit einer Außerirdischen zusammenleben?

Er schüttelte den Gedanken ab. Warum machte er es sich nur selbst so wahnsinnig schwer?

Es gab einen Ausweg, er hatte eine Wahl. Er konnte das Leben zurückbekommen, das ihm gefehlt hatte, eine Beziehung zu einer weichen und rosigen Frau mit Menschlichkeit und Apfelhaaren, die ihn mit offenen Armen in ihrer Dachwohnung empfangen würde.

Mein Gott, dachte er, was soll ich nur tun?

In der nächsten Sekunde klingelte das Telefon.

Nein, dachte er. Das ist sie. Warum ruft sie hier an? Ich habe ihr doch gesagt, sie soll hier nicht anrufen.

Es klingelte ein zweites Mal.

»Gehst du mal ran?«, rief Annika aus der Dusche.

Ein drittes Mal.

Mit pochenden Schläfen riss er den Hörer an sich und versuchte, ein wenig Spucke im Mund zu sammeln.

»Ja, hallo«, hörte er sich mit staubtrockenem Mund sagen.

»Ich muss mit Annika sprechen.«

Es war Anne Snapphane. Sie klang, als würde sie ersticken, während er einfach nur erleichtert war.

»Sicher«, sagte er aufatmend. »Ich hole sie.«

Annika stieg aus der Badewanne, griff sich ein Handtuch und hinterließ auf dem Weg zum Telefon nasse Fußspuren. Der scharfe Stein drehte sich in ihrer Brust, die Engel summten unruhig im Hintergrund. Als sie an Thomas vorbeiging und den Hörer nahm, vermied sie es, ihn anzusehen, spürte jedoch seine Kälte.

»Hast du die Zeitung gelesen?«, sagte Anne Snapphane mit gepresster und heiserer Stimme.

»Hast du einen Kater?«, fragte Annika und schob den Käse zur Seite, um sich auf den Küchentisch setzen zu können. Thomas seufzte laut und rückte zwei Millimeter, um ihr Platz zu machen.

»Das kannst du wohl laut sagen, aber darum geht es jetzt nicht. Björnlund hat meinen Sender dichtgemacht.«

Annika schob das Brot beiseite, um mehr Platz zu haben.

»Wovon redest du?«, sagte sie.

»Die Kultusministerin hat mir soeben meinen Arbeitsplatz genommen. Es steht in der Zeitung.«

Thomas drehte sich demonstrativ halb weg.

»Wo denn? Die hab ich doch gerade gelesen.«

»Auf der Titelseite.«

Annika beugte sich vor und griff nach dem Zeitungsteil, den Thomas gerade las, um einen Blick auf die erste Seite zu werfen. Er zog gereizt die Zeitung an sich.

»Warte mal«, sagte Annika, »kann ich nicht nur mal kurz einen Blick darauf werfen? *Björnlund ändert Bedingungen für digitale Sendelizenzen*. Na und?«

»Der Vorstand wurde heute Nacht informiert, sie haben noch die letzte Maschine aus New York bekommen und sind vor einer halben Stunde gelandet. Man hat bereits mitgeteilt, dass alle Investitionen gestoppt werden. Um halb drei findet eine offizielle Vorstandssitzung statt, auf der alle Pläne ad acta gelegt werden. TV Scandinavia wird abgewickelt, und ich werde als Kulturreporterin beim Lokalradio enden.«

»Jetzt mal ganz langsam«, sagte Annika und stieß Thomas mit dem Knie an, um sich mehr Platz zu verschaffen. »Wir wollen doch nicht gleich mit dem Schlimmsten rechnen. Warum könnt ihr denn nicht einfach über Satellit senden oder über Kabel?«

Anne brach in Tränen aus, und Annika wurde der Ernst der Lage bewusst, während sich gleichzeitig Schuldgefühle in ihr regten.

»Warte mal, ich geh schnell an einen anderen Apparat«, sagte sie.

Sie knallte den Hörer auf die Gabel und stieß versehentlich Thomas an, als sie vom Tisch sprang.

»Himmel noch mal«, knurrte er und zerknüllte die Zeitung auf seinem Schoß.

»Bleib ruhig sitzen, ich gehe schon«, meinte Annika und trippelte, in das Badehandtuch gehüllt, ins Schlafzimmer.

Sie legte sich ins Bett und hob den Hörer ab.

»Es muss doch eine Lösung geben«, waren ihre ersten Worte. »Wo liegt denn das Problem?«

Anne riss sich zusammen.

»Das habe ich dir doch alles schon erzählt«, erwiderte sie schmollend, aber Annika unterbrach sie.

»Ich weiß, dass ich nicht gut zugehört habe. Für mich klang das alles nur nach technischen Details, so als würde ich mich mit dir über Drucklegungszeiten und Layout-Details unterhalten. Jetzt erzähl schon.«

Sie setzte sich im Bett auf, und Anne holte Luft.

»Die kommerzielle Grundlage von TV Scandinavia besteht oder, besser gesagt bestand darin, mit dem Programm ganz Skandinavien zu erreichen. Dann hätte man 25 Millionen potenzielle Zuschauer, was einem Zehntel der amerikanischen Bevölkerung entspricht. Und um ein solches Publikum erreichen zu können, muss man von allen schwedischen Haushalten empfangen werden können. Das bedeutet, dass man über die Sendemasten von Teracom gehen muss. Die Werbekunden auf dem amerikanischen Markt haben einfach kein Interesse an kleineren Zielgruppen.«

»Wer ist Teracom?«

»Die staatliche Sendeanstalt, sie war ein Teil des alten staatlichen Telekommunikationsriesen, wurde dann jedoch genau wie die anderen Teilbereiche privatisiert und in eine Aktiengesellschaft umgewandelt.«

Die Engel schwiegen, hatten Anne Snapphanes Verzweiflung nichts entgegenzusetzen. Annika merkte, dass der Stein sich nicht mehr rührte, sondern schwer und kalt unter ihren Rippen lag.

»Und es gibt keine anderen Sendemasten, ihr könnt keine eigenen bauen?«

»Machst du Witze? Selbst Teracom steht kurz vor dem Konkurs, obwohl alle Masten bereits stehen.«

Annika entspannte sich, suchte nach Auswegen und lief bereitwillig durch die Tür, die sich vor ihr öffnete, und ließ Thomas und Sophia und die Kinder und Vaxholm hinter sich zurück.

»Aber es können doch nur ganze wenige Leute digitales Fernsehen empfangen«, sagte sie, »dazu muss man doch so eine Box haben. Ist das denn wirklich von so großer Bedeutung?«

»In wenigen Jahren wird es nur noch digitales Fernsehen geben. In den USA soll das analoge Netz 2007 stillgelegt werden, wir hinken ein Jahr hinterher. Der Knackpunkt ist die Haltung der Regierung. Wenn digitale Sender zu den gleichen Bedingungen arbeiten können wie der Rest der Branche, sprich das Satelliten- und Kabeluniversum, wird der Markt explodieren.«

Ellens exaltiertes Jaulen drang ins Schlafzimmer, noch bevor das Mädchen selbst angelaufen kam, dicht gefolgt von Kalle, der dumpf knurrte und seine Hände zu Klauen geformt hatte.

»Mama, Hilfe! Der Tiger will mich fressen!«

»Nein«, sagte Annika und versuchte vergeblich, sie mit der Hand aufzuhalten. Die Kinder fielen hysterisch lachend über ihr aufs Bett. »Aber ich begreife das alles nicht«, sagte sie in den Hörer. »Wie kann die Regierung den Sender schließen?«

»Bisher hat die Regierung bestimmt, wer Zugang zu den staatlichen Fernsehmasten bekommt, und zwar bei analogen wie digitalen Sendern. Analoge gibt es nur drei, die ihre Existenz politischen Beschlüssen verdanken: das Erste, das Zweite und das Vierte, nicht?«

»Ellen, Kalle«, sagte Annika, »geht euch bitte anziehen. Ihr fahrt zu Oma und Opa.«

»Die digitalen Sendungen benötigen viel weniger Frequenzraum«, fuhr Anne fort. »Wenn die drei analogen Kanäle abgeschafft werden, ist deshalb Platz für fünfundzwanzig neue, digitale. In der Gesetzesvorlage hat die Regierung endlich eingesehen, dass es sie im Grunde nichts angeht, wer in Schweden was sendet, und delegiert darum alle Entscheidungen über Sendelizenzen an die Rundfunk- und Fernsehbehörde.«

»Wir wollen nicht, das macht keinen Spaß«, sagte Kalle und machte sich zum Sprecher beider Geschwister. »Wir dürfen im Haus nicht toben.«

»Nun kommt schon«, sagte Annika. »Putzt euch die Zähne und zieht saubere Unterwäsche an.«

»Alles war im Grunde schon längst bekannt«, sagte Anne Snapphane. »Die Vorlage liegt den zuständigen Parlamentsausschüssen seit über einem Jahr vor. Deshalb konnte die Geschäftsführung in den USA ja auch überhaupt nur auf die Idee kommen, hier zu investieren, aber die *Tageszeitung* enthüllt heute, dass es einen Zusatz bei den Richtlinien für die Rundfunk- und Fernsehbehörde geben wird, der vorher nicht enthalten war.«

Annika schickte die Kinder fort und konzentrierte sich.

»Und?«

»Bisher enthielt das Regelwerk zehn Punkte, jetzt sind es plötzlich elf.«

Annika ließ sich wieder in die Kissen fallen.

»Also hat Karina Björnlund in letzter Minute eine zusätzliche Regel eingefügt.«

»So ist es, in allerletzter Minute. Die elfte Regel lautet: ›Antragsteller mit größtenteils ausländischen Besitzern, deren Sendungen in mehreren Ländern Skandinaviens, jedoch keinen weiteren EU-Staaten ausgestrahlt werden sollen, haben kein Anrecht auf eine Sendelizenz im Bereich digitales Fernsehen.‹«

»Was bedeutet ...?«

Sie hörte, wie Thomas in der Küche die Kinder anschrie.

»Außer uns darf jeder, der die Bedingungen erfüllt, senden.«

»Die Lex TV Scandinavia«, sagte Annika. »Das bekommt sie niemals durchs Parlament.«

»Oh doch, die Grünen spielen mit.«

»Warum denn das?«

»Die Regierung gibt bei der Automaut nach. Vom nächsten Jahr an wird auf allen Autobahnen rund um Stockholm eine Maut erhoben, nur damit Karina Björnlund TV Scandinavia stoppen kann.«

Annika hörte die Skepsis in ihrer Stimme, als sie antwortete.

»Aber das steht doch in keinem Verhältnis. Warum zum Teufel sollte sie das tun?«

»Das, meine Liebe, ist eine verdammt gute Frage«, erwiderte Anne Snapphane.

Dann begann sie still zu weinen. Thomas brüllte etwas im Flur, und Ellen quengelte.

Während die Kinder lärmten und sie Annes Verzweiflung hörte, stimmten die Engel plötzlich wieder ihr Lied an, und Annika sah den Auszug aus dem Posteingang der Ministerin wie eine Luftspiegelung vor sich.

Anfrage für einen Gesprächstermin zur Diskussion einer wichtigen Angelegenheit.

»Hast du heute schon was getrunken?«, fragte Annika so laut, dass sie ihre inneren Stimmen übertönte.

Anne brauchte eine Weile, bis sie antworten konnte.

»Nein«, schluchzte sie. »Obwohl ich es eigentlich vorhatte. Ich hatte mir schon ein Glas Gin eingegossen, habe es dann aber ins Klo gekippt. Es reicht jetzt, verstehst du?«

Sie schluchzte nur noch schwach, das Kindergeschrei in der Küche war verstummt.

»Erst Mehmet und jetzt das. Ich schaffe das alles einfach nicht mehr.«

»Oh doch«, widersprach Annika. »Zieh dich an und komm her, aber lass das Auto stehen.«

»Ich weiß nicht, ob ich das schaffe.«

»Du schaffst das. Thomas und die Kinder fahren nach Vaxholm, und ich habe den ganzen Tag nichts vor. Versprich mir, dass du kommst.«

»Ich kann hier draußen nicht wohnen bleiben, ich halte es einfach nicht mehr aus …«

Sie begann wieder zu weinen.

»Dieser verdammte Lustmolch unter mir, der mich dauernd anglotzt, und Miranda, die immer zwischen uns hin und her kutschiert werden muss, und dann auch noch dieses ewige, verdammte Schneeschippen im Winter …«

»Komm her, dann gucken wir, was im Internet an Wohnungen im Angebot ist. Es wird Zeit, dass du wieder in der Stadt wohnst wie jeder andere auch.«

Anne verstummte und atmete in den Hörer, erst gehetzt, dann langsamer.

»Ich muss erst mal ein bisschen nachdenken«, sagte sie.

»Du weißt, wo du mich findest.«

Kalle kam in seinen grünen Gummistiefeln zu Annika, die an der Haustür stand. Seine Wangen glühten in dem dicken Schneeanzug, seine Augen waren groß und glänzten.

»Warum ist Papa wütend auf uns?«

Annika beugte sich zu ihrem Sohn hinunter und tätschelte seine Wange.

»Papa ist müde«, sagte sie. »Er hat viel gearbeitet. Das wird bald besser werden.«

Sie lächelte Kalle an und versuchte Ruhe und Sicherheit auszustrahlen.

»Ich will aber bei dir bleiben«, sagte Ellen.

Annika wandte sich ihrer Tochter zu, die vom Warten schon ganz verschwitzt war.

»Anne kommt her, sie ist traurig, und ich muss ihr bei etwas helfen.«

»Erwachsene können auch traurig sein«, sagte Kalle.

Annika musste wegsehen, um nicht die Fassung zu verlieren, der Stein in ihrer Brust sprengte sie von innen heraus. Meine wunderbaren Kinder, meine kleinen Lieblinge, dachte sie.

»Wir sehen uns bald wieder«, erklärte sie mit belegter Stimme und zog den Gürtel ihres Bademantels fester zu.

Thomas stürmte mit wirren Haaren und düsterer Miene in den Flur.

»Was suchst du?«, sagte Annika mit bemüht fester Stimme.

»Mein Handy. Hast du es gesehen?«

»Musst du es denn mitnehmen?«

Er sah sie an, als hätte sie den Verstand verloren.

»Hast du es mal angerufen?«, meinte Annika.

Seine verächtliche Miene wich einem erstaunten Gesichtsausdruck. Sie ging zum Telefon und wählte seine Handynummer. Es klingelte in seiner Manteltasche.

»Fahr vorsichtig«, sagte sie, als er die Kinder vor sich zur Tür hinausschob.

Er warf ihr über die Schulter einen finsteren und verletzten Blick zu.

Die Tür fiel hinter ihm ins Schloss, und sie blieb mit eiskalten Füßen in der Zugluft zurück, die durch den Türspalt aus dem Treppenhaus hereinsickerte. Sie hatte das Gefühl zu fallen, und der Chor der Engel erklang schallend laut. Sie wusste, dass in diesem Augenblick ihre Saat in den Köpfen der Abteilungsleiter des Landtagsverbands keimte und gedieh.

Sophia Grenborg, dachte sie, Sophia Grenborg, du widerliche Teufelin, und die Engel brüllten nun in ungekannter Lautstärke und schief.

Sophia fia lia mia jenseits jenseits der Seligkeit!!!!

Sie hielt sich die Ohren zu, biss die Zähne zusammen und floh von der Tür und aus dem Luftzug ins Bett, wo sie sich die Decke über den Kopf zog.

Sommerwiesen der Seligkeit fia lia feine Sophia.

Sie atmete stoßweise und konzentrierte sich darauf, nicht zu hyperventilieren und zu verkrampfen.

Ragnwald, dachte sie. Der Herrscher der göttlichen Mächte. Das Flugzeug auf F21. Eine Explosion. Ein junger Mann, der brennt. Die Liebe zu einer jungen Leichtathletin, die auch ein Aktivposten im Hundeverein ist. Theologische Studien in Uppsala, die Erweckung bei der Lektüre des Vorsitzenden Mao. Mord als Beruf. Benny Ekland, ein zwielichtiger Starreporter. Linus Gustafsson, ein wachsamer Junge mit Gel in den Haaren.

Kurt Sandström, ein bodenständiger Bauer und Kommunalpolitiker.

Sie warf die Decke zur Seite, streckte sich nach dem Telefon und wählte Qs Durchwahl. Wenn er an den Apparat geht, ist das ein Zeichen, dachte sie und verdrängte den Gedanken gleich wieder, denn was sollte werden, wenn er nicht abhob, welche Dämonen würde sie dann von der Leine lassen?

Aber er ging an den Apparat, und er klang müde. Sie setzte sich im Bett auf, und die Engel verstummten augenblicklich.

»Ist etwas passiert?«, fragte sie mit zittriger Stimme.

»Dachten Sie an etwas Bestimmtes?«

Erleichtert, seine Stimme zu hören, schloss sie die Augen.

»Ich wollte jedenfalls nicht wissen, ob Sie es mit jemandem getrieben haben.«

»Oha«, erwiderte Q. »Was wissen Sie denn über so etwas?«

»Was ist mit unserem Freund Ragnwald? Haben Sie ihn gefunden?«

Er tat, als müsste er gähnen.

»Im Ernst«, sagte sie und zerrte an der Telefonschnur. »Sie müssen doch weitergekommen sein. Was ist mit Kurt Sandström passiert?«

»Er starb und ist mausetot.«

Sie lehnte sich gegen die Kissen, und es gelang ihr, sich fast ein wenig zu entspannen.

»Göran Nilsson aus Sattajärvi«, sagte sie. »Wie kann jemand dreißig Jahre lang verschwunden sein, ohne dass Sie, Interpol, der CIA oder Mossad oder sonst wer ihn in die Finger bekommt? Wie ist das nur möglich?«

Q schwieg einige lange Sekunden.

»Sie werden mir vielleicht nicht glauben, aber wir haben nicht auf der faulen Haut gelegen.«

»Nicht?«

Sie sah zur Decke.

»Sie wussten doch, dass er in Frankreich wohnte, da kann es

doch nicht so schwer sein, ihn zu finden. Man muss doch nur den Staubsauger herausholen und auf den Startknopf drücken.«

»Die französische Polizei hat große Staubsauger, die fast alle Arten von Partikeln aufsaugen. Aber dieses Staubkorn ist all die Jahre durch den Filter gerutscht.«

Jetzt fiel sie nicht mehr, sondern schwebte sicher und schwerelos in der Stille.

»Aber wie ist ihm das gelungen? Wenn er tatsächlich so gefährlich ist, wie Sie glauben, wenn er wirklich ein international agierender Profikiller war, der seine Jobs gegen Zahlung hoher Geldsummen ausführte, wie konnte er dann entkommen? Warum hat ihn niemand erwischt?«

»Wir wissen nicht, ob es um große Summen ging, ob es überhaupt um Geld ging. Es ist gut möglich, dass er einfach aus Überzeugung gemordet hat.«

»Aber woher wissen Sie dann überhaupt, dass er der Täter war?«

»Es gibt eine Reihe von Fällen, bei denen wir fest davon überzeugt sind, und eine Reihe anderer, bei denen wir ziemlich sicher sind, und dann noch einen verdammten Haufen Leichen, bei dem wir nur einen Verdacht haben.«

»Aber warum Ragnwald? Hat er Fingerabdrücke hinterlassen? Kleine Servietten mit Lippenstiftabdrücken an den Tatorten?«

»Maulwürfe«, meinte Q. »V-Männer.«

»Aha«, entgegnete Annika. »Mit anderen Worten, alles nur Gerüchte und Spekulationen.«

»Jetzt kommen Sie mir nicht so.«

Sie schwiegen eine Weile, und Annika war es warm ums Herz.

»Eins verstehe ich nicht«, sagte sie, als sie beide so lange geschwiegen hatten, dass sie plötzlich befürchtete, allein am Telefon zu sitzen. »Es muss doch jemand die Möglichkeit besessen haben, sich mit ihm in Verbindung zu setzen, wie hätte er sonst Kontakt zu seinen Auftraggebern bekommen sollen?«

»Wie meinen Sie das?«

»Jemand muss ihn doch für diese ganzen widerlichen Jobs gedungen haben. Wie haben diese Leute ihn erreicht?«

Der Kommissar zögerte einige Sekunden.

»Off the record«, sagte er dann. »Über die ETA. Die spanische Polizei verdächtigt seit vielen Jahren einen Arzt in Bilbao, sein Mittelsmann zu sein, aber es ist ihnen nie gelungen, ausreichende Beweise zusammenzutragen, um den Mann vor Gericht bringen zu können. Solche Sachen sind im Baskenland sehr heikel. Wenn die dortigen Kollegen anfangen, die scheinbar unbescholtene bürgerliche Bevölkerung offen zu drangsalieren, kann die gesamte Region hochgehen wie ein Pulverfass. Der fragliche Arzt ist ein ehrenwerter Akademiker mit Familie und einer eigenen Praxis für Innere Medizin.«

»Hätten Sie Ragnwald denn nicht anwerben und ihn so in eine Falle locken können?«, fragte Annika.

»Möglich, dass man so etwas versucht hat, aber darüber weiß ich nichts«, erklärte Q nach kurzem Zögern.

Hier verlief also die Grenze für seine Offenherzigkeit. Sie beschloss, ihn nicht weiter zu bedrängen, rieb die Füße aneinander und spürte, dass ihr Kreislauf wieder in Schwung gekommen war.

»Aber wenn er nicht in Frankreich gewesen ist, wo hat er sich dann aufgehalten?«

»Er ist anscheinend schon relativ viel in Frankreich gewesen«, sagte Q, der jetzt wieder auf sicherem Terrain war, »aber er hat dort nicht gewohnt. Wir glauben nicht, dass er jemals einen festen Wohnsitz hatte.«

»Das heißt, er hat dreißig Jahre lang gecampt?«

»Wir glauben, dass er sich als Nordafrikaner ausgegeben hat«, antwortete Q, »als Mitglied einer Gruppe illegaler Einwanderer, die auf der Suche nach Saisonarbeit auf dem Lande umherzieht.«

»Landarbeiter?«, sagte Annika.

»Sie ziehen von Dorf zu Dorf, von Land zu Land, je nachdem, wo gerade Ernte ist. Sie wohnen kürzere Zeit in Baracken oder eigens dafür errichteten Lagern, Zehntausende Menschen, die sich nach getaner Arbeit in kleinere oder größere Gruppen aufspalten, um weiterzuziehen. Sie sind unermüdlich unterwegs, ohne jemals irgendwo anzukommen.«

Annika nickte unwillkürlich und konnte sie vor sich sehen, wie in diesem Film von Lasse Hallström, wie hieß er noch gleich?

»Und aus keinem von ihnen ist auch nur ein Wort über die anderen herauszubekommen«, sagte sie.

»Absolute Loyalität«, bestätigte Q. »Keiner macht sich Gedanken, wenn jemand für ein paar Wochen oder Monate oder auch für immer verschwindet.«

»Und es wundert sich auch niemand, wenn man wieder auftaucht«, ergänzte Annika.

»Keine Fragen«, sagte Q.

»Das Geld bei Arbeitsende bar auf die Hand.«

»Keine Bankkonten«, meinte Q.

»Keine Miete, die bezahlt, keine Familie, die versorgt werden muss.«

»Viele von den anderen Saisonarbeitern haben tatsächlich Familie«, sagte Q. »Einige von ihnen ernähren sogar ganze Großfamilien, aber unser Ragnwald nicht.«

»Er hilft bei der Weinernte und pflückt Apfelsinen, und in seiner Freizeit erschießt er Politiker.«

»Wenn er nicht gerade Schauermann oder Grubenarbeiter ist oder etwas anderes macht, bei dem man unsichtbar bleiben kann und so gut wie kein Geld verdient.«

Sie schwiegen eine Weile.

»Aber warum haben Sie ihn nicht jetzt festgenommen, bei seiner Rückkehr nach Schweden?«

Q seufzte schwer.

»Das ist leider nicht so leicht, wie Sie glauben«, sagte er. »Mörder, die wahllos zuschlagen, sind am schwersten zu ergreifen. Denken Sie doch nur an den so genannten Lasermann. Im Laufe von anderthalb Jahren schoss er auf zehn willkürlich ausgewählte Personen in Stockholm, ehe er gefasst werden konnte, und dabei wohnte er mitten in der Stadt, benutzte sein eigenes Auto, grüßte seine Nachbarn im Treppenhaus und war, mit anderen Worten, ein verdammter Amateur. Der Kerl, mit dem wir es hier zu tun haben, hat nach unseren Erkenntnissen vier Menschen umgebracht. Es gibt nichts, was sie miteinander verbindet, außer der Tatsache, dass der Junge Zeuge des ersten Mordes war. Die Vorgehensweise ist jedes Mal eine ganz andere. Ekland wurde überfahren, dem Jungen die Kehle durchgeschnitten, Sandström erschossen. Es konnten keine Fingerabdrücke gesichert werden, an jedem Tatort haben wir andere Stofffasern gefunden.«

»Aber das heißt doch im Grunde nur, dass er immer anders gekleidet war und Handschuhe trug.«

»Stimmt«, sagte Q.

»Keine Zeugen?«

»Der beste Zeuge, will sagen, der Junge, ist tot. Ansonsten ist nichts aufgetaucht, was uns wirklich weitergebracht hätte.«

Annika rief sich noch einmal seine letzten Sätze in Erinnerung.

»Sie sagten vier.«

Q tat, als wüsste er nicht, was sie meinte.

»Bitte?«

»Es hat also einen weiteren Mord gegeben«, sagte sie und setzte sich im Bett auf. »Er hat wieder zugeschlagen. Wie? Wer ist das Opfer?«

»Sie müssen sich verhört haben. Ich sagte drei.«

»Ach, hören Sie doch auf«, erwiderte Annika. »In den letzten Tagen ist jemand ermordet worden, und die Angehörigen haben ein Mao-Zitat zugeschickt bekommen. Entweder sagen Sie mir jetzt ganz genau, was passiert ist, oder ich hänge mich ans Telefon und finde es selbst heraus.«

Er lachte auf.

»Netter Versuch«, sagte er. »Wenn wirklich jemand ermordet worden wäre, würden die Medien doch schon längst wie die Geier über der Geschichte kreisen.«

Sie beantwortete sein Lachen mit einem Schnauben.

»Unsinn«, sagte sie. »Nicht, wenn es eine Frau war, die ermordet wurde. Ihr Alter sitzt vermutlich schon in Untersuchungshaft, und es würde mich wundern, wenn die Lokalzeitung überhaupt die Standardnotiz gebracht hätte.«

»Die Standardnotiz?«

»Ehestreit endete in Tragödie. Äußerst unappetitlich, vollkommen uninteressant, kein Schreibfutter. Wenn Sie mir sagen, was Sie wissen, können wir einen Deal machen.«

Q schwieg und schien das Für und Wider abzuwägen.

»Ich habe das schon einmal gesagt«, meinte er schließlich. »Sie sind verdammt noch mal gespenstisch. Wie zum Teufel konnten Sie das wissen?«

Annika ließ sich wieder in die Kissen fallen, und ein Lächeln huschte über ihr Gesicht.

»Und es gibt keinerlei Verbindung zwischen ihr und den anderen drei?«

»Jedenfalls haben wir bislang keine gefunden. Margit Axelsson, Vorschullehrerin in Piteå, verheiratet, zwei erwachsene Töchter, erdrosselt im Flur in der oberen Etage ihres Einfamilienhauses. Der Mann arbeitet im Schichtdienst und hat sie tot aufgefunden, als er von der Arbeit nach Hause kam.«

»Und wurde unmittelbar darauf wegen Mordverdachts verhaftet?«

»Falsch. Der Zeitpunkt des Todes war vor Mitternacht, und er saß bis 01.30 Uhr mit seinen Kollegen in der Einsatzzentrale von F21, dann war seine Schicht beendet.«

Annika fuhr abrupt auf.

»F21? Er arbeitet auf F21? Aber dann gibt es doch einen Zusammenhang. Den Anschlag auf das Militärflugzeug.«

»Haben wir alles schon überprüft. Seinen Wehrdienst hat er auf I19 in Boden geleistet, auf dem Fliegerhorst fing er erst 1974 an. Die Tatsache, dass der Arbeitgeber des Ehemanns eines Mordopfers identisch ist mit einem Tatort, der möglicherweise eine Verbindung zu Ragnwald hat, reicht nicht aus, um mein Herz schneller schlagen zu lassen. Ihnen geht es offensichtlich anders.«

»Wie ist der genaue Wortlaut des Zitats?«, sagte sie.

»Einen Moment …«

Er legte den Hörer ab, zog eine Schublade auf, raschelte mit Blättern, räusperte sich und kehrte zurück.

»Völker der ganzen Welt, vereinigt euch, besiegt die USA-Aggressoren und all ihre Lakaien! Völker der ganzen Welt, seid mutig, habt Mut zu kämpfen, fürchtet keine Schwierigkeiten, stürmt Welle auf Welle vorwärts, und die ganze Welt wird den Völkern gehören. Alle finsteren Mächte werden restlos vernichtet werden.«

Sie dachten schweigend nach.

»Alle finsteren Mächte werden restlos vernichtet werden«, wiederholte Annika. »Alle finsteren Mächte, inklusive Vorschullehrer.«

»Sie war außerdem noch Dozentin beim Arbeiterbildungswerk. Hat Kurse in Origami und Töpfern gegeben. Wir messen dem Zitat keine größere Bedeutung zu, das sollten Sie auch nicht tun. Die Frau, die für uns das Täterprofil erstellt, glaubt, dass er Zitate als Mitteilungen benutzt, so ungefähr wie Ihre Lippenstiftküsse.«

»Haben Sie jemand vom FBI angeheuert?«, fragte Annika und schwang ihre Beine über die Bettkante, sodass die aufgewärmten Füße auf dem kalten Parkettboden landeten.

»In den Siebzigern hätten wir das sicher getan«, meinte Q, »aber wir erstellen unsere Täterprofile schon seit zehn Jahren selbst.«

»Sorry«, sagte Annika. »Und was hat Ihre Mitarbeiterin herausgefunden?«

»Nichts, worauf man nicht auch hätte selbst kommen können. Ein Mann, eher schon etwas älter, getrieben von einem Hass auf die Gesellschaft, von der er ein teilweise verzerrtes Bild hat. Ein Mann, der sein Tun mit den Demütigungen rechtfertigt, die er erlitten hat. Allein stehend, mit wenigen Freunden, ein schwaches Selbstbild und ein großes Bedürfnis, sich zu produzieren, rastlos, hat Schwierigkeiten, seinen Arbeitsplatz zu behalten, einigermaßen intelligent, mit großer körperlicher Kraft. So ungefähr.«

Annika versuchte alles zu behalten und ahnte, dass er ihr nicht alle Details verriet.

»Warum die Zitate?«, sagte sie. »Warum dieses Revierpinkeln?«

»Letztlich will er, dass wir Bescheid wissen. Er ist uns allen so unglaublich überlegen, dass er sich kleine Denkmäler leisten kann, die an ihn erinnern.«

»Unser Ragnwald«, sagte sie. »Man hat fast das Gefühl, ihn zu kennen. Wenn man sich vorstellt, was alles möglich gewesen wäre. Wenn sie damals das Flugzeug nicht gesprengt hätten, würde er sich in drei Wochen vielleicht auf den Weg zum Nobelbankett machen.«

Qs erstauntem Schweigen merkte sie an, dass er nicht begriff, worauf sie hinaus wollte.

»Karina Björnlund«, half sie ihm auf die Sprünge. »Die Kultusministerin. Sie wird dieses Jahr zum Nobelbankett gehen, zumindest ist sie eingeladen, und wenn Ragnwald nicht hätte verschwinden müssen, wären die beiden heute vielleicht verheiratet.«

»Wovon reden Sie denn da?«, sagte Q.

»Es ist natürlich nicht gesagt, dass die Ehe gehalten hätte, aber wenn sie noch zusammen wären …«

»Wo haben Sie das denn her?«

Annika drehte die Telefonschnur.

»Sie hatten das Aufgebot bestellt«, erklärte sie. »Wollten am Freitag nach dem Bombenanschlag um 14 Uhr in Luleå standesamtlich heiraten.«

»Nie im Leben«, widersprach Q. »Wenn das zuträfe, wüssten wir es.«

»Das Aufgebot musste damals öffentlich gemacht werden, sie haben eine Anzeige in der Zeitung aufgegeben.«

»Und wo ist diese Anzeige erschienen?«

»In der *Norrlands-Tidningen*. Ich habe einen ganzen Stapel alter Zeitungsausschnitte über Karina Björnlund. Wollen Sie mir etwa erzählen, Sie wussten nicht, dass die beiden einmal zusammen waren?«

»Das war nur eine Jugendliebe, nicht mehr. Außerdem hat sie sich von ihm getrennt.«

»Das hat sie sich bestimmt nachträglich so zurechtgelegt«, sagte Annika. »Karina Björnlund würde alles tun, um ihre eigene Haut zu retten.«

»Tatsächlich«, meinte Q. »Unsere kleine Miss Hobby-Profiler hat gesprochen.«

Annika dachte an die Mail von Herman Wennergren. Kurz darauf hatte die Kultusministerin in letzter Sekunde Änderungen in der Gesetzesvorlage der Regierung vorgenommen, sodass das Gesetz zur Freigabe digitaler Sendungen TV Scandinavia nicht einschloss, genau wie Herman Wennergren es wollte, und die einzige offene Frage war, welches Argument der Vertreter der Eignerfamilie vorbringen konnte, um sie zu überzeugen.

Als wäre es erst gestern gewesen, erinnerte sich Annika, wie sie die frühere Pressesprecherin des Außenhandelsministers gebeten hatte, die Forderung eines Kommentars zu den Konsequenzen der so genannten IB-Affäre weiterzuleiten, und ihr dabei die bestgehüteten Geheimnisse der schwedischen Sozialdemokratie verraten hatte. Wenige Wochen später wurde die Pressesprecherin Björnlund dann für alle völlig überraschend zur Ministerin ernannt.

»Glauben Sie mir«, sagte Annika. »Ich weiß mehr über diese Frau als Sie.«

»Ich muss jetzt los«, erwiderte Q, und sie hatte keine Einwände, denn die Engel hatten sich zurückgezogen.

Sie legte auf, ging schnell zum Computer, zog sich Strümpfe an, während er hochfuhr, und tippte dann die neuen Informationen aus dem Gespräch mit Q hinein, bis sie in den Kniekehlen schwitzte und an den Fußknöcheln fror.

Es klingelte an der Tür. Annika öffnete sie vorsichtig einen Spaltbreit, da sie sich nicht sicher war, was sie vor der Tür erwartete. Furchtsam begannen die Engel zu summen, beruhigten sich jedoch gleich wieder, denn es war Anne Snapphane, die keuchend, mit blassen Lippen und rot unterlaufenen Augen im Treppenhaus stand.

»Komm rein«, sagte Annika und trat zurück.

Anne Snapphane erwiderte nichts, sondern trat nur gebeugt und stumm ein.

»Stirbst du?«, fragte Annika, und Anne nickte, kauerte sich auf der Bank zusammen und streifte ihr Stirnband ab.

»Jedenfalls fühle ich mich so«, antwortete sie, »aber du weißt ja, was sie in ›Runaway Train‹ sagen.«

»Was einen nicht umbringt, macht einen nur stärker«, sagte Annika und setzte sich neben sie.

Während der Heizkörper knackte, jemand im Haus die Toilettenspülung betätigte, der Bus an der Haltestelle vor dem Haus hielt und wieder anfuhr, saßen sie da und starrten den Schrank mit den verschnörkelten Ananasfrüchten auf den Türen an, den Annika auf einem Flohmarkt in Stocktorp erstanden hatte.

»In der Stadt hört man immer irgendwelche Geräusche«, meinte Anne schließlich.

Annika seufzte matt.

»Wenigstens ist man so nie allein«, erwiderte sie und stand auf. »Möchtest du was trinken? Kaffee oder Wein?«

Anne Snapphane rührte sich nicht.

»Ich trinke nicht mehr«, sagte sie.

»Aha, ist das heute so ein Tag, an dem man Besserung gelobt«, meinte Annika, blieb stehen und sah über den Balkon hinweg in den Hinterhof hinab. Jemand hatte vergessen, die Tür zu dem Raum mit den Mülltonnen zu schließen, und nun schlug sie im Wind.

»Ich fühle mich, als hätte man mich in ein bodenloses Loch geworfen, in dem ich immer weiterfalle«, sagte Anne. »Es hat mit Mehmet und seiner Neuen angefangen, dann kam dieses Gerede, Miranda solle bei ihnen wohnen, und wenn ich jetzt auch noch meinen Job verliere, gibt es nichts mehr, an dem ich mich festhalten kann. Wenn ich in dieser Lage auch noch saufen würde, dann wäre das so, als würde ich auf den Fast-forward-Knopf drücken.«

»Ich verstehe, was du meinst«, sagte Annika und legte die Hand an den Türrahmen, um nicht zu schwanken.

»Wenn ich durch die Stadt gehe, ist alles so merkwürdig. Ich kann mich nicht erinnern, dass sie je zuvor so ausgesehen hätte. Das Atmen fällt mir schwer, und alles ist so verdammt grau. Die Leute sehen aus wie Gespenster, es kommt mir vor, als wäre die Hälfte von ihnen schon tot. Es fragt sich allerdings, ob ich selbst noch lebe. Kann man so existieren?«

Annika nickte, und im Hof schlug die Tür zwei Mal hintereinander.

»Willkommen in der Dunkelheit«, sagte sie. »Es tut mir Leid, dass du mir hier Gesellschaft leisten musst.«

Es dauerte ein paar Sekunden, bis Anne begriff, dass Annikas Worte ernst gemeint waren.

»Was ist passiert?«, sagte sie und stand auf, zog Jacke und Schal aus, hängte sie auf, stellte sich neben Annika und sah in den Hof hinunter.

»Eine Menge«, antwortete Annika. »Meine Stelle ist nicht mehr sicher, und Schyman hat mir verboten, weiter über Terrorismus zu schreiben. Er glaubt, dass ich seit der Sache im Tunnel ein bisschen neben der Spur bin.«

»Das gibt's doch nicht«, meinte Anne und verschränkte die Arme.

»Thomas betrügt mich«, fuhr Annika mit leiser Stimme fort.

Anne sah sie skeptisch an.

»Wie kommst du denn darauf?«

Annika sah auf ihre Hände, räusperte sich und blickte wieder auf.

»Ich habe sie gesehen. In der Stadt. Er hat sie geküsst.«

Anne fiel die Kinnlade herunter. Skeptisch und ungläubig sah sie Annika an.

»Bist du sicher? Kannst du dich nicht getäuscht haben?«

Annika schüttelte den Kopf.

»Sie heißt Sophia Grenborg und arbeitet beim Landtagsverband. Sie sitzt in der gleichen Arbeitsgruppe wie Thomas, die bedrohten Politiker, du weißt schon …«

»Verdammt«, sagte Anne. »Dieses verdammte Schwein. Was sagt er dazu? Redet er sich heraus?«

»Ich habe nichts gesagt«, antwortete Annika. »Ich werde die Sache auf meine Art lösen.«

»Was soll das denn heißen? Natürlich musst du mit ihm reden.«

Annika sah auf.

»Ich weiß, dass er darüber nachdenkt, mich und die Kinder zu verlassen. Er lügt mich auch an. Und immerhin hat er seine frühere Frau auch schon betrogen.«

»Mit wem?«

Annika versuchte zu lachen, aber stattdessen stiegen ihr Tränen in die Augen.

»Mit mir«, brachte sie heraus.

Anne Snapphane seufzte schwer und sah sie an.

»Du musst mit ihm reden.«

»Und dann höre ich auch noch Engel«, sagte Annika. »Sie singen für mich, manchmal reden sie auch mit mir. Sobald ich gestresst bin, legen sie los.«

Annika schloss die Augen und sang leise ihre melancholischen Lieder: *Sommerwinde Sehnsuchtsherz Goldregenlilien* ...

Anne Snapphane packte sie an den Schultern und drehte sie zu sich um.

»Du brauchst Hilfe«, sagte sie. »Hörst du, Annika! Du kannst doch nicht mit irgendwelchen Gestalten in deinem Oberstübchen rumlaufen.«

Sie schüttelte Annika heftig.

»Du darfst dich jetzt nicht fallen lassen, Annika, hörst du, was ich sage?«

Annika löste sich aus dem Griff ihrer Freundin.

»Das ist schon okay«, sagte sie leise. »Sie verschwinden, wenn ich an etwas Konkretes denke, arbeite und so. Wolltest du nun einen Kaffee oder nicht?«

»Grünen Tee, falls du welchen hast.«

Annika ging mit seltsam holprigen Schritten in die Küche, spürte die verblüffte Skepsis der Engel, sie hatte ihre Schar bloßgestellt. Damit hatten sie nicht gerechnet. Die Engel hatten in der Gewissheit gelebt, ewig singen und trösten und sie terrorisieren zu dürfen, ohne dass jemand etwas davon erfuhr.

Sie goss Wasser in den kleinen Kupferkessel und zündete den Gasherd an.

Trostsehnsucht, sangen sie jetzt mit schwachen und einsamen Stimmen, *kleine Tochter Sonnenscheinliebling* …

Sie schlug sich mit der flachen Hand seitlich an den Kopf, um sie zum Schweigen zu bringen.

Anne kam auf Strümpfen in die Küche. Ihr Gesicht hatte etwas Farbe bekommen, ihre Augen waren forschend.

Annika versuchte zu lächeln.

»Ich glaube, im Grunde versuchen sie mich zu trösten«, sagte sie. »Sie singen nur nette Sachen.«

Sie ging zur Speisekammer und suchte im Halbdunkel nach einem Tee, den man zur Not grün nennen könnte.

Anne Snapphane setzte sich an den Küchentisch, und Annika spürte ihren Blick im Rücken.

»Das bist du selbst«, sagte Anne. »Begreifst du das nicht? Du tröstest dich selbst, du kümmerst dich um das kleine Kind, das irgendwo in deinem Inneren steckt. Hat dir jemand solche Sachen vorgesungen, als du klein warst?«

Annika verkniff sich einen bissigen Kommentar über Amateurpsychologie und fand tatsächlich einen japanischen Tee zur Förderung der Verdauung, den ihr jemand auf der Arbeit geschenkt hatte.

»Willst du wirklich umziehen?«, fragte sie und ging zum Herd zurück, auf dem das Wasser gerade kochte. »Ich kann dir Kungsholmen wirklich wärmstens empfehlen, wir Inselbewohner sind schon etwas Besonderes.«

Anne pickte ein paar übrig gebliebene Brotkrumen auf und dachte nach, ehe sie antwortete.

»Irgendwie habe ich immer geglaubt, Mehmet würde früher oder später zu uns rausziehen, oder wir würden uns bis in alle Ewigkeit treffen. Er gehörte einfach dazu, und ohne ihn passt es einfach nicht mehr. Es ist nur noch langweilig und weit ab vom Schuss, und dieser alte Spanner auf der unteren Etage, der immer versucht, mir unter den Bademantel zu gucken, wenn ich die Zeitung hole, ist wirklich unangenehm.«

»Also, was bedeutet dir am meisten?«, fragte Annika und goss Wasser durch das Sieb in die Tasse.

»Miranda«, antwortete Anne, ohne zu zögern. »Obwohl mir schon klar ist, dass ich keine Märtyrerin werden und alles, was mir wichtig ist, ihr zuliebe aufgeben kann, aber das Haus auf Lidingö hat mir andererseits nie sonderlich viel bedeutet. Den funktionalistischen Stil habe ich zwar schon ganz gern, aber ich werde auch ohne die richtige Wohnungseinrichtung überleben.«

»Du könntest, falls nötig, mit ein paar Jugendstilelementen leben?«, sagte Annika und stellte die Tassen auf den Tisch.

»Sogar mit Nationalromantik. Prost.«

Annika setzte sich Anne gegenüber und sah sie auf den heißen Tee pusten.

»Also Östermalm?«

Anne nickte und verzog das Gesicht zu einer Grimasse, als sie sich die Zunge verbrannte.

»So nahe wie möglich, damit sie zu Fuß zwischen uns hin und her gehen kann.«

»Wie groß?«

»Du meinst wohl eher, wie teuer? Ich habe nicht das geringste Eigenkapital.«

Sie tranken schweigend ihren Tee und hörten die Tür im Hof von Zeit zu Zeit schlagen.

»Internet?«, sagte Annika und stand auf, weil sie einfach nicht stillsitzen konnte.

Anne schlürfte ihren Tee und folgte ihr zum Computer.

»Wir fangen mit der besten Lösung an«, sagte Annika. »Wie wäre es mit einer Dreizimmerwohnung mit Balkon und offenem Kamin in der Artillerigatan?«

Anne seufzte.

Es stand tatsächlich ein solches Objekt zum Verkauf, 115 Quadratmeter im dritten Stock in Bestzustand, mit neuer Küche und gekacheltem Badezimmer mit Wanne, Waschmaschine und Trockner, Besichtigungstermin Sonntag, 16 Uhr.

»Vier Millionen?«, fragte Anne und sah auf den Bildschirm.

»Drei Komma acht«, antwortete Annika, »aber der Preis wird sicher noch steigen, wenn die ersten Gebote eingehen.«

»Das ist doch lächerlich«, sagte Anne Snapphane. »Das kann ich mir niemals leisten. Was kostet mich ein Kredit über vier Millionen im Monat?«

Annika schloss die Augen und überschlug die Kosten.

»Ungefähr 20000.«

»Suche nach etwas Kleinerem.«

Sie fanden eine Zweizimmerwohnung im Souterrain auf der schlechteren Seite des Valhallavägen für anderthalb Millionen.

»Arbeitslos«, sagte Anne und setzte sich schwer auf Annikas Armlehne. »Verlassen vom Vater ihres Kindes und mit einer Zweizimmerwohnung im Souterrain. Kann man noch tiefer sinken?«

»Reporterin bei einem lokalen Rundfunksender in der Provinz«, erinnerte Annika sie.

»Du weißt schon, was ich meine«, sagte Anne und stand auf. »Ich werde mir die Wohnung in der Artillerigatan ansehen. Stand ein Türcode dabei?«

Annika druckte ihr die Seite mit dem Code und der Telefonnummer des Maklers aus.

»Kommst du mit?«

Annika schüttelte den Kopf, blieb sitzen und hörte Anne in den Flur stapfen und sich Stiefel, Jacke, Stirnband und Schal anziehen.

»Ich ruf dich an«, rief sie Annika in der Wohnungstür zu, und die Engel sangen ein Abschiedslied für sie.

Annika beeilte sich, eine neue Suchanfrage einzugeben, und die Stimmen verklangen. Sie suchte den Neubau auf dem Vinterviksvägen in Djursholm heraus, der nach wie vor für schlappe 6,9 Millionen zum Verkauf stand.

Eichenparkett in allen Zimmern, kombinierter Koch- und Essbereich, azurblaue Mosaike in beiden Badezimmern, ein flaches und kinderfreundliches Gartengrundstück mit neu angepflanzten Obstbäumen, für weitere Bilder klicken Sie *hier*.

Und sie klickte und wartete, während die Bilder geladen wurden, Bilder aus dem Alltag anderer Menschen, und starrte ein Doppelbett in einem sahneweißen Schlafzimmer mit Badezimmer *en suite* an.

Dort wohnt eine Familie, dachte sie, und sie haben beschlossen umzuziehen. Sie haben Kontakt zu einem Makler aufgenommen, der den Wert geschätzt, seine Digitalkamera mitgebracht, einen dämlichen Verkaufstext aufgesetzt und das Ganze anschließend ins Internet gestellt hat, sodass nun jeder in ihr Schlafzimmer starren, ihren Geschmack beurteilen, ihre Raumaufteilung studieren kann.

Sie ging zum Telefon und wählte die Auskunft. Als sich eine Frau meldete, fragte sie nach Margit Axelsson in Piteå.

»Ich habe hier Thord und Margit Axelsson in Pitholm«, sagte die Telefonistin bedächtig. »Er steht hier als Ingenieur und sie als Vorschullehrerin, könnte das die gesuchte Teilnehmerin sein?«

Annika bat darum, weitervermittelt zu werden, und wartete atemlos, während es klingelte. Die Engel blieben still.

Ein Anrufbeantworter älteren Modells sprang an, und sie hörte die Stimme einer fröhlichen Frau und im Hintergrund das leichte Rauschen eines Bandes, das schon viele Male abgespielt worden war.

»Hallo, Sie haben die Nummer von Familie Axelsson gewählt. Thord und Margit sind im Moment nicht zu Hause, und die Mädchen sind an der Universität, aber nach dem Piepton können Sie uns eine Nachricht hinterlassen.«

Annika räusperte sich, während das Band weiterlief.

»Hallo«, sprach sie nach dem Signalton leise auf ein Band irgendwo in der Nähe von Piteå. »Mein Name ist Annika Bengtzon, und ich bin Reporterin beim *Abendblatt.* Zunächst einmal möchte ich mich dafür entschuldigen, dass ich in einer solch schweren Stunde anrufe und mich aufdränge, aber ich habe ein besonderes Anliegen. Ich weiß von dem Mao-Zitat.«

Sie zögerte einen Moment, da sie keine Ahnung hatte, ob die Angehörigen der Frau wussten, dass es drei weitere Briefe ähnlichen Inhalts gab.

»Ich hätte gern mit Thord gesprochen«, sagte sie. »Ich weiß, dass Sie es nicht waren.«

Sie verstummte wieder, lauschte dem leisen Säuseln des Bandes und fragte sich, wie lange sie schweigen konnte, ohne dass sich der Anrufbeantworter abschaltete.

»In den letzten Wochen habe ich den Anschlag auf eine Maschine vom Typ Drache auf dem Fliegerhorst F21 im November 1969 untersucht«, sagte sie. »Ich weiß von Ragnwald, ich weiß, dass er mit Karina Björnlund zusammen war …«

Am anderen Ende wurde der Hörer abgehoben, und die Veränderung der Hintergrundgeräusche ließ sie zusammenschrecken.

»Der Anschlag?«, fragte eine heisere Männerstimme. »Was wissen Sie darüber?«

Annika schluckte.

»Spreche ich mit Thord?«

»Was wissen Sie über F21?«

Die Männerstimme klang abweisend und erstickt.

»Einiges«, sagte Annika und wartete.

»Sie dürfen nichts in der Zeitung schreiben, ohne richtig Bescheid zu wissen«, sagte der Mann. »Das können Sie nicht machen.«

»Das werde ich auch nicht«, sagte Annika. »Ich rufe aus anderen Gründen an.«

»Und aus welchen?«

»Unter anderem wegen des Zitats«, antwortete Annika. *»Völker der ganzen Welt, vereinigt euch, besiegt die USA-Aggressoren und all ihre Lakaien! Völker der ganzen Welt, seid mutig, habt Mut zu kämpfen, fürchtet keine Schwierigkeiten, stürmt Welle auf Welle vorwärts, und die ganze Welt wird den Völkern gehören. Alle finsteren Mächte werden restlos vernichtet werden.* Was bedeutet das?«

Der Mann blieb lange stumm. Ohne den Fernseher, dessen Laute aus dem Hintergrund in den Hörer drangen, hätte sie geglaubt, dass er aufgelegt hatte.

»Sind Sie auch von anderen Journalisten angerufen worden?«, fragte sie schließlich.

»Nein«, sagte er. »Hier oben ist allen sonnenklar, was passiert ist.«

Er zögerte, vielleicht weinte er auch, und sie wartete schweigend.

»Die Zeitungen haben geschrieben, ich sei verhört, aus Mangel an Beweisen jedoch wieder auf freien Fuß gesetzt worden.«

Annika nickte stumm, niemand rief einen Mörder an.

»Aber Sie waren es doch gar nicht«, meinte sie. »Die Polizei ist sich in diesem Punkt vollkommen sicher.«

Der Mann holte tief Luft, und seine Stimme zitterte, als er wieder das Wort ergriff.

»Das spielt hier oben keine Rolle«, sagte er. »Die Nachbarn haben mich im Streifenwagen wegfahren sehen. Die Leute werden in mir immer Margits Mörder sehen.«

»Nicht, wenn der Schuldige gefasst wird«, sagte Annika und hörte, dass der Mann jetzt weinte. »Nicht, wenn man Göran Nilsson findet.«

»Wer ist denn Göran Nilsson?«, sagte er und schnäuzte sich.

Sie zögerte, kaute auf ihrer Zunge herum, hatte keine Ahnung, wie viel der Mann wusste.

»Er ist auch unter seinem Decknamen Ragnwald bekannt«, erklärte sie.

»Sie meinen … Ragnwald?«, sagte der Mann und spuckte den Namen förmlich aus. »Der Gelbe Drache?«

Annika zuckte zusammen.

»Verzeihung, aber was haben Sie gerade gesagt?«

»Ich weiß, wer das ist«, sagte Thord Axelsson hitzig. »Dieser Mao-Irre, der Ende der sechziger Jahre in Luleå als Revolutionär herumlief, ich weiß, dass er zurück ist. Ich weiß, was er getan hat.«

Annika griff nach einem Blatt Papier und einem Stift.

»Den Decknamen Gelber Drache höre ich zum ersten Mal«, sagte sie.

»Ragnwald war der Name, den er in den maoistischen Splittergruppen benutzte, die sich in dem Kellerraum unter der Stadtbücherei trafen. Vor den wilden Tieren«, erläuterte Thord Axelsson.

Annika hielt eine Sekunde inne.

»Vor den wilden Tieren«, wiederholte sie und notierte die Worte.

Es wurde wieder still in der Leitung.

»Hallo?«, sagte Annika.

Ein Seufzer zeigte ihr, dass der Mann nicht aufgelegt hatte.

»Meine Töchter sind gekommen«, sagte er, den Mund an den Hörer gepresst. »Ich kann jetzt nicht weiter darüber sprechen.«

Annika dachte intensiv nach.

»Ich werde morgen wegen einer anderen Sache nach Luleå reisen«, sagte sie. »Könnte ich Sie besuchen und mich ungestört mit Ihnen unterhalten?«

»Margit ist tot«, sagte der Mann verzerrt. »Sie braucht jetzt vor nichts mehr Angst zu haben. Aber ich werde sie niemals im Stich lassen, das müssen Sie verstehen.«

Annika notierte sich seine Worte, ohne zu begreifen, was er ihr sagen wollte.

»Ich bin nur auf der Suche nach Zusammenhängen«, beruhigte sie ihn. »Mir liegt nichts daran, Margit oder andere bloßzustellen.«

Der Mann dachte einen Moment nach.

»Kommen Sie um die Mittagszeit. Meine Töchter haben einen Termin bei der Polizei, dann können wir uns unter vier Augen unterhalten.«

Sie bekam die Adresse und eine Wegbeschreibung, und sie verabredeten sich für zwölf Uhr.

Danach ließ sie den Hörer eine lange Minute auf der Gabel ruhen. Die Engel schwiegen. Die Schatten im Zimmer hüpften ruckend über die Wände, wenn auf der Straße Autos vorbeifuhren und Straßenlaternen im Wind schwankten.

Jetzt kam alles darauf an, dem Chef vom Dienst die Sache richtig zu verkaufen.

Sie rief in der Telefonzentrale an und hatte Glück, Jansson saß am Desk.

»Verdammt, wie geht es dir?«, fragte er und blies Rauch in den Hörer.

»Ich hab da eine Sache laufen«, sagte sie. »So eine richtige Human-Touch-Geschichte, ein armer Schlucker in einer Reihenhaussiedlung in der Nähe von Piteå, dessen Frau ermordet wurde, und jetzt glaubt das ganze Dorf, dass er es getan hat.«

»Und?«, sagte Jansson, der nicht sonderlich begeistert klang.

»Er kann es gar nicht gewesen sein«, erklärte Annika. »Zum Zeitpunkt der Tat war er sechzig Kilometer vom Tatort entfernt bei der Arbeit, und zwar zusammen mit drei Kollegen. Außerdem hat die Polizei einen Verdächtigen, aber für diesen Mann spielt das alles keine Rolle. Die Nachbarn haben gesehen, wie er am frühen Morgen in einem Streifenwagen zum Verhör gebracht wurde, und jetzt glauben alle zu wissen, was gelaufen ist. Die Lokalzeitungen haben geschrieben, man habe ihn verhört, aus Mangel an Beweisen jedoch wieder auf freien Fuß gesetzt. In dem Dorf wird er bis ans Ende seiner Tage der Mörder seiner Frau bleiben.«

»Hm, ich weiß nicht recht«, sagte Jansson.

»Versetz dich doch mal in die schreckliche Situation dieses Mannes«, sagte Annika. »Er hat nicht nur seine geliebte Frau verloren, sondern auch noch jegliches Ansehen bei den Menschen, mit denen er ein Leben lang zusammengelebt hat. Wie soll er nur die Kraft finden, den Tod seiner Frau zu überwinden?«

Sie verstummte und biss die Zähne zusammen, jetzt trug sie wirklich ganz schön dick auf.

»Und der Typ ist bereit, mit dir darüber zu reden?«

»Morgen Mittag. Kann ich ein Flugticket buchen?«

Jansson seufzte.

»Ja, ja«, sagte er. »Immerhin bist du freie Reporterin.«

»Und bei der Geschichte geht es auch garantiert nicht um Terrorismus«, erklärte Annika.

Der Chef vom Dienst lachte verlegen.

»Hab schon gehört, dass Schyman dich gebremst hat«, meinte er.

»Neuer Tag, neuer Bildeinschlag«, erwiderte Annika und legte auf.

Anschließend rief sie das rund um die Uhr besetzte Reisebüro der Zeitung an, buchte einen Platz in der 9.40-Uhr-Maschine nach Kallax und einen Mietwagen, aber bitte nicht den kleinsten, vielen Dank.

Sie hatte gerade aufgelegt, als die Wohnungstür aufgeschlossen wurde und die Kinder energiegeladen in die Wohnung stürzten. Schnell ging sie aus dem Internet, schaltete das Notebook aus und eilte in den Flur.

»Mama! Weißt du, was? Wir haben Süßigkeiten bekommen, weil wir bei Oma und Opa so brav waren, denn wir haben gar nicht getobt, und Papa hat eine Zeitung mit nackten Tanten gekauft, und Opa tut das Herz wieder weh, und können wir in den Park gehen, bitte, bitte?«

Sie umarmte beide, lachte und wiegte ihre erhitzten und duftenden Körper.

»Natürlich«, sagte sie. »Habt ihr trockene Handschuhe an?«

»Meine sind so unbequem«, sagte Ellen.

»Wir suchen ein anderes Paar für dich heraus«, meinte Annika und öffnete den Schrank mit der Ananasfront.

Thomas ging an ihr vorbei, ohne sie eines Blickes zu würdigen.

»Ich fahre morgen nach Luleå und bin den ganzen Tag weg«, sagte sie, während sie die Handschuhe über die gespreizten Finger des Mädchens zog. »Du musst die Kinder bringen und wieder abholen.«

Er blieb mit hochgezogenen Schultern in der Tür zum Esszimmer stehen und sah aus, als würde er sich im nächsten Moment umdrehen und explodieren. Sie wartete auf den Knall, der jedoch nicht kam.

Stattdessen ging er mit den Abendzeitungen und einer Illustrierten unter dem Arm ins Schlafzimmer und zog die Tür hinter sich zu.

»Gehen wir jetzt, Mama?«

»Und ob wir jetzt gehen«, sagte Annika, schnappte sich ihre Jacke, schob die Balkontür auf und holte den Schlitten, den sie dort abgestellt hatte.

MONTAG, 23. NOVEMBER

Vor Annikas Augen breitete sich eine endlose weiße Landschaft aus, in der Schnee unter einem tiefblauen Himmelsgewölbe wirbelte. Sie war nackt, und ihre Füße waren in einem Eisblock festgefroren, schneidende Winde umwehten sie und schnitten schmale Risse in ihre Haut. Ihre ganze Aufmerksamkeit war auf den Horizont gerichtet. Von dort kam jemand auf sie zu, aber sie sah ihn noch nicht, spürte nur seine Gegenwart und blinzelte in den beißenden Wind.

Und dann kam er, eine verschwommene graue Silhouette vor samtweichem Hintergrund, sein Mantel bewegte sich im Takt seiner Schritte, und sie erkannte ihn, es war einer der Moderatoren des Studio 6. Sie versuchte ihre Füße aus dem Eisblock zu lösen, der inzwischen zu Stein geworden war, und der Mann kam näher, und sie sah seine Hände und das Jagdmesser in seiner Hand, und es war Sven, es war Blut an dem Messer, und sie wusste, dass es Katzenblut war, er kam auf sie zu, und der Wind wehte, und sie blickte zu seinem Gesicht auf, und es war Thomas, und er blieb unmittelbar neben ihr stehen und sagte: Du warst an der Reihe, die Kinder abzuholen. Sie reckte sich und schaute ihm über die Schulter und sah Ellen und Kalle mit aufgeschlitzten Bäuchen und heraushängenden Eingeweiden an Fleischerhaken baumeln, die an einem Stahlbalken hingen.

Annika starrte sekundenlang an die Decke, ohne zu begreifen, dass sie aufgewacht war. Ihr Herz pochte, es pfiff im linken Ohr, und die Decke war weggerutscht. Sie drehte den Kopf und sah, dass sich Thomas' Rücken in der Dunkelheit langsam in traumlosem Schlaf senkte und hob. Vorsichtig setzte sie sich auf und merkte, dass ihr der Nacken wehtat und sie im Schlaf geweint hatte. Die Engel waren still.

Auf wackligen Beinen schlich sie durch Esszimmer und Flur zum Kinderzimmer, zu der lebendigen Wärme ihrer Kleinen.

Ellen hatte sich den Daumen in den Mund gestopft, obwohl sie mit allen Mitteln versucht hatten, ihr dies abzugewöhnen. Annika nahm die kleine Hand, zog sacht den Daumen heraus und sah den Mund des Mädchens einen Moment danach suchen, ehe der Schlaf ihn vergaß. Sie betrachtete das schlummernde Kind, das sich weder seines Wertes noch seiner Schönheit bewusst war, und sehnte sich danach zurück, das Leben als so selbstverständlich zu empfinden, wie ihre Tochter dies noch tat. Dann streichelte sie Ellens weiche Haare und spürte die Wärme unter ihrer Hand.

Mein kleines Mädchen, dir darf niemals etwas zustoßen.

Anschließend ging sie zu dem Jungen, der in seinem Batman-Pyjama auf dem Rücken lag und die Hände über den Kopf gehoben hatte, wie sie selbst es als Kind auch immer getan hatte. Die blonden Haare und die breiten Schultern hatte Kalle von seinem Vater geerbt, er war beiden Elternteilen sehr ähnlich.

Sie beugte sich zu ihm hinab und küsste ihn auf die Stirn, und das Kind schnappte nach Luft und blinzelte sie an.

»Ist es schon Morgen?«

»Bald«, flüsterte Annika. »Schlaf weiter.«

»Ich hab was Böses geträumt«, sagte er und drehte sich auf die Seite.

»Ich auch«, hauchte Annika und streichelte seinen Hinterkopf.

Sie sah auf die leuchtenden Zeiger ihrer Armbanduhr. Der Wecker würde erst in einer knappen Stunde klingeln, aber sie wusste, dass sie nicht mehr würde einschlafen können. Von Rastlosigkeit getrieben, ging sie ins Wohnzimmer, wo sich die Gardinen im Luftzug von den Fenstern bauschten. Annika betrachtete durch den Spalt in der Mitte die langsam erwachende Hantverkargatan unter ihr, sah die gelbe Straßenlaterne, die verlassen wie eh und je zwischen den Häusern schaukelte, und wärmte erst die eine Fußsohle am Heizkörper, dann die andere. Anschließend ging sie in die Küche, zündete den Herd an und füllte den Wasserkessel, gab vier Löffel Kaffeepulver in die Kanne und blickte auf die steif gefrorene Steinwüste des Hinterhofs, während das Wasser auf dem Herd heiß wurde. Das Außenthermometer zeigte minus 22 Grad an. Sie goß das kochend heiße Wasser in die Kanne und rührte um, schaltete das Radio an und setzte sich mit einer Tasse an den Küchentisch. Das Dudeln des Radios vertrieb die Dämonen. Regungslos saß sie mit eiskalten Füßen am Tisch, während der Kaffee langsam abkühlte.

Ohne dass sie ihn hätte kommen hören, betrat Thomas mit schlaftrunkenen Augen und wirr abstehenden Haaren die Küche.

»Wieso bist du schon auf?«, fragte er, füllte ein Glas mit Wasser und trank mit gierigen Schlucken.

Sie sah weg und starrte das Radio an, ohne ihm zu antworten.

»Dann eben nicht«, sagte er und ging ins Schlafzimmer zurück.

Sie legte die Hand auf die Augen und atmete mit offenem Mund, bis sich ihr Magen wieder beruhigt hatte und sie sich wieder rühren konnte. Dann kippte sie den Kaffee in den Ausguss und ging ins Badezimmer, wo sie brühend heiß duschte und sich anschließend hastig abtrocknete. Sie zog erst die Skiunterhose und dann die lange Thermounterhose und das Thermounterhemd an, gefolgt von zwei Paar Wollstrümpfen, einer dicken Jeans und einem Fleecepullover. Anschließend suchte sie die Kellerschlüssel heraus, ging hinunter und öffnete das Schloss zu ihrem Kellerverschlag. Die Bandyschuhe standen in einer Plastiktüte neben Thomas' alten Schulbüchern. Ihre Polarjacke war verstaubt und schmutzig. Seit Svens Tod hatte sie unbenutzt im Keller gehangen, da sie nicht mehr gebraucht wurde. Die endlosen Abende am Spielfeldrand des eiskalten Bandyplatzes gehörten für immer der Vergangenheit an.

Nun holte sie Schuhe und Jacke hervor, entstaubte sie und trug sie in die Wohnung hinauf. Sie hängte die Jacke auf und musterte sie kritisch. Das Kleidungsstück war abgrundtief hässlich, aber im nordschwedischen Piteå war es mit Sicherheit noch kälter als in Stockholm.

»Wann kommst du nach Hause?«

Sie drehte sich um und sah Thomas, der in der Tür zum Schlafzimmer stand und sich eine Unterhose anzog.

»Ich weiß es noch nicht«, sagte sie. »Wolltest du das Essen fertig haben oder was?«

Er wandte sich ab und verschwand in der Küche.

Plötzlich konnte sie keine Sekunde mehr bleiben. Sie warf sich in die Polarjacke, schnürte die Bandystiefel zu und überprüfte, dass Schlüssel und Geldbörse, Skihandschuhe und Mütze in der Tasche lagen. Dann schloss sie geräuschlos die Wohnungstür und eilte die Treppen hinunter, fort von den Kindern. Annika ließ sie in der Wärme zurück und vermisste sie schon. Meine geliebten Kleinen, ich bin immer bei euch, nichts Böses darf euch geschehen.

Sie ging auf verschlafenen Straßen zum Flughafenzubringer und nahm einen voll besetzten Zug zum Flughafen hinaus. Bis zum Abflug waren es immer noch zwei Stunden. Sie versuchte, einen Kaffee zu trinken und die Abendzeitungen zu lesen, war jedoch einfach zu rastlos. Also gab sie auf, sah beim Enteisen der Tragflächen zu und vermied es tunlichst, daran zu denken, wie sich die Abteilungsleiter des Landtagsverbands vor Arbeitsbeginn versammelten und darauf vorbereiteten, die plötzlich aufgetretene Vertrauenskrise, die eine ihrer Angestellten betraf, zu bewältigen.

Als die brüllenden Motoren des Flugzeugs dafür sorgten, dass die Räder vom Erdboden abhoben, fiel die Verwirrung von ihr ab. Das Flugzeug war nicht ganz voll, sodass der Platz neben ihr frei war, und sie nahm sich ein Exemplar der *Norrlands-Tidningen*, das jemand liegen gelassen hatte, der in der Gegenrichtung unterwegs gewesen war.

Tief unter ihr und mit jeder Sekunde weiter entfernt sah sie die Erde tiefgefroren und steinhart funkeln.

Sie wandte sich der Zeitung zu und zwang sich, möglichst langsam in ihr zu blättern.

Die Einwohner des Dorfes Karlsvik forderten, dass in den Abendstunden mehr Busse fuhren.

Ein verschwundener Dreijähriger war mit Hilfe eines mit Wärmebildkamera ausgerüsteten Hubschraubers im Wald bei Rosvik gefunden worden. Alle waren froh und dankbar, und die Polizei hatte wirklich gute Arbeit geleistet.

Nach gescheiterten Tarifverhandlungen über Gehaltserhöhungen und die einzuhaltende Reihenfolge am Taxistand drohte auf dem Flughafen Kallax ein Streik der Taxifahrer.

Das Eishockeyteam von Luleå hatte sein Heimspiel gegen die Mannschaft von Djurgården aus Stockholm verloren, das geschah ihnen nur recht.

Sie ließ die Zeitung sinken, lehnte sich zurück und schloss die Augen.

Offenbar war sie eingenickt, denn im nächsten Moment setzten die Räder der Maschine bereits in unmittelbarer Nähe des Polarkreises auf Eis und Asphalt auf. Ein Blick auf die Uhr zeigte ihr, dass es fast elf war, und sie streckte sich und schaute aus dem Fenster. Draußen dämmerte es bleich über einer gefrorenen Heidelandschaft.

Als sie in die Ankunftshalle gelangte, kam sie ihr leer und nackt vor, und es dauerte ein paar Sekunden, bis sie begriff, was fehlte: die übliche Horde uniformierter Taxifahrer am Eingang.

Sie holte die Schlüssel ihres Mietwagens ab.

»Motor- und Standheizung sind eingeschaltet«, sagte der junge Mann und lächelte charmant. »Nehmen Sie das Kabel mit. Sie werden es brauchen.«

Sie sah zu Boden und bedankte sich murmelnd.

Die Kälte war knochentrocken und lähmend und traf sie wie ein Faustschlag. Vorsichtig holte sie Luft und wehrte sich gegen die Messer, die sie ihren Hals hinabsog. Leuchtziffern über dem Eingang zeigten minus 28 Grad an.

Ihr Wagen war ein silbergrauer Volvo, der mittels eines dicken Kabels an einer Steckdose hing. Ohne elektrische Motorheizung sprang in einer solchen Kälte kein Auto der Welt an.

Sie zog die Polarjacke aus und warf sie auf den Rücksitz.

Im Wageninneren war es stickig und warm, und ihr brach in ihrer Thermounterwäsche sofort der Schweiß aus. Der Motor sprang problemlos an, aber Servolenkung und Räder bewegten sich zunächst nur zögernd und träge.

Sie passierte den Jagdbomber, der über der Einfahrt zum Fliegerhorst schwebte, fuhr zum Kreisverkehr, nahm dann jedoch die Ausfahrt Richtung Piteå, statt nach Luleå zu fahren. Unterwegs spähte sie zum Fenster hinaus, um zu sehen, ob sie die Gegend wiedererkannte, denn vor zehn Jahren war sie die Strecke einmal mit Anne Snapphane im Taxi gefahren.

Die Heide verschwand hinter ihr, und sie fuhr durch eine Kulturlandschaft, in der längliche Bauernhäuser aus Holz am Waldrand thronten und Selbstvertrauen ausstrahlten. Erstaunt stellte sie fest, dass sie auf eine große Autobahn gelangte, an die sie sich nicht erinnern konnte, und wunderte sich immer mehr, je länger sie fuhr, ohne ein einziges anderes Fahrzeug auf der Straße zu erblicken. Erlaubte sich hier jemand einen Spaß mit ihr? War ihr die Wirklichkeit entglitten, und war dies die Straße zur Hölle?

Die Autobahn wurde links und rechts von schmalen, nicht sehr hohen Nadelbäumen mit weiß gefrorenen Wipfeln gesäumt. Die Kälte ließ das schräg einfallende Sonnenlicht flimmern wie sonst nur bei großer Hitze. Sie umklammerte das Lenkrad etwas fester und beugte sich vor.

Vielleicht verkehrte sich am Polarkreis ja die Perspektive. Rauf wurde hier eventuell zu runter, rechts lag links. Dann würde es unter Umständen auch logisch erscheinen können, vierspurige Autobahnen durch arktische Wälder zu bauen, in denen kein Mensch lebte.

Nachdem sie sich zwei Mal verfahren hatte, gelangte sie schließlich ins Stadtzentrum von Piteå. Die Stadt war flach und stumm. Die Durchgangsstraße war drei Mal so breit wie der Sveavägen in Stockholm.

Margit und Thord Axelssons Haus lag in Pitholm, dem Vorort, in dem auch Anne Snapphanes Eltern wohnten. Sie kreuzte vorsichtig auf gestreuten Straßen, bis sie endlich die Auffahrt fand, die Thord ihr beschrieben hatte. Das Haus war eines von zahlreichen verwirrend gleich aussehenden Wohnhäusern aus den siebziger Jahren, in denen die Vergabekriterien für staatliche Wohnungsbaukredite ungewollt einen vorher nie gekannten Häusertyp hervorgebracht hatten. Es war das Jahrzehnt der riesigen Spitzdächer gewesen.

Sie parkte ihren Mietwagen hinter einem grünen Toyota Corolla, der haargenau so aussah wie das Auto von Thomas, stieg aus dem Volvo, zog ihre Jacke an und bildete sich für einen Schwindel erregenden Moment ein, sie selbst würde hier wohnen, Thomas würde im Haus auf sie warten, die Kinder studierten, und sie würde bei der *Norrlands-Tidningen* arbeiten. In der eiskalten Luft atmete sie möglichst flach und sah zum Dachfirst hinauf, der einen Schatten auf die Straße warf.

Anne Snapphane war nur wenige hundert Meter von hier aufgewachsen und wäre eher gestorben, als zurückzugehen, aber hier herrschte Ruhe und Frieden.

»Annika Bengtzon?«

Ein Mann mit dichten stahlgrauen Haaren hatte die Tür einen Spaltbreit geöffnet und den Kopf hinausgestreckt.

»Kommen Sie rein«, sagte er, »sonst erfrieren Sie noch.«

Sie ging zur Eingangstreppe, trat den Schnee von den Füßen ab und gab dem Mann die Hand.

»Thord?«

Sein Blick war düster und intelligent, um seinen Mund lag ein traurig abwartender Zug.

Annika betrat einen Flur, dessen Plastikboden ein dunkelgrünes Medaillonmuster hatte, original anno 1976. Thord Axelsson nahm ihr die schwere Jacke ab und hängte sie an die Garderobe.

»Ich habe uns Kaffee gemacht«, sagte er und führte sie in die Küche.

Der Kieferntisch war mit geflochtenen Sets und geblümten Tassen auf Untersetzern gedeckt, ein Korb aus Birkenrinde war mit mindestens vier verschiedenen Plätzchensorten gefüllt.

»Oh, das sieht aber lecker aus«, sagte Annika höflich, setzte sich und stellte ihre Tasche neben sich auf den Fußboden.

»Margit backt gern«, erklärte Thord und starrte in seine Tasse. Dann biss er die Zähne zusammen und streckte sich nach der Thermoskanne.

»Zucker oder Milch?«

Annika schüttelte den Kopf, konnte auf einmal nicht mehr sprechen.

Was gab ihr das Recht, in die Tragödien anderer Menschen hineinzuplatzen? In wessen Auftrag nahm sie die Zeit dieses Mannes in Anspruch?

Sie griff nach ihrem Löffel und schlug mit ihm unwillkürlich gegen das Porzellan ihrer Kaffeetasse.

»Margit war ein guter Mensch«, sagte Thord Axelsson und sah aus dem Fenster. »Sie meinte es gut, aber sie hatte schreckliche Geheimnisse. Deshalb ist sie gestorben.«

Er nahm zwei Würfel aus der Zuckerschale und ließ sie in seinen Kaffee plumpsen. Anschließend verschränkte er die Arme vor der Brust und sah wieder auf die Straße hinaus.

»Seit unserem Gespräch gestern habe ich viel nachgedacht«, sagte er, ohne Annika anzusehen. »Ich will erzählen, was passiert ist, aber ich möchte nicht, dass Sie Margits Andenken in den Schmutz ziehen.«

Sie nickte, immer noch schweigend, und angelte nach dem Notizblock in der Tasche. Flüchtig schweifte ihr Blick über ordentlich geputzte Fensterscheiben und sorgfältig abgewischte orangefarbene Schranktüren, und sie nahm wahr, dass es nach Spülmittel roch.

»Wie haben Sie beide sich kennen gelernt?«

Der Mann sah zur Decke, saß sekundenlang völlig regungslos am Tisch, schaute dann zum Herd.

»Wir sind uns in einer Kneipe in Luleå begegnet, an einem Samstagabend im Frühjahr '75. Ich war mit ein paar alten Kommilitonen unterwegs, und sie stand neben uns an der Theke und hörte, dass ich auf dem Fliegerhorst arbeitete.«

Seine Gedanken verloren sich für einen Moment in der Vergangenheit.

»Sie begann ein Gespräch mit mir«, fuhr er fort, »war interessiert, fast neugierig.«

Er begegnete Annikas Blick und lächelte kurz und verlegen.

»Ich fühlte mich geschmeichelt«, meinte er, »sie war sehr hübsch. Und intelligent. Ich mochte sie auf Anhieb.«

Annika lächelte ihn an.

»Wohnte sie damals in Luleå?«

»Ja, im Stadtteil Lövskatan. Sie studierte an der Pädagogischen Hochschule und wollte Vorschullehrerin werden. Sie wollte gern mit Kindern arbeiten, sagte immer, dass sie unsere Zukunft seien. Schon damals bedeutete es ihr sehr viel, etwas zu erschaffen, sei es nun Kunst oder Leben …«

Er legte die Hand vor den Mund und sah von neuem auf die Straße hinaus.

»Margit war ein ernsthafter Mensch, sie war verantwortungsbewusst und loyal. Ich habe Glück gehabt.«

Es wurde still in der Küche, sie hörte eine Uhr ticken, die Wände ächzten in der Kälte.

»Was für ein Geheimnis hatte sie?«, fragte Annika schließlich.

Er sah sie an.

»Es geht um die wilden Tiere«, sagte er mit überraschendem Nachdruck in der Stimme. »Margit war schon als Jugendliche im Vereinsleben aktiv, Mitte der sechziger Jahre war sie eine von

Nordschwedens besten Leichtathletinnen und schon früh Mitglied der Kommunistischen Partei.«

Leichtathletik, dachte Annika und erinnerte sich an die Zeitungsausschnitte aus der *Norrlands-Tidningen.*

»Kannte sie Karina Björnlund?«

»Die beiden sind Kusinen«, sagte er. »Woher wussten Sie das?«

Annika stutzte und sah zu Boden, um sich nichts anmerken zu lassen.

»Karina Björnlund trieb auch Sport«, sagte sie. »Dann standen die beiden sich nahe?«

»Margit ist zwei Jahre älter, sie hatte ein wenig die Rolle einer großen Schwester übernommen. Sie war es auch, die Karina dazu gebracht hat, Sportlerin zu werden. Obwohl Margit selbst den Sport dann aufgab.«

»Warum?«

»Sie wollte sich lieber politisch engagieren. Und Karina ist ihr auch darin wieder gefolgt …«

Annika wartete geduldig auf eine Fortsetzung, doch als keine kam, musste sie ihm auf die Sprünge helfen.

»Also, wie war das jetzt mit den wilden Tieren?«

»Sie waren eine dieser vielen linken Splittergruppen«, erzählte Thord Axelsson und strich sich über die Stirn. »Eine revolutionäre Zelle, die sich selbst als Verlängerung der Mutterzelle sah, der Kommunistischen Partei Chinas. Sie ließen den normalen Maoismus hinter sich und machten den entscheidenden Schritt, zumindest sahen sie das damals so.«

»Und sie hatten Decknamen?«, fragte Annika.

Er nickte und rührte in seiner Tasse.

»Keine bürgerlichen Namen, sondern richtige Decknamen, Tiernamen. Margit wurde Bellender Hund genannt, was sie sehr gekränkt hat. Die anderen bekamen politische Namen, sie dagegen einen, der ihre Persönlichkeit charakterisieren sollte. Die Männer in der Gruppe fanden, dass sie zu viel in Frage stellte, zu oft debattierte und kritisierte.«

Es war sehr still geworden in der Küche. Die Kälte hielt das Haus in einem eisernen Griff gefangen, und auf einmal roch es durchdringend nach Putzmitteln.

»Was haben diese wilden Tiere denn gemacht, was war so schrecklich?«, fragte Annika.

Thord stand auf, ging zur Spüle, füllte ein Glas mit Wasser und hielt es in der Hand, ohne daraus zu trinken.

»Sie ist nie ganz darüber hinweggekommen«, sagte er. »Es hat all die Jahre einen Schatten auf uns und unser Leben geworfen.«

Er stellte das Glas auf die Spüle und lehnte sich gegen die Spülmaschine.

»Margit hat mir die Geschichte nur ein einziges Mal erzählt, aber ich erinnere mich noch an jedes Wort.«

Thord Axelsson sackte in sich zusammen und sprach dann leise und eintönig.

»Es war Mitte November, aber nicht besonders kalt, es lag nur wenig Schnee. Sie sind von der Rückseite eingedrungen, von Lulviken aus. Da draußen gibt es nur Sommerhäuser, sodass kein Mensch in der Nähe war.«

Er sah Annika mit ausdruckslosen Augen an, seine Arme hingen schlaff herab.

»Margit war vorher noch nie auf dem Fliegerhorst gewesen, aber einer der Männer kannte das Areal recht gut. Sie wiesen Margit an, nicht die Hangars zu berühren und die Hunde nicht zu wecken, denn das waren richtig widerliche Bestien.«

Sie machte sich diskret Notizen.

»Sie liefen ungefähr einen Kilometer über die Heide. Die Männer warteten in einem Wäldchen, Margits Aufgabe war es, hinzugehen. Auf der freien Fläche vor der Wartungswerkstatt stand eine Maschine. Sie brach die Schutzhülle einer Platzpatrone auf, zündete sie an und warf sie in den Eimer mit Restbenzin, der hinter dem Flugzeug stand. Als sie sah, dass sich das Benzin entzündet hatte, näherten sich auf einmal zwei Wehrpflichtige. Sie lief auf den südlichen Zaun zu, und die beiden riefen sie an. Dann sprang sie hinter die Werkstatt und schaffte es gerade noch rechtzeitig vor der Explosion.«

Annika schaute auf ihre Notizen hinab.

Karina Björnlund war es nicht gewesen. Sie hatte sich geirrt.

»Einer der Wehrpflichtigen brannte wie eine Fackel. Er schrie, bis er zusammenbrach.«

Thord Axelsson schloss die Augen.

»Margit konnte sich später nicht mehr daran erinnern, wie sie das Gelände des Fliegerhorsts verlassen hatte. Nach dieser Aktion löste sich die Gruppe auf. Sie haben sich seither nie mehr getroffen.«

Er kehrte an den Tisch zurück, ließ sich mit den Händen vor dem Gesicht auf seinen Stuhl fallen und sah etwas vor seinem inneren Auge, das er zwar nicht selbst erlebt, das aber dennoch sein ganzes Leben geprägt hatte.

Annika versuchte vergeblich, die Teile zu einem Ganzen zusammenzufügen.

»Warum ist das Flugzeug explodiert?«, fragte sie vorsichtig.

Der Mann blickte auf und ließ die Arme auf die Tischplatte fallen.

»Haben Sie schon einmal dieses raketenförmige Ding gesehen, das unter dem Rumpf eines Kampfjets sitzt?«

Sie schüttelte den Kopf.

»Es sieht aus, als hätte Disney eine Mondrakete gezeichnet, aber es ist keine Bombe, sondern ein zusätzlicher Tank mit Flugbenzin. Seine Hülle ist ziemlich dünn, die Verpuffung im Blecheimer schlug ein Loch hinein.«

»Aber warum stand die Maschine voll getankt auf dem Flugfeld?«

»Kampfflugzeuge sind immer voll getankt, wenn sie in den Hangars stehen, weil das sicherer ist. Die Gase, die sich in den leeren Tanks bilden, sind wesentlich gefährlicher als der Treibstoff selbst. Der Junge, er stand direkt unter dem Tank, als dieser Feuer fing.«

Es knarrte in den Holzwänden des Hauses, und die Verzweiflung war so greifbar, dass sie am liebsten geflohen, weggerannt wäre, nach Hause zu ihren Kindern, um sie zu küssen und zu liebkosen, nach Hause zu Thomas, um ihn mit Leib und Seele zu lieben.

»Wer war damals alles dabei?«, fragte sie.

Thord Axelssons Gesicht war ganz grau geworden, so als könnte er jeden Moment ohnmächtig werden.

»Der Gelbe Drache und der Schwarze Panther«, sagte er heiser.

»Der Drache war der Anführer, Göran Nilsson aus Sattajärvi«, sagte Annika. »Wer waren die anderen?«

»Keine Ahnung«, antwortete Thord Axelsson. »Karina war der Rote Wolf, aber wer die Typen in Wirklichkeit waren, weiß ich nicht.«

»Wissen Sie, wie viele es waren?«

Er fuhr sich mit der Hand übers Gesicht.

»Den Schwarzen Panther habe ich schon erwähnt. Löwe der Freiheit hieß einer, der Weiße Tiger ein anderer, und dann gab es eben noch den Drachen. Mehr waren sie nicht. Vier Männer und zwei Frauen.«

Annika notierte sich die Namen, aber obwohl ihr bewusst war, wie komisch diese albernen Decknamen im Grunde waren, vermochte sie nicht darüber zu lächeln.

»Karina war an dem Abend also gar nicht dabei?«

»Sie hatte mit Ragnwald Schluss gemacht und wollte die Gruppe verlassen. Margit war sehr wütend auf sie, weil sie das als einen Verrat empfand. Loyalität ist für Margit unglaublich wichtig.«

Im Wohnzimmer schlug eine Uhr. Annika dachte an die Anzeige in der *Norrlands-Tidningen*. Warum kündigt man eine Hochzeit öffentlich an, wenn man gar nicht vorhat zu heiraten?

Vorsichtig sah sie den Mann an und dachte an die enorme Bürde, die Mann und Frau gemeinsam getragen hatten und die nun ganz allein auf ihm lastete.

»Wie lange hat es gedauert, bis Margit Ihnen das alles erzählt hat?«, fragte sie leise.

»Sie hat es mir gebeichtet, als sie schwanger wurde«, sagte Thord Axelsson. »Das Kind war nicht gewollt, sie hatte vergessen, die Pille zu nehmen. Aber als es einmal passiert war, haben wir uns beide sehr gefreut. Doch eines Abends, als ich nach Hause kam, weinte sie und konnte gar nicht mehr aufhören. Es dauerte den ganzen Abend, es aus ihr herauszubekommen. Sie dachte, ich würde sie anzeigen, sie und das Kind verlassen.«

Er verstummte.

»Aber das haben Sie nicht getan«, stellte Annika fest.

»Hanna hat auf F21 gedient«, sagte Thord. »Sie ist Offizierin der Reserve und studiert Atomphysik in Uppsala.«

»Sie haben noch eine Tochter?«

»Emma wohnt im gleichen Studentenwohnheim wie Hanna und studiert Politik.«

»Es ist Ihnen gut ergangen«, sagte Annika aufrichtig.

Er sah aus dem Fenster.

»Das stimmt schon«, meinte er. »Aber die wilden Tiere sind immer bei uns gewesen. Margit hat jeden Tag an das gedacht, was sie getan hatte. Sie konnte der Vergangenheit nie entfliehen.«

»Und Sie gingen jeden Tag zur Arbeit und wussten, was passiert war.«

Er nickte nur.

»Aber warum ist sie nicht zur Polizei gegangen?«, fragte Annika. »Wäre es nicht besser gewesen, sie hätte all das nicht mehr allein mit sich herumschleppen müssen?«

Der Mann stand auf.

»Wenn sie das doch nur gekonnt hätte«, sagte er mit dem Rücken zu Annika.

»Nachdem der Drache verschwunden war, bekam Margit ein Paket mit der Post. Es war ein Finger darin, ein Menschenfinger von einem kleinen Kind, zusammen mit einer Warnung.«

Annika stöhnte auf, wurde leichenblass und dachte, sie würde ohnmächtig werden.

»Kein Mensch hat jemals ein Wort über die wilden Tiere verloren. Margit hat all die Jahre nichts mehr von ihnen gehört, bis Oktober.«

»Was ist passiert?«, flüsterte Annika.

»Sie bekam eine Einladung, eine Zeichnung des gelben Drachen, durch die sie aufgefordert wurde, zum alten Treffpunkt der Gruppe zu kommen.«

Annika sah plötzlich die seltsame Zeichnung in der Post der Kultusministerin vor sich, die in einem in Frankreich abgestempelten Briefumschlag gekommen war.

»Ein Treffen«, sagte sie. »Wann sollte es stattfinden?«

Thord Axelsson schüttelte den Kopf, ging zur Spüle, nahm ein Glas in die Hand.

»Kurz darauf haben sie Kontakt zu ihr aufgenommen. Einer von ihnen hat sie auf der Arbeit angerufen und gefragt, ob sie zu dem Treffen kommen würde, um die Rückkehr des Drachen zu feiern. Margit hat sie aufgefordert, zur Hölle zu fahren, und dem Anrufer gesagt, die wilden Tiere hätten ihr ganzes Leben zerstört und dass es ihr Leid tue, die anderen je getroffen zu haben.«

Seine Schultern bebten.

»Danach hörte sie nichts mehr von ihnen.«

Annika sah den Mann, das Glas an die Stirn gepresst, weinen.

»Ich will, dass sie geschnappt werden«, sagte er schließlich und wandte sich wieder Annika zu. Sein Gesicht war rot und verquollen.

Schwer ließ er sich auf seinen Stuhl fallen und blieb eine Weile still sitzen, während die Uhr tickte und der Geruch von Putzmitteln immer stärker zu werden schien.

»Margit hat sich nie von ihrer Schuld befreien können«, sagte er. »Sie hat ihr ganzes Leben lang dafür gebüßt. Ich halte das einfach nicht mehr aus.«

»Haben Sie es der Polizei gesagt?«

Er schüttelte den Kopf.

»Aber ich habe es vor«, erklärte er. »Sobald der Drache verhaftet ist und die Mädchen in Sicherheit sind.«

»Was erwarten Sie von mir?«, fragte sie.

Er betrachtete sie ausdruckslos.

»Ich weiß es nicht«, sagte er. »Ich wollte es einfach jemandem erzählen.«

Er sah aus dem Fenster und erstarrte.

»Hanna und Emma kommen zurück. Sie müssen jetzt gehen.«

Annika stand abrupt auf, stopfte Block und Stift in die Tasche und eilte in den Flur hinaus, riss die Jacke vom Bügel und schlüpfte hinein. Anschließend ging sie zur Küchentür zurück und sah den Mann wie versteinert und mit trüben Augen am Tisch sitzen.

»Danke«, sagte sie leise.

Er sah sie an und versuchte zu lächeln.

»Ach, übrigens, hatte Margit kleine Füße?«, sagte Annika.

»Größe 36«, antwortete der Mann.

Sie ließ ihn an dem Kieferntisch in der gepflegten Küche zurück, wo der ungetrunkene Kaffee in den Tassen langsam erkaltete.

Das Auto war in der Zwischenzeit völlig ausgekühlt, sodass sie ihre Polarjacke anbehielt. Einen Moment lang bildete sie sich ein, der Motor werde nicht anspringen und sie in ihrem Mietwagen zwischen den nahezu identischen Siebziger-Jahre-Bauten zu einer Steinsäule gefrieren, für alle Zeit festgenagelt in Familie Axelssons Lebenslügen.

Sie drehte den Schlüssel mit solcher Kraft, dass das Metall fast nachgab. Der Motor sprang mit einem zögernden Röcheln an, sie atmete aus und sah die feuchte Atemluft auf der Innenseite der Windschutzscheibe sofort zu Eis werden. Dann legte sie den Rückwärtsgang ein, der lautstark protestierte, setzte auf die Straße zurück und hoffte, bei dem Manöver nirgendwo anzuecken, denn sie hatte die Heckscheibe nicht freigekratzt.

Die beiden Töchter gingen am Auto vorbei, und Annika versuchte zu lächeln und winkte unbeholfen ihren fragenden Gesichtern zu.

Das Gummi der Räder knirschte auf der vereisten Straße, als sie Richtung Stadt rollte. Ihr war ein wenig übel, sie hatte den Geruch des Spülmittels noch in der Nase, Gedanken schossen ihr wirr durch den Kopf. Sagte Thord Axelsson die Wahrheit? Übertrieb er? Oder verschwieg er ihr etwas?

Sie fuhr an einem Gymnasium, der Kirche und einem Kaufhaus vorbei, und ehe sie es merkte, hatte sie das Stadtzentrum bereits hinter sich gelassen.

Er hat die Tat seiner Frau nicht beschönigt, dachte Annika, und auch nicht entschuldigt. Im Gegenteil, ganz nüchtern hat er festgestellt, dass sie das Flugbenzin angezündet und dadurch das Flugzeug zur Explosion gebracht hat. Er hat es nicht einmal als einen Unfall dargestellt. Hätte er lügen wollen, dann hätte er es an diesem Punkt getan.

Die wilden Tiere, dachte sie. Der Gelbe Drache, was für eine Idee, was für ein Bockmist. Der Löwe der Freiheit, der Bellende Hund, der Rote Wolf, der Schwarze Panther, der Weiße Tiger.

Wo seid ihr heute, dachte sie und fuhr wieder auf das verlassene Autobahnteilstück, diesmal jedoch in Richtung Luleå.

Der Gelbe Drache, Göran Nilsson, der heimgekehrte Profikiller. Der Bellende Hund, Margit Axelsson, ermordete Vorschullehrerin. Der Rote Wolf, Karina Björnlund, Kultusministerin, die in Panik Änderungen in einer Gesetzesvorlage der Regierung vornimmt.

Und ihr anderen? Drei schwedische Männer mittleren Alters, wo habt ihr euch versteckt? Wie viel habt ihr vergessen?

Sie fuhr an der Abfahrt Norrfjärden vorüber, spürte die Kälte an den Füßen. Das Thermometer war auf minus 29 Grad gefallen, die Sonne ging unter und verbreitete am Horizont blassgelbes Licht. Es war halb zwei.

Der Kinderfinger, dachte sie. Kann das wirklich wahr sein?

Sie schluckte und musste das Seitenfenster für ein paar Sekunden herunterkurbeln, um Luft zu bekommen. Thord hatte ihr nicht gesagt, welche Drohung das beigefügte Schreiben enthalten hatte, aber die wilden Tiere waren nie verpfiffen worden.

Sie glaubte an den Finger.

Der Anschlag, drei Personen waren dabei gewesen, Margit, Göran und ein weiterer Mann. Stimmte das?

Margits Schuhgröße war identisch mit der Größe der Fußabdrücke, die am Tatort gesichert werden konnten. Thord Axelssons Geschichte enthielt folglich Details, die den Ablauf der Ereignisse glaubhaft machten, auch wenn sie die theoretischen Möglichkeiten natürlich mit dem Pressesprecher des Fliegerhorsts abgleichen würde. Warum sollte sie also Thords Angabe zur Personenzahl anzweifeln?

Karina Björnlund war nicht dabei gewesen. Sie war unschuldig, zumindest in Bezug auf die eigentliche Tat, was natürlich nicht ausschloss, dass sie an der Planung beteiligt gewesen sein konnte, vielleicht auch auf anderem Wege behilflich gewesen war. Aber vor allem hatte sie mit Sicherheit davon gewusst.

»Woher willst du das wissen?«, sagte Annika laut zu sich selbst. Wenn Thord die Wahrheit sagte, war es sehr wohl möglich, dass sie nichts von dem Anschlag gewusst hatte. Sie hatte Göran verlassen und wollte mit der Gruppe brechen.

Aber wieso war sie dann erpressbar? Warum ließ sie sich von Herman Wennergren zur Änderung einer Gesetzesvorlage zwingen? Und warum kündete sie durch eine Anzeige in der Lokalzeitung ihre bevorstehende Heirat an, wenn sie doch Schluss gemacht hatte?

Vielleicht hat Karina Björnlund die Anzeige ja gar nicht selbst aufgegeben, dachte sie plötzlich. Vielleicht war die Anzeige ein Teil in der Strategie des verlassenen Mannes gewesen, der sich entweder so an ihr rächen oder aber sie zurückgewinnen wollte.

Annika strich sich mit der Hand über die Stirn. Sie hatte Durst, ihre Lippen waren ganz trocken. Sie ließ Ersnäs hinter sich und gelangte wieder auf den überdimensionierten, vierspurigen Autobahnabschnitt. Ein paar verfrorene Häuser aus den dreißiger Jahren kauerten in der Dämmerung, aus ihren Schornsteinen stiegen senkrechte Rauchsäulen auf, der Wind hatte aufgegeben, die Kälte war glasklar.

Ich muss mit Karina Björnlund sprechen, dachte sie. Ich muss die Sache so angehen, dass sie mir nicht ausweichen kann. Sie wird sich winden, lügen und versuchen, sich um jeden Preis selbst zu schützen.

Sie kramte ihr Handy aus der Tasche, musste aber feststellen, dass sie kein Netz hatte. Statt sich darüber zu ärgern, fuhr sie weiter Richtung Luleå und wartete auf den Wiedereintritt in die Zivilisation.

Auf Höhe der Abfahrt nach Gäddvik holte sie das Handy wieder heraus, schloss die Augen und durchkämmte ihr Gedächtnis.

Der Zettel auf dem Computerbildschirm des Registrators, die Nummer von Karina Björnlunds Handy.

Zweimal die Nummer des Teufels und dann eine Null.

Sie drückte 070–666 66 60, starrte die Zahlenkombination auf dem Display einen Moment lang an und hätte beinahe eine Rechtskurve verpasst.

Was sollte sie überhaupt sagen?

Karina Björnlund wird mir schon zuhören, dachte sie. Ich muss sie nur erreichen. Sie drückte den Verbindungsknopf, presste den Hörer ins Ohr und fuhr langsamer.

»Hallo?«

Annika bremste verblüfft, denn es hatte kaum geklingelt, als die Frauenstimme sich auch schon meldete.

»Karina Björnlund?«, sagte sie, hielt am Straßenrand und drückte den Hörer fester ins Ohr, weil es im Hintergrund laut rauschte.

»Ja?«

»Mein Name ist Annika Bengtzon, ich arbeite für das *Abendblatt* …«

»Woher haben Sie diese Nummer?«

Annika starrte die Fassade eines roten Bauernhofs an und sprach mit völlig neutraler Stimme.

»Ich frage mich, ob der Rote Wolf in letzter Zeit den Gelben Drachen gesehen hat?«, sagte sie und horchte intensiv in das Rauschen hinein. Sie hörte Stimmen sprechen, eine blecherne Lautsprecherdurchsage hallte im Hintergrund, und in der nächsten Sekunde war die Leitung tot.

Annika drückte auf Wahlwiederholung und landete bei einer unpersönlichen elektronischen Mailbox-Stimme, hinterließ jedoch keine Nachricht.

Wo hatte Karina Björnlund das Gespräch angenommen? Was hatte die blecherne Lautsprecherstimme im Hintergrund gesagt?

Sie schloss die Augen und presste die Fingerspitzen an die Schläfen.

Letzter Aufruf für SK009 nach Stockholm, Gate Nummer 5.

Hatte sie das wirklich gesagt?

Letzter Aufruf für SK009 nach Stockholm, Gate Nummer 5?

Das war die Ankündigung eines Fluges, so viel war sicher.

Aber SK? Stand das nicht für SAS?

Sie rief die Auskunft an und bat darum, mit Scandinavian Airlines System, Abteilung Unternehmenskunden, verbunden zu werden.

Anschließend musste sie dreißig Sekunden in einer Telefonschleife warten, bis sie an der Reihe war.

»SK009 ist die Nachmittagsmaschine von Kallax nach Arlanda«, sagte der Mitarbeiter von SAS.

Karina Björnlund stand also in diesem Moment auf dem nur knapp fünf Kilometer entfernten Flughafen und war entweder auf dem Weg nach Stockholm oder gerade erst angekommen und wartete an der Gepäckausgabe.

Sie dachte kurz darüber nach, die Gelegenheit zu nutzen und ihren Rückflug nach Stockholm zu buchen, beschloss jedoch, damit lieber noch zu warten. Dann fuhr sie bis zum Kreisverkehr, nahm die rechte Ausfahrt und rollte auf eiskalten Straßen zum Flughafen Kallax.

Wegen des Taxifahrerstreiks mussten alle, die kein eigenes Auto hatten, den Bus vom Flughafen nach Luleå nehmen. Annika sah die Warteschlange vor dem Terminal, Menschen, die geduckt mit der Kälte und ihren schweren Koffern kämpften. Sie wollte gerade auf dem Weg zum Mietwagenparkplatz den Flughafenbus überholen, als sie Karina Björnlund erblickte.

Die Ministerin stand am hinteren Ende der Schlange und wartete geduldig darauf, dass sie an der Reihe war.

Was macht die eigentlich hier?, dachte Annika.

Sie fuhr an die Bürgersteigkante, schaltete in den Leerlauf und zog die Handbremse, starrte die Ministerin an und holte wieder ihr Handy heraus. Sie wählte die Nummer des Ministeriums und bat, mit der Pressesprecherin der Kultusministerin verbunden zu werden.

Diese teilte ihr mit, dass Karina Björnlund freihatte.

»Ich habe eine Frage zu der Gesetzesvorlage, die morgen vorgestellt werden soll«, sagte Annika, ohne die Frau am Ende der Warteschlange aus den Augen zu lassen. »Ich muss eigentlich heute noch mit ihr sprechen.«

»Das geht leider nicht«, erwiderte die Pressesprecherin freundlich. »Karina Björnlund ist verreist und kommt erst am späten Abend wieder zurück.«

»Ist es nicht ein bisschen seltsam, dass eine Ministerin sich freinimmt, wenn am nächsten Tag eine große Gesetzesvorlage in das Parlament eingebracht wird?«, sagte Annika langsam und starrte Karina Björnlunds dunklen Pelzmantel an.

Die Pressesprecherin zögerte.

»Es ist eine Privatangelegenheit«, sagte sie dann leise. »Karina Björnlund wurde zu einer äußerst dringenden Besprechung gerufen, die sich leider nicht verschieben ließ. Ich gebe durchaus zu, dass der Zeitpunkt ausgesprochen unglücklich ist, und die Ministerin hat es entsprechend bedauert, fahren zu müssen.«

»Aber sie kommt heute Abend zurück?«

»Das hoffte sie jedenfalls.«

Welche Art von privater Besprechung konnte eine Ministerin dazu bewegen, ihre Arbeit so zu vernachlässigen? Die schwere Erkrankung eines Angehörigen, eines Gatten oder eines Kindes oder eines Elternteils?

Eine Besprechung in Luleå, etwas Unaufschiebbares, wichtiger als alles andere.

Der Rote Wolf.

Die Zusammenkunft, mit der die Rückkehr des Drachen gefeiert werden sollte. Annika brach der Schweiß aus.

»Danke«, sagte sie und beendete das Gespräch.

Sie fuhr an dem Bus vorbei, sah im Rückspiegel die Ministerin einsteigen, ließ den Bus vorfahren und folgte ihm in zweihundert Meter Entfernung.

Kurz vor der Bergnäs-Brücke beschloss sie, näher heranzufahren.

Du sitzt da drin, dachte Annika und starrte die verdreckte Heckscheibe des Fahrzeugs an. Du bist irgendwohin unterwegs, wo du nicht gesehen werden willst, aber ich bin auch hier.

Und dann sangen die Engel ganz ruhig, langsam und wehmütig, *Wintermonat, Eiskristalle …*

»Maul halten!«, schrie Annika und schlug sich mit der flachen Hand so heftig gegen die Stirn, dass sie Sternchen sah, und die Stimmen verschwanden.

Sie fuhr über die Brücke, gelangte in die eisige Stadt und passierte Häuser, Schneewälle und eisbedeckte Autos und bog an einer roten Ampel neben einer Tankstelle links ab. Der Flughafenbus hielt an einer Haltestelle gegenüber der wuchtigen Fassade des Stadthotels. Annika bremste und lehnte sich vor, um die Fahrgäste zu erkennen, die hier ausstiegen. Ihr Atem ging schneller und ließ die Windschutzscheibe beschlagen, sodass sie das Glas mit dem Ärmel freiwischen musste.

Karina Björnlund stieg als Vorletzte aus. Die Kultusministerin verließ den Bus mit vorsichtigen Schritten. Sie trug eine schwarze Ledertasche in der Hand.

Annika spürte, dass sie jeden Moment anfangen würde zu hyperventilieren. Ich muss in eine Tüte atmen, dachte sie, wusste aber, dass sie keine dabeihatte. Stattdessen hielt sie die Luft an und zählte dreimal bis zehn, bis sich ihr Puls schließlich wieder beruhigte.

Es wurde allmählich dunkel, aber die Abenddämmerung schritt in dieser Gegend ebenso langsam und gemächlich voran wie das Morgengrauen, und sie konnte Karina Björnlund aus Karlsvik deutlich an der Bushaltestelle frieren sehen, eine breite und dunkle Frauengestalt in einem Pelzmantel, aber ohne Mütze.

Der Rote Wolf, dachte Annika und versuchte ihre Gesichtszüge in den Schatten auszumachen. Sie meinte erkennen zu können, dass ihre Augen unruhig und traurig waren.

Was tust du hier?

Ihre Mutter wohnt in der Storgatan, dachte sie. Vielleicht ist sie ja dorthin unterwegs.

Doch dann wurde ihr schlagartig klar: Das hier war ja die Storgatan. Warum stand sie an einer Haltestelle? Um zu einem anderen Ziel zu fahren? Sie war nicht gekommen, um ihre Mutter zu besuchen.

Im Rückspiegel tauchten die Scheinwerfer eines Busses auf. Sie legte einen Gang ein und rollte ein paar Meter, passierte die kleine Menschenansammlung, die an der Haltestelle wartete, und sah im Spiegel, dass Karina Björnlund ihre Tasche nahm und einstieg.

Ich werde dem Bus folgen und schauen, wo sie aussteigt, dachte Annika und fuhr ein paar Meter, bis sie entdeckte, dass sie dabei war, in eine Fußgängerzone zu fahren. Menschen gingen langsam vor dem Auto her und glotzten sie auffordernd an. Sie sah auf und bemerkte jetzt auch das Schild, das allen Kraftfahrzeugen außer Linienbussen die Durchfahrt untersagte. Sie geriet in Panik, fuchtelte am Schaltknüppel herum, um den Rückwärtsgang zu finden, sah, dass der Bus immer näher heranglitt, drehte hektisch am Lenkrad und wich ihm mit kreischenden Reifen aus.

Der Bus fuhr vorbei. Jetzt würde sie die Ministerin aus den Augen verlieren und konnte nicht herauskriegen, wohin sie unterwegs war.

Buslinie 1, dachte sie. Der Bus, den Linus Gustafsson immer genommen hatte.

Nach Svartöstaden.

In östliche Richtung.

Sie fuhr zum Hafen und bog dort nach links in Richtung Eisenhüttenwerk ab.

An der Überführung über die Eisenbahngleise fuhr sie an den Straßenrand und wartete. Wenn sie sich nicht geirrt hatte, musste der Bus in Kürze an ihr vorbeikommen.

Vier Minuten später rollte der Bus Richtung Malmudden an ihr vorüber.

Lövskatan las sie, als der Bus rechts abbog, hatte hier nicht früher Margit Axelsson gewohnt? Föreningsgatan sah sie auf einem Schild, und der Bus passierte ein unübersichtliches und verlassenes Industriegebiet, das im Schatten eines riesigen rußschwarzen Hanges aus frisch gefördertem Eisenerz lag. Linker Hand standen Reihen gleichförmiger, zweistöckiger Mietshäuser aus den vierziger Jahren, direkt vor ihr erhob sich ein gigantisches verlassenes Fabrikgebäude, das mit der Eisenerzhalde verwachsen zu sein schien. Scharf gezackte Fensteröffnungen sandten Warnungen ins Dämmerlicht hinaus. Sie blieb an dem Bus dran, als die Straße nach links führte und dem Verlauf der Eisenbahnlinie folgte. Eine riesige Stahlrinne schwebte hoch über ihr, und unter ihr kauerte eine Reihe von graffitibeschmierten und verfallenden Industriehallen, umgeben von Kabeln, Stahlbalken, Reifen, Paletten. Sie sah rostige Lastwagenanhänger und einen zerbrochenen Bauwagen, einige überfüllte Container, Bleche, Rohrstücke und ein Holzboot unter einer Persenning. Weit und breit war kein Mensch zu sehen.

Dann blinkte der Bus und hielt an einem Haltestellenschild, Annika bremste zwanzig Meter dahinter und kam im Schutz eines Autowracks zum Stehen. Karina Björnlund stieg mit ihrer Ledertasche aus, und Annika machte sich auf dem Fahrersitz klein und starrte hinter ihr her.

Buslinie 1 blinkte und fuhr wieder auf die Straße. Die Kultusministerin blieb stehen und sah zur Eisenbahnlinie hinüber, ihr Atem hing wie eine Wolke um sie herum, und sie schien zu zögern.

Annika schaltete den Motor aus und zog den Schlüssel aus dem Zündschloss. Sie wartete im warmen Inneren des Wagens, ohne die Frau aus den Augen zu lassen.

Dann wandte sich Karina Björnlund hastig um, ging auf die Kuppe des Hügels zu und entfernte sich von dem Industriegebiet.

Annika erstarrte, fingerte an den Schlüsseln herum, biss sich in die Wange.

Sollte sie aussteigen und der Ministerin folgen?

Zu ihr fahren und ihr anbieten, sie mitzunehmen?

Oder abwarten, ob sie zurückkam?

Sie rieb sich die Augen.

Ganz gleich, wohin Karina Björnlund wollte, auf Gesellschaft war sie mit Sicherheit nicht erpicht.

Annika öffnete die Autotür, holte Mütze und Skihandschuhe aus der Tasche, schlug die Tür zu und schloss den Wagen ab. Die Kälte schlug ihr erbarmungslos entgegen. Wie war es nur möglich, in einem solchen Klima zu leben? Sie blinzelte, die Luft war extrem trocken, sodass ihre Augen brannten.

Der Tag war jetzt dunkelgrau, fast erloschen. Der Himmel war fern, klar und vollkommen farblos, über den Erzhalden funkelten Sterne. Zwei Straßenlaternen verbreiteten mattes und hoffnungsloses Licht in einem eng abgezirkelten Kreis zu ihren Füßen. Karina Björnlund war jenseits der Hügelkuppe verschwunden, kein anderes Lebewesen war zu sehen. Das Donnern des Stahlwerks erreichte sie hier nur als ein dumpfes Grollen.

Zögernd ging sie den Hügel hinauf, beäugte wachsam Sträucher und Schatten. Kurz hinter der Hügelkuppe knickte die Straße abrupt nach links ab und führte in das Wohngebiet zurück, doch geradeaus gab es einen schmalen Weg, den man nur notdürftig von Schnee und Eis befreit hatte. Ein Verkehrsschild untersagte die Durchfahrt.

Annika kniff die Augen zusammen und sah sich um, konnte die Ministerin jedoch nirgendwo entdecken. Sie machte ein paar Schritte auf den privaten Weg und lief dann, so schnell sie sich traute, auf Eis und Schotter, die einen Untergrund bedeckten, der aus Erde und geflicktem Asphalt zu bestehen schien. Sie ließ Hochspannungsleitungen hinter sich, die zu den Eisenbahnschienen führten, lief an einem Backsteingebäude mit der Aufschrift SKANSKA und einem verlassenen Parkplatz vorbei. Dann führte der Weg aus dem Brachland heraus und verlief parallel zu den Schienen der Eisenerzbahn. Weit voraus erhoben sich das Eisenhüttenwerk, die Kokserei und die Hochöfen rußschwarz in den Winterhimmel, rechter Hand breitete sich das verästelte Schienennetz der Eisenerzbahn aus. Millionen Tonnen von Schienen, die zu einem großen Teppich aus Stahl verflochten waren. Links gab es nur Unterholz und Schnee. Hinter den Erzhalden war der Vollmond aufgegangen, und sein blaues Licht vermischte sich mit der goldgelben Beleuchtung über dem Schienennetz.

Minutenlang lief sie so weiter, bis sie keuchend am Rand des Weges stehen bleiben musste. Sie hustete trocken und leise und hielt nach Karina Björnlund Ausschau. Der Weg schien nur selten benutzt zu werden, sie erkannte nur wenige Fuß- und Hundespuren und die Abdrücke von Fahrradreifen. Die Ministerin war nicht zu sehen.

Sonnenscheinliebling, sangen plötzlich die Engel, *Winterkälte ewige Sehnsucht …*

Sie schlug sich gegen den Hinterkopf, sodass die Stimmen abrupt verstummten, schloss die Augen und atmete durch, lauschte und hörte plötzlich menschliche Stimmen, die aus dem Wald kamen, der ein Stück vor ihr begann.

Sie konnte nichts verstehen, hörte nur einen Mann und eine Frau, die sich ziemlich leise unterhielten.

Annika gelangte unter eine Überführung, entweder eine Straße oder eine Eisenbahnlinie, sie konnte nicht erkennen, worum es sich handelte, und wusste auch nicht mehr wo sie war. Die Stimmen waren jetzt näher, und im Licht des Mondes und der Schienenbeleuchtung sah sie plötzlich Fußspuren, die auf eine Lichtung inmitten der Bäume führten.

Sie blieb stehen, lugte an den kleinen Bäumen vorbei, erahnte Schatten.

»Ich bin doch jetzt hier«, sagte Karina Björnlund. »Tu mir nichts.«

Eine heisere Männerstimme mit finnischem Akzent antwortete ihr.

»Karina, du brauchst keine Angst zu haben. Ich habe dir niemals wehtun wollen.«

»Glaub mir, Göran, es gibt niemanden, der mir, so wehgetan hat wie du. Sag mir, was du willst, und … lass mich gehen.«

Annika stöhnte auf, der Magen drehte sich ihr um, ihr Mund war völlig ausgedörrt. Vorsichtig machte sie einen Schritt in den Schnee, dann wieder einen und noch einen.

Im Mondschein sah sie, dass der Wald sich zu einer Lichtung öffnete, in deren Mitte ein kleines Backsteingebäude mit einem Blechdach und verriegelten Fenstern lag.

Auf der Lichtung stand die Kultusministerin in ihrem dicken Pelz mit dem Rücken zu Annika, und hinter ihr am Haus stand ein kleiner grauer Mann in einem langen Mantel und mit einer Ledermütze auf dem Kopf, neben dem ein dunkler Sack lag.

Göran Nilsson, der Herrscher der göttlichen Mächte, der Gelbe Drache.

Annika starrte ihn an.

Der Terrorist, der Massenmörder, das personifizierte Böse, so sah es also aus, gebeugt und matt und leicht zitternd.

Sie musste die Polizei rufen.

Doch dann fiel ihr ein, dass das Handy in ihrer Tasche auf dem Beifahrersitz lag.

»Wie kannst du nur glauben, dass ich dir jemals wehtun wollte?«, sagte der Mann. »Du bist der Mensch, der mir in diesem Leben am meisten bedeutet hat.«

Die Frau stampfte nervös mit den Füßen.

»Ich habe deine Mitteilungen bekommen«, sagte sie, und Annika begriff augenblicklich, warum sie so verängstigt klang.

Sie hatte die gleichen Warnungen erhalten wie Margit.

Der Mann, der Gelbe Drache, senkte den Kopf für ein paar Sekunden.

Dann blickte er wieder auf, und Annika konnte seine Augen sehen. In dem eigenartigen Licht glommen sie rot und leer.

»Ich bin aus einem einzigen Grund hergekommen, und ihr sollt mir alle zuhören«, sagte er, und seine Stimme war so kalt wie der Wind. »Du bist weit gereist, aber ich bin weiter gereist.«

»Tu mir nichts.«

Der Mann ging zu ihr, und Annika sah, dass er etwas Schwarzes und Glänzendes aus seiner Manteltasche zog: eine Waffe. Einen Revolver.

»Ich werde dich nie mehr belästigen«, sagte er leise. »Dies ist das letzte Mal. Aber du musst am Treffpunkt warten. Ich habe erst noch etwas zu erledigen.«

Der Wind frischte auf und zerrte an den Ästen der Nadelbäume.

»Bitte lass mich gehen«, wimmerte die Frau.

»Da rein, sofort«, erwiderte er hart.

Karina Björnlund hob ihre Tasche von der Erde auf und ging in das kleine Backsteinhaus, während der Revolver auf ihren Rücken gerichtet war. Göran Nilsson blieb stehen, sah sie durch die Tür im Hausinneren verschwinden, steckte die Waffe wieder in die Tasche, drehte sich um und stolperte zu dem Sack, der an die Hauswand gelehnt war.

Annika holte tief Luft, sie hatte mehr als genug gehört. Mit leichten und vorsichtigen Schritten bewegte sie sich auf dem Trampelpfad zurück, gelangte wieder auf den Weg und warf einen letzten Blick in den Wald, um der Polizei den Ort genau beschreiben zu können.

Da bewegte sich etwas, jemand kam auf sie zu. Sie sah sich in Panik um.

Etwa zehn Meter hinter ihr stand ein Blechkasten, aus dessen Unterseite jede Menge dicker Kabel herabhingen. Hinter dem Schrank war ein Dickicht aus jungen Fichten. Annika rannte dorthin, berührte kaum den knirschenden Untergrund, versteckte sich zwischen den stechenden Nadeln, schob mit den Händen zwei Zweige auseinander und lugte durch die entstandene Öffnung.

In der bleichen Beleuchtung der Eisenbahnschienen näherte sich der graue Mann und schleppte den Sack hinter sich her, der sehr schwer zu sein schien.

Sekundenlang stand er regungslos auf dem glatten Weg, legte einen Arm auf seinen Bauch und krümmte sich. Der Atem kam in keuchenden Schüben aus seinem Mund. Annika streckte den Hals, um besser sehen zu können. Eine Zeit lang hatte es den Anschein, als würde der Mann jeden Moment vornüberfallen. Dann atmete er allmählich wieder ruhiger, richtete sich auf und ging unsicher ein paar Schritte weiter. Im nächsten Moment sah er direkt in Annikas Richtung.

Erschrocken ließ sie die Zweige fahren, die sie zur Seite geschoben hatte, drehte sich um und legte die Hand vor ihren Mund, um die Atemgeräusche und den weißen Atem zu verbergen. So blieb sie regungslos in der Dunkelheit stehen, während der Mann langsam auf sie zukam. Sein Schnauben und die knarrenden Schritte wurden immer lauter, kamen immer näher, bis sie glaubte, schreien zu müssen. Sie schloss die Augen und hörte, wie er etwa einen Meter von ihrem Rücken entfernt auf der anderen Seite der Wand aus jungen Fichten stehen blieb.

Dann ein Scharren. Sie schlug die Augen auf.

Metall kratzte auf Metall. Annika hielt die Luft an und horchte.

Der Mann öffnete offenbar die Türen des großen Blechkastens mit den vielen Kabeln. Sie hörte sein Keuchen, spürte, dass sie selbst endlich wieder Atem holen musste, und schnappte schnell und möglichst lautlos nach Luft. In der nächsten Sekunde hätte sie sich beinahe übergeben.

Der Mann stank. Verwesungsgeruch drang durch die Zweige, sodass sie schnellstens wieder die Hand über ihr Gesicht legte.

Er stöhnte und mühte sich auf der anderen Seite der Fichten mit etwas ab, das Scharren ging weiter, verstummte dann jedoch. Sie hörte ein Quietschen, gefolgt von einem Klicken.

Zehn Sekunden erleichterte Atemzüge, dann entfernten sich die Schritte wieder.

Annika drehte sich um und schob die Zweige zur Seite. Der Mann bewegte sich wieder in den Wald hinein. Der Seesack war verschwunden.

Er hat ihn in den Kasten gestellt, dachte sie.

Das Unterholz verschluckte ihn, radierte seine Gegenwart in dem schwachen Licht aus. Annika richtete sich auf und huschte über den Weg, am Waldsaum zögerte sie. Dann machte sie schnell kehrt, bewegte sich so leise wie möglich den schmalen Weg hinauf, lief, so schnell sie konnte, unter der Überführung zum Skanska-Haus, ließ den leeren Parkplatz hinter sich und bemerkte auf einmal, dass ihr jemand entgegenkam.

Abrupt blieb sie stehen, schaute sich um, sprang in den Wald und versank bis zum Kinn im Schnee.

Ein Mann näherte sich. Er trug keine Kopfbedeckung und war nur mit einer Jeans und einer dünnen Jacke bekleidet. Seinem holprigen Gang und seinen unsteten Bewegungen waren viele Jahre übermäßigen Alkoholkonsums anzusehen, ganz offensichtlich war es ein Penner.

Wenige Sekunden später war er hinter dem Skanska-Haus verschwunden, und sie konnte wieder auf den Weg treten und lief weiter, ohne sich den Schnee abzuklopfen.

Zunächst konnte sie ihren Mietwagen nicht finden und geriet für einen Moment in Panik, bis sie ihn dann doch hinter dem Autowrack entdeckte. Sie öffnete die Tür, ließ sich auf den Fahrersitz fallen, zog die Handschuhe aus und griff nach dem Handy. Ihre Hände zitterten so sehr, dass sie Mühe hatte, Kommissar Suups Durchwahl einzutippen.

»Karlsson, Polizeipräsidium.«

Sie war in der Telefonzentrale gelandet.

»Suup«, sagte sie, »ich möchte Kommissar Suup sprechen.«

»Er ist nicht mehr im Haus«, meinte Karlsson.

Ihr Gehirn lief auf Hochtouren. Sie schloss die Augen und strich sich mit einer schweißnassen Handfläche über die Stirn.

»Ist Forsberg noch da?«, fragte sie.

»Welcher Forsberg? Wir haben drei.«

»Der von der Kriminalpolizei?«

»Warten Sie, ich verbinde.«

Sie wurde weggedrückt und wartete. Drei Minuten später gab sie auf und rief noch einmal an.

»Ich möchte gern mit jemandem sprechen, der die Morde an Benny Ekland und Linus Gustafsson bearbeitet«, sagte sie in Panik, als sie erneut Karlsson am Apparat hatte.

»Worum geht es?«, sagte der offensichtlich noch recht junge Beamte desinteressiert.

Sie zwang sich, ruhig zu atmen.

»Mein Name ist Annika Bengtzon, ich bin Reporterin beim *Abendblatt*, und ich ...«

»Suup kümmert sich um die Presse«, unterbrach Karlsson sie. »Rufen Sie ihn morgen an.«

»Jetzt hören Sie mir mal zu!«, schrie sie. »Ragnwald ist hier, Göran Nilsson, der Gelbe Drache, ich weiß, wo er ist, er ist in einem kleinen Backsteinhaus neben der Bahnlinie, zusammen mit Karina Björnlund, Sie müssen kommen und ihn verhaften, und zwar sofort!«

»Björnlund?«, sagte Karlsson. »Die Kultusministerin?«

»Ja!«, schrie Annika. »Sie ist bei Göran Nilsson aus Sattajärvi, und die beiden befinden sich in einem Haus unterhalb des Eisenhüttenwerks, ich kann Ihnen nicht genau erklären, wo es ist, aber es steht in der Nähe einer Überführung …«

»Sagen Sie mal, geht es Ihnen gut?«, fragte Karlsson.

Sie hielt inne und erkannte, dass sie wie ein Idiot klingen musste, räusperte sich und zwang sich, ruhig und vernünftig zu sprechen.

»Ich weiß, dass sich das alles ein bisschen verrückt anhört«, sagte sie. »Ich rufe aus einem Stadtteil an, der Lövskatan heißt, er liegt nicht weit vom Eisenhüttenwerk entfernt, die Eisenerzbahnlinie verläuft gleich nebenan …«

»Wir sind uns durchaus bewusst, wo Lövskatan liegt«, meinte der Polizeibeamte, und sie hörte, dass er allmählich die Geduld verlor.

»Ein Mann, der seit vielen Jahren von der Polizei gesucht wird, ist nach Luleå zurückgekehrt«, sagte Annika und klang bei diesen Worten fast normal. »Er heißt Göran Nilsson, und seit er nach Schweden zurückgekehrt ist, hat er mindestens vier Morde begangen, die Mao-Morde, Sie wissen schon, und im Moment hält er sich vor diesem Haus auf, oder jedenfalls war er dort noch vor kurzem, einem Backsteinhaus mit einem Blechdach im Wald kurz hinter einer Überführung …«

Polizeiassistent Karlsson seufzte vernehmlich.

»Die Dienst habende Beamtin ist gerade bei der Übergabe«, meinte er, »aber ich werde sie informieren, sobald sie zurückkommt.«

»Nein!«, schrie Annika. »Sie müssen jetzt kommen! Ich weiß nicht, wie lange er noch da sein wird.«

»Jetzt beruhigen Sie sich mal«, erwiderte der Polizist bestimmt. »Ich sage Ihnen doch, dass ich mit der Dienst habenden Beamtin sprechen werde.«

»Na schön. Ich warte hier an der Bushaltestelle, bis Sie kommen, dann kann ich Ihnen von hier aus den Weg zu dem Haus zeigen. Ich stehe hier mit meinem Auto, es ist ein silberfarbener Volvo.«

»In Ordnung«, sagte der Polizist. »Warten Sie dort bitte auf uns.«

Dann legte er auf.

Annika betrachtete das Display ihres Telefons, ein leuchtend grünes Rechteck in der Dunkelheit.

Sie wählte Janssons Durchwahl am Newsdesk.

»Ich bleibe heute Abend vielleicht in Luleå und wollte nur hören, ob es okay ist, wenn ich in dem Fall im Hotel einchecke«, sagte sie, als er an den Apparat ging.

»Warum willst du denn noch bleiben?«, fragte Jansson.

»Hier könnte sich noch was ergeben«, antwortete sie.

»Kein Terrorismus«, beschwor Jansson sie. »Man hat mir heute Morgen die Hölle heiß gemacht, weil ich dir erlaubt habe, nach Nordschweden zu reisen.«

»Okay«, sagte Annika.

»Hast du mich verstanden?«, hakte Jansson nach. »Keine verdammte Zeile über irgendeinen Terroristen, kapiert?«

Sie wartete eine Sekunde, ehe sie antwortete.

»Klar, geht in Ordnung. Ich verspreche es«, erwiderte sie.

»Übernachte im Hotel«, sagte der Chef vom Dienst, nun näher am Hörer und mit wesentlich leiserer und freundlicherer Stimme. »Ruf den Zimmerservice an, guck einen Porno, ich unterschreibe jede Spesenrechnung. Ich weiß doch, wie das ist, manchmal muss man einfach raus.«

»Okay«, erwiderte sie knapp, beendete das Gespräch, wählte die Nummer der Auskunft und bat, mit dem Stadthotel von Luleå verbunden zu werden, und buchte ein Business-Zimmer in der obersten Etage.

Danach saß sie im Auto und starrte durch die Windschutzscheibe hinaus. Ihr Atem legte sich auf die Scheiben, die nach kurzer Zeit von einer dünnen Eisschicht überzogen waren.

Mehr konnte sie nicht tun, außer auf die Polizei zu warten.

Bald ist es vorbei, dachte sie, und ihr Puls beruhigte sich allmählich.

Sie sah Thord Axelssons graues Gesicht vor sich, Gunnel Sandströms verquollene Augen und ihre weinrote Strickjacke, Linus Gustafssons gelgestylte Haare und seinen wachsamen Blick, und es packte sie die nackte Wut.

Bald sitzt du, du Schwein.

Sie fror, überlegte, ob sie den Motor anlassen sollte, damit die Klimaanlage den Wagen beheizte. Doch stattdessen öffnete sie die Tür und stieg aus, sie war viel zu rastlos, um stillsitzen zu können. Sie sah nach, ob ihr Handy in der Jackentasche lag, schloss den Wagen ab und ging bis zum Scheitelpunkt des Hügels hinauf.

Mittlerweile hatte die arktische Nacht die Landschaft fest im Griff, ebenso hart und unerbittlich wie der Stahl, der in den Hochöfen am Meer produziert wurde.

Das ist ein schöner Anblick, dachte sie und ließ den Blick über die Schienenstränge schweifen, bis er schließlich bei den Sternen verharrte.

Dann hörte sie hinter sich Motorengeräusche, drehte sich um und hoffte, dass es die Polizei sei, aber es war nur die Linie 1.

Der Bus fuhr auf sie zu und bremste, und Annika erkannte, dass sie unmittelbar neben dem Haltestellenschild stand. Deshalb trat sie ein paar Schritte zur Seite, um deutlich zu machen, dass sie nicht mitfahren wollte. Dennoch blieb der Bus einige Meter vor ihr stehen. Die hinteren Türen öffneten sich, und ein kräftig gebauter Mann trat auf die Straße und bewegte sich träge und plump vorwärts.

Sie sah ihn an und trat einen Schritt näher.

»Hans!«, rief sie. »Hallo, ich bin's, Annika Bengtzon.«

Hans Blomberg, der Archivar der *Norrlands-Tidningen*, sah auf und begegnete ihrem Blick.

»Was tun Sie denn hier?«, fragte Annika.

»Ich wohne hier«, antwortete der Mann und lächelte freundlich. »Im Torsvägen.«

Er zeigte über die Schulter auf die Vierziger-Jahre-Bauten des Wohnviertels.

»Tatsächlich?«, sagte Annika, und der Bus fuhr weiter. Sie trat einen Schritt näher und sah ihm in die Augen, und im gleichen Moment ging ihr ein Licht auf. Plötzlich erinnerte sie sich wieder daran, wo sie die Zeichnung eines gelben Drachens schon einmal gesehen hatte. Sie hatte geglaubt, eine Kinderzeichnung vor Augen zu haben, die einen gelben Dinosaurier zeigte, und zwar an Hans Blombergs Pinnwand im Archiv der *Norrlands-Tidningen*. Unwillkürlich wich sie zwei Schritte zurück.

»Die Frage ist doch wohl eher, was Sie hier tun«, sagte Hans Blomberg.

Der Bus verschwand jenseits der Hügelkuppe, und der Mann stellte sich, die Hände in den Taschen vergraben, ganz dicht vor sie. Im Mondlicht waren seine Augen fast durchsichtig.

Sie lachte nervös.

»Ach, ich bin nur wegen eines Jobs unterwegs und habe mich verfahren. Können Sie mir vielleicht sagen, wo ich die Föreningsgatan finde?«

»Sie stehen auf ihr«, meinte der Archivar amüsiert. »Habt ihr Stockholmer denn gar keinen Orientierungssinn?«

»Der war gerade ausgegangen, als ich gemacht wurde«, sagte sie und konnte kaum noch sprechen.

»Wen wollten Sie denn treffen?«

Sie zuckte mit den Schultern.

»Ist egal, ich habe die Deadline sowieso schon verpasst«, meinte sie.

»Dann müssen Sie aber unbedingt hereinkommen und sich aufwärmen«, sagte er. »Darf ich Sie zu einer Tasse Tee einladen?«

Sie suchte fieberhaft nach einer Ausflucht, aber der Mann scherte sich nicht um ihr Zögern, sondern hakte sich mit einem festen Blick bei ihr ein und ging los.

»Ich wohne in einer kleinen Zweizimmerwohnung im Souterrain«, sagte er. »Sie ist nicht besonders schön, aber was soll man machen, wenn die Konsumgesellschaft keinen Platz mehr für einen hat?«

Sie versuchte vorsichtig, sich aus seinem Griff zu befreien, musste jedoch feststellen, dass ihr Arm wie in einem Schraubstock festsaß.

»Es kommt nicht oft vor, dass jemand wie ich so vornehmen Besuch hat«, fuhr er fort. »Hübsche Damen aus der fernen Hauptstadt.«

Er lächelte sie gutmütig an, aber sie versuchte erst gar nicht, sein Lächeln zu erwidern.

»Welcher von den dreien sind Sie?«, sagte Annika. »Der Panther, der Tiger oder der Löwe?«

Er sah geradeaus und tat, als hätte er ihre Frage nicht gehört, aber sein Griff wurde noch etwas fester. Die letzten Häuser verschwanden allmählich hinter ihnen, sie näherten sich dem Verkehrsschild. Annika schielte nach links, an den Strommasten vorbei zum Wald.

»Und Sie wohnen hier draußen im Wald?«

Er antwortete nicht, und im nächsten Moment war sie wieder in dem Tunnel, die Erde geriet ins Taumeln, und sie hörte jemanden stoßweise und keuchend atmen und erkannte, das war sie selbst.

»Nein«, sagte sie. »Ich will nicht. Bitte.«

Ihre Beine gaben nach, aber Hans Blomberg fing sie lächelnd auf.

»Sie sind doch Reporterin«, sagte er, »eine richtig neugierige kleine Reporterin. Da wollen Sie doch sicher auch eine gute Story haben, oder nicht?«

Und sie sah die Rohre an der Tunneldecke über sich und begann zu weinen.

»Lassen Sie mich los!«

Sie stemmte die Füße gegen das Eis, widersetzte sich und bekam einen kräftigen Schlag an den Kopf, sodass sie Sterne sah. Die Bilder aus der Vergangenheit holten sie ein: Sven war wieder da und schrie sie an, und sie duckte sich, sank auf die Erde und hielt die Hände schützend über den Kopf.

»Schlagen Sie mich nicht.«

Die Welt kam zum Stillstand, die Erde taumelte nicht mehr, und sie hörte sich wieder keuchen, blickte dann vorsichtig auf und sah Hans Blomberg betrübt den Kopf schütteln.

»Sie stellen sich vielleicht an«, sagte er. »Stehen Sie auf. Der Führer wartet.«

Und so stolperte sie im Mondschein weiter, während die Eisenbahnscheinwerfer rechts von ihr in der Ferne schaukelten. Die Engel blieben stumm. Wo sonst ihre ängstlichen Stimmen gesungen hatten, gab es jetzt nur eine dunkle Leere.

Sie gingen an dem Skanska-Haus vorbei, in dem nirgendwo Licht brannte.

»Wir gehen zu dem Haus, nicht wahr? Dem Haus gleich hinter der Überführung?«

»Aha, dann haben Sie das Hauptquartier also schon gefunden«, erwiderte der Archivar in seinem gutmütigen Tonfall. »Ist da also jemand ein bisschen durchs Gebüsch geschlichen? Wie begabt von Ihnen. Dann kann ich Ihnen ja auch ein wenig darüber erzählen, was Sie dort erwartet. Der Drache hat uns wieder zusammengerufen. Ich denke nicht, dass alle kommen werden, es gab in letzter Zeit ein paar Verluste, aber Karina ist bestimmt da, und Yngve garantiert auch. Der verpasst nie eine gute Party.«

Der Archivar lachte laut, während Annika gegen ihre Übelkeit ankämpfte.

»Der arme Yngve«, fuhr der Mann fort. »Göran wollte, dass ich mich um ihn kümmere, aber was soll man machen? Um einem Alkoholiker zu helfen, muss man den ganzen Unterdrückungsapparat verändern, und dazu sah ich mich nicht in der Lage. Leider muss ich gestehen, dass Yngve heute jeden Kontakt zur Wirklichkeit verloren hat, es ist wahrlich bedauerlich. Ich bin meinem Auftrag nicht gewachsen gewesen …«

Im nächsten Moment hörte sie hinter sich ein dumpfes und säuselndes Geräusch, schielte über ihre Schulter nach hinten und starrte in die Scheinwerfer einer gigantischen Diesellok, die sich auf den Schienen näherte.

»Geradeaus«, sagte Hans Blomberg.

Annika gehorchte und sah verstohlen zu der großen Lokomotive hinüber, die langsam mit einer nicht enden wollenden Reihe voll beladener Eisenerzwaggons im Schlepptau an ihr vorbeiratterte.

Ihr Herz pochte, und sie versuchte sich selbst aus der Perspektive des Lokomotivführers zu sehen. Schwarz gekleidet vor einem dunklen Hintergrund aus dichtem Wald, der allein vom bleichen Mondlicht erhellt wurde.

Sie zwang sich, Ruhe zu bewahren, und versuchte zu sehen, wie lang der Zug war, aber sie konnte das Zugende nicht erkennen, ohne sich umzuschauen.

Sie gelangten zu der Überführung, während der Zug weiterrollte und ein Waggon nach dem anderen schwarze Schatten auf den Rangierbahnhof warf.

Dann verschwand auch der letzte Waggon, das Ende eines Schwanzes, auf dem Weg in die glühend heißen Eingeweide des Hochofens.

Annika musste schlucken, ihre Hände zitterten.

Nun erreichten sie den Transformatorkasten, in dem Göran Nilsson seinen Seesack verstaut hatte. Annika warf einen Blick auf ihn, er war verriegelt.

»Runter und dann nach links«, sagte Hans Blomberg und stieß sie in die Richtung der Öffnung im Gehölz.

Sie rutschte aus und wäre beinahe die Böschung hinuntergefallen, bekam die Zweige eines Strauchs zu fassen und schaffte es gerade noch, auf den Beinen zu bleiben.

»Nur die Ruhe«, sagte sie lahm und ging zu dem Backsteingebäude.

Die Fenster waren mit Eisenluken verriegelt, und eine halb eingestürzte Holztreppe führte zur Eingangstür, die einen Spaltbreit offen stand. Annika blieb stehen, bekam einen Stoß in den Rücken.

»Los, rein mit Ihnen, das ist doch nur ein altes Kompressorenhaus.«

Die Tür war mit zwei festgeschweißten Eisenhaken versehen, die mit einem rostigen alten Vorhängeschloss verbunden werden konnten. Annika griff danach und zog sie auf.

Ihr schlug der gleiche Ekel erregende Geruch entgegen, den sie bereits hinter den Fichten wahrgenommen hatte.

Ragnwald war in diesem Haus.

Sie betrat eine kompakte Dunkelheit, blinzelte und hörte Menschen atmen. Es war eiskalt in dem Gebäude, paradoxerweise kam es ihr hier sogar noch kälter vor als im Freien.

»Wer sind Sie?«, fragte Karina Björnlund aus der linken hinteren Ecke.

»Wir haben vornehmen Besuch«, meinte Hans Blomberg, stieß Annika ins Haus, trat ein und schloss die Tür hinter sich.

Die Kultusministerin machte ein Feuerzeug an, sodass ein schwacher Lichtschein den Verschlag erhellte. Die Schatten über ihrer Nase und ihren Augen ließen sie wie ein Monster aussehen. Neben ihr stand der Penner Yngve, Göran Nilsson lehnte rechts von den beiden an der Wand. Neben ihm hing ein verstaubtes Plakat des Vorsitzenden Mao.

Beim Anblick des Massenmörders geriet Annika erneut in Panik, spürte das charakteristische Kribbeln in den Fingern und den Schwindel.

Ganz ruhig, dachte sie. Du darfst jetzt nicht hyperventilieren. Halt die Luft an.

Karina Björnlund bückte sich und zündete eine kleine Kerze zu ihren Füßen an, ließ das Feuerzeug fallen und richtete sich mit der Kerze in der Hand wieder auf.

»Was soll das?«, sagte sie und sah Hans Blomberg an. »Warum hast du sie mitgebracht?«

Sie stellte die Kerze auf eine Maschine, die ein alter Kompressor sein mochte. Bei jedem Atemzug waren alle Anwesenden von Rauchwolken umgeben.

Ich bin nicht allein, dachte Annika. Es ist nicht wie im Tunnel.

»Darf ich vorstellen«, sagte Hans Blomberg, »Fräulein Annika Bengtzon, herumschnüffelnder Schmierfink vom *Abendblatt*.«

Karina Björnlund zuckte zusammen, als hätte sie einen elektrischen Schlag bekommen, und wich einen Schritt zurück.

»Hast du sie noch alle?«, fragte sie laut. »Du bringst eine Journalistin hierher? Begreifst du denn nicht, in welche Schwierigkeiten du mich damit bringst?«

Göran Nilsson sah die anderen an, seine Augen waren trüb und müde.

»Außenstehende haben hier nichts zu suchen«, sagte er mit erstaunlich schneidender Stimme. »Panther, was hast du dir dabei gedacht?«

Hans Blomberg, der Schwarze Panther, zog die Tür hinter sich zu und lächelte.

»Fräulein Bengtzon wusste ohnehin schon von uns«, sagte er. »Sie stand hier draußen, ich konnte sie ja schlecht abhauen und uns verpfeifen lassen.«

Karina Björnlund ging auf Blomberg zu.

»Jetzt hast du alles kaputtgemacht«, sagte sie gellend. »Alles, wofür ich all die Jahre gekämpft habe. Dafür soll euch der Teufel holen!«

Sie nahm ihre Tasche und wandte sich zur Tür. Das Licht der Kerze fiel jetzt auf Göran Nilsson. Annika konnte keine Waffe sehen. Das Gesicht des Mannes war eingefallen und abgezehrt, er sah krank und schwach aus.

Aber Karina Björnlund hatte Angst vor ihm und blieb unsicher stehen.

»Warte«, sagte er zu der Ministerin und wandte sich anschließend an Blomberg. »Übernimmst du die Verantwortung für sie? Garantierst du die Sicherheit der Gruppe?«

Annika starrte den Massenmörder an, sah seine hinfällige Erscheinung und hörte seine bedächtigen Formulierungen, so als müsste er erst nach den Worten suchen, ehe er sie fand.

»Kein Problem«, meinte der Archivar enthusiastisch. »Ich kümmere mich später um sie.«

Annikas Füße fühlten sich an wie Blei, ihr Körper wurde schwer und starr. Innerlich hörte sie ein jammerndes Flehen, aber es drang nicht aus ihrer Kehle.

Der Gelbe Drache sah Annika unverwandt an.

»Stell dich da in die Ecke«, sagte er und zeigte mit einer Geste, wohin sie gehen sollte.

»Eine Reporterin können wir hier nicht gebrauchen, das müsst ihr doch verstehen«, sagte Karina Björnlund aufgebracht. »Damit bin ich nicht einverstanden.«

Der Drache hob eine Hand.

»Jetzt ist es genug«, sagte er. »Unser Oberbefehlshaber trägt die Verantwortung.«

Er steckte die Hände in die Taschen.

Die Waffe, dachte Annika.

»Es ist heute sehr kalt«, sagte er. »Darum werde ich mich kurz fassen.«

Yngve, der Alkoholiker, trat einen Schritt vor.

»Na toll«, meinte er. »Aber hat hier denn keiner was zu trinken?«

Hans Blomberg öffnete den obersten Knopf seiner Jacke und holte aus der Innentasche des Mantels eine Flasche Wodka heraus. Yngve riss die Augen auf, seine Lippen öffneten sich entzückt, und er nahm die Flasche vorsichtig entgegen, als wäre sie ein Kind.

»Ich dachte, wir könnten ein wenig feiern«, meinte Hans Blomberg und nickte aufmunternd.

Mit Tränen in den Augen drehte Yngve den Verschluss ab. Annika sah zu Boden und wackelte mit den Zehen, damit sie nicht vor Kälte starr wurden.

Was würden sie mit ihr machen?

Es ist nicht wie im Tunnel, es ist nicht wie im Tunnel.

Karina Björnlund ließ ihre Tasche wieder zu Boden fallen.

»Ich begreife nicht, warum wir hier sind«, sagte sie.

»Deine Macht hat dich ungeduldig werden lassen«, meinte Göran Nilsson. Er sah die Ministerin mit seinen Drachenaugen an und wartete, bis er die ungeteilte Aufmerksamkeit aller Anwesenden hatte. Dann hob er den Kopf und schaute zur Decke.

»Es ist mir durchaus bewusst, dass meine Einladung einige von euch überrascht hat«, sagte er. »Es ist lange her, dass ich euch auf diese Weise versammelt habe, und meine Aufforderung hat bei euch widersprüchliche Gefühle ausgelöst. Aber ihr braucht keine Angst zu haben.«

Er sah die Kultusministerin an.

»Ich bin nicht gekommen, um euch zu schaden«, sagte er. »Ich bin hier, um euch zu danken. Ihr wart die einzige Familie, die ich je hatte, und das sage ich ohne jede Sentimentalität.«

»Und warum hast du dann Margit umgebracht?«, fragte Karina Björnlund mit angsterfüllter Stimme.

Göran Nilsson schüttelte den Kopf, seinen gelben Drachenkopf, seinen gottgleichen, übel riechenden Herrscherkopf.

»Du hörst mir nicht zu«, sagte er. »Du redest einfach immer weiter. Früher warst du anders. Die Macht hat dich wirklich verändert.«

Hans Blomberg trat einen Schritt vor, schien die Nebensächlichkeiten leid zu sein.

»Sag mir, was ich tun soll«, sagte er zu seinem Führer. »Ich bin bereit für den bewaffneten Kampf.«

Göran Nilsson wandte sich ihm zu, und in seinem Blick lag Wehmut.

»Panther«, sagte er, »es wird keinen bewaffneten Kampf geben. Ich bin heimgekehrt, um zu sterben.«

Der Archivar riss die Augen auf und machte ein dümmliches Gesicht.

»Aber du bist doch zurück«, sagte er. »Du bist doch wieder hier, du, unser Führer, auf den wir all die Jahre gewartet haben. Die Revolution steht kurz bevor.«

»Die Revolution ist tot«, erwiderte der Drache unerbittlich. »Die kapitalistische Gesellschaft, die die Menschen wie Vieh benutzt, hat gesiegt, und damit auch die verlogenen Ideologien: Demokratie, Meinungsfreiheit, Gleichheit vor dem Gesetz, die Rechte der Frauen.«

Hans Blomberg lauschte andächtig, Karina Björnlund schien mit jedem Wort kleiner zu werden, und der Säufer war voll und ganz mit seiner neu errungenen Flasche Seligkeit beschäftigt.

»Die Arbeiterklasse ist zu einer gehirngewaschenen Herde geistesschwacher Konsumenten reduziert worden«, sagte Göran Nilsson. »Es gibt nicht einmal mehr den Willen in ihr, sich zu rehabilitieren. Falsche Autoritäten treiben das Volk in den Fleischwolf, ohne dass jemand protestiert.«

Sein Blick richtete sich auf Karina Björnlund.

»Die Obrigkeit verbraucht die Menschen, heute so gut wie früher«, sagte er, und seine Stimme war klar und fest. »Die Herrschenden wringen uns aus wie Spüllappen und werfen uns anschließend weg. Es ist wie zu allen Zeiten, aber heute sind es demokratisch gewählte Regierungen, die zulassen, dass die Blut saugenden Käufer der Arbeitskraft uns bis aufs letzte Hemd ausbeuten. Ich habe akzeptiert, dass es so ist, und ich habe auf meine eigene Art dagegen gekämpft. Aber Revolution?«

Er schüttelte den Kopf.

»Es wird nie eine Revolution geben. Die Menschen haben sie für Coca-Cola und Kabelfernsehen verkauft.«

Hans Blomberg starrte ihn an, seine Augen glänzten, und er schien verwirrt.

»Aber das ist doch nicht wahr«, sagte er. »Du bist zurück, und ich habe so sehr auf dich gewartet. All die Jahre habe ich trainiert, genau wie du gesagt hast. Ich bin bereit. Es ist nicht zu spät.«

Göran Nilsson hob die Hand.

»Mir bleibt nur noch wenig Zeit in diesem Leben«, sagte er. »Ich habe die Bedingungen meines Daseins akzeptiert, sowohl die persönlichen als auch die gesellschaftlichen, die für uns alle gelten. Im Grunde gibt es keinen Unterschied zwischen mir und dem verlogenen Bürgertum. Ich lebe weiter durch meine Kinder, und als Belohnung dafür schenke ich ihnen mein Erbe.«

Er taumelte, griff sich an den Magen.

»Niemand wird euch mehr ausbeuten können«, erklärte er. »Eure Tage im Hamsterrad sind vorbei.«

»Wie meinst du das?«, sagte Karina Björnlund, die plötzlich nicht mehr ganz so ängstlich wirkte.

»Er will uns Geschenke überreichen«, meinte Hans Blomberg, und in seiner Stimme schwang verblüfftes Misstrauen mit. »Wir sind bei einer Weihnachtsbescherung gelandet! Oder sind wir vielleicht bei einem Leichenschmaus? Die Revolution ist tot, habt ihr das gehört?«

»Jetzt hör schon auf, Hasse«, sagte Karina Björnlund und legte ihm die Hand auf den Arm. »Mao ist tot, sogar China ist heute kapitalistisch.«

»Du hast doch auch einmal daran geglaubt«, erwiderte Hans. »Du warst auch eine Revolutionärin.«

»Herrgott noch mal«, sagte sie, »wir waren doch nur Kinder. Alle glaubten damals an die Revolution. Das war eben so, aber diese Zeiten sind lange vorbei.«

»Nicht für mich!«, schrie Hans Blomberg, und Göran Nilsson trat unsicher einen Schritt auf ihn zu.

»Panther«, sagte er, »du hast das falsch verstanden.«

»Nein!«, brüllte der Archivar, und seine Augen wurden rot und feucht. »Das könnt ihr mir nicht antun. Die Revolution ist das Einzige, was zählt.«

»Reiß dich zusammen«, sagte Karina Björnlund und schüttelte gereizt Blombergs Arm, doch der Mann löste sich mit einem heftigen Ruck aus ihrem Griff. Im nächsten Moment hob er seine geballte rechte Faust und schlug ihr mitten ins Gesicht.

Jemand schrie, vielleicht die Ministerin, vielleicht auch der Alkoholiker oder Annika, und dann wandte sich der rasende Archivar Göran Nilsson zu und stieß ihn mit aller Kraft gegen die Wand mit dem Mao-Plakat. Der Gelbe Drache schlug auf dem Betonboden auf, und man hörte das Knacken eines brechenden Knochens und ein zischendes Geräusch, als die Luft aus seinen Lungen gepresst wurde.

»Ihr verdammten Verräter!«

Hans Blombergs Stimme überschlug sich. Er nahm Anlauf, warf sich gegen die Tür, schleuderte sie krachend auf und knallte sie mit der gleichen Wucht wieder zu.

Die Kerze flackerte, ging jedoch nicht aus und beruhigte sich wieder, die Schatten hörten auf zu flattern.

»Ich blute!«, schrie die Ministerin, die hinter dem Kompressor auf der Erde hockte. »Helft mir!«

Danach wurde es still und die Kälte wieder spürbar. Annika hörte durch die Wand schwach die Flüche des Archivars, als dieser Richtung Eisenbahnlinie verschwand. Sie ging zu Göran Nilsson. Der Mann lag bewusstlos an der Wand, sein rechter Fuß stand in einem unnatürlichen Winkel ab, sodass sein rechtes Bein ein wenig kürzer aussah als das linke. Yngve starrte betrunken und leicht schwankend seinen auf dem Fußboden liegenden Führer an. Aus seinem Gesicht war fast jede Farbe verschwunden, und seine Zähne klapperten. Karina Björnlund kämpfte sich mit der Hand vor dem Gesicht mühsam auf die Beine, zwischen ihren Fingern lief Blut auf den Pelzmantel herab.

»Meine Nase ist gebrochen«, jaulte sie. »Ich muss ins Krankenhaus.«

Sie brach in Tränen aus, hörte jedoch sofort wieder auf zu weinen, weil das offenbar zu wehtat.

Annika ging zu der Ministerin und legte ihr beruhigend die Hand auf den Arm.

»Ist halb so schlimm«, sagte Annika und musterte das Gesicht der Frau hinter der Hand. »Das wird verheilen.«

»Aber wenn sie schief bleibt?«

Annika wandte sich ab und ging zu dem Mann auf dem Boden. Er roch wirklich unglaublich widerlich, es war der Gestank eines todkranken Menschen.

»Göran«, sagte sie laut. »Göran Nilsson, hören Sie mich?«

Ohne eine Antwort abzuwarten, beugte sie sich vor, streifte ihre Handschuhe ab und zog die Waffe des Mannes aus der Manteltasche. Sie war schwer und kalt. Mit dem Rücken zu den anderen ließ Annika sie vorsichtig in eine der Taschen ihrer Polarjacke gleiten. Sie verstand nichts von Revolvern, redete sich aber ein, dass sie schon gesichert sein würde.

Der Gelbe Drache stöhnte laut, seine blassen Lider flatterten. Sie legte die Hand auf den frostigen Zementboden, um zu fühlen, wie kalt es war, und die Feuchtigkeit ließ ihre Finger augenblicklich festfrieren. Erschrocken riss sie sich los.

»Sie können hier nicht liegen bleiben«, sagte sie zu dem Mann, »Sie müssen aufstehen. Können Sie auf dem Bein stehen?«

Sie sah zu Karina Björnlund auf.

»Wir müssen hier weg«, sagte sie. »Hier ist es kälter als in einer Gefriertruhe. Können Sie mir helfen, ihn zu tragen?«

»Ich bin doch selbst verletzt«, sagte die Kultusministerin. »Und außerdem, warum sollte ich ihm helfen? Wo er mir so viel kaputtgemacht hat. Kann Yngve ihn nicht tragen?«

Der Alkoholiker hatte sich auf die Erde gesetzt und hielt krampfhaft seine halb geleerte Flasche im Arm.

»Sie dürfen hier nicht einschlafen«, sagte Annika zu Yngve, und die Situation kam ihr immer unwirklicher vor, der eiskalte Raum drohte sie zu ersticken.

»Wenn Sie wüssten, wie ich all die Jahre gelitten habe«, sagte Karina Björnlund. »Immer habe ich in der Angst gelebt, jemand könnte rauskriegen, dass ich diese Irren kannte. Aber so ist es doch, wenn man jung ist, nicht wahr? Man hat eine Menge bescheuerter Ansichten und trifft sich mit den falschen Leuten, oder etwa nicht?«

Göran Nilsson versuchte sich aufzusetzen, schrie jedoch schwach auf und sank auf den Betonboden zurück.

»In meiner Hüfte ist etwas kaputtgegangen«, flüsterte er, und Annika erinnerte sich an den Oberschenkelhalsbruch ihrer Großmutter in dem Winter, in dem so viel Schnee lag.

»Ich werde Hilfe holen gehen«, sagte Annika, und im nächsten Moment hielt der Mann ihr Handgelenk fest im Griff.

»Wo ist Karina?«, murmelte er mit trübem Blick.

»Sie ist hier«, sagte Annika leise und löste sich erschrocken von ihm, stand auf und wandte sich der Ministerin zu. »Er will mit Ihnen sprechen.«

»Worüber? Wir haben uns nichts mehr zu sagen.«

Karina Björnlunds Nase war zugeschwollen, sodass ihre Stimme gepresst klang. Zögernd ging sie auf den Mann zu, und Annika sah, dass sie immer noch aus den Nasenlöchern blutete. Ihr Gesicht war blau und geschwollen. Annika begegnete ihrem Blick, las in ihm all die Verwirrung, die sie selbst auch empfand, und dadurch wurde ihr leichter ums Herz, sie war nicht allein, sie war nicht allein.

»Leisten Sie ihm Gesellschaft«, sagte Annika, und die Ministerin trat zögernd zu dem Terroristen, doch als sie sich über ihn beugte, schrie er auf.

»Kein Blut«, keuchte er. »Nimm das Blut weg.«

Plötzlich wurde Annika wütend. Da lag er nun, der Massenmörder, der Berufssadist, der Profiterrorist, und jammerte wie ein Waschlappen. Mit einem Schritt war sie bei dem Mann und packte seine Jacke.

»So, Sie können also kein Blut sehen, Sie Schwein? Aber all diese Menschen umbringen, das konnten Sie?«

Sein Kopf fiel zurück, er schloss die Augen.

»Ich bin Soldat«, sagte er matt. »Meine Schuld ist nicht annähernd so groß wie die der politischen Führer in der freien Welt.«

Sie spürte, dass ihr Tränen in die Augen stiegen.

»Aber warum Margit?«, sagte sie. »Warum der Junge?«

Er schüttelte den Kopf.

»Das war ich nicht«, flüsterte er.

Annika sah zu Karina Björnlund auf, die leicht wankte.

»Er lügt«, sagte sie. »Natürlich war er es.«

»Ich schlage nur gegen den Feind zu«, erklärte Göran Nilsson schwach. »Nicht gegen Freunde oder Unschuldige.«

Annika starrte die schmerzverzerrten Gesichtszüge des Mannes an, sah seine Resignation und seine Gleichgültigkeit und wusste plötzlich, dass er die Wahrheit sagte.

Er hatte sie nicht ermordet, es bestand für ihn auch gar kein Grund, Benny Ekland, Linus Gustafsson, Kurt Sandström oder Margit Axelsson zu töten.

Aber wer hatte es dann getan?

Ein Schauer lief ihr über den Rücken, und sie richtete sich auf tauben Beinen auf und ging unsicher zur Tür.

Aber die war verschlossen und rührte sich keinen Millimeter von der Stelle.

Annika erinnerte sich an die Schließvorrichtung an der Außenseite, und die Erkenntnis traf sie wie ein Schlag ins Gesicht.

Hans Blomberg hatte sie eingeschlossen.

Sie war zusammen mit drei anderen Menschen in einer Gefriertruhe eingeschlossen, es waren 30 Grad unter null, zwei von ihnen waren verletzt, und der Dritte war sturzbetrunken.

Hans Blomberg, dachte sie. Ist das wirklich möglich?

Im nächsten Augenblick wölbte sich wieder der Tunnel über ihr, die Rohre erstreckten sich entlang der Decke, und sie spürte das Gewicht des Dynamits am Rücken, und irgendwo in weiter Ferne weinte eine Frau, schluchzte und jammerte vor Schmerzen und Verzweiflung, und ihr wurde bewusst, dass es die Kultusministerin war, Karina Björnlund. Sie war nicht allein, sie war nicht allein.

Annika ließ den Tunnel hinter sich und kehrte in die Wirklichkeit zurück. Jetzt durfte sie nicht zerbrechen, denn wenn sie zerbrach, würde sie sterben.

Es ist so kalt, dachte sie. Wie lange kann man in einer solchen Kälte überleben?

Ihre Atmung beruhigte sich wieder.

Für sie selbst bestand keine unmittelbare Gefahr. In ihrer Polarausrüstung würde sie, wenn nötig, die ganze Nacht überstehen. Die Ministerin trug einen Pelz, aber um die beiden Männer stand es schlechter. Yngve bekam mittlerweile schon schwere Lider, er würde keine Stunde mehr durchhalten. Der Terrorist war besser gekleidet, lag jedoch direkt auf dem Betonboden, der so kalt war wie ein Eisblock.

Wir müssen hier weg. Und zwar sofort. Aber wie?

Das Handy!

Ihr entfuhr ein leiser, jubelnder Laut, und sie tastete in der Tasche nach dem Telefon und fischte es schließlich heraus.

Kein Netz.

Sie hielt es im Schein der Kerze hoch, versuchte es in verschiedenen Ecken des Hauses. Nicht ein Hauch von Empfang, typisch Tele 2.

Sie wählte trotzdem mal den Notruf, aber es rührte sich nichts.

Sie durfte jetzt nicht in Panik geraten. Musste nachdenken.

Die Ministerin hatte doch auch ein Telefon. Annika hatte sie erst vor ein paar Stunden angerufen.

»Ihre Nummer beginnt mit einer Sechs«, sagte sie zu Karina Björnlund. »Das bedeutet, Sie sind bei Telia. Schauen Sie nach, ob Sie ein Netz bekommen.«

»Was?«

»Ihr Telefon! Sie haben ein Handy dabei, ich habe Sie doch angerufen.«

»Oh, ach so.«

Vorsichtig suchte die Ministerin in ihrer schwarzen Ledertasche, holte das Telefon heraus, gab ihren PIN-Code ein und hielt es hoch.

»Ich habe keinen Empfang«, sagte sie erstaunt.

Annika legte die Hände vors Gesicht, spürte die schneidende Kälte auf der Haut.

Keine Panik, dachte sie. Keine Panik. Ich habe schon die Polizei benachrichtigt, sie müsste jeden Moment hier sein.

Sie betrachtete die Ministerin, die Frau hatte Blessuren und war mit den Nerven am Ende. Anschließend wandte sie sich dem Penner zu. Im flackernden Kerzenlicht sahen die Lippen des Mannes dunkelblau aus. Er schüttelte sich vor Kälte in seiner dünnen Jacke.

»Okay«, sagte Annika und zwang ihr Gehirn, rational zu denken. »Wir sitzen, wo wir sitzen. Gibt es hier eine Decke? Eine Persenning oder Isoliermaterial?«

»Wo ist Hasse hingegangen?«, sagte Yngve.

»Hat er abgeschlossen?«, fragte Karina Björnlund.

Zitternd ging Annika in dem verstaubten Häuschen umher, fand aber nichts als ein paar verrostete Bierdosen, Dreck und Mäuseskelette.

»Er kann die Tür nicht abgeschlossen haben«, meinte die Kultusministerin und versuchte ihrerseits, sie zu öffnen. »Göran hat den Schlüssel.«

»Ein Vorhängeschloss klickt man einfach wieder zu«, sagte Annika. »Wo sind wir hier eigentlich?«

Sie tastete die Wände ab, sah, dass die Fenster von innen mit Brettern und groben Nägeln verriegelt waren, und erinnerte sich an die Eisenplatten an der Außenseite.

»Das Haus steht seit vierzig Jahren leer«, antwortete Karina Björnlund. »Mein Vater war bei der Bahn, er hat mich als Kind des Öfteren hierher mitgenommen.«

»Wozu diente es?«

»Es ist ein Kompressorenhaus. Im Winter befreit man die Weichen mit Druckluft von Schnee und Eis. Als die Bahnlinie verlegt wurde, ist ein neues Haus gebaut worden. Wie sollen wir hier nur herauskommen?«

»Gibt es irgendwo Werkzeug?«, fragte Annika.

»Wir sitzen fest«, sagte Karina Björnlund, deren Augen inzwischen völlig zugeschwollen waren. »Oh, mein Gott, wie sollen wir hier nur wieder rauskommen?«

Vergessenes Werkzeug würde sie hier nicht finden, erkannte Annika. Die Wände waren aus Stein, die Tür ließ sich nicht aufbrechen.

»Wir müssen in Bewegung bleiben«, sagte sie. »Wir müssen uns gegenseitig wärmen.«

Sie schluckte. Und wenn die Polizei doch nicht kam? Wenn Karlsson im Präsidium sie vergessen hatte? Sie schüttelte den Gedanken ab und ging zu dem übel riechenden Mann unter dem Mao-Plakat. Er atmete flach und röchelnd, Speichel floss aus seinem Mundwinkel.

»Göran Nilsson«, sagte Annika, beugte sich zu ihm hinab und kämpfte gegen den Gestank an. »Hören Sie mich?«

Sie rüttelte ihn an der Schulter. Der Mann blickte mit abwesenden Augen auf, seine Unterlippe zitterte vor Kälte.

»J'ai très froid«, flüsterte er.

»Je comprends«, sagte Annika leise und wandte sich an die Ministerin. »Karina, setzen Sie sich neben Göran, nehmen Sie ihn in den Arm und decken Sie ihn mit Ihrem Pelz zu.«

Die Kultusministerin wich zurück, bis sie in einer Ecke hinter dem Kompressor stand.

»Niemals«, sagte sie. »Nie im Leben. Er hat mich zu sehr verletzt.«

Annika betrachtete den Mann neben sich, seine wachsbleiche Haut, die zitternden Hände.

Sollte sie ihn sterben lassen?

Geschah ihm das nicht recht?

Sie ließ Göran Nilsson liegen und ging zu dem Mann, der an der Wand lehnte.

»Yngve?«, sagte sie. »Heißen Sie Yngve?«

Der Mann nickte, er hatte die Hände in die Achselhöhlen geschoben, um sie so zu wärmen.

»Kommen Sie her«, sagte sie und öffnete ihre Polarjacke. »Kommen Sie und stellen Sie sich neben mich. Wir werden jetzt spazieren gehen.«

Er schüttelte energisch den Kopf und umarmte seine fast leere Flasche.

»Dann eben nicht«, meinte Annika, schloss ihre Jacke wieder und sah zu der Ministerin.

»Er hat eine Waffe«, sagte Karina Björnlund. »Wir könnten die Tür aufschießen.«

Annika schüttelte den Kopf.

»Es ist eine Eisentür. Die Kugeln würden als Querschläger durch den Raum fliegen und uns alle umbringen. Außerdem müssten wir schon das Vorhängeschloss an der Außenseite treffen, um hinauszukommen.«

»Was ist mit den Fenstern?«

»Das Gleiche.«

Sollte sie erzählen, dass sie die Polizei alarmiert hatte?

Wie würden die anderen darauf reagieren?

»Ich wusste, dass es so enden würde«, sagte Karina Björnlund durch die Nase. »Die Sache mit den wilden Tieren war von Anfang an eine Katastrophe. Ich hätte niemals mitgehen sollen, als sie sich von der SKP abspalteten.«

Die Kultusministerin wühlte in ihrer Tasche, zog ein schwarzes Kleidungsstück heraus, vielleicht ein T-Shirt, und hielt es sich unter die Nase.

»Warum nicht?«, sagte Annika und sah den Schatten der Ministerin über die Wand tanzen, als sie sich hinter der Kerze bewegte.

»Sie waren in den Sechzigern vermutlich noch gar nicht geboren«, meinte Karina Björnlund nasal und warf Annika einen kurzen Blick zu. »Es dürfte für jemanden aus Ihrer Generation relativ schwierig sein, sich vorzustellen, wie es war, aber, um ehrlich zu sein, es war fantastisch.«

Annika nickte nachdenklich.

»Ich habe eine vage Ahnung«, sagte sie. »Sie waren jung, und Göran war der Führer.«

Die Ministerin nickte eifrig.

»Er war so stark und intelligent«, erwiderte sie, »und brachte alle auf seine Seite. Alle Mädchen wollten mit ihm zusammen sein, alle Jungen blickten zu ihm auf. Aber ich hätte den Absprung schaffen sollen, als er ausgeschlossen wurde. Es war dumm von mir, mich auf sein Projekt mit den wilden Tieren einzulassen.«

Karina Björnlund verlor sich für einen Moment in Erinnerungen, und Annika sah sie mit immer klareren Augen.

»Wie kommt es, dass man Sie nie erwischt hat?«, fragte Annika.

Die Ministerin sah auf.

»Nun ja, ich selbst habe ja nie etwas gemacht, und Göran agierte sehr durchdacht. Wir verständigten uns ausschließlich über Symbole, eine alte, heute in Vergessenheit geratene Sprache, die sich allen Menschen erschließt und alle Nationalitätsgrenzen, Rassen und andere Ausdrucksformen überschreitet.«

»Keine Versammlungsprotokolle?«, fragte Annika.

»Nicht einmal Briefe oder Telefonate«, antwortete Karina Björnlund. »Die Einladung zu unseren Treffen bestand in der Zeichnung eines gelben Drachen. Ein, zwei Tage später erhielten wir dann eine Zahlenkombination, die Tag und Uhrzeit der Versammlung angab. 23–11–17 bedeutete, am 23. November um fünf, also heute.«

»Jeder von Ihnen hatte sein eigenes Symbol?«

Die Frau nickte schwach, hielt sich immer noch das T-Shirt an die Nase.

»Aber nur der Drache konnte zu einer Versammlung einladen.«

»Und Ende Oktober bekamen Sie dann wieder eine Einladung, in einem an das Ministerium gerichteten, anonymen Brief.«

Erneut trat Angst in die Augen der Ministerin.

»Es dauerte ein paar Sekunden, bis mir klar wurde, was ich da sah, und als ich es dann begriff, musste ich mich erst mal übergeben.«

»Dennoch sind Sie hergekommen«, sagte Annika.

»Sie verstehen das nicht«, flüsterte die Ministerin. »All die Jahre habe ich in Angst gelebt. Nach F21 und Görans Verschwinden bekam ich eine Warnung mit der Post ...«

Sie verbarg ihr Gesicht im Pullover.

»Einen Kinderfinger«, sagte Annika, und Karina Björnlund blickte erstaunt auf.

»Woher wissen Sie das?«

»Ich habe mit Margit Axelssons Mann Thord gesprochen. Die Symbolsprache ließ an Deutlichkeit wirklich nichts zu wünschen übrig.«

Karina Björnlund nickte.

»Wenn ich nicht schwieg, würde ich umkommen. Aber nicht nur ich, sondern auch meine zukünftigen Kinder und andere mir nahe stehende Menschen.«

Göran Nilsson stöhnte auf dem Boden und bewegte unruhig das linke Bein.

Annika und die Kultusministerin sahen ihn ausdruckslos an.

»Er hat mich verfolgt«, sagte Karina Björnlund. »Eines Abends stand er vor meinem Haus in Knivsta. Am Tag darauf sah ich ihn in Uppsala im Kaufhaus. Und letzten Freitag bekam ich einen weiteren Brief.«

»Eine weitere Warnung?«

Die Ministerin schloss die Augen.

»Es war eine Zeichnung von einem Hund und einem Kreuz. Ich ahnte, was das bedeuten sollte, wagte aber nicht, es in aller Deutlichkeit zu verstehen.«

»Dass Margit tot war?«

Karina Björnlund nickte.

»Wir hatten schon lange keinen Kontakt mehr, aber ich konnte die ganze Nacht keine Ruhe finden, und am nächsten Morgen habe ich dann Thord angerufen. Er hat mir von dem Mord an Margit erzählt, und ich habe sofort begriffen, entweder komme ich her, oder ich sterbe auch. Also bin ich gekommen.«

Sie blickte zu Annika auf und ließ den Pullover von der Nase sinken.

»Wenn Sie wüssten, wie viel Angst ich hatte«, sagte sie. »Wie sehr ich gelitten habe. Mich tagtäglich davor zu fürchten, dass irgendwer alles herausfinden könnte, das hat mein Leben vergiftet.«

Annika sah sie an, die mächtige Frau in ihrem Pelzmantel, das Mädchen, das ihrer Kusine erst zum Sport und dann in die Politik gefolgt war, dort die Geliebte des Führers wurde, des starken charismatischen Mannes, mit dem sie dann jedoch Schluss machte, als er seine Position verloren hatte.

»TV Scandinavia auszuschalten, um alles unter den Teppich zu kehren, war ein Riesenfehler«, sagte sie.

Karina Björnlund sah aus, als hätte sie nicht ganz begriffen, was sie da gerade gehört hatte. Es wurde still im Raum.

»Was wollen Sie damit sagen?«, fragte sie schließlich.

»Ich habe die Mail, die Sie von Herman Wennergren bekommen haben, und ich weiß, warum Sie die Gesetzesvorlage geändert haben.«

Die Kultusministerin stemmte sich hoch und war mit drei schnellen Schritten bei Annika. Ihre verquollenen Augen hatten sich zu schmalen Schlitzen verengt.

»Sie miese kleine Boulevardreporterin«, sagte sie und blieb mit ihrem blutverschmierten Gesicht unmittelbar vor Annika stehen. »Was glauben Sie eigentlich, wer Sie sind?«

Annika wich nicht zurück und begegnete ihrem blutunterlaufenen Blick.

»Das wissen Sie doch, oder?«, erwiderte sie. »Wir haben schon einmal miteinander gesprochen. Das ist jetzt lange her, fast zehn Jahre.«

»Daran kann ich mich nicht erinnern.«

»Ich nahm damals Kontakt zu Ihnen auf, weil ich einen Kommentar zu Christer Lundgrens Reise nach Tallinn haben wollte. Ich erzählte Ihnen, was mit dem verschwundenen Archiv des IBs passiert war, behauptete, die Regierung lasse sich dazu erpressen, illegale Waffenexporte zu genehmigen, und bat Sie, meine Fragen an den Außenhandelsminister weiterzuleiten. Sie aber gingen nicht zu ihm, Sie gingen zum Premierminister, stimmt's?«

Karina Björnlund war während Annikas Worten leichenblass geworden und starrte die Reporterin an, als hätte sie ein Gespenst vor Augen.

»Das waren Sie?«, sagte sie.

»Sie haben die Information benutzt, um an einen Ministerposten zu kommen, nicht wahr?«

Das Gesicht der Kultusministerin bekam plötzlich wieder Farbe.

»Was erlauben Sie sich?«, schrie sie. »Dafür werde ich Sie verklagen.«

»Ich stelle doch nur eine Frage«, sagte Annika. »Warum regen Sie sich denn so auf?«

»Wie können Sie mir nur etwas derart Widerwärtiges unterstellen? Ich soll den Premierminister in Harpsund angerufen und ihn gezwungen haben, mich zur Ministerin zu ernennen?«

»Aha«, meinte Annika. »Dann haben Sie ihn also draußen in Harpsund erreicht? Und wie hat er reagiert? Wurde er rasend vor Wut? Oder ist er wirklich so pragmatisch und rational veranlagt, wie immer gesagt wird?«

Karina Björnlund verstummte, ihre Augen schienen aus den Höhlen zu quellen.

Im nächsten Moment wurde die Stille zerrissen. Yngves leere Wodkaflasche schlug auf dem Betonboden auf und zersprang in tausend Stücke. Der Alkoholiker rutschte bewusstlos an der Wand herunter und sackte auf dem Boden in sich zusammen.

Annika lief zu ihm.

»Hallo«, rief sie und schlug ihm mit dem Skihandschuh leicht auf die Wange. »Hoch mit dir!«

Der Mann blinzelte.

»Was?«, sagte er.

Sie riss ihre Jacke auf, griff dem Mann unter die Arme und hievte ihn auf die Beine.

»Du musst mich umarmen«, sagte sie, legte die Polarjacke um Yngve und schlang die Arme um seinen Rücken. Der Mann atmete heiß und feucht in ihren Nacken, er war so mager, dass es ihr fast gelungen wäre, die Jacke hinter seinem Rücken zu schließen.

»Kannst du die Füße bewegen? Wir müssen in Bewegung bleiben.«

»So leicht kommen Sie mir nicht davon«, sagte die Kultusministerin, aber Annika schenkte ihr keine Beachtung mehr, sondern konzentrierte sich mit aller Kraft darauf, den Penner in einem makabren und eiskalten Tanz über den Boden zu schleifen.

»Wer bist du?«, fragte Annika Yngve leise. »Der Löwe oder der Tiger?«

»Der Löhöwe d-d-der Freiheiheit«, klapperte der Mann.

»Und wo ist der Tiger?«

»Keine Ahnung«, murmelte der Betrunkene, offenbar kurz davor, einzuschlafen.

»Er war klug genug, nicht herzukommen«, meinte Karina Björnlund. »Er war immer der Schlaueste von uns.«

Plötzlich bewegte sich Göran Nilsson an der Wand, versuchte sich aufzurappeln, trat mit dem gesunden Bein um sich, hatte die Augen weit aufgerissen und wollte seinen Mantel ausziehen.

»C'est très chaud«, sagte er und legte sich wieder hin.

»Ziehen Sie sich wieder an«, sagte Annika und versuchte zu ihm zu gehen, aber der Alkoholiker hielt ihre Taille umklammert und ließ sie nicht los.

»Hören Sie, Göran, ziehen Sie den Mantel wieder an.«

Doch der Mann sank unter dem Mao-Plakat zusammen, und seine Beine zuckten ein paar Mal krampfartig. Dann rührten sie sich nicht mehr, und er schlief ein. Sein Brustkorb bewegte sich leicht und flatternd unter einem elfenbeinfarbenen Leinenhemd.

»Sie müssen ihm helfen«, sagte Annika zu Karina Björnlund. »Ziehen Sie ihm wenigstens den Mantel wieder an.«

Die Frau schüttelte den Kopf, und im nächsten Moment erlosch die Kerze.

»Zünden Sie sie wieder an«, sagte Annika und hörte selbst die Angst in ihrer Stimme.

»Sie ist heruntergebrannt«, erklärte Karina Björnlund. »Es gibt keinen Docht mehr.«

Mit der Dunkelheit kam die Stille, und die Kälte wurde beißender und trockener.

Annika riss die Augen auf und sah absolut nichts, sie schwebte in einem leeren und eiskalten Raum, fühlte sich unendlich einsam und wusste, dass nichts in der Welt schlimmer sein konnte. Alles war ihr lieber als Isolierung.

»Wir müssen uns bewegen«, sagte Annika. »Karina, Sie dürfen nicht stillstehen.«

Aber Annika hörte, dass die Ministerin zu Boden gesunken war und in ihrer Ecke erstickt weinte.

Die Frau heulte und wimmerte, und Annika und Yngve bewegten sich immer langsamer in der eiskalten Gefriertruhe. Sie hielt den zitternden Mann in ihren Armen, spürte, dass seine Glieder immer schwerer wurden und sein Atem immer stockender ging. Ihr Griff wurde steifer, ihre Arme erlahmten.

Verantwortung für andere übernehmen, dachte sie und starrte in die Dunkelheit hinein. Nichts ohneeinander tun.

Ellens und Kalles weiche Gesichter tauchten vor ihr auf, sie spürte ihre samtene Wärme und die süßen Düfte.

Bald, dachte sie, bald bin ich wieder bei euch.

Dann beruhigte sich die Kultusministerin und schluchzte nicht mehr.

Die Stille, die daraufhin eintrat, war noch tiefer als bisher, aber es dauerte eine Weile, bis Annika den Grund dafür erkannte.

Göran Nilsson atmete nicht mehr.

Die Erkenntnis ließ Panik in ihr aufsteigen. In der nächsten Sekunde sackte Yngve in ihren Armen zusammen, seine Beine gaben unter ihm nach, und sein Kopf fiel auf ihre Schulter.

»Verdammt!«, schrie Annika in sein Ohr. »Stirb mir jetzt nicht. Hilfe, wir brauchen Hilfe!«

Aber sie hatte einfach nicht die Kraft, den Mann auf den Beinen zu halten. Er sank zu ihren Füßen auf die Erde, und sie hatte einen totalen Blackout.

»Hilfe!«, schrie sie gellend. »So hilf uns doch jemand.«

»Es gibt keine Hilfe«, sagte Karina Björnlund.

»Hilfe!«, brüllte Annika und tastete sich in die Richtung voran, in der sie die Tür vermutete, trat gegen den Kompressor und schlug sich das Knie auf. »Hilfe!«

Irgendwo hinter sich hörte sie diffuse Stimmen und fürchtete einen Moment lang, Besuch von neuen Engeln bekommen zu haben. Es wurde gesprochen und gerufen, nein, das waren eindeutig menschliche Stimmen, und in der nächsten Sekunde hörte man ein lautes Klopfen.

»Hallo?«, rief eine Männerstimme von draußen. »Ist da jemand?«

Sie drehte sich um und starrte in der Dunkelheit zu der Stelle, von der die Stimme gekommen war.

»Ja!«, schrie sie und stolperte über Yngve. »Ja! Wir sind hier drinnen, wir sind eingeschlossen. Helfen Sie uns.«

»Wir müssen ein Vorhängeschloss aufschneiden«, sagte der Mann. »Das kann ein bisschen dauern. Wie viele sind Sie?«

»Vier«, antwortete Annika, »aber ich glaube, dass ein Mann gestorben ist. Ein anderer ist gerade dabei, einzuschlafen, ich kann ihn nicht mehr lange wach halten. Beeilen Sie sich!«

»Ich gehe Werkzeug holen«, sagte die Stimme, woraufhin sich Karina Björnlund zu Wort meldete.

»Nein!«, rief die Ministerin. »Lassen Sie mich nicht allein! Ich muss hier raus, sofort!«

Annika tastete sich zu Yngve vor, der auf der Erde lag und stoßweise atmete. Sie streichelte seine strohigen Haare, biss die Zähne zusammen, legte sich auf die Erde, zog den Mann auf sich und schlang die Polarjacke um sie beide.

»Stirb nicht«, flüsterte sie und wiegte ihn wie ein Kind.

So blieb sie liegen, bis sie hörte, wie der Schneidbrenner das

Vorhängeschloss öffnete, die Tür aufgeschlagen wurde und das Licht eines Scheinwerfers ihr direkt in die Augen schien.

»Nehmen Sie ihn zuerst«, sagte Annika. »Ich glaube, er gibt langsam auf.«

Im nächsten Moment wurde der Mann von ihr weg auf eine Trage gehoben und war binnen weniger Sekunden aus ihrem Blickfeld verschwunden.

»Wie geht es Ihnen? Können Sie aufstehen?«

Sie blinzelte ins Licht und sah nur die Silhouette eines großen Polizisten.

»Ich bin okay«, sagte sie und stand auf.

Kriminalinspektor Forsberg sah sie forschend an.

»Wir werden Sie wohl zur Beobachtung ins Krankenhaus bringen müssen«, meinte er. »Wenn Sie sich dazu in der Lage fühlen, würde ich mich später im Präsidium gern mit Ihnen unterhalten.«

Annika nickte und konnte plötzlich nicht mehr sprechen. Stattdessen zeigte sie auf Göran Nilsson und merkte, dass ihre Hand zitterte.

»Sie zittern ja schon vor Kälte«, meinte Forsberg.

»Ich glaube, er ist gestorben«, flüsterte sie.

Die Rettungssanitäter kehrten zurück, gingen zu Göran Nilsson und überprüften Puls und Atmung.

»Ich glaube, er hat sich das Bein gebrochen«, sagte Annika. »Außerdem ist er krank, er hat gesagt, dass er bald sterben wird.«

Sie legten ihn auf eine Trage und schafften ihn rasch aus dem Haus.

Karina Björnlund trat, auf einen Sanitäter gestützt, aus den Schatten. Sie war in Tränen aufgelöst, ihre Nase blutete immer noch.

Annika sah sie an, und die Ministerin erwiderte ihren Blick.

Karina Björnlund trat dicht an sie heran und flüsterte so leise, dass kein anderer es hören konnte.

»Ich werde selbst alles erzählen«, sagte sie. »Vergessen Sie Ihre Exklusivstory.«

Daraufhin ging die Ministerin zu den Scheinwerfern, Streifenwagen und Krankenwagen hinaus.

Kriminalinspektor Forsberg hatte ein enges und unaufgeräumtes Büro im zweiten Stock der gelbbraunen Blechbaracke des Präsidiums. Annika war in einem der Besuchersessel eingedöst und schreckte hoch, als die Tür aufflog.

»Entschuldigen Sie, dass Sie warten mussten. Ohne Milch und Zucker«, sagte der Polizist, stellte einen kochend heißen Plastikbecher vor ihr auf den Schreibtisch und setzte sich anschließend auf seinen Schreibtischstuhl.

Annika griff nach dem Becher und verbrannte sich die Handflächen, pustete auf das Getränk und schlürfte vorsichtig.

Automatenkaffee der übelsten Sorte.

»Ist das ein Verhör?«, fragte sie und stellte den Becher wieder ab.

Forsberg wühlte, ohne aufzublicken, in einer Schublade.

»Vernehmung eines Zeugen könnte man es wohl eher nennen. Wo zum Teufel habe ich es nur hingelegt? Ah, da ist es ja!«

Er zog ein kleines Tonbandgerät und eine Menge Kabel heraus, richtete sich auf, sah ihr in die Augen und lächelte.

»Sie frieren nicht so leicht«, meinte er und ließ sie nicht aus den Augen.

Sie sah zur Seite.

»Oh doch«, erwiderte sie. »Aber ich habe irgendwann mal gelernt, mich richtig anzuziehen. Was ist mit den anderen?«

»Ragnwald ist tot, genau wie Sie vermutet hatten. Yngve Gustafsson liegt auf der Intensivstation, seine Körpertemperatur war auf 28 Grad gefallen. Aber er kommt durch. Wussten Sie eigentlich, dass er der Vater von Linus ist, dem Jungen, der ermordet wurde?«

Annika sah zu dem Polizisten auf, hatte einen Kloß im Hals, schüttelte den Kopf.

»Und Karina Björnlund?«, sagte sie.

»Pflaster im Gesicht, Erfrierungen an den Füßen. Was ist da draußen eigentlich passiert?«

Er lehnte sich vor und schaltete das Tonbandgerät ein.

»Sollen wir richtig loslegen?«, fragte sie.

Er sah sie einen Moment nachdenklich an und suchte anschließend die Angaben zu ihrer Person heraus.

»Zeugenvernehmung mit Annika Bengtzon«, sagte er, »wohnhaft in der Hantverkargatan 32 in Stockholm, vorgenommen im Dienstzimmer des vernehmenden Beamten, das Gespräch wurde begonnen um …«

Er sah auf seine Armbanduhr.

»… 22.15 Uhr. Wie kommt es, dass Sie sich heute Abend in einem verlassenen Kompressorenhaus in der Nähe des Firmengeländes von SSAB in Luleå befanden?«

Sie räusperte sich vor dem Mikrofon, das auf einer Denkschrift des Landespolizeichefs stand.

»Ich wollte Kultusministerin Karina Björnlund interviewen, sah sie zufällig auf dem Flughafen Kallax und folgte ihr.«

Der Kriminalinspektor sah sie an und lächelte.

»Interviewen, sagen Sie, und worüber?«

Sie versuchte sein Lächeln zu erwidern, musste jedoch feststellen, dass sie einfach zu erschöpft dazu war.

»Über die Umsetzung des neuen Bibliotheksgesetzes«, sagte sie.

Er schwieg, dachte ein paar Sekunden über ihre Antwort nach, lehnte sich dann vor und schaltete das Tonbandgerät aus.

»Besser?«, fragte er und blinzelte schelmisch.

Sie nickte und streckte ihre Hand nach dem Plastikkaffee aus, bereit, dem Gebräu eine zweite Chance zu geben.

»Was ist passiert?«, fragte er.

»Eins möchte ich vorab klarstellen«, erwiderte sie, nippte an dem Getränk, unterdrückte eine Grimasse und stellte den Becher endgültig weg. »Ich bin Journalistin. All meine Quellen sind durch das Grundgesetz geschützt. Sie repräsentieren eine Behörde und verstoßen gegen die Verfassung, falls Sie nachforschen sollten, was ich weiß und von wem ich es erfahren habe.«

Sein Lächeln verschwand.

»Und ich leite eine Ermittlung. Können Sie mir erklären, warum Sie sich überhaupt in Luleå aufhielten?«

»Ich habe gearbeitet und kam auf die Idee, die Kultusministerin anzurufen und nach ihrer Verbindung zu Ragnwald zu fragen. Ich hörte, dass sie auf dem Flughafen Kallax stand, und fuhr ihr nach.«

»Warum?«

»Sie wollte sich am Telefon nicht zu diesem Thema äußern, so könnte man vielleicht sagen.«

Er nickte und notierte sich etwas.

»Und die Kultusministerin spazierte in den Wald neben der Eisenerzbahn hinein, und Sie sind ihr gefolgt?«

Annika nickte.

»Ich bin bis Lövskatan gefahren, mein Mietwagen steht immer noch dort.«

Forsberg streckte sich nach einem Blatt und las es mit gerunzelter Stirn.

»Ich habe hier einen Bericht«, sagte er, »aus dem hervorgeht, dass eine Person mit Ihrem Namen um 17.12 Uhr in der Einsatzzentrale anrief und mitteilte, eine gesuchte Person befinde sich in einem Backsteinhaus, genauer Standort unbekannt, in der Nähe einer Überführung. Kommt Ihnen das bekannt vor?«

»Der Typ in der Zentrale war nicht gerade Einstein«, sagte Annika und spürte, dass sie trotz der Fürsorge und der Umsicht des Krankenhauspersonals immer noch am ganzen Körper fror. »Ich habe, so gut es ging, versucht, ihm die Sache zu erklären, aber ihm ist trotzdem kein Licht aufgegangen.«

Der Kriminalinspektor studierte den Bericht.

»Die Anruferin, mit anderen Worten, Sie, wird hier als verwirrt und hysterisch beschrieben.«

Annika sah auf ihre rot gefleckten und trockenen Hände hinab und entgegnete nichts.

»Wie konnten Sie Göran Nilsson identifizieren?«

Ohne aufzusehen, zuckte sie schwach mit den Schultern.

»Karina Björnlund nannte ihn Göran, und ich wusste, dass die beiden mal ein Paar waren.«

»Und den Revolver, den Sie uns übergeben haben, hat er Ihnen freiwillig überlassen?«

»Ich habe ihn aus seiner Manteltasche genommen, nachdem er auf dem Boden zusammengebrochen war ...«

Plötzlich hatte sie genug, stand auf und drehte genervt eine Runde im Büro.

»Ich habe diese Geschichte zwei Wochen lang recherchiert. Die Dinge fingen langsam an zusammenzupassen. Haben Sie eigentlich Hans Blomberg gefunden?«

Die Hände in die Hüften gestemmt, blieb sie vor Forsberg stehen. Der Polizeibeamte zögerte ein paar Sekunden, ehe er sich abwandte.

»Nein«, sagte er.

»Blomberg hat uns eingeschlossen.«

»Das habe ich gehört«, erwiderte Forsberg. »Genau wie die Geschichte von den wilden Tieren und dem Anschlag auf das Militärflugzeug.«

»Kann ich jetzt bitte gehen? Ich bin hundemüde.«

»Wir müssen noch eine etwas ausführlichere Vernehmung darüber durchführen, was in dieser Hütte gesagt und getan wurde.«

»Ich erinnere mich nicht mehr«, erwiderte sie.

»Unsinn«, gab er zurück. »Sie werden mir sagen, was Sie wissen, bevor Sie gehen.«

»Bin ich verhaftet?«, fragte Annika. »Stehe ich unter Verdacht, ein Verbrechen begangen zu haben?«

»Natürlich nicht.«

»Na also«, sagte Annika. »Dann gehe ich jetzt.«

»Ich befehle Ihnen zu bleiben.«

»Dann verhaften Sie mich doch«, sagte Annika und ging.

Sie nahm ein Taxi nach Lövskatan, um ihr Auto zu holen, und bezahlte mit der Kreditkarte der Zeitung, ein Privileg, das ihr geblieben war, obwohl sie freiwillig darauf verzichtet hatte, weiter als Chefin der Kriminalredaktion zu arbeiten.

Als das Taxi davongefahren war, blieb sie stehen und lauschte dem Grollen des Stahlwerks. Sie hatte den ganzen Tag über kaum einen Gedanken an Thomas verschwendet. Eine der Krankenschwestern hatte ihn angerufen und ihm mitgeteilt, sie liege zur Beobachtung im Krankenhaus von Luleå, was nicht ganz der Wahrheit entsprach, denn sie war nur untersucht und anschließend gleich wieder entlassen worden. Aber sie hatte nicht protestiert, er sollte ruhig in dem Glauben bleiben, dass sie krank war.

Sie holte tief Luft, und die eisig kalte Luft kratzte wie Schmirgelpapier in ihrer Luftröhre.

Das Licht um sie herum veränderte sich plötzlich, und sie blickte zum Himmel hinauf und sah, dass sich ein Schleier vor den Mond geschoben hatte. Im nächsten Augenblick wurde über ihrem Kopf ein Feuerwerk gezündet, wie sie es nie zuvor gesehen hatte.

Über den gesamten Horizont wurde ein Bogen aus hellblauem Licht an den Himmel geworfen, Pinselstriche, deren Urheber das Universum war, bewegten sich in weit ausholenden Schwüngen und spalteten sich in Kaskaden aus leuchtenden Farben am ganzen Himmelsgewölbe.

Farben und Licht und Sterne wechselten einander ab, wurden intensiver und lösten sich wieder auf.

Ein Nordlicht, dachte sie, und im nächsten Moment begann der Himmel Funken zu sprühen. Sie trat unwillkürlich ein paar Schritte zurück, war umgeben vom zischenden Weltraum. Ein Hauch von Lila vermischte sich mit einem grünen Halbkreis, die beiden Bögen umspielten einander, das Licht zischte und knisterte und war lebendig.

Es ist wirklich eine eigenartige Welt hier oben, dachte sie. Wenn die Erde gefroren ist, beginnt der Himmel zu singen und zu tanzen.

Sie lachte leise. Es war ein seltsamer Tag gewesen. Sie öffnete den Wagen, setzte sich hinein und drehte den Zündschlüssel. Der Motor sprang träge an. Im Handschuhfach fand sie einen Eiskratzer und stieg aus. Als sie die Scheiben freigekratzt hatte, setzte sie sich wieder hinein und schaltete die Scheinwerfer an.

Sie beleuchteten die Hügelkuppe, hinter der Karina Björnlund verschwunden war. Am Horizont sah sie einen rosa Bogen aufblitzen und vergehen, und plötzlich erinnerte sie sich an den Transformatorenkasten und den Seesack.

Er war weniger als einen Kilometer entfernt.

Sie legte den ersten Gang ein und rollte mit knirschenden Kugellagern die Straße hinauf und dann den Weg hinab, der allmählich immer schmaler wurde. Sie fuhr langsam, und als sie die Überführung hinter sich gelassen hatte, schaltete sie in den Leerlauf, zog die Handbremse an und ging zu dem Kasten. Die Tür hatte einen Riegel. Zögernd nahm sie das gefrorene Metall in die Hand, drehte den Griff nach oben und zog. Der Kasten öffnete sich auf Anhieb, und der Seesack fiel ihr vor die Füße.

Er war schwer, jedoch nicht so bleiern, wie er gewirkt hatte, als der Mann ihn hinter sich hergeschleift hatte.

Annika sah sich um und kam sich vor wie ein Dieb in der Nacht. Nur die Sterne und das Nordlicht leisteten ihr Gesellschaft. Der Atem stand in weißen Wolken um sie herum und vernebelte ihren Blick, als sie in die Hocke ging.

Was immer sich in dem Sack befand, es war Ragnwalds Erbe für seine Kinder. Er hatte sie um sich geschart, um ihnen sein Testament zu verkünden. Sie hielt den Atem an und löste den großen Knoten, mit dem der Sack verschlossen war. Anschließend richtete sie sich auf, schaute mit klopfendem Herzen nach unten, sah nichts, streckte eine Hand hinein und bekam einen Karton mit spanischen Medikamenten zu fassen. Sie legte ihn vorsichtig auf die Erde und griff erneut hinein.

Eine Dose mit großen gelben Tabletten. Göran Nilsson hatte am Ende seines Lebens starke Medikamente eingenommen.

Eine Packung Pillen.

Ein Karton mit rotweißen Kapseln.

Sie seufzte, streckte ein letztes Mal die Hand in den Sack und hielt einen etwa fünf Zentimeter dicken Stapel mit Geldscheinen in der Hand.

Sie zuckte zusammen und starrte das Geld an. Es waren Euro. Hunderter.

Sie sah sich um, Hochofen Zwei des Eisenhüttenwerks stieß Dampf aus.

Wie viel war es? Sie streifte die Handschuhe ab und blätterte mit dem Finger in dem Stapel, es waren neue Scheine, nicht benutzt, mindestens hundert Stück.

Einhundert Hunderteuroscheine.

Zehntausend Euro, fast hunderttausend schwedische Kronen.

Sie zog die Handschuhe wieder an, bückte sich und bekam zwei weitere Bündel zu fassen.

Dann faltete sie die Ränder des Seesacks auseinander und betrachtete staunend und atemlos den Inhalt.

Der Sack enthielt Hunderte Bündel von Euroscheinen.

Sie versuchte zu schätzen, wie viele Schichten von Geldscheinen da vor ihr lagen.

Viele. Unglaublich viele.

Doch dann wurde ihr schlecht.

Das Erbe des Henkers für seine Kinder.

Ohne weiter darüber nachzudenken, riss sie den Sack auf und schüttete das Geld in den Kofferraum ihres Mietwagens.

Die Glastüren des Stadthotels glitten mit einem zischenden Geräusch auf. Annika trat unter die Kristallleuchter und blinzelte in dem hellen Licht.

»Ich glaube, sie ist gerade zur Tür hereingekommen«, sagte die Frau an der Rezeption in einen Hörer. »Annika Bengtzon?«

Annika sah zu der jungen Frau hinüber.

»Sie sind doch Annika Bengtzon vom *Abendblatt*, oder? Wir sind uns begegnet, als Sie vor zwei Wochen hier waren. Ihr Chef ist am Apparat.«

»Welcher?«

Die Frau lauschte.

»Anders Schyman«, rief sie durch die Lobby.

Annika schob den Riemen ihrer Tasche auf die Schulter und ging zur Rezeption.

»Richten Sie ihm bitte aus, dass ich ihn von meinem Zimmer aus anrufe, ich will nur schnell einchecken.«

Zehn Sekunden Stille.

»Er sagt, er möchte Sie jetzt sprechen.«

Annika streckte die Hand nach dem Hörer aus.

»Was wollen Sie?«

Ihr Chefredakteur klang zerknirscht, als er das Wort ergriff.

»Die Nachrichtenagenturen haben soeben gemeldet, dass die Polizei in Luleå eine dreißig Jahre alte Terroristenzelle gesprengt hat. Es heißt, der Anschlag auf eine Maschine des Typs Drache auf F21 sei aufgeklärt, ein international gesuchter Profikiller sei tot aufgefunden worden und man fahnde nach einem unter Mordverdacht stehenden Terroristen, der noch auf freiem Fuß ist.«

Annika schielte zur neugierig blickenden Empfangsdame hinauf, kehrte ihr den Rücken zu und zog die Schnur so lang, wie es eben ging.

»Oh«, sagte sie.

»Hier steht weiter, dass Sie dabei waren, als der Profikiller starb, und mit einem Teil der Terroristen gefangen gehalten wurden. Dass Kultusministerin Karina Björnlund eine von ihnen war und Sie die Polizei alarmiert haben, sodass die Terroristen überhaupt gefasst werden konnten.«

Annika verlagerte das Gewicht von einem Bein auf das andere.

»Na, so was«, sagte sie.

»Was machen Sie morgen?«

Sie schielte über die Schulter hinweg zu der Frau an der Rezeption und entnahm ihrem goldenen Namensschild, dass sie Linda hieß.

Linda sortierte Blätter von einem Stapel auf einen zweiten und versuchte den Eindruck zu erwecken, sie würde nicht zuhören.

»Nichts natürlich«, sagte sie. »Ich darf mich ja nicht mit dem Thema Terrorismus beschäftigen, das war doch eine ausdrückliche Anweisung. Ich werde Ihren Befehlen natürlich Folge leisten.«

»Ja, schon gut«, sagte der Chefredakteur. »Aber was werden Sie schreiben? Wir haben die Zeitung bis zur Mitte für Sie freigehalten.«

Sie biss die Zähne zusammen.

»Keine einzige Zeile, jedenfalls nicht im *Abendblatt*. Ich habe jede Menge Material, aber da Sie mir verboten haben, es zusammenzutragen, werde ich es selbstverständlich nicht verwenden.«

Sie lauschte seinem verblüfften Schweigen.

»Jetzt seien Sie nicht dumm«, sagte er dann. »Das ist eine grobe Fehleinschätzung von Ihnen.«

»Entschuldigen Sie mal«, erwiderte sie, »aber wer hat denn die Situation falsch eingeschätzt?«

Es wurde still in der Leitung. Sie wusste, dass der Chefredakteur gegen den Impuls ankämpfte, sie zur Hölle zu wünschen und den Hörer auf die Gabel zu knallen, aber angesichts eines umfangreichen Nachrichtenteils, der gefüllt werden musste, konnte er sich das nicht leisten.

»Ich wollte gerade ins Bett«, sagte sie deshalb. »War sonst noch was?«

Anders Schyman wollte etwas sagen, überlegte es sich dann jedoch anders.

»Ich habe heute eine gute Nachricht erhalten«, meinte er schließlich und versuchte verbindlich zu klingen.

Sie schluckte ihre Verachtung herunter.

»So?«, sagte sie.

»Ich werde neuer Vorsitzender des Verbands der schwedischen Zeitungsverleger.«

»Gratuliere.«

»Ich dachte mir, dass Sie das freuen würde«, sagte er. »Übrigens, warum gehen Sie eigentlich nicht an Ihr Handy?«

»Ich bekomme hier oben kein Netz. Gute Nacht.«

Sie reichte das Telefon zurück.

»Kann ich jetzt bitte einchecken?«

Die Gittertür des Aufzugs ging schwer, und Annika musste sich anstrengen, um sie öffnen zu können. Sie stolperte in die vierte Etage hinaus, und der schwere Teppichboden schluckte das Geräusch ihrer Schritte.

Zu Hause, dachte sie, jetzt bin ich endlich zu Hause.

Das Business-Zimmer lag links. Der Hotelflur schaukelte sacht hin und her, zwei Mal musste sie sich an der Wand abstützen. Sie fand ihr Zimmer, steckte ihre Karte in den Schlitz und wartete auf das Aufleuchten des grünen Lämpchens. Ein leises Säuseln empfing sie, schmale Lichtstreifen drangen an den Rändern der geschlossenen Vorhänge ins Zimmer. Sie zog die Tür hinter sich zu, die mit einem gut geölten Klicken ins Schloss fiel, ließ ihre Tasche zu Boden sinken und schaltete das Licht an.

Auf ihrem Bett saß Hans Blomberg.

Sie erstarrte zu Eis, ihr Körper war wie gelähmt, sie konnte nicht mehr atmen.

»Guten Abend, kleines Fräulein«, sagte der Archivar und richtete eine Pistole auf sie.

Sie starrte den Mann an, seine graue Strickjacke und sein gutmütiges Gesicht, und versuchte klar zu denken.

»Das hat aber lange gedauert. Ich warte schon seit Stunden.«

Annika wich einen Schritt zurück und tastete nach der Türklinke.

Hans Blomberg stand auf.

»Das würde ich lieber sein lassen, meine Liebe«, sagte er. »Mein Finger am Abzug juckt schon.«

Annika blieb stehen und ließ den Arm sinken.

»Das glaube ich Ihnen gern«, sagte sie, und ihre Stimme war hell und sehr dünn. »Jedenfalls haben Sie bisher nicht gezögert.«

Er lachte kurz auf.

»Wohl wahr«, erwiderte er. »Wo ist das Geld?«

Sie stützte sich an der Wand ab.

»Was?«

»Das Geld! Das Erbe des Drachen!«

»Wie kommen Sie darauf, dass es irgendwo Geld gibt, und warum sollte ausgerechnet ich wissen, wo es ist?«

»Die kleine Annika Amateurdetektivin, die überall herumschnüffelt. Wenn es jemand weiß, dann Sie.«

Der Mann trat mit einem einschmeichelnden Lächeln zu ihr, und sie starrte in sein Gesicht.

»Warum haben Sie diese Menschen getötet?«

Er blieb stehen und legte den Kopf schief.

»Wir sind im Krieg«, erklärte er. »Sie sind doch Journalistin, ist Ihnen da etwas entgangen? Der Krieg gegen den Terrorismus? Das muss doch bewaffneter Kampf von beiden Seiten bedeuten, oder etwa nicht?«

Er lachte selbstzufrieden.

»Das war nicht meine Idee«, sagte er, »aber auf einmal scheint es legitim zu sein, Diktatoren und falsche Autoritäten aus dem Weg zu räumen, und davon gibt es allerorten mehr als genug.«

Er sah sie an und lächelte.

»Als Journalistin, Annika, kennen Sie doch sicher die Redewendung *Warum in die Ferne schweifen, wenn das Gute liegt so nah*? Es gibt überall Storys, warum also in der Ferne suchen? Mit den falschen Autoritäten ist es genauso, warum weiter weg Ausschau nach ihnen halten als unbedingt nötig?«

»Und Benny Ekland war so eine falsche Autorität?«

Hans Blomberg wich zurück, setzte sich wieder aufs Bett und bedeutete ihr mit einem Winken der Pistole, sich an den Schreibtisch zu setzen. Sie gehorchte und ließ die Polarjacke neben dem Stuhl zu Boden fallen.

»Das haben Sie falsch verstanden«, meinte der Archivar. »Hans Blomberg ist nur mein Deckname. Eigentlich bin ich der Schwarze Panther, und ich bin niemals jemand anders gewesen.«

Er nickte, um seinen Worten Nachdruck zu verleihen, während Annika fieberhaft nach etwas suchte, das ihn aus der Fassung bringen konnte.

»Das stimmt aber nicht ganz«, sagte sie. »Sie haben durchaus versucht, auch als Hans Blomberg Ihren Platz in der Gesellschaft zu finden. All diese Artikel aus dem Landtag, die immer ganz unten auf Seite 22 erschienen, was ist mit denen?«

Für einen Moment zeigte sich Wut in seinem Gesicht.

»Das war meine Art, bis zur Rückkehr des Drachen eine bürgerliche Fassade zu wahren. Er hatte uns versprochen, dass er kommen würde, und seine Rückkehr war das Signal.«

Dann lächelte er wieder.

»Benny hat dafür gesorgt, dass ich ins Archiv abgeschoben wurde. Aber ich möchte nicht nachtragend sein, denn am Ende habe ich ja doch gewonnen.«

»Aber warum der Junge?«

Hans Blomberg schüttelte betrübt den Kopf.

»Es war traurig, dass er verschwinden musste, aber der Krieg fordert immer zahlreiche zivile Opfer.«

»Weil er Sie erkannt hat? Weil Sie Kontakt zu seiner Familie hatten?«

Hans Blomberg antwortete nicht, lächelte nur still.

»Und Kurt Sandström?«, fragte Annika.

»Eine falsche Autorität«, antwortete er. »Ein Verräter.«

»Woher kannten Sie ihn?«

»Aus Nyland«, sagte Hans Blomberg. »Er war der große Junge vom Nachbarhof, ein Jahr älter als ich. Wir gingen gemeinsam nach Uppsala und stießen gleichzeitig zur Bewegung. Aber Kurts Glaube war zu schwach, und er wechselte auf die Seite des Kapitals und der Blutsauger, zum Bauernverband. Ich habe ihm die Chance gegeben, umzudenken, aber er wählte sein Schicksal selbst.«

Sie hielt sich am Schreibtisch fest.

»Und was ist mit Margit Axelsson?«

Hans Blomberg seufzte und strich sich die Haare über die Glatze.

»Die kleine Margit, unsere süße Weltverbesserin. Sie hat es immer so gut gemeint. Schade, dass sie ständig das Maul aufreißen musste und so stur war.«

»Deshalb haben Sie Margit erwürgt?«

»Sie war desertiert.«

Annika rutschte auf ihrem Stuhl herum.

»Können Sie mir sagen, warum das Flugzeug gesprengt werden sollte?«

Der Mann zuckte leicht mit den Schultern.

»Das Ganze war im Grunde nur ein Test. Wir wollten sehen, ob Margit, unser Bellender Hund, sich loyal verhalten würde.«

»Und sie tat, was man ihr sagte?«

Er gluckste bei der Erinnerung.

»Sie war so wütend über den Wolf, der nicht mehr mitmachen wollte, dass sie zu allem bereit gewesen wäre. Margit war unglaublich enttäuscht von ihrer Kusine, aber Sie wissen ja, wie Mädchen sind. Die kleine, beliebte Karina wollte einfach nur mit dem vögeln, den alle anderen auch haben wollten.«

»Aber warum wollten sie dann heiraten?«

Der Archivar lachte lauthals.

»Sie sind also tatsächlich darauf reingefallen«, sagte er. »Die Anzeige habe ich schnell zusammengebastelt, ich wollte Ihnen einen Köder vor die Nase halten. Und Sie haben schön angebissen.«

Er beruhigte sich wieder und nickte nachdrücklich. Annika stand auf.

»Ich muss auf Toilette«, sagte sie.

Blomberg kam mit der Schnelligkeit auf die Beine, die sie bereits beobachtet hatte, als er sich im Kompressorenhaus auf die Kultusministerin stürzte.

»Kommt gar nicht in Frage.«

»Dann mache ich in die Hose.«

Der Mann trat einen Schritt zurück, landete jedoch wieder beim Bett.

»Dann gehen Sie, aber keine Tricks. Lassen Sie die Tür offen.«

Sie gehorchte, floh ins Badezimmer, zog Hose, Skihose und Slip runter und pinkelte. Anschließend betrachtete sie sich im Spiegel und wusste, was sie zu tun hatte.

Wenn sie im Hotelzimmer blieb, würde sie sterben. Sie musste raus, auch wenn das bedeutete, dass sie Hans Blomberg mitnehmen musste.

»Wer ist der Tiger?«, fragte sie, als sie ins Zimmer zurückkam.

Der Blick des Archivars hatte nun etwas Lüsternes bekommen und verweilte auf ihrem Schoß.

»Kenneth Uusitalo«, sagte er. »Er ist Abteilungsleiter bei SSAB. Ein richtig spaßiger Bursche, aktives Mitglied des Arbeitgeberverbands, schließt Sklavenverträge mit der Dritten Welt. Leider ist er für längere Zeit verreist.«

Er leckte sich die Lippen.

Annika kehrte zum Schreibtisch zurück und lehnte sich an die Tischplatte.

»Im Grunde sind Sie auch nicht besser«, sagte sie. »Sie haben es doch nur auf Görans Geld abgesehen.«

Blitzschnell war er auf den Beinen, flog durchs Zimmer und richtete die Pistole auf ihre Stirn.

»Jetzt will man also auch noch spöttisch werden«, sagte er und entsicherte die Waffe. Annika hatte sich vor Angst kaum noch in der Gewalt.

»Viel Glück bei der Schatzsuche«, krächzte sie, ihr Mund war völlig ausgedörrt.

Er starrte sie ein paar Sekunden an, nahm dann die Waffe von ihrer Stirn und ließ die Mündung zur Decke zeigen.

»Was wissen Sie?«

»Ich bin mir nicht sicher«, antwortete sie, »aber ich habe gesehen, dass Göran Nilsson einen Seesack in einen Transformatorenkasten an der Bahnlinie gestellt hat. Könnte es das sein?«

Sie schluckte laut, der Mann hob die Augenbrauen.

»Sieh einer an, wie ehrlich man doch auf einmal sein kann.«

»Darf ich mich setzen?«

Er bewegte sich so, dass sie immer in seiner Schusslinie blieb, während sie sich mit puddingweichen Knien auf den Stuhl fallen ließ.

»Wo genau befindet sich dieser Kasten?«

»Nicht weit von der Überführung«, sagte sie. »In unmittelbarer Nähe einer Fichtenanpflanzung.«

»Und wie kommt es, dass Sie das gesehen haben?«

»Ich bin Karina Björnlund gefolgt, habe mich versteckt und dann gesehen, wie Göran Nilsson den Sack in den Kasten stopfte.«

Der Archivar trat zu ihr, legte eine Hand um ihren Nacken, atmete ihr ins Gesicht und starrte ihr in die Augen.

»Ich glaube fast, Sie sagen die Wahrheit. Ziehen Sie Ihre Jacke an.«

Hans Blomberg ging rückwärts zur Tür.

»Ich habe die ganze Zeit die Pistole in der Tasche. Wenn Sie mich auszutricksen versuchen, gehen Sie nicht allein von uns, das Mädchen an der Rezeption wird Sie auf Ihrer Reise in den Hades begleiten. Haben wir uns verstanden?«

Annika nickte und zog ihre Polarjacke an.

Sie verließen das Zimmer. Im Aufzug stellte er sich ganz dicht an sie heran, sie spürte seinen Bauch an ihren Brüsten.

»Woher wussten Sie, wo ich übernachten würde?«, fragte sie ihn.

»Ihr netter Chef hat es mir erzählt, ich glaube, er heißt Jansson.«

Der Aufzug hielt mit einem Ruck.

»Ich bin direkt hinter Ihnen«, sagte Blomberg. »Wenn Sie ein braves Mädchen sind, wird die kleine Dame an der Rezeption die Chance haben, erwachsen zu werden.«

Er presste sich noch enger an sie, ließ seine Hände in ihre Jackentaschen und zu ihrem Schoß hinabgleiten.

Sie trat so heftig gegen die Tür, dass sie aufflog.

Schnell zog er die Hände wieder aus den Taschen heraus und beförderte ihr Handy zu Tage.

»Schön ruhig«, flüsterte er.

Sie betraten die Lobby. Die junge Linda kam gerade aus der Küche, sprach in ein tragbares Telefon und lächelte sie freundlich an.

Ruf die Polizei, versuchte Annika ihr mit einem feurigen Blick zu sagen, ruf die Polizei!

Doch die junge Frau winkte ihnen nur zu und ging mit ihrem Telefon in ein Zimmer hinter der Rezeption.

»Jetzt gehen wir raus«, flüsterte Hans Blomberg.

Die Kälte biss auf der Haut, und sie spürte wieder seine Pistole im Rücken.

»Und dann nach rechts«, sagte der Archivar, und sie ging auf wackligen Beinen an ihrem Mietwagen mit Ragnwalds Millionen im Kofferraum vorbei. Hans Blomberg zog an ihrem Arm und schob sie zu einem alten Passat, der vor einer Buchhandlung parkte.

»Der Wagen ist offen«, sagte er. »Steigen Sie ein.«

Annika gehorchte, der Sitz war eiskalt. Hans Blomberg ging um das Auto herum zur Fahrerseite.

»Wo haben Sie denn den gestohlen?«, fragte Annika.

»Auf Porsön«, antwortete Hans Blomberg und schloss den Wagen kurz.

Sie rollten zum Wasser hinab und fuhren anschließend Richtung Eisenhüttenwerk. Zum dritten Mal am gleichen Tag fuhr Annika nun in das Industriegebiet im Stadtteil Lövskatan.

»Wie sind Sie in mein Zimmer gekommen?«, fragte sie, starrte in den Rückspiegel und sah weit hinter sich ein allmählich größer werdendes Licht.

Blomberg lachte ein wenig.

»Das ist ein kleines Hobby von mir. Ich komme überall rein. Möchten Sie sonst noch was wissen?«

Sie schloss die Augen und dachte nach.

»Warum sind Sie jedes Mal anders vorgegangen?«

Er zuckte mit den Schultern, bremste am Anfang des schmalen, für Kraftfahrzeuge gesperrten Weges ab und spähte durch die Windschutzscheibe hinaus.

»Ich wollte ein bisschen experimentieren«, sagte er. »Beim Trainingslager in Melderstein im Sommer 1969 ernannte der Drache mich zu seinem Oberbefehlshaber. Ich sollte den bewaffneten Kampf führen, und wir übten den ganzen Sommer lang verschiedene Szenarien für Anschläge und Tötungsmethoden. Ich habe all die Jahre trainiert und mich weitergebildet. Wie weit müssen wir noch fahren?«

»Bis zu der Überführung«, antwortete Annika und sah erneut verstohlen in den Rückspiegel, das Licht war näher gekommen. »Margit Axelsson erhielt nach dem Verschwinden des Drachen eine Warnung, bekamen Sie auch eine?«

Wieder lachte Blomberg, diesmal jedoch lauter.

»Aber, meine Liebe«, sagte er, »ich war es doch, der die Warnungen verschickt hat. Alle haben eine bekommen.«

»Woher hatten Sie die Finger?«

»Von einem kleinen Jungen, der bei einem Autounfall gestorben war«, antwortete Hans Blomberg. »Ich bin in die Leichenhalle eingebrochen und habe sie abgeschnitten. Aber machen Sie sich keine Sorgen, er hat sie nicht mehr vermisst.«

Sie sah aus dem Fenster, bis sie wieder in der Lage war, zu sprechen.

»Aber warum haben Sie ausgerechnet jetzt angefangen zu morden?«, sagte sie und sah ihn an. »Warum haben Sie so lange gewartet?«

Er schielte zu ihr herüber und lächelte.

»Sie hören mir nicht zu«, sagte er. »Die Revolution hat begonnen. Sie sollte kommen, sobald der Drache zurückkehrte. Das hat er damals versprochen, ehe er wegging, und jetzt ist er zurück.«

»Göran Nilsson ist tot.«

Hans Blomberg zuckte mit den Schultern.

»Ja, ja«, sagte er und seufzte. »Alle falschen Autoritäten sterben früher oder später.«

Er brachte den gestohlenen Wagen zum Stehen, zog die Handbremse und schaltete in den Leerlauf. Dann drehte er sich zu Annika um und sah sie ernst und nachdenklich an.

»Der Drache hatte versprochen, eines Tages zurückzukommen, und ich wusste, dass er es ernst meinte. All die Jahre habe ich auf seine Rückkehr gewartet. Sicher, manchmal hatte ich die Hoffnung schon aufgegeben, aber am Ende habe ich doch noch gewonnen.«

»Glauben Sie das wirklich?«, sagte Annika.

Er schlug ihr mit der flachen Hand ins Gesicht.

»Jetzt gehen wir mal zu diesem Kasten«, sagte er, streckte sich über sie, öffnete die Beifahrertür und ließ die Hand auf ihrem Bauch liegen.

Sie stemmte sich hinaus und warf rasch einen Blick zurück.

Es war noch nicht so weit.

Dann drehte sie sich zu dem Kasten um und zeigte darauf.

»Da ist er.«

»Machen Sie ihn auf.«

Sie ging langsam und mit bleischweren Füßen darauf zu.

Es wird nichts, dachte sie. Ich schaffe es nicht.

Sie horchte und glaubte ein dumpfes Rauschen zu hören. Noch war es nicht so weit, aber bald.

Sie griff nach dem Riegel, versuchte zu drehen, zog, nahm beide Hände, zerrte noch fester an ihm, stützte sich auf der Erde ab, stöhnte laut auf.

»Ich bekomme ihn einfach nicht auf«, sagte sie und ließ los.

Das Licht war inzwischen noch näher gekommen, und das Rauschen, das jetzt deutlicher zu hören war, vermischte sich mit dem entlegenen Donnern des Eisenhüttenwerks. Bald, bald, bald.

Hans Blomberg trat gereizt zu ihr.

»Gehen Sie zur Seite.«

Er hielt die Pistole in der rechten Hand, griff mit der linken nach dem Riegel und drehte ihn nach oben. Die Tür sprang auf, und die Augen des Mannes weiteten sich, als er sich vorbeugte und in die Dunkelheit hineinstarrte. Annika schälte sich blitzschnell aus ihrer schweren Jacke und lief los.

Sie stürzte sich auf die Schienen, rutschte auf den Schwellen aus, lief mit bleiernen Beinen weiter und schrie, ohne sich dessen bewusst zu sein.

Eine Kugel sauste an ihrem linken Ohr vorbei, dann noch eine, und im nächsten Moment war sie in das grelle Scheinwerferlicht der Diesellokomotive gehüllt, sie rannte und warf sich vor den Eisenerzzug, stürzte wenige Meter vor der gigantischen Lokomotive über die Gleise, der Lokomotivführer zog das Warnsignal, aber es war zu spät, sie war schon vorbei und ließ sich auf der anderen Seite fallen, und die Lokomotive donnerte mit ihrer riesigen Last aus Waggons voller Eisenerz an ihr vorüber, sodass der Zug zu einer kilometerlangen Mauer aus Eisen zwischen ihr und Hans Blomberg wurde.

Dann stand sie auf und lief immer weiter auf das Donnern zu, auf die leuchtend roten Augen, die hoch oben am Hochofen Zwei schwebten, sie kletterte einen steilen Hang hinauf und über eine Kohlenhalde, Messer schnitten ihr in die Luftröhre, aber schließlich breitete sich unter ihr der Wendeplatz aus, und in der Ferne leuchtete das Schild:

Westliche Wache.

DIENSTAG, 24. NOVEMBER

Thomas legte die Abendzeitungen auf den Schreibtisch. Als er anschließend seinen Mantel an der Rückseite der Tür aufhängte, sah er über die Schulter hinweg auf die Tischplatte. Annikas ernstes Gesicht blickte von der Titelseite des *Abendblatts* zu ihm hoch, es war ihr neuer Bildeinschlag nach der Nacht im Tunnel, ein Foto, auf dem sie älter und trauriger aussah als auf dem früheren.

Reporterin des Abendblatts *ließ Terrorgruppe auffliegen*, posaunte die Schlagzeile, und sein Puls ging schneller, als er sich setzte und mit dem Finger über ihr Gesicht strich. Seine Frau, die Mutter seiner Kinder, sie war einzigartig, und das fand nicht nur er.

Er schlug die Zeitung auf. Die Artikel über Annikas Recherchen, die zur Entlarvung einer nordschwedischen Terrorzelle geführt hatten, füllten die Hälfte der heutigen Ausgabe.

Die Seiten sechs und sieben zeigten ein in nächtlicher Dunkelheit gemachtes Luftbild vom Bottnischen Meerbusen, auf dem ein Mensch in einem hell erleuchteten Lichtkegel lief. Die Überschrift lautete:

Terroristenjagd zur See – der Serienmörder wurde heute Nacht von Hubschraubern mit Wärmebildkameras aufgespürt.

Ein langer Artikel berichtete, dass ein einzelner Mann aus Luleå in den letzten Wochen mindestens vier Menschen ermordet hatte. Die Journalistin Annika Bengtzon hatte in der Westlichen Wache des Eisenhüttenwerks Alarm geschlagen, woraufhin die Polizei den Stadtteil Lövskatan hermetisch abgeriegelt hatte, weshalb der Mann auf das von einer Eisschicht bedeckte Meer geflüchtet war. Glücklicherweise standen der Polizei Hubschräuber mit Wärmebildkameras zur Verfügung, da sie am Vortag nach einem verschwundenen Dreijährigen gesucht hatte. Er überflog hastig den Text und blätterte weiter.

Als Nächstes folgte ein Artikel darüber, dass Annika mit Mitgliedern der terroristischen Vereinigung *Die wilden Tiere* in einem verlassenen Kompressorenhaus in der Nähe des Eisenhüttenwerks von Luleå gefangen gehalten worden war und wie sie es geschafft hatte, die Polizei zu alarmieren, bevor sie in die Hände der Terroristen geriet. Außerdem konnte Thomas dem Artikel entnehmen, dass sie das Leben des Frührentners Yngve Gustafsson gerettet hatte, indem sie ihn mit ihrer eigenen Körperwärme vor dem Tod durch Erfrieren bewahrte.

Thomas verspürte bei diesem Satz einen Stich im Unterleib und musste schlucken. Er hörte auf zu lesen und betrachtete stattdessen die Bilder. Eine schöne Aufnahme von Annika in der Redaktion. Darunter das Foto eines kleinen roten Backsteinhauses.

Seine Frau hätte dort ums Leben kommen können.

Er strich sich über die Haare und zog an seiner Krawatte.

Annika war dem Mörder entflohen, indem sie sich vor einen Eisenerzzug geworfen und anschließend einen guten Kilometer zum Werk von SSAB zurückgelegt hatte, um in der Westlichen Wache Alarm zu schlagen. Reporter Patrik Nilsson hatte den Artikel geschrieben, Annika selbst war interviewt worden und hatte nur gesagt, es gehe ihr gut und sie sei froh, dass nun alles vorbei sei.

Er schnaubte, sie war doch nicht ganz bei Trost, was dachte sie sich eigentlich? Wie konnte sie sich nur solchen Gefahren aussetzen, ohne an ihn und die Kinder zu denken? Darüber mussten sie unbedingt reden, so konnte sie nicht weitermachen.

Die folgenden Seiten waren Kultusministerin Karina Björnlund gewidmet, die berichtete, wie sie Ende der sechziger Jahre zu den wilden Tieren gestoßen war, einer maoistischen Splittergruppe in Luleå. Nachdem Björnlund sie verlassen hatte, war die Gruppe radikal und gewalttätig geworden, eine Entwicklung, die sie zutiefst bedauerte. Die Ministerin versuchte einen Zeitgeist zu beschreiben, eine Suche nach Gerechtigkeit und Freiheit, die auf Abwege geraten war. Der Premierminister begrüßte ihren freimütigen Bericht und versicherte, sie genieße auch in Zukunft sein volles Vertrauen.

Die Wahrheit über den Anschlag auf den Fliegerhorst F21 folgte auf der nächsten Doppelseite. Der nunmehr dingfest gemachte Serienmörder hatte damals die Militärmaschine zur Explosion gebracht.

Er übersprang den Text, nachdem er Einleitung und Bildunterschrift gelesen hatte. Auf den folgenden Seiten ging es um den Profikiller Ragnwald, einen der skrupellosesten Terroristen der ETA, der Polizei und Sicherheitsdienste in aller Welt mehr als drei Jahrzehnte lang genarrt hatte. Er war in dem Kompressorenhaus erfroren, während Annika und die anderen ohnmächtig zusehen mussten.

Thomas betrachtete die unscharfe Fotografie eines jungen Mannes, der dunkelhaarig und schlaksig war und weiche Gesichtszüge hatte.

Dann ging es erneut um Annika. Der Artikel fasste die Stationen ihrer Karriere zusammen.

Er legte die Hand auf ihr Gesicht und schloss die Augen.

Seltsamerweise hatte er das Gefühl, dass die Zeitungsseite Wärme abstrahlte. Du bist bei mir, dachte er.

Im nächsten Moment klingelte sein Telefon, und er hob lächelnd ab.

»Ich muss dich sofort sehen«, heulte Sophia Grenborg. »Es ist etwas Schreckliches passiert. Ich komme zu dir.«

Für einen Moment wurde auch er von ihrer Panik erfasst, und seine Kehle schnürte sich zu. Terroristen, Profikiller, erfrorene Menschen.

Dann beruhigte er sich wieder, Sophias schreckliche Erlebnisse waren mit Annikas sicher nicht zu vergleichen. Er räusperte sich, sah auf die Uhr und suchte nach einem Grund, ihr aus dem Weg zu gehen.

»Der Kongressausschuss trifft sich in einer Viertelstunde zu einer Besprechung«, sagte er und errötete, weil er sie anlog.

»Ich bin in fünf Minuten bei dir.«

Sie legte auf, und er blieb mit einem undefinierbaren Summton im Kopf sitzen. Letzten Freitag hatte sie sich noch gefreut, dass sie bei einer Umfrage der Zeitung *Landtagswelt* die Frage beantworten durfte, was sie sich zu Weihnachten wünschte.

»Ich habe gesagt, dich«, hatte sie geflüstert und ihn leicht aufs Ohr geküsst.

Er betrachtete die Titelseite des *Abendblatts*, eine der größten Zeitungen ganz Skandinaviens, und sah seine ernste Frau, die eine Gruppe von Terroristen entlarvt hatte. Sie veränderte die Wirklichkeit, während er und seine Kollegen versuchten, sie zu zähmen und zu verwalten, sie leistete etwas, während er sich bemühte, Tatsachen zu verschleiern.

Das Telefon klingelte erneut, es war der Empfang.

»Sie haben Besuch.«

Er stand auf, stellte sich ans Fenster und sah auf den Friedhof hinunter. Die Erde war gefroren und mit Raureif überzogen. Dann versuchte er, sein Unbehagen abzuschütteln, indem er die Schultern hochzog und wieder fallen ließ.

Wenige Sekunden später stolperte Sophia Grenborg verheult und mit geschwollener Nase in sein Büro. Er ging zu ihr und half ihr aus dem Mantel.

»Ich begreife einfach nicht, was passiert ist«, schluchzte sie und holte ein Taschentuch aus ihrer Handtasche. »Ich verstehe nicht, was in sie gefahren ist.«

Er tätschelte ihre Wange und versuchte zu lächeln.

»Was ist denn los?«

Sie ließ sich in seinen Besuchersessel fallen und hielt sich das Taschentuch vor den Mund.

»Man will mich versetzen«, sagte sie. »Ich soll Sachbearbeiterin bei der Abteilung für Verkehrssicherheit werden.«

Sie senkte den Kopf, ihre Schultern begannen zu zittern, er trat unschlüssig ein paar Mal auf der Stelle, beugte sich dann über sie, zögerte.

»Sophia, Liebes, bitte, du …«

Sie hielt inne und sah verzweifelt zu ihm auf.

»Was habe ich mich abgerackert«, sagte sie. »Fünf Jahre lang habe ich auf dieser Stelle geschuftet. Wie können sie mich nur so degradieren?«

»Bist du sicher, dass es keine Beförderung ist?«, sagte er, setzte sich auf den Schreibtisch und legte eine Hand auf ihren Rücken.

»Beförderung?«, erwiderte sie. »Ich bin meinen Projektleiterzuschuss los, und darüber hinaus wird von mir erwartet, dass ich noch im Laufe des Nachmittags mein Büro räume und in ein Bürogebäude draußen in Kista umziehe.«

Thomas streichelte ihre Schultern, sah auf ihre Haare hinab, roch ihren Apfelgeruch.

»Welchen Grund nennen sie denn für die Versetzung?«

Sophia begann wieder zu weinen, und er stand auf und schloss die Tür.

»Liebes«, sagte er, beugte sich zu ihr hinab und strich ihr die Haare aus dem Gesicht. »Jetzt erzähl mal, was passiert ist.«

Sie riss sich zusammen und schnäuzte sich.

»Wir werden schon herausfinden, was dahinter steckt«, sagte er. »Jetzt erzähl.«

»Ich bin in die Geschäftsführung gerufen worden, worüber ich mich natürlich sehr gefreut habe. Ich dachte, ich sollte in die Kongressgruppe aufgenommen werden oder vielleicht auch in einen der Ausschüsse, aber dann sind sie stattdessen mit dieser Sache rausgerückt.«

»Aber warum denn?«, sagte Thomas.

Sie schüttelte den Kopf.

»Sie meinten, es hinge mit Umstrukturierungen im Vorfeld der geplanten Fusion mit euch zusammen, und dann haben sie mich rausgeschickt. Thomas, ich verstehe überhaupt nichts mehr. Was geht hier eigentlich vor?«

Er küsste sie auf die Stirn, strich ihr übers Haar, sah auf seine Armbanduhr.

»Weißt du, Schatz, ich muss zu meiner Besprechung, und ich kenne ja auch niemanden beim Landtagsverband …«

Seine Worte hingen im Raum, sie sah ihn aus großen Augen an.

»Kannst du denn nicht versuchen, ein paar Strippen zu ziehen?«

Er tätschelte ihre Wange.

»Ich kann's gern versuchen. Du wirst sehen, das renkt sich alles wieder ein.«

»Glaubst du?«, sagte sie und stand auf.

»Ganz sicher«, antwortete er und holte ihren Mantel.

Sie küsste ihn flüchtig, ehe sie sich umdrehte und sich in den Mantel helfen ließ.

»Kannst du heute Abend nicht zu mir kommen?«, flüsterte sie an seinem Hals. »Ich könnte uns etwas Italienisches kochen.«

Er spürte, wie ihm zwischen den Schulterblättern der Schweiß ausbrach.

»Heute Abend geht es leider nicht«, sagte er schnell. »Meine Frau kommt nach Hause. Hast du die Zeitung nicht gelesen?«

»Was?«, sagte sie und riss ihre glänzenden Augen auf. »Welche Zeitung?«

Er ging zum Schreibtisch und hielt die Titelseite des *Abendblatts* hoch. Annikas dunkle Augen starrten die beiden an.

»›Ließ Terrorgruppe auffliegen‹«, las Sophia verblüfft und misstrauisch. »Welchen Beruf hat deine Frau eigentlich?«

»Früher war sie Leiterin der Kriminalredaktion, aber dadurch blieb ihr so wenig Zeit für die Familie. Heute arbeitet sie als freie Reporterin, recherchiert Machtmissbrauch und politische Skandale. An der Sache mit diesen Terroristen hat sie in den letzten Wochen gearbeitet.«

Er legte die Zeitung mit dem Bild nach oben auf den Tisch und war sich bewusst, wie stolz seine Stimme und seine Bewegungen wirken mussten.

»Eigentlich sollte sie schon gestern wieder nach Hause kommen, aber dann ist ihr das hier dazwischengekommen. Sie fliegt heute Vormittag zurück.«

»Aha«, sagte Sophia. »Ja, dann verstehe ich natürlich, dass du heute Abend keine Zeit hast.«

Sie ging ohne ein weiteres Wort, und er staunte, wie erleichtert er war, als sie verschwand.

Im Zug vom Flughafen in die Stadt betrachtete Annika die Landschaft hinter dem Fenster. Hart gefrorene Ackerflächen und vereiste Bauernhöfe sausten vorbei, ohne dass Annika sie wahrnahm.

Während sie Methoden und Konsequenzen abgewogen und verschiedene Fakten und Argumente strukturiert und formuliert hatte, war die Nacht vergangen.

Der Artikel lag fertig in ihrem Notizblock und musste nur noch ausformuliert werden.

Ein Zuhause braucht kein Ort oder Haus zu sein, dachte sie, es kann auch etwas ganz anderes sein. Sie schloss die Augen und überdachte ihre Entscheidungen noch einmal.

Erstens: Der Text würde veröffentlicht werden.

Zweitens: Das Gebäude in der Hantverkargatan hatte sie zehn Jahre lang beherbergt, was aber nicht heißen musste, dass sie dort auch zu Hause war. Thomas hatte sich in der Innenstadt nie richtig wohl gefühlt, er würde erleichtert sein.

Es kommt immer darauf an, zu gewinnen. Es kommt darauf an, stärker zu sein. Die andere soll keine Chance haben. Sie darf keine Alternative sein, und Thomas wird nie auf eine Verliererin setzen.

Ihr Telefon vibrierte in der Innentasche der Polarjacke. Sie zog es heraus und sah, dass es Q war, der sie von seinem Privatanschluss aus anrief.

»Gratuliere«, sagte der Mann von der Landesmordkommission.

»Wozu?«, meinte Annika.

»Ich habe gehört, dass Sie Ihr Handy zurückbekommen haben.«

Sie lächelte matt.

»Stimmt, von Ihren prächtigen Burschen in Luleå. Hans Blomberg hatte es in der Hosentasche, als er auf dem Eis gefasst wurde. Was kann ich heute für Sie tun?«

»Ich denke da über etwas nach«, sagte er. »Es geht um das Geld.«

»Welches Geld?«, erwiderte Annika.

»Ragnwalds Geld. Ein ganzer Sack voller Euro.«

Annika sah die Industriegebäude der Vororte mit Tempo 160 vorbeirauschen.

»Ich verstehe nicht, worauf sie hinaus wollen«, sagte sie.

»Wie haben Sie es gefunden?«

Sie schloss die Augen, wurde sanft vom Zug geschaukelt.

»Ich habe in meiner Freizeit einen Spaziergang gemacht. Ich bin über einen Sack mit Moneten gestolpert, den jemand verloren hatte. Ich habe das Geld als Fundsache bei der Polizei abgegeben. Wollen Sie noch etwas wissen?«

»Dieses Geld ist Ragnwalds Lebenswerk«, sagte der Kommissar. »Er hat ein ganzes Leben lang für Geld gemordet und niemals einen Franc davon benutzt, um sich ein schönes Leben zu machen. Deshalb hat man ihn auch nie erwischt. Er hat das Geld im Bankfach des Arztes in Bilbao gesammelt und das Fach vor einem Monat geleert.«

Annika sah wieder aus dem Fenster.

»Sieh mal einer an«, meinte sie. »Ich frage mich, wo es hingekommen ist.«

»Vielleicht hat er es ja verloren? Zum Beispiel in einem Transformatorenkasten.«

»Vielleicht, vielleicht auch nicht, aber das weiß wohl kein Mensch so genau.«

Der Polizist lachte müde.

»Wissen Sie, wie viel es war.«

»Meiner Schätzung nach ungefähr zwölf Millionen.«

»Es waren fast vierzehn, also 128 Millionen Kronen.«

»Wow.«

»Niemand hat das Geld als verschwunden gemeldet. Wenn in den nächsten sechs Monaten niemand Anspruch darauf erhebt, gehört es dem Finder.«

»Aber?«, sagte Annika.

»Aber da der leitende Staatsanwalt in Luleå den Verdacht hegt, das Geld könnte durch kriminelle Machenschaften erworben worden sein, hat er die Absicht, es zu beschlagnahmen.«

»Was für ein Pech«, sagte Annika.

»Warten Sie, ich bin noch nicht ganz fertig. Damit Sie wegen des Geldes nicht prozessieren, hat der Staatsanwalt beschlossen, Ihnen den üblichen Finderlohn in Höhe von zehn Prozent zuzusprechen.«

Es wurde sehr still, Annika sah ein Einkaufszentrum und ein Gartencenter vorbeiwirbeln.

»Ist das wahr?«, sagte sie.

»Sie werden sich zwar ein halbes Jahr gedulden müssen, aber dann gehört es Ihnen.«

Sie versuchte die Summe auszurechnen, stolperte jedoch über die Nullen.

»Was passiert, wenn jemand Anspruch darauf erhebt?«

»Dann muss dieser Jemand den Gegenstand beschreiben, in dem das Geld verwahrt wurde, als Sie es gefunden haben, weiterhin muss er den Ort beschreiben können, an dem es gefunden wurde, und dann natürlich erklären, woher er das alles weiß. Interessieren Sie sich für Geld?«

»Nicht sonderlich«, sagte Annika. »Geld ist eigentlich immer nur dann interessant, wenn man keins hat.«

»Wie wahr.«

»Ach, übrigens«, sagte Annika, »wer hat eigentlich gesagt, dass es Blomberg war, der die Maschine auf F21 in die Luft gejagt hat?«

»Er selbst, er hat gestanden. Wieso? Wissen Sie etwas anderes?«

Annika sah Thord Axelsson vor sich und sein Gesicht, das durch jahrzehntelang gehütete Geheimnisse grau geworden war.

»Nein, nein«, sagte sie hastig, »ich habe mich nur gefragt, wie das damals eigentlich gelaufen ist …«

»Hm«, sagte Q und legte auf.

Sie saß da und hielt das Telefon in der Hand. Zwölf Komma acht Millionen Kronen. In einem halben Jahr.

Würde jemand das Geld für sich beanspruchen? War das überhaupt möglich? Wer konnte den Seesack und den Fundort beschreiben?

Ragnwald und sie, sonst niemand.

Und wer würde schon den Arm heben und sagen: Das Geld des Massenmörders gehört mir?

Dreizehn Millionen Kronen.

Sie wählte die Nummer von Anne Snapphane.

»Wie war die Wohnung in der Artillerigatan?«

Anne schnaufte verschlafen.

»Wie viel Uhr ist es?«

»Spät genug. War sie schick?«

»Der reinste Porno, ich bin schon im Treppenhaus gekommen.«

»Biete mit. Du kannst dir die vier Millionen von mir leihen. Ich habe jede Menge Geld gefunden.«

»Warte, ich muss mal pinkeln …«

Annika hörte, wie Anne draußen auf Lidingö den Hörer auf ihren Nachttisch knallte, sah die Innenstadt, die mit ihren Steinfassaden und verstopften Straßen, umherwirbelnden Abgasen und menschlichen Lemmingzügen vor dem Zugfenster vorbeiflog.

»In drei Minuten erreichen wir Stockholm Hauptbahnhof«, sagte eine blecherne Stimme aus dem Lautsprecher.

Annika hängte sich die Polarjacke um die Schultern.

»Was hast du gesagt?«, meldete sich Anne wieder. »Du hast Geld gefunden?«

»Ich werde es nicht an die große Glocke hängen, aber um Mittsommer herum werde ich einige Millionen als Finderlohn bekommen. Du kannst vier haben und nach Östermalm umziehen.«

Sie biss sich auf die Lippe, wartete, niemand brauchte genau zu wissen, wie viel sie bekommen würde.

Es raschelte im Hörer.

»Du bist doch verdammt noch mal nicht mehr ganz dicht.«

Der Zug wurde langsamer und fuhr in den Bahnhof ein.

»Okay«, sagte Annika. »Dann kaufe ich sie, und du kannst sie von mir mieten.«

»Darauf falle ich doch nicht herein«, erwiderte Anne Snapphane.

Annika stand auf und hängte ihre Tasche über die Schulter.

»Du hast keine Zeitungen gelesen?«

»Du hast mich geweckt.«

»Im *Abendblatt* steht, Karina Björnlund habe nicht die Absicht zurückzutreten und bleibe Ministerin.«

»Wovon redest du?«

»Aber das stimmt nicht«, fuhr Annika fort und hielt sich fest, als der Zug mit einem Ruck zum Stehen kam. »Sie wird morgen zurücktreten.«

»Wie denn? Warum denn?«

»Ich muss jetzt los …«

Sie beendete das Gespräch, sprang aus dem Zug und ging über den Bahnsteig zum Ausgang. Die Luft war kalt, aber milder als in Luleå, Annika atmete sie gierig ein. Die Tasche schlug gegen ihren Rücken, der Boden trug sie sicher.

Sie würde handeln, den Artikel ausformulieren, ihn Schyman mailen und die Kinder früh abholen. Sie konnten backen und sich gemeinsam ein Video anschauen, während sie auf Thomas warteten. Vielleicht sollte sie ihnen auch ausnahmsweise eine Tüte Chips und eine große Flasche Cola spendieren. Ein Abendessen mit Vorspeise und Nachspeise kochen, eine richtige Béarnaise-Soße zubereiten.

Sie gelangte auf die Kungsbron, ging dann in die Fleminggatan. Die Engel in ihrem Kopf waren vollkommen still. Auf dem Terrain, das sie besetzt gehalten hatten, war nun Platz für wirkliche Gedanken, und sie nutzte das aus, um sich auszuruhen.

Vielleicht waren sie für immer fort.

Vielleicht waren sie aber auch nur abgezogen, um sich eine Weile verborgen zu halten.

Am wichigsten ist, dass man irgendwo zu Hause ist, dachte sie.

Thomas stieg vor dem Hauseingang aus dem Bus und schaute an der Fassade hinauf. Alle Fenster ihrer Wohnung waren hell erleuchtet, er sah einen Adventsstern und einen Kerzenständer im Wohnzimmerfenster, und es wurde ihm warm ums Herz.

Wie schön, dass sie wieder zu Hause war.

Er flog mit leichten Schritten die Treppen hinauf, klingelte fröhlich, ehe er aufschloss, um sich vom Jubel der Kinder empfangen zu lassen, und hörte ihre Rufe, noch ehe er die Wohnung betreten hatte:

»Papa!«

Schon sprangen sie in seine Umarmung und zeigten ihm Zeichnungen und erzählten von Ausflügen und dem Film, den sie gesehen hatten und der ganz toll gewesen war. Dann fragten sie nach dem Computer, und sie hatten Chips und Cola von Mama bekommen, und Ellen hatte den Salat gemacht und Kalle eine Biskuitrolle mit Buttercreme gebacken, die es als Nachtisch geben würde.

Er hängte seinen Mantel auf, stellte die Aktentasche ab, löste den Knoten seiner Krawatte und betrat die Küche.

Annika briet Entrecôte und hatte das Fenster zum Lüften einen Spaltbreit geöffnet.

»Gut, dass du da bist, wir können gleich essen«, sagte sie.

Er ging zu ihr, legte seine Hände auf ihre Schultern, küsste sie in den Nacken, spürte ihren harten Körper an seinem Schritt und schlang die Arme um sie.

»Du musst vorsichtig sein«, flüsterte er. »Begreifst du denn nicht, wie wichtig du für uns bist?«

Sie drehte sich um, sah ihm in die Augen und küsste ihn zärtlich.

»Ich habe gute Neuigkeiten«, sagte sie. »Setz dich.«

Er ließ sich an dem gedeckten Tisch nieder, schenkte sich ein Glas Mineralwasser ein und suchte nach der Tageszeitung.

»Ich habe ein Haus gefunden«, sagte sie und stellte die zischende Bratpfanne auf den Untersetzer. »In Djursholm. Es ist ein Neubau, und er kostet nur 6,9 Millionen.«

Er sah zu ihr und ihren erhitzten Wangen auf.

»Wie bitte?«, sagte er.

»Mit Meerblick«, fuhr sie fort, »damit du endlich wieder das Meer sehen kannst. Vinterviksvägen, weißt du, wo der liegt? Ein großer Garten mit Obstbäumen, Küche und Esszimmer sind ein einziger großer Raum, azurblaue Mosaike in beiden Badezimmern, vier Schlafzimmer.«

Ihr Blick war lebendig, und die Augen glänzten, etwas Schwarzes schwamm in ihnen, und auf einmal lief ihm ein Schauer über den Rücken.

»Wie sollen wir uns das leisten können?«, sagte er, sah den Brotkorb an, nahm sich eine Scheibe heraus und kaute.

»Ellen und Kalle, essen!«, rief sie in den Flur hinaus und setzte sich ihm gegenüber. »Ich habe eine Riesensumme Geld gefunden und werde einen sagenhaften Finderlohn bekommen.«

Er sah sie an.

»Wie meinst du das, gefunden?«

Sie lächelte ihn an, ohne zu blinzeln.

»Sieben Millionen.«

Er hörte auf zu kauen und runzelte die Stirn.

»Gefunden?«

»Ich habe einen Sack voll Geld gefunden.«

»Geld?«

Sie lächelte und nickte.

»Das ist doch total verrückt«, sagte er und legte seine Brotscheibe auf den Tisch. »Ist das wirklich wahr?«

»Ich muss nach dem Essen übrigens noch mal in die Redaktion«, sagte sie und nahm sich von den gebackenen Kartoffeln. »Es wird ziemlich spät werden.«

»Das macht nichts, ich werde auf dich warten«, meinte er.

Sie beugte sich zu ihm vor und strich mit der Hand über seine Haare und seine Wange.

»Tu das nicht«, erwiderte sie.

»Sieben Millionen«, sagte er. »Wo hast du die gefunden?«

Die Kinder kamen in die Küche gerannt und schlugen sich darum, wer neben Annika sitzen durfte.

»Ich erzähl's dir später«, mimte sie.

»Und dann machen wir ja auch noch einen ordentlichen Gewinn, wenn wir die Wohnung verkaufen«, sagte er.

Sie stand auf und holte die Soße, und Thomas kam das alles völlig unwirklich vor, sie war eine kleine grüne Frau von einem anderen Planeten. Es gab nichts Weiches oder Formbares an ihr, sie war einzig und allein ihr eigener harter Kern. Fast unzerstörbar wie ein Uranatom, doch wenn sie gespalten wurde, riss sie die ganze Welt mit in den Abgrund.

Wie aus dem Nichts kam ihm der nächste Gedanke in den Sinn. Niemand ist so wie Annika.

Als ihm das klar wurde, blieb ihm vor Glück die Luft weg.

Annika saß vor Anders Schymans Büro und hatte das Gefühl zu fallen. Gelegentlich drangen gedämpfte Geräusche aus der Redaktion zu ihr vor, die Tagschicht war nach Hause gegangen und die Abendschicht noch nicht richtig auf Touren gekommen.

Das hier war ihr Arbeitsplatz. Ein Zusammenhang, in dem sie zu Hause war.

»Sie können jetzt reingehen«, sagte Schymans Sekretärin, als sie im Mantel aus dem Vorzimmer kam und die Tür hinter sich abschloss.

Annika erhob sich zittrig, betrat das Büro des Chefredakteurs und machte die Tür hinter sich zu.

Anders Schyman saß an seinem Schreibtisch und starrte auf einen Computerausdruck, der vor ihm lag. Sein Gesicht war rot angelaufen, er schien zu schwitzen.

Sie kam mit hölzernen Bewegungen näher und schielte auf das Blatt, das er las. Es war natürlich ihr Artikel, und sie ließ sich mit steifem Rücken nieder.

»Was treiben Sie nur?«, sagte er, ohne aufzublicken, und versuchte dabei, bekümmert oder vielleicht auch verächtlich zu klingen.

Sie starrte ihn an, glaubte immer noch zu fallen und fühlte sich völlig erschöpft.

»Ich habe einen Artikel geschrieben, der morgen in der Zeitung erscheinen soll«, sagte sie mit vollkommen tonloser Stimme.

Er griff nach einem Stift und klopfte damit auf den Computerausdruck.

»Es dürfte Ihnen nicht entgangen sein, dass ich der Herausgeber dieser Zeitung bin«, sagte er. »Ob dieser Artikel veröffentlicht wird oder nicht, entscheide ich.«

»Und?«

»Und ich sage nein.«

Sie bemühte sich, keine Miene zu verziehen.

»Dann gehe ich damit woandershin.«

»Das können Sie nicht machen«, sagte Anders Schyman.

»Und ob ich das kann«, erwiderte sie schnell. »Der *Arbeiter* wäre sicher nicht zu feige, ihn zu bringen. In den fünfziger Jahren haben sie Vilhelm Mobergs Artikel über Korruption im Rechtswesen veröffentlicht. Die würden meinen Artikel sofort annehmen.«

»Ich verbiete es Ihnen.«

»Schon mal was von Meinungsfreiheit gehört? Von Demokratie? Wenn mein Arbeitgeber, also das *Abendblatt*, einen Artikel aus meiner Feder ablehnt, habe ich das Recht, damit zu einer anderen Zeitung zu gehen.«

Ihr Puls hatte sich beschleunigt, sie sah seine Zweifel und dass er auf Distanz zu ihr ging. Sekundenlang blieb es still.

»Ich musste heute ein höchst unerfreuliches Telefonat führen«, sagte er. »Wer ist Sophia Grenborg?«

Der Boden öffnete sich unter ihr, und sie wurde blass.

»Wieso?«, fragte sie.

»Woher kennen Sie diese Frau?«

»Sie ist die … Kollegin meines Mannes.«

»Aha«, sagte Schyman, und seine Augen blitzten auf. »Sie hat also mit Ihrem Mann zusammengearbeitet. Wie eng denn?«

Sie war völlig verwirrt.

»Hat sie hier angerufen?«, sagte Annika und hörte selbst, wie nervös sie klang.

»Nein, sie nicht«, antwortete Schyman, »aber ihr Chef beim Landtagsverband. Wissen Sie, wovon ich rede?«

Sie schüttelte den Kopf, ihr Mund war ausgedörrt.

»Die Leute vom Landtagsverband sagen, dass Sie in diversen Abteilungen des Verbands angerufen und verschiedene Andeutungen über diese Frau gemacht hätten. Ist das wahr?«

Annika holte tief Luft.

»Ich habe Tipps bekommen«, sagte sie.

Anders Schyman nickte, sah auf seinen Schreibtisch und klopfte wieder mit dem Stift.

»Okay«, meinte er. »Ihnen ist also zu Ohren gekommen, dass diese Frau Steuern hinterzieht, Gelder veruntreut und noch dazu in rechtsextremen Kreisen verkehrt?«

Annika klammerte sich an die Stuhllehne, das Gespräch hatte ganz und gar nicht die Wendung genommen, die sie sich vorgestellt hatte.

Sie nickte.

»Wie eng hat sie mit Ihrem Mann zusammengearbeitet?«

»Nicht besonders eng, sie gehörten nur zur gleichen Arbeitsgruppe.«

»Viele Überstunden, viel Arbeit in den Abendstunden?«, sagte Schyman und lehnte sich zu ihr vor.

Annika streckte sich.

»Einige«, antwortete sie.

Es wurde still, und sie musste schlucken.

»Die Leute beim Landtagsverband haben Sie durchschaut«, sagte der Chefredakteur bedächtig, »nur dass Sie es wissen. Die haben kapiert, dass Sie nur jemanden verleumden wollten. Dennoch lassen sie die Frau gehen. Und wissen Sie, warum?«

Erschüttert und verwirrt sah Annika Schyman an. Sie lassen Sophia Grenborg gehen? Sie wird gefeuert? Sie verschwindet?

»Der Landtagsverband wird im Laufe des Frühjahrs mit dem Gemeindetag fusionieren« sagte der Chefredakteur mit kalter Stimme. »In der momentanen Situation ist ihnen deshalb das Risiko einer schmutzigen Verleumdungskampagne in der Boulevardpresse zu groß. Wenn ihre Glaubwürdigkeit jetzt in Frage gestellt würde, brächte das die gesamte Fusion in Gefahr, auf die sie vier Jahre lang hingearbeitet haben.«

Es hielt den Chefredakteur nicht länger auf seinem Stuhl, er musste aufstehen, drehte eine Runde durch das Büro und beugte sich dann über sie.

»Halten Sie mich eigentlich für blöd?«, sagte er. »Sie ist Ihrem Mann zu nahe gekommen, nicht wahr? Wie nahe? Haben die beiden in Ihrem Ehebett gevögelt?«

Sie hielt sich die Ohren zu und schloss die Augen.

»Hören Sie auf«, schrie sie.

»Was unterstehen Sie sich?«, brüllte er ihr ins Gesicht. »Wie können Sie es wagen, Ihre Stellung bei dieser Zeitung für Ihre verdammten Privatmachenschaften auszunutzen?«

Sie ließ die Hände fallen und riss die Augen auf.

»Und das sagen ausgerechnet Sie?«, meinte sie erstickt.

Sein Gesicht zuckte vor Verbitterung und Wut, und er starrte ihr in die Augen, als versuchte er dort eine Erklärung zu finden.

»Sie werden mit diesem Artikel nirgendwo hingehen«, sagte er schließlich, richtete sich wieder auf und kehrte zu seinem Platz zurück. »Sobald dieser Artikel die Redaktionsräume verlässt, gehe ich zur Polizei und zeige Sie an.«

Sie schoss in die Höhe, schob ihr Gesicht direkt vor seins und sah ihn zurückweichen.

»Von mir aus«, erklärte sie heiser. »Ich komme immer klar. Und wissen Sie auch, warum? Ich habe Recht. Ich kann gar nicht verlieren.«

Schyman war offenkundig verdutzt.

»Tatsächlich«, sagte er. »Und was erzählen Sie Ihrem Mann, wenn die Polizei Sie wegen schwerer Verleumdung und Willkür verhaftet? Wie reagiert er darauf, wenn er erfährt, warum diese Frau gehen musste? Wer bekommt dann das Sorgerecht für die Kinder? Und was, glauben Sie, wird aus Ihrem Job? Sie denken doch nicht, dass Sie hier bleiben können, nachdem Sie Ihren Artikel im *Arbeiter* veröffentlicht haben?«

Annika ging um den Schreibtisch herum und stellte sich vor ihn.

»Und was ist mit Ihnen?«, sagte sie leise. »Glauben Sie wirklich, Sie können auf diesem Stuhl sitzen bleiben, nachdem ich bis ins Detail alles erzählt habe, inklusive Ihrer Drohung, mich wegen der verzweifelten Versuche fertig zu machen, meine Ehe zu retten? Bilden Sie sich wirklich ein, dass Ihnen auch nur ein Hauch von Glaubwürdigkeit bleiben wird, nachdem Sie den Artikel gestoppt haben, der den schlimmsten Machtmissbrauch im Medienbereich unserer Tage enthüllt? Will sagen, dass Sie unveröffentlichte Informationen über eine Ministerin zum Zweck der Erpressung ausgenutzt haben, um ein konkurrierendes Medienunternehmen in den Ruin zu treiben? Was wird denn dann mit dem Verband der schwedischen Zeitungsverleger? Glauben Sie wirklich, Sie könnten dann noch Vorsitzender werden? Sie sind erledigt, Schyman. Schon möglich, dass ich falle, aber Sie fallen verdammt noch mal viel tiefer.«

Er starrte sie an, und sie erwiderte seinen Blick und sah in seinen Augen Begierde und Ehrsucht und gesellschaftliches Pathos in einer unseligen und kraftvollen Allianz. Sie sah ein ursprünglich einmal reines Bewusstsein, das von den Jahren und Erfahrungen geformt und verformt worden war. Die Gedanken und Probleme, die in den Kopf des Chefredakteurs gelangten, mussten an den Fallgruben vorbei, die zahlreiche Rückschläge hinterlassen hatten, aber er konnte immer noch logisch denken. Anders Schyman war Pragmatiker. Er würde tun, was erforderlich war, damit er selbst und sein Hätschelkind so glimpflich wie möglich davonkamen.

Plötzlich musste sie lächeln.

»Was würde passieren, wenn wir die Sache drucken«, sagte er leise und zweifelnd.

»Das *Abendblatt* würde seine Stellung als letzte Speerspitze der Meinungsfreiheit stärken«, sagte sie, »und endgültig jeden Zweifel an seiner Existenzberechtigung ersticken. Wir allein stünden für Wahrheit und Demokratie. Ohne uns würde die Barbarei herrschen.«

»Hohle Phrasen«, sagte er.

»Kommt ganz darauf an, wie wir die Sache präsentieren«, entgegnete Annika. »Man glaubt uns, wenn wir uns selbst glauben.«

Er musste sich setzen, griff sich eine Flasche Mineralwasser, trank und sah zu ihr hoch.

»Sie bluffen doch«, erklärte er, nachdem er die Flasche wieder abgestellt hatte. »Das würden Sie der Zeitung niemals antun.«

Annika dachte nach.

»Früher hätte ich das sicher nicht getan«, erwiderte sie, »aber heute würde ich keine Sekunde zögern.«

»Sie sind verrückt geworden«, sagte Schyman.

Sie setzte sich auf den Schreibtisch, legte die Ellbogen auf die Knie, verschränkte die Hände und lehnte sich vor.

»Wissen Sie«, sagte sie leise, »es ist gut möglich, dass Sie damit sogar Recht haben, aber das wissen nur Sie und ich. Wenn Sie versuchen sollten, mich mit der Behauptung, ich sei verrückt, von der Veröffentlichung abzubringen, machen Sie die Sache nur noch schlimmer.«

Er schüttelte den Kopf.

»Wenn ich auch nur in Erwägung ziehen würde, diesen Artikel zu bringen, wäre ich augenblicklich erledigt«, sagte er, und sie erkannte seine Stimme kaum noch wieder.

»Aber begreifen Sie denn nicht, wie sehr Sie sich irren«, sagte Annika. »Wenn wir uns jetzt richtig verhalten, werden Sie nie mehr von diesem Stuhl zu verdrängen sein.«

Er sah sie an und rang mit sich selbst.

»Denken Sie nach«, sagte sie, und ihre Augen verengten sich. »Wir sagen exakt, wie die Dinge liegen, erzählen die ganze Geschichte. Wir sind darauf gestoßen, dass Karina Björnlund Mitglied einer terroristischen Vereinigung gewesen ist, ich habe Ihnen davon erzählt, Sie haben es dann wiederum unserem Aufsichtsratsvorsitzenden erzählt, der eine Mail an die Ministerin geschickt und unser Wissen ausgenutzt hat, indem er sie erpresst hat. Sie sollte eine Gesetzesvorlage ändern und dadurch einem Fernsehsender die Existenzgrundlage entziehen, der die Interessen der Eignerfamilie bedrohte. Doch nun enthüllen wir trotz aller Drohungen die Wahrheit. Sie sind nicht zurückgewichen, Sie sind der Herausgeber dieser Zeitung und außerdem der designierte Vorsitzende des Verbands der schwedischen Zeitungsverleger, Sie sind Ihrer Verantwortung gerecht geworden, obwohl man Sie unter Druck gesetzt hat.«

»Das wird nicht funktionieren«, sagte er still.

Sie lächelte schwach.

»Doch«, erwiderte sie, »und wissen Sie auch, warum? Weil es die Wahrheit ist.«

»Diese Sache ist das Risiko nicht wert«, sagte er.

»Was ist denn dann überhaupt noch etwas wert? Wozu gibt es uns noch? Um für die Aktienrendite der Eignerfamilie zu sorgen oder um die Demokratie zu verteidigen?«

»So einfach ist das nicht«, sagte er.

»Sie irren sich«, widersprach sie. »Genauso einfach ist es.«

Sie stand auf und holte ihre Tasche.

»Ich gehe jetzt«, sagte sie.

»Aber es war doch nur so ein kommerzieller amerikanischer Mistsender«, sagte er.

»Das spielt keine Rolle«, erwiderte sie.

Er sackte in sich zusammen.

»Warten Sie«, sagte er und hielt eine Hand hoch. »Gehen Sie noch nicht. Sie meinen das doch nicht etwa ernst?«

Sie schwankte ein wenig.

»Doch«, antwortete sie.

Es wurde still im Raum. Sie sah, dass er Zweifel hatte und über Alternativen nachdachte.

»Die Eignerfamilie würde sofort die gesamte Auflage einziehen«, meinte er.

»Das ist wahr«, sagte sie.

»Es darf also nichts durchsickern«, fuhr er fort.

»Ganz richtig.«

»Dann können wir den Artikel nicht in die Redaktion geben.«

Sie antwortete nicht.

»Die ganze Arbeit muss von hier aus erledigt werden, von Ihnen und mir. Können Sie redigieren?«

»Halbwegs.«

Er schloss die Augen, schlug die Hände vors Gesicht.

»Wie viele Seiten brauchen wir?«

Erleichterung machte sich in Annika breit.

»Vier Doppelseiten, plus Titelseite und Leitartikel.«

Er schwieg und dachte eine Ewigkeit nach, ehe er wieder das Wort ergriff.

»Ich rufe in der Druckerei an und warne sie vor, dass sie den halben Nachrichtenblock nach vorn rücken müssen.«

»Wie viele Platten?«, sagte Annika.

»Zwei reichen«, sagte Schyman, »acht Seiten.«

»Gibt es in der Druckerei jemanden, der dichthält?«

»Bob. Er muss die Platten herstellen. Wie gut können Sie mit Quark arbeiten?«

Sie ließ die Tasche zu Boden fallen.

»Nicht besonders gut.«

Sie sah ihm in die Augen, in denen nun Entschlossenheit und Zielstrebigkeit lagen.

»Das wird eine lange Nacht«, sagte er.

»Ich weiß«, erwiderte sie.

DANKSAGUNG

Dieses Buch erzählt eine fiktive Geschichte. Sämtliche Romanfiguren sind der Fantasie der Autorin entsprungen. Wie jeder Mensch habe allerdings auch ich Erinnerungen, Erfahrungen und Eindrücke, auf die ich zurückgreife, wenn es mir angebracht erscheint.

Beim Schreiben meiner Bücher nehme ich mir viel Zeit für Recherchen. Obwohl jede einzelne Zeile Teil eines Romans ist, achte ich sorgfältig darauf, dass Details wie Schauplätze, Tätigkeiten und Phänomene, die wirklich existieren, so wahrheitsgetreu beschrieben werden wie möglich. Dies führt dazu, dass Menschen sich bisweilen wiedererkennen, was völlig in Ordnung ist, denn alles, was in diesem Buch steht, *hätte geschehen können*.

Dagegen nehme ich mir manchmal die schriftstellerische Freiheit, gewisse Details bei existierenden Buslinien, der Lage gewisser Kompressorenhäuser und ähnlichen Dingen zu verändern.

Das Gelände von Norrbottens Fliegerhorst, das der Allgemeinheit nicht zugänglich ist und weder fotografiert noch auf andere Weise dokumentiert werden darf, habe ich nach eigenem Gutdünken beschrieben.

Weder die Zeitung *Abendblatt* noch die *Norrlands-Tidningen* existieren, aber ihre Darstellung basiert auf zahlreichen existierenden Unternehmen der Medienbranche. Der *Katrineholms-Kuriren* ist jedoch eine Zeitung, die es wirklich gibt, aber alle Bezüge, die meine Charaktere zu dieser Zeitung und ihren Räumlichkeiten haben, sind vollkommen fiktiv.

Sowohl der Schwedische Gemeindetag als auch der Landtagsverband existieren ebenfalls, aber ich möchte ausdrücklich betonen, dass ich nicht den geringsten Anspruch erhebe, die Arbeitsabläufe oder Angestellten dieser Organisationen dokumentarisch zu schildern.

Ein Projekt, das sich mit der Sicherheit von Politikern beschäftigte und an dem der Schwedische Gemeindetag, der Landtagsverband und das Justizministerium beteiligt waren, wurde tatsächlich in den Jahren 2002 und 2003 durchgeführt, aber Thomas' Arbeitsgruppe und ihre Mitglieder, Methoden, Diskussionen und Schlussfolgerungen sind frei erfunden.

Dies ist, mit anderen Worten, ein Roman, und ohne Torbjörn Säfves kenntnisreiche Beschreibung der Rebellenbewegung in seinem Buch *Die Rebellen in Schweden* (Författarförlaget 1971) (danke, Jan, für den Tipp, und Mattias dafür, dass du es in einem Antiquariat in Vadstena aufgestöbert hast!) hätte es nicht geschrieben werden können.

Ein weiteres wichtiges Buch zum Thema ist Björn Kumms Dokumentation und Zusammenstellung der Geschichte des Terrorismus in dem Buch gleichen Titels gewesen (Historiska media, in meinem Besitz befinden sich 1997, 1998 sowie 2002 erschienene Auflagen).

Außerdem möchte ich folgenden kenntnisreichen Personen danken, ohne deren geduldigen Beistand dieses Buch nicht entstanden wäre, und zwar:

Dan Swärdh, Intendant von Teater Scratch in Luleå, Maoist a. D. unter den Decknamen »Greger« und »Mats«, der mich in die offenen und verborgenen Aktivitäten maoistischer Splittergruppen in Luleå zu Beginn der siebziger Jahre eingeweiht hat.

Mikael Niemi, Schriftsteller und alter Bekannter aus Pajala, für Diskussionen zur Abstammung verschiedener Charaktere sowie eine Einführung in den Laestadianismus im Tornedal.

Christer L. Lundin, Informationsdirektor bei Teracom, der mich über die technischen, kommerziellen und politischen Entwicklungen des Digitalfernsehens informiert und mit mir die Folgen und Denkbarkeit von fiktiven politischen Beschlüssen analysiert hat.

Stefan Helsing, Pressesprecher des Jagdbombergeschwaders Norrbotten, für Fakten und Diskussionen zur Geschichte des Fliegerhorsts und möglicher Anschlagsszenarien.

Anders Linnér, Pressesprecher der Luftwaffe, für Diskussionen über politische und militärische Verwicklungen im Zusammenhang mit Anschlägen auf militärische Ziele sowie Informationen und Details zum Flugbetrieb und den Sicherheitsmaßnahmen des Fliegerhorsts.

Peter Svensson, persönlicher Adjutant des Oberbefehlshabers, für einen jederzeit wertvollen Gedankenaustausch.

Thorbjörn Larsson, Aufsichtsratsvorsitzender bei der Tageszeitung *Expressen* und beim Fernsehsender TV 4 sowie Kollege in der Geschäftsführung des Piratförlaget, für fruchtbare Diskussionen zu Medienfragen.

Per-Erik Rödin, Vorsitzender des Verwaltungsausschusses der Studentenschaft von Uppsala, für Hilfestellungen, Lokalkolorit und Kontakte.

Sakari Pitkänen, Chefredakteur der Zeitung *Metro*, für zahlreiche Informationen zur Zeitungstechnik und zu anderen Themen.

Peter Rönnerfalk, Oberarzt und medizinischer Ratgeber des Provinziallandtags Stockholm, für Informationen zur Diagnose und Behandlung von Magenkrebs, Erfrierungen usw.

Lotta Snickare, Chefentwicklerin bei der Föreningssparbanken, für fruchtbare Diskussionen über alles von Kapitalismus bis hin zu Töpferkursen.

Lena Törnberg, Abteilungsleiterin bei der Polizeifundstelle Stockholm, Niclas Abrahamsson, Polizeiinspektor im Stockholmer Stadtteil Norrmalm, und Tor Petrell, Kriminalinspektor bei der Polizei in Stockholm, für Informationen zu theoretisch denkbaren Verfahrensweisen bei Fundsachen.

Anna Borné, Mattias Boström, Sofia Brattselius-Thunfors, Cherie Fusser, Madeleine Lawass und Anna Carin Sigling beim Piratförlaget für die stets anregende Teamarbeit.

Arne Öström für das Layout.

Lotta Byqvist, meiner Mitarbeiterin und Pressefrau, die sich um alles kümmert.

Karin Kihlberg, die immer noch dafür sorgt, dass alles funktioniert.

Bengt Nordin, meinem Agenten, der Annika der ganzen Welt vermittelt hat.

Jenny Nordin, meiner kreativen Web-Redakteurin, die lizamarklund.com mit immer neuem Material versorgt.

Ann-Marie Skarp, meiner fantastischen Verlegerin, für ihre unschätzbare Unterstützung und ihr untrügliches Sprachgefühl.

Johanne Hildebrandt, Autorin, Kolumnistin und gute Freundin, für Diskussionen, Planung und lange Spaziergänge durch die südlichen Vororte Stockholms.

Tove Alsterdal, Dramatikerin, die mich bei jedem Schritt auf meinem Weg begleitet und alles als Allererste liest. Ohne dich gäbe es keine Bücher.

Für mögliche Sachfehler, die sich eventuell eingeschlichen haben, trage ich allein die Verantwortung.